Notre-Dame de Paris

巴黎聖母院

Victor-Marie Hugo

維克多・雨果——著
譯——李玉民

Golden Age 43

巴黎聖母院（鐘樓怪人）

【獨家復刻1831年初版作者手稿＆1888年經典插畫｜法文直譯全譯本】

Notre-Dame de Paris

作　　者　維克多・雨果（Victor-Marie Hugo）
譯　　者　李玉民

野人文化股份有限公司
社　　長　　張瑩瑩
總 編 輯　　蔡麗真
副 主 編　　徐子涵
責任編輯　　余文馨
協力編輯　　溫智儀
校　　對　　魏秋綢
行銷企劃經理　林麗紅
行銷企劃　　李映柔、蔡逸萱
封面設計　　井十二設計研究室
版型設計　　洪素貞

出　　版　野人文化股份有限公司
發　　行　遠足文化事業股份有限公司(讀書共和國出版集團)
電子信箱：service@bookrep.com.tw
網址：www.bookrep.com.tw
郵撥帳號：19504465 遠足文化事業股份有限公司
客服專線：0800-221-029
法律顧問　華洋法律事務所　蘇文生律師
印　　製　博客斯彩藝有限公司
初版首刷　2021 年 10 月
初版三刷　2024 年 06 月

ISBN 978-986-384-571-3（平裝）
ISBN 978-986-384-573-7（EPUB）
ISBN 978-986-384-572-0（PDF）

國家圖書館出版品預行編目（CIP）資料

巴黎聖母院 (鐘樓怪人)/ 維克多 . 雨果 (Victor-Marie Hugo) 著 ; 李玉民譯 . -- 初版 . -- 新北市 : 野人文化股份有限公司出版 : 遠足文化事業股份有限公司發行 , 2021.10
面 ;　公分 . -- (Golden age ; 43)
獨家復刻 1831 年初版作者手稿 & 1888 年經典插畫 法文直譯全譯本
譯自 : Notre-dame de Paris.
ISBN 978-986-384-571-3(平裝)

876.57　　110013000

野人文化官方網頁　野人文化讀者回函

巴黎聖母院

線上讀者回函專用 QR CODE，你的寶貴意見，將是我們進步的最大動力。

《巴黎聖母院》文學特輯

是小說也是歷史，
從《巴黎聖母院》看見時代與建築的蛻變
•
維克多・雨果生平軼事
•
野人文化獨家呈獻
《巴黎聖母院》1831 年初版手稿

是小說也是歷史，從《巴黎聖母院》看見時代與建築的蛻變

野人文化編輯部

一八三〇年七月二十五日，法國國王查理十世頒布了限制出版自由及限縮公民投票權的聖克盧法令（Ordinances of St. Cloud），成為人民推翻王權的導火線，引爆法國七月革命。也是在這個時期，法國作家雨果開始動筆創作《巴黎聖母院》。

《巴黎聖母院》（又名：鐘樓怪人）是雨果的代表作品。雨果在少年時期便深受法國浪漫主義之父夏多布里昂（François-René de Chateaubriand）的影響，他的重要作品《巴黎聖母院》、《悲慘世界》、《九三年》，都是浪漫主義文學的經典之作。《巴黎聖母院》是第一部以社會底層人物「乞丐」為主角的小說，雨果受到七月革命的啟發，將革命色彩與階級對立融入小說中，同時也運用善與惡、美與醜、貴族與貧民的對照手法，賦予這部小說強烈的戲劇張力，充分展現浪漫主義文學的特色。

巴黎聖母院的昔日容顏（約攝於1851至1870年間）
©Wikimedia Commons

2014年的巴黎聖母院樣貌便是1841年修復工程的結果。
©DXR / Daniel Vorndran@Wikimedia Commons

巴黎聖母院的前世今生

故事場景巴黎聖母院於一一六三年動工建造，歷經一百多年的漫長工程，終於在一三四五年完工，成為當時西方最大的教堂，也是哥德式建築的代表作品。

十六世紀時，巴黎聖母院曾經歷胡格諾派新教徒和法國國王掠奪，聖母院外的許多雕塑也因為被認為涉及偶像崇拜而遭到拆除。此外，教堂內的墳墓、雕花玻璃窗更曾遭人以現代化的名義加以破壞。法國大革命時期，巴黎聖母院被改造為儲放食物的糧倉，許多石雕像的頭部遭到切除、大教堂美麗的尖頂也被拆除。

「那個時代，在石頭上書寫並表達思想的特權，完全可以和今天的出版自由相比擬，那就是建築藝術的自由。」

——第五卷，第二章

一八三一年《巴黎聖母院》出版，當時的巴黎聖母院因為年久失修，又經歷法國大革命的破壞，早已千瘡百孔，即將面臨拆除的命運。熱愛哥德式建築的雨果在此書中詳盡地描繪了巴黎聖母院的美麗之處，更大力呼籲人們重視歷史建築的價值，將人民的目光聚焦在這座逐漸被人遺忘的教堂。直到一八四一年，終於促成了一項長達二十年的巴黎聖母院大規模修復工程，期間也重建了大教堂的尖頂。後世見到的巴黎聖母院就是此次修復工程的成果。

二〇一九年四月十五日，巴黎聖母院遭遇大火侵襲，木造閣樓幾乎燒毀、標誌性的哥德式尖塔斷裂。這場大火意外地再次帶起《巴黎聖母院》小說的銷售風潮，該書甚至一度登上法國亞馬遜暢銷書榜第一名，人們紛紛透過雨果的文字懷念巴黎聖母院的容顏。目前法國政府正在加緊趕工修復，目標在二〇二四年巴黎奧運前夕完工，期望這座歷史及藝術的瑰寶能如期再次展示於世人眼前。

榮登金氏世界紀錄：首演當年最成功的音樂劇

《巴黎聖母院》小說於一八三一年上市，隨後被改編為歌劇、芭雷舞劇、音樂劇、電影及動畫等各種類型的作品，其中最著名的改編作品有一九五六年由讓・德拉努瓦（Jean Delannoy）執導、法國與義大利團隊共同製作的電影，它是巴黎在一九五六到一九五七年間最賣座的電影，也是法國當年入座率第三高的電影。此外還有一九九六年由迪士尼改編的動畫電影，以及一九九八年由加拿大魁北克作詞家 Luc Plamondon 和法國作曲家 Richard Cocciante 改編的音樂劇。

音樂劇《巴黎聖母院》連續七年被金氏世界紀錄記載為開演最賣座的音樂劇，自巴黎首演後，也陸續在世界各地演出，不只觀眾場場爆滿，其中的許多人氣曲目亦被翻譯為多種語言廣為流傳。

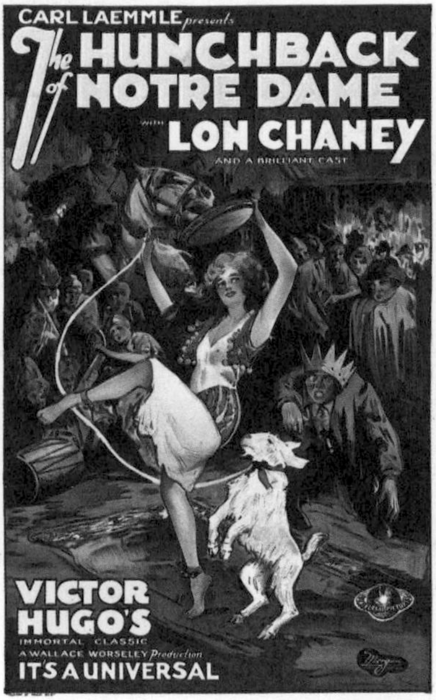

電影《鐘樓怪人》海報（The Hunchback of Notre Dame（1923 film））

維克多・雨果生平軼事

雨果的感情世界

大文豪雨果擁有璀璨輝煌的文學成就，而他的感情生活其實也充滿戲劇性。

阿黛爾・福謝（Adèle Foucher）
©Wikimedia Commons

一八二二年，二十歲的雨果便與青梅竹馬阿黛爾・福謝（Adèle Foucher）結婚，隨後生下五個子女，兩人的婚姻持續了四十六年，直到阿黛爾病逝。不過這段婚姻並不美滿，不只遭到雨果的母親反對，更導致雨果失去了自己的哥哥歐仁（Eugène Hugo）。同樣傾心於阿黛爾的歐仁，在雨果成親當晚，因為承受不了打擊以致精神失

朱麗葉・德魯埃（Juliette Drouet）
©Wikimedia Commons

常而被送進了精神病院，最終在院內過世。

在這之後，雨果又發現妻子阿黛爾竟與自己的好友、作家暨文藝評論家沙爾—奧古斯丁・聖伯夫（Charles-Augustin Sainte-Beuve）有染，讓雨果備受折磨。沒想到就在此時，雨果邂逅了人生中的另一位摯愛，同時也是他一生裡眾多風流韻事中最廣為人知的一位女性：朱麗葉・德魯埃（Juliette Drouet）。一八三三年，三十歲的雨果在一次劇本排練中認識了女演員朱麗葉，這段愛戀一直持續至一八八三年朱麗葉逝世。朱麗葉在雨果流亡的期間持續陪伴在旁，同時擔任雨果的祕書為他抄寫書稿。自兩人相遇開始，朱麗葉幾乎天天為雨果寫情書，目前有部分的信件保存於法國國家圖書館，更有後人將這些情書整理成冊出版。

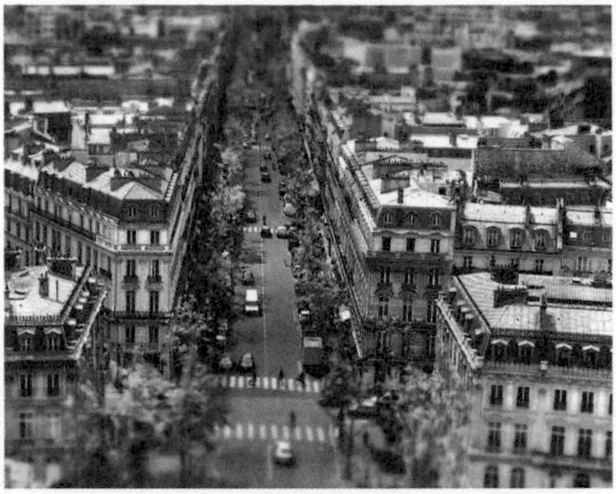

維克多．雨果大街（Avenue Victor-Hugo）
©George Otoiu@Wikimedia Commons

1881年2月27日，慶祝雨果80歲生日的遊行民眾。©Wikimedia Commons

國家級的慶生方式

一八八一年雨果八十歲誕辰之日，法國為雨果舉行了盛大的慶祝活動。所有的中小學放假、取消對學生的懲處，人們自發性地發起了遊行，眾人手捧著鮮花走過雨果住處的窗下，這場遊行持續了六小時之久，為雨果慶祝壽誕的遊行民眾更是多達六十萬人。隨後，法國政府也將雨果居住的街道聖克盧大街（avenue de Saint-Cloud）重新命名為維克多．雨果大街（Avenue Victor-Hugo）。

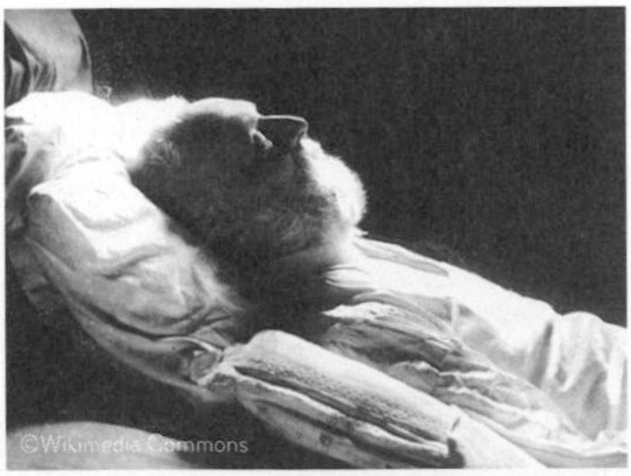

上／1885年5月22日，雨果因肺炎辭世，享年83歲。

左／雨果的靈柩通過凱旋門

史無前例的窮人葬禮

雨果在去世前兩年，為自己的遺囑加上了一條附錄：

「我贈予窮人們五萬法郎。
我希望能以窮人的靈柩將我送往墓地。
我拒絕任何教會為我祈禱。
我希望他們能為所有靈魂禱告。
我相信上帝。」

一八八五年雨果辭世，享壽八十三歲。雖然雨果在遺囑中表明自己希望以窮人的規格下葬，但是當時的法國總統儒勒．格雷維（François Paul Jules Grévy）仍為他舉行了國葬，有超過兩百萬人參與了送葬遊行。法國小說家莫里斯．巴雷斯（Maurice Barrès）曾如此描述雨果的送葬場景：「人潮洶湧，從協和廣場擠到距離靈柩台兩百米處，其景況令騎兵馬隊驚駭不已。民眾狂熱譫妄，嘆賞創造了一位聖賢。」諾貝爾文學獎得主羅曼．羅蘭（Romain

為雨果送葬的花車與遊行隊伍。由阿爾弗雷德·諾曼（Alfred-Nicolas Normand）攝於 1885 年 6 月 1 日，巴黎，維克多·雨果之家。

Rolland）所描述的場景則是：「在一束束鮮花與一堆堆花圈中，可以看見窮人的黑色靈柩，上面放著兩個玫瑰花環。兩百萬人跟隨靈車，從星形廣場（戴高樂廣場原名）將詩翁窮酸的棺材送進了先賢祠。」

雨果辭世後，巴黎地鐵2號線上其中一個位於雨果大街中段的車站便以維克多·雨果的名字命名，並在站內設置了他的紀念雕像供人們瞻仰。為了紀念雨果，法蘭西銀行（Banque de France）也於一九五九年發行印有雨果肖像的五法郎紙幣。

上／法蘭西銀行於1959年發行的五法郎面額紙幣。

右／車站內的雨果塑像

維克多・雨果站站內樣貌

《巴黎聖母院》1831 年初版手稿

第一頁

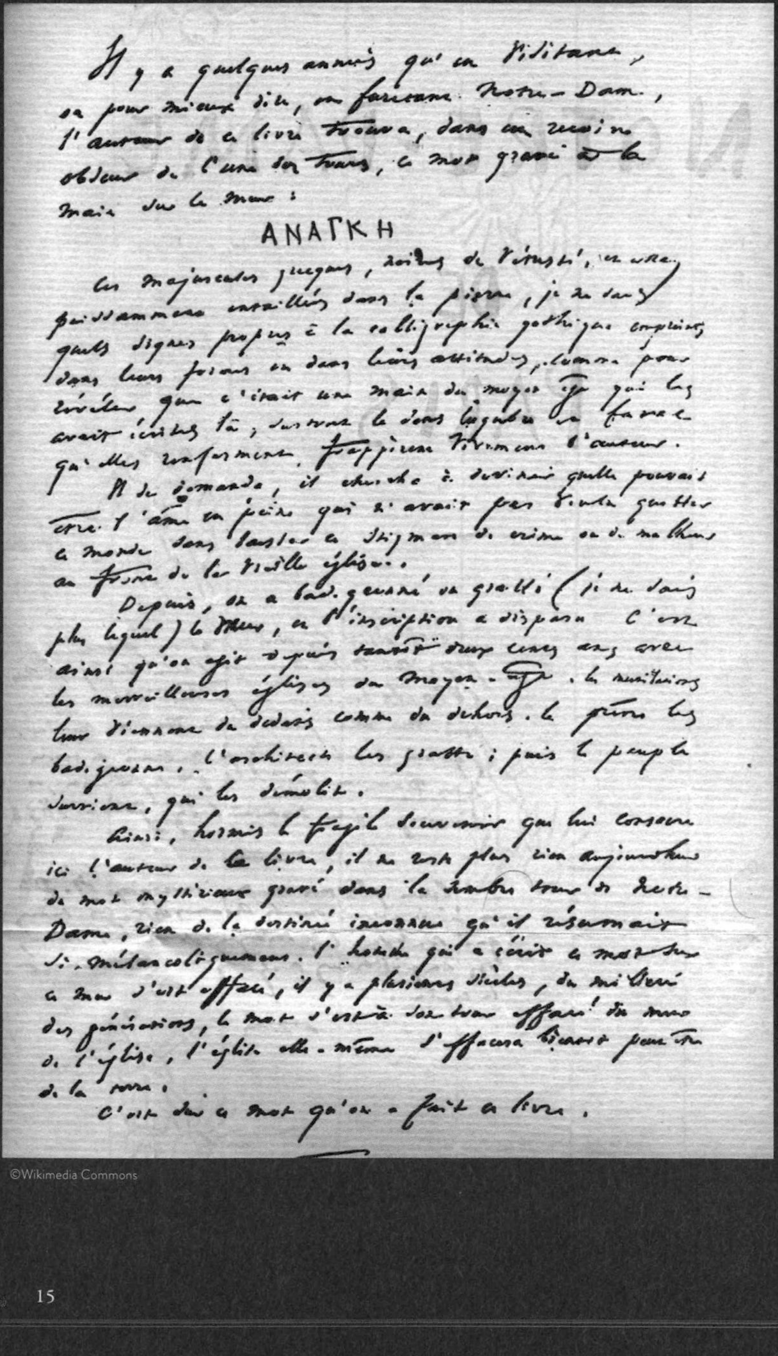

Il y a quelques années qu'en visitant, ou, pour mieux dire, en furetant Notre-Dame, l'auteur de ce livre trouva, dans un recoin obscur de l'une des tours, ce mot gravé à la main sur le mur :

ΑΝΑΓΚΗ

Ces majuscules grecques, noires de vétusté, et assez profondément entaillées dans la pierre, je ne sais quels signes propres à la calligraphie gothique empreints dans leurs formes et dans leurs attitudes, comme pour révéler que c'était une main du moyen âge qui les avait écrites là, surtout le sens lugubre et fatal qu'elles renferment, frappèrent vivement l'auteur.

Il se demanda, il chercha à deviner quelle pouvait être l'âme en peine qui n'avait pas voulu quitter ce monde sans laisser ce stigmate de crime ou de malheur au front de la vieille église.

Depuis, on a badigeonné ou gratté (je ne sais plus lequel) le mur, et l'inscription a disparu. C'est ainsi qu'on agit depuis tantôt deux cents ans avec les merveilleuses églises du moyen-âge. Les mutilations leur viennent du dedans comme du dehors. Le prêtre les badigeonne, l'architecte les gratte ; puis le peuple survient, qui les démolit.

Ainsi, hormis le fragile souvenir que lui consacre ici l'auteur de ce livre, il ne reste plus rien aujourd'hui du mot mystérieux gravé dans la sombre tour de Notre-Dame, rien de la destinée inconnue qu'il résumait si mélancoliquement. L'homme qui a écrit ce mot sur ce mur s'est effacé, il y a plusieurs siècles, du milieu des générations, le mot s'est à son tour effacé du mur de l'église, l'église elle-même s'effacera bientôt peut-être de la terre.

C'est sur ce mot qu'on a fait ce livre.

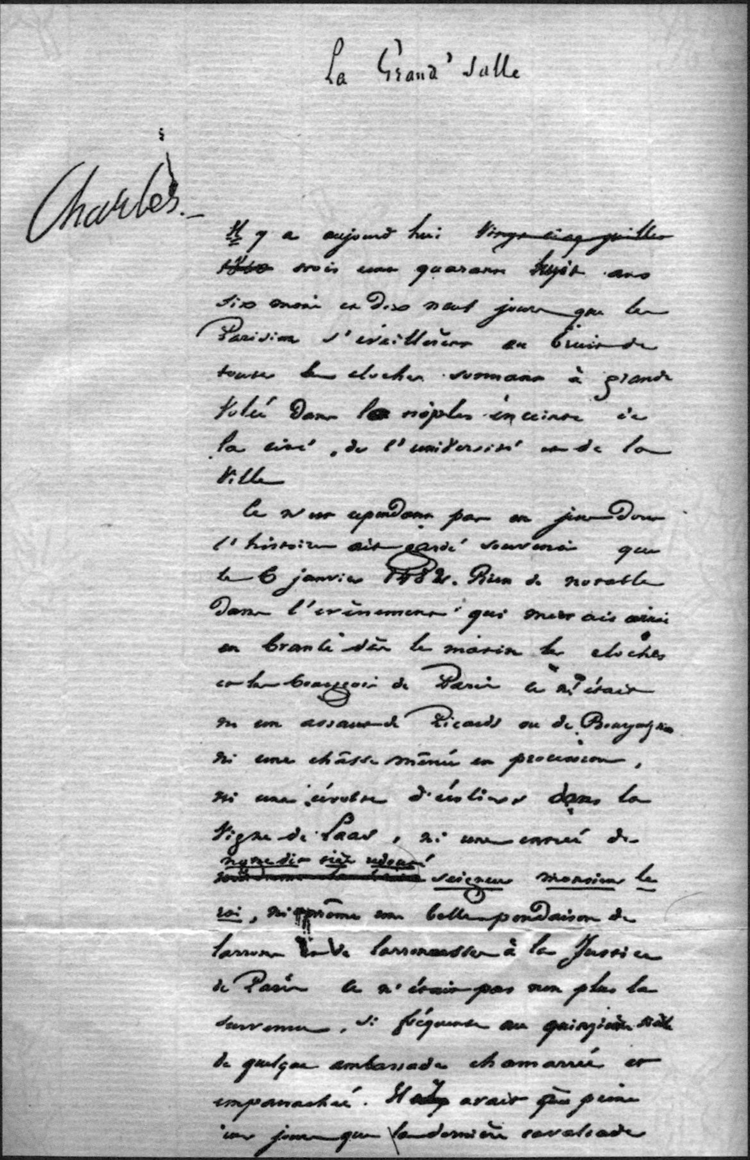
La Grand' Salle

Charles

Il y a aujourd'hui trois cent quarante-huit ans six mois et dix-neuf jours que les Parisiens s'éveillèrent au bruit de toutes les cloches sonnant à grande volée dans la triple enceinte de la Cité, de l'Université et de la Ville.

Ce n'est cependant pas un jour dont l'histoire ait gardé souvenir que le 6 janvier 1482. Rien de notable dans l'événement qui mettait ainsi en branle dès le matin les cloches et les bourgeois de Paris. Ce n'était ni un assaut de Picards ou de Bourguignons, ni une châsse menée en procession, ni une révolte d'écoliers dans la vigne de Laas, ni une entrée de notredit très redouté seigneur monsieur le roi, ni même une belle pendaison de larrons et de larronnesses à la Justice de Paris. Ce n'était pas non plus la survenue, si fréquente au quinzième siècle, de quelque ambassade chamarrée et empanachée. Il y avait à peine deux jours que la dernière cavalcade

Notre-Dame de Paris

巴黎聖母院

（鐘樓怪人）

維克多・雨果 Victor-Marie Hugo　著

李玉民　譯

目次
Table Des Matières

第四卷 LIVRE QUATRIÈME.

第五卷 LIVRE CINQUIÈME.

第六卷 LIVRE SIXIÈME.

第七卷 LIVRE SEPTIÈME.

第八卷 LIVRE HUITIÈME.

第九卷 LIVRE NEUVIÈME.

第十卷 LIVRE DIXIÈME.

第十一卷 LIVRE ONZIÈME.

—譯者序— 並立的兩座豐碑

李玉民

雨果出入人世兩百餘年，被譽為偉大的詩人、偉大的戲劇家、偉大的小說家、偉大的散文家、偉大的批評家等等，然而，無論哪一種頭銜，都不足以涵蓋雨果的整體。如果一定要找出一種來，我倒認為思考者（思想家）或許堪當此任。

雨果不是一位創建學說的思想家，而是人類命運的思考者。

雨果的詩文，一字一句，一段一章，無不浸透了思考。而千種萬種的思考，最深沉、最宏大、最波瀾壯闊的，要算他對人類命運的思考了。

思考人類的命運，主要體現在他創作《巴黎聖母院》、《悲慘世界》和《海上勞工》的過程，換言之，這三部長篇小說，正是他思考人類命運的紀錄。

雨果由《巴黎聖母院》（一八三一）開宗明義，繼由《悲慘世界》（一八四五—一八六一）淋漓演繹，終以《海上勞工》（一八六六）重彩結幕，歷時三十餘年，才算完成「人類命運三部曲」。

完成這三部曲，這三大部傑作，雨果就無愧於人類命運思考者的稱號了。三部曲分別從宗教、社會、自然三個角度，來演繹沉重地壓在人類頭上的三重命運，即有史以來人類所承受的教理（迷信）的命數、法律（偏見）的命數、自然（事物）的命數。

宗教、社會、自然，這三種主要的異己力量，是人類既需要又與之抗爭的物件，因而也就成為「人生的神祕苦難」的根源。

雨果作為人類命運的思考者，探根溯源，從深層意義上表現了人類在自身的發展史中，與宗教、法律、自然所產生的矛盾這種永恆性主題。因此，構成雨果的人道主義思想體系的《巴黎聖母院》、《悲慘世界》和《海上勞工》，也就成為世界文庫的不朽傑作。

《巴黎聖母院》和《悲慘世界》兩部傑作，差不多是在同一個時期開始構思的。但是，《悲慘世界》從醞釀到出版，延宕三十餘年。而《巴黎聖母院》的創作雖小有波折，時逢七月革命，小說的研究材料和筆記全部散失，但雨果只用了五個月時間，一氣呵成，顯示出了他的天才與勤奮。

雨果以其浪漫主義詩人的才情和文學創新者的胸懷，偏愛宏偉和壯麗，而巴黎聖母院又恰恰是一座巍峨壯美的建築，兩者自然一拍即合。雨果打算寫一部氣勢宏偉的歷史小說，一開始醞釀，就決定以這座大教堂為中心，講述一段奇異的故事。

在雨果的筆下，巴黎聖母院絕不是一個完備的、定型並能歸類的建築。它不再是羅曼式的，但也不是哥德式教堂，因而成為集萬形於一身的神奇之體，成為令人景仰的科學和藝術的豐碑。一八三一年，《巴黎聖母院》一經出版，它又成為文學的豐碑了。於是，這座大教堂和這部小說就聯結在一起，兩座豐碑並肩而立，再也分不開了。

有了這部小說，巴黎聖母院在城島上亭亭玉立，儀態萬方，不僅多了幾分風采，還增添了一顆靈魂。

筆者在歐洲參觀過數十座大教堂，都各具風采，有的甚至顯得還要宏偉高大，還要華麗美觀，但總是作為建築藝術來欣賞。唯獨見到巴黎聖母院時，哪怕只是在它的廣場走過，哪怕只是遠遠望見它的雄姿麗影，筆者也不免怦然心動，有種異樣的感覺，腦海裡再次浮現聖母院樓頂平臺的夜景：

吉卜賽女孩愛絲美拉達一身白衣裙，在月光下和小山羊散步，敲鐘人加西莫多則遠遠地欣賞這美妙的一對。另外還有一道目光在追隨著女孩，那是從密修室小窗射出來的，淫蕩而凶狠，那是密修室裡幽靈似的主教代理弗羅洛正在窺視。教堂前的廣場上跑過一匹高頭大馬，騎衛隊長浮比斯不理睬吉卜賽女孩的呼喚，向站在陽臺上的一位貴族小姐致敬……

廣場上一片火光，丐幫男女老少為救愛絲美拉達，開始攻打聖母院。可是，加西莫多不知是友，誤以為敵，獨自挺身而出保衛吉卜賽女孩，從教堂上投下梁木石塊，還熔化了鉛水傾倒下來。在熊熊的火光中，廊柱的石雕惡獸魔怪似乎全活了，紛紛助戰……

以這大教堂為中心舞臺，出現一幕幕驚心動魄、變幻莫測的場面，演繹著聖母院牆壁上刻的神祕希臘詞「命運」，並將所有這些人物鎖到命運的鐵鍊上。聖母院也好像有了靈魂，有了生命，以天神巨人的身軀，投入人世間這場大混戰。

中世紀的宗教黑暗統治，正是鎖住人的命運的鐵鍊，而人與教會勢力、與狹隘思想相抗爭，便釀成大大小小的悲劇。這些悲劇組成的十五世紀巴黎的社會畫面，透過雨果的天才想像和創作，從湮沒的久遠年代，更加鮮明而生動地顯現出來。

雨果早在二十一歲時就講過：「在華特．司各特風景如畫的散文體小說之後，仍有可能創作出另一類型的小說。這種小說既是戲劇，又是史詩；既風景如畫，又詩意盎然；既是現實主義的，又是理想主義的；既逼真，又壯麗；它把華特．司各特和荷馬融為一體。」這種看似誇大其辭的預言，幾年後便由他的小說《巴黎聖母院》實現了。

正如作者所預言的那樣，《巴黎聖母院》是一部現實主義與浪漫主義相結合的傑作。

這部小說講述的一個個故事，塑造的一個個人物，都是那麼獨特，具有十五世紀巴黎風俗的鮮明色彩，都可以用「奇異」兩個字來概括。推選醜大王的狂歡節，奇蹟宮丐幫的夜生活，落魄詩人格蘭古瓦的摔罐成親，聾子法官開庭製造冤案，敲鐘人飛身救美女，行刑場上母女重逢又死別，加西莫多的復仇與殉情，這些場面，雖不如丐幫攻打聖母院那樣壯觀，但是同樣奇異，有的也同樣驚心動魄，甚至催人淚下。

書中人物雖然生活在十五世紀，一個個卻栩栩如生：人見人愛又純真美麗的女孩愛絲美拉達、殘疾醜陋但心地善良的加西莫多、人面獸心又陰險毒辣的宗教鷹犬弗羅洛、失去愛女而隱修的香花歌樂女、手揮長柄大鐮橫掃禁衛軍的乞丐王克洛班……他們的身世和經歷都十分奇異，卻又像史詩中的人物，比真人實事更鮮明，具有令人信服的一種魔力。

不過，書中最奇異的還是無與倫比的巴黎聖母院。她既衰老又年輕，既突兀又神祕；她是加西莫多的搖籃和母親，又是弗羅洛策劃陰謀的巢穴；她是愛絲美拉達的避難所，又是丐幫攻打的妖魔；她是萬眾敬畏的聖堂，又是蹂躪萬眾命運的宮殿。她的靈魂是善還是惡，總與芸芸眾生息息相關……

毫不誇張地說，這部小說也改變了這座大教堂的命運。巴黎聖母院的名氣遠遠超過所有教堂，大半功勞應當歸於雨果的小說《巴黎聖母院》。許多遊客都是讀過小說，或者通過不同途徑知道這個故事，才慕名去參觀巴黎聖母院的，這是物以文傳的絕好例證。

雨果由一八〇二年出生至一八八五年去世，在人世八十三年，經歷了帝國到共和。在為雨果舉行國葬的時候，加西莫多似乎又飛身登上鐘樓，趴到大鐘瑪麗的身上拚命搖擺。巴黎聖母院的鐘聲格外哀婉，與主動送葬的兩百萬民眾「雨果萬歲」的呼聲合成奇妙的哀樂。一聲聲的鐘鳴，所表達的何止是沉痛，還隱含有遺憾。巴黎聖母院望著雨果的柩車駛向塞納河左岸，安葬到先賢祠，她心中何嘗不在想：「雨果啊雨果，葬在先賢祠，固然是一種殊榮，但是，你在我這裡長眠，才真正死得其所！」

《巴黎聖母院》於一九九一年譯出，納入《雨果文集》中，又選入《雨果精選集》中，後又出了四、五種單行本，早該修訂一下了。這次趁再版之機所做的修訂，仍失之倉促。世界文學名著的中譯本，十餘年校訂一次不為過，最好請高手操作，自我很難超越。好的中譯本，應是譯者的文學創作，能引起讀者的興趣。

二〇〇四年三月十八日於北京花園村

一八三一年初版作者原序

雨果

幾年前，我去聖母院參觀，更確切地說，是追蹤覓跡，在兩座鐘樓之一的暗角牆壁上，發現這樣一個手刻的詞：

ΑΝΑΓΚΗ[1]

這幾個大寫的希臘文字母，由於歲月侵蝕而發黑，深深刻入石壁中。其形貌和筆勢，不知是否借鑑了哥德字體的特徵，彷彿特為昭示這是由中世紀的人所寫下的。其中所包藏的難逃定數的寓意，深深地觸動了我。

我思索再三，力圖窺見究竟何等痛苦的靈魂，誓要在這座古老教堂的額頭上，刻下這罪惡的、或者凶兆的烙印，才肯離開人世。

後來，這面牆壁又幾經抹灰刷漿或者打磨（哪種原因已難知曉），字跡消失了。須知將近兩百年來，中世紀的宏偉教堂，無不遭受這種待遇。無論內部還是外部，四面八方都來破壞。神父要粉刷，建築師要打磨，最後百姓則蜂擁而至，將其拆毀，夷為平地。

刻在聖母院晦暗鐘樓上的神祕文字，及它所悲嘆的未知命運，就這樣湮沒無聞，如今僅餘本書作者我不絕如縷的追懷了。在石壁寫下這個詞的人，幾百年前就化為塵土了，歷經幾代人，這個詞也從大教堂的牆壁上消逝了，就連這座大教堂，恐怕不久也要從地球上消失。

本書就是基於這個詞而創作的。

一八三一年二月

①．希臘文：命運。

勘定本說明

雨果

此前曾預告本版要增加若干「新」章節，「新」字說法有誤，應當說「未曾面世」。因為「新」者，一般理解為「新寫的」，而本版增加的幾章並非「新寫的」。這幾章和本書其餘部分是同時寫就的，始於同一時期，源於同一思想，始終是《巴黎聖母院》手稿的組成部分。況且，身為作者的我也難以理解，一件作品既已完成，怎麼還能另加追寫鋪陳？這是不能隨心所欲的。我認為，從某種意義來講，一部小說的所有章節，必然是同時產生的，一部戲劇的所有幕次，也必然是同時產生的。所謂戲劇或小說，是一個整體，是一個神祕的小天地，由多少部分構成，決不要以為能武斷規定。這種性質的作品，動筆就應當一氣呵成，既成定型，再要實行嫁接焊接之術，則勢必貌離神異。事情一旦告成，就不要改變初衷，不要再補綴修飾了。書一旦出版了，作品的性別是男是女，立時便能確認並宣告，就猶如初生的嬰兒，只要發出第一聲啼哭，他就算是出生了，就是存在了，生長成什麼模樣，父母再也無能為力，他從此屬於空氣和陽光，生死由他吧。您的作品未獲成功嗎？只能認了。不要再給敗筆之作增添章節。您的作品不完整嗎？本來創作時就應當使其完整。您的這棵樹長節彎曲嗎？您是不可能把它扳直的。您的小說病勢危殆嗎？您無法重新賦予它生命的氣息。您的劇作生來就瘸腿嗎？請相信我，不要給它安裝一條木製的義肢。

因此，我特別說明，這裡增補的三章，並不是為這次再版特意寫作的。《巴黎聖母院》前幾版沒有收錄，原因很簡單，當初本書付梓的時候，裝著這三章書稿的袋子不巧遺失了。要麼重寫，要麼捨棄。我認為這三章中只有兩章篇幅較長，內容主要涉及藝術和歷史，縱然缺略了也無關宏旨，絕不會影響小說的故事情節，讀者也不會有所覺察，唯獨作者知道這一空缺的祕密。於是，我決定照樣付印。還有一點我不妨供認不諱，當時的我未免懶惰，面對補寫遺失的三章這一任務望而卻步，認為還不如另寫一部小說痛快。

如今，這三章又物歸原主，我就不失時機，讓它們復歸原位了。

現在的版本才是作品的全貌，是我夢想的樣子。一部創作是好還是壞，長壽還是短命，反正這就是我的初衷，原樣奉獻。

當然，有些人認為失而復得的幾章沒有多大的價值。他們自視甚高，在《巴黎聖母院》中僅僅追求戲劇性和故事情節。然而，也許另外一些讀者認為，探究本書中蘊藏的美學和哲學思想並不是徒勞無益的。他們在閱讀《巴黎聖母院》的過程中，津津有味地透過小說，探尋小說之外的東西，還饒有興趣地——恕我使用多少有點狂妄的字眼——通過詩人原原本本的創作，領悟歷史學家的體系、藝術家的理念。

這一版補足了缺失的幾章，主要還是考慮到後一類的讀者，一部《巴黎聖母院》假如值得添補，這麼一來也就補充完整了。

我在補充的其中一章，表述並闡明了當前的建築已衰微敗落的看法。而且不幸的是，我堅信這種至高無上的藝術，幾乎不可避免地走向死亡，這種看法在我的頭腦裡已然根深蒂固。不過，我也感到有必要在此表明：我強烈渴望有朝一日，未來判明我持論偏頗。我深知各種形式的藝術，可以把希望完全寄託在後代人身上。我們在工作室裡，不是能聽見天才的幼苗勃然萌發嗎？種子已然撒進犁溝，將來必定豐收。我只是擔心——其原因可以在第二卷中看到①，建築藝術這片古老的土地，千百年來

①．出版時調整，詳見第三卷，第一章。

曾是藝術的最佳土壤，如今恐怕元氣耗盡，精力衰竭了。

所幸今天的藝術青年朝氣蓬勃、精力旺盛，可以說是前途無量。儘管在當今的建築學校中的教員都非常可鄙，但是他們卻在不知不覺中，甚至與自己初衷完全南轅北轍地培養出了優秀的學生。與賀拉斯所說的那個陶匠正好相反，他心裡想著做雙耳尖底甕，偏偏做出罐子來。輪盤轉，罐子現。[②]

然而，不管建築藝術的前途如何，不管我們的青年建築師將來如何解決建築藝術問題，我們在企盼新建築物出現的同時，無論如何也要好好保護古建築物。如果有可能，還要激發全民族來熱愛民族的建築。作者我在此聲明，這正是本書的宗旨，這正是我生活的主要目標。

《巴黎聖母院》也許為中世紀藝術開闢了真正的前景，而對中世紀這一輝煌藝術，至今有些人還不甚了解，更糟糕的是還有人不屑一顧。身為作者甘當此任，但是我認為這一任務遠遠沒有完成。我已有多次機會挺身維護古老藝術，高聲揭露種種褻瀆、毀壞和玷污的行為。今後我還會繼續樂此不疲。我責無旁貸，誓要反覆強調這個問題。學院派那些主張打倒偶像的人越是瘋狂地攻擊中世紀建築藝術，我越要堅持不懈地起身捍衛。因為，看見中世紀的建築藝術落入什麼樣的人手中，無知的工人又是如何抹灰刷漿，踐踏這一偉大藝術的遺跡，著實令人痛心！眼睜睜地看著他們胡作非為，卻只是站在一旁噓幾聲，這真是我們有識之士的莫大恥辱！這裡講述的情況不只發生在外地，還天天發生在我們的家門口、我們窗戶下，天天發生在巴黎這個大都市，這座文化之都，這個出版、言論、思想自由之邦。在這篇勘定本說明的結尾，我不禁要列舉幾例來說明，他們就在我們眼皮底下、在巴黎藝術公眾的眼皮底下，全然不顧譴責，每天都在策劃、討論，開始並持續進行這些破壞文化的行徑，甚至還心安理得地順利完工，簡直膽大包天，令批評家們瞠目結舌。大主教府最近被拆除了，這座邸宅並不美觀，所以倒還不算損失，可是他們一股腦兒也把主教官邸拆毀，殊不知這是十四世紀遺留下來的珍貴古蹟，熱衷於拆毀的建築師根本不懂得加以區別。他們良莠不分，一併剷除。現在又有人議論要拆毀精美的萬森小教堂，拆下的石料用來建造連道邁尼[③]都不曾需要的堡壘。一方面不惜工本，加緊修復波旁宮那個破東西，另一方面卻任憑秋分的狂風肆虐，掃蕩聖小教堂美輪美奐的彩繪玻璃窗。屠宰場聖雅各教堂的鐘樓四周前幾天又搭起了鷹架，說不定哪天早晨，工人就要揮舞鎬頭了。事有湊巧，一名泥瓦匠在司法宮那兩座威嚴的鐘樓之間蓋了一間小白屋。另一名泥瓦匠又去閹割草場聖日爾曼，那可是有三座鐘樓的封建時代修道院草場④。毫無疑問，還會有一名泥瓦匠，將要夷平聖日爾曼—歐塞魯瓦王家教堂。所有那些泥瓦匠都自稱是建築師，由省政府或國庫支付報酬，他們還穿上綠色禮服⑤，所做的事卻無非是以冒牌的風格損害真正的風格。多麼可悲的景象！就在我們寫這篇說明的時候，他們當中的某個人正掌握杜樂麗宮。另一個人對著菲利貝爾．德洛姆⑥劈面砍了一刀，這位先生也不知人間有羞恥事，硬讓他那低矮蠢笨的建築，橫臥在文藝復興建築物這面最挺秀的門面之前，這在我們這個時代，當然不能說是一件無足掛齒的醜聞！

一八三二年十月二十日於巴黎

②．原文為拉丁文。語出賀拉斯的《詩藝》，意為教師本領平平，只能教學生做瓦罐，而學生更高明，做出雙耳尖底甕。

③．皮耶．道邁尼（一七七一—一八三二）：法國將軍，一八一四年曾率軍固守萬森堡，抵抗反法聯軍。

④．聖日爾曼修道院建於九九〇年至一〇一四年，是巴黎最古老的鐘樓之一，但三座鐘樓僅剩一座，故云「閹割」。

⑤．綠色禮服和綠色大禮服，是法蘭西學士院院士的服裝。

⑥．菲利貝爾．德洛姆（Philibert de l'Orme，一五一四—一五七〇）：法國建築師和建築理論家。他應凱塞琳．德．梅迪西王后之命，於一五六四年開始主持在瓦場舊址建造杜樂麗宮，拿出規模宏大的設計圖，體現義大利文藝復興風格和法蘭西精神，但他僅完成了主體結構。他死後，別人增添的建築違背這種風格。杜樂麗宮於一八八二年拆毀。

題解

一八二八年十一月十五日，雨果與出版商戈斯蘭簽訂了一部小說的出版合約，最遲要在一八二九年四月十五日交付書稿，要出版的小說正是《巴黎聖母院》。然而，他的寫作計畫一再推遲，直到一八三〇年七月二十五日才決意動筆。不料第三天巴黎又爆發革命，雨果不得不暫停寫作，拖到九月份才完全投入這部小說的創作。從九月一日到次年一月十四日，作者只用了四個半月的時間，趕寫完這部巨著。一八三一年三月十六日，《巴黎聖母院》兩卷本問世。

一八三二年十月，《巴黎聖母院》又增補了三章，推出作者勘定的版本，也就是這個譯本所依據的版本。作者說明增補的三章，即第三卷第一章〈聖母院〉和第二章〈巴黎鳥瞰〉，以及第五卷第二章〈這個將扼殺那個〉初稿中就已寫就，在付梓時遺失了，只好空缺，幸好在出版勘定本時找到，便各就各位，恢復原貌了。

增補的三章，究竟是失而復得還是補寫的，倒不一定非得考證清楚，重要的是增補的部分不失為精彩的篇章，是全書中作者尤其高亢激昂的聲音。至於寫作計畫一拖再拖，不惜因違約與出版商發生激烈的爭執，也是事出有因。作者最初的構想，是要效法華特．司各特，寫一部矛盾和衝突都有大結局的歷史小說。然而擬定好的全書佈局、情節和人物，卻被七月革命打亂。在一八三二年的〈勘定本說明〉中，作者表示幾年前參觀巴黎聖母院，在一個陰暗的角落發現了用希臘文刻下的「命運」一詞，從而引發他的寫作動機，這當然是假託。但是顯然在推遲寫作期間，雨果研究了大量的中世紀文獻，又受七月革命的啟迪，很快改變初衷，將壓在人世上的命運這一主題，置於黎明前最黑暗的中世紀末期，置於中世紀還在苟延殘喘、而新世紀即將躍出地平線的這段歷史，從而使這部作品沒有流於一般的歷史著作，而成為不朽名著。

《巴黎聖母院》一經問世，便獲得巨大成功，以致一八三三年，著名歷史學家米什萊就在《中世紀史》中寫道：「有人給這座建築留下獅子的爪痕，從今以後，誰都再休想碰一碰。」

與這座古老建築發生糾葛的三個人物：愛絲美拉達、克洛德．弗羅洛，尤其是加西莫多，也像《悲慘世界》中的尚萬強一樣，成為文學上不可磨滅的形象。

作品的反宗教、反封建主題是明顯的，而對罪惡現實的描述，始終貫穿著一股巨大的浪漫主義激情，這就能產生強烈的感染力，能震撼一代代人的心靈，足令不同地域、不同時代的人跟著謳歌，跟著憎惡，跟著思索這神祕的命運。

主要人物表

愛絲美拉達（Esmeralda）——美麗淳樸的吉卜賽女郎，自幼被人拐騙，靠跳舞賣藝謀生。

加西莫多（Quasimodo）——畸形的棄兒，被弗羅洛收養，長大後成為巴黎聖母院大堂的敲鐘人。

弗羅洛（Frollo）——巴黎聖母院的主教代理。

浮比斯（Phoebus）——國王宮廷隊隊長。

格蘭古瓦（Gringoire）——窮酸文弱的詩人。

克洛班（Clopin）——巴黎乞丐的首領，奇蹟宮大王。

麻袋女（la sachette）——又名帕蓋特·香花歌樂女、古杜勒修女，愛絲美拉達的生母。

百合花（Fleur-de-Lys）——貴族小姐，浮比斯的表妹和未婚妻。

LIVRE PREMIER.

第一卷

一、大堂

話說，距今三百四十八年零六個月十九天前，那日巴黎萬鐘齊鳴，響徹老城、大學城和新城三重城垣[1]，驚醒了全體市民。

其實，一四八二年一月六日那天，並不是史冊記載的紀念日。一大清早全城鐘聲轟鳴，市民驚動，也沒有發生什麼驚天動地的大事。既不是皮咯第人或勃艮第人[2]進犯，也不是抬著聖骨盒的宗教列隊儀式；既不是拉阿斯城[3]學生造反，也不是「我們尊敬的聖主國王陛下」入城；甚至不是在司法宮廣場吊死男女扒手的熱鬧場景；更不是十五世紀常見的羽飾盛裝的某國使臣蒞臨到任。就在兩天前，還有這樣一隊人馬，即弗蘭德使團奉命前來，為締結法國王太子和弗蘭德瑪格麗特公主的婚約[4]。為此，波旁紅衣主教不勝其煩，但是他為了討好國王，不得不滿臉堆笑，迎接弗蘭德市政官那群土裡土氣的外國佬，還在波旁公爵府款待他們，為他們演出一場「特別精彩的寓意劇、滑稽劇和鬧劇」。不料天公不作美，一場滂沱大雨，將府門掛的精美華麗的帷幔淋得一場糊塗。

一月六日那天，是約翰．德．特洛伊所說的「全巴黎歡騰」的雙重節慶，即遠古以來就有的主顯節和狂人節[5]。

這一天，照例要在河灘廣場[6]燃起篝火，在布拉克小教堂那裡植五月樹，在司法宮演出聖蹟劇。就在前一天，市政官大人已派差官通告全城。他們身穿神氣的紫紅毛紡襯甲衣，胸首繡著白色大十字，到大街小巷的路口吹號並高聲宣告。

清早，住家和店鋪都關門閉戶，男男女女從四面八方湧向三處指定的場所。去看篝火，賞五月樹還是觀賞聖蹟劇，要隨各人的興趣而定。而在這裡應當讚揚巴黎看熱鬧的人，他們有古人的見識，絕大多數人都選擇去看篝火，因為這正合時令；也有些人去觀賞聖蹟劇，因為那是在司法宮大廳演出，那裡能遮風避雨。大家彷彿串通一氣，誰也不去布拉克小教堂墓地，讓那棵花還不繁茂的可憐五月樹孤零零地在一月的天空下瑟瑟戰慄。

市民大多湧進通往司法宮的街道，他們知道兩天前到達的弗蘭德使團要前來看戲，並觀看在同一大廳舉行的推舉醜大王的場面。

司法宮大廳雖然號稱世界最大的禮廳（須知索瓦爾⑦那時尚未丈量過蒙塔日城堡的大廳），但是這一天要擠進去談何容易。通向司法宮廣場的五、六條街道猶如河口，不斷湧出一股股人流。從住戶

①．老城今稱城島，在塞納河中，是巴黎城的發祥地，東側有巴黎聖母院和司法宮。大學城位於塞納河左岸（即南岸）。新城則指塞納河右岸（即北岸）巴黎城一部分。中世紀的巴黎三重城垣，於本書第三卷第二章《巴黎鳥瞰》中有詳盡描述。

②．皮咯第位於法國北部地方，勃艮第位於法國西部地區，兩地都曾建立過強大的封建王國。

③．拉阿斯城：大學城的舊稱。

④．王太子：即路易十一的兒子，一四八三年繼位，稱查理八世。他與瑪格麗特公主並未結婚。瑪格麗特稱為奧地利的瑪格麗特公主，原是勃艮第大公弗朗索瓦一世之女，作為未來的王妃在法國宮廷長大，後因太子娶了布列塔尼的安娜而另嫁。

⑤．主顯節：又譯顯聖節。據《聖經．馬太福音》記載，耶穌三次顯聖，故天主教稱為「三王來朝節」，定為一月六日。狂人節：是中世紀民間的狂歡節日。

⑥．河灘廣場：塞納河邊的廣場，是無業遊民聚集、民間節慶和處決犯人的地方。一八〇六年更名為市府廣場。

⑦．亨利．索瓦爾（Henri Sauval，一六二三—一六七六）：法國歷史學家，著有《巴黎史》等。

的窗口望過去，只見廣場上人山人海，萬頭攢動。人流的洶湧波濤不斷擴大，衝擊著樓房的牆角，而那些牆角又像岬角，圍著不規則狀的廣場。司法宮高大的哥德式⑧建築正中央，一座寬大臺階上，上下人流交匯在一起，又在接續的臺階分成兩股，從兩側斜坡傾瀉到人海浪濤中。這座臺階就是一條水道，不斷向廣場流注，猶如瀑布瀉入湖泊中。成千上萬人呼喊、嬉笑、走動，人聲鼎沸。這種喧囂和鼓噪還不時加倍。湧向大臺階的人流受阻，折回頭來，亂成一團，形成了漩渦。原來是市政廳的一名弓箭手在推人，或者一名警官策馬衝撞，以便維持秩序。這種傳統實在值得稱道，是由市政廳傳給總督府，又由總督府傳給騎警隊，再傳給我們今天的巴黎保安隊。

成千上萬面孔和善的市民，密密麻麻地站在門口、窗邊，或爬上天窗、屋頂，安靜又老實地注視著司法宮及熙熙攘攘的人群。時至今日，巴黎依然有許多人滿足於當個看熱鬧的觀眾，光是猜想人牆裡面發生了什麼事，就已經令他們覺得很有意思了。

我們這些一八三〇年的人，假如能在想像中穿越到十五世紀的這群巴黎人之中，與他們一起前呼後擁、摩肩接踵地擠進原本十分寬敞，卻在一四八二年一月六日這天顯得無比窄小的司法宮大廳，周圍所見的景象本來全都是古老的東西，看起來卻反而有全新的感覺。

如果讀者願意，讓我們試著想像：我們一起跨進這座大廳，躋身於這群短衣短襖打扮的嘈雜的平民之中，會是什麼樣的景象。

先是耳中一片嘈雜，眼花繚亂。在我們頭頂上的是雙合圓拱尖頂，雕花鑲木，繪成天藍色、襯著金黃色的百合花圖案，腳下的是黑白相間的大理石地面。幾步之遙有一排巨大圓柱，總共七根，沿中軸線一字排列，支撐著雙圓拱頂的交匯點。前面四根柱子周圍擺了幾個小攤，賣些閃閃發亮的玻璃和金屬飾片製品。裡面的三根柱子周圍設有幾張橡木長椅，天長日久已經磨損，被被告人的褲子和律師的袍子磨得油光閃亮。沿著大廳四面高高的牆壁，在門、窗戶、邊柱之間，排列著自法拉蒙德⑨以來法國歷代君主的雕像。無所事事的國王垂著雙臂，低垂著眼睛；勇武好戰的國王則昂首挺胸，雙手直指天空。此外，一扇扇尖拱長窗上的彩繪玻璃五光十色，寬敞的門扉全都精工細雕、富麗堂皇。拱頂、圓柱、牆壁、長窗、鑲板、寬門、雕像，一切從上到下繪成天藍和金黃兩色，一望過去金碧輝煌，光彩奪目。不過現在見到時大廳的色彩已略顯黯淡，到了西元一五四九年，儘管杜．勃勒爾還沿襲傳統讚美過它，但事實上它幾乎完全隱沒再厚厚的灰塵和蛛網下了。

在一月份的一天，這座長方形寬敞的大廳裡射進蒼白的天光，被打扮得花枝招展的吵嚷人群攻佔。只見他們沿著牆閒逛，繞著七根圓柱迴旋。現在我們已經對整幅景象有了大致的印象，接下來只需描述一些有趣的部分。

假如拉瓦亞克沒有刺殺亨利四世[⑩]，那麼，司法宮檔案室也就不會存放兇手的案卷，他的同謀也就不會考慮自身利害，非把此案卷宗銷毀不可，而縱火犯也就不會別無良策，只好一把火將檔案室燒掉，要燒掉檔案室，又只好一把火將司法宮燒掉。由此可見，沒有弒君一案，也就不會有一六一八年那場大火了。從而，古老的司法宮及其大廳，也就會依然屹立，我也就可以對讀者說：「請親眼去看看吧！」我們雙方都省事。我就不需像上面那樣描繪一番，讀者也不用費心閱讀。——這情況證明了新的真理：重大事件必有難以估量的後果。

首先，拉瓦亞克很可能沒有同謀；其次，即便有同謀，他們也很可能與一六一八年那場大火毫無關係。其實，還有兩種解釋都說得通：其一，三月七日後半夜，一顆寬一尺，長約一臂的燃燒大隕石，自天而降，落到了司法宮。其二，有堤歐菲這四行詩為證：

⑧．「哥德式」一詞，通常用得完全不恰當，但又完全約定俗成了，我們只好沿用，按照大家理解的那樣，用來標示中世紀後半期的建築風格，其基調為尖拱，是前半期以半圓拱為主的建造風格發展而成的。——作者原注

⑨．法拉蒙德（Pharamond）：傳說中法蘭克人的君主，生活在西元五世紀。

⑩．亨利四世（一五五三—一六一〇）：法國國王，一六一〇年遭弗朗索瓦．拉瓦亞克刺殺。

一場遊戲多悲慘，
只緣案桌嘴太貪，
司法女神鎮巴黎，
眼看宮殿火沖天。

一六一八年司法宮大火的起因，有政治的、自然的和詩意的三種解釋，不管我們的看法如何，不幸的那場大火卻是千真萬確的事實。這座法國最早的王宮，如今已經所剩無幾，這自然要歸功於那場大火，更要歸功於後來歷次的修復工程。這座王宮堪稱羅浮宮的長兄，在美男子腓力王⑪在位時期，年歲就相當大了，有人甚至依照埃加杜斯所描述的、由羅貝爾王⑫興建的宏偉樓閣去尋找遺跡，但幾乎蕩然無存了。聖路易⑬「完婚」的那間樞密處室如今安在？他身穿駝毛布上衣、棉毛混紡的馬甲和紫檀色長外套，與瓊維爾⑭一起席地躺在毛毯上審理案件的花園又在何處？西吉斯蒙德皇帝⑮的寢宮在哪裡？查理四世、無采邑⑯的約翰王⑰的寢宮又在哪裡？查理六世⑱頒發大赦諭的那座樓梯何處尋覓？馬塞爾⑲當著王太子⑳的面，殺害羅貝爾·德·克萊蒙和德·香檳元帥時，所踏的那塊石板地位於何處？還有那條狹廊——撕毀偽教皇訓諭的地方，而傳諭使者身穿法袍，頭戴法冠，一身可笑的打扮，從那裡出發遊遍巴黎全城以示謝罪——如今在何處？那座大廳及其鍍金的裝飾、天藍色的彩繪、尖拱長窗、一尊尊雕像、一根根圓柱、佈滿雕刻圖案的高大拱頂，如今又在何處？那金碧輝煌的寢宮呢？那守門的石獅，如同所羅門座前獅子般低垂腦袋、夾著尾巴，一副暴力服從公理的恭順模樣，它在哪裡？那一扇扇精美的房門、絢麗的彩繪玻璃窗在哪裡？那令比科奈特也甘拜下風的鏤花鐵包角、杜·昂西製作的精細木器，究竟在哪裡呢？歲月和人事，如何摧殘那些巧奪天工的傑作？又用什麼取代了那一切呢？用什麼取代了整個高盧的歷史、整個哥德式藝術呢？無非是設計聖熱爾維教堂大門道的那個笨拙的建築師德．勃羅斯先生，建造的低矮笨重的穹隆，藝術遺產就只有這些。至於歷史，那根粗柱子為我們喋喋不休敘述的關於派特律之流的蜚短流長，至今還迴盪不已。

不過，這些都無足掛齒。還是扯回話題，談談古老司法宮那名副其實的大堂。

那座長方形大堂無比寬敞，兩端各有用處。一端安放著名的大理石案，長度、寬度、厚度都無與倫比，正如古代土地賦稅簿中描述的那樣，「一塊舉世無雙的大理石」——這種說法肯定能讓卡岡都亞[21]食欲倍增。另一端闢為小教堂，路易十一命人雕塑他的跪像，放在聖母像前面，他還命人把查理大帝和聖路易的雕像移進來，全然不顧外面一長排歷代國王雕像中間，留下了兩個空洞的壁龕。顯然，他認為這兩位曾擔任法國國王的聖君，為他在天堂美言最有分量。小教堂剛建六年，還是嶄新的，建築精美，雕刻奇妙，鏤刻也細膩精微，這種整體的美妙建築藝術品格，標示哥德時代在我國進入末期的特徵，並延續到十六世紀中葉，煥發出文藝復興時期那種仙國幻境般的奇思異想。門上方那

---

⑪．美男子腓力王（一二六八—一三一四）：即腓力四世，一二八五年至一三一四年在位。
⑫．羅貝爾王（九七二—一〇三一）：即虔誠者羅貝爾二世，九九六年至一〇三一年在位。
⑬．聖路易（一二一四—一二七〇）：即法王路易九世，一二二六年至一二七〇年在位，於一二三四年娶普羅旺斯伯爵之女瑪格麗特為王后。
⑭．讓．德．瓊維爾（Jean de Joinville，一二二四—一三一七）：法國歷史學家，聖路易的近臣。
⑮．西吉斯蒙德皇帝（Emperor Sigismond，一三六八—一四三七）：日爾曼皇帝，一四一一年至一四三七年在位。
⑯．采邑：古代君主或諸侯分給臣下或部將的領地。
⑰．約翰王（一一六六—一二一六）：英國國王。他同法國國王聯合反對他的父王，又因過錯被法國國王奪回了領地，故稱無采邑的約翰王。
⑱．查理六世：法國國王，查理五世之子，於一三八〇年至一四二二年在位。
⑲．艾蒂安．馬塞爾（Étienne Marcel，一三一五—一三五八）：法國政治家，巴黎商會會長，他夥同全國三級會議中的資產階級領袖，把改革的法令強加給王太子，又於一三五八年發動巴黎人革命，衝進王宮，殺害王太子的兩名輔臣。
⑳．王太子：即查理五世，一三六四年至一三八〇年在位。他鎮壓了艾蒂安．馬塞爾發動的巴黎和雅克團暴動，收復大部分英國佔領的國土。
㉑．卡岡都亞（Gargantua）：法國著名作家拉伯雷小說《巨人傳》中主人公，食量驚人。

扇鏤空玫瑰花小圓窗，那麼精巧秀麗，宛如飾以花邊的星星，尤其堪稱精品。

大堂中央，正對著門，有一個靠牆鋪設的金線織錦的看臺，其專用入口，就是那間金碧輝煌的接待室窗口，此處特為接待應邀觀看聖蹟劇的弗蘭德特使和其他大人物。

聖蹟劇照例要在那張大理石案上演出。為此，石案一大清早就被佈置妥當。已被司法宮書記們的鞋跟劃得滿是痕跡的大案面上，搭了一個高大的木架，頂板充做舞臺，整個大堂的人都看得見。木架四周圍著掛毯，裡面充當演員的更衣室。外面赤裸裸豎起一架梯子，連接更衣室和舞臺，供演員上下場。不管多麼出乎意料的人物、多麼曲折的故事，也不管多麼突變的情節，無不是經由這架梯子登場的。戲劇藝術和舞臺設計的幼年時期，是多麼天真而可敬啊！

司法宮典吏手下的四名警官守住大理石案的四角，每逢節慶或行刑的日子，他們總要派往現場，監視民眾的娛樂活動。

要等到司法宮的大鐘敲響十二下，戲才能開場。對一場戲來說這個時間當然太晚了，不過，他們不得不遷就外國使團的行程。

熙熙攘攘的觀眾們已經等待了一個早上。這些趕熱鬧的老實人，有許多天剛亮就來到司法宮大臺階前，凍得瑟瑟發抖。還有幾個人聲稱他們在大門前守了通宵，好搶在第一批衝進去。人越聚越多，彷彿水超過正常水位而外溢，開始漫向牆壁，淹沒圓柱，一直漲到柱子、牆簷和窗臺上，漲到這座建築物的所有突出處和浮雕上。這麼多人被關在大堂裡，一個挨一個，你推我擠，有的還被踩傷，簡直喘不過氣來，四周一片喧噪抱怨之聲。外國使團遲遲未到，大家等得苦不堪言，何況這是個可以隨意胡鬧耍賴的日子，於是，誰的臂肘被撞了一下，誰的鞋被踩了一腳，正好找藉口爭吵打架。抱怨和咒罵響成一片，有的罵弗蘭德人、罵市政官、罵波旁紅衣主教、罵司法宮典吏、罵奧地利的瑪格麗特公主、罵執法的警官，還有罵天氣冷的、有罵天氣熱的、有罵天氣壞的，還罵巴黎主教、罵醜大王、罵大圓柱、罵雕像，甚至罵那關閉的大門、罵那敞開的窗戶，全部罵遍。而混雜在人群中的一群群學生和僕役最為起勁，他們還不斷挖苦嘲弄，可以說是火上加油，更加煽動了大家的火氣和急躁情緒。

有一群愛惡作劇的小鬼，他們打爛一扇玻璃窗，大膽地坐在上面，居高臨下，時而看看裡面，時而看看外面，既嘲弄大堂裡的群眾，也嘲笑廣場上的群眾。他們與大堂另一端的夥伴遙相呼應，相互調笑，模仿別人的動作，大笑不止。顯而易見，這些年輕學生絲毫不像其他煩悶和疲倦的觀眾，他們在等待另一場戲的開演時，便從眼前的景物中自己演起了另一場戲來，自得其樂。他們的其中一人喊道：

「別跑，一定是你，不愧叫磨坊約翰·弗羅洛，看你那兩條手臂和兩條腿，就跟迎風旋轉的風車一樣。你來多久啦？」

那個綽號叫磨坊的小頑皮鬼，有一頭金髮、一張俊秀而調皮的面孔，此刻他正攀在一根柱子的飾葉上。他回答說：

「仁慈的魔鬼啊！來了有四個鐘頭啦！但願這四個鐘頭沒白過，從我在煉獄贖罪的時間裡扣除。我來的時候，正趕上在聖小教堂做七點鐘的大彌撒，聽見西西里王那八名孩童唱聖歌的第一節。」

「那些唱聖歌的孩童真棒，」另一個又說道，「嗓門比他們腦袋上的帽子還尖！給聖約翰先生舉行彌撒之前，國王陛下應當打聽聖約翰先生喜不喜歡用普羅旺斯地方口音唱拉丁文的頌詩。」

「哦，舉行這次彌撒，原來是為了雇用西西里王那些該死的聖歌孩童啊！」一個老太婆在窗戶底下的人群中尖聲尖氣地喊道，「你們說說看！一場彌撒要花一千巴黎利弗爾！還不是從巴黎菜市場海鮮稅中出的錢！」

「住嘴，老太婆！」一個表情嚴肅又很神氣的胖子說，他緊挨著賣魚婆，不得不捂住鼻子，「本來就該舉行彌撒，你總不希望國王又病倒吧？」

「說得好，吉勒·勒角奴[22]閣下，專為王室準備皮貨的大老闆！」攀在柱頂雕飾上的小個子學生喊道。

王室皮貨商竟有這樣倒楣的姓氏，學生們聽了都哈哈大笑。

「勒角奴！吉勒．勒角奴！」有些人喊道。

「長了角，生滿毛。㉓」另一個人也接著喊。

「嘿！那還用說，」攀在柱頂的那個小鬼頭繼續說，「有什麼好笑的？吉勒．勒角奴可是個人物，內廷總管約翰．勒角奴先生的胞弟，萬森樹林㉔首席護林官馬伊埃．勒角奴的公子！他們個個都是巴黎的好市民，父子相傳，全都正式結了婚！」

歡樂的情緒頓時倍增。目光從四面八方射過來，胖子皮貨商不敢應聲，拚命掙扎想躲起來，累得他氣喘吁吁，滿頭大汗，然而無濟於事。他就像一個楔子卡在木頭裡，越用力就卡得越緊，結果他的腦袋更加牢固地夾在前後左右的肩膀中間。他又氣又惱，那張充血的大臉漲成了豬肝色。

終於有人來救駕了，此人跟他相貌一樣，又矮又胖，是個道貌岸然的人。

「壞透啦！學生竟敢這樣對市民講話！想當年這種情況下，就要用劈柴棒子狠揍，再用那些柴活活燒死他們。」

那群學生哄堂大笑。

「赫——啦——嘿！誰唱得這麼好聽啊？是不是夜貓子哭喪呢？」

「咦，我還以為是誰呢，原來是安德里．穆尼埃老闆啊。」一名學生說道。

「我認得，他是我們大學四名宣過誓的書商㉕其中之一嘛。」另一名學生也說道。

「在他店裡，什麼都規定四個，」第三個人喊道，「四個學區㉖、四個學院、四個節日、四名稽查、四名選民、四名書商。」

「好哇，」約翰．弗羅洛說，「那就讓他們看看四齣鬧劇。」

「穆尼埃，我們要燒掉你的書！」

「穆尼埃，我們要痛打你的僕人！」

「穆尼埃，我們要調戲你的老婆！」
「那個胖妞小姐！」
「風流快活，勝過小寡婦！」
「讓魔鬼都把你們抓走！」安德里．穆尼埃老闆咕噥一句。
「住嘴，安德里老闆，」始終吊在柱頂端的約翰又說道，「要不然我就跳下去，砸到你腦袋上！」
安德里老闆仰頭望望，彷彿要計算柱子有多高，以及頑皮鬼有多重，心算一下重力乘以加速度的結果，便不敢做聲了。
約翰掌控了這座戰場，又乘勝追擊：
「我真的敢這麼做，別看我是主教代理的弟弟！」
「傑出的先生，我們大學的弟兄們！像今天這樣的日子，我們的權益都得不到尊重！哼，新城有五月樹和篝火，老城有聖蹟劇、醜大王，還有弗蘭德使團，可是，我們大學城呢，什麼也沒有！」
「照理來說，我們的莫伯廣場不是很大嗎？」一名學生趴在窗臺上接著喊道。
「打倒校長！」約翰突然喊道，「打倒選民和稽查！」
「今天晚上，」另一個接著喊道，「去加雅田園，用安德里老闆的書燃起篝火！」

㉒．勒角奴：法文意為「長了角的」，還引申為「戴綠帽子」。
㉓．原文為拉丁文。
㉔．萬森樹林：位於巴黎東郊。
㉕．按照中世紀法律，必須舉行宣誓儀式，才能取得某項經營的特許，誓詞內容主要是遵守宗教信條。
㉖．當時巴黎大學學生按籍貫分成四個學區：法蘭西學區、皮喀第學區、諾曼第學區和日爾曼學區。

「也燒掉錄事們的書桌！」旁邊一名學生也喊道。

「也燒掉堂守們的棍棒！」

「也燒掉院長們的痰盂！」

「也燒掉稽查們的酒櫃！」

「也燒掉選民們的票箱！」

「也燒掉校長那些凳子！」

「全打倒！」小約翰用雄蜂一般的聲音接著喊道，「打倒安德里老闆！打倒堂守和錄事！打倒神學家、醫生和經學博士！打倒稽查、選民和校長！」

「這簡直是世界末日！」安德里老闆捂住耳朵咕噥道。

「注意，校長來啦！他從廣場那邊走過來。」窗邊上的一個傢伙喊道。

於是，大家的目光都爭相移向廣場。

「真的是校長大人蒂博先生嗎？」磨坊約翰．弗羅洛問道。他攀附在大堂中間的柱子上，望不見外面的情景。

「是他，是他，」大家異口同聲地回答，「沒錯，正是他，正是校長蒂博先生。」

果然，正是校長和大學的要員們正隆重地迎接外國使團穿過司法宮廣場。學生們湧到窗邊，以嘲笑和諷刺的掌聲歡迎他們，而首當其衝遭受痛擊的，是走在前頭的校長先生。

「您好哇，校長先生！赫——啦——嘿！您老人家可好！」

「這個老賭棍，他跑到這裡來幹什麼呀？怎麼，他把骰子丟下啦？」

「看他騎著騾子，一顛一顛的樣子！騾子的耳朵還沒有他的耳朵長。」

「赫——啦——嘿！您好，蒂博校長先生！蒂博賭棍[27]！老傻瓜！老賭棍！」

「上帝保佑您！昨天晚上，您一直擲出雙六吧？」

「噢！看他那張老臉，都因為愛賭愛擲骰子，弄得那麼疲憊不堪，彷彿包了一層青皮。」

「擲骰子的蒂博[28]，您這樣背向大學城，急急忙忙往新城跑，究竟要去哪裡啊？」

「當然要去蒂博多骰街，開個房間玩個痛快嘛！」磨坊約翰喊道。

那群學生瘋狂地鼓掌，喊聲如雷，一起重複這妙語雙關的挖苦話。

「您要去蒂博多骰街開個房間，對不對呀，校長先生，魔鬼牌桌的大賭棍？」

繼而，攻擊目標又轉向大學的其他有權勢的人物。

「打倒堂守！打倒執杖吏！」

「喂，羅班．普斯潘，你看看，那傢伙是誰呀？」

「他是吉貝．德．許利。『吉貝圖斯．德．許利亞科[29]』，奧頓學校的校長。」

「嘿，拿著我的鞋子，你的位置比我這裡好，把鞋摔到他臉上！」

「看啊，我們把縱情狂歡節的胡桃扔過去啦[30]！」

「打倒六位神學家和他們的白法袍！」

「那是神學家嗎？我還以為是六隻大白鵝，是聖女熱納維耶芙[31]代表魯尼采邑，送給巴黎城的呢。」

「打倒醫生！」

「打倒經院爭論和教義問答！」

---

[27][28]．原文為拉丁文。

[29]．吉貝．德．許利改為拉丁文的讀音。

[30]．原文為拉丁文。縱情狂歡節為古羅馬的農神節。

[31]．相傳是巴黎城的保護女神。

「向你脫帽致敬，聖女熱納維耶芙教堂堂主！你移花接木，奪了我的權利！千真萬確！他把我在諾曼第學區的名次，給了布日省的阿斯卡尼奧．法爾紮帕達，就因為他是義大利人。」

「這太不公道啦！」所有學生齊聲喊道，「打倒聖女熱納維耶芙教堂堂主！」

「赫—嘿！若善．德．拉德奧先生！赫—嘿！路易．達于伊！赫—嘿！朗貝．奧克特芒！」

「讓魔鬼掐死德意志學區的稽查！」

「也掐死聖小教堂的神父和他的灰皮披肩！㉜」

「也掐死一身灰皮的神父！㉝」

「赫—啦—嘿！文學博士們！這麼多漂亮的黑斗篷！這麼多漂亮的紅斗篷！」

「成了校長的一條美麗尾巴！」

「就好像威尼斯一位公爵要去嫁給大海！」

「看哇，約翰！聖女熱納維耶芙教堂的神父們！」

「讓神父們全部見鬼去！」

「克洛德．肖阿神父！克洛德．肖阿博士！您這是去找瑪麗．吉法爾德的女人嗎？」

「她住在格拉蒂尼街。」

「她在給淫蕩王鋪床。」

「她倒貼四文錢。㉞」

「或者一頓美餐。㉟」

「您要不要她當面貼給您啊？」

「同學們！看西蒙．桑甘先生，皮喀第的委員，他還在騾子屁股上把老婆帶來啦！」

「騎士身後坐著憂慮㊱。」

「振作點，西蒙先生！」

「早安，委員先生！」

「晚安，委員夫人！」

「他們多快活呀，什麼都看得見。」磨坊約翰嘆道，他還一直攀附在柱頂的葉飾上。

這期間，大學城宣過誓的書商安德里．穆尼埃先生，探身湊到王室皮貨供應商吉勒．勒角奴的耳邊，悄聲說道：

「跟您說吧，先生，世界末日到了。從未見過學生這樣胡鬧。全怪本世紀那些可惡的發明，把什麼都給毀了。什麼火炮呀，蛇紋炮呀，臼炮呀，尤其是印刷術——這又是從德國傳過來的瘟疫。手稿不復存在了，書籍不復存在了！印刷術扼殺了書店這一行，世界末日就要來了。」

「從天鵝絨衣料越來越時髦上，我就看出了這一點。」皮貨商說道。

這時，正午的鐘聲敲響了。

「哈！……」全場異口同聲地叫了起來。

學生們也沉默下來。接著，全場大亂，一個個探頭探腦，伸腰蹬腿，又是咳嗽又是擤鼻涕，如爆炸一般響成一片。人人都想找個好位置，紛紛踮起腳來。接著，全場又肅靜了，一個個脖子伸長，嘴巴張大，所有目光都轉向大理石案。然而，什麼也沒有出現。四名警官始終立在那裡，身體僵直，紋風不動，猶如四尊彩繪雕塑。於是，全場的目光又移向弗蘭德使團的座位。那邊的門依然緊閉，看臺上始終空空如也。大堂裡的人們從一清早就在等待著三樣東西：正午、弗蘭德使團和聖蹟劇。現在，

㉜．「及其灰皮披肩」又用拉丁文重複一遍。

㉝㉟．原文為拉丁文。

㉞．「四文錢」又用拉丁文重複一遍。

㊱．原文為拉丁文，引自古羅馬詩人賀拉斯《頌歌》第三篇第一章。

只有正午準時到來。

這未免太過分了。

大家又等了一分鐘、兩分鐘、三分鐘、五分鐘、一刻鐘，還是毫無動靜。看臺上空蕩蕩的，戲臺上靜悄悄的。這時，人們焦躁的情緒轉為氣惱。激憤的言辭開始在場內傳播，起初還只是低聲咕噥：「聖蹟劇，聖蹟劇！」接著情緒越發激烈，一場暴風雨在人們的頭頂醞釀，已隱隱傳來隆隆的雷聲。磨坊約翰率先觸發一道閃電：

「聖蹟劇，讓弗蘭德人見鬼去吧！」他像蛇一樣盤曲在柱子上，大吼一聲。

全場鼓掌。大家也紛紛喊叫：

「聖蹟劇，讓弗蘭德人見大鬼小鬼去吧！」

「我們要求，聖蹟劇馬上開場。」磨坊約翰大吼道，「要不然，我們就把大法官當場吊死，算做一齣喜劇、一齣寓意劇！」

「說得好！」眾人又喊道，「先把他的幾名警衛吊死吧！」

全場立刻歡呼。那四個可憐蟲大驚失色，面面相覷。人群湧過去，四個傢伙眼看著單薄的木隔柵被擠得彎曲，快要被衝破了。

形勢萬分緊急。

「把他們套起來！套起來！」四面八方喊聲一片。

恰巧在這時候，上面描述過的更衣室的帷幔忽然掀開，鑽出一個人來。眾人一見他出現，就彷彿中了魔法，憤怒登時化為好奇。

「肅靜！肅靜！肅靜！」

那人神色慌張，渾身發抖，他邊走邊鞠躬，越靠近前越像跪拜，一直走到大理石案的邊緣。

這時候，場內也漸漸靜下來，只有隱隱的騷動聲。

「市民先生們，」那人說道，「市民女士們，我們萬分榮幸，要在紅衣主教大人面前朗誦演出一齣極為精彩的寓意劇，名叫《聖母瑪利亞的明斷》。天神朱庇特由在下扮演。此刻，紅衣主教大人正陪伴奧地利大公派遣的尊貴的使臣，在博岱門聽取大學校長先生的演說，故稍有延誤。等紅衣主教大人蒞臨，我們就開場。」

當然，在這種情況下，只有天神朱庇特出面干預，才能保全這四名倒楣警衛的性命。如果我們有幸在此杜撰了這個如此真實的故事，也勇於在批判之神聖母面前承擔責任。若有人借機引用一句古訓：「願天神不要干預」[37]，也奈何不了我們。再者，朱庇特大人那身服飾極為華麗，立刻吸引了全體觀眾的注意力，讓他們安靜下來。朱庇特身穿鎧甲，外罩裝飾有鍍金大鈕扣的黑絲絨，頭戴綴有鍍金邊銀釦的尖頂盔，要不是濃妝和大鬍子分別遮住他的臉，還有他手執著掛滿金片銀條金光閃閃的硬紙板圓筒（明眼人一看就知道，那圓筒代表雷電），以及他赤腳穿著古希臘式的皮絆鞋，那麼，他這一身威風凜凜的打扮，真讓人忍不住與貝里公爵[38]麾下禁衛軍中的布列塔尼弓箭手作比較。

㊲．原文為拉丁文。引自賀拉斯的《詩藝》。

㊳．貝里公爵（一四四六－一四七二）：法國國王查理七世的第四個孩子，與他繼承王位的哥哥路易十一對立。

二、皮耶・格蘭古瓦

然而，觀眾見到他那副扮相時一致感到的滿意和讚賞，又隨著他演講的內容漸漸消失了。當他不識時務地說道：「等紅衣主教大人法駕一蒞臨，我們就開場。」，他的聲音在一片雷鳴般的噓聲中被淹沒。

「馬上開演！聖蹟劇！聖蹟劇馬上開場！」觀眾吼叫起來。

「馬上開場！」磨坊約翰的尖聲怪叫在所有聲音之上，猶如樂隊中的高音笛聲，衝破這片喧囂。

「打倒朱庇特！打倒波旁紅衣主教！」羅班・普斯潘和高踞窗臺上的其他學生也大喊大叫。

「馬上演出寓意劇！」觀眾紛紛附和，「馬上！立刻開演！不然就給演員和紅衣主教準備麻袋和繩子！」

可憐的朱庇特嚇得魂飛魄散，濃妝豔抹的臉透出蒼白，手上的雷電也掉落了。他摘下頭盔，連連鞠躬，一邊發抖，一邊結巴地說：「紅衣主教大人……使團……弗蘭德的瑪格麗特公主……」他語無倫次，心裡畢竟害怕被吊死。

他左右為難：繼續讓觀眾等待的話會被他們吊死，不等待紅衣主教的話又會被他絞死，兩個困境之間只能看見深淵和絞刑架，別無其他選擇。

幸好有人挺身而出，替他解圍。

原來，此人隱身在欄杆和大理石案之間的空隙裡，他瘦長的身子完全被背靠的圓柱遮住，誰也沒看見他。他又高又瘦，臉色蒼白，一頭金髮，雖然人還算年輕，額頭和臉頰上卻已經有了皺紋，眼睛炯炯有神，嘴角總帶著笑意，身上的舊黑袍已經磨得發亮。這時，他走到大理石案前，向那個準備受刑的可憐傢伙招了招手。然而那傢伙已經嚇昏了頭，什麼也沒有看見。

新露面的人又朝前跨了一步，說道：「朱庇特！親愛的朱庇特！」

朱庇特什麼也沒有聽見。

這個金髮高個子終於不耐煩了，大喊道：

「米歇爾．吉博納！」

「是誰叫我？」朱庇特開了口，彷彿從夢中驚醒。

「是我。」黑衣打扮的人答道。

「哦！」朱庇特驚嘆一聲。

「立刻開演吧！」那人說道，「先滿足民眾，我負責去請大法官息怒，大法官再去請紅衣主教先生息怒。」

朱庇特這才緩過氣來。

「市民大人們，」他用足氣力，對噓聲不斷的觀眾喊道，「演出馬上開始。」

「唉呼嘿，朱庇特！喝彩吧，公民們！[①]」學生們呼喊。

①．原文為拉丁文。

「好啊！好啊！」觀眾高呼。

掌聲震耳欲聾，直到朱庇特回到帷幕裡面，歡呼聲還在大堂裡迴盪。

這時候，如先賢高乃依②所說的一般大顯神通「平息了風暴」的那個陌生人，也默默退回到柱子的陰影下。要不是第一排觀眾中有兩位年輕女子，剛才注意到他跟米歇爾．吉博納——朱庇特的對話於是招呼他，那麼他又會像先前那樣，靠著柱子動也不動，悄然無聲地變回隱形人。

「大師。」其中一位女子招呼他過去。

「你別亂叫，親愛的列娜德。」身旁另一位女子說。她長得清秀美麗，一身節日打扮，更顯得光豔照人，「人家又不是神學士！他是普通人，不能叫大師，應該叫他先生。」

「先生。」於是列娜德又叫道。

那位陌生人走到欄杆前，殷勤有禮地問道：「小姐，你們叫我有什麼事？」

「唔！沒事，」列娜德不知所措地答道，「是這位吉絲凱特．拉萬仙娜要與您談談。」

「不是我，」吉絲凱特滿面羞紅，也說道，「是列娜德叫您法師，我告訴她應當叫先生。」

兩位女孩垂下眼簾。而那個男子，正巴不得與她們攀談，便笑容可掬，望著她們倆：

「你們沒有什麼話要對我講嗎，小姐？」

「唔！沒什麼話要講的。」吉絲凱特答道。

「是沒有什麼。」列娜德也說道。

金髮高個子青年退了一步，正待走開，可是兩位女孩實在好奇，哪肯輕易放過。

「先生，」吉絲凱特急忙喊道，那種急切感彷彿從水閘放出的水一般，又好像她打定了主意：

「在聖蹟劇中扮演聖母的那名士兵，想必您認識他吧？」

「您是說朱庇特吧？」陌生人問道。

「哦！對呀，」列娜德說道，「她可真笨！看來您認識朱庇特囉？」

「米歐爾・吉博納嗎？」陌生人答道，「是的，小姐。」

「他那鬍子好神氣呀！」列娜德讚嘆一句。

「他們要演出的戲，也會精彩嗎？」吉絲凱特怯生生地問道。

「非常精彩，小姐。」那陌生人毫不遲疑地回答。

「是什麼戲呢？」列娜德又問道。

「演出《聖母瑪利亞的明斷》，寓意劇，不錯吧，小姐。」

「哦！那就和之前不同了。」列娜德又說道。

接著冷場片刻，那陌生男子打破沉默：

「這是新編寓意劇，還沒有演出過呢。」

「那就不是原先那齣戲了，」吉絲凱特說道，「那是兩年前演出的，那天，教皇特使先生入城，戲中還有三名美麗的女孩扮演……」

「美人魚……」列娜德接上說。

「全都一絲不掛。」青年補充說道。

列娜德羞怯地垂下眼睛。吉絲凱特看了看她，也隨即低下頭去。青年仍笑呵呵地往下說：

「那可真好看啊。今天演出的是寓意劇，是特意為弗蘭德公主編排的。」

「劇中會唱牧歌嗎？」吉絲凱特問道。

「唉！」陌生人說道，「寓意劇中哪裡能唱牧歌！不要把劇種搞混了。要是滑稽劇倒還可以。」

「真可惜，」吉絲凱特又說道，「那天的戲中，有幾個村野的男女在蓬梭泉邊打鬧，一邊唱聖歌

②・皮耶・高乃依（Pierre Corneille，一六〇六—一六八四）：法國悲劇詩人，古典主義戲劇代表作家，著有悲喜劇《熙德》（一六三七）、表現寬宏大量的君王的《賀拉斯》（一六四〇）、塑造理想公民典型的《波利厄科特》（一六四三）等。

和牧歌，一邊擺出各種各樣的姿態。」

「適合給教皇特使看的，不見得對公主也合適。」陌生人相當生硬地說道。

「在他們旁邊，」列娜德接上說，「幾種低音樂器，競相奏出十分優美的旋律。」

「還有，為了給過往行人解渴，」吉絲凱特又說道，「噴泉有三個泉眼，分別噴出葡萄酒、牛奶和桂花滋補酒，讓人隨便喝。」

「在靠近蓬梭泉那邊，」列娜德繼續說道，「就在三聖泉那裡，還有耶穌受難的場面，但是扮演的人沒有台詞。」

「我記得清清楚楚！」吉絲凱特不覺提高嗓門，「上帝在十字架上③，兩名強盜一左一右，也釘在那裡！」

兩個愛說話的女孩想起教皇特使入城的情景，都興奮起來，搶著說話。

「再往前面一點，在畫師門那裡，還有幾個人，穿戴華麗極了。」

「在無辜聖嬰泉那邊，還有獵人追捕一頭母鹿，一群獵犬狂吠，號角齊鳴，真是響聲震天！」

「還有，在巴黎屠宰場那裡，搭起了高臺，象徵迪埃普城堡！」

「對，就在教皇特使經過的時候，你也知道，吉絲凱特，我們的人發起攻擊，把那些英國佬全殺了。」

「還有，在大堡門前，一些人穿戴得非常漂亮！」

「還有，貨幣兌換所橋上，黑壓壓一片全是人！」

「還有，教皇特使過橋時，同時釋放兩三千隻各種各樣的鳥，那景象好看極了，列娜德。」

「今天的戲更好看。」青年彷彿聽得不耐煩了，終於說道。

「這可是您保證的，今天的聖蹟劇很好看，對吧？」吉絲凱特說道。

「毫無疑問。」那人答道。接著，他略帶幾分矜持地補充一句：「二位小姐，在下就是劇作者。」

「真的嗎？」兩位女孩好驚訝，齊聲問道。

「真的呀！」詩人微微挺起胸膛答道，「也就是說，我們有兩個人，另一個是約翰．瑪律尚，他鋸木板，搭戲臺，把木匠活全包了，而我呢，編寫了劇本。在下名叫皮耶．格蘭古瓦。」

就連《熙德》的作者自報姓名：「皮耶．高乃依」，也不會更加自豪。

讀者可能注意到，從朱庇特回到帷幕中，到現在這位新寓意劇作者突然亮明身份，引起天真的吉絲凱特和列娜德驚嘆不已，這中間經過了好一陣子。事情也真怪，這些觀眾幾分鐘前還大嚷大叫，竟然聽信了那名演員的宣告，現在卻十分寬容地等待。這就證明了永恆的真理：要讓觀眾耐心地等待，最好的辦法，就是向他們宣佈馬上就開演。而且，時至今日，我們的劇院裡仍然天天證實這條真理。

不過，學生約翰可沒有睡大覺。

「赫—啦—嘿！」在全場混亂之後的平靜等待中，他突然又吼叫，「朱庇特！聖母太太，全是給魔鬼要把戲的！你們想逗人開心嗎？演戲呀！演戲呀！立刻開場，要不然，我們就再演一齣好戲給你們看啦！」

這就足夠了。

高音低音的樂器，立刻在戲臺木架中奏起樂曲。這時帷幕也掀起，走出四個人來，一個個衣著五顏六色，臉上化了粉妝。他們從陡立的梯子爬上戲臺，一字排開，面對觀眾深鞠一躬。這時樂隊停止演奏，於是聖蹟劇開場了。

③．被釘在十字架上的應是上帝的獨生子耶穌。人們時常混淆上帝和耶穌。他為救人類降世，由童貞女瑪利亞受聖靈感孕而生於猶太的伯利恆。三十多歲後成為救世主，召十二門徒在猶太各地傳教，被門徒加略人猶大出賣，由羅馬總督彼拉多下令處死，釘在十字架上。死後三日復活，四十日升天。

四個角色向觀眾鞠躬，博得熱烈掌聲。接著，在一片虔誠的肅靜中，他們開始朗誦開場詩——我們在此索性略去，免得讓讀者受罪。何況當時的觀眾感興趣的主要是戲服，而不是他們所扮演的角色，這種情況至今仍然如此。歸根結柢，這也是公道的。四個角色都穿著黃白兩色的袍子，只是質料不同。第一個是金銀線繡緞袍，第二個是絲綢袍子，第三個是絨袍，第四個是土色布袍。第一個右手執佩劍，第二個拿兩把金鑰匙，第三個手捧一架天平，第四個手拿一把鏟子。這四樣東西的標誌一目了然，但仍有聰明的懶人看不懂，為了幫助他們，每件袍子的下擺還繡上標誌身份的黑色大字。繡緞袍上繡著「我是貴族」；絲綢袍上繡著「我是神職」；絨袍上繡著「我是商品」；布袍上繡著「我是勞力」。這四個象徵角色的性別，凡是有眼光的觀眾都能看出來：兩個男性穿的袍子略短，頭上戴著風帽；兩名女性穿的袍子長些，頭上紮著花巾。

聽了開場詩，除非有意裝糊塗才會看不懂情節：勞力娶了商品，神職娶了貴族，這兩對幸福的夫妻共有一隻金海豚，一定要送給絕代佳人。於是，他們走遍天下，尋找這樣的美人，先後鄙棄了哥爾孔德王后、特瑞比宗德公主、韃靼大可汗的女兒等等，勞力和神職、貴族和商品便來到司法宮大理石案上面休息，向老實厚道的觀眾朗誦大量的格言和警句。這些警句和格言，在文學院中隨便賣弄一點，就能應付考試，可以詭辯、立論、修辭和答辯，賺個學士帽易如反掌。

這場面果然很精彩。

這四個象徵人物滔滔不絕，競相拋出各種隱喻。不過，在觀眾中間，誰也沒有作者本人的耳朵那麼專注，心中那麼悸動，目光發直，脖子伸長。這位詩人作者，正是剛才喜不自勝，向兩位美麗的女孩自報姓名的皮耶．格蘭古瓦。現在他又回到原位，離她們只有幾步遠，站在柱子後面傾聽著，觀看著，品味著。剛開場時所博得的熱烈掌聲，還在他的心中迴盪，他完全沉浸在靜觀自賞中。作者看見廣大觀眾斂聲屏息，自己的思想字字珠璣，從演員的口中朗朗吐出，自然要醺醺欲醉了。令人欽佩的皮耶．格蘭古瓦！

不料，說來實在痛心，這種陶醉狀態很快就被擾亂了。格蘭古瓦舉起勝利歡悅的酒杯，未飲先醉，剛剛沾到嘴唇，就感到摻進了一滴苦液。

一個衣不遮體的乞丐，混在人群中卻難以撈到油水，把手探進周圍人的口袋裡，顯然也沒有得到足夠的補償，於是他靈機一動，想爬到顯眼的地方，引人注目和施捨。他看準了貴賓看臺欄杆下突出的飛簷，就在開場詩朗誦頭幾句時，順著看臺柱子爬了上去，端然坐在那裡，展示他那破衣爛衫和滿是假膿瘡的右臂，乞求眾人關注和憐憫。不過，他倒是一聲不吭。

如果他不聲不響，序幕本可以順利演下去，不會出什麼大亂子。然而，也是造化捉弄人，高踞在柱頂的學生約翰，偏偏看見了那個乞丐的樣子，這個頑皮精突然哈哈狂笑，根本不顧會不會打斷演出、會不會擾亂全場寧靜的氣氛，興高采烈地喊道：「看呀！那個病鬼在乞討！」

誰若是有過經驗，往一片蛙塘裡投一塊石頭，或者朝一群飛鳥開一槍，就能想像出在全場聚精會神看戲時，突然冒出這種話來會多麼煞風景。格蘭古瓦彷彿觸了電，冷不防打了寒顫。序幕詩朗誦戛然中止，觀眾的頭紛紛轉向乞丐。而那傢伙卻毫不驚慌，倒覺得這個意外情況提供了可以大撈一把的好時機。於是，他瞇起眼睛，擺出一副可憐相，聲音淒慘地喊道：「大家行行好吧！」

「嘿！沒錯，」約翰又喊道，「那不是克洛班．特魯伊傅嗎？赫—啦—嘿！朋友，你那瘡疤妨礙腿走路，才裝到手臂上的吧？」

說著，他像猴子一樣靈活，投去一枚小銀幣，不偏不差，正巧落入乞丐用瘡臂伸出去的油膩氈帽裡。乞丐接過施捨和嘲笑，仍然不動聲色，繼續哀告：「大家行行好吧！」

這段插曲大大轉移全場的注意力，許多觀眾，由羅班．普斯潘和所有學生帶頭，歡快地鼓起掌來，歡迎這奇特的二重唱。學生約翰尖聲尖氣，乞丐則以一腔不變的哀調，在序幕詩朗誦中間即興串演。

格蘭古瓦極為不滿。他從愕然中猛地回過神來，拚命朝戲臺上的四個人物吼叫：「演下去呀！見鬼，你們演下去呀！」對那兩個打斷演出的傢伙，他甚至不屑一顧。

這時，他覺得有人拉他的袍襟，頗為惱怒地回過身去，好不容易才擠出個笑臉來。他不得不以笑臉相迎，因為那是吉絲凱特・拉苒仙娜的美麗手臂探過欄杆，拉袍襟招呼他。

「先生，」女孩問道，「他們會演下去嗎？」

「當然會演下去！」格蘭古瓦答道，心裡對這個問題相當反感。

「這樣的話，先生，」女孩又說道，「能不能麻煩您解釋給我聽……」

「他們接下來要講的話嗎？」格蘭古瓦打斷對方的話，「那就好好聽下去吧！」

「不是的，」吉絲凱特接著說，「演到現在，他們到底在講什麼呀？」

格蘭古瓦簡直要跳起來，就像被誰捅到了傷疤。

「去她的吧，這種笨女孩！」他從牙縫裡咕噥一句。

自此，吉絲凱特就從被他從頭腦裡抹去了。

這時候，演員聽從了他的號令，而觀眾看見他們接著表演，也就收回心思觀戲，當然錯過了不少美妙的詩句。一場好戲突然被截為兩段，焊接起來難免如此。格蘭古瓦心裡不是滋味，嘴裡不住地咕噥。好在全場漸漸平靜下來，那名學生不再說話，乞丐也在數著帽子裡的幾個小錢，表演又重新占了上風。

其實，這部劇作相當精彩，只要略加修改，今天也還可以借鑑。陳述的部分稍顯冗長空洞，也就是說按章法而言，倒還簡單明瞭，而格蘭古瓦在他天真心靈的殿堂上，恰恰讚賞明晰暢曉這一點。可以想見，那四個象徵人物不辭辛勞，踏遍了世界三大地區，不免有點疲倦，仍然沒有為金海豚找到合適的歸宿。戲演到這裡，他們又開始頌揚這條神奇的大魚，運用許多精妙的暗示，影射弗蘭德的瑪格麗特公主的年輕未婚夫，只可惜，此刻他正關在昂布瓦茲城堡[4]，心情十分憂傷，根本想不到勞力和神職，貴族和商品為他踏破鐵鞋。且讚美他年少英俊，身強力壯，尤其他是法國雄獅之子（這是全部

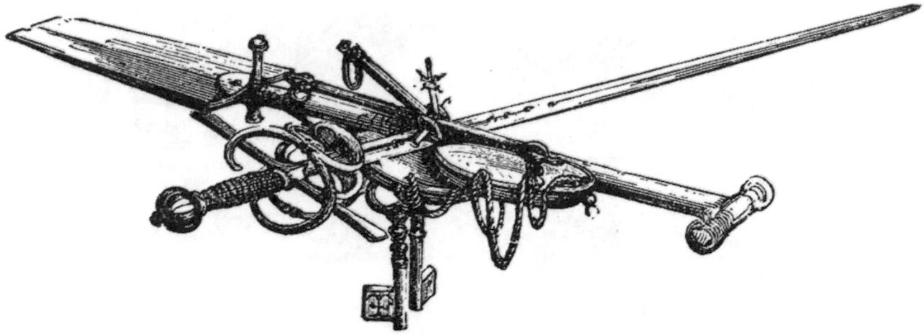

王德的源頭）。筆者在此聲明，這個大膽的借代修辭手法的確非常高妙，值此大興譬喻之風、大唱皇家婚禮讚歌的日子，用戲劇形式表現博物志，絕不會因為一隻海豚是雄獅之子而大驚小怪。諸如此類世所罕見、荒誕不經的糅合雜交，恰恰證實了作者的激情。當然，也不妨批評兩句，這樣一個美妙的主題，詩人本可以用不滿兩百行詩句，就能發揮得淋漓盡致。可是，市政官大人卻有令在先，聖蹟劇必須從正午演到下午四點鐘，這麼長的時間，總得用話填滿。何況，觀眾聽得還頗有耐心。

正當商品小姐和貴族夫人爭得不可開交的時候，正當勞力師傅朗誦這一美妙的詩句：

林中何曾見過這樣的無敵之獸！

猛然間，貴賓看臺的門打開了——這道門一直關著，本來就不像話，這時打開就更不像話了。——門官突如其來地宣告：「波旁紅衣主教大人駕到！」

④．國王路易十一將太子軟禁在城堡裡，以防不測。

三、紅衣主教大人

可憐的格蘭古瓦！就算是聖約翰節所有雙響大鞭炮一起引爆、二十張連弓弩一起發射、比利炮臺那赫赫威名的蛇紋炮轟擊（例如巴黎圍困時期，一四六五年九月二十九日星期日那天，一炮就轟死七名勃艮第人）、聖殿城門那裡庫存的彈藥全部爆炸，也不如在此莊嚴而壯麗的時刻，當門官說出「紅衣主教大人駕到」這幾個字時更具威力，更加震撼他的耳膜。

這倒不是因為皮耶．格蘭古瓦多麼畏懼或者藐視紅衣主教大人，他既不那麼懦弱，也不那麼傲慢。拿今天的話來說，他確實是一個兼容並蓄的人。格蘭古瓦這種人品格高尚而堅毅，謙讓而文靜，始終善於守中，不偏不倚[1]且富有理性且信仰自由主義的哲學，同時也恪守四德[2]。這一類珍貴的哲人從未斷絕，似乎多虧了堪比阿莉阿德涅[3]的智慧給了他們一團線，讓他們從開天闢地以來，就牽著這條線穿越人事代謝的迷宮。各個時代都能看到他們，而且始終如一，亦即適應所有時代。如果能還給我們的皮耶．格蘭古瓦他應得的那份榮譽，那麼他也堪稱是在十五世紀這類哲人的代表。就拿杜．勃勒伊神父來說，他在十六世紀，寫出流傳千古的率真卓絕的話，肯定是受到這些哲人的精神所激勵：「就民族而言我是巴黎人，就言論而言我是自由人④，因為「自由人」在希臘語中是言論自由的意思。甚至是面對孔德親王⑤殿下的叔父和胞弟那兩位紅衣主教大人，我也要行使這種言論自由，儘管我尊重他們高貴的身份，同時也不冒犯他們眾多隨從中的任何一人。」

可見，皮耶・格蘭古瓦不愉快的感覺，既不是仇恨紅衣主教，也不是藐視他大人的駕臨。恰好相反，我們這位詩人深諳人情世故，身上的衣衫也破舊不堪，不會不渴望序幕中的豐富寓意，尤其是對法國雄獅之子的頌揚，上達紅衣主教大人。其實，詩人天性崇高，私利並不占主導作用。假設詩人的實體以十等分表示，那麼就如拉伯雷所說，經過化學家分析和劑量測定，肯定會發現私利僅占一成，自尊心倒占了九成。然而，就在門官開門讓進紅衣主教的時候，格蘭古瓦那九成的自尊心，已在觀眾讚賞之風的吹拂下經虛浮膨脹，正以驚人的速度擴大開來。而我們剛剛從詩人的組成物質中測定出的難以覺察的微量私利，彷彿承受不了極度擠壓，完全消失了。儘管私利這一寶貴的成分，是把詩人繫於現實和人類的壓艙物，如果沒有這個成分，他們就要雙腳離地，飄然飛升了。格蘭古瓦感受、傾聽、觸摸著觀眾的激賞陶醉。的確，序幕的婚禮讚歌，每一部分都出現大段的頌詩，然而全體觀眾們都傾耳細聽，目瞪口呆，又彷彿心醉神迷，就算他們都是貧賤小民又何妨？我敢斷定他心裡喜滋滋的，也正與大家一起沉醉。當年拉封丹⑥觀看自己的喜劇《佛羅倫斯人》演出，曾經問道：「這種粗

---

①・原文為拉丁文。
②・四德為正義、謹慎、節制和魄力。
③・阿莉阿德涅（Ariadne）：希臘神話傳說中克里特王米諾斯的女兒，她用線團幫助雅典英雄忒修斯走出迷宮。
④・原文這個詞是拉丁字母拼寫的希臘文，意為「自由派」。
⑤・孔德親王：歷來是法國國王大弟弟的封號。
⑥・尚・德・拉封丹（Jean de La Fontaine，一六二一—一六九五）：法國寓言詩人，他的代表作《寓言詩》共三百二十九首。早年曾因寫劇本獲罪朝廷。

劣的東西，是哪個笨蛋創作的呀？」格蘭古瓦則相反，他會問左右的觀眾：「這部傑作，是出自誰的手筆啊？」可想而知，現在紅衣主教突然大煞風景地闖進來，會對他造成什麼影響。

他最為擔心的情況果然發生了。紅衣主教大人一進場，整個大堂就騷動起來，所有腦袋都轉向看臺，所有嘴巴都不斷重複：「紅衣主教！紅衣主教！」震耳欲聾，倒楣的序幕再次戛然中斷。

紅衣主教在看臺門口停留片刻，他目光冷漠地掃視周圍，全場加倍沸騰了起來。人人爭相從兩旁的肩膀之間探出頭來，想要看清楚他。

他的確是個大人物，看他比得上看任何喜劇。查理，波旁的紅衣主教，里昂大主教兼伯爵，高盧的首席主教，他既與路易十一是姻親，因為他的弟弟皮耶，博熱的領主，娶了大公主，而他的母親正是安妮絲．德．勃艮第郡主，所以他又與莽夫查理[7]有姻親關係。不過，這位高盧首席主教性格最突出而鮮明的特點正在於：他恪守為臣之道，忠心依附於權勢。可以想見，這雙重姻親關係為他製造了重重困難，隨處布下各種暗礁險灘。周旋在路易十一和查理兩位權貴之間，讓他的靈魂之舟猶如行駛在卡里布迪斯礁和希拉礁[8]之間，他左防右躲，才不至於像內穆爾公爵和聖波耳[9]統帥那一樣撞得粉身碎骨。所幸他歷經千難萬險，總算倖免於難，安全抵達羅馬。然而，雖然他抵達了避風港，回顧以往的艱辛與險惡不免心有餘悸。因此，他總說「一四七六年既黑又白！」言下之意即是，他在那一年痛失其母波旁公爵夫人，同時失去了表兄勃艮第大公，一悲一喜，也算有所安慰。

話又說回來，他還算是厚道，享受著紅衣主教開心的日常：暢飲夏月皇家葡萄園的佳釀，也不仇視麗莎德．拉加穆斯和托瑪絲．拉薩雅德的之流的風騷女子，比起老婦人們，見到漂亮女孩時施捨起來也大方得多。正是這些舉動，讓他獲得巴黎民眾的好感。無論他走到哪裡，都有一小群主教和神父圍繞在旁，他們一個個都是風流倜儻的世家子弟、縱情聲色飲酒的雅士。不只一次，當聖日爾曼—歐塞爾王家教堂的忠厚信女們，晚上從燈火輝煌的波旁府窗下經過時，驚駭得聽見白天還在為她們唱聖詩的那些嗓音，現在卻在碰杯聲中大唱教皇本篤十二世的酒神頌歌。我們都知道，這位教皇曾在冠冕上為自己加了第三重冠：「像教皇那樣暢飲吧⑩！」

儘管市民們剛才還十分不滿，而且在這個將要選出醜大王——另一位教皇的日子，他們也無意尊重什麼紅衣主教。但是紅衣主教確實受到民眾喜愛，因此他在進場時才沒有受到觀眾的噓聲相迎。好在巴黎人不太記恨，何況他們已經一逞威風，成功迫使演出開始了。善良的市民滅了紅衣主教的威風，獲得此一勝利他們也就心滿意足。再說，波旁紅衣主教先生一表人才，又穿著一件豔美的大紅袍，顯得氣度不凡，博得全體婦女的青睞，也就是得到了半數觀眾的擁戴。一位相樣俊美的紅衣主教，大紅袍又穿得無比神氣，若只因耽誤眾人看戲就要責怪他，這毫無疑問地既有失公道，也顯得缺乏教養。

且說他進場時，以大人物面對民眾時一貫的微笑，向觀眾致意，然後以若有所思的神情走向那張猩紅的絲絨大椅。他的隨從，若在今天可稱之為他的「參謀部」的那些主教和神父，也都隨後進入看臺。全場觀眾變得更加喧鬧、好奇。人人爭相對他們指指點點、說出他們的姓名，試著認出他們之中的其中一人。有人認出：那一個是馬賽主教——如果我記得沒錯的話——名叫阿洛岱；那一個是聖德尼教區的教長；那一個叫羅貝爾·德·勒皮納斯，牧場聖日爾曼修道院院長，路易十一的一位情婦的兄弟，一個生活放蕩的傢伙。大家都怪聲怪調，說出的名字也往往張冠李戴。至於那群學生的叫罵聲更是不絕於耳。今天本來就是法院小職員和大學生們最開心的日子，是屬於他們的狂人節、一年一度

⑦．莽夫查理（一四三三—一四七七）：最後一個勃艮第公爵。

⑧．卡里布迪斯礁和希拉礁（Charybdis and Scylla）：義大利墨西拿海峽的兩處險礁。

⑨．內穆爾公爵（Duc de Nemours，一四三七—一四七七）：因居功自傲，反對路易十一而被處死。雅克．聖波耳（Saint-pol，一四一七—一四六二）：路易十一的陸軍統帥，軍功卓絕，後以叛亂罪被處死。

⑩．原文為拉丁文。教皇戴的原本就是三重冕——表明教權高於世俗的王權和皇權，直到一九六二年才換成現在式樣的教皇冠。

的盛宴。今天他們可以胡作非為，這是他們神聖的權利。尤其人群中還有不少煙花女子，像是「四個錢」的西蒙娜、拉加丁的安妮絲、羅比娜……在今天這樣的好日子，又有神職人員和娼妓這些人相伴，怎麼能不隨便罵上兩句、詛咒上帝一聲呢？因此，他們在全場的歡騰喧鬧聲中更加肆無忌憚，咒罵和粗話甚囂塵上。這幫學生因為懼怕聖路易燒紅的烙鐵⑪，常年噤若寒蟬，唯獨今天，所有舌頭都肆無忌憚。可憐的聖路易啊！他們就在他的司法宮中嘲弄他！他們望著步入看臺的權貴們，每人都選定一個目標，對著穿黑袍的、穿灰袍的、穿白袍的，或者穿紫袍的，恣意謾罵攻擊。至於磨坊約翰・弗羅洛，則以主教代理弟弟的身份直接大膽攻擊穿紅袍的人，眼睛放肆地瞪著紅衣主教，扯著嗓門高唱：「浸透瓊漿教袍濕！⑫」

我們在此展示出所有這些細節，只是為了讓讀者瞭解：因為場面混亂、人聲鼎沸，學生們的喊叫還沒傳到貴賓看臺就完全被淹沒了。何況，紅衣主教即使聽見也不會介意，按照習俗，今天本來就可以胡鬧。再說，他心事重重，滿面愁容，還有一件煩心事跟隨著他，幾乎和他同時進入看臺，那就是弗蘭德使團。

倒不是他在政治上城府幽深，要考慮他表妹瑪格麗特・德・勃艮第郡主與他表弟維也納儲君查理殿下的婚事，究竟會產生什麼後果，或奧地利大公和法國國王的虛假的親善關係究竟能維持多久，又或是英國國王會如何看待他女兒所受的鄙視。這一切他並不在意。他每天晚上照樣暢飲夏月皇家葡萄園的佳釀，絲毫沒有料到，同樣的酒裝了瓶（當然稍微經過庫瓦迪埃醫生的加工），由路易十一盛情饋贈給愛德華四世⑬後，忽然有一天就替路易十一除掉了愛德華四世。「奧地利大公殿下極為尊貴的使團」絲毫也沒有帶給紅衣主教煩憂，而是從另一方面擾得他意亂心煩。這種情況，我們在前面已經略微提及：紅衣主教查理・德・波旁不得不設宴盛情招待這群無名的鄉下佬。他這位紅衣主教居然要款待鄉村小吏，他這位法國人，愜意的美食家，居然要在大庭廣眾之下款待這些喝啤酒的弗蘭德人，實在是強人所難！不用說，這是他為了討好國王所做出的最無聊的諂媚。

這時，門官朗聲通報：「奧地利大公殿下特使先生們駕到！」紅衣主教回頭朝門口望去，臉上浮現出極為熱情的笑容（須知他訓練有素）。不用說，全體觀眾也都轉過頭去。

只見奧地利大公馬克西米利安的四十八名使節一對一對地入場，一個個神態莊嚴，與查理．德．波旁的那群隨從教士形成了鮮明對照。為首的兩位，一個是上帝的僕人，尊貴的約翰神父、聖伯廷修道院院長、金羊毛會[14]會長，另一個是根特大法官雅克．德．戈伊，人稱多比先生。大堂裡頓時鴉雀無聲，但是聽到那些稀奇古怪的姓名和庶民官銜，不時有人竊笑。這些使臣一絲不苟地將自己的姓名和頭銜報給門官，門官聽得混淆，將這些頭銜胡亂簡化後朗聲通報，觀眾再以訛傳訛，錯誤百出。他們是魯汶城市政官洛瓦．婁洛夫先生、布魯塞爾城市政官克萊．德．埃杜德先生、弗蘭德議長保羅．德．巴厄斯特，人稱德．瓦米塞爾先生、安特衛普城總督約翰．科甘斯先生、根特城法院首席判官喬治．德．拉莫爾先生、該城檢察院首席判官蓋多福．馮．德哈格先生，還有德．比貝克先生，還有約翰．平諾克和約翰．狄馬澤勒等等，都是大法官、判官、市政官；市政官、判官、大法官。他們身穿絲絨錦緞華服，頭戴黑天鵝絨披帽，帽頂綴著賽普勒斯大束金線纓，一個個身體僵硬、挺直，故作莊嚴的姿態。總而言之，一張張都是典型的弗蘭德面孔，富裕、正直而嚴肅的形象，酷似林布蘭[15]《夜巡》黑色背景襯出的極鮮明而莊嚴的人物，一個個的額頭上都彷彿刻著他們的主人奧地利的馬克西米

---

⑪．指給瀆聖者打上烙印。
⑫．原文為拉丁文。
⑬．愛德華四世：英國國王。英法長期交戰，達百年之久，法國多半居劣勢。路易十一繼位後，設計害死愛德華四世，扭轉局面。毒酒事遂成千古疑案。
⑭．金羊毛會（Golden Fleece）：建於一四二九年，是天主教會門，後傳至奧地利和西班牙。
⑮．林布蘭（Rembrandt，一六〇六—一六六九）：荷蘭著名畫家。

利安在詔書上所宣示的：「完全信賴他們的見識、勇敢、經驗、忠誠，以及高尚品德」。

然而，有一個人例外。此人尖嘴猴腮，一副外交家的圓滑相貌，那張臉透著精明、聰穎和狡獪。紅衣主教一見，立刻趨前三步，深鞠一躬。其實，此人不過是威廉・里默，根特城參事、靠養老金生活的人。

威廉・里默是誰，當時鮮為人知。他是個奇才，如果生逢革命時代，一定能叱吒風雲，然而，值此十五世紀，他只能偷偷摸摸地從事一些壞勾當。正如聖西蒙公爵[16]所說：「生活在坑道中。」不過，他深得歐洲第一「坑道兵」[17]的賞識，經常參與這位國王的機密要務，與路易十一共同策劃陰謀，關係密切。這些內幕，那天的觀眾當然一無所知。他們只見到這個乾瘦年邁的弗蘭德典吏受到紅衣主教如此禮遇，不免感到詫異。

⑯・聖西蒙公爵（Saint-Simon，一六七五—一七五五）：法國作家，所著《回憶錄》，記述了路易十四朝中內幕。

⑰・指路易十一，意為專門策劃陰謀活動。

VIN DE CHAILLOT

四、雅克・科坡諾勒老闆

根特城這位靠養老金生活的人和紅衣主教大人互相鞠躬，身子低低俯下，低聲地交談了幾句。正在這時，出現了一名大餅臉、身材高大、膀闊腰圓的男子，與威廉・里默並排擠入門內。他跟在里默身邊，猶如狐狸旁邊跟著一隻獒犬。他頭戴尖頂氈帽，身穿皮襖，混入錦緞華服的人之中就像一個大污點。門官以為他是個迷路亂闖的馬夫，便一把攔住他喝道：

「嘿！朋友，不准進去！」

穿皮襖的男子肩頭一拱，將門官撞開。

「你這傢伙，想幹什麼？」他吼道，聲如洪鐘，引得全場都豎起耳朵傾聽這奇特的對話，「你這傢伙想對我怎麼樣？沒看見我是和他們是一起的？」

「您的姓名？」門官問道。

「我叫雅克・科坡諾勒。」

「身份？」

「賣襪子的，掛的是『三鏈記』招牌，根特城的。」

門官退縮了。若他是判官和市政長官，那倒還好。現在竟然來了個賣襪子的，這可就為難了。紅衣主教如芒刺在背。所有人都豎耳傾聽，瞪眼觀望。他花了兩天時間，費盡苦心地招待這些弗蘭德的野熊，好讓他們稍微上得了臺面。可是此人魯莽的行為，實在令人難堪。這時，威廉・里默一臉訕笑地走到門官面前，悄聲對他說道：

「您就通報雅克・科坡諾勒老闆，根特城市政助理官祕書。」

「對，門官，」紅衣主教高聲幫腔，「你就通報雅克・科坡諾勒老闆，根特城市政助理官祕書。」

這下子幫了倒忙。這種難堪場面，威廉・里默一個人還能掩飾過去，紅衣主教一攪和就讓科坡諾勒聽見了。

「不對，上帝的十字架！」他聲如雷鳴，吼道：「雅克・科坡諾勒，賣襪子的！聽見了嗎，門官？不高也不低，上帝的十字架！就是賣襪子的。好樣的，大公先生不只一次為了買手套光顧我的襪店。[①]」

全場哄堂大笑，掌聲響成一片。的確，巴黎人總能理解玩笑話並給予掌聲。

還應當交代一點，科坡諾勒是個平民，周圍的觀眾也是平民，因此，他和觀眾之間的溝通也就疾如閃電，一拍即合。弗蘭德襪商理直氣壯地羞辱了達官貴人，這就從平民的心靈中激發出莫可名狀的尊嚴感，儘管在十五世紀，這種感覺還朦朦朧朧，尚不明顯。這個襪店老闆竟敢分庭抗禮，頂撞紅衣主教大人！全體觀眾無不心中暗自喝采。這些可憐蟲一向逆來順受，別說紅衣主教，就連給他抬袍裾的聖熱納維耶芙修道院院長手下衛官的僕人，他們也都恭敬相待。

科坡諾勒神態倨傲，向紅衣主教大人點頭致意，大人趕忙向連路易十一也畏懼三分的萬能市民還

①．法語的「手套」與「根特」同音。這裡原文是一句粗話，意為：「大公要辦根特城的事，不只一次有求於我。」

禮。這時，威廉．里默，即菲利普．德．科米納[②]所說的「精明而狡猾的人」，面帶譏誚而自負的微笑，目送他們兩人各自就座。紅衣主教頗為狼狽，愁眉不展；科坡諾勒則泰然自若，趾高氣揚，無疑他在暗自思忖。歸根結柢，襪商的名號能比得上任何其他頭銜，今天他來參加議婚，決定瑪格麗特公主的終身大事，而這個瑪格麗特的母親瑪麗．德．勃艮第雖然畏懼紅衣主教，但是更怕他這個襪商，因為能煽動起根特市民討伐莽夫查理的女兒地寵臣們的人，並不是紅衣主教。同樣的，當弗蘭德公主跑到斷頭臺下，灑淚哀求民眾饒恕她的兩個寵臣時，給民眾鼓舞士氣、抬一抬穿著皮襖的手臂就讓吉．德．安伯庫爾和威廉．於果奈[③]人兩個顯貴的大人人頭落地的也不是紅衣主教，而是他這個襪商。

然而，事情還沒有完，可憐的紅衣主教還必須和如此拙劣的賓客同席飲乾杯中的苦酒。

讀者大概沒有忘記那個放肆的乞丐吧，從序幕一開場，他就爬到看臺前的飛簷上，即使貴賓們到場，他也聞風不動。就在高級神職人員和特使們如鯡魚一般湧上看臺，紛紛就座的時候，這位老兄索性也盤起腿來，舒舒服服地坐在柱頂托簷上。如此放肆無禮，世上罕見，不過起初無人發現，大家的注意力都移向別處了。而大堂中的情況，他也似乎一無所見，就像典型的拿坡里人那樣，若無其事地搖頭晃腦，在全場的喧鬧聲中，出於習慣似的不時喊道：「行行好吧！」全場觀眾，恐怕唯獨他一人不屑於回頭看看科坡諾勒和門官爭執的場面。然而，無巧不成戲，根特城的這位襪店老闆，偏偏坐到看臺的前排，正好在乞丐的頭上。全場觀眾對他已經產生極大的好感，目光全都集中到他的身上，這時又看見他的驚人之舉，無不深感詫異：弗蘭德這位特使看見眼皮下的怪人，便伸出手臂，友善地拍了拍遮著破布片的肩膀。乞丐猛一回頭，兩人面面相覷，起初先是驚訝，繼而心照不宣、眉開眼笑……一個襪商和一個癩乞丐，絲毫不顧眾目睽睽，竟然拉起手來，娓娓交談。這時，克洛班．特魯伊傅的破衣爛衫攤在金燦燦的看臺鋪墊上，就像毛毛蟲爬在柑橘上一般。

這個奇特的景象在大堂裡激起一片歡聲，很快就吸引了紅衣主教的注意。他微微探身，但從他的位置只能瞥見破衣衫的影子，自然以為是乞丐在乞討，心想此人竟敢如此膽大妄為，不禁惱火地喝道：

「司法宮典吏，快把這個傢伙給我扔到河裡去！」

「聖十字架！紅衣主教大人，」科坡諾勒沒有放開克洛班的手：「這是我的朋友啊。」

「太妙啦！太妙啦！」觀眾喊道。從這一刻起，身在巴黎的科坡諾勒老闆就像在根特一樣，如同菲利普·德·科米納的話說：「這樣的人必能享受民眾無法無天的愛戴。」

紅衣主教咬了咬嘴唇。他俯過身去，對身邊的聖熱納維耶芙修道院院長低聲說道：

「大公殿下為瑪格麗特公主的大禮派來的特使，竟然如此滑稽！」

「大人，」院長附和：「您對這些弗蘭德蠢豬以禮相待，真是浪費力氣！可謂置瑪格麗特珍珠於群豬前[④]。」

「不妨說：置群豬於瑪格麗特前[⑤]。」紅衣主教微微一笑，又說道。

對於這種文字遊戲，那些穿教袍的隨從都讚賞不已。見自己的玩笑話也有人捧場讓紅衣主教心中略感寬慰，這下他就與科坡諾勒扯平了。

現在，能照現在流行的說法，概括圖像和概念的讀者們，敢問在我們吸引住你們的注意力時，你們是否能想像出那座長方形寬敞大堂內是什麼樣的情景？金黃色錦緞鋪墊的華麗的貴賓看臺，座落在靠西牆的大堂中央。門官尖聲尖調地一一通報來者姓名。那些嚴肅的人物從一道尖拱小門魚貫入場。

②·菲利普·德·科米納（Philippe de Commines，一四四七—一五一一）：歷史學家，路易十一的近臣。

③·瑪格麗特公主的兩個寵臣。

④·原文為拉丁文。這裡套用法國俗諺：「投珠給豬」，即「對牛彈琴」的意思。

⑤·原文為拉丁文。這裡玩文字遊戲，把公主也罵進去了。「瑪格麗特」這個名字，源於拉丁文「珍珠」一詞。

不少尊貴的客人已經在前排就座，他們頭上戴著貂皮帽、天鵝絨帽或者猩紅緞帽。看臺上靜悄悄的，氣氛莊嚴，而看臺的四周到處人頭攢動、喧鬧不止。上千雙眼睛注視著看臺上每一張面孔，上千種聲音叨念著看臺上每一個人的姓名。貴賓席上的動靜固然很有意思，值得觀眾注意。然而在大堂深處的木頭舞臺上呆立著的那四個彩色木偶，還有台下立著的四個，又是什麼呢？還有站在舞臺旁的那個身穿黑袍、臉色慘白的人又是誰呢？唉！親愛的讀者，那正是皮耶・格蘭古瓦和他的序幕啊！

我們全把他忘得一乾二淨了。

這恰好是他擔心的情況。

紅衣主教一入場，格蘭古瓦就忙個不停，力圖挽救他的序幕詩。他先是吩咐陷於停頓的演員提高嗓門演下去，繼而看到沒有一個人在看戲，又吩咐他們停止。戲中斷了將近一刻鐘，他躁動不安，又是跺腳，又是招呼吉絲凱特和列娜德，煽動旁邊的人要求繼續演戲，然而一切努力終歸徒勞。紅衣主教、弗蘭德使團和華麗的看臺，那才是唯一的中心、大堂裡萬眾矚目的焦點，誰也不肯把視線移開。還必須指出，我們也要遺憾地承認，當紅衣主教的蒞臨奪走了觀眾注意力時，他們反而對序幕開始有些厭煩了。看臺上也好，舞臺上也罷，歸根結柢演的是同一齣戲，全是勞工和教士的衝突、貴族和商人的對立。大多數人寧願觀賞看臺上的戲，戲劇角色化為弗蘭德使團、教士隨從，有的穿著紅衣主教的大紅袍，有的穿著科坡諾勒的皮襖，他們都有血有肉，活靈活現，他們都在呼吸著，摩肩接踵，熱鬧非凡。而戲臺上的角色全都塗脂抹粉，穿著格蘭古瓦設計的半黃半白的寬大長衫，還用詩句對話，簡直就是稻草人。

儘管如此，我們的詩人看見全場稍微恢復平靜，便又想出一條挽回演出的妙計。

他轉向身旁，對一個看似耐心而和善的胖子說：「先生，何不從頭開始呢？」

「什麼？」胖子不解地問。

「聖蹟劇呀！」格蘭古瓦又說道。

「隨您的便。」胖子又說了一句。

有這種模稜兩可的贊同就夠了，格蘭古瓦自會全力以赴。他盡可能混入觀眾裡並開始叫喊：「重新演出聖蹟劇！從頭開始！」

「見鬼！」磨坊約翰說道，「那裡面，他們在喊什麼呀？（他說『他們』，是因為格蘭古瓦的嗓門比得上好幾個人。）同學們，你們說，聖蹟劇不是演完了嗎？他們還要重演一遍！這可不行啊！」

「不行！不行！」所有學生都喊了起來，「打倒聖蹟劇！打倒聖蹟劇！」

可是，格蘭古瓦卻變本加厲，喊得更大聲：「重新開始！重新開始！」

這一陣喧譁引起了紅衣主教的注意。

「司法宮典吏先生，」他對幾步之外一個身穿黑袍的高大男子說：「那些傢伙是被關進聖水瓶裡了吧⑥，怎麼鬼吼鬼叫的？」

司法宮典吏是一種身兼二職的官員。他們是司法領域中的蝙蝠，既像老鼠，又像鳥雀；既像法官，又像勤務兵。

他惟恐觸怒大人，便小心翼翼地趨步來到面前，結結巴巴地解釋民眾為何如此失禮：只因時到中午，主教大人還沒有蒞臨，演員迫不得已只好開演了。

紅衣主教哈哈大笑，說道：

「老實說，大學校長也應該這樣處理。您認為呢，威廉·里默先生？」

「大人，」威廉·里默答道，「我們也該滿足，逃過半場戲，總算占了幾分便宜。」

⑥．套用俗諺：「像聖水瓶中魔鬼的躁動。」

「要讓那些可惡的東西把鬧劇演下去嗎？」司法宮典吏問道。

「演下去吧，演下去吧，」紅衣主教答道，「我倒無所謂，趁此機會可以念念每日的祈禱經。」

典吏走到看臺邊，擺擺手要觀眾肅靜，然後朗聲喊道：

「市民們，鄉鎮百姓們，居民們，有人要求從頭再演，有人要求就此結束，大人吩咐接著演下去，好讓大家都滿意。」

事出無奈，這兩派人馬只好互相退讓。劇作者和觀眾都心懷不滿，久久怨恨紅衣主教。

於是，戲臺上的人物繼續背誦無聊的臺詞。格蘭古瓦指望觀眾靜下來，至少會聆聽他這大作的其餘部分。這種指望也與其他幻想一樣難以倖免，很快就破滅了。全場倒是勉強恢復平靜，然而格蘭古瓦沒有注意到，在紅衣主教下令繼續演出時看臺上的貴賓還沒有到齊，弗蘭德使團上場之後，陸續又來了一些人，都是隨行人員。於是，門官又開始通報他們的大名和頭銜，他那尖聲怪調不斷穿插在演出中間，大大破壞演出效果。不妨想像一下有一個門官，就在詩劇的兩句臺詞之間，甚至在一行詩的中間，高聲喊出這類的旁白：

「雅克・夏莫呂閣下，教會法庭的檢察官！」

「約翰・德・哈萊，侍衛，巴黎城夜禁騎隊官！」

「加利約・德・熱諾瓦克閣下，騎士，勃呂薩克采邑領主，禁衛軍炮兵統領！」

「德婁－拉吉埃閣下，法國全境、香檳和勃里地區的王國河流森林巡視官！」

「路易・德・格拉維爾先生，騎士，國王參事和近侍，法國海軍統領，萬森樹林總管！」

「德尼・勒・邁西耶閣下，巴黎盲人院總管！」

諸如此類，不一而足。簡直令人受不了。

這種奇特的伴奏鬧得戲無法演下去。格蘭古瓦不能視而不見，他尤為氣憤的是，戲越來越精彩，觀眾卻聽不清楚內容。序幕中的四個人物陷於難以自拔的窘境正在悲嘆不已時，維納斯身穿繡有巴黎城戰艦紋章的華美短衣裙出現了，她以「女神的凌波仙步」⑦飄然而至，表明金海豚只能迎娶絕色美人。這時朱庇特也現身支持女神，只聽見更衣室裡發出雷聲轟鳴，維納斯就要取勝，嫁給化身為金海豚的王子。不料又來了一位少女，她身穿素緞白衣裙，手執一枝瑪格麗特雛菊花，顯然正是弗蘭德公主的化身，要與維納斯一爭高下。劇情突變，跌宕曲折，經過一番爭執，維納斯、瑪格麗特以及所有人物一致決定交由公平的聖母裁決。劇中還有一個絕妙的角色，即美索不達米亞國王堂·佩德爾。然而一齣戲幾經打斷，眾人都弄不清他出場做什麼，只知道所有角色都是從梯子爬上臺的。「雅克·夏莫呂閣下，教會法庭的檢察官！」

一齣戲眼睜睜毀掉了。好戲的妙處，觀眾全無感受，也毫不理解。自從紅衣主教一登場，彷彿有一根無形的魔線，突然將所有視線從大理石案牽向看臺，從大堂南端牽向西側。誰也無法解開觀眾所中的魔咒。所有目光都盯著新進入的賓客，觀眾的注意力分散到他們可惡的姓名、他們的相貌和服裝上，實在令人痛心。格蘭古瓦不時拉拉吉絲凱特和列娜德的衣袖，可是，除了這兩位女孩和身旁一個耐心的胖子，沒有人在聽戲，甚至連正眼都不看一下。可憐的寓意劇遭人鄙棄了。現在，格蘭古瓦只能看見觀眾的側臉。

眼看著他這詩歌的光榮大廈一磚一石地傾塌，他感到多麼揪心啊！想想剛才，這些觀眾還起而反抗典吏先生，迫不及待要聆聽他的大作。同是一齣戲，開場時贏得滿堂彩！現在戲劇上演，他們又不理不睬。人心永遠變化莫測！想想剛才大家還要吊死司法宮的警衛！若能換回那甜蜜的時刻，格蘭古瓦豁出命也在所不惜！

門官的鬼叫獨白終於停止。貴賓都已到齊，格蘭古瓦這才長嘆一口氣。演員們苦苦支撐，繼續演

⑦·原文為拉丁文。

下去。豈料那個賣襪子的科坡諾勒老闆又突然站起來，就在全場一片凝神貫注的時候，發表了十惡不赦的演說：

「巴黎市民和紳士們，上帝的十字架！我不知道我們大家在這裡做什麼。我倒是看見那個角落，在那個檯子上，有幾個人好像在打架。我不懂那是不是你們所說的什麼聖蹟劇，可是看起來沒什麼意思。他們除了鬥嘴，再也玩不出別的花樣。我在這裡等了一刻鐘，想看他們誰先動手，可是什麼也沒發生。他們全是膽小鬼，只會罵人！要看熱鬧，應當從倫敦或者鹿特丹請來角鬥士，那才夠力呢！擊拳的咚咚聲，在廣場都能聽見。可是這幾個傢伙，實在不像樣。哪怕跳上一段摩爾人[8]舞，或者耍點別的花樣也好！人家原先跟我說的可不是這樣，而是約我來參加狂人節，選舉醜大王。我們根特也有醜大王，聖十字架！在這方面我們絕不落後！我們的選舉方式是將人群聚集在一起，就跟這裡一樣，接著每個人輪流將腦袋鑽進窗洞裡，做個怪表情給大家看。誰的樣子最醜、最怪、獲得最多歡呼，就能當選醜大王。就是這樣，開心極了。用我們的方法選你們的醜大王，大家說好嗎？再怎麼說，也不會像這些人滿嘴廢話這麼無聊。願意參加的人就到窗洞裡扮鬼臉。你們說怎麼樣，市民先生們？這裡的男男女女，長著怪樣子的人不少，夠我們按照弗蘭德的方式大笑一場。我們這裡的醜八怪還真多，扮的鬼臉也一定很精彩！」

格蘭古瓦真想駁斥他。然而他惱羞成怒，驚愕地一時講不出話來。何況市民們聽到自己被稱呼為「紳士」，全都喜不自勝，立刻熱烈擁護這位頗得民心的襪商的倡議，誰出來反對都是徒勞。格蘭古瓦用雙手捂住臉，恨不得像提芒泰斯[9]畫上的阿伽門農[10]那樣，用斗篷把腦袋蒙起來。

⑧．摩爾人（Moorish）：中世紀歐洲人稱信奉伊斯蘭教的北非人為摩爾人。

⑨．提芒泰斯（Timantis，西元前五世紀末）：希臘畫家。

⑩．阿伽門農（Agamemnon）：荷馬史詩和希臘「悲劇之父」埃斯庫羅斯《奧瑞斯提亞三部曲》中的人物。阿伽門農是阿耳戈斯王和邁錫尼王，他被推選為希臘聯軍統帥。要出征特洛伊時，為了平息海上風浪，他把女兒祭獻給月神和狩獵女神阿提密斯（即羅馬神話中的黛安娜），但因羞愧而用斗篷蒙住腦袋。

五、加西莫多

那些市民、學生和法院職員紛紛動身，轉眼之間，一切就照科坡諾勒的提議準備就緒。大理石案對面的那座小教堂被選做扮鬼臉的舞臺。門楣上方有一扇美麗的玫瑰花窗，直接敲碎一塊玻璃，參賽者就能從圓洞裡探出腦袋了。有人不知從哪裡搬來兩個大酒桶，疊著綁起來，選手登上去就碰得到窗洞。大家還設了一條規矩，凡是參賽的人，無論男女（也可能選出一位醜女王）都必須先蒙上臉，躲進小教堂裡，等登場時才能露面，這樣扮鬼臉才有新鮮感。沒多久，小教堂裡就擠滿了參賽者，門也隨即關上。

科坡諾勒從他的座位上發號施令，統一指揮安排。在這片喧譁聲中，紅衣主教的尷尬程度也不亞於格蘭古瓦，於是他藉口還要做晚禱，率領全體隨從退場了。他蒞臨時全場歡騰，離開時觀眾卻毫無反應。唯獨威廉．里默一人注意到他全軍潰退。群眾的注意力猶如太陽運行，從大堂的一端起始，在中央停留片刻，此時又來到另一端了。大理石案和錦緞看臺已經風光過，現在輪到路易十一小教堂露臉，成為恣意胡鬧的場所。這裡只剩下弗蘭德人和刁民了。

扮鬼臉比賽開始。從窗洞探出的第一張面孔，紅眼皮翻出來，嘴巴咧到耳根子，額頭皺紋重疊，好像帝國輕騎兵的馬靴①，引起全場觀眾大笑不止，就算荷馬聽見，都會把這些民眾誤認做神仙②。其實，這座大堂正是道地的奧林帕斯山，格蘭古瓦的這位可憐的朱庇特比誰都清楚。接著第二個、第三張鬼臉陸續獻醜，接著一張又一張，場內狂笑的聲浪和跺腳聲此起彼伏。這場景有種說不出來的魔力，令人心醉神迷、樂此不疲。這種感受，很難向如今的讀者言傳。各位可以想像，各種奇形怪狀的面孔相繼出現，從三角形到不規則四邊形，從圓錐體到多面體；還有各式表情，從憤怒到淫蕩；各個年齡層，從嬰兒的皺紋到氣息奄奄的老婦皺紋；還有各色的宗教幻象，從農牧之神到魔王別西卜；還有動物形體，從獸嘴到鳥喙，從豬頭到馬面。各位可以想像，新橋的那些石雕魔怪，經過日爾曼．皮隆③妙手的點化都活了過來，一雙雙火熱發亮的眼睛輪流瞪著你。又或者是威尼斯狂歡節五花八門的面具，從你的望遠鏡中魚貫而過。總而言之，這真是人臉的萬花筒。

這種狂歡越來越具有弗蘭德特色了。千姿百態，即使特尼爾斯④拿起妙筆，也不能完整描繪出來。各位還可以想像，這就是在酒神節上展開的薩爾瓦多．羅薩⑤的戰鬥畫卷。學生、特使、市民、男人、女人，全都消失了。克洛班．特魯伊傅、吉勒．勒角奴，「四個錢」的西蒙娜、羅班．普斯潘，全部不見了。人人都融入這萬民放縱的歡樂中，整個大堂化為無恥取樂的大熔爐。一張張嘴都在呼喊，一雙雙眼睛都射出閃電，一張張臉都在扮鬼臉，一個個人都醜態百出。整個大堂一片狂呼亂

①．帝國：指拿破崙創建的第一帝國，「皺得像帝國輕騎兵的馬靴」，顯然是一句反話。
②．荷馬描述奧林帕斯山眾神笑得東倒西歪，故稱「荷馬式的笑」。
③．日爾曼．皮隆（Germain Pilon，一五三五—一五九〇）：法國文藝復興時期的雕塑家。
④．特尼爾斯（Teniers）：十六世紀弗蘭德畫家。
⑤．薩爾瓦多．羅薩（Salvator Rosa，一六一五—一六七三）：義大利巴羅克畫家、銅版畫家，也是詩人、音樂家。他創作了多幅戰鬥畫卷和海洋畫，畫面充滿浪漫主義詩意。

叫。每一張齜牙咧嘴的鬼臉接連從窗邊探出來，就像往烈火中投入乾柴。從這沸騰的人群中，尖銳、淒厲的喧鬧猶如從鍋爐裡騰騰冒出的蒸汽一般，交匯成蚊蚋振翅的嗡鳴。

「唉嘿！去死吧！」

「看那副嘴臉！」

「那不值一塊錢。」

「下一個！」

「吉列梅特．莫惹皮，看那個公牛腦袋，就只差長角啦。可別找他當老公！」

「下一個！」

「教皇的大肚皮！這算什麼扮鬼臉？」

「赫—啦—嘿！這是搞鬼！都應當亮出真面目來！」

「佩瑞特．卡勒博特這女的，這一套她還真拿手！」

「妙呀！真妙呀！」

「笑得我都喘不過氣啦！」

「又一個傢伙，連耳朵都伸不出來！」

諸如此相，層出不窮。

不過，應當為我們的朋友約翰說句公道話。在這場群魔亂舞的喧鬧聲中，他仍舊盤在圓柱頂端，好似桅杆上的實習水手，只見他手腳並用，發瘋一般狂揮亂蹬，嘴巴也張大，發出人們聽不見的喊聲。倒不是因為他的聲音被喧鬧聲淹沒，而是他那喊叫聲大概達到了人耳聽得見的高音極限，也就是沙伐⑥規定的一萬兩千次震動，或必歐⑦規定的八千次。

再說到格蘭古瓦，他沮喪了一會兒之後，又打起精神，凜然對抗逆境，第三次吩咐他的演員們——那些說話機器：「演下去！」接著，他又在大理石案前大步來回走動，還突發奇想：何不到小教堂的窗洞口也亮亮相，哪怕做個鬼臉，鬧鬧這些忘恩負義的群眾。「這可不行，不能與他們一般見識，無須報復！要堅持奮戰到底！」他一再勉勵自己，「詩歌的影響力極大，我一定能把他們的注意力拉回來，等著瞧！看看究竟是扮鬼臉還是正經的文學占上風。」

唉！他的劇作，只剩下他一人觀賞了。

情況比剛才還要糟糕，現在他只能看見眾人的背影了。

我說得不準確。還有一個人依然面對戲臺，就是剛才危急關頭時，他曾徵詢過意見的那位耐心十足的胖子。不過，吉絲凱特和列娜德兩位女孩，卻早已溜走了。

有這樣一位忠心耿耿的觀眾，格蘭古瓦銘感心中。他走過去，見那位老兄伏在欄杆上打瞌睡，便搖搖他的手臂，說道：

「先生，謝謝您。」

「謝什麼呀，先生？」胖子打了個哈欠，問道。

「我看得出來，」詩人又說，「那些喧鬧妨礙了您看戲。不過，請放心，您的大名會流芳百世。請問尊姓大名？」

「在下雷諾・夏多，巴黎大堡的掌印官。」

「先生，在這裡，您是繆斯的唯一代表。」

「過獎了，先生。」大堡的掌印官答道。

「只有您認真聽戲，」格蘭古瓦又說，「您認為如何呢？」

「哦！哦！」胖大人還睡眼惺忪，答道，「還挺歡快的。」

⑥・約瑟夫・沙伐（Joseph Sauveur，一六五三—一七一六）：法國數學家和物理學家，聲學的創始人。

⑦・尚 - 巴蒂斯特・必歐（Jean-Baptiste Biot，一七七四—一八六二）：法國物理學家。

格蘭古瓦也只好滿足於這句讚揚。何況，這時掌聲雷動，歡呼四起，打斷了他們的談話。醜大王選出來了。

「妙極啦！妙極啦！妙極啦！」四面八方一片雷鳴般的掌聲和熱烈的歡呼聲。

果然，一副令人嘆為觀止的鬼臉，從花瓣格窗洞裡探出來，一時光彩奪目。剛才從窗洞裡相繼探出來的那些五角形、六邊形，以及各種奇形怪狀的醜相，全都未達觀眾心目中的理想。須知在狂熱的氣氛中，群眾的想像力達到離奇怪異的程度，而產生了一套怪誕的理想，他們一見最後這張怪臉，頓時眼花繚亂，全場喝彩。就連科坡諾勒也鼓起掌來。克洛班・特魯伊傅也同樣參與其中，天曉得他這般奇醜無比的臉，也不得不認輸。我們也全都自愧弗如。

我們在此並不想為讀者描繪那個四面體的鼻子、馬蹄鐵形的嘴巴、被棕紅色眉叢所掩蔽的小小左眼，以及完全消失在一顆大瘤之下的右眼，也不想描繪那七扭八歪、好似城垛一般參差不齊的牙齒、兩片粗糙的嘴唇、一顆猶如象牙般抵著厚唇的獠牙，以及劈裂的下巴，更不想描繪由這些部位組成的整個形貌，以及那狡黠、驚奇和憂傷相互混雜的神態。各位讀者大概做夢也想像不出那副模樣。

全場一同歡呼，大家衝向小教堂，把這個幸運的醜大王抬出來。與此同時，驚訝和讚嘆達到了極點：那張鬼臉竟然就是他本來的面目。

更確切地說，他的整個人就是一副鬼臉。大腦袋上倒豎著棕紅色頭髮；臂膀之間突出一個大駝背，與隆起的雞胸取得平衡；從胯骨到小腿，整個下肢完全錯了位，只有雙膝能勉強併攏，從正面看去，兩條腿恰似手柄合攏的兩把彎鐮；雙腳又肥又寬，一雙手大得出奇；然而，儘管他全身畸形，卻有種難以言狀而又令人生畏的強健、敏捷和果敢，可以說是違反「力和美皆來自和諧」這項永恆法則的奇特例外。這就是剛才當選的醜大王。

他就像被大卸八塊而又胡亂拼湊起來的巨人，又像巨人庫克羅普斯⑧出現在小教堂門口，佇立不動，厚實的身體寬度幾乎等於高度，如同一位名人所說的「底面呈正方形」。尤其當觀眾看到他那件綴著銀色鐘形花紋半紅半紫的大衣，還有他那極致的醜相時，立刻認出來他，異口同聲地喊叫：

「那是加西莫多，敲鐘人啊！那是加西莫多，巴黎聖母院的駝子！加西莫多獨眼龍！加西莫多大彎腿！妙極啦！妙極啦！」

顯而易見，這個可憐的傢伙綽號多得很。

「孕婦可要小心啊！」學生們喊道。

「想要孩子的女人也得小心了！」約翰當面喊叫。

婦女們果真把臉捂了起來。

「噢！這個醜八怪！」一個女人說。

「又醜又壞！」另一個女子也說道。

「他是魔鬼！」第三個補充說。

「我真倒楣，就住在聖母院旁邊，整夜聽見他在簷槽上遊蕩。」

「還帶著貓。」

「他總是待在我們的屋頂上。」

「他從煙囪裡向我們興妖作怪。」

「有一天晚上，他跑到我家的天窗口向我做鬼臉，我還以為是個野男人，真是嚇死我了！」

「我敢說，他肯定會去參加群魔舞會[9]。有一回，他還把惡魔的掃把丟在我的屋頂上。」

「噢！噁心的駝子！」

「噢！心腸也非常惡毒！」

---

⑧．庫克羅普斯（Cyclops）：希臘神話中的獨眼巨人。

⑨．按西方傳說，巫師巫婆都騎掃帚飛去參加巫魔舞會。

「唉！」

相反地，男人們則興高采烈，鼓掌喝彩。

然而，這場騷亂的主角加西莫多卻始終站在小教堂門口，表情陰沉而肅穆地聽任大家讚揚。

一名學生，想必是羅班．普斯潘，跑上前來，在他的臉前取笑了他一番。大概是湊得太近了，加西莫多抓住他的腰帶，一下子把他拋出人群外十步遠。整個過程中他仍舊一言不發。

科坡諾勒老闆驚嘆不止，也走了過去。

「聖父啊！上帝的十字架！你是我所見過的最美的醜八怪。不只在巴黎，你就算在羅馬也夠資格當醜人教皇。」

說著，他興致勃勃地伸手拍拍加西莫多的肩膀。加西莫多毫無反應。科坡諾勒接著說：

「你這傢伙挺有趣，我真想請你大吃一頓，就是讓我破費十二枚杜爾⑩銀幣也沒關係。你看怎麼樣？」

加西莫多沒有應聲。

「上帝的十字架！」襪商問道，「你是聾子嗎？」

他的確是個聾子。

不過，他見科坡諾勒如此輕蔑，不免厭煩了，猛然朝他轉過身去，牙齒咬得咯咯響，嚇得弗蘭德巨人連連後退，就像一隻獒犬碰上了凶惡的貓。

眾人都敬而遠之，至少保持十五步遠的距離，圍著這個怪人形成一個圈。一位老婦人向科坡諾勒解釋道加西莫多是個聾子。

「聾子！」襪商不愧為弗蘭德人，發出粗獷的笑聲，說道，「聖十字架！這個醜大王，真是十全十美！」

「嘿！我認出他了，」約翰喊道，他終於從柱子頂端下來，要靠近看加西莫多，「他正是我哥哥主教代理的敲鐘人。你好，加西莫多！」

「魔鬼！」羅班．普斯潘說道，剛才他被摔了出去，渾身仍在疼痛：「他一露面，原來是個駝背；一走路，是個大彎腿；一看著你，又是個獨眼龍；你對他說話，他卻是個聾子。哼！這個波利菲莫斯⑪，他的舌頭還能不能用？」

「他想說話時就會說了，」一位老婦人說，「他生來並不啞，耳朵是因為敲鐘震聾的。」

「美中不足啊。」約翰品評一句。

「唉！他還多一隻眼睛。」羅班．普斯潘補充說。

「不能這麼說，」約翰頗有見地：「說到殘缺，獨眼則大大超越瞎子，因為他還能看出自己缺了什麼。」

這時候，所有乞丐、僕役、扒手和學生們聚集，列隊前往司法宮書記室，打開檔櫃，找到紙板，為醜大王做了冠冕和可笑的長袍。加西莫多任由眾人為他穿戴，眉頭也不皺一下，溫順中透出驕傲的神態。大家讓他坐上花花綠綠的坐轎，由狂人會十二大騎士扛上肩。看著這些英俊、端正而健壯的男人，他們的腦袋都在自己畸形的雙腳之下，這個獨眼巨人陰鬱的面孔浮現出一副苦澀又輕蔑的喜悅。這支衣衫襤褸又鬧哄哄的隊伍先是按照慣例在司法宮的各條走廊轉了一圈後，接著出發上街遊行。

⑩．杜爾（Tours）：位於巴黎西面，當時鑄造銀質和銅質錢幣，稱杜爾幣，而國家再用杜爾幣模子鑄王國幣。這種情況一直持續到十三世紀。

⑪．波利菲莫斯（Polyphemus）：希臘神話中的獨眼巨神，庫克羅普斯中最凶殘者，以人肉為食。奧德修斯等人誤入他的洞穴，一部分人被他吞掉。奧德修斯用酒把他灌醉，弄瞎了他的獨眼。

六、愛絲美拉達女孩

我們可以欣慰地告訴讀者，就在上述場面發生的同時，格蘭古瓦和他的戲仍然堅持不懈。演員們在他的激勵下繼續演出，他本人也繼續聽戲。不管全場如何喧鬧，他毫不氣餒，決心堅持到底，相信觀眾的注意力會回到這裡。他望著加西莫多、科坡諾勒，以及吵鬧的醜大王隊伍高聲喧譁著走出大堂，心中重新燃起了希望之光。觀眾也都迫不急待地緊隨在後。「好吧，」格蘭古瓦自言自語，「搗蛋分子全都滾蛋啦！」不幸的是，搗蛋分子就是全場觀眾。轉眼之間，大堂裡空無一人。

老實說，還留下三三兩兩的零星觀眾，待在圓柱周圍，全是受不了喧鬧和混亂而留下來的老弱婦孺。還有幾名學生騎在窗臺上，向廣場張望。

「這樣也好，」格蘭古瓦想道，「這些人聽完我的聖蹟劇也足夠了。少雖少，但他們畢竟是有文化素養的菁英。」

過了一會兒，聖母登場了，可是格蘭古瓦發現，原本應當帶來極大戲劇效果的伴奏卻沒有出現。原來，他的樂隊已被醜大王的遊行隊伍帶走了。「沒有伴奏也成啊。」他淡然說道一群市民似乎在議論他的劇作，他湊過去，捕捉到了幾句零碎的片段：

「施奈多老闆，您知道德．內穆爾先生的納瓦爾公館嗎？」

「知道，就在布拉克小教堂對面。」

「嗯，稅局最近把它租給了聖像工匠紀堯姆．亞歷山大，一年租金為巴黎幣六利弗爾八蘇。」

「房租漲得好厲害啊！」

「算了吧！」格蘭古瓦嘆息一聲，心中想道，「還有其他人在聽。」

「同學們！」窗邊上一個頑皮鬼突然喊道，「愛絲美拉達！愛絲美拉達在廣場上呢！」

這個名字有著神奇的魔力，留在大堂裡的人全跑到了窗邊、爬上牆壁向外張望，反覆叫著：「愛絲美拉達！愛絲美拉達！」

與此同時，外面傳進來響亮的鼓掌聲。

「愛絲美拉達，這是什麼意思？」格蘭古瓦雙手合十，傷心地說道，「噢！上帝啊！現在，好戲似乎又在窗戶上開場了。」

他回頭望向大理石案，發現演出又中斷了。朱庇特本該攜著雷電上場，可是他卻站在舞臺下面。

「米歇爾．吉博納！」詩人怒吼一聲，「你愣在那裡幹什麼？你忘了你的角色啦？快爬上去啊！」

「唉！」朱庇特答道，「梯子被學生搬走了。」

格蘭古瓦看了看，果真如此。通向終幕的道路完全被切斷了。

「渾蛋！他把梯子搬走做什麼？」他又咕噥一句。

「好登高去看愛絲美拉達。」朱庇特沮喪地答道，「他說了一句：『咦，這梯子沒人用！』順手就搬走了。」

這最後一擊，格蘭古瓦也只好接受了。

「都見鬼去吧！」他對演員們說，「我若是得到報酬，也有你們的份。」

於是他垂頭撤退，猶如浴血奮戰到最後的將軍。

司法宮的樓梯千迴百轉，他邊下樓邊抱怨：「這些巴黎佬，真是一群蠢驢笨豬！他們是來聽聖蹟劇的，卻又完全不聽！他們對什麼人都感興趣，什麼克洛班．特魯伊傅、紅衣主教、科坡諾勒、加西莫多，還有魔鬼！就是對聖母瑪利亞毫無興趣！早知道如此，我就給你們多準備幾個處女瑪利亞，這群蠢蛋！而我呢，我是來看觀眾的臉，卻只看到了背影！身為詩人，卻像個賣藥的一樣卑微！難怪荷馬靠乞討為生，走遍希臘的大小村鎮！難怪納索[1]流亡異國，客死在莫斯科！他們說的那個『愛絲美拉達』到底是什麼意思？就算魔鬼扒了我的皮，我也要弄個明白！這到底是什麼詞呢？恐怕是古埃及咒語！」

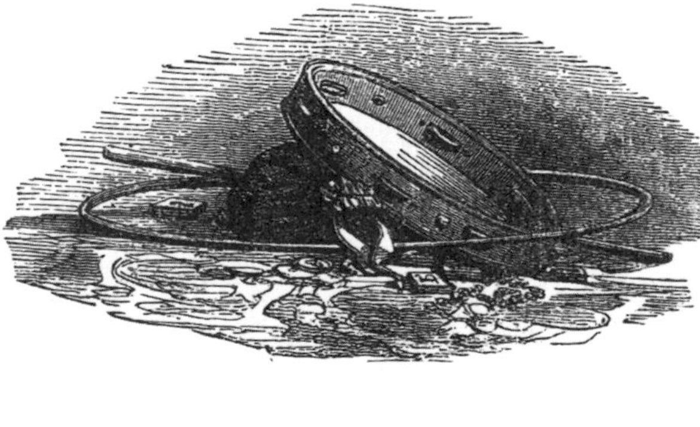

①．納索（Naso，西元前四三年─前一八或前一七年）：即羅馬著名詩人奧維德，《愛的藝術》、《變形記》的作者。他遭流放，原因不詳，至死未得歸故里。

LIVRE DEUXIÈME.

第二卷

一、從卡里布迪斯漩渦到希拉礁①

時值一月份，天黑得早。格蘭古瓦步出司法宮時，街道已經昏暗了。夜幕降臨反倒讓使他愉悅，他正想鑽進一條幽暗無人的小街，從容思考一番，好讓他哲學家的靈魂為詩人包紮創傷。再說他也無家可歸，哲學是他唯一的避難所。在劇壇上初試鋒芒就落得如此失敗，他已不敢再回到位在草料港對面水上穀倉街的公寓。他已經拖欠了六個月的房租，本來指望市政官大人為這次創作的賀婚詩劇支付酬勞，好還清他欠巴黎屠宰稅承包商紀堯姆・杜克斯—西爾先生的房租，一共十二巴黎蘇，相當於他全部家當的十二倍。全部家當，是連他的短褲、襯衫和尖頂帽全都算上。他先躲在聖小教堂司庫牢房的側門廊簷下，思考在哪裡過夜，巴黎各條鋪石馬路倒是任他選擇。他忽然憶起上週在舊鞋店街，曾看見一位司法院參事家門前有一塊上馬的墊腳石，心想那塊石頭倒是能給乞丐或詩人當作不錯的臨時枕頭。他感謝老天給了他這個好主意。要抵達那裡就得穿過司法宮廣場，前往老城那曲折的迷宮，穿過諸如桶廠街、布廠街、舊鞋店街、猶太街等迂迴古老的姐妹街道（那裡的十層樓房至今還屹立著）。他正待舉步，不料卻被醜大王的遊行隊伍擋住了去路。這支隊伍從司法宮裡衝出來，舉著火把、高聲喧譁，在一旁為他們伴奏的正是他格蘭古瓦的樂隊。見此情景，他自尊心的創傷又被刺痛，於是他急忙避開。經歷了這戲劇性的不幸，凡是令他回想起這天的一切，都使他的傷口涔涔流血。

格蘭古瓦想取道聖米歇爾橋，可是，孩子們舉著花炮和沖天炮在橋上亂竄。

「讓煙火鞭炮見鬼去吧！」格蘭古瓦咕噥，他又折向貨幣兌換所橋。橋頭的樓房上懸掛三面大旗，分別畫有國王、太子和弗蘭德公主的肖像，還懸掛著六面小旗，上面的肖像是奧地利大公、波旁紅衣主教、博熱親王、法國公主雅娜、波旁的私生子親王，這些是我認得的所有人了。四周被火把照得通亮，圍觀的民眾嘖嘖稱讚。

「約翰．傅博這個畫家多走運！」格蘭古瓦長嘆一聲，隨即轉過身去背對那大小旗幟。他的面前出現一條街道，幽暗又僻靜無人，正可以躲避節慶的喧鬧和光彩。於是他鑽了進去，沒有走多遠就被什麼絆了一跤，原來是五月樹。是司法宮小職員們為了隆重慶祝這個節日，在早晨時放在大法官官邸門前的。格蘭古瓦勇敢地承受了新的挫折，爬起來繼續前進，來到塞納河邊。他把民事庭和刑事庭都拋在腦後，沿著御花園的高牆走去，踏著沒有砌石的河灘和淹到腳踝的泥水，一直走到老城的西端，瞭望著牛渡小洲片刻。建橋之後，這個小洲便隱沒在銅馬和新橋之下。當時，小洲在夜色中還依稀可辨，只見漆黑的小島隆起在微微泛白的狹窄水面之上。藉著一盞小燈的微弱光亮，隱約可見像蜂房似的木屋，那就是擺渡牲畜的船夫過夜之所。

「替牛擺渡的船夫多幸運啊！」格蘭古瓦想道，「你不盼望榮耀，也不用創作婚禮讚歌！不管哪一個國王結婚，還是勃艮第公爵夫人如何，都與你毫不相干！你也不認識其他什麼瑪格麗特，只知道四月一來，你的草場上瑪格麗特雛菊花就盛開，餵飽你的奶牛！而我這個詩人，被人家喝倒彩，跑到

①．位於義大利墨西拿海峽，航路險惡。這句成語意謂：「才出龍潭，又入虎穴」。

這裡來凍得發抖，鞋底磨得透亮，都能當那盞小燈的玻璃罩了，還欠下十二蘇的房租。謝謝你，渡牛的船夫！你的小屋療癒了我的雙眼，讓我忘掉巴黎！」

忽然，這幸福的小屋中爆出一陣聖約翰雙響炮，打斷了他抒情的遐想。原來船夫也參與了節慶，正在燃放煙火表示慶祝。

這雙響大鞭炮，震得格蘭古瓦起雞皮疙瘩。

「該死的節日！」他高聲說道，「難道我走到哪裡，你就追到哪裡嗎？噢！天哪！一直追逐到船夫的小屋裡！」

接著，他看看腳下的塞納河，心中浮現了可怕的念頭：

「唉！如果不是河水那麼冷的話，我真想投河自盡！」

到了這種地步，他絕望地做出了決定。既然逃不掉醜大王和約翰．傅博的旗幟，逃不掉五月樹、煙火和花炮，那就大膽地投入節日狂歡的漩渦裡，到河灘廣場上去吧！

「到了那裡，」他思忖道，「至少有篝火的餘焰，可以暖暖身子。還有市區的公共食攤上，肯定安置了三個供應皇家甜點的大食品櫃，那些點心碎屑可以讓我當作晚飯充飢。」

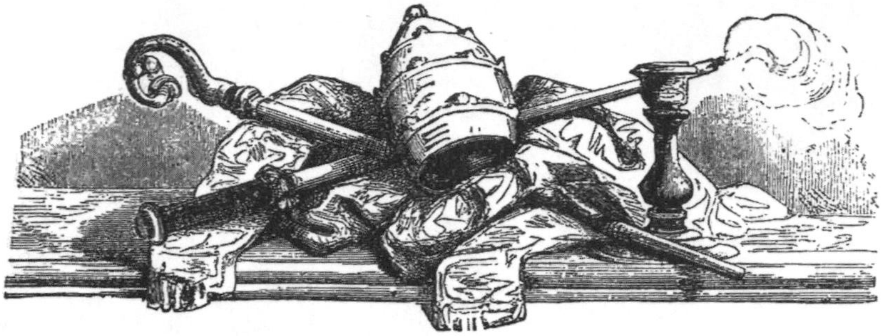

二、河灘廣場

當年河灘廣場的面貌，如今已模糊難辨，僅餘廣場北角那座秀麗的小鐘樓，橫遭灰泥粉刷玷污，那雕塑的靈動裝飾線條早已面目全非，恐怕不久後也將埋葬在不斷崛起的新樓房中，如同巴黎所有的古老建築一般。

凡是穿越河灘廣場的行人，無不像我們一樣，向那座可憐的小鐘樓投去憐憫和同情的目光，嘆息它夾在路易十五時代的兩幢破樓房中，幾欲窒息。望一望那座小鐘樓，就不難重新想像當年它所在的建築群，以及十五世紀哥德風格的古老廣場全貌。

當年的廣場也像今天一樣，呈不規則四邊形，一邊是河岸，三面是成排的狹窄而陰暗的高樓。白天，可以觀賞多姿多彩的建築物，全是石雕或木雕，呈現出中世紀各種不同民宅建築的樣式，即從十五世紀追溯到十一世紀，先是方形窗開始取代尖拱窗，再更早期時，則是尖拱窗戶取代了羅曼式的圓拱窗。不過，在靠近製革廠街和廣場瀕臨塞納河的角落，這種圓拱窗戶仍盤踞著老羅朗塔樓的一樓。夜晚，這片樓群難以分辨，只能看見參差不齊的屋頂，猶如一圈鋸齒形的黑色花邊鑲在廣場的周圍。昔日和今日的城市最大的差異，就是如今的房舍都面朝廣場和街道，而當年則是對著山牆。兩百年來，樓房都換了個方向。

廣場中央的東側，矗立著一座笨重的混合建築，由並列的三幢樓組成，並有三個名稱，分別標示它的沿革、功用和建築風格。一是「太子宮」，因為查理五世為儲君時，曾經在此居住；二是「商務會館」，因為市政廳設在這裡；三是「大柱樓」，因為整個四層樓是由粗大的柱子所支撐。巴黎這樣的大都市所需要的一切，這裡一應俱全。有一座小禮拜堂，可以向上帝祈禱；大廳堂則可以進行審判，必要時也可以拒國王的人馬於外；閣樓上還有一個武器庫，裝滿了槍炮。巴黎市民自然明白，要保護自己的權利，只靠祈禱和訴訟是不夠的。因此，他們在市政廳的頂樓上，常年儲備著生鏽了卻依然精良的火槍。

河灘廣場從許久前就已是陰暗的模樣，這種陰暗來自它喚起的悲慘記憶，也來自由多明尼克．伯卡多所建造、取代了大柱樓的晦暗市政廳。在鋪石的廣場中央，常年豎著絞刑臺和恥辱柱，當時稱為「正義臺」和「梯子」，奪走了不少健康的生命，迫使行人移開目光，不忍觀看這片刑場。五十年後，這裡又流行起「聖瓦利埃熱病」①，即斷頭臺恐怖症，那是所有病症中最可怕的一種，因為它不是天災，而是人禍。

順便補充，在死刑肆虐的三百年前，鐵輪②、石砌絞刑臺、嵌在路面的各式刑具，堵塞了河灘廣場、菜市場、太子廣場、特拉瓦爾十字教堂、豬市、恐怖的鷹山、警士關卡、貓廣場、聖德尼門、香波地、博岱門和聖雅各門，這還不包括掌握生殺大權的市政官、主教、教士、神父和修道院院長的無數「絞刑梯子」，以及塞納河的溺刑場。但是令人欣慰的是，封建社會這個衰老的暴君，一片片地逐漸失去它的甲冑，喪失了它華麗的酷刑、各種異想天開的刑罰，喪失了每五年要在大堡更新一張皮革

①．聖瓦利埃（Saint-Vallier）：法國將領，在查理八世、路易十二世朝代，曾率軍出征義大利，法軍傷亡慘重。聖瓦利埃熱病即災難之意。

②．中世紀的一種酷刑——車輪刑。

刑床的笞刑。它幾乎完全被逐出我們的法律和城市，又被一部部法典追剿，從一處又一處地方趕走。到了今天，在一望無際的巴黎，它僅僅剩下河灘廣場這可恥的一小角地盤，僅僅剩下一座可憐的斷頭臺，鬼鬼祟祟、惶惶不安又無地自容的樣子，彷彿做了壞事生怕被人當場逮住，行使完自己的工作便趕緊消聲匿跡。

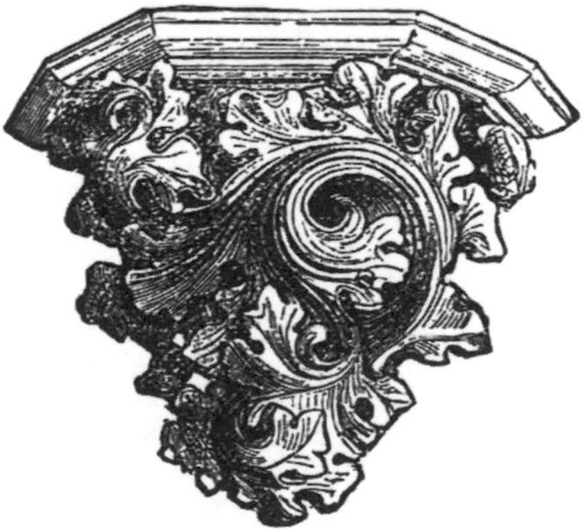

三、「以吻還擊」①

皮耶·格蘭古瓦趕到河灘廣場時，全身已經凍僵了。他是從磨坊橋過來的，好避開貨幣兌換所橋上擁擠的人群，以及約翰·傅博所畫的肖像旗。可是主教磨坊旋轉的水車，在他經過時卻濺了他滿身水，浸濕了他的大衣。劇本演出失敗後，他似乎變得格外怕冷了。於是他急忙靠近廣場中央燃得正旺的篝火，但是周圍的人群已經把篝火團團圍住。

「該死的巴黎佬！」格蘭古瓦自言自語。他是個名副其實的詩劇詩人，動不動就來一段獨白：「你們擋住了我的篝火！可我多麼需要火爐邊的一角！我的鞋喝足了水，該死的水車灑了我一身淚水。巴黎的鬼主教竟還有什麼磨坊！真不知道一位主教要磨坊幹什麼？難道要當磨坊主教嗎？如果他需要，我立刻就把我的詛咒賞給他的主教堂和磨坊！過去看看那群閒人會不會讓個位！不知道他們在那裡幹什麼？唔，他們在烤火，好快活啊！他們在觀賞上百根劈柴的火焰，多美的景色啊！」

他走到近前仔細一看，才發現圈子拉得很大，並不是人人都能烤到

①·原文為西班牙文。意譯為「以德報怨」。

火，而且這麼多觀眾，顯然不全是被百捆柴火燃起火焰的美景吸引來的。

圍著篝火的觀眾之間有一大片空地，一名少女正在跳舞。

那女孩到底是人、仙女還是天使，格蘭古瓦一時搞不清楚。他枉為懷疑派哲學家，又是諷喻詩人，卻被眼前光彩奪目的景象給迷住了。

女孩的個頭並不高，但身材苗條，亭亭玉立，顯得很修長。她的肌膚是棕色，不過可以想見，白天看來肯定像安達盧西亞或羅馬女子一般閃著金光。她的纖足也像安達盧西亞人，穿著秀美的花鞋，顯得相得益彰。她翩翩起舞，轉圈飛旋，踏著隨意擲在地上的一塊舊波斯地毯。每當她轉身時那張光豔照人的臉一閃而過，烏黑的大眼睛就射出一道閃電。

周圍的人個個看得張大嘴巴，雙眼發直。只見她那純潔圓潤的雙臂舉到頭頂，咚咚敲著巴斯克手鼓，伴隨著節奏舞蹈，那身段纖弱、窈窕，靈動，宛如一隻黃蜂，那金光閃閃的胸衣平滑無紋，彩裙則膨脹飄舞。她裸露臂膀，彩裙不時翻飛而露出線條美妙的小腿。她秀髮烏黑，目光灼灼似火焰。這哪裡是凡人，分明是一位天仙！

「沒錯，」格蘭古瓦心中暗道，「她是一個火精靈，是山林仙女，是天仙，是曼納路斯山②的酒神女祭司！」

恰巧在這時，「火精靈」的一條髮辮散開，一枚綴在髮上的銅飾掉在地上。

「哦，不對！」格蘭古瓦說道，「她是個吉卜賽女郎！」

美好的幻想倏然消失。

她又跳起舞來，並從地上拿起兩把短劍，把劍尖抵在額頭上旋轉，同時身子則朝另一個方向轉動。果然沒錯，她是個道地的吉卜賽女郎。儘管格蘭古瓦頗為失望，但這個景象仍不乏迷人的魔力。通紅的篝火光亮刺眼，映在圍觀群眾的臉上，跳動在吉卜賽女郎棕色的額頭上，又將搖晃的人影向四周廣場投射，一側映出大柱樓滿是皺紋、蒼老黝黑的面容，另一側則是絞刑架的石臂。

千百張臉被火光映得通紅，其中有一張臉似乎格外出神地看著少女。這是一張男人的臉，嚴峻、沉靜而陰鬱。由於旁邊的人擋著，看不出他的衣著打扮，估計年齡不超過三十五歲，但已經禿頂，只有兩鬢稀稀落落長了幾綹頭髮，且已花白了。他的額頭又寬又高，已經開始刻出一道道橫紋。然而，他那雙凹陷的眼窩裡，卻閃爍著不尋常的青春光芒、熾熱的生命力、深沉的情欲。他的雙眼緊盯吉卜賽女郎，就在這個十六歲的少女在眾人面前瘋狂起舞、迴旋的時候，他那沉思凝想的神情越發陰沉。微笑和嘆息不時在他的唇邊相遇，但那笑容比嘆息更加痛苦。

女孩跳得氣喘吁吁，終於停了下來，觀眾則滿懷開心，熱烈鼓掌。

「佳利！」吉卜賽女孩叫了一聲。

格蘭古瓦立刻看見跑來一隻小山羊，雪白而美麗，靈敏而活潑，神采奕奕，兩隻角和四隻蹄子染成金黃色，還戴著金色的項圈。剛才牠一直蜷伏在地毯一角，看著主人跳舞，格蘭古瓦沒有注意到牠。

「佳利，換你了。」跳舞的女孩說。

女孩坐下來，將巴斯克手鼓親暱地舉到小山羊面前，問道：「佳利，現在是幾月？」

小山羊豎起前蹄，在小鼓上敲了一下。果然不錯，正是一月。觀眾鼓起掌來。

「佳利，」女孩翻轉了巴斯克鼓面，又問道，「今天是幾號呀？」

小山羊又豎起金色的蹄子，在鼓上敲了六下。

「佳利，」埃及女郎[3]再一次翻轉鼓面，又問道，「現在幾點鐘啦？」

佳利便敲了七下，正巧這時，大柱樓的時鐘打了七下。

②．曼納路斯山（Menelean Mount）：希臘神話中的自然之神潘的居所。潘神為人身，頭上長角，司山林、畜牧，他發明排簫，帶領山林仙女舞蹈嬉戲。

觀眾都驚嘆不已。

「這裡面有巫術！」人群中一個險惡的聲音說道。說話的人正是死盯著吉卜賽女孩的禿頂男子。女孩打了個寒噤，扭頭一望。但是一陣掌聲淹沒了這聲陰沈的驚呼。掌聲甚至讓她完全忘了那人的聲音，於是她繼續對她的小山羊提問。

「佳利，在聖燭節④遊行佇列中，城防手銃隊隊長吉沙爾．大勒米先生，是什麼樣子呢？」佳利豎立起來，用兩隻後蹄走路，樣子又莊重又斯文，把這個手銃隊隊長故作正經的神態模仿得維妙維肖，逗得全場哈哈大笑。

「佳利，」表演越成功，女孩也就越膽大，她又問：「王國檢察官雅克．夏莫呂閣下在宗教法庭上是怎麼說話的？」

小山羊坐下來，開始咩咩叫，同時揮動前蹄，動作十分奇特，除了學不出他那粗劣的法語和拉丁語之外，那姿勢、聲調、神態，簡直像極了雅克．夏莫呂。

觀眾的掌聲更熱烈了。

「褻瀆神靈！邪門歪道！」那禿頂男人又叫了一聲。

吉卜賽女孩再次回過頭去。

「哼！又是那個壞蛋！」她說著，便伸長下嘴唇，做了個似乎是習慣性的撇嘴動作，隨即轉過身去，托著巴斯克手鼓，開始收取觀眾的賞錢。

大白洋、小白洋、小盾幣、鷹幣⑤，雨點一般投過來。突然，她經過格蘭古瓦面前。詩人下意識地摸摸口袋，女孩猛然停下。「見鬼！」他說，他在口袋裡一探到底，原來囊空如洗。美麗的女孩卻始終站在那裡，大眼注視著他，伸著手鼓等待。格蘭古瓦急得豆大的汗珠直往下淌。

若是他的口袋裡裝著一座祕魯金礦，他也情願掏出來給跳舞的女孩。可是他沒有祕魯金礦，何況那時還沒有發現美洲大陸。

幸而一個意外事件為他解圍。

「你還不滾開，埃及蝗蟲？」一道尖利的聲音從廣場最幽暗的角落傳過來。

女孩大驚失色，轉身望去。這次不是那個禿頂男人喊的，而是一個女人的聲音，既虔誠又惡毒。

這聲叫喊嚇壞了吉卜賽女郎，卻讓在那裡亂竄的一群孩子興奮起來。

「是羅朗塔樓的那個隱修婆，」孩子們起哄笑著喊道，「是麻袋婆⑥在吼叫！大概她沒有吃晚飯吧？看看公共食攤上剩什麼東西，給她送一些去！」

大家都朝大柱樓湧去。

這時候，格蘭古瓦趁跳舞的女孩慌亂之機，趕緊躲到一旁。聽到孩子的鼓噪，他想起自己也沒有吃晚飯，於是也朝食攤跑去。那些小鬼腳程快，等他趕到，食攤的東西已經一掃而光了，連五蘇一斤的乾麵包都沒剩，只留下夾雜著玫瑰的挺秀百合花⑦，還是馬蒂厄·比特恩在一四三四年畫在牆上的。這頓晚飯也太寒酸了。

沒吃晚餐就睡覺令人不悅，沒吃晚餐又不知道去哪過夜，就更快活不起來了。格蘭古瓦恰好落到這種地步。沒有麵包，也沒有住處。他迫切地需要生活的必需品，並感到這些需要待他十分粗暴。他早就發現這條真理——朱庇特是在厭惡人類的情緒中創造出人類的。終其一生，聖賢們的哲學思想始

---

③．中世紀法國人以為這些流浪的人來自埃及，先到歐洲的波希米亞地區，故稱「波希米亞人」，還把流浪者和乞丐全部稱為「埃及人」。譯文按通常的說法，把「波希米亞人」改稱為「吉卜賽人」。

④．西俗聖燭節為每年的二月二日。

⑤．大小白洋為銀幣。盾幣是布列塔尼地區舊幣，鷹幣為小面值銅幣，上面均有相應圖案。

⑥．基督徒受罰悔，身披粗麻衣，俗稱麻袋片。麻袋修會最初由聖路易〔法國國王路易九世（一二一四—一二七〇）〕創建，因修服像麻袋，故得名。

⑦．百合花：法蘭西王國的象徵。

終被命運圍剿。至於他格蘭古瓦，首次遭受如此水泄不通的包圍。他聽見自己的肚子咕咕作響，覺得噩運實在不擇手段，竟然以飢餓迫使他的哲學就範。

他正愁腸百結，意緒消沉，忽然聽見一陣充滿柔情而又奇特的歌聲，頓時從遐想中醒來。原來是埃及女郎在舒展歌喉。

她的歌喉猶如她的舞蹈及容貌，極為迷人，卻又難以捉摸，蘊涵著純淨、激昂、空靈、縹緲。美妙的旋律，意外的節奏，聽來如一朵朵花朵接連怒放。繼而樂句單純，間有嘶嘶聲和尖銳的音符；繼而音階輕快跳躍，足令夜鶯退避三舍，但音韻始終和諧；繼而八度音起伏跌宕，好似這位唱歌少女起伏的胸脯。隨著歌聲的千迴百轉，她那張美麗的臉龐也變幻莫測，從奔放到莊嚴，有時像一匹瘋狂的野獸，有時像一位女王。

格蘭古瓦不懂她唱的歌詞是什麼語言，看來她本人也未必懂得。顯然，她歌唱時的種種表情與歌詞內容並沒有多大關聯。譬如下面四句歌詞，從她口中唱出就顯得欣喜若狂：

他們尋找有發現，
寶箱藏在柱裡面，
箱中裝滿新旗幟，
旗上畫著猙獰臉。

隔了幾段，她還唱出：

阿拉伯人騎士團，
看似躍馬不動彈。

腰間佩劍好威風，
肩頭還挎神翎箭。

聽她這聲調，格蘭古瓦不禁熱淚盈眶。不過總體來說，她的歌曲情調歡快，她像鳥兒一樣恬適而無憂無慮地歌唱。

吉卜賽女孩的歌聲擾亂了格蘭古瓦的冥想。就像天鵝划出水紋一樣，他聆聽著，自覺心中歡然，忘卻了萬念。幾小時以來，這是他第一次感受不到痛苦。

然而，這一時刻太短暫了。

那個女人的喊聲，剛才打斷了吉卜賽女郎跳舞，現在又來打斷她的歌唱。

「你還不住口，地獄的蟬？」她仍然在廣場最幽暗的角落喊道。

可憐的「蟬」戛然停止鳴叫。格蘭古瓦急忙捂住耳朵。

「噢！」他叫道，「可惡的破鋸齒，要來鋸斷詩琴[8]啦！」

其他觀眾也像他一樣，紛紛抱怨道：「那個麻袋婆，讓她見鬼去吧！」那個不露面的討厭鬼險些要為了屢次攻擊吉卜賽女郎而後悔。此刻要不是醜大王的隊伍轉移了觀眾的注意，他們絕不會輕饒她。遊行隊伍走遍大街小巷，又來到河灘廣場，他們高舉著火把，人聲鼎沸。

讀者已經看見這支隊伍從司法宮出發，一路上不斷擴大陣容，巴黎所有的地痞無賴、無所事事的小偷，以及閒散的流浪漢全都陸續加入。因此，隊伍來到河灘廣場時，已經聲勢浩大。

最前列是「埃及王國」[9]。埃及公爵一馬當先，伯爵們步行，為他執轡扶鐙，後面則跟隨著排列

⑧．詩琴：古弦樂器，類似豎琴，在神話中象徵詩歌。
⑨．指吉卜賽社會，公爵、伯爵是其中大小頭目的稱呼。

混亂的埃及男女，肩頭扛著吵嚷的孩子。這一群人，從公爵、伯爵直到平民百姓，全都穿著破衣爛衫，滿身金光閃閃的銅箔飾物。第二群是「丐幫王國」，即法國的各路盜賊，也是按照等級高低排列，級別最低的走在前面。他們以四人一排行進，各自戴著不同標記，表明他們在這奇特國度中的位階。他們大多是殘疾人，有瘸腿跛腳的，有斷手缺臂的，有矮子畸形的，有假扮成朝聖者的，還有獨眼龍、蠢人、凸眼睛、小流氓、流浪兒、孱弱者、騙子、假裝殘疾的乞丐、假裝遭到燒傷的、賣假貨的、破產的商販、假傷兵、放蕩的文書、假痲瘋病人等等，不一而足，縱使荷馬再世也不能盡述。核心的圈子由偽善人和幫兇打手組成，在他們中間好不容易才識別出丐幫幫主，這位龍頭大哥蹲在由兩條大狗拉的小車裡。在丐幫王國之後，則出現了伽利略帝國⑩。伽利略帝國皇帝紀堯姆·盧梭，身披酒跡斑斑的大紅袍，龍行虎步，氣宇軒昂，由相互搏擊和跳舞的藝人做先導，周圍簇擁著御駕執杖吏、扈從和審計院的文書。遊行隊伍殿後的，則是司法宮的文書們，他們身穿黑袍，奏著不亞於群魔舞會上演奏的音樂，舉著花枝招展的五月樹和黃色大蠟燭。在這一大群人中還有狂人大騎士團，他們肩扛的擔架上，點燃的小蠟燭數量極多，超過瘟疫流行時聖熱納維耶芙聖物的抬架。新登基的醜大王頭戴王冠，身披王袍，手持權杖，端然坐在擔架上，真是光彩炫目，他正是聖母院敲鐘人，駝子加西莫多。

這支光怪陸離的遊行隊伍，每一部分都有自己的獨特音樂。埃及人彈著非洲七弦琴並敲手鼓，叮咚作響。丐幫不大懂音樂，但是也拉琴、吹牧羊角號，彈著十二世紀的哥德琴。伽利略帝國也不比丐幫強多少，聽他們彈奏處於音樂藝術初期的三弦琴，只能辨別出「蕊」、「拉」、「咪」三個音。醜大王周圍，才稱得上音樂薈萃，那個年代的所有音樂匯聚成一片磅礡而熱鬧的嘈雜聲，使用的三弦琴有高音、次高音和中音三種，還有笛子和銅管樂器。唉！讀者應該還記得，這正是格蘭古瓦的樂隊。

很難描繪，遊行隊伍從司法宮到河灘廣場這一路上，加西莫多那奇醜而憂傷的面孔，是如何漸漸喜形於色，終至得意洋洋。這是他有生以來，自尊心第一次得到滿足。在此之前，他因地位卑賤而受盡了鄙夷和屈辱，又因相貌醜陋而遭人厭惡。因此，他雖然失聰，卻像貨真價實的大王一樣，煞有其事地品嘗眾人的歡呼，儘管他憎惡著這幫人也被他們所憎惡。他的子民是烏合之眾，全是狂徒、殘疾人、盜賊和乞丐，但這又何妨？他們終歸是他的子民，而他終歸是君王。這陣陣譏誚的掌聲、這種種可笑的恭敬，他都完全當真。不過也得承認，群眾在嘲弄中確實夾雜著畏懼。因為這個駝子無比強壯，大彎腿動作敏捷，而且這個聾子又心狠手辣，這三種特質減少了荒唐可笑的印象。

再說，我們也絕不會相信，這位新任醜大王能明瞭自己所感受到的情感和他所引發的感覺。這個先天不足的軀體中所居住的靈魂，必然有殘缺不全、閉塞不通的成分。因此，他此刻的感受肯定是模糊、縹緲而迷茫的。唯獨喜悅極為突出，自豪占據了主導地位，讓他那陰沉而不幸的面孔容光煥發。

正當加西莫多陶醉而驕傲地經過大柱樓時，有一個人忽然怒氣沖沖地從人群中闖出來，一把從他手中奪去醜那根作為大王標誌地金色的木棍。眾人見此情景，無不驚訝又害怕。

這個膽大包天的傢伙，正是剛才躲在人群中發洩仇恨，大肆威脅吉卜賽女郎的禿頂男人。他穿著教士的服裝。他衝出人群時，一直沒有注意到他的格蘭古瓦這才認出他來，驚呼道：

「咦！這不是我的老師，克洛德．弗羅洛主教代理嗎！見鬼，他要把這個獨眼龍怎麼樣？他會被這獨眼龍吞掉的！」

果然，隨著一聲驚叫，可怕的加西莫多跳下擔架，女人紛紛轉過臉去，不忍心看著主教代理被撕成碎片。

加西莫多一個箭步躥到教士面前，看著他，撲通一聲跪在地上。

教士扯掉他的王冠，折斷他的權杖，撕爛他那綴著金箔的王袍。

⑩．這裡指賣藝浪人社會。巴黎伽利略街有審計院，故這群人裡有許多是審計院的文書。

加西莫多雙手合十，低頭跪著。

繼而，兩人雖然都不講話，卻打起各種手勢，開始一場奇特的交談。教士昂然挺立，大發雷霆，凶狠又咄咄逼人，加西莫多則卑恭地跪著，極力哀求。當然，加西莫多只要動一動手指，肯定能把這個教士碾碎。

主教代理粗暴地搖著加西莫多強壯的臂膀，終於示意他站起來跟他走。

加西莫多站起身來。

這時，狂人團從一陣驚愕中醒過來，想前來護駕，保衛他們這位被猝然趕下寶座的大王。埃及人、丐幫和所有小職員們，將教士團團圍住，厲聲斥責。

然而，加西莫多卻挺身護住教士，他揮動著兩隻大拳頭，咬牙切齒，像發怒的猛虎，注視著進犯的人。

主教代理又恢復陰沉而莊重的神態，他向加西莫多做了個手勢，便默默退後。

加西莫多走到前面，推開人群為他開路。

他們穿過人群和廣場，成群喜歡熱鬧、遊手好閒的人們全都跟隨在後。於是，加西莫多轉過頭來化身後衛，倒退跟隨著主教代理。他的形體厚實，樣子猙獰恐怖，毛髮倒豎，四肢蓄勢待發，舔著野豬似的獠牙，發出猛獸的咆哮，只要手腳一動，目光一瞥，人群就如退潮一般紛紛閃避。

他們倆鑽進又黑又窄的小街裡，誰也不敢貿然追上去。加西莫多那齜牙咧嘴的幻影，就足以守住街口。

「嘿！真是妙不可言！」格蘭古瓦說道，「可是鬼知道，我該到哪裡去混一頓晚飯呢？」

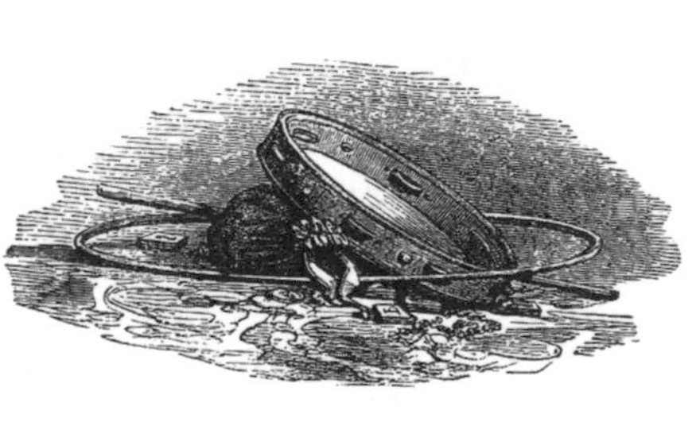

四、夜晚街頭追逐美女的麻煩

格蘭古瓦不假思索，跟上了吉卜賽女郎。他看見那女孩帶著小山羊，走進刀剪街，自己也走上那條街道。

「有何不可呢？」他自言自語。

格蘭古瓦是個在巴黎街頭流浪的哲人，他早已發現，沒有什麼比跟蹤一位不知道要去哪裡的美貌女子更加引人遐想。這種甘願放棄自由意志，毫不懷疑地臣服於另一個幻想的幻想中，奇妙的自主性和盲目的順從兩者混雜，彷彿介於奴性和自由之間的精神，使格蘭古瓦感到欣喜：它在本質上是一種複合物，優柔寡斷且複雜，控制著所有極端的一端，始終懸浮於人的各種傾向當中，使其相互制約。他往往喜歡把自己比做穆罕默德[1]的陵墓，受方向相反的兩塊磁石所吸引，永遠游移於高和低、拱頂和地面、上升和墜落、天空和地面之間。

假如格蘭古瓦生於當世，他在文學的古典派和浪漫派之間，一定會恪守中庸之道！

實在遺憾，他還算不上遠古人，不能活上三百歲。他棄世便給人間留下一段空白，我們如今更有深切之感。

此外，格蘭古瓦喜歡在街上跟蹤行人（尤其是女性），要說是什麼原因，也無非是不知道該去何處投宿。

就這樣，他若有所思地尾隨著吉卜賽女孩。這個時間，市民們都匆匆回家了，作為在這天唯一開門營業的一種商家，小酒館也陸續關門，女孩見此情景就加快腳步，帶著美麗的小山羊一路小跑。

「不管怎麼樣，」格蘭古瓦半猜疑地想道：「她總得有個住的地方，而且吉卜賽人很善良。誰說得準呢？……」

他再次沉默，這其中的浮想是難以言表的。

不過，他經過一些人家，聽到最後關門市民交談的片言隻語，打破了他心中所想的美好假設。

這是兩個老人在交談。

「蒂博．菲尼克勒師傅，知道嗎，天氣變冷啦！」

（剛一入冬，格蘭古瓦就領教了。）

「是啊，博尼法斯．狄索姆師傅！今年冬天，別又像三年前，就是八〇年②那時候，燒柴漲到八蘇一擔！」

「唉！蒂博師傅，那算什麼，說起一四〇七年冬天，天氣從聖馬丁節開始凍，一直到聖燭節③才解凍！天氣冷極啦，大法院的錄事每寫三個字，就要呵氣取暖，審訊紀錄總是斷斷續續！」

再往前走一段，又碰見鄰家的兩個女人，她們站在自家的窗邊，手舉的蠟燭在霧靄中燃燒作響。

「拉布德臘克太太，今天出的事，您丈夫沒有告訴您嗎？」

「沒有哇，屠爾康太太，出什麼事啦？」

「就是大堡的公證人，吉勒．戈丹先生騎著馬，看見弗蘭德使團那隊人馬，他的馬受驚嚇，撞倒了塞勒斯坦修會的修士菲利坡．阿弗里奧先生。」

「真的嗎？」

「一點不假。」

「市民騎的一匹馬！真有點邪門。要是騎兵隊的一匹戰馬，那倒沒話說！」

窗戶關上了，格蘭古瓦的思路也斷了。

幸好他很快就找到了思路的斷點，毫不費力地重新接上，這也多虧了吉卜賽女郎和佳利。兩個纖細、精緻的倩影，一直走在前面。格蘭古瓦讚賞她倆嬌小玲瓏的纖足、窈窕秀美的身形、優雅的舉止，他在沉思中差點將她倆混淆。從她們之間親密友愛的角度來看，覺得那是兩個妙齡女郎，從輕盈、靈活、敏捷的腳步來看，又像兩隻母山羊。

越走街道越黑，越發冷清。宵禁的鐘聲早已響過，路上難得碰見一個行人，難得看見某家窗戶還透出燈光。格蘭古瓦跟隨埃及女孩，闖入了錯綜複雜的一座由小街、岔路和死巷縱橫交錯而成的迷宮，它圍繞在古老的無辜聖嬰公墓周圍，宛如被貓抓亂的一團線。

「這些街道，真是不通邏輯！」格蘭古瓦嘆道。他迷失在千迴百轉的彎曲巷弄中，而看那女孩熟門熟路，毫不遲疑，走得越來越快。至於他本人則完全昏頭了，要不是彎過一條街道，偶然望見菜市場的那根八角形恥辱柱，看見柱頂鮮明地投在韋德萊街一家亮燈窗戶上的黑影，他真弄不清走到哪裡了。

那女孩已經注意他有好一陣子，多次回頭，神色不安地望望他，有一次經過一家麵包坊，她甚至突然站住，藉著半開的店門內射出的燈光，從頭到腳打量他一遍。瞥了這一眼之後，格蘭古瓦見她又像他先前看到的那樣撇了撇嘴，轉頭又繼續趕路。

女孩這一撇嘴，倒讓格蘭古瓦開始思考：她這個表情，肯定包含了蔑視和嘲笑。他這樣一想，便

①．穆罕默德：伊斯蘭教的創始人。
②．指一四八〇年。
③．即從十一月十一日到次年二月二日。

不覺低下頭來，放慢腳步，與那女孩拉開距離。待她彎進另一條街，才剛不見人影，就聽見她尖叫一聲。

他急忙快步跑去。

這條街伸手不見五指。不過，在轉角聖母像腳下有一個鐵籠子，裡面點著一盞油燈，格蘭古瓦藉著微光，看見吉卜賽女郎正在兩個男子的手臂中掙扎，那兩個男子極力堵住她的嘴，阻止她的叫喊。可憐的小山羊嚇壞了，垂著角咩咩叫。

「救人啊，巡邏隊的先生們！」格蘭古瓦高聲呼救，勇敢衝上去。抓住那女孩的兩個男子，有一個朝他回頭，原來是加西莫多那張猙獰恐怖的怪臉。

格蘭古瓦沒有逃跑，但也不敢向前多走一步。

加西莫多卻逼過來，反手一掌將他擊出四步遠，摔倒在鋪石路上。接著，那個魔鬼一隻手臂托著吉卜賽女郎，就像搭著一條絲巾似的，迅速隱沒在黑夜中，那個同夥也跟在他後面消失不見了。可憐的小山羊追趕在後，咩咩慘叫。

「救命啊！救命啊！」不幸的吉卜賽女孩連連呼叫。

「站住，壞蛋！給我放下那個女孩！」突然像打雷般一聲大喝，只見從鄰街衝出一名騎士。

他是一名禁衛軍騎衛隊長，全身披掛，手執一把巨劍。

他從驚愕的加西莫多手中奪過吉卜賽女孩，橫放在馬鞍上。待猙獰恐怖的駝子回過神來，衝上去要奪回他掠獲的女子，緊隨隊長的十五、六名士兵搶上前來，個個手執長劍。這是一個巡邏小隊，奉巴黎軍警統領羅伯爾．戴圖維爾之命，沿街巡邏檢查宵禁。

加西莫多被包圍、逮捕，牢牢地捆住。他狂吼亂叫，口吐白沫，咬牙切齒，如果是大白天，那麼毫無疑問，單憑他這張因發怒而更加醜惡的臉，就能嚇跑這一小隊人馬。醜陋是他的最可怕的武器，然而，黑夜卻解除了他的武裝。

他的同夥趁眾人扭打的時候溜掉了。

吉卜賽女郎從馬鞍上優美地坐起來，雙手勾住年輕軍官的雙肩，定睛凝視他片刻，彷彿既喜愛他那英俊的相貌，又欣然感激他的搭救之恩。繼而，她率先打破沉默，用比往常更加甜美的聲音問道：

「警官先生，您尊姓大名？」

「浮比斯·德·夏多佩隊長，為您效勞，我的小美人！」軍官挺身答道。

「謝謝。」女孩說道。

浮比斯隊長撚著他那勃艮第式的小鬍子，女孩趁機滑下馬，像飛箭一般逃掉。

她消失得比閃電還快。

「教皇的肚臍！」隊長勒緊捆綁加西莫多的皮索，憤恨道：「我寧願扣住那個蕩婦！」

「有什麼辦法呢，隊長？」一名騎警說道，「黃鶯飛走了，蝙蝠留下來。」

五、麻煩續篇

格蘭古瓦摔得頭昏眼花，躺在街角聖母像前的石路上，漸漸恢復知覺，但仍感受到些許迷迷糊糊，神思飄浮的感覺。朦朧中，吉卜賽女郎和小山羊兩個空靈的倩影，與加西莫多那拳沉重的一擊互相交融。這種狀態持續時間不長，他接觸路面的軀體感到冰涼的刺激，這才猛地清醒過來，神志完全恢復。「哪裡來的這股涼氣呢？」他忽然自言自語，一看才發現，半個身子浸在陰溝裡。

「獨眼巨人這個魔頭！」他恨恨地咕噥道。他想爬起來，可是摔得太重，頭發昏，渾身疼痛，只好躺在原地。好在手還能活動，他捂住鼻子，暫時忍耐。

「巴黎的泥水，」他思忖：「（因為他相信陰溝已成為他夜裡的避難所，待在此處，除了胡思亂想還能幹什麼？[1]）巴黎的泥水臭得厲害！一定含有大量揮發性硝酸鹽。況且，尼古拉．弗拉梅爾[2]和鍊金術士都這麼看……」

「鍊金術士」這個詞，令他猛然聯想到克洛德．弗羅洛主教代理。他回想剛才撞見的暴力場面：吉卜賽女孩在兩個男子中間掙扎，加西莫多還有個同夥。想到這裡，主教代理那陰沉高傲的面孔，在他的記憶中模糊閃現。「這就太怪啦！」他心中暗道。於是，他在這個基礎上開始造一座假想的荒誕大廈——哲學家用紙牌搭起的城堡。繼而，他又猛地重返現實，「哎呀！我都凍僵啦！」他叫了起來。

的確，這地方越來越沒辦法待了。陰溝污水的每個分子，都從格蘭古瓦腰身奪走一分溫暖，體溫和水溫漸趨平衡，令人吃不消了。

禍不單行，另一種性質的麻煩又突然向他襲來。一群孩子朝格蘭古瓦躺著的街頭跑來。他們永恆不變的名字就叫「流浪兒」，是一群野孩子，不管什麼天氣，總光著腳在巴黎街上亂竄。在我們小時候，傍晚放學出校門時，也正是他們因為看見我們穿的不是破褲子，就朝我們投石塊。這樣一群頑皮鬼，也不管附近居民睡不睡覺，一路大笑大叫，拖著一個不知裝了什麼東西的奇形怪狀大袋子。單是他們木鞋的一片響聲，就能把死人吵得活過來。格蘭古瓦還沒有完全死去，也被吵得半抬起身子。

「唉嘿！埃納甘·堂代什！唉嘿，約翰·潘斯布德！」他們扯著嗓門叫嚷：「轉角上專賣廢銅爛鐵的商販，厄斯塔什·穆朋那個老傢伙死啦，我們把他的草墊子弄來，升一堆篝火。今天可是歡迎弗蘭德人的日子呀！」

他們跑到近前，沒有看見格蘭古瓦，將草墊子一扔，正巧扔在他的身上。一個小傢伙當即抽出一把草，要去聖母像座下的油燈上點燃。

「天哪！」格蘭古瓦咕噥道，「一點著火，我豈不是太熱了嗎？」

情況萬分危急，他就要遭到水火夾攻，於是拚命一掙扎，就像要被下油鍋而拼命掙脫的造假幣犯人，他一躍而起，將草墊子朝流浪兒扔過去，拔腿逃跑了。

①．引自拉封丹《寓言詩集》中的《兔子與青蛙》。

②．尼古拉·弗拉梅爾（Nicholas Flamel，一三三〇—一四一八）：法國通俗作家，巴黎大學教授，相傳是個鍊金術士。

「聖母啊！」孩子們驚呼，「鐵器店老闆又還魂啦！」

孩子們也都四處逃散。

草墊子主宰了戰場。經過宗教裁判官倍勒福瑞神父和柯洛澤的判定，第二天，該區的教士們拾起草墊，非常隆重地送到聖運教堂的寶庫中，聖器管理員從而大賺一筆，他宣揚說在一四八二年一月六日那天值得紀念的夜晚，莫功塞伊街口的聖母雕像大顯神靈，驅除了厄斯塔什·穆朋的亡靈。該人臨終時，蓄意將陰魂藏在草墊裡，要向魔鬼惡作劇。

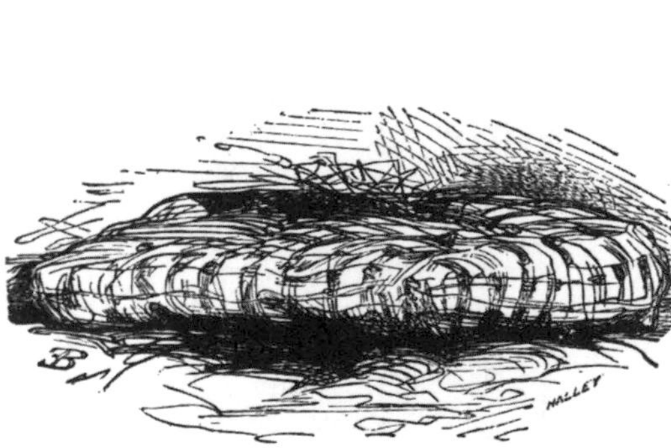

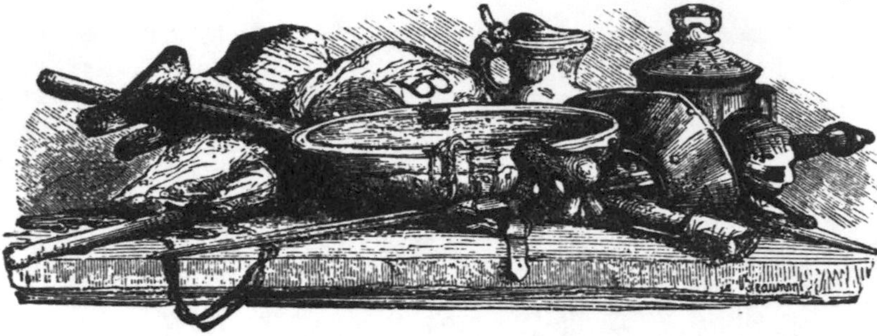

六、摔罐成親

格蘭古瓦慌不擇路，拚命跑了一段時間，腦袋多次撞到街角的牆上，跨過一條條陰溝，穿過一條條小街，闖進一條條死巷，轉過一個個街口，踏遍菜市場周圍的鋪石馬路，要從蜿蜒曲折的街巷中找出路。我們的詩人驚慌失措，如美妙的拉丁文古詩中所說，他探索了「所有大道、小路和途徑」[①]。跑了好一陣子，他猛然站住，首先是因為喘不過氣來，其次是因為一個疑問在腦中閃現。他抓住衣領，用手指按住額頭，自言自語：「皮耶·格蘭古瓦啊，您這樣亂跑，就像個瘋子。那些頑皮鬼怕您的程度不亞於您怕他們。跟您說吧，您想必聽見了他們往南跑的木鞋聲響，而您是往北邊跑。因此，只有這兩種結果：他們逃跑了，然後在倉皇之間丟下了草墊，那正好是熱情招待您的床鋪，而從一大清早您就為此奔波，現在聖母把它送給您，是要獎賞您為她編了一齣成功而熱鬧的聖蹟劇。或者孩子們並沒有逃跑，那麼他們肯定會點燃草墊，那不正是一堆供您享用的旺火，既可暖暖身子，又可烘乾衣服。好

①．原文為拉丁文。

床還是好火，不管哪種情況，反正草墊是天上掉下來的。也許正是這個緣故，莫功塞伊街頭的聖母瑪利亞才讓厄斯塔什·穆朋死掉。可是您這位老兄，簡直昏了頭，就像皮喀第人碰上法蘭西人②，狼狽逃竄，把您原本要找的東西丟在腦後。您真是個大傻瓜！」

於是他原路折返，一邊辨認方向，一邊鼻嗅耳聽，留神探索，竭力重新找到那塊天賜的草墊。然而徒勞一場。房舍、死巷、交叉口縱橫盤結，他處處遲疑，進退兩難，只覺得這亂成一團的黑暗街巷，比小塔府邸的迷宮還要繁雜紊亂，令人暈頭轉向。他終於失去耐心，義正詞嚴地喊道：「這些交叉的街巷真可惡！肯定是魔鬼按照他那鐵叉的樣子建造的。」

這樣喝斥一聲，總算出了一口氣，這時，他忽然望見一條狹長街道那頭有一道紅光，精神為之一振，不禁又說道：「謝天謝地！就在那邊！正是我的墊子在燃燒。」於是，他又自比黑夜迷航的船夫，虔誠地補充道：「致敬，致敬，海上的明星！③」

他這句讚美詩，究竟是獻給聖母還是獻給草墊？我們不得而知。

這條長街是緩坡，沒有鋪石塊，越來越泥濘，也越來越傾斜。格蘭古瓦沒踏出幾步，就發現有個不尋常的東西。看來這條路並非空無一人，一團團模糊又奇形怪狀的東西沿街爬行，紛紛爬向街那頭閃動的亮光，猶如笨重的昆蟲，夜間沿著一根根草莖爬向牧人的篝火。

沒有情況什麼比身無分文更讓人充滿冒險精神。格蘭古瓦繼續往前走，很快趕上那爬得最慢、落後的一條蟲，靠近一看，才知道這不是別的東西，而是一個失去雙腿的可憐殘疾人，只見他用雙手撐地爬行，彷彿僅剩兩隻腳的受傷盲蛛。格蘭古瓦從他面前經過時，這隻人面蜘蛛抬頭看看他，聲調淒慘地哀告：「行行好吧，大人，行行好吧！④」

「讓魔鬼把你抓走！」格蘭古瓦說，「如果我明白你要說什麼，就讓他也把我一起抓走！」

他揚長而去。

接著，他又趕上另一個爬行動物，仔細看了看，原來是個又缺手臂又短腿的殘疾人。此人的木腿和拐杖結構複雜，支撐著身子，像個移動的鷹架。格蘭古瓦滿腹典雅的譬喻，便在心中將眼前所見比做火神的三足活鼎。

這只活鼎見他過來，便舉帽致敬，帽子就停在格蘭古瓦的下巴前，像刮鬍子的剃刀，同時對他耳朵喊道：「騎士大人，賞兩個錢買塊麵包吧！⑤」

「看來這一個也會說話，」格蘭古瓦說道：「可是，這種粗鄙的語言，他本人若是懂得，那就比我走運。」

他拍了拍額頭，忽然想起一件事：「對了，他們上午說的『愛絲美拉達』，究竟是什麼意思呢？」

他剛要加快腳步，卻又第三次被某個東西擋住去路。說是某個東西，其實是某個人。那是個瞎子，個頭不高，滿臉鬍鬚，一副猶太人面孔，由一條大狗帶路，手拿木棍往周圍亂戳。他鼻音很重，帶著匈牙利人口音對格蘭古瓦說：「行行好吧！⑥」

「好極啦！」皮耶．格蘭古瓦說道：「總算有個講基督教語言⑦的人了。看來我長著一副樂善好施的相貌，儘管身無分文，也紛紛有人求我施捨。我的朋友（他轉身對瞎子說），上週，我把最後一件襯衣賣掉了。既然您只懂西塞羅⑧的語言，這就是說（他用拉丁文重複了一次）：上週我把最後一

②．皮喀第位於法國北部，長時間是法蘭西人和英格蘭人、法蘭西人和勃艮第人爭奪的地區。皮喀第人十分慓悍，曾與法蘭西人對立。直至十五世紀，皮喀第才完全歸屬法國朝廷。
③．原文為拉丁文。
④．原文為義大利文。
⑤．原文為西班牙文。
⑥．原文為拉丁文。
⑦．指拉丁語。

件襯衣賣掉了。[9]」

說罷，他調頭繼續趕路。不料瞎子也加大腳步跟上來，同時，另外兩個殘疾人，瘸子和沒有雙腿的人也都匆匆趕上，他們的碗和枴杖在人行道上發出巨大撞擊聲。他們緊緊跟著可憐的格蘭古瓦，並開始向他唱歌：

「行行好吧！[10]」瞎子唱道。

「多施捨點錢！[11]」腿腳殘廢的人唱道。

「買塊麵包！[12]」瘸子按照原調反覆唱道。

格蘭古瓦趕緊捂住耳朵，喊道：「噢！巴別塔[13]啊！」

他拔腿跑起來。瞎子也跑，瘸子也跑，殘腿人也跑。

他越深入這條街，周圍的無腿人、瞎子、瘸子也越來越多，還加進來沒手臂的、獨眼的、滿身瘡患痲瘋的，有的從房舍裡出來，有的從旁邊小巷鑽出來，有的從地窖氣窗爬出來，他們鼓譟、狂吼、尖叫，全都一瘸一拐，跌跌撞撞，蜂擁衝向亮光，在泥濘中翻滾掙扎，活像雨後的蛞蝓。

三個傢伙緊跟不捨，格蘭古瓦真不知道會落到什麼地步，他驚慌地在那些人中間逃竄，繞過瘸子，跨過無腿人，但是畸形人密密麻麻，處處絆腳，真像個誤入蟹群中的英國船長。

格蘭古瓦忽又想到，還不如往回跑，然而為時已晚，一大群人封鎖了退路。那三個乞丐又緊追不放，他只好繼續向前，既受這不可抗拒的浪潮推湧，又被恐懼情緒驅趕，一時六神無主，恍若經歷一場噩夢。

終於跑到這條街的盡頭，那是一大片空地，只見迷濛的夜霧中，有成千上百的亮點閃爍。格蘭古瓦仗著腳程快，直衝過去，想甩掉那三個糾纏他的殘疾幽靈。

「你這傢伙，往哪裡去？」缺手臂少腿的人大吼一聲，扔掉拐杖，邁開大步追上去，那敏捷的步伐是巴黎街頭前所未見的。

這時候，那個無腿的人也直挺挺站起來，他把沉重的鐵皮扣到格蘭古瓦的頭上，而瞎子則用火紅的雙眼瞪著他。

「我這是在哪裡啊？」詩人說，他簡直嚇昏了。

「在奇蹟宮。」第四個幽靈走上前來答道。

「我以靈魂發誓，」格蘭古瓦又說道，「我清楚看到，瞎子能看見東西，瘸子能奔跑了，可是，救世主在哪裡？」

他們報以一陣哄笑，笑聲陰森恐怖。

可憐的詩人環視周圍。的確，在這種時刻，沒有一個老實人會走進這恐怖的奇蹟宮。這是個魔界，無論大堡的軍官還是總督的警官，膽敢闖進來的無不粉身碎骨。這裡是賊窩，是巴黎臉上的膿瘡。這是條陰溝，每天早晨污水流出去，夜晚又流回來停滯，滿載著邪惡、乞討和流浪。這巨大的巢穴，每天晚上，社會的寄生蟲都滿載而歸。這裡是騙子們的療養院，聚集了吉卜賽人、還俗的修士、失足的學生、西班牙人、義大利人、德意志人，信仰著諸如猶太教、基督教、伊斯蘭教、偶像崇拜等各個宗教的渣滓。他們白天敷上假傷口，化裝要飯，夜晚在這裡搖身一變而為強盜。總而言之，這是一間巨大的化妝室，在巴黎街頭上演的偷盜、賣淫、謀殺這類永恆喜劇的所有演員，當年就是在這裡

⑧·西塞羅（Cicero，西元前一〇六—前四三年）：古羅馬政治家，拉丁語演說家。

⑨·原文為拉丁文

⑩·原文為拉丁文。

⑪·原文為義大利文。

⑫·原文為西班牙文。

⑬·據《聖經·舊約》，挪亞的後裔要建一座城和一座通天塔，但是神耶和華搞亂天下人的語言，結果因言語不通，人們散盡，城和塔均未建成。巴別塔轉為嘈雜混亂之意。

上妝卸妝的。

這片廣場很寬闊，跟當時巴黎所有的廣場一樣，形狀不規則，鋪石路面也不平整。四處火光閃亮，每處火光都圍著一群奇特的人。他們竄來竄去，大叫大嚷。還聽見尖銳的笑聲、孩子的啼哭、女人的聲音。他們的手和頭映襯著火光，顯現各種奇形怪狀的黑影。地面上跳動的火光伴有難以言傳的幢幢巨影，不時能看到一條彷彿人形的狗，或者一個彷彿狗形的人。這裡就像群魔宮殿，種族、物種的界限似乎全打消了。男人、女人、禽獸、年齡、性別、健康、疾病，全部摻雜混淆，融為一體，無不為這群人所共有。

格蘭古瓦在惶恐中，藉著微弱而閃動的亮光，依稀辨出巨大的廣場圍著一圈破爛不堪的房子，大門都蛀跡斑斑，變得乾癟而萎縮，每座都開了一兩個有亮光的天窗，在黑暗中看去，像圍坐一圈的老太婆巨大的腦袋，樣子既怪誕又乖戾，彷彿眨著眼睛觀賞著群魔亂舞的場面。

這是一個新世界，前所未見又充滿未知，是爬行動物群集、怪異荒誕的世界。

格蘭古瓦被三個乞丐像鉗子般緊緊抓住，又被周圍人群的咆哮震得頭昏眼花。這個倒楣的傢伙極力回想今天是不是禮拜六⑭，試圖藉此找回冷靜，可是白費力，他的記憶和思路已然中斷，什麼都令他懷疑，思想在所見所感間飄忽不定，他一再向自己提出這個無法回答的問題：「如果我存在，那麼這一切存在嗎？如果這一切存在，那麼我存在嗎？」

在周圍一片喧譁中，一聲清晰的叫喊響起來：「帶他見去大王！帶他去見大王！」

「聖母啊！」格蘭古瓦咕噥道，「這裡的大王，一定是公山羊了。」

「帶去見大王！帶去見大王！」眾人不斷叫嚷。

人人都來拖他，爭先恐後朝他伸出爪子。然而，那三名乞丐就是不鬆手，從其他人手中拽開他，吼叫著：「他是我們的！」

詩人那件上衣本來就病入膏肓，這一撕扯也就壽終正寢了。

他穿越可怕的廣場時，目眩神迷的感覺消失了，走了幾步之後，便恢復了真實感，他逐漸適應這裡的氛圍。起初，從他那詩人的頭腦裡，說得簡單通俗些，也許是從他那空腹中升起一道煙霧，也可以說是一層水氣，擴散開來，籠罩景物，看上去朦朦朧朧，如在噩夢的迷霧中，在夢幻的黑暗裡，萬物的輪廓都在抖動，扭曲變形，相聚堆疊，景物紛紛化為龍蛇虎豹，人也都變為魑魅魍魎。繼而，這種種幻象漸漸退隱，他的視野不再迷亂與誇大了。真實世界在他周圍重現原貌，一塊一塊地拆毀他原以為身陷其中的可怕詩境。顯然他並不是徒涉冥河，而是跋涉在泥濘中；推擁他的並不是魔鬼，而是強盜。經歷險境的並不是他的靈魂，而是他的性命（既然他缺少金錢這個能十分有效地在強盜和好人之間斡旋的可貴調停者）。格蘭古瓦更加仔細，也更加冷靜地觀察這場狂歡，終於從群魔舞場跌入了下等酒館。

其實，奇蹟宮不過是一家下等酒館，而且是強盜酒館，那一片殷紅，既是血色，也是葡萄酒色。那幾個衣不蔽體的人護送他到達目的地，終於放開他。這時映入眼簾的畫面，並不能把他拉回詩境，甚至不能把他拉進地獄的詩境。這是空前缺乏詩意的冷酷現實，這是一個小酒館。如果故事不是發生在十五世紀，那麼我們就會說，格蘭古瓦是從米開朗基羅⑮跌落到卡洛⑯。

一塊大圓石板上燃著柴火，火焰燒紅了此刻還空著的三角支架。幾張蟲蛀的桌子胡亂擺放，沒有一個略懂幾何學的僕役願意把桌子擺整齊，至少防止它們相互切割成罕見的角度。桌上放著大酒碗，滿滿裝著葡萄酒和啤酒。許多醉漢聚在周圍，他們藉著酒力和火力，一個個臉龐紅得發紫。其中一個男子挺著肚子，一臉快活的神氣，正與一個滿身肥肉的妓女親熱。還有一個假士兵，他吹著口哨，正

---

⑭．西方習俗，禮拜六夜晚是群魔亂舞的時候。

⑮．米開朗基羅（一四七五－一五六四）：義大利著名畫家、雕塑家，作品多以宗教為題材。

⑯．雅克．卡洛（Jacques Callot，一五九二－一六三五）：法國畫家、雕塑家，作品多表現下層社會，如《吉卜賽人》、《乞丐》等。

在解下假傷口的繃帶，舒展開從早晨就千纏萬裹的健壯膝蓋。對面是一個病鬼，他正用白屈菜和牛血製作隔天要用的「傷腿」。再過去兩張桌子，有個假扮朝聖者的強盜，他一身朝聖的裝束，口裡念著聖後憐世經，而且加重鼻音，用誦聖詩的聲調。另一個角落有個小無賴，正向一個老瘋子學習嚼肥皂塊口吐白沫發羊癲瘋的技藝。旁邊有個「水腫患者」正在放水消腫，熏得四、五個女騙子連忙捂住鼻子，而此刻，她們正圍著桌子爭奪當晚偷來的一個小孩。

這形形色色的場景，正如兩百年後索瓦爾[17]所記述：「宮廷認為這些場景無不滑稽可笑，就搬來為國王消遣，並採納為芭蕾舞劇《黑夜》的開場戲。這部四幕的芭蕾舞劇，曾在小波旁宮為國王演出。」看過一六五三年那場演出的人補充說：「『奇蹟宮』裡各種形體的突然變幻，表演得精彩極了。邦斯拉德還作了幾行相當優美的讚詩給我們看。」

這裡，到處可聞粗野的狂笑、淫蕩的歌聲。人人都想引起注意，只顧講話和笑罵，根本不聽旁人說什麼。酒杯碰得叮噹響，碰杯又引發爭吵，杯子缺口又刮破衣衫。

一條大狗蹲在那裡，眼睛盯著火堆。幾個孩子也混入狂飲歡宴的行列。那個被偷來的孩子又哭又叫。另外一個四歲的胖小子坐在高凳上，雙腿垂在半空，下巴靠著桌沿，待在那裡一聲不吭。第三個孩子，正用手指把流下來的蠟燭油塗在桌面上。還有一個小傢伙蹲在泥地上，整個身子幾乎鑽進一口大鍋裡，用瓦片刮出的噪音足令史特拉底瓦里[18]暈過去。

一名乞丐坐在火堆旁的大酒桶上，他就是坐在寶座上的乞丐王，丐幫幫主。

三個傢伙把格蘭古瓦拖到酒桶前，狂呼濫飲的人一時靜了下來，只有那孩子還在大鍋裡刮出聲響。

格蘭古瓦不敢呼吸，眼睛也不敢抬一下。

「小子，把帽子摘下來！[19]」抓他來的一個傢伙說道。還未明白是什麼意思，那人一把掀掉他的帽子。這頂尖帽雖破，但還能遮陽擋雨。格蘭古瓦嘆息一聲。

這時，高坐在酒桶上的幫主開口問道：

「這小子是什麼東西？」

格蘭古瓦渾身一顫。這人的聲音儘管頗有聲威，卻令他想起另一個聲音，正是今天午間在觀眾中哀叫「行行好吧！」，率先打擊了聖蹟劇的聲音。他抬頭一看，果然是克洛班．特魯伊傅。

克洛班．特魯伊傅雖然披著王者標誌，但還是穿著他那身破衣爛衫，而手臂上的膿瘡不翼而飛了。他手中拿一根白皮鞭子，就是當時軍警用來驅趕百姓的「趕人鞭」。他戴了一頂的圈成一圈頭飾，頂部是閉合的，不知是童帽還是王冠，因為兩者太相似了。

格蘭古瓦看到奇蹟宮這個大王，認出正是打斷他劇作的該死乞丐，但又不知為什麼，他心中反而重萌一線希望。

「師傅……」他結結巴巴地說，「大人……陛下……我該怎麼稱呼您呢？」他終於承認。稱呼升級到了頂點，他確實不知道如何再往上升，又如何降下來。

「大人、陛下，或者夥計，隨你怎麼叫都行！你得快一點。你有什麼話要替自己辯護？」

「替自己辯護？」格蘭古瓦心想，「這話聽了真詭異。」他又囁嚅道：「我就是今天那個……」

「讓魔鬼一爪子抓你去！」克洛班打斷他的話，「叫什麼名字，小子，少廢話。告訴你，你面前是三位強大的君王：我，克洛班．特魯伊傅，金錢王國的國王，丐幫大頭目的傳人，黑幫王國的大君；你看那邊，頭纏破布、黃臉的老傢伙，他叫馬提亞斯．韓加迪．斯皮卡利，是埃及和波希米亞大公；還有那個胖子，沒有聽我們講話、正撫摸蕩婦，他叫紀堯姆．盧梭，是伽利略皇帝。由我們三人

---

⑰．索瓦爾：十七世紀法國御用史官。

⑱．安東尼奧．史特拉底瓦里（Antonio Stradivari，一六四四—一七三七）：義大利著名小提琴製作家。

⑲．原文為西班牙文。

來審你。你不是黑幫成員，卻闖入黑幫王國裡，侵犯了本城的特權，應當受到懲罰，除非你是『加朋』、『真米肚』或『離福地』，用正人君子的俚語來說，就是竊賊、乞丐、流浪漢。你是這一類人嗎？說吧。亮出你的身份。」

「可惜！」格蘭古瓦答道，「我沒有這份榮幸。我是創作那齣……」

「別說了，」特魯伊傅不等他說完，就打斷他的話，「要吊死你！理所當然，正派的市民先生們！你們那邊怎麼對付我們，我們這邊就怎麼對付你們。你們定什麼法律懲罰無家無業的遊民，遊民也拿什麼法律懲罰你們。如果說法律太殘忍，那也是你們的錯。偶爾也該觀賞正人君子脖子套上繩索的怪樣子，這樣，事情才公平。好啦，朋友，快活一點，把你的破衣服分給這裡的小姐們。我要吩咐人把你吊死，好讓這裡的無賴們開開心。你的錢呢，就給他們買酒喝。如果你還要做什麼儀式，那裡有個石臼[20]，裡面有個聖石像，還很像樣，是我們從公牛聖彼得教堂偷來的。給你四分鐘，去把你的靈魂扔到他頭上。」

這番話真叫人膽顫心寒。

「以我的靈魂發誓，講得真棒！克洛班．特魯伊傅佈道，比得上教皇那個聖老頭。」伽利略皇帝喊道，同時摔破酒碗去墊桌腳。

「皇上和王上各位陛下，」格蘭古瓦冷靜地說道，不知如何他又定下神，說話的口氣堅決，「你們不能這麼做。我叫皮耶．格蘭古瓦，是個詩人，今天白天在司法宮大堂裡演出的寓意劇，就是我創作的。」

「哦！是你呀，師傅！」克洛班說，「以上帝的腦袋保證，我也在那裡啦！這又怎麼樣，夥計，就因為白天你讓我們無聊了好一陣，晚上就不吊死你了嗎？」

「恐怕在劫難逃了，」格蘭古瓦暗自思忖，不過他還要掙扎一下，「我不明白為什麼詩人就不能算做無家無業的遊民、流浪漢，伊索就是一個；乞丐，荷馬就是一個；竊賊，墨丘利[21]就是一個……」

克洛班打斷他的話：「你說什麼鬼話[22]，是想要我們呀！他媽的，別扭扭捏捏，痛快讓我吊死算啦！」

「請原諒，金錢王國國王陛下，」格蘭古瓦反駁，現在他寸土必爭，「我的話值得一聽……請等一等！……聽我說……您總不至於還沒聽我申訴就判決吧……」

其實，他哀求的聲音，完全淹沒在周圍喧鬧中了。那個小鬼更加起勁地刮鍋。更有甚者，一個老太婆剛把鐵鍋放到燒紅的三角架上，滿鍋的肥油熬得滋滋亂響，彷彿一群孩子的哭鬧聲。

這時候，克洛班好像在與埃及大公和酩酊大醉的伽利略皇帝商量，他厲聲喝道：「安靜一點！」然而，那口大鍋和熬油鍋卻不聽他這一套，繼續演出二重唱。於是，他從酒桶上跳下來，踢了一腳，使得大鍋連同孩子一起滾出十幾步遠。接著又是一腳，將鐵鍋裡的肥油全踢翻到火堆上，接著，他大搖大擺回到寶座，根本不理那孩子的抽泣、那老太婆眼看晚餐化做白煙的抱怨。

特魯伊傅招招手，立刻來了幾個人，在他身邊排成馬蹄鐵形，有大公、皇帝、強盜和扒手，圍在中間的格蘭古瓦，始終被牢牢地抓住。這個半圓陳列著破衣爛衫、金箔、叉子、斧頭、冒著酒氣的小腿、赤裸粗壯手臂、骯髒、委頓而呆痴的面孔。克洛班・特魯伊傅身居中間，這群要飯乞丐的圓桌會議如果是元老院會議，那麼他就是大元老；如果是貴族團會議，那麼他就是大首領；如果是紅衣主教會議，那麼他就是教皇。一來他高坐酒桶，二來他有一副難以描摹的傲慢、粗野而狂暴的神態，他目露凶光，淡化了粗獷形貌中的獸性。可以說是豬群中的一頭野豬。

「聽著，」特魯伊傅用粗硬的手撫摸畸形下巴，對格蘭古瓦說，「我想不出為什麼就不能吊死

---

⑳・輕蔑的口氣，指石雕神龕。
㉑・墨丘利（Mercurius）：羅馬神話中的商業之神，掌管交通、畜牧、競技、演說，以致欺詐、盜竊。因而這裡說他是個竊賊。
㉒・格蘭古瓦列舉的三個名字用的是拉丁文。

你。確實，看樣子你非常不願意，這也是理所當然，你們這些市民還不習慣這件事，你們想得太複雜了。說穿了，我們並不想跟你過不去。眼下，你要想活命還有一個辦法。你願意入夥嗎？」

格蘭古瓦眼看小命不保，開始萬念俱灰，忽然聽到這個建議，有什麼反應是可想而知的，他死命地抓住機會，說道：

「我當然願意，求之不得。」

「你同意加入火劍幫[23]嗎？」克洛班又問。

「加入火劍幫，正合我意。」格蘭古瓦答道。

「你承認自己是無法無天的刁民[24]嗎？」金錢大王又問。

「是無法無天的刁民。」

「是黑幫王國的順民？」

「是黑幫王國的順民。」

「是個流浪漢？」

「是個流浪漢。」

「連靈魂都是？」

「連靈魂都是。」

「告訴你吧，即便如此，也要照樣吊死你。」大王又說道。

「活見鬼！」詩人說道。

「只不過，」克洛班不動聲色地繼續說，「我們過一陣子再吊死你，要讓守法的巴黎城出錢，搞得隆重些，在氣派的石柱絞刑架上，由那些良民執刑。這樣死了也是一種安慰。」

「您說得對。」格蘭古瓦答道。

「還有別的好處呢。當了刁民，不用交泥路稅、窮苦稅，也不用交燈火稅，這些錢，巴黎良民可都得交。」

「那好吧，我同意，」詩人說道，「我就是流浪漢、黑幫分子、刁民、火劍幫客，要我當什麼都行。其實這些，我早就是了，金錢大王陛下，因為我是哲學家嘛，哲學包羅萬象，哲學家兼為萬眾㉕，這您是知道的。」

金錢國大王皺起眉頭，說道：

「你把我當成什麼了，朋友？你跟我亂說什麼，不就是匈牙利猶太俚語嗎？我可不懂希伯來語。做強盜，不見得非是猶太人不可。現在，我甚至都不動手盜竊了，我要動手就是殺人。割喉嚨，可以，割錢袋，不幹！」

他這一生氣，講話越來越斷斷續續，格蘭古瓦很想插進這句抱歉的話：「請原諒，陛下，我說的不是希伯來語，而是拉丁文。」

「告訴你，」克洛班怒沖沖接著說，「我不是猶太人，我要叫人吊死你，猶太教的肚皮！連同你身邊賣假貨的猶太人，我真希望有一天看見他被釘死在櫃檯上，就跟一枚假錢幣一樣！」

他邊說邊指著滿臉鬍子的小個子匈牙利猶太人，正是先前講匈牙利話對格蘭古瓦說「行行好吧」的傢伙。而他又聽不懂別的語言，看著金錢國大王朝他發火，真是驚詫不已。

克洛班大人終於平靜下來，又問詩人：

「小子！你願意當流浪漢？」

「毫無疑問。」詩人答道。

㉓．火劍幫：即指流浪漢，是一種俚語。
㉔．刁民：這裡指不交苛捐雜稅的人。
㉕．原文為拉丁文。

「光願意還不夠，」脾氣暴躁的克洛班說道，「好願望，並不能為湯裡添洋蔥，只能讓你上天堂。然而，天堂和黑幫是兩碼事。要想加入黑幫，你得證明自己還有點用處，先看看你偷假人錢包的技巧怎麼樣。」

「您要我偷什麼都可以啊！」格蘭古瓦答道。

克洛班揮了揮手。幾個黑幫分子離開圈子，不多久搬來兩根立柱。立柱下端有平木和支架，穩固在地上，上端架一根橫梁。一個像樣的便於移動的絞刑架，眨眼間就在格蘭古瓦面前豎起來，不由得他不滿意。什麼也不缺，連絞索都有，吊在橫梁下悠然地擺來擺去。

「他們要搞什麼花樣？」格蘭古瓦納悶，心裡不安起來。恰好這時，一陣鈴響打消了他的憂慮，丐幫的人又搬來一個假人，用繩索套住脖子將它吊起來。只見它穿著紅衣服，頗像嚇唬鳥雀的草人，渾身掛滿大小鈴鐺，數量足夠掛滿三十四卡斯提亞騾子了。這麼多鈴鐺隨著吊繩搖曳響了一陣，順應著代替沙漏和水鐘的鐘擺一般規律搖晃，接著聲音漸漸止息。同時，那假人也靜止不動了。

克洛班指著在假人下方搖晃的破舊矮凳，對格蘭古瓦說：「站上去！」

「要死啦！」格蘭古瓦提出異議，「我會折斷脖子的。您這凳子缺了一腳，就跟馬提雅爾㉖的警句詩一樣：一個腿六音步，一個腿五音步。」

「上去！」克洛班又說道。

格蘭古瓦登上去，腦袋和手臂搖晃半晌，總算找到重心。

「現在，」金錢國大王接著說，「你把右腳盤到左腿上，踮起左腳尖。」

「陛下，」格蘭古瓦說道，「您是一定要我摔斷手腿？」

克洛班搖了搖頭，說道：

「聽著，朋友，你的廢話太多。兩句話就能給你講清楚，你這樣踮起腳，就能摸到假人的口袋，袋裡有個錢包，你能掏出來又不碰響鈴鐺就算合格，可以當丐幫的人，只需再挨鞭子抽打一週就行了。」

「噢，上帝的肚子！挨鞭子可不行，」格蘭古瓦說道，「萬一我把鈴鐺碰響了呢？」

「那就吊死你。明白嗎？」

「一點也不明白。」格蘭古瓦答道。

「再告訴你一遍：你要摸假人的口袋，把錢包掏出來，哪怕碰響了一個鈴鐺，也得吊死。這回明白了吧？」

「好吧，」格蘭古瓦說，「我明白了。還怎麼樣呢？」

「你要是掏出錢包又沒碰響鈴鐺，那你就成了丐幫的人，然後連續鞭打你一星期。現在你總該明白了吧？」

「唉，陛下，我又糊塗了。我怎麼才能輕鬆點呢？一種情況是吊死，另一種情況是挨打……」

「加入丐幫呢？」克洛班又說，「加入丐幫呢？難道這不算什麼嗎？打你也是為你好，讓你的皮肉經得起打。」

「太謝謝啦。」詩人答道。

「好啦，動作快一點！」大王說著，用腳踏酒桶，就像敲大鼓發出咚咚響，「快點掏假人的口袋，把這件事完成吧！我最後一次警告你：只要聽見一聲鈴響，我就讓你代替這個假人。」

黑幫分子聽了克洛班的話，都鼓掌喝彩，紛紛圍上來，在絞刑架四周站了一圈，殘忍地哈哈大笑。格蘭古瓦一看便知道，他們實在太開心了，什麼都做得出來。因此，他不再抱任何希望，只存一點僥倖心理，能順利完成強加給他的可怕任務。他決意冒險一試，不過動手之前，他還是虔誠祈禱一

㉖．馬提雅爾（Martial，約三八或四三年—約一〇四年）：羅馬著名的銘辭作家。所作兩行警句詩為六、五音步，故稱「跛韻」。

番，求那假人高抬貴手，也許這假人比丐幫的人更容易動惻隱之心。這麼多鈴鐺，一個個都像眼鏡蛇，張開大口，吐著毒信，看樣子隨時要咬他或發出嘶嘶的聲音。

「噢！」他喃喃說道，「怎麼可能，我的小命就繫於一個小鈴的輕微搖晃嗎？噢！」他雙手合十，又默禱：「響鈴啊，拜託別響！搖鈴啊，拜託別搖！晃鈴啊，拜託別晃！」

他還想碰碰運氣，問特魯伊傅：

「萬一颳來一陣風呢？」

「照樣吊死你。」對方毫不猶豫地答道。

看來毫無緩解的餘地，也沒有任何藉口解脫。於是他橫下心，右腳盤到左腿上，踮起左腳，伸出手臂，可是剛摸到假人，由一隻腳支撐的身子，就在只有三條腿的凳子上搖晃起來。他下意識地去扶假人，立刻失去平衡，重重摔倒在地。那假人被他手掌一推，轉了個身順勢移動，在兩根柱子之間大搖大擺起來，身上無數鈴鐺催命一般響成一片，震得格蘭古瓦兩耳發聾。

「該死！」他摔下時叫了一聲，趴在地上不動了，就像死了似的。

這時候，他聽見頭上可怕的鈴聲震天響，丐幫的人怪聲狂笑，還聽見特魯伊傅說道：「把這傢伙給我拉起來，吊上去，決不輕饒！」

格蘭古瓦爬起來。這時，假人已經被解下來，讓位給他。

黑幫分子把他揪到凳子上。克洛班走過來，用繩索套住他的脖子，拍拍他的肩膀，說道：

「永別了，朋友！哪怕你是教皇，這回你也逃不掉了。」

格蘭古瓦想說「饒命」，但話到唇邊又咽了下去。他遊目四望，看不見一點希望，他們都在哈哈大笑。

「星形廣場的貝勒維尼，」金錢大王叫道，只見一個大塊頭的乞丐應聲出列。「爬到橫梁上去。」

貝勒維尼敏捷地爬上橫梁。過了一下，格蘭古瓦抬起頭，看見他蹲在上面的橫梁上，不禁心驚膽顫。

「現在，」特魯伊傅又說，「我一拍手，紅臉安德里，你就用膝蓋把凳子拱倒，弗朗索瓦，你就抱住這小子的腿往下拉，你呢，貝勒維尼，你就一下子跳到他肩上。你們三個要同時行動，聽清楚了嗎？」

格蘭古瓦不寒而慄。

「準備好了嗎？」克洛班．特魯伊傅對他們三個說。這三個黑幫分子準備撲到格蘭古瓦身上，像三個蜘蛛要撲向一隻蒼蠅。可憐的傢伙，受刑前的等待真可怕。這時候，克洛班還不慌不忙，將幾根沒有燒著的樹枝踢進火堆裡。「準備好了嗎？」他又重複問道，雙手張開準備擊掌。再過一秒鐘，一切就結束了。

然而他卻停住了，好像突然想起什麼。

「等一等，」他說道，「我倒忘啦！……我們還有個規矩：要吊死一個男的，總要先問問有哪個女的要他。——夥計，你只有這最後一條活路。要不跟女乞丐結婚，要不跟繩子結合。」

吉卜賽人的這條法律，不管讀者覺得多麼怪異，可是直到如今，還在英國宗教古法典中有詳細記載。請參閱《伯靈頓法規評述》。

格蘭古瓦長嘆了一口氣。半小時以來，這是他第二次死裡逃生，因此，他不敢過分相信。

克洛班重新爬上大酒桶，喊道：「喂！喂！女人們，你們當中，從女巫到女巫的雌貓，凡是母的，有哪個蕩婦想要這個浪子？喂，科萊特．拉夏龍！伊莉莎白．特魯凡！西蒙娜．若杜因！瑪麗．皮埃德布！托娜．拉龍格！貝拉德．法努埃爾！蜜雪兒．日納伊！咬耳朵克洛德！瑪圖琳．吉羅魯！喂！伊莎博．拉提埃里！你們都過來呀，都看一看啊！白撿一個男人！誰要啊？」

格蘭古瓦這副慘相，當然吸引不了人家的胃口。女乞丐看到這種貨色，似乎都沒有什麼興趣。倒楣的傢伙聽見她們回答：「不要！不要！吊死他吧，還可以讓大家開開心！」

不過，還是有三人出列，走過來嗅嗅他。第一個是四方臉的胖女孩，她仔細察看哲學家這件寒酸的上衣，只見到處破損，比炒栗子的破鍋還破。胖女孩做了個輕蔑的鬼臉，咕噥一聲：「破爛！」又問格蘭古瓦：「看看你的斗篷吧？」

「斗篷丟了。」格蘭古瓦答道。

「你的帽子呢？」

「被人搶去了。」

「鞋怎麼樣？」

「鞋底磨穿了。」

「你的錢包呢？」

「唉！」格蘭古瓦結結巴巴地答道，「身上一個銅幣也沒有了。」

「那就讓人吊死吧，你還得說聲謝謝！」女乞丐啐道，扭頭走了。

第二個是老太婆，一張黑臉滿是皺紋，奇醜無比，就是在奇蹟宮也有礙觀瞻。她圍著格蘭古瓦轉了一圈，嚇得他直發抖，還真怕被她要了去。不料，她也抱怨一句：「他太瘦了。」於是走開了。

第三個是年輕女孩，長得不太難看，還算有兩分姿色。

「救救我吧！」可憐的傢伙低聲向她哀告。

女孩倒是憐憫他，端詳一陣子，然後垂下目光，擺弄衣裙，一時拿不定主意。格蘭古瓦注視著她的一舉一動，這是他最後一線希望了。「不行，」女孩終於說，「不行！紀堯姆．龍格儒會揍我的。」她也回到人群裡了。

「夥計，活該你倒楣！」克洛班說道。

說罷，他從大酒桶上站起來，喊道：「沒人要嗎？」他模仿拍賣場估價員的聲調，逗得全場哈哈大笑，「沒人要嗎？一——二——三——！」他轉向絞刑架點頭示意，說了一聲：「拍板！」

貝勒維尼、紅臉安德里和弗朗索瓦聞聲，一起朝格蘭古瓦靠過去。

恰好這時，黑幫堆裡有人喊了一聲：「愛絲美拉達！愛絲美拉達！」

格蘭古瓦渾身一抖，扭頭朝叫嚷聲望去，只見人群閃開一條路，走來一個光豔照人的清秀女子。

正是那個吉卜賽女郎。

「愛絲美拉達！」格蘭古瓦在驚愕中不禁說道。他聽到這個具有魔力的詞，突然想起這一天的種種遭遇，怎能不激動萬分。

這個天生尤物世間罕見，她那魅力和美貌，似乎在奇蹟宮也有極大威力。黑幫男女都悄悄為她讓路，他們看見她，粗野的面孔都笑逐顏開。

美麗的山羊佳利跟在後面。她腳步輕快，走到受刑的人面前，默默端詳片刻，只見格蘭古瓦此時已經半死不活了。

「您要吊死這個人嗎？」女孩向克洛班鄭重問道。

「是啊，小妹，」金錢國大王答道，「除非你要他做老公。」

女孩撇了撇下嘴唇，做出她常有的噘嘴表情。

「我要他了。」她答道。

格蘭古瓦確信，從早上起，他肯定是在做夢，而這是接續的夢境。

儘管逢凶化吉，變化也的確來得太突然了。

有人將繩套活結解開，把詩人從凳子上扶下來。由於精神上受的刺激太強烈，他不得不坐下。

埃及大公一言不發，拿來一個瓦罐。吉卜賽女孩把它遞給格蘭古瓦，說道：

「把它摔到地上。」

瓦罐摔成了四瓣。

「兄弟，」埃及大公說著，雙手按住他倆的額頭，「她是你老婆；小妹，他是你老公。婚期四年。成啦！」

七、新婚之夜

過了一陣子，我們的詩人就置身於小房間，坐在桌前了。這間屋子有尖拱棚頂，堅固而又暖和。桌子旁邊有個食品吊櫥，拿東西很方便。可以想見還有一張舒服的床，以及相與廝守的美麗女孩。這場奇遇簡直不可思議。他當真開始認為自己是童話中的人物了，還不時左顧右盼，看看由兩隻長著翅膀的神獸駕馭的火焰車是否還在，因為只有這種火焰車，才能如此飛速地把他從塔耳塔羅斯獄①送上天堂。有時，他緊盯著自己上衣的破洞，好緊緊抓住現實，免得完全失去依託。他的理智在想像的空間飄蕩，只靠這一根細線維繫了。

年輕女孩根本不理他，只是在屋裡走來走去，時而移開小凳子，時而與小山羊說兩句話，時而又撇撇嘴。終於，她走過來，靠著桌子坐下。格蘭古瓦可以從容地端詳她了。

讀者們，如果你有過童年，或者很幸運地還處於童年時期，你大概不只一次，（至少我本人，童年有好多天那樣度過，那是我一生利用最

①．塔耳塔羅斯（Tartarus）：在希臘神話中，是囚禁冒犯宙斯的神仙和英雄人物的地方，在羅馬神話中就成為地獄。

充分的日子。）在陽光明媚的日子，沿著小河邊，從一個灌木叢跑到另一個灌木叢，追逐美麗的藍蜻蜓或綠蜻蜓，看著蜻蜓飛旋，急速轉彎，輕吻每一枝樹梢。你還記得，當時你抱著多麼迷戀的好奇心，一心注視那嗡嗡飛的小東西，捕捉紫紅和藍色翅膀疾飛中飄忽不定的形體。是啊，在翅膀的振顫中，那空靈的形體難以捕捉，顯得虛幻縹緲，既無法觸摸，又無法看清。不過，蜻蜓一旦棲息在蘆葦梢上就可以觀察了。你屏息細看薄紗似的長翼、珐瑯般的長袍、水晶一樣的眼珠，心中怎不暗暗稱奇，怎不怕形骸重新化做幻影，實體又遁入虛無！回想種種印象，你就不難洞悉愛絲美拉達在歌舞喧囂的漩渦中一直撲朔迷離，而此刻格蘭古瓦可見可觸她的形體，心中究竟是什麼感受。

格蘭古瓦越來越沉溺於幻想，失神的目光還跟隨她的一舉一動，暗自思忖：「『愛絲美拉達』，難道就是她嗎？一位天仙！街頭跳舞的女孩！既是如此高貴，又如此低賤！白天，正是她最終斷送了我的聖蹟劇，晚上，又是她救了我的性命。她是我的掃把星，又是我的好天使！……老實說，是美若天仙的女子！……她肯定愛我愛得發狂，才會把我要回來。」他猛然起身，帶著構成他性格和哲學基礎的現實感，自言自語：「我還沒搞清楚怎麼回事，就成了她的老公！」

這個意念從他的目光中流露出來，他神氣地，但又殷勤地湊過去，嚇得女孩連連後退，問道：

「您要幹什麼？」

「這還用問嗎，可愛的愛絲美拉達？」格蘭古瓦回答的聲調親暱極了，連他自己聽了都大為驚奇。

埃及女郎睜大眼睛：「我不明白您是什麼意思！」

「怎麼！」格蘭古瓦又說，他越發激動，心想自己要對付的，不過是奇蹟宮的一個貞潔女子，「多情的朋友，我不是你的人嗎？你不是我的人嗎？」

說著，他不客氣地去摟女孩的腰。

吉卜賽女郎的衣衫像鰻魚皮似的，從他手中滑走。她一個箭步，從屋的一端躥到另一端，彎腰又挺起身來，未待格蘭古瓦看清楚，她的手中不知從哪裡亮出匕首。她又憤怒又高傲，嘴唇鼓起來，鼻孔張大，兩頰漲得紅似蘋果，眼中射出閃電。同時，白色小山羊也護在她前面，抵著兩隻塗成金色的美麗尖角，向格蘭古瓦擺出迎戰的姿態。這一切發生在一眨眼間。

蜻蜓忽然化為黃蜂，只想螫人。

我們的哲學家愣住了，困惑的目光看看山羊，又看看女孩。

「聖母啊！」格蘭古瓦驚魂稍定，便說道，「這不是兩個潑婦嗎？」

同時，吉卜賽女孩也打破緘默：「你這傢伙，膽子真大！」

「對不起，小姐，」格蘭古瓦笑呵呵說道，「不過，為什麼要選我做您的老公呢？」

「難道眼看著你被吊死嗎？」

「這樣看來，」詩人自作多情的美願落空了，頗為失望，又說道：「您嫁給我，只是想救我一命，沒有別的意思啦？」

「你還要我有什麼別的意思呀？」

格蘭古瓦咬咬嘴唇，說道：「算啦，我本來以丘比特自居，看來我並不像他一樣大獲全勝。我倒要問，為何又要摔破那可憐的瓦罐呢？」

直到現在，愛絲美拉達的匕首和小山羊的尖角始終處於戒備狀態。

「愛絲美拉達小姐，」詩人說道，「我們和解吧。我又不是大堡的文書錄事故意找您的麻煩。可是您無視總督大人的告示和禁令，私帶匕首在巴黎城裡閒逛。您不會不知道，就在一週前，諾埃爾·勒克里文只因攜帶短劍，被判十個蘇的罰款。當然，這與我毫不相干，還是談正經事吧。我以我進天堂的福分向您發誓，沒有您的准許，我絕不靠近您。可是，您給我一頓晚飯吃吧。」

其實，格蘭古瓦也跟德普雷奧[2]先生一樣「不貪女色」，他絕非向少女襲擊的騎士和軍官之流。在愛情上也像其他方面一樣，他情願等待時機，再採取行動。何況，他現在饑腸轆轆，有可愛的人做伴，又能飽餐一頓，這在一場豔遇的序幕和終場之間，倒是一個絕妙的過場。

埃及女郎不再搭腔，只是鄙夷地撇了撇嘴，又像鳥兒似的把頭一揚，接著格格笑起來。她那把玲瓏的匕首，也像突然出現時那樣不翼而飛，不待格蘭古瓦看清，黃蜂就把刺藏起來了。

過了一陣子，桌上擺了一塊黑麵包、一片培根、幾個皺蘋果、一罐啤酒。格蘭古瓦開始狼吞虎嚥，叉子和陶瓷盤子碰得叮噹作響，看那樣子，他的情欲全化為食欲了。

女孩坐在他對面，默默注視他吃飯，顯然她另有所思，臉上不時泛起微笑，柔軟的小手撫摸著輕抵在她膝上的聰明小山羊的頭。

一根黃蠟燭照亮這個場面：一邊正狼吞虎嚥，另一邊則沉思默想。

這時候，飢腸的鳴叫稍稍緩解，格蘭古瓦一看，只剩下一個蘋果，有點不好意思。他假意問：「您怎麼不吃，愛絲美拉達小姐？」

她搖了搖頭，若有所思的目光凝望著斗室的拱頂。

「她在想什麼鬼呀？」格蘭古瓦心中暗道，他朝她望的方向看去，「她這麼全神貫注，總不會是在欣賞拱頂石雕侏儒的鬼臉吧？活見鬼！跟那傢伙，我倒敢比個高下。」

他叫了聲：「小姐！」

女孩彷彿沒有聽見。

他又提高聲音叫：「愛絲美拉達小姐！」

還是沒有反應。年輕女孩的心思飛走了，格蘭古瓦的聲音無力把它呼喚回來，幸而小山羊干預了，牠輕輕地拉了拉女主人的袖子。埃及女郎彷彿驚醒了，急忙問道：「佳利，你怎麼啦？」

「牠餓了。」格蘭古瓦說，他很高興開了話題。

愛絲美拉達拿了麵包掰碎，放在手心裡，佳利開心地吃起來。

現在，格蘭古瓦卻不容她重新陷入沉思，冒險提出了一個難解的問題：

「看來，您不想要我做您的丈夫？」

年輕女孩定睛看他，答道：「不要。」

「做您的情人呢？」格蘭古瓦又問。

女孩撇了撇嘴，又回答：「不要。」

「做您的朋友呢？」格蘭古瓦繼續問。

女孩又凝視他，想了想，答道：「也許吧。」

哲學家特別珍視「也許」這個詞，格蘭古瓦一聽，膽子大起來，又問：「您知道什麼是友誼嗎？」

「知道，」埃及女郎回答，「友誼就像兄妹倆，就像兩個靈魂，相互接觸，卻不合在一起，又像手上的兩根指頭。」

「那麼，愛情呢？」格蘭古瓦繼續問。

「哦！愛情嘛！」她說，聲音有些顫抖，眼神也明亮了，「那是兩個人完全合而為一。一個男人和一個女人融合成一個天使，那就是天堂。」

這位街頭跳舞賣藝的女孩講這話時，更顯得秀色可餐。格蘭古瓦格外動情，覺得她的美貌與她帶有東方色彩的語調相得益彰。她純潔的紅唇半含著微笑；明朗寧靜的額頭有時蒙上思慮的陰影，如同鏡子上蒙上水氣；低垂的長長黑睫毛，不時透出難以描繪的光芒，為她的形貌增添了一種寧靜的色彩，這正是後來拉斐爾[③]再現的理想形象，把純貞、母愛和神性神祕地融為一體。

---

②．德普雷奧：即布瓦洛（Nicolas Boileau-Despréaux，一六三六—一七一一）：法國古典派詩人、文藝理論家。雨果大概認為他的一篇雜文《對女性的非難》有失偏頗，故諷刺「不貪女色」。

③．拉斐爾（一四八三—一五二〇）：義大利著名畫家。

格蘭古瓦不甘心，繼續追問：

「究竟什麼樣的人才能討您歡心呢？」

「應當是個男子漢。」

「那麼我呢，」他問道，「我怎麼樣呢？」

「一個男子漢，要戴著頭盔，手執利劍，馬靴跟上設有金晃晃的馬刺。」

「好吧，」格蘭古瓦說，「沒有馬騎，就算不上男子漢了。——您愛上什麼人了嗎？」

「是指愛情？」

「是指愛情。」

她沉吟片刻，然後表情奇特，說道：「很快我就會知道了。」

「為什麼就不能在今天晚上呢？」詩人又柔聲問道，「為什麼就不能是我呢？」

女孩嚴厲地看了他一眼。「我只愛能保護我的男人。」

格蘭古瓦臉紅了。顯然，女孩有意影射他在兩個鐘頭前見她遇到危難時，沒有幫上多大的忙。這件事被當晚的其他險境所掩蔽，他現在才回想起來，拍拍額頭，又說：

「對了，小姐，我本該從這件事情談起。請原諒我剛才的胡說八道。您是怎麼逃脫加西莫多的魔爪的呢？」

聽這一問，吉卜賽女郎打了個寒噤。

「噢！可怕的駝子！」她雙手捂住臉說道，就像發冷似渾身顫抖。

「的確很可怕！」格蘭古瓦附和，但仍不放棄這個念頭，「那麼，您到底是怎樣逃脫的呢？」

愛絲美拉達笑了笑，又嘆了口氣，默然不答。

「您知道他為什麼跟蹤您嗎？」格蘭古瓦又問，他想繞個彎回到原來的問題上。

「不知道。」年輕女孩說。她又立刻補充一句，問道：「您不是也跟蹤我嗎？您為什麼跟著我呢？」

「老實說，我也不知道。」格蘭古瓦回答。

雙方沉默了片刻。格蘭古瓦用餐刀刻著桌子。年輕女孩則面帶笑容，彷彿透過牆壁凝望什麼東西。忽然，她吐字極輕地唱起歌來：

當五顏六色的鳥雀
默然棲息，而大地④……

她又戛然止住歌聲，開始愛撫佳利。

「您這隻羊真漂亮。」格蘭古瓦說。

「這是我妹妹。」女孩答道。

「大家為什麼叫您『愛絲美拉達』呢？」詩人又問。

「我也不知道。」

「總有點原因吧？」

女孩從胸襟裡掏出長形小香囊，那是用樹籽串的項鍊。小香囊發出強烈樟腦味，外面覆有綠色絲綢，正中鑲了一大顆仿綠寶石的玻璃珠。

「大概是因為這個吧⑤。」她說。

格蘭古瓦伸手去拿香囊，女孩身子往後一閃，說：

④. 原文為西班牙文。
⑤. 綠寶石的發音與「愛絲美拉達」相近。

「別碰！這是護身符，你會影響它的法力，或者受它的法力影響。」

詩人更加好奇了。

「是誰送給您的？」

女孩把護身符放進懷裡，將一根指頭放在嘴唇上。他還提些別的問題，但是女孩愛理不理的。

「『愛絲美拉達』這個詞是什麼意思呢？」

「不知道。」女孩回答。

「是什麼語呢？」

「是埃及語吧，我想。」

「我早就想到了，」格蘭古瓦說，「您不是在法國出生的吧？」

「我不知道。」

「您有父母嗎？」

女孩唱起一首古老民謠：

雄鳥是吾父，
雌鳥是吾母，
我欲渡河去，
何須舟與櫓，
雌鳥是吾母，
雄鳥是吾父。

「這首歌很好聽，」格蘭古瓦說，「您是幾歲來法國的？」

「很小的時候。」

「來到巴黎呢？」

「那是去年。我們從教皇門進城的時節，我看見蘆葦中的黃鶯飛上天空，那正是八月底，我就說：『今年冬天一定很冷。』」

「去年冬天是非常冷，」格蘭古瓦附和。他們像這樣開始交談，讓他樂不可支：「整個冬天，我都往手指上呵氣。這麼說，您天生就能未卜先知。」

女孩又愛理不理了。

「不。」

「您稱呼埃及大公的那個人，是你們部落的酋長嗎？」

「是的。」

「我們的婚姻是他主持的呀。」詩人怯聲怯氣地提醒。

女孩美麗的小嘴又習慣地撇了撇：「我連你的名字都不知道。」

「我的名字？如果您想要知道，我可以告訴您：我叫皮耶．格蘭古瓦。」

「我知道一個更美的名字。」女孩說道。

「您可真壞！」詩人又說，「不過，沒關係，我不會生您的氣。喏，熟了之後您也許會愛上我。再說，您這麼信得過我，還向我講了身世，我不向您談談我的情況也說不過去。我叫皮耶．格蘭古瓦，父親是戈內斯地區公證人的佃農。二十年前巴黎圍城時，父親被勃艮第人絞死，母親也被皮喀第人開膛破肚。於是，我六歲就成了孤兒，腳上穿的鞋就是巴黎的鋪石路面。從六歲到十六歲，我是怎麼度過的，自己也不知道，反正這裡賣水果的女人給我一個李子，那裡糕餅店老闆扔給我一塊麵包；夜晚，我就讓巡邏隊收進監牢，那裡鋪著草可以睡覺。儘管如此，我還是一天天長大，越來越瘦，正像您看見的這樣子。冬天，我就躲在桑斯府門廊下曬太陽，聖約翰節的篝火，非得等到三伏天才點燃

⑥，真是荒謬。到了十六歲，我想找個工作，於是一樣一樣都試了試。先去當兵，可是我不夠勇敢，接著當修士，但又不夠虔誠，再說，我的酒量不好。實在沒辦法，我就去當學徒，跟著拿大斧頭的木匠做工，然而我又不夠健壯。我倒更想當教師，沒錯，當時我還不識字，但是不能因為不識字就不試試看。試了一陣子，我發現自己做什麼都少了點勁。既然什麼長處也沒有，我就自願當了詩人，編點押韻的東西。這種事，只要是流浪漢都做得來，這總比去偷去搶要好一些吧。我的朋友中有幾個是強盜的兒子，他們還真勸我去當強盜呢。有一天算走運，我遇見了聖母院的代理主教，尊貴的克洛德・弗羅洛先生。多蒙他的抬舉和教誨，我成了名副其實的文人，懂得拉丁文，從西塞羅的演說詞到神父的悼亡經，我無所不通，無論教育學、詩學、音韻學，甚至鍊金術這門科學，我也都不是門外漢。今天，在司法宮大堂裡演出的聖蹟劇大獲成功，受到滿場觀眾的熱烈歡迎，劇作者正是在下。我還寫了一本書，印出來足足有六百頁，講的是一四六五年出現的那顆大彗星讓一個人發瘋的故事。我還有別的成就，譬如，我懂得一些造大炮的木工技術，參加製造了若望・莫格那門大炮。試炮那天，在夏朗東橋上爆炸，當場炸死了二十四個看熱鬧的人。您看，我這樣一個配偶，還不算太差勁。我會不少有趣的花樣，可以教您的山羊，例如模仿巴黎主教的舉止神態，那個該死的偽君子弄什麼水車，行人從磨坊橋經過都要被濺一身水。還有我那齣聖蹟劇，如果有報酬，我能賺上一大筆銀幣。最後一點，我完全聽候您的差遣。我這個人，還有我的才智、學識和文采，樂於與您一起生活，小姐，要保持貞潔還是你歡我愛，都隨您的便，覺得做夫妻好就做夫妻，覺得做兄妹更好就做兄妹。」

格蘭古瓦不講了，想知道他這番高談闊論對女孩有什麼作用。女孩凝視地面。

「浮比斯，」女孩喃喃說道，繼而轉向詩人，「『浮比斯』是什麼意思？」

格蘭古瓦不大明白，他的一番話和這個問題有什麼關聯。不過他也不生氣，他很高興能炫耀一下自己的博學。於是他昂首挺胸，答道：

「這是拉丁文，是『太陽』的意思。」

「太陽！」女孩重複。

「這是一個非常英俊的弓箭手、一個天神的名字！」

「天神！」埃及女郎重複，聲調中含有一往情深的意味。

這時，女孩的一個手鐲脫落，掉在地上。格蘭古瓦趕緊彎腰去撿，等他起身時，女孩和山羊都不見了。他聽見門閂發出喀嚓一聲，通往隔壁的小房門一定是被反鎖了。

「她至少留給我一張床吧？」我們的哲學家碎念一句。

他在小屋裡轉了一圈。適合睡覺的傢俱也只有一口長木箱，可恨箱蓋是雕花的，格蘭古瓦躺上去的感覺，就跟米克羅梅佳斯⑦睡在阿爾卑斯山群峰上的滋味差不多。

「算了，」格蘭古瓦咕噥，同時調整睡姿：「還是將就一點吧。這個新婚之夜真夠離奇。唉！真遺憾。不過，我倒喜歡摔罐成親的習俗，這裡有天真淳樸的古風。」

⑥．聖約翰節為每年六月二十四日，故說三伏天。

⑦．米克羅梅佳斯（Micromégas）：即小巨人，是伏爾泰同名小說中的主人公。該小說中並無小巨人躺在阿爾卑斯山群峰上的情節，雨果順筆杜撰，以達借喻之趣。

FROMENT

LIVRE TROISIÈME.

第三卷

一、聖母院

不用說，巴黎聖母院至今仍不失為巍峨壯美的建築。然而，儘管她年事已高，卻風韻不減，但是她目睹時光和人們公然藐視奠定第一塊基石的查理大帝①，和放上最後一塊石材的菲利浦·奧古斯都②，同時肆意毀損和肢解這座古老的豐碑，我們怎能不痛心疾首，義憤填膺。

在我國教堂年邁王后的臉上，每一條皺紋都伴隨一道傷痕。「時光貪婪，人更貪婪。③」這句拉丁文，我想譯為：「時光盲目，人則愚昧。」

我們若有閒暇能與讀者一同探訪這座古老教堂，一一察看她所受的種種傷痕，就不難發現時間的破壞還算小，最惡劣的是人為破壞，尤其是藝術家的破壞。我不得不稱其為「藝術家」，因為近兩百年來，那些人取得了建築藝術家的稱號。

這裡只能舉幾個最突出的例子，當然首先要談談聖母院的門面，建築史上再也沒有比這更為絢麗的篇章了。從正面望去，只見三座並排的尖頂拱門，上面有一層鋸齒狀雕花飛簷，一列排著二十八尊列王雕像的神龕，飛簷上方中央是巨型玫瑰花窗，左右是兩扇側窗，好像牧師身邊的兩名助手：執事和副執事。再往上看，便是那亭亭玉立的修長三葉形拱廊，一根根纖細的圓柱支撐著沉重的平臺，還有赫然矗立，帶有青石瓦披簷的兩座黑色鐘樓。縱觀門面，雄偉整體中有的五個層次和諧地上下堆疊，又絲毫不紊亂，難以計數的細部，諸如雕塑、浮雕、鏤刻，無不強而有力地凝聚在寧靜而壯麗的整體上。可以說，這是石頭譜成的波瀾壯闊的交響樂，是一個人和一個民族的偉大作品，既渾然一體，又繁複龐雜，如同她的姊妹《伊利亞德》和羅曼采羅④；是一個時代所有力量凝結而成的神奇產物，每一塊石頭都千姿百態，鮮明地展示了在藝術天才的率領下，工匠們的奇思異想。總而言之，這是人的創作，壯闊而豐贍；又似神的創作，她彷彿竊取了上帝造物的兩種特徵：多樣性和永恆性。

我們對這座建築門面的描述，同樣適用於整座教堂。我們對巴黎這座大教堂的描述，也同樣適用於中世紀所有基督教教堂。一切都涵蓋在這源於自身、邏輯嚴謹而又比例勻稱的藝術之中。量一量足趾，也就等於丈量了巨人的全身。

讓我們回到聖母院的正面，如今我們虔誠地瞻仰這座莊嚴雄偉的大教堂，她仍然令人敬畏，正如編年史家所稱：龐然大物，見者無不恐懼⑤。

如今我們見到的門面，已經少了三件重要的東西。首先是以往將其抬離地面的十一級臺階；其次是三座拱門中神龕裡的雕像，最後是上方拱廊中二十八尊法蘭西歷代國王雕像，從希爾德貝特⑥起

①．即法王查理曼一世（七四二—八一四），七七一年至八一四年為法蘭克國王。
②．即法王腓力二世（一一六五—一二二三），一一八〇年至一二二三年在位。
③．引自奧維德的《變形記》，直譯應為：「時間啃噬，人噬尤烈。」
④．《伊利亞德》（Iliad）：荷馬的傑作；羅曼采羅（Romancero）：西班牙民間謠曲的總稱，繼承了史詩傳統，最早出現在十四世紀晚期。
⑤．原文為拉丁文。
⑥．希爾德貝特一世（Childebert I，四九五—五五八）：五一一年至五五八年為巴黎王。

始，直到手執「皇杖」的腓力・奧古斯都[7]。

歲月令石階逐漸消失，這是不可抗拒的緩慢過程，老城的地表升高了。時間推動巴黎地表，上漲的潮水逐一吞沒這座使建築顯得更雄偉高大的十一級臺階。然而，時間給予這座大教堂的恐怕多過它所取走的。因為文物越古老而越美麗，正是時間給這座教堂表面染上百年的幽暗色澤，讓她老去的容顏更顯魅力。

然而，是誰拆除了那兩排雕像？是誰留下空空的神龕？是誰在中央拱門的正中，新鑿了不倫不類的尖拱？又是誰這麼膽大妄為，就在畢斯科奈特的阿拉伯式雕花旁邊，安裝了路易十五式雕刻圖案的討厭而笨重的木頭門框？那是人，是建築師、當代的藝術家。

再者，我們若是走進教堂看看，又是誰推倒了聖克里斯多福的巨像？那可是天下雕像中的佼佼者，正如天下大廳莫過於司法宮大堂，天下鐘樓莫過於史特拉斯堡[8]的尖塔一樣。在前後殿堂的各圓柱之間，曾經布列無數雕像，有跪下、站立、騎馬的，有男人，有女人，有兒童、國王、主教、騎衛，有石雕、大理石像，還有金、銀、銅，甚至蠟做的。那麼多雕像，是誰粗暴地破壞殆盡？不是時間。

拆掉粲然置滿聖骨盒和聖物盒的古老哥德式祭壇，代之以雕有天使頭像和雲彩的笨重大理石棺槨，就像從聖恩谷修道院或榮軍院取來的零星樣品，這究竟是誰做的呢？在埃爾岡杜斯的加洛林王朝石板地中，愚蠢地嵌入這塊年代不同的笨重石頭，又究竟是誰做的呢？不就是繼承路易十三遺願的路易十四嗎[9]？

我們的先人曾激賞「色彩斑斕」的彩繪玻璃，流連於大拱門玫瑰花窗和圓後殿的尖拱窗之間，是誰用冷冰冰的白玻璃取代了彩繪玻璃呢？我們野蠻的大主教們，將主教堂塗抹上黃灰泥而以為美，假如十六世紀的唱詩孩童看到，他會怎麼說呢？他會想起來，這正是劊子手粉刷「死牢」的顏色。他還會想起來，由於軍隊統帥叛國，小波旁宮也塗了這種顏色。索瓦爾說：「那黃顏料的品質很高，名不虛傳，百餘年後也沒有褪色。」那唱詩孩童會以為聖殿變成汚穢的場所，趕緊逃走。
我們如果不停步察看這無數的野蠻痕跡，直接登上大教堂的頂層，就會發出疑問：那座可愛的小鐘樓如今何在？當初它挺立在建築兩翼的交叉點上，樣子既娟秀又奔放，不亞於附近聖小教堂的尖塔（也已毀掉），比其他鐘樓更為挺拔、修長、玲瓏地刺向天空。不料，一位鑑賞力極高的建築師，於一七八七年腰斬了那座小鐘樓，並且用一大塊鍋蓋似的鉛皮膏藥貼上去，以為能掩蓋傷疤。
中世紀藝術的遭遇，在各國大抵如此，在法國尤甚。看它的廢墟能辨識出三種破壞，都以不同程度深深損害了藝術：一是時間，它在不知不覺中，隨處弄出缺口裂縫，剝蝕藝術的表面；二是政治和宗教革命，它們本質上是盲目而狂暴的，凶猛衝擊中世紀藝術，撕破它飾滿雕塑和鏤刻的華麗裝束，打碎它那彩繪花窗，摧毀她的花紋浮雕項鍊，還因為討厭教士帽或王冠就把雕像都拆掉了；三是時尚，從「文藝復興」的雜亂無章、崇尚華麗的各種流弊開始，當代盛行的式樣越來越怪誕愚蠢，勢必導致建築藝術的沒落。時尚比革命具有更大的破壞性，總是閹割要害，打擊建築藝術的骨架，不斷切削、砍鑿、拆卸，從形式到象徵，從內在邏輯到外觀美，全面宰殺這座大建築。況且時尚多變，往往推倒重來，其跋扈程度讓時間和革命望塵莫及。崇尚時髦者厚顏無恥，假冒「高雅情趣」，在哥德藝術的傷口上，又添加流行一時的庸俗小點綴，諸如大理石花邊、金屬飾物，種種卵形、漩渦形、螺旋形裝飾，種種帷幔、花環、流蘇、石雕火焰、銅製雲彩、肥胖的小愛神、渾圓的小天使，斑斑駁駁，無一不是痂疤，起初在凱薩琳·德·麥地奇[⑩]的小祈禱室中剝蝕藝術，兩個世紀之後，又在杜巴利夫

⑦．腓力·奧古斯都手執的「皇杖」呈球狀，上有十字架，象徵基督教統治世界。他在位時擴大並美化了巴黎，建了一道新城牆，許多街道鋪了石頭。不過，一一六三年主持巴黎聖母院祝聖儀式的，則是教皇亞歷山大三世。
⑧．史特拉斯堡（Strasbourg）：法國東部城市，有著名的哥德式大教堂。
⑨．路易十三於一六三八年正式把王國獻給聖母，因而作者稱路易十四繼承其遺願。

人[11]的小客廳中大肆折磨和醜化，終於使這種藝術殞落了。

綜上所述，哥德建築藝術遭受三方面的摧殘。外表的皺紋和贅疣，那是時間的作用；侵害、挫傷、斷裂，那是從路德[12]到米拉波[13]的革命粗暴的踐踏；肢解、截肢、斷肢再「復位」，那是教授們效仿維特魯威[14]和維尼奧拉[15]，恢復希臘式、羅馬式和蠻族式的工程。這輝煌的藝術由汪達爾人[16]創建出來，卻被學院派扼殺。時間和革命的破壞，至少光明正大，不失為公正。繼之而來的學院派建築師都是經過特許後宣誓就職的，他們蜂擁撲向這種藝術，但是趣味低下，不辨美醜，把路易十五時期的菊苣飾紋當做帕德嫩神殿的光環，取代哥德式的花邊飾帶，有如對垂死的雄獅猛踢一腳，又好比老橡樹，枝葉本已凋零，哪堪害蟲滋生蛀食？

撫今追昔，感慨萬千。遙想當年，羅貝爾·色納利曾盛讚巴黎聖母院，比之為以弗所著名的黛安娜神廟[17]，並認為這座高盧大教堂，「無論從長度、寬度、高度和結構上看，都要勝過一籌！」[18]古代異教徒曾強烈要求收回那座神廟，而埃羅斯特拉托斯也因它而遺臭萬年。

不過，巴黎聖母院絕不是一個完備的、定型的並能歸類的建築。它不再是羅曼式[19]教堂，但也不是哥德式教堂。這座建築非典型，巴黎聖母院不同於圖爾尼修道院教堂[20]。那座古教堂幅寬敦實而厚重，拱頂渾圓而開闊，就像所有採用半圓拱腹的建築，冷冰冰而毫無裝飾，樸實無華又十分莊嚴。聖母院也不同於布日大教堂，布日大教堂是尖拱穹隆的產物，既華麗又輕靈，既多姿又豐茂。

同樣，也不可能把聖母院歸入古老教堂的家族，那些教堂幽暗、神祕、低矮，彷彿被半圓拱腹壓垮，除了拱頂之外，幾乎完全是埃及風格，象形文字式的，完全用於祭祀，無不具有象徵意義。裝飾上，菱形鋸齒形多於花卉圖案，花卉圖案多於動物圖形，而動物圖形又多於人像。那些教堂，與其說是建築師的設計，不如說是主教的作品。那是建築藝術的最早變異，處處打著宗教和軍國主義的烙印，顯示從「後帝國」[21]到征服者紀堯姆[22]時期的特點。

我們的聖母院也不能納入另一類教堂的家族，那類教堂高大、空靈，裝飾大量的彩繪玻璃和雕塑，整個建築形體尖峭，姿態放縱，從政治角度看，象徵公民自由的權利，作為文藝作品則顯得自由、隨意而奔放。那是建築藝術的第二次變異，始於十字軍歸來，到路易十一時期為止，那不再是象形文字式的，也不再是固定不變並僅僅用於祭祀，而是具有藝術性、進步的，為民眾所喜愛的建築了。

巴黎聖母院既不屬於第一類純種羅馬式教堂，也不屬於第二類純種阿拉伯式教堂。她是轉型時期的建築。當初開始建造大殿時，薩克遜建築師剛剛豎起第一批柱子，十字軍帶回來

---

⑩．凱薩琳．德．麥地奇（Catherine de Médicis，一五一九—一五八九）：法國王后，為國王亨利二世之妻。

⑪．杜巴利伯爵夫人（Madame du Barry，一七四三—一七九三）：路易十五的情婦，大革命時被絞死。

⑫．馬丁．路德（Martin Luther，一四八三—一五四六）：德國宗教改革家。

⑬．米拉波（Mirabeau，一七四九—一七九一）：法國政治家，在法國大革命初期起過重要作用。

⑭．馬庫斯．維特魯威．波利奧（Marcus Vitruvius Pollio）：西元前一世紀羅馬建築師。

⑮．賈科莫．巴羅齊．達．維尼奧拉（Giacomo Barozzi da Vignola，一五〇七—一五七三）：義大利著名建築師。

⑯．汪達爾人（Vandals）：古日爾曼族的一支，於西元五六世紀侵入南歐和北非，對哥德藝術有重大貢獻。

⑰．黛安娜神廟：通稱阿提密斯神殿（Temple of Artemis），位於小亞細亞以弗所（Ephesus）城，是世界七大奇觀之一，建於西元前五五〇年。以弗所人埃羅斯特拉托斯為了永世留名，於西元前三五六年放火燒毀神廟。重建後，西元二六二年哥德人入侵時又被毀，後來重建。

⑱．《高盧史》第二卷，第三篇，一三〇對開本第一頁。——作者原注

⑲．「羅曼」泛指被羅馬帝國征服的西歐各民族。在建築藝術上，羅曼風格興盛期為西元五世紀到七世紀，是羅馬式和西歐各地建築風格融合而成。後為十二世紀興起的哥德式所取代。

⑳．圖爾尼（Tournus）：位於索恩—盧瓦爾省，是勃艮第羅曼藝術的發祥地，是國際研究羅曼藝術的中心。著名的古教堂重建於六世紀。

㉑．「後帝國」：是歷史學家加米爾．勒博使用的一個詞，指拜占庭帝國（西元四世紀至十五世紀）。今專指西羅馬帝國後期和東羅馬帝國初期（二八四年至五六五年）。

㉒．征服者紀堯姆（Guillaume，一〇二七—一〇八七）：原為法國諾曼第公爵，於一〇六六年擊敗英國國王哈羅德二世，遂成為英國國王，故稱征服者。

的尖拱式樣，就以征服者的姿態出現，登上原本只用來支撐半圓拱腹的羅曼式寬大斗拱。尖拱一躍而成為主宰，構成這座大教堂的其餘部位。不過，這種式樣畢竟還在發展的初期，初登寶座，難免有些膽怯，有時放大擴張，有時又收斂拘謹，後來才大有作為，在許多出色的大教堂上化為利箭長矛，直刺天空。而眼下在聖母院，還未得施展，大概是受到身邊粗壯的羅曼式圓柱影響。

儘管如此，從羅曼式到哥德式過渡的這類建築，與純粹式樣同等珍貴，一樣值得研究。沒有這類建築，它們所表現的藝術格調就會失傳。這種格調就是在半圓拱腹上嫁接尖拱式樣。

巴黎聖母院正是這種變異的彌足珍貴的樣品。這座令人景仰的豐碑，每一側面、每塊石頭，都不僅是我國歷史的一頁，而且是科學和藝術史的一頁。我們不妨列舉出主要幾點：小紅門造型之精美，幾乎達到十五世紀哥德建築藝術的頂點，而大殿圓柱的粗壯和凝重，又把我們帶回到牧場聖日爾曼修道院的加洛林時代。小紅門和大殿圓柱之間，恐怕相距有六百年。就連鍊金術士也能從大拱門的象徵中，滿意地找到鍊金術的要點，而屠宰場聖雅各教堂則是鍊金術最完善的象形符號。再如，羅曼式修道院、點金術教堂、哥德建築藝術、薩克遜建築藝術、令人回溯額我略七世[23]時代的粗壯圓柱、尼古拉·弗拉梅爾先行於馬丁·路德的鍊金術象徵、教皇一統精神、教派分立傾向、牧場聖日爾曼修道院、屠宰場聖雅各教堂，無不結合、雜混、融會在聖母院的建築中了。在巴黎所有古老教堂中，她作為中心和母體，是集萬形於一身的神奇之體。頭顱、四肢、腰身，都分屬不同教堂，從所有教堂都取來一點東西。

我們重複一遍，對這種混合型的建築，藝術家、文物學家和歷史學家仍有濃厚興趣。這種結構使人們感受到，建築藝術是多麼原始的東西，它像巨人時代[24]的遺跡，像埃及金字塔和印度高大的佛塔，彰顯建築藝術最偉大的作品，不只是個人創造，而是社會的創造，不只是天才人物的靈感，而是民眾勞動的成果。最偉大的建築，是民族留下的財富，是世世代代的積累，是人類社會不斷昇華的結晶，總而言之，這是相疊的生成層。時間的每一浪潮都覆上一片沖積扇，每一種族都為大廈增添自己的一層，每個人都奉獻一磚一石。這是海狸所為，蜜蜂所為，也是人類所為。巴別塔，建築藝術的偉大象徵，就是一座蜂房。

偉大的建築，如同高山一樣，是多少世紀的產物。藝術發生變化，而建築物往往處於停滯狀態。中斷的工程停而待建[25]，建築隨著變化的藝術平靜地繼續前進。新藝術碰到建築物就會抓住不放，鑽進去，將其消化吸收，再隨心所欲地塑形，最後將其終結。整個過程遵循平穩的自然法則，既無騷動，又不費力，不待引起反應就完成了。這是意外的嫁接，是循環流通的汁液，是一株復活再生的植物。同一建築物的不同高度相繼焊接多種藝術，這種材料足夠寫幾部巨著，足夠寫人類通史。在這些沒有標出作者姓名的龐然大物上，人類、藝術家、個人都消泯了，其中只凝聚著人的智慧。時間是建築師，人民是泥瓦匠。

這裡只談歐洲基督教的建築藝術，這位東方偉大營造藝術的小妹，它像一個巨大的生成層，明顯地分成三個相互重疊的層次：羅曼帶[26]、哥德帶、文藝復興帶（或稱希臘－羅馬帶）。羅曼帶最古老最幽深，由半圓拱腹所佔據，又被希臘柱舉到現代高層，在文藝復興帶再現。尖拱式樣則介乎兩者之間。屬於三帶中任何一帶的建築物，各不相同，又都是統一而完整的，例如瑞米耶日修道院、蘭斯大教堂、奧爾良聖十字教堂。不過，這三帶的邊緣往往交錯雜混，就像太陽光譜的顏色。從而出現複合式建築，出現有了差異的過渡性建築。其中有一座建築物，羅曼足，哥德身，希臘羅馬頭，只因建造

㉓．教宗聖額我略七世（Pope Gregory VII）：一〇七三年至一〇八五年任羅馬教皇。

㉔．指古希臘傳說的庫克羅普斯人，邁錫尼時期的古城牆據說是他們所築。

㉕．原文為拉丁文。

㉖．根據地域、氣候和種族不同，又稱為倫巴底帶、薩克遜帶、拜占庭帶。這是四種並列的姊妹藝術，各有特色，但本源相同，即半圓拱腹。「不是同樣的臉面，但本質相差又不太遠。」——作者原注（這兩句原文為拉丁文，引自奧維德的《變形記》）

的時間長達六百年。這種變異可謂曠世罕見。埃唐普城堡主塔就是一個樣品。不過，兩帶融合的建築更為常見，例如巴黎聖母院，雖為尖拱建築，但是卻因為早期的圓柱而深深扎於羅曼帶中。同樣，聖德尼拱門和牧場聖日爾曼教堂的大殿，也都屬於這一帶。還有博舍維爾教務會的美麗大廳，是半哥德式的，羅曼層從底部向上延伸至腰身。還有盧昂大教堂，如果那中央尖塔的頂尖沒有刺入文藝復興帶[27]，它就純粹是哥德式的了。

固然，所有差異，僅涉及建築物表面。藝術改變了它的外表，而基督教教堂的結構本身卻沒有受到衝擊。內部的骨架和佈局的邏輯始終是一樣的。一座大教堂，不管外表如何雕飾，裡面總能看到長方形的羅馬式大殿，至少也是處於萌芽和初創的狀態。這種大殿遵循同一法則，永世在地面上發展，並始終分成兩個殿堂，交叉而為十字形，拱頂為半圓形的部分便是唱詩堂。小禮拜堂總設在大殿的兩廂，供殿內列隊遊行以及走動的側道，隔著廊柱與主殿相通。在這個大前提下，小禮拜堂、門拱、鐘樓和尖塔的數量，隨著時代、民族、藝術的暢想而千變萬化。舉辦宗教儀式的功用一旦得以保障，建築藝術就可以任意發揮。無論雕塑、彩繪玻璃、玫瑰花窗、藤蔓紋飾、齒狀花邊、斗拱，還是浮雕，建築藝術都會發揮奇想，按照自認為合適的對數加以排列組合。因此，這些建築內部井然有序，外觀卻變化多端。樹幹總是一成不變，枝葉卻繁複而姿態萬千。

㉗．尖塔部分是木質結構，於一八二三年被天火燒毀。——作者原注

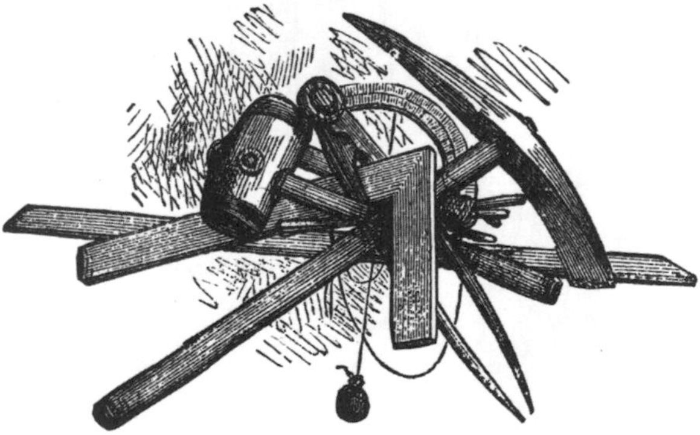

二、巴黎鳥瞰

前一章我們力圖為讀者描述巴黎聖母院這座出色教堂的原貌，扼要指出她在十五世紀還擁有、而今天已失去的瑰美之處。不過，我們遺漏了一個重點，即當年登上鐘樓所俯瞰的巴黎全景。

我們順著鐘樓牆壁間垂直的螺旋樓梯，在黑暗中長時間摸索，盤旋而上，終於豁然開朗，登上兩座中的一座樓頂平臺，只見陽光燦爛，清風吹拂，四面八方的美景盡收眼底。我們的讀者如有幸觀賞過一座完整的、清一色哥德風格的城市全貌，就能想像出「自身繁衍」的奇觀。現存的哥德風格的城市，保存完好的有巴伐利亞的紐倫堡、西班牙的維多利亞；規模稍小的，如布列塔尼的維特雷、普魯士的北豪森。

三百五十年前的巴黎、十五世紀的巴黎，已是大都市。對其後來的擴展，我們巴黎人往往抱有錯覺。其實從路易十一以來，巴黎的範圍擴大不過三分之一，而且在美方面的損失，遠遠超過在宏偉方面的收穫。

眾所周知，巴黎的發祥地，乃是這船形的老城古島。這島周圍的河灘就是最早的城垣，塞納河則是最早的護城溝塹。巴黎城這種河洲狀態，持續了好幾世紀。南北各有一座橋，兩個橋頭既是門戶，又是堡壘——大堡在右岸，小堡在左岸。後來，到了第一王朝①幾代國王統治時期，島城就顯得太狹窄，再也沒有迴旋餘地，巴黎便跨過塞納河，北出大堡，南越小堡，蔓延到河兩岸的田野上，始築城牆和塔樓。這道古老的城牆，直到十八世紀還有遺跡，如今只剩下回憶。還有零星的一兩處沿用傳統稱呼，例如，博岱門，又稱博岱耶門，古稱博戈達門。房舍的洪流，不斷從市中心湧出，逐漸向四面擴散、漫溢、蠶食、衝擊，最後夷平了這道城垣。為了扼制這股洪流，腓力·奧古斯都建造了新堤壩，即築起高大而堅固的城樓，將巴黎圍住。後來一個多世紀，巴黎房舍就在這盆地裡互相推擠，堆積，如同水庫中的水位上漲，越來越深，往上層疊，樓上加樓，好比受壓的汁液往高處噴射，都爭先恐後地伸頭探腦，要超過左鄰右舍，好多吸點空氣。街道越陷越深，越擠越窄，空地被全部占滿，都已消失了。房舍終於跳出腓力·奧古斯都的圍牆，在平原上活蹦亂跳，像逃出牢房四處亂跑，大家紛紛在田野上建造花園，舒服地安頓下來。

從一三六七年起，市區就向城廓大肆擴張，尤其在右岸，查理五世[②]只好新築一道圍牆。然而，像巴黎這樣的大都市，總在不斷膨脹，也只有這類城市才能發展成為國都。這類城市猶如巨型漏斗，匯聚一個國家的地理、政治、道德、智慧的所有川流，聚集了所有民族。這類城市也可以比做文明之井，又好似溝渠，世世代代以來，商業、工業、才智和居民、一個民族的所有精力、生命和靈魂，都一滴一滴過濾，在這裡沉積。就連查理五世的圍牆，也落到腓力·奧古斯都城垣的同樣下場。早在十五世紀末葉，巴黎就跨越了這道圍牆，城廓越拓越遠。到了十六世紀，圍牆好像在後退一般，越來越陷入老城深處去，因為城外新城越擴越大了。

話題到此打住，簡言之，早在叛教者朱利安[③]時代，巴黎的城垣就在大堡小堡萌芽，逐漸築成三

---

①·指高盧人的墨洛溫王朝（Merovingian Dynasty，五世紀至七世紀）。

②·查理五世（一三三八—一三八〇）：法國國王，他在位時進行了美化巴黎的工程。

③·朱利安（Julian，三三一—三六三）：羅馬皇帝，主張宗教信仰自由，故被冠以叛教者。

道，而到了十五世紀，巴黎就把三道圍牆全部衝破了。這座城市威力無比，先後脹破了四道圍牆，就像兒童一天天長大，撐破去年的衣服。在路易十一時代，在房舍的汪洋大海中，還多處冒出舊城垣傾頹的箭樓，赫然可見，猶如洪水氾濫中露出的山尖，又像老巴黎淹沒在新城中僅餘的群島。

可惜，此後巴黎又在我們眼前發生變化，但這次僅僅多跨越了一道圍牆，那是路易十五興建的，用污泥和垃圾築造而成，簡直破爛不堪，卻也同那位國王相匹配，值得詩人這樣歌唱：

圍牆圍住巴黎使巴黎委屈哀怨。

在十五世紀，巴黎仍舊分為三座城，涇渭分明，各自獨立，即老城、大學城和新城，各有各的面貌、特性、風俗習慣，各有特長和歷史。老城最古老，身形最小，是另外兩座城的母親，夾在中間，就像乾癟老太婆夾在兩個漂亮的大女孩之間。大學城座落在塞納河左岸，從小塔樓到奈斯勒塔④，這兩點分別相當於酒市場和鑄幣廠。大學城的圍牆深入朱利安建造的公共浴池的田野，把聖熱納維耶芙山也圈進去了。這道弧形城垣的最高點是教皇門，大致相當於今天的先賢祠位址。在巴黎三大區塊中，新城最大，座落在右岸。它的堤岸沿塞納河而下，有好幾處折斷或中斷，從畢利城樓到樹林城樓，即如今從豐穀倉到大小杜樂麗處。塞納河切斷首都城垣的四個點，左岸是小塔和奈斯勒塔，右岸是畢利城樓和樹林城樓，恰好稱為「巴黎四城樓」。新城比大學城深入田野還要遠，城垣（即查理五世城牆）的北端在聖德尼門和聖馬丁門，這兩處原址未變。

如上所述，巴黎三大區域各自為城，但每城又過分專一而不完備，因此離不開另外兩座。三副面貌各不相同。老城多教堂，新城多宮殿，大學城多學院。這裡姑且不談舊巴黎的次要特徵，也不談道路管轄治理的複雜花樣，只是整體看看各區域司法權的混亂：島城歸屬主教，右岸歸屬總督，左岸歸屬大學校長。市長統管巴黎，他是國王所派，而不是市府官員。老城有聖母院，新城有羅浮宮和市政廳，大學城則有索邦神學院⑤。新城有菜市場，老城有主宮醫院，大學城則有神學生草坪。學生在左岸犯了法，在神學生草坪上作了案，要送到老城司法宮去受審，再押到右岸的鷹山上去執刑。除非大學校長認為大學勢盛而國王勢弱，直接出面干預，因為，在校園受刑絞死，畢竟是大學生的特權。（順便指出，還有一些特權更為實惠，但是大部分特權，都是通過造反和暴動從國王手中奪來的。這是自古以來的通例。民眾只有爭奪，國王才肯撒手。一份古代契據上關於效忠一款就直言不諱：「市民對國王的效忠，雖幾經革命而中斷，但還是為市民帶來許多特權。⑥」）

在十五世紀，巴黎城垣內的塞納河中共有五個小島：盧維埃島，當時上面長些雜樹，現在已蔚然成林；牛島和聖母院島，兩處均為主教采邑，當時荒無人煙，只有一間破屋，到了十七世紀，兩島合而為一，大興土木，現今稱為聖路易島；最後是城島及其尖端的牛渡沙洲，後來沙洲平毀，壓在新橋堤墩下了⑦。老城當時有五座橋，右岸三座：聖母院和貨幣兌換所橋為石橋，磨坊橋為木橋；左岸兩座：石頭小橋和聖米歇爾木橋，橋上均有房屋。大學城有六座門，都是腓力·奧古斯都時代建造的，從小塔算起，計有聖維克托門、波岱勒門、教皇門、聖雅各門、聖米歇爾門、聖日爾曼門。新城也有六座門，是在查理五世時代建造的，從畢利城樓算起，計有聖安東莞門、聖殿門、聖瑪律丹門、聖德尼門、蒙馬特門、聖奧諾雷門。這些城門既堅固又美觀，美觀卻無損其堅固。有一條城壕，又寬又深，冬天漲水時水流很急，拍擊著城垣牆腳，環繞全巴黎，水源便是塞納河。夜晚城門關閉，城東城西兩端再拉起鐵鍊鎖住河面，巴黎就可以安穩睡覺了。

④·奈斯勒塔（Nesle）：建於十三世紀。
⑤·索邦神學院（Sorbonne）：巴黎大學的前身。
⑥·原文為拉丁文。
⑦·現在只剩下城島（聖母院所在地）和聖路易島。

鳥瞰巴黎三鎮，只見老城、大學城和新城街巷無不錯綜雜亂，佈局奇特，就像無法理清的毛線。不過應當承認，第一眼望去，這三大塊還是構成一個整體，能立刻看出，有兩條幾乎筆直的平行長街，與塞納河垂直，綿延不斷，從南到北縱貫三城，將三者焊接在一起，而街上人流往來不斷，從一城湧入另一城，顯示出三城已融為一體。第一條長街從聖雅各門到聖瑪律丹門，在大學城一段名為聖雅各街，到了老城叫做猶太街，進入新城則稱為聖瑪律丹街，而且兩度跨過塞納河，即小石橋和聖母院橋。第二條長街在左岸叫做豎琴街，進入島城則稱桶廠街，到了右岸便是聖德尼街，從大學城的聖米歇爾門一直延展到新城的聖德尼門，中途跨過兩條河汊，南有聖米歇爾橋，北有貨幣兌換所橋。不過，儘管名稱不同，但從頭到尾還是這兩條街道，彷彿巴黎街道的兩個母親，是巴黎的兩大動脈，而三城區的所有其他脈管都與之相接，血液循環流淌。

這兩條縱貫全巴黎的長街，是整個都城所共有的主要街道。除此之外，新城和大學城各有一條大街，橫貫東西，與塞納河平行，垂直切過那兩條「大動脈」。如此，在新城，從聖安東莞門可以直達聖奧諾雷門，在大學城，從聖維克托門則可以直達聖日爾曼門。這兩條大街同縱向的兩條長街相交叉，構成經緯，而巴黎錯綜複雜的街道如同網線，從四面八方編織，緊緊結在經緯線上。然而，如果仔細分辨這千頭萬緒的網絡，還是能看出大學城和新城各有一束寬闊的大街，猶如兩束鮮花，從各座橋向各個城門紛紛開放。

這幾何圖形的線條，如今依稀宛在。

那麼，回到一四八二年，在聖母院鐘樓上俯瞰全城，又是怎樣的景象呢？下面我們就試著描述：遊客氣喘吁吁地登上去，放眼一望，只見密密麻麻的屋頂、煙囪、街道、橋樑、廣場、尖塔、鐘樓，不禁眼花繚亂。萬物紛紛來到，一起映入眼簾，有石砌山牆、陡峭的房頂、牆角懸掛的角樓、十一世紀的石頭金字塔、十五世紀的石板方碑、主堡光禿禿的圓塔、綴有裝飾圖案的教堂方塔鐘樓，有大有小，有厚重也有纖巧。目光久久探尋這座迷宮，從最普通的民舍到羅浮宮，羅浮宮自不必說，排列著塔式廊柱，即使普通民居，門面也有彩繪雕刻、木頭骨架顯露，大門低矮，而二層樓卻懸空突出。總之，每一座建築無不有其獨特之處，無不有其立足的理由，無不巧奪天工、綽約多姿、源於藝術。建築物雖然紛繁盤錯，但是目光稍微穩定下來，就能分辨出幾個主要建築群。

首先是老城，或者沿用索瓦爾的說法，叫做「城島」。他的著作蕪駁雜亂，但時有妙句：「城島之狀像艘大船，漂流至塞納河中游，深陷泥沙中而擱淺。」上文交代過，在十五世紀，這艘大船以五座橋樑為纜繩，繫泊於兩岸之間。這種船狀城島，自然引起紋章學家的興趣，據發汶⑧和巴斯基耶⑨說：巴黎古老的徽章是艘船，恰好源於城島之狀，而非表示諾曼人的圍城⑩。對於行家來說，徽章就是數學，就是一種語言。中世紀後半期的全部歷史，都記述在紋章中。同樣，前半期的歷史，則記述在羅曼教堂的象徵上。這是繼神權象形文字之後出現的封建體象形文字。

呈現在眼前的老城，正是船頭朝東，船尾朝西。觀賞者面向船首，就能看見古老房頂不可勝數，而聖小教堂後殿的鉛皮圓頂高懸其上，儼如馱著一座寶塔的大象。這座尖塔鐘樓看上去非同凡響，造型大膽，雕鏤精美，做工細膩，圓錐體周遭的鏤空雕刻最為繁多，透過空隙可望見天空，真是天下獨一無二。聖母院門前有三條街道，匯入古老房舍林立的美麗廣場。廣場南側矗立著老醫院，只見那佈滿皺紋的門面淒苦不堪，屋頂也彷彿長了許多膿瘡和瘤。再環視左右東西各方向，就會發現老城雖然特別狹小，卻矗立著二十一座教堂的鐘樓，建造年代不同，形體各異，大小不一，既有階梯聖德尼教堂的羅曼式鐘樓，低矮而蛀跡斑斑，亦稱「海神監牢」⑪，也有牛倌聖彼得教堂和聖朗德里教堂的尖

---

⑧．安德列．發汶（André Favyn）：十七世紀巴黎歷史學家，著有《榮譽和騎士的舞臺》（一六二〇）。

⑨．艾蒂安．巴斯基耶（Etienne Pasquier，一五二九—一六一五）：法學家、歷史學家，著有《法國及其國書研究》。

⑩．諾曼人：即今法國西北部的諾曼第人，他們於九世紀從北歐渡海南下，侵入諾曼第，建立公國，並屢次入侵內地，圍攻巴黎。

⑪．原文為拉丁文。

針狀鐘樓。聖母院兩側和後面，北面有哥德式走廊的修道院，南面是羅曼式主教府邸，東面則是荒灘的尖岬。在這密密麻麻的房舍中，根據府邸天窗上僧帽狀透突的高高石罩，還可以分辨出於維納．德．於爾森公館，那是查理六世時代，巴黎城提供給他的府邸。目光遠移，便能望見沼地市場那些房頂塗瀝青的簡陋棚屋。隨著目光延伸，能看見老聖日爾曼教堂新建的唱詩室，一四五八年已擴建到弗貝韋斯街口。還可以看見行人熙熙攘攘的十字街頭，某個街角豎立的恥辱柱、腓力．奥古斯都時代一段出色的鋪石馬路，那條路很氣派，正中畫出供行車馳馬的跑道，後來十六世紀翻修，卻變成所謂「同盟路」的破舊碎石馬路。還有一個荒涼後院，那樓梯上半透明的小角樓是十五世紀時建的，而今在布林多奈街還能見到。最後，在聖小教堂右側偏西方向，則是司法宮座落在河邊的塔樓群。御花園位於老城西端，園中高大的樹木遮住了牛渡沙洲。從聖母院鐘樓上俯瞰，幾乎看不見城島兩側的河面，塞納河已經消失在橋樑下，而橋樑則消失在房屋下面了。

目光掃向這些橋樑，只見房頂發綠，顯然這裡水氣太重，房頂很快長了青苔。目光越過橋樑，移向左岸的大學城，首先望見的是又粗又矮的一束塔樓，那便是門廊大口吞掉一端小石橋的小堡。如果從東往西，從小堡向奈斯勒塔眺望，又可以看見房舍連成的長帶，一座座雕梁畫棟，鑲著彩繪玻璃，屋上架屋，垂懸於鋪石街道之上，而臨街民房排列起來，曲曲折折，一望無邊，但常為街口所切斷，或者被一座大公館擠開。這種石建的府邸氣派很大，有庭院和花園，有主樓和廂房，昂然來到一群擁擠狹小的民宅之間，猶如領主來到一堆平民百姓中。河濱有五、六處這樣規模的公館，從洛林公館數起，它和聖貝爾納修道院共用一道大院牆，與小塔毗鄰。西端一直到奈斯勒府邸，它的主樓座落在巴黎城，一年中有三個月，黑色的三角形屋頂蝕去通紅夕陽的一角。

不過，塞納河左岸不如右岸商業繁華。左岸學生比工匠多，更加吵鬧。其實，從聖米歇爾橋到奈斯勒塔樓這一段，才稱得上碼頭堤岸。河岸其餘部分，不是聖貝爾納修道院之外光禿禿的河灘，就是擁擠的民居，如兩座橋之間房基浸在水中的那一片。河岸沿線還像今天這樣，洗衣的婦女叫喊、說笑、唱歌，用力捶打衣服床單，從早晨鬧騰到夜晚。這也是巴黎一景，可供觀賞。

看上去，大學城是個整體，從頭到尾，既整齊又緊密。那無數的房頂密密麻麻，稜角分明，但又相互貼近，幾乎是由同樣的幾何圖形構成，居高俯瞰，則呈現一片同樣質地的結晶體。街道雖然任意伸展，切割這片密集的房舍，但又不致於破壞比例而使其顯得凌亂。四十二所院校分佈均勻，各地都有一所。這些美觀的建築物房頂式樣多變，風趣盎然，和下面民宅房頂是同一建築藝術的產物，歸納起來是同一種幾何圖形，僅僅有平方或立方的倍數差異而已。因而，這些房頂既多彩多姿，又保持總體的一致，既補充完備，又不改變總體的風貌。幾何就是一種和諧。

左岸還有幾處華麗的公館，從民居如畫的頂樓上突起，成為富麗堂皇的點綴，比如奈維爾公館、羅馬公館、蘭斯公館，可惜已經不復存在，所幸還有克呂尼公館存續至今，可稍慰建築藝術家的心，不料幾年前塔樓又被拆毀，真是天大的蠢事。在克呂尼附近，有一座羅馬式宮殿，圓頂拱廊十分悅目，那便是朱利安皇帝所建的公共浴場。

還有不少寺院，其美觀和宏偉，不亞於那幾座公館，而且美觀中又多了幾分虔誠，宏偉中又平添幾分肅穆。首先引人注目的是有三座鐘樓的聖貝爾納修道院，以及聖熱納維耶芙修道院，但今天只殘存方形塔樓，毀掉部分令人不勝嘆惋，還有索邦神學院，既是學校，又是修道院，但是建築僅僅留下令人十分讚賞的教堂中殿，和聖馬太教派四邊形秀美的修道院，毗鄰的聖伯諾瓦修道院，就在本書第七版和第八版出版日期之間，人們在這所修道院內草草造起劇場，還有結繩教派修道院，那三面高大山牆並列相連，以及奧古斯都教派修道院，那挺秀的尖塔的透刻花邊，在巴黎左岸從西面數起，繼奈斯勒塔之後位居第二。

實際上，各院校是聯結神修院和塵世的通道，風格介於公館和修道院之間，顯得既肅穆又文雅，雕塑不如公館飄逸，建築風格又不像修道院素淡。這些建築的哥德藝術，在富麗和簡約之間掌握的分寸恰到好處，只可惜如今幾乎蕩然無存。在大學城中，教堂很多，一座座都很壯觀，體現各歷史時期的建築風格，從朱利安朝代的半圓拱腹數起，直到聖塞維蘭時期的尖拱式樣。它們高踞於其他建築之上，彷彿在這片龐大的和諧體中又增添和諧。尖銳的牆頂和房頂、針狀的鐘樓突破城市的剪影。

大學城座落在丘陵地帶。東南方突起的巨大圓丘便是聖熱納維耶芙山，從聖母院上眺望，美不勝收。許多彎曲的狹窄街道（現稱拉丁區），猶如葡萄串的房舍，從山頂向四面八方散開，混亂無序，幾乎從陡坡俯衝直到河岸，姿態各異，有的彷彿要跌倒，有的又好像轉頭往上爬，似乎彼此相互制約、依靠。無數黑點匯成長流，在馬路上交錯不斷，要攪亂眼前景物，那便是居高遠眺所見的行人。

總之，無數房頂箭塔和高低起伏的建築物，把大學城的輪廓折疊，扭曲並切割得奇形怪狀。在這些高低起伏建築物的空隙當中，還能依稀望見長滿青苔的大院牆、厚重的圓塔，以及堡壘似帶雉堞的城門，那便是腓力．奧古斯都城垣。城外是綠油油的牧場，再過去就是向遠方伸延的大道，沿途有零星房舍，但越遠越稀少。

不過，有幾個近郊鄉鎮相當大。首先是始自小塔的聖維克托鎮，它在比埃夫爾河上有一座單孔橋，修道院中還能看到胖子路易[12]的墓誌銘，教堂建於十一世紀，八角頂周遭豎立四座小鐘樓（埃唐普也有同樣一座教堂，至今尚未拆毀）。其次是聖馬索鎮，當時它已有三座教堂和一所修道院。再數下來就是聖雅各鎮，它左鄰戈布蘭[13]家的磨坊及其四堵白牆，十字街頭挺立著雕刻精美的十字架。高臺階的聖雅各教堂，當初是哥德式，尖頂十分挺秀悅目。還有聖馬格洛瓦教堂，中殿很美觀，建於十四世紀，拿破崙曾用來裝草料。還有田園聖母院，裡面裝飾著許多拜占庭式的鑲嵌圖案。

目光一直往西轉移，先掠過田野裡孤零零的夏特婁修道院，那是和司法宮同時代的絢麗多姿的建築物，院內有分隔成小塊小塊的花園。再掠過時有鬼怪出沒的伏維爾修道院廢墟，便望見牧場聖日爾曼修道院的三個羅曼式尖頂。當時，聖日爾曼已發展成為大市鎮，有近二十條街道。聖緒爾皮斯修道院的尖頂鐘樓標出市鎮的一角，旁邊就是聖日爾曼集市的四面圍牆，如今仍為市場。接下去是神父恥辱柱，那是一座美麗的小圓塔，塔上有一頂很好看的圓錐形鉛皮蓋。瓦廠還有一段路，爐街通到公用麵包爐，磨坊則座落在土丘上。還有痲瘋病院，那是一座名聲不好的孤零零小房。不過，還是牧場聖日爾曼修道院本身格外引人注目。毫無疑問，這座修道院外觀雄偉，既像教堂，又像領主府邸，巴黎主教們若能在此住宿一夜都深感幸運。齋堂造得氣魄非凡，十分壯觀，又有彩繪玫瑰花窗，簡直不亞於大教堂。還有典雅的聖母小教堂、規模龐大的寢室、幾座寬敞的花園，還有鐵閘門、吊橋，以及伸入周圍綠野的城牆。那一座座庭院裡，武士盔甲和教士飾金斗篷交相輝映，而從這一切遠遠望去，半圓拱腹的三座高尖塔圍繞著哥德式東圓堂之上，構成宏偉壯麗的景觀。

久久眺望大學城之後，目光再移向右岸，移向新城，那又是另一番景象。新城實際上比大學城大得多，但是格調卻不統一。一望就能看出新城分成幾大塊，彼此涇渭分明。首先東邊那一片，如今稱為沼澤區，是卡穆洛格尼[14]把凱撒誘入泥塘的地方，府邸宮舍連成一片，直抵河邊，其中四座幾乎連成一體，即儒伊府、桑斯府、巴爾博府和王后宮，挺秀角樓突起的青石板房頂倒映在塞納河中。四府占滿了諾南迪埃街和策肋定會修道院之間的地盤，而在修道院的尖頂襯托下，四府的山牆和圍牆雉堞的線條愈加顯得優美。幾座瀕臨水邊發綠的破房，雖然位於四府前面，但是遮不住四座豪華大廈門面那美麗壁角、方形石框的寬大窗戶、飾滿雕像的尖拱門廊、輪廓始終分明的高牆尖脊，以及顯示哥德建築藝術隨時能重新組合的各種奇思。

四府後面則是神奇的聖波耳宮的圍牆，它向四面八方延伸，範圍廣闊，形態多變，時而像堡壘，牆垣有高低，有斷裂處，並圍以樹籬；時而像查爾特勒修道院，院牆為高樹所遮蔽。這座行宮占地廣大，讓法國國王顯得極有排場，能同時接待二十二位相當於王儲和勃艮第公爵品位的王公及其扈從僕

---

⑫．胖子路易：即路易六世（一〇八一—一一三七），法國國王，一一〇八年至一一三七年在位。
⑬．戈布蘭（Gobelin）：著名的染坊主家族，後又開設壁毯廠等。
⑭．卡穆洛格尼（Camulogene）：高盧人的一個首領。在西元前五二年高盧人反對羅馬統治的大起義中，他把凱撒一支軍隊誘入沼澤。

役，更不用說接待大領主以及來巴黎觀光的君王。至於獅子，在王宮也另有專用別館。這裡要說明，為王公準備的每套房子不下十一間，從禮儀廳直到祈禱室，一應俱全，這還沒算入一條條遊廊、一間間浴室、一間間蒸汽浴室，以及每間房子的「備用空房」，而且國王的每位貴賓都有專用花園。此外，還有大大小小的膳食房、酒窖、配餐室、宮中的公共食堂，還有幾個家禽飼養場，附設從烤房到配酒房等二十二個作坊，還有無數種遊戲場，如木槌球、網球、投環球等等，還有飛禽大棚、養魚池、動物園、馬廄、牛羊圈，還有圖書館、兵器館和鐵工場。當年的王宮，如羅浮宮，如聖波耳宮，氣派之大，堪稱城中之城。

從我們佇立的鐘樓上遠眺，聖波耳宮雖然半掩蔽在四府大廈的後面，但是看起來仍然十分壯觀，令人讚嘆。查理五世用鑲有彩繪玻璃的幾條小圓柱長廊，將三座公館同王宮巧妙地合為一體，儘管如此，還是能分辨出那三座附屬建築。其一是小繆色公館，樓頂邊緣鑲有雅致的花邊欄杆；其二是聖摩爾神父公館，建築的氣勢猶如堡壘，有一座高大的塔樓，備有箭孔、槍眼，牆垣中間還有鐵棱堡，神父的紋章雕刻在薩克遜式寬大的城門上，正當吊橋的兩個槽口之間；其三是埃唐普伯爵府，主樓頂層已經坍毀，看上去變圓了，參差不齊好似雞冠。此外，還能望見三五成堆的老橡樹零散分佈，像碩大的青花菜。還有清澈的水池上天鵝嬉戲、許多只望見邊角如畫的庭院，以及矮拱粗柱並安裝鐵閘門、終年傳出吼叫聲的獅子館。

穿過這一切，便能望見聖母禮讚堂剝落成鱗狀的尖頂，左側配有四座玲瓏剔透小塔的巴黎總督公館。正中央深處才是聖波耳宮，從查理五世起，這座宮舍就重疊增建門面，陸續添加裝飾，兩百多年來全憑建築師一時興致，屋上架屋，頭上安頭，弄得不倫不類，如小教堂增建東圓室，遊廊旁豎起山牆，還到處安裝隨風轉動的風信雞，並排建起兩座高塔，圓錐形塔頂蓋底部雉堞起伏，酷似兩頂捲帽緣的尖帽子。

這座宮殿呈梯狀向遠方伸延，我們的目光也拾階而上，跨過新城屋頂中間標示聖安東莞街的深谷，便到達昂古萊姆公爵府。我們仍然只談主要的部分。這座龐大的建築歷時幾個朝代才完成，有些部分還嶄新潔白，同整體難以融合，猶如藍色外衣上縫了紅補丁。這座現代風格的宮殿，殿頂又尖又高，十分奇特，邊角安裝一條條鏤花的天溝雨槽，頂蓋又覆以鉛皮，而鉛皮上纏繞著奇異藤蔓裝飾，閃閃發光，正是鑲嵌鍍金黃銅。主體建築的幾座粗塔狀如大酒桶，由於年久失修，中間膨脹，從上到下出現道道裂縫，好似袒露的大肚皮。而在這古老宮殿晦暗殘敗中，煥發異彩的鑲嵌殿頂卻卓然獨立。後面則是尖塔林立的小塔宮，只見尖塔、小鐘樓、煙突、風信標、螺形塔、盤旋塔、彷彿打洞鏤空的頂塔，以及亭臺樓閣、當時稱為紡錘塔的細長塔，一片林立，高矮不同，真是千姿百態，顯得無比神奇、空靈，可以說世間絕無僅有，縱然到香堡城、西班牙的阿蘭布拉城，也見不到這種景觀。

這一片塔林，宛若巨型石頭棋盤。小塔宮左側，聳立一簇黑色的巨大炮樓，彼此嵌合，彷彿被環帶溝塹勒得太緊。主堡上的槍眼數量遠遠超過窗口，吊橋常年吊起，大鐵門永遠關閉，那就是巴士底城堡⑮。一只黑喙從城垛之間探出來，遠遠望去彷彿簷槽，其實是一口口大炮。在這龐然大物的腳下就是聖安東莞門，夾在兩座炮臺之間，處於石彈的威脅之下。

過了小塔宮，直到查理五世城垣，眼前是柔軟光滑的地毯，那是色彩絢麗的一片片綠茵、林木、田地。那中間有一片林木組成的迷宮，一看便知是路易十一賜與庫瓦蒂埃的著名迷宮花園。迷宮之上矗立著觀象臺，彷彿一根孤零零的大圓柱頂著一間小屋，庫瓦蒂埃博士就在那間觀象室裡，進行可怕的星象占卜。如今那裡是王宮廣場。

如上所述，宮殿區占滿了查理五世城垣與東邊塞納河的整個夾角地帶，我們只介紹了最突出的幾處建築，給讀者大概的印象。新城中心是一大片居民區，而老城右岸的三座橋樑，實際上就是通往此

⑮．巴士底：原是拱護聖波耳宮的要塞，後來改為囚禁要犯的地方，稱巴士底獄堡。

處，有了橋樑，總是先建民宅後蓋王宮。這片民宅十分擁擠，好似蜂房的一個個小蜂窩，各有各的美。一國首都連成一片的屋頂，宛如汪洋大海的波浪，蔚為壯觀！看那街道縱橫交錯，呈現出千姿百態。菜市場好似一顆明星，射出千道華光。聖德尼和聖瑪律丹兩條長街，分出許多枝杈，就像並排生長的兩棵大樹，連理枝互相交織。

有幾條彎曲道路，蜿蜒通過居民區，那便是石膏廠街、玻璃廠街、紡織廠街等等。也有一些美麗的建築，從房舍牆壁所匯成的石海裡沖出來。首先是大堡，屹立在貨幣兌換所橋的橋頭，而靠下一點，塞納河水在水磨橋的水輪下，浪花滾滾，赫然可見。大堡已經不是叛教者朱利安統治時期那種羅馬風格了，而建成一座十三世紀封建時代的炮樓，所用的石頭異常堅硬，拿尖鎬刨三小時，也削不下拳頭大的一塊來。其次是屠宰場聖雅各教堂華美的方形鐘樓，那精雕細刻的邊角長滿青苔，十五世紀尚未完工，就已經令人讚嘆不已。尤其那四隻怪獸，今天仍然蹲在房頂四角，當時卻還沒有完成，那樣子真像斯芬克斯看著新巴黎，要猜出舊巴黎的謎底。直到一五二六年，雕塑家羅耳才把怪獸安放上去，一番心血才賺得二十法郎。再如大柱樓，正對著河灘廣場，上文已向讀者略微介紹過那情景。還有聖熱維教堂，可惜被後來添設的「式樣高雅」的大門給糟蹋了。聖梅里教堂，古老尖拱還近乎半圓狀。聖約翰教堂，美輪美奐的尖頂也是有口皆碑。還有二十來座建築物不甘於埋沒，衝出幽暗、狹窄而深邃的那片混沌街道，展現絕妙的身姿。

除此之外，還應算上挺立在十字街頭、比絞刑架數量還多的石雕十字架，以及越過重重屋頂遠遠望見圍牆的無辜嬰兒墓、從科索納里街的兩個煙囪之間望得見頂端的菜市場恥辱柱、終日布滿行人的十字街頭上特拉瓦十字教堂的「梯子」、小麥市場那環形大棚、在民宅的掩蔽中還能分辨出腓力·奧古斯都古城垣的殘段，為青藤吞沒的城樓、傾覆的城門、不辨形狀的殘垣斷壁，當然還有河濱大街，那數以千計的店鋪和鮮血淋漓的屠宰場、從草料港到主教港船舶往來如梭的塞納河。看到了這一切，對於巴黎新城不等邊四邊形中心區在一四八二年的情景，就會有個模糊的印象。

除了宮殿區和居民區，新城面貌還有第三種類型，那就是由寺院連成的長型地帶，從東到西幾乎圍住整個新城。這條長帶位於護衛巴黎的城牆內側，可以說是由修道院和小教堂構成的第二道城垣。例如，緊鄰著小塔林園的聖凱塞琳教堂及其寬闊的田園，它座落在聖安東莞街和聖殿老街之間，背靠著的就是巴黎城牆。在聖殿老街和新街之間有聖殿教堂⑯，那孤零零而又陰森森的高聳塔樓，圍著有雉堞的大院牆。在聖殿新街和聖瑪律丹街之間，則是聖瑪律丹教堂，四周有花園，設防森嚴，其建築出類拔萃，環帶似的塔樓群、三重法冠似的鐘樓，只稍遜於牧場聖日爾曼教堂。三聖教堂的圍牆從聖瑪律丹街延至聖德尼街。最後，在聖德尼街和蒙多戈伊街之間，還有一所修女院。那旁邊正是奇蹟宮廷朽爛的屋頂和破敗的院牆，那是由寺院構成的虔誠鏈條上摻雜唯一世俗的環節。

右岸民居密集的房頂中間，還有第四個區域自成一格，位於古城牆西角和城島下游的河邊，那便是簇擁在羅浮宮腳下新的一環宮殿和公館。腓力・奧古斯都的老羅浮宮，建築龐大無比，大塔樓周圍有二十三座配塔，外加許多小塔，遠遠望去，就好像鑲嵌在阿朗松府和小波旁宮哥德式尖頂上。這條塔身巨龍，堪稱巴黎城的守護大神，那二十四顆腦袋日夜翹首，怪異的身軀鱗光閃閃，顯然是有金屬般流光溢彩的鉛皮和石板。以此造型標示新城西端的界線，實在出人意料。

綜上所述，十五世紀巴黎新城的情景就是如此：古羅馬人所謂的「島」，即那一大片民宅，左右各有一大群宮殿，西邊以羅浮宮為首，東邊以小塔宮為冠，北面那條長帶，則是寺院和田園。俯瞰整個新城，只見一片混雜交融，難以計數的建築，屋頂或鋪瓦，或蓋青石板，層層疊疊，相割交切，構成許多特異怪誕的序列。首先高聳突出的是右岸四十四座教堂的鐘樓，密紋精雕細鏤。還有無數縱橫的街道，一端到方塔樓城垣（大學城垣上則為圓塔）為止，另一端通到塞納河畔，而塞納河又被橋樑

⑯・聖殿老街因聖殿教堂命名。聖殿騎士會創建於一一二八年，是天主教軍事組織，在十字軍東征中有重要作用。

切斷，河面上行駛無數貨船。

城牆周圍，緊鄰城門有幾個城關小鎮，但比較分散，數量也不如大學城那邊多。巴士底城堡背後有二十來間簡陋民房，環繞著有奇特雕刻裝飾的福班十字架教堂，以及建有拱扶壁的田園聖安東莞教堂。還有波潘庫爾鎮，周圍全是麥田。庫爾提伊，那是開設不少家小酒館的快活村莊。聖洛朗鎮，鎮上教堂的鐘樓遠遠傳去，彷彿要加入聖瑪律丹門尖塔之列。聖德尼鎮，擁有大片圍起來的聖德爾田園。蒙馬特城門外有一圈白牆，裡面是河運穀倉，穀倉背後則是石灰岩的蒙馬特山，當年山上教堂和磨坊的數量相當，後來只剩磨坊，因為現今社會只有肉體需要食糧。

最後，在羅浮宮之後，可以看見在牧場中展現已有相當規模的聖奧諾雷鎮、鬱鬱蔥蔥的小布列塔尼園林，以及豬崽市場，市場中心支著駭人的大鍋，是用來處死偽幣製造犯的。你已經注意到，在庫爾提伊和聖洛朗之間的荒涼平原上，有一個小土丘，丘頂好像有個建築物，遠遠望去，彷彿傾頹的柱廊還立在裸露的地基上。那既不是帕德嫩神廟，也不是奧林帕斯山朱庇特神殿，而是鷹山。

我們歷數這麼多建築物，不管多麼力求簡潔扼要，但是在我們構築過程中，如果還沒有從讀者頭腦裡消除對老巴黎的通常印象，那麼現在，我們就再用幾句話概括。中心是城島，形狀酷似烏龜，帶著覆瓦鱗片的幾座橋樑，猶如從灰色屋頂龜殼裡探出來的足爪。左岸大學城是個不等邊四邊形，結結實實地結為板塊，既密集又壅塞，而且長滿了刺。右岸那廣闊的半圓形是新城，城中摻雜許多花園和高大建築。總共三大塊：老城、大學城和新城，街道無數，縱橫交錯。塞納河流經全城，按照杜勃勒耳神父的說法，就是「塞納河乳母」。河中一塊塊沙洲、一道道橋樑、一艘艘船舶，顯得十分繁忙。巴黎四周是一望無際的平原，補綴著上千種莊稼的一塊塊田地，鑲嵌著一座座秀麗的村莊。左岸有伊西、旺夫爾、蒙特魯日、兼有圓塔和方塔的冉提伊等等，右岸另有二十來座村莊，從孔弗朗直到主教城。從巴黎向四周遠眺，天際繡了一圈丘巒的花邊，似大盆的邊緣。總之，如果遠眺，東方是萬森城堡及其七座四角塔，南方是比塞特及其小尖塔，西方是聖克盧及其主堡，北方則是聖德尼及其尖頂。

這就是一四八二年棲止在聖母院鐘樓頂端烏鴉所見的巴黎。

然而，就是這樣一座城市，伏爾泰卻說：「在路易十四之前，只有四座美麗的建築」，即索邦神學院的大教堂、聖恩谷教堂、現代風格的羅浮宮，我已忘記第四個是什麼，也許是盧森堡宮吧。所幸儘管如此，伏爾泰還是創作出了《老實人》，他仍然是世世代代人類中，最優秀的諷刺家。這也恰好證明，一個人即使是曠世奇才，對不懂的藝術還是一竅不通。莫里哀說拉斐爾和米開朗基羅是「他們時代的米尼亞爾[17]」，不是非常抬舉他們嗎？

言歸正傳，還是回到十五世紀的巴黎。

當年的巴黎，不僅是一座美麗的城市，而且風格統一，是中世紀歷史和建築藝術的產物，是一部用石頭撰寫的編年史。這座城僅由兩層構成：羅曼層和哥德層，羅馬層早已絕跡，只有在朱利安時代的公共浴場，它才穿透厚厚的中世紀外殼冒了出來。至於凱爾特層[18]，即使到處挖井也難再找出遺跡了。

五十年後，文藝復興運動興起，巴黎那種十分嚴謹，但又多彩多姿的統一性中，就摻進光彩奪目的豪華裝飾，即文藝復興的奇思異想和種種體系，開始出現羅馬式半圓拱腹、希臘式圓柱、哥德式低矮圓拱，開始出現感情細膩而充滿理想的雕塑、對於藤蔓花紋和葉飾的偏好，以及富有異教情調的路德時代建築藝術。這樣一來，巴黎也許更美了，但是在觀感上就沒有那麼和諧了。可惜，這種輝煌的時期持續不久。文藝復興並非不偏不倚，它絕不滿足於建設，還要破壞，它的確需要發展的地盤。因

⑰．米尼亞爾（Mignards，一六一〇—一六九五）：法國古典巴羅克畫家，以宮廷肖像聞名。起初他模仿拉斐爾的作品。這裡雨果諷刺莫里哀本末倒置。

⑱．凱爾特人最早居住在現在德國的西南部。西元前三世紀之前，他們強盛起來，侵入高盧、西班牙，直到巴爾幹地區。西元前三世紀至一世紀，他們受到日爾曼人和羅馬人的打擊，才逐漸衰落。

此，哥德式巴黎的完整齊備只維持了一瞬間。屠宰場聖雅各教堂剛剛落成，老羅浮宮就開始拆毀了。此後，這座大都市日益改觀。羅曼式巴黎磨滅，哥德式巴黎取而代之，哥德式巴黎也同樣磨滅了，可是誰又能說得準，取而代之的是什麼樣的巴黎呢？

在杜樂麗宮[19]中，有凱塞琳·德·梅迪西的巴黎，在市政廳，則有亨利二世的巴黎，這兩座建築至今仍然超凡入聖。在王宮廣場有亨利四世的巴黎，那是三色樓房，門面由磚砌成，牆角為石頭結構，屋頂則鋪著青石瓦。在聖恩谷教堂見到的是路易十三的巴黎，一種矮而粗壯的建築式樣，穹隆似帶提手的籃子，圓柱莫名其妙地鼓起肚子，圓頂又莫名其妙地駝著背。榮軍院則是路易十四的巴黎，那建築宏偉華麗，金光閃閃，卻又冷冰冰的。路易十五的巴黎在聖緒爾皮斯修道院，有渦旋、飄帶繫結、雲霞、細紋、菊萵苣葉飾，全是石刻的裝飾圖案。路易十六的巴黎在先賢祠，那是羅馬聖彼得大教堂的拙劣翻版，整個建築很笨拙，再緊湊也難以補救線條的缺點。共和的巴黎在醫學院，格調貧乏，模仿羅馬古競技場和希臘的帕德嫩神廟，如同共和三年憲法模仿米諾斯法典，建築藝術上稱為「獲月[20]風格」。拿破崙的巴黎在芳登廣場，顯得很有氣派，那根高聳的銅柱，是熔大炮鑄成的。波旁王朝復辟的巴黎則在交易所廣場，那一排潔白廊柱支撐平滑的中楣，總體方正，耗資兩千多萬。

上述典型建築，每一座都有不少格調和構造相似的民宅分散各區，行家一眼就能分辨出風格和時代。只要有鑑賞的眼光，哪怕見到一個敲門槌，也能從中洞察一個時代的精神、一位帝王的相貌。

因此，現在巴黎的面貌只是許多世紀樣品的蓄集，最美的樣貌已然消失。這座首都擴大時僅僅增建房舍，但那是什麼房屋啊！照這樣下去，巴黎每五十年都要更新一次，建築藝術的歷史標誌，也就一天天泯滅。歷史文物越來越稀少，彷彿漸漸沉入房屋的汪洋中。祖先擁有一個石頭造的巴黎，到了我們子孫的時代，將是一個灰泥造的巴黎了。

至於新巴黎的現代建築，我們還是別談為好，倒不是我們不能欣賞和給予恰當的評價。例如，索弗洛[21]先生建造的聖熱納維耶芙教堂，無疑是前所未有、最美麗的「薩瓦的石頭蛋糕」。榮譽軍團宮也是一塊高級的蛋糕。小麥市場的圓頂，恰似高大梯子上扣了英國騎士盔。聖緒爾皮斯修道院的鐘樓，分明是兩根大單簧管，造型毫無特色，頂蓋上的信號臺手臂，歪扭的怪樣子很是好看。㉒聖羅希教堂大拱門的宏偉程度，只有聖托馬斯·阿奎那㉓教堂可與之媲美，地下室還有一尊圓雕的耶穌受難像、一輪鍍金的木雕太陽，都非常美妙。植物園中迷宮的燈籠也極為巧妙。至於交易所大廈，柱廊是希臘式的，半圓拱腹的門窗又是羅馬式的，低矮寬闊的拱頂又是文藝復興式的，這座建築，當然極合規矩，極純粹。有事實為證：大廈雅典式小頂樓，即便在雅典也見不到，那種直線條真美，不時被煙囪隨意切斷。我們還應指出，建築物必須符合其用途，如果成為通例，只要看見建築物，用途便一目了然，那麼再見到任何建築物就不會特別驚奇了，無論見到王宮、議院、市政廳、學校、馴馬場、科學院、倉庫、法庭、博物館、兵營、陵墓、廟宇，還是劇院，都不會讚嘆不已了。而眼下見到的就是一個交易所。這還不夠，建築物必須適應氣候。顯而易見，這個交易所就是特意為此地寒冷多雨的天氣建造。房頂幾乎像東方建築一樣扁平，因為冬天下雪就要打掃，毫無疑問，房頂就是為了方便掃雪

---

⑲·我們又沉痛又憤慨地看到，有人打算擴建、翻修、改建，摧毀這座卓絕的宮殿。當今的建築師重手重腳，不宜觸碰文藝復興的這些精品。我們始終希望他們不敢任性妄為。況且現在要拆毀杜樂麗宮，不僅是連汪達爾醉漢都要臉紅的一件缺德事，而且是背叛的行為。杜樂麗宮不只是十六世紀的藝術珍品，也是十九世紀歷史的一頁。這座宮殿不再屬於國王，而是人民的了。就讓它保持現在這種模樣吧。我們的革命兩次在它的額頭打上烙印。它那兩重門面，有一重挨了八月十日的炮彈，另一重則挨了七月二十九日的炮彈。這座宮殿是神聖的。——一八三一年四月七日於巴黎（第五版作者原注）。兩次炮擊，一次是一七九二年八月十日，一次是一八三〇年七月二十九日。——譯者注

⑳·獲月：或穡月，法國共和曆法第十月，相當於西曆六月十九日或六月二十日至七月十九日或七月二十日。

㉑·日梅恩·索弗洛（Germain Soufflot，一七〇三—一七八〇）：法國建築設計師，他所設計建造的聖熱納維耶芙教堂，即現今的先賢祠（一七九〇年由隆德萊完成），石料是從法國東部薩瓦山區搬運來的，故稱「薩瓦的石頭蛋糕」。

㉒·空中傳遞信號台，是一七九三年由克洛德·夏普發明，建在各處塔樓上，通過信號杆手臂的伸屈傳遞信號。

㉓·托馬斯·阿奎那（Thomas Aquinas，一二二四或一二二五—一二七四）：義大利神學家和詩人。他所發展的哲學和神學體系，稱為「托馬斯主義」。

而設計建造的。它在法國是交易所，在希臘就是一座廟宇了。建築師設計時為了把大時鐘隱蔽起來，著實花了一番心思，否則就會破壞正面美麗線條的純淨。周圍還造了一道柱廊，每逢盛大宗教節日，證券經紀人和商業掮客，就可以在那裡高談闊論。

毫無疑問，這些都是出類拔萃的建築，再加上許多美麗的街道，像里伏利街那樣又有趣又豐富多彩。我相信有朝一日從上空觀賞，巴黎會呈現線條豐盈、細節繁複、面貌多樣，難以描摹的景象，如同棋盤，簡單中見宏偉，姣美中出驚奇。

然而，不管你覺得今天的巴黎多麼值得讚賞，還是要請你複製出十五世紀的巴黎，你要在想像中把它重新造出來，要透過由尖塔、塔樓和鐘樓編成的奇妙籬笆觀望天光，要讓寬寬的塞納河黃綠兩色、比蛇皮還要變幻不定的水流，穿越這座一望無際的城市，碰上島岬就劈裂，遇見橋拱就折彎；要讓蔚藍的天際清晰襯出老巴黎的哥德式側影；要讓老巴黎的輪廓，飄浮在繚繞無數煙囪的冬日霧靄中；要把它浸入幽深的夜，再觀看在這座黑色建築物的迷宮中，黑暗和光明怎樣嬉戲；要把一束月光投上去，顯出它朦朧身影，讓塔樓從霧靄中探出碩大的頭，或者仍然利用這一片暗影，讓尖頂和房脊的無數銳角弄影搔姿，讓巴黎映現在落日橙黃的天幕上，顯示比鯊魚口裡還多的利齒。然後，你再加以比較。

如果你再難從現代巴黎得出古城印象，那請你在重大節日，復活節或聖靈降臨節的早晨，迎著日出，登上能俯瞰全城的制高點，去領略鐘樂齊鳴的美景。你看，朝日發出的信號沖天而起，成千上萬的教堂同時悸動。首先零星響起叮噹聲，從一座教堂傳到另一座，彷彿樂師們彼此提醒開始演奏，繼而，你會突然看見，要知道在某種時刻，耳朵似乎也有視覺，你會看見同時從每座鐘樓升起一根聲波圓柱、一縷和聲的孤煙。起初，每一口鐘的震顫，都直線升上朝霞燦爛的天空，可以說彼此孤鳴，十分純淨。繼而，鳴聲逐漸擴展，彼此交融、雜混、消長，終於匯成氣勢磅　的協奏曲。現在，鐘鳴已經渾然一體，不斷從無數鐘樓飄逸出來，在城市上空浮蕩流轉，跳躍飛旋，而那最強的震波，一直傳播到九霄雲外。

然而，這是一片和諧的大海，絕非一團混沌。這海洋再怎麼雄渾深邃，卻毫不失其清澈與透明。你看見齊鳴中逸出的每組音符單獨蜿蜒前行，你可以聆聽木鈴和管風琴時而低沉、時而尖厲的對話，你可以看見各種八度音，從一座鐘樓跳到另一座，有的是銀鐘發出來的，輕靈而尖銳，振翅上雲霄，有的是木鐘發出來的，破碎而又沙啞，爬得不高便跌落下來。

你還可以欣賞其中的聖歐斯塔什教堂，七口鐘的豐富音階不斷起伏升降，你能看見光亮而快速的音符疾馳穿過和聲，劃出三、四個彎曲的光跡，然後像閃電般消失。那邊，是聖瑪律丹寺院的歌喉，聽來尖銳而嘶啞，這邊，是巴士底城堡的喊叫，聽來驚人而粗獷，另一端則是羅浮宮粗大鐘樓的男低音。舊王宮的皇家鐘樂響亮悠揚，不斷傳向四面八方，而聖母院一下下沉重的鐘聲，有節奏地落到皇家鐘樂上，就像大錘擊打鐵砧迸出一束束火花。牧場聖日爾曼修道院飛揚的三重鐘樂，各種形狀的音色，一陣陣從眼前掠過。還有，響徹雲霄的協奏和鳴，時而中間開啟一條縫，讓迸發而燦爛如星光的聖母頌穿過。在下面，在這支協奏曲的最深處，你能隱約辨識從每座教堂拱頂所有顫動毛孔透出的肺腑之歌。不用說，這是一齣值得聆聽的歌劇。

通常，巴黎白天一片喧鬧，那是市井的話語，夜晚，城市在輕輕呼吸，現在，城市則在唱歌。要傾耳細聽鐘樓樂隊的全套樂曲，聯想那五十萬人的竊竊私語、塞納河水的永恆哀怨、清風的無限嘆息，以及天邊丘巒上，那四片森林的巨型管風琴遙遠低沉的四重奏。接著讓中央大鐘過於嘶啞、尖銳的鳴響漸漸消失。你說，世間是否還有什麼能更加豐富、歡快、閃亮、炫目，勝過鐘聲的和鳴，勝過音樂的熔爐，勝過高達三百尺石笛同時吹出的萬縷樂音，勝過這已然化為一支樂隊的城市，勝過這首狂風暴雨般的交響樂？

LIVRE QUATRIÈME.

第四卷

一、善人

在這個故事發生的十六年前，那是加西莫多星期日①晴朗的早晨，聖母院彌撒結束後，有人發現前庭左側的木榻上放了一個嬰兒。木榻正對著聖克里斯托夫大雕像，還有騎士安圖瓦・德・艾薩爾的石雕跪像，自一四一三年起就一直在對面仰望著聖徒，現在聖徒和信徒這兩尊雕像都已被推倒。按當時習俗，將棄嬰置放在木榻上，就是求善心人收養，願意的人都可以抱走。木榻前有個銅盤，是投放施捨用的。

西元一四六七年，加西莫多日的早晨，躺在木榻上那個小生命，顯然引起人們極大的好奇。一時吸引來許多圍觀者，但大部分是婦女，幾乎都是老太婆。

其中四位老婦人站在最前列，腰彎得也最低，看著這張木榻，從連風帽斗篷能看出她們是哪個修女會的。我不明白這四位謹慎而可敬婆婆的大名為什麼不載入史冊，傳之後世。她們是安妮絲・拉愛爾姆、約翰娜・德・拉塔爾姆、亨利愛特・拉戈耳提埃和戈舍兒・拉維奧萊特。四人全是寡婦，在艾蒂安・歐德里小教堂當修女。她們經院長准許出修院，遵照皮耶・戴伊②的戒律，前來聽講道。

然而此時，四位歐德里修女就算遵守了皮耶．戴伊的條規，但也十分肯定，她們非常開心地違反另一條極不人道的規定，即米歇爾．德．勃拉什和比薩紅衣主教要求遇事沉默的戒律。

「這是什麼東西啊，婆婆？」安妮絲端詳著棄嬰，問戈舍兒，在眾目睽睽之下，那嬰兒在木榻上拚命扭曲身子，嚇得哇哇大哭。

「如果現在就是這樣生孩子，那世界要成什麼樣子啦？」約翰娜嘆道。

「生孩子的事我可不是行家，」安妮絲又說道，「不過，看來這恐怕就是個罪孽。」

「這哪裡是孩子呀，安妮絲！」

「說猴子又不像猴子。」戈舍兒指出。

「這真是個奇蹟！」亨利愛特．拉戈耳提埃接過話題。

「真的，」安妮絲指出，「從四旬齋之後的第四個禮拜天算來，這是第三個奇蹟了。就說上次，歐貝維利耶城的聖母顯靈，懲罰了嘲弄朝聖者的人，這事過去還不到一週，這次是本月發生的第三個奇蹟。」

「這算什麼棄嬰，簡直就是個討厭的怪物。」約翰娜又說道。

「他這樣嚎叫，能把唱詩孩童給吵聾了，」戈舍兒接著說道，「別哭了，小愛哭鬼！」

「真想不到，蘭斯先生給巴黎先生送來這麼一個大怪物！」拉戈耳提埃雙手合十補充。

「我想啊，」安妮絲．拉愛爾姆說，「這是一頭畜牲、野獸，是猶太人跟母豬生的，反正不是基

①．加西莫多星期日（Quasimodo Sunday）：即復活節後的第一個星期日。加西莫多是這天彌撒祈禱文的開頭兩個詞。

②．皮耶．戴伊（Pierre d'Ailly，一三五〇—一四二〇）：法國神學家，紅衣主教，曾任大學校長，國王查理六世的懺悔師，曾宣導世俗和宗教上的改革。

督教徒，就該扔進河裡淹死，投進火裡燒死！」

「但願誰也不要收養他！」拉戈耳提埃又說道。

「噢，上帝啊！」安妮絲喊道，「這個小怪物很可能被送去育嬰堂餵養，就在河岸過去那條巷口，緊臨主教大人的公館！可憐的奶媽！我寧願為吸血鬼餵奶。」

「可憐的拉愛爾姆，也真夠天真！」約翰娜又說道，「我的老婆婆，您還沒有看出來，這小怪物少說有四歲了，不會想吃您的乳頭，他恐怕更愛吃烤肉吧。」

「這個小怪物」（我們難以找出別種稱呼），的確不是新生兒。這是一團稜角分明、拚命蠕動的肉塊，裝在麻布袋裡，布袋上印著當時巴黎主教紀堯姆·夏提埃先生姓名的縮寫。布袋口露出畸形腦袋，只見一頭蓬亂棕髮、一隻眼睛、一張嘴巴和牙齒。那隻眼睛在流淚，那張嘴巴在啼叫，牙齒彷彿只想咬人。他在麻袋裡掙扎，圍觀的人越來越多，眾人大為驚訝。

這時，貴婦人阿洛伊絲·德·貢德洛里埃經過，她拉著六歲左右的漂亮女孩，身後拖曳著掛在金帽尖上的長紗巾，停在木榻前，對著這不幸的小東西端詳片刻。可愛的小女孩百合花·德·貢德洛里埃身穿綢緞衣裙，此時正用美麗的小手指點木榻上常年懸掛的牌子，拼讀著上面的「棄嬰」兩個字。

「真的，」貴婦人厭惡地扭過頭去，說道，「我還以為這裡只放嬰兒呢。」

她說著，往銅盤裡扔了一枚弗洛林銀幣，轉身走開。那枚銀幣噹啷一聲砸在幾枚銅幣上，引得艾蒂安·歐德里小教堂那幾個可憐的老修女睜大了眼睛。

過了一陣子，王國大法官，莊重而博學的羅伯爾·米斯特里科勒經過這裡，他一隻手臂夾著一本大經書，另一隻手臂挽著夫人吉約梅特·拉梅萊斯，形同字自己的身邊安置了兩個調節器，精神的和肉體的各一個。

「棄嬰！」他察看了那東西之後說，「顯然是被丟棄在冥河岸邊的！」

「只看見一隻眼睛，」吉約梅特夫人指出，「另一隻眼上長了肉瘤。」

「那不是肉瘤，」羅伯爾・米斯特里科勒大人說，「而是一個卵，裡面包藏著同樣一個魔鬼，那魔鬼也有一個卵，卵裡包藏另一個魔鬼，以此類推。」

「您怎麼知道的？」吉約梅特・拉梅萊斯問。

「我明察秋毫，自然知道。」大法官回答。

「大法官先生，」戈舍兒問，「這個沒人要的孩子，您看是什麼預兆呢？」

「預示大災大難。」米斯特里科勒回答。

「噢，天哪！」圍觀的人群中一位老婦人嘆道，「去年流行瘟疫，現在又要遭難，據說英國人要在阿爾夫勒大批登陸。」

「這樣九月份王后也許不能來巴黎了，」另一位老婦人說，「生意已經很差了！」

「要照我的想法，」約翰娜・德・拉塔爾姆高聲說，「巴黎民眾不能讓這個小巫師躺在木板上，最好把他扔到柴火上。」

「扔進熊熊燃燒的柴堆裡！」另一位老婦人也說。

「這麼做可能更好。」米斯特里科勒說。

有個年輕教士來了好一陣子，傾聽歐德里修女的議論和大法官的判決。他神態嚴肅，額頭寬闊，目光深邃。只見他默默撥開人群，端詳那個「小巫師」，伸手護住。那正是千鈞一髮的時候，當時所有信女都在熱心描繪「柴堆的熊熊火焰」。

「我來收養這孩子。」教士說道。

他用教袍一兜，將孩子帶走。眾人瞠目結舌，目送他走開。沒多久，他就消失在由教堂通修士院的紅門裡。

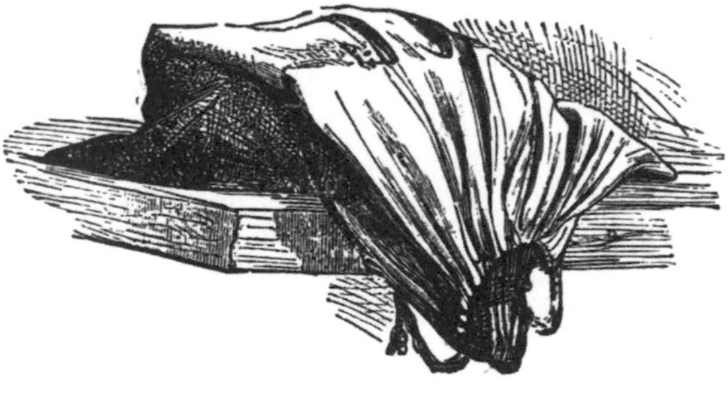

一陣驚愕之後，約翰娜・德・拉塔爾姆俯過身去，對著拉戈耳提埃的耳朵說：

「婆婆，我早就跟您說過，這個年輕神學生克洛德・弗羅洛先生是個巫師。」

二、克洛德·弗羅洛

提起克洛德·弗羅洛，的確非尋常之輩。

他出身中等家庭，按上個世紀粗俗的語言有不同稱呼，稱為上等市民或者小貴族。他的家庭從派克萊兄弟繼承了蒂爾夏普采邑。那片采邑原屬巴黎主教管轄，為了其中的二十一棟房子，在十三世紀打了許多場官司。現在，克洛德·弗羅洛作為采邑主人，位於一百四十一位領主之列，享有巴黎及其城廓的年貢。因此，他的姓名長期載於存放在田園聖瑪律丹教堂的檔案中，排在屬於弗朗索瓦·勒雷的唐卡維爾公館和杜爾學院之間。

克洛德·弗羅洛早在幼年，就由父母決定獻身神職。他是從拉丁文學習認字看書的，並養成低頭垂目、輕聲說話的習慣。他在童稚之年，就被父親送進大學城托爾希學院，過著隱修學習的生活，在經書和希臘文辭典中長大成人。

這孩子生性憂鬱，不苟言笑，學習十分勤奮，領悟得很快。在課間遊戲時，他從不吵嚷，也不與福瓦爾街那些酒徒鬼混，更不知道「打耳光揪頭髮①」為何種遊戲。即使一四六三年那次暴亂也沒有他的份，史家以《大學城第六次動亂》為題，嚴肅記述了那一事件。很少見他嘲笑蒙塔居的窮學生，不因他們穿風帽短斗篷而笑他們「傻帽」，也不嘲笑道爾芒學院那些公費生，儘管他們剃得光光的腦袋、身上穿著的四王冠教堂紅衣主教的書裡所說的湖綠、寶藍、紺紫三色粗布制服，都是極好的笑料。

反之，他倒經常出入約翰．德．博韋街的大小學堂。山谷聖彼得教堂的神父，每次到聖旺德日西爾學校開始宣講教會法典時，總能看到第一個進場、靠著柱子站著的一名學生，那就是克洛德．弗羅洛，只見他攜帶羊角墨水瓶，用嘴咬著鵝毛管筆，墊著磨損的膝頭記錄，冬天還要往手指上呵氣。每星期一早晨，歇夫．聖德尼學校一開門，神學博士米勒．狄利埃先生看見第一個氣喘吁吁跑來聽講的，就是克洛德．弗羅洛。因此，這個年輕的神學生雖然才十六歲，在神祕神學方面比得上教堂的神父，在經文神學方面比得上宗教評議會的神父，在經院神學方面比得上索邦神學院的博士。

修完神學課程，他又急忙攻讀法典，剛放下《判例大全》，又一頭鑽進《查理曼法令彙編》。他的求知欲十分旺盛，讀了一部又一部教令，諸如伊斯帕爾的主教泰奧道爾諭錄、沃姆的主教布夏爾諭錄、夏特爾的主教伊夫諭錄，接著又啃了承繼查理曼法令的格拉田教令、格里高里九世諭令集，以及洪諾留三世《論抱負》的書信集。總之，由泰奧道爾於六一八年開啟的，並由格里高里教皇於一二二七年結束的那個時代，是民法和教會法在中世紀混亂中紛爭創建的時期，這一長期龐雜的情況，克洛德．弗羅洛全都搞清楚，全弄得滾瓜爛熟了。

他讀透了法典之後，又潛修醫學和各種自由學科[②]，攻讀了草藥學、膏藥學，成了熱症、扭傷、骨折和疔瘡方面的專家。雅克．德．埃斯爾如若在世，一定會接受他為內科醫生，同樣，理查．艾蘭也會接受他為外科醫生。在自由學科方面，他先後獲得了學士、碩士和博士學位。他還攻讀語言，學會了拉丁文、希臘文和希伯來文，這三座聖堂，當時很少有人能夠升堂入室。他如飢似渴，不斷獲取和積累知識的財寶。到了十八歲，他修完了四個學院[③]的全部課程。這個青年似乎認為，人生唯一目的就是求知。

大約這個時期，即一四六六年盛夏時節，流行一場大瘟疫，僅在巴黎子爵采邑，就奪走了四萬多人的性命，據約翰·德·特洛伊說，其中就有「國王的星象師阿努爾，一個聰明而有趣的好人」。大學城裡盛傳，瘟疫在蒂爾夏普街尤為猖獗，而克洛德的雙親所住的采邑，恰好就在那條街上。年輕的神學生惶惶不安，趕緊跑回家去，一進門才知道，父母已於第一天晚上雙雙病故，只留下一個弟弟，在搖籃的襁褓中呱呱啼哭。克洛德一家人，只剩下這個小弟弟了。年輕人抱起孩子，離開家門，邊走邊考慮。從前，他完全生活在學問中，此後，他開始在現實中生活了。

這場災禍，是克洛德生來所面臨的第一次危機。他成了孤兒，但又是長兄，十九歲就當了家長，便從學校的夢幻中猛醒，回到塵世。於是，他大發悲憫之心，對這個孩子、自己的弟弟產生了熱情和獻身精神，他這個只愛書本的人，忽然有了常人的親情，真是美妙的奇事。

這種親情發展到特殊的程度，在一顆白璧無瑕的心靈中，這種感情就像初戀一般。可憐的神學生自幼隱修，離開他還不大瞭解的父母，關在書城裡面，不顧一切地潛心學習，只想在知識中提高智慧，在文學中擴展想像力，還沒有閒暇感受心靈所占的地位。這個幼兒，這個父母雙亡的小弟弟，突然自天而降，落入他的懷中，使他煥然一新，判若兩人。他發現除了索邦神學院的思辨、荷馬詩句之外，這世界上還有別的東西，人需要感情，而缺乏溫情和愛的生活，不過是沒上油的齒輪，只能發出尖銳刺耳的噪音。然而，他畢竟青春年少，只會以幻想代替幻想，以為骨肉手足之情是唯一的需要，有這樣一個幼弟，就足以充實一生。

於是，他對小約翰投注了全部的愛心，況且他天生痴情，性格深沉，虔誠而專注。這個可憐而孱

①·原文為拉丁文。
②·自由學科：包括語法、倫理、修辭、算術、幾何、音樂、天文。
③·當時指神學、法學、醫學和自由學科四所學院。

弱的孩子，粉紅的臉蛋，一頭金黃色鬈髮，模樣很好看，這個唯有另一個孤兒可依託的孤兒，深深攪動他的五臟六腑。他本來就深沉，善於思考，現在更是以無限慈悲的心懷，思考如何安排小約翰。他把孩子視為十分脆弱、珍貴的東西，給予無微不至的關懷，遠遠勝過一位長兄，簡直成了一位母親。

小約翰沒有斷奶就失去了母親，克洛德就請奶媽餵養。他繼承的產業，除了蒂爾夏普采邑之外，還有附屬於方形堡的磨坊。那個磨坊座落在山丘上，靠近溫歇斯特（比賽特）城堡。磨坊女主人自己有個還在哺乳的漂亮孩子，而且離大學城又不遠，克洛德就親自把小約翰送去餵養。

從此，克洛德感到肩負重擔，便極為嚴肅地對待生活。年幼的弟弟占據他的頭腦，這不僅成為他的娛樂，而且成為他研究學問的宗旨。他決心對上帝負責，全身心獻給這孩子的前途，決心一輩子不要女人，不要孩子，只保證弟弟的幸福和前程。從此，他更加專心致力於教職的使命。由於他品德高尚，博學多才，采邑又直接附屬於巴黎主教，教會的大門自然為他敞開。年僅二十歲，他就得到教廷的嘉惠殊恩，當上了神父，成為聖母院中最年少的教士，主持著人稱「懶漢聖壇」最晚的彌撒。

同時，他更加潛心研讀，即使偶爾放下心愛的書本，也只是出去幾個鐘頭，跑到磨坊去看一看。這樣苦學苦修，在他這種年齡難能可貴，因此，他很快就博得修院上下的敬重和欽佩。他博學的聲望也從修院傳到百姓之間，贏得「巫師」的綽號，這一小小的竄改，在當時也是常有的事。

懶漢聖壇就在唱詩室通向中堂的右側門旁邊，離聖母像不遠。加西莫多日那天，克洛德到懶漢聖壇做完彌撒，回去時看見棄嬰木榻前圍一堆人，聽到幾個老太婆唧唧喳喳的議論，引起了他的注意。

就這樣，他走近遭人痛恨、不幸的小東西。可憐的孩子身體畸形醜陋，又是遭到遺棄，克洛德不禁聯想到自己的弟弟，不禁幻想：萬一自己死了，他親愛的小約翰也會被置放在棄嬰木榻上，落到這種悲慘境地。於是他百感交集，悲憫之心油然而生，就把孩子抱走了。

他把孩子從麻布口袋裡抱出來一看，的確是個畸形，醜陋不堪。可憐的小魔鬼左眼長瘤，腦袋縮到脖子裡，脊椎骨彎曲，前胸隆起，雙腿彎曲，不過，看樣子生命力倒是很旺盛，雖然聽不懂他咿咿呀呀講的是什麼語言，但啼叫聲很有力量，顯示體格十分健壯。面對奇醜的形體，克洛德反而倍加同情，他暗自許下心願，出自對弟弟的愛心，他要撫養這個孩子長大成人，將來小約翰無論犯下什麼過錯，都有以他的名義做的這樁善事來補贖。這是克洛德為小弟積的陰德，是善行的投資，以備小頑皮鬼日後不時之需，他知道，上天堂只收這種過路費。

克洛德為養子洗禮，取名為「加西莫多」，也許他想以此紀念收養孩子的日子，也許他想以名副實，表明這個可憐的小東西天生形體殘缺不全。確實如此，加西莫多獨眼，駝背，又是大彎腿，只能說「三分像人④」。

④．加西莫多在拉丁文意為：「好像」、「差不多」。

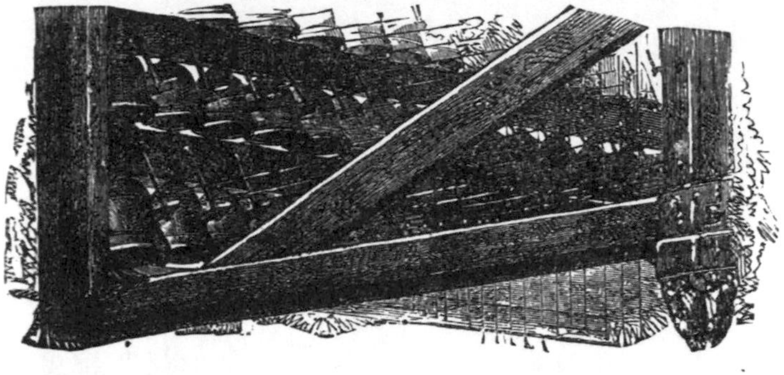

三、怪獸群的看守人更怪[1]

時光流逝，到了一四八二年，加西莫多已經長大成人，多虧養父克洛德·弗羅洛舉薦，在聖母院當敲鐘人已有數年，而弗羅洛受惠於恩人路易·德·博蒙的舉薦，當上了若薩的主教代理。博蒙於一四七二年紀堯姆·夏提埃去世之後，繼任為巴黎主教，也是受恩人奧利維·勒丹的舉薦。而多虧了上帝，勒丹是路易十一的御前理髮師。

就這樣，加西莫多成了聖母院的敲鐘人。

日子一長，在敲鐘人和主教堂之間，便結下了難以描摹的不解之緣。這個可憐不幸的人，身份不明、形體又醜陋，從小就被雙重不可逾越的魔圈困住，他習慣於生活在收養他的宗教壁壘中，對外部世界一無所見。隨著他的成長，聖母院相繼是他的蛋殼、巢穴、家園、祖國，乃至宇宙。

在這個生靈和建築物之間，的確存在先天而神祕的和諧。他還小的時候，就在穹隆的黑暗中歪歪斜斜地爬行、走路，雖為人面卻有獸軀，真像天生的爬行動物，生活在潮濕陰暗的石板地上，周圍盡是羅曼式斗拱投下的怪影。

後來，他第一次下意識抓住鐘樓繩索，吊在上面，搖動起大鐘，他的養父克洛德聽了，認為那是孩子伸展舌頭，第一次開口說話。

他始終順應大教堂，就這樣漸漸發育成長，在教堂裡生活，睡覺，幾乎從不出去，每時每刻都接受周圍神祕的影響，可以說將自己鑲嵌在教堂內，成為不可分割的組成部分。請允許我們這樣描繪：他軀體的一個個稜角，恰好吻合建築物的一個個凹角。看來，他在裡面不僅是住客，而且是天生的血肉。甚至可以說，他的形體成了教堂的形狀，如同蝸牛以殼為形狀。教堂就是他的寓所、洞穴和軀殼。他本人和古教堂關係極深，本能上息息相通，深深地相互吸引，因而他黏附於教堂，在一定程度上就像烏龜緊貼甲殼。凸凹不平的大教堂，就是他的甲殼。

無須提醒讀者，我們描述一個人和一座建築物這種奇特、對稱、直接，近乎同質的結合，不得不用借喻之法，自然不要拘泥字面的意思，同樣也無須贅述，在如此漫長而親密的相處中，他對教堂又是多麼熟悉。這座教堂，就是加西莫多專屬的居處，他無深處不鑽，無高處不登，哪裡他都去過。有多少回，他僅僅抓著浮雕，就從教堂正面攀上好幾層樓。兩座鐘樓猶如孿生巨人，那樣高峻、凶險、駭人，可是人們常見他像隻壁虎，爬在陡立的鐘樓壁上，既不眩暈，也毫不驚懼而發抖。在他的手下，鐘樓那麼溫柔、容易攀登，像被他馴服。在這巍峨大教堂懸崖峭壁間，他終日躥跳，攀登並戲耍，好像變成了猿猴或羚羊，如同義大利南部海濱的孩子，還不會走路就能游泳，從小就跟大海嬉戲。

不僅身體，就連他的靈魂，也是按照大教堂的模子塑造成型。在這個打了結的皮囊裡，在他野性的生活中，這顆靈魂長了何等迂曲的褶紋，成為何等奇異的形狀，這裡很難描述清楚。加西莫多生來就是獨眼，駝背，跛足。克洛德．弗羅洛也以極大的耐心，費了九牛二虎之力才教會他說話。然而，

①．原文為拉丁文。雨果反用維吉爾《牧歌集》中的一句話：「牧群美牧人更美。」

不幸緊緊跟隨著這個可憐的棄嬰，他當了聖母院的敲鐘人後，十四歲又因耳朵鼓膜被鐘聲震破，從此變為聾子。造化本來為他敞開通向外界的唯一大門，卻轟然永遠關閉了。

這個門戶一關閉，就截斷了唯一透進加西莫多心靈中的快樂和光明。從此，他的靈魂墜入黑夜的深淵。這個苦命人的憂鬱，也與他的畸形一樣發展到了極致，不可治癒了。再說，他耳朵一聾，在一定程度上也隨之變成啞巴。因為，他一發現自己聾了，便不想惹人恥笑，決意沉默不語，只有在獨自一人的時候，才偶然打破沉默。克洛德．弗羅洛費盡苦心才解開他的舌頭，他又寧願打了個結。因此，即使迫不得已要開口說話，他的舌頭也變得僵硬、不聽使喚，如同一扇門的鉸鏈生了鏽。

現在，我們如能透過這層堅硬的厚殼，儘量深入加西莫多的靈魂，如能探測這畸形軀體的幽深之處，如果我們有辦法借助火炬，從背後觀察這些不透明的器官，勘察混濁不清的生靈的黑暗宇內，探明那密室暗道、死角異域，以強光突然照亮他緊鎖在洞穴裡的靈魂，那麼一定會發現不幸的靈魂處於多麼可憐的姿態，發育不良而佝僂乾枯，就像威尼斯鉛礦裡的囚徒，腰折成兩段，老死在狀如石匣子般低矮狹小的礦坑裡。

肉體畸形，精神也必定萎縮。加西莫多幾乎感覺不到他的體內還有與他形體相似的靈魂在活動。外界事物的景象，要經過多次折射，才能達到他的思想。他的頭腦是奇特的介質，意念通過便完全扭曲變形。對外界的反應，經過折射，勢必散亂無序，面目全非。

由此產生了視覺上種種幻象、判斷上種種矛盾，思想也時而瘋狂，時而痴愚，產生偏執。

這個軀體天生殘疾，第一個後果就是他在看事物受到的干擾。他幾乎接收不到視覺的直接反應。外界與他的距離和我們相比似乎遠得多。

他這種不幸的第二個結果，就是變得凶狠。

他的確凶狠，這是因為他粗野，他粗野又是因為他醜陋。他這種天性，也與我們的天性一樣，自有一套邏輯。

他的體力異常發達，這也是他凶狠的一個原因。霍布斯說：「健壯的孩子天生凶狠。②」不過，也得說句公道話，加西莫多也許並非天生凶狠。他剛踏入人世，恐怕就能感覺到，後來又看到自己受人奚落、厭棄和排斥。他所聽到的人話，無非是嘲笑和詛咒。長大後，他發現周圍對他只有仇恨，於是他接收了這些仇恨，同時也學會人所共有的狠毒。他拾起別人用來傷害他的武器。

總而言之，要他把臉轉向人是非常勉強的。大教堂對他來說就足夠了。教堂裡佈滿大理石雕像，盡是國王、聖徒、主教，至少他們不會朝他發笑，只是向他投去平靜而和善的目光。其他雕像雖為妖魔鬼怪，但是對他絕無仇恨。他們之間何其相似，是不會彼此仇視的，倒是要嘲笑其他所有人。聖徒是他的朋友，為他祈福，魔鬼也是他的朋友，終日庇護他。因此，他時常向雕像傾訴衷腸，有時一連幾個鐘頭蹲在一尊雕像前自言自語，一有人來就急忙逃走，就像情人正在唱小夜曲時被人撞見。

對加西莫多來說，大教堂不僅是社會，而且是全宇宙，是整個大自然。有鮮花始終盛開的彩繪玻璃，他不嚮往別的花園；有薩克遜式柱頂上石刻的落滿鳥雀的茂盛樹叢，他不追求別的樹蔭；有那兩座矗立的鐘樓，他不夢想別的山峰；同樣，他也不渴望別的海洋，鐘樓腳下的巴黎，浪濤就日夜鳴響。

在慈母般的建築物中，他最喜愛的還是鐘。那一口口鐘喚醒他的靈魂，讓靈魂在洞穴裡淒慘收攏的雙翼展開，有時也使他歡快。他喜愛鐘，時常撫摸，對鐘說話，也懂得鐘的語言。從中軸尖塔的那一組鐘，直到門廊上面的那口大鐘，他無不滿懷柔情。中軸尖塔和兩座主鐘樓，在他眼裡就是三個大鳥籠，由他餵養的鳥兒只為他歌唱。然而，把他耳朵震聾的也正是這些鐘，不過，母親還不是往往最疼愛給自己帶來最大痛苦的孩子。

②．原文為拉丁文，引自英國哲學家霍布斯（Hobbes，一五八八——一六七九）《論公民》的序言。

這些鐘聲是他唯一還能聽得見的聲音，這也是事實。從這個角度來說，他也因此最喜愛那口大鐘。在這個家庭裡，節慶日時在他周圍歡蹦亂跳、吵吵鬧鬧的女孩中，名叫瑪麗的大鐘是他的掌上明珠。她獨自在南鐘樓裡，旁邊有一口個頭小的鐘，關在小籠子裡，那是她妹妹雅克琳，是以約翰·德·蒙塔居的妻子姓名命名的。約翰·德·蒙塔居雖然捐贈了這口鐘，後來還是沒有逃脫噩運，被押上鷹山，落得身首異處的下場。北鐘樓裡還有六口鐘，中軸尖塔則住著六口鐘，以及從聖週四晚飯後到復活節的第一天早晨才敲響的一口木鐘。加西莫多在後宮豢養了總共十五口愛鐘，大瑪麗最受寵幸。

鐘樂齊鳴的日子，加西莫多高興的程度是無法形容的。主教代理一讓他離開，對他說一聲「去吧！」他就急速登上鐘樓的旋梯，上樓比別人下樓還快。他氣喘吁吁跑進大鐘凌空的空間，滿懷愛慕，默默地端詳片刻，然後輕柔地對大鐘說話，用手愛撫，如同愛撫即將遠行的駿馬。對大瑪麗要付出的辛勞，他感到心疼。愛撫一陣之後，他就吆喝在鐘樓下面一層的助手可以開始了。助手們吊在繩索上，絞盤開始軋軋作響，那巨型金屬圓盅緩緩搖動。加西莫多注視著，心怦怦跳。鐘錘剛一撞上青銅鐘壁，就震動了他攀登的木架。加西莫多與大鐘一起顫動。

「哈！」他喊道，同時發出一陣狂笑。只見大鐘搖擺的速度加快，幅度越來越大，加西莫多的獨眼也越睜越圓，射出火一樣的光芒。終於，鐘樂齊鳴，整個鐘樓都在顫抖。木架、鉛頂、石壁，從樁基直到頂層的梅花裝飾，都一起吼叫。加西莫多激動萬分，滿口噴著白沫，他跑來跑去，從頭到腳跟著鐘樓一起震動。這時，大鐘大發雷霆，左搖右擺，青銅大口忽而衝向鐘樓這邊側壁，忽而衝向那邊側壁，咆哮聲傳出一、二十公里。加西莫多對著這張大口，隨著大鐘來回擺動，忽而蹲下，忽而立起，吸著這令人震悚的氣息，時而望望腳下兩百多尺熙熙攘攘的廣場，時而看看每秒鐘都朝他耳朵吼叫的巨大銅舌。這是他能聽見的唯一話語，是打破寂靜世界的唯一聲響。他無比歡暢，如同鳥兒沐浴著陽光。突然，他受到大鐘狂熱的感染，眼神變得異乎尋常，等著大鐘擺過來，就像蜘蛛等待蒼蠅，猛地縱身撲上去，抓住青銅巨怪的耳朵，身子懸空吊在深淵之上，投進大鐘的瘋搖狂擺之中，他緊緊夾住雙膝，用腳跟驅策，以全身的衝擊和重量，促使大鐘倍加瘋狂地震盪。

這時，鐘樓都搖晃起來，加西莫多則大喊大叫，牙齒咬得咯咯亂響，棕紅頭髮倒豎，胸脯起伏像風箱，獨眼也噴出火焰，而巨鐘在他身下喘息著嘶鳴。在這種時刻，聖母院的大鐘不復存在，加西莫多也不復存在，全部化為一場夢幻、一陣旋風、一陣狂風暴雨。這是以聲響為坐騎的眩暈，是騰雲駕霧的精靈，是半人半鐘的怪物，是可怕的阿斯托夫③騎著鷹翼馬身的青銅怪物狂奔。

有這個奇異的人物存在，不知為什麼整座教堂就生氣盎然。按照百姓誇大迷信的說法，他身上似乎逸出神祕的氣息，使聖母院所有石頭都活躍起來，使古老教堂的五臟六腑都悸動。只要知道他在那裡，人們彷彿能見到列廊和門道裡上千尊雕像活了過來，紛紛動起來。的確如此，大教堂就像一隻動物，對他百依百順，只等他一聲令下，就發出洪亮吼聲。大教堂無時無處不附著加西莫多，猶如無所不在的家神。可以說是他賦予了這宏偉的建築活力。他的確無處不在，化成無數的加西莫多，遍佈這座教堂的各個角落。

有時，鐘樓頂端出現怪樣侏儒，人們望見都非常驚駭，只見他攀登，蛇行，四足並用匍匐移動，要從外壁下到深淵，從一個稜角躍到另一個稜角，要鑽進女妖雕像的腹部搜尋，那就是在掏烏鴉巢的加西莫多。有時，在大教堂幽暗角落，人們會撞見活怪物，就像神色憂鬱、蹲伏的獅首羊身龍尾噴火獸，那就是沉思中的加西莫多。有時在鐘樓下，又會看見一顆大腦袋和畸形四肢，拽著繩索拚命搖晃，那就是敲晚禱鐘的加西莫多。深夜，時常能看見鐘樓頂和半圓殿周圍鋸齒側影的纖細欄杆上，有醜陋的形體在遊蕩，就是聖母院的駝子。

③·阿斯托夫（Astolphus）：英國傳說中的王子，他從仙女那裡得到一支號角，能發出讓人受不了的可怕聲音。

於是，住在附近的女人都說，整個大教堂都顯得怪異、神奇而恐怖，到處都有睜大的眼睛、張開的嘴巴，經常聽見這怪誕教堂周圍有吼叫聲，那是伸長脖子、張著大口日夜守護的石犬、石蟒和石龍。如果是在耶誕節夜晚，大鐘聲嘶力竭，似乎召喚信徒們來做熱烈的午夜彌撒，而教堂陰沉的門面神態也很怪，真讓人以為玫瑰花窗在凝視著人群，走進去的人群都被大拱門吞噬了。這種種印象，都是因加西莫多而產生的。如果在埃及，人們會奉他為這座廟宇的神，然而在中世紀，人們卻認為他是這裡的鬼怪。其實，他是這座大教堂的靈魂。

因此，凡是知道有加西莫多存在過的人，都覺得聖母院如今荒涼了，毫無生氣，死氣沉沉。他們感到什麼東西消逝了。這個巨大的軀體已經中空，只剩下骨架，靈魂離開了，只能見到靈魂的遺址，僅此而已。就好像一具骷髏頭骨，眼睛空洞，卻沒有目光。

四、狗和主人

加西莫多嘲弄和仇恨別人，只有一個人例外，他愛此人更甚大教堂，他就是克洛德．弗羅洛。

說來很簡單，正是克洛德．弗羅洛收養了他，給他吃喝，把他養大。小時候，有狗和孩子追趕吼叫，加西莫多總是躲藏在克洛德．弗羅洛的胯下。正是克洛德．弗羅洛教他說話、識字和寫字。最後，還是克洛德．弗羅洛讓他當了敲鐘人。把大鐘許配給加西莫多，就等於把茱麗葉許配給羅密歐。

因此，加西莫多覺得養父恩重如山，對他深摯又無限感激。儘管養父的神色往往陰沉而嚴峻，說話通常簡短、生硬而又專橫，但是他的感激之情一如既往，未曾稍減。對於這位主教代理，加西莫多既是最忠順的奴隸、最聽話的僕人，也是最警覺的猛犬。可憐的敲鐘人耳朵震聾之後，他和養父之間就產生一套只有他倆才懂的神祕手語。現在，只有主教代理一個人還能與加西莫多對話。在這世上，他只與兩樣東西連繫在一起：一是聖母院，一是克洛德．弗羅洛。

主教代理對敲鐘人具有無與倫比的支配力量，而敲鐘人對主教代理也懷有無與倫比的依戀之情。只要克洛德打一個手勢，只要加西莫多想討養父喜歡，他就會從鐘樓頂上跳下去。加西莫多的體力發達到了極點，卻盲目聽從另一個人支配，這真是一件奇事。毫無疑問，這意味著兒子對父親的忠孝，也意味著靈魂受另一顆靈魂的迷惑。可憐而蠢笨的軀體，面對高深莫測、超群絕倫的智慧，只能俯首貼耳，垂目乞憐。

總而言之，最主要的還是感恩戴德。感激之情達到極限，簡直無可比擬。這種品德，跟常人中最完美的事例，也不能同日而語。可以這樣說，加西莫多愛主教代理，遠遠超過任何一條狗、任何一匹馬、任何一頭大象愛其主人的程度。

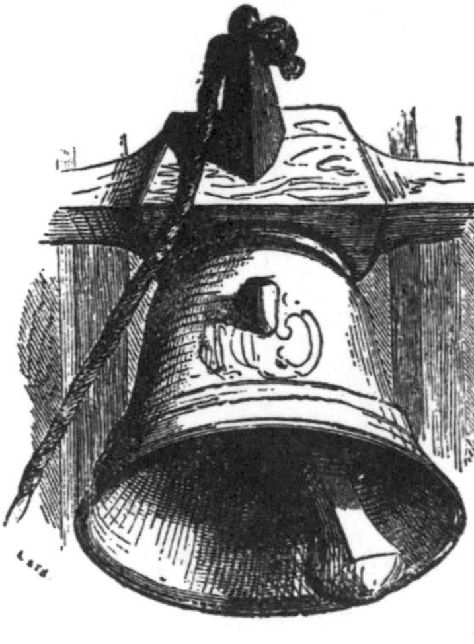

五、克洛德·弗羅洛續篇

一四八二年，加西莫多年近二十歲，克洛德·弗羅洛則三十六歲左右，一個長大了，另一個已具老態。

克洛德·弗羅洛不再是托爾希學院那個單純的學生、弟弟的深情保護者，也不再是那個精通許多知識卻不諳許多世事又愛幻想的年輕哲人。現在，他是嚴肅冷峭、板著面孔的教士，世人靈魂的掌管者，又是若薩的主教代理先生、主教的副手，擔任蒙萊里和夏多福兩地的首席神父，管轄一百七十四位鄉村本堂神父。他是一個威嚴而陰鬱的人，整個面孔只能看見光禿禿的大額頭，一副沉思的樣子，每回他抱著雙臂，腦袋低低垂在胸前，神態莊嚴地從唱詩堂高高的尖拱下緩步走過，那些身穿白長袍和禮服的唱詩孩童、聖奧古斯丁教堂的教友、聖母院的神職人員，都會不寒而慄。

當然，堂·克洛德·弗羅洛並沒有放棄學問，也沒有放棄對幼弟的教育，這是他生活中的兩大要務。不過，隨著時光流逝，這兩件極為甜美的事物，卻摻進幾分苦澀。保羅·狄阿克爾[1]就說過：時間一久，最好的肥肉也會變味。小約翰·弗羅洛綽號「磨坊」，因為他在磨坊寄養長大，他並沒有按照克洛德為他計畫的方向發展。長兄指望他成為好學生，為人虔誠溫和，博學多才。然而，小樹往往辜負園丁的苦心，固執地朝空氣和陽光的方向伸展。同樣，幼弟成長壯大，長出挺秀的繁枝綠葉，也是朝著懶惰、無知和放蕩的方面蔓延。他是個十足的惡魔，放蕩不羈，真讓堂．克洛德．弗羅洛．弗羅洛緊皺眉頭，可是，他頑皮活潑、聰慧機靈的樣子，又常惹長兄發笑。

克洛德剛開始學習和沉思的幾年，是在托爾希神學院度過的，他也把小約翰送進那所學堂。然而從前，那座神聖的殿堂以弗羅洛的姓氏為榮，如今卻以這個姓氏為恥，為此克洛德深感痛心。有時，他聲色俱厲，狠狠訓了小約翰，而弟弟勇敢無畏地忍受。歸根結柢，這個浪蕩鬼心地還是善良的，就像所有喜劇中常見的人物。教訓完畢後，他倒心安理得，依然故我，繼續胡鬧、放蕩。時而為了歡迎一個大學新生而捉弄人家一頓，這一寶貴的傳統被精心保存至今。時而他又鼓動一群同學，按照老規矩衝進酒館，「他們就像聽到號聲，鬥志昂揚[②]」，用木棒攻擊，將酒館老闆揍一頓，然後歡天喜地地將酒館洗劫一空，甚至砸開窖裡的酒桶。事後，托爾希神學院副學監只得無奈地呈送給堂．克洛德．弗羅洛一份用拉丁文寫的出色報告，上面加了一條沉痛的附註：一場鬥毆，第一條起因，就是貪飲美酒[③]。這還不算什麼，據說他放縱起來沒分際，多次光顧格拉蒂尼街[④]，實在可怕，一個十六歲的少年，竟然胡鬧到這種程度。

這種種行徑大大傷害了手足親情，克洛德極度傷心，一時心灰意冷，便更加狂熱地投入學問的懷抱。學問對人，情同姊妹，至少不會嘲笑人，總能以她的關懷報償對方，儘管她所付的錢幣往往菲薄。於是，他越來越博學多識，但同時也遵循自然的邏輯，作為教士卻越來越嚴苛，作為人則越來越憂傷。這種情況也適用於我們每個人，智慧、品行和性格，彼此總保持一定的平衡，能夠持續發展，唯有碰到生活的重大變故才會中輟。

早在年輕的時候，克洛德．弗羅洛就涉獵了所有實證的、外在的和合法的人類知識，足跡遍及整個學問圈，不到「盡頭」[⑤]就不停下腳步，甚至更往遠處走，尋找其他食糧，以供養他永不饜足的大腦。古老的象徵，那自食其尾的怪蛇，尤其適合比喻追求學問。顯然，克洛德．弗羅洛對此有切身體驗。好幾個嚴肅認真的人都證實，克洛德窮盡了人類知識的「正規領域」之後，又膽大妄為闖入了「禁區」⑥。據說，他已經陸續嘗遍智慧樹的所有果實，也許由於飢渴，也許由於厭膩，他終於又咬起了禁果。

讀者已然看到，索邦神學院神學家的講座，研討聖奚拉里⑦學說的文學家聚會，研討聖瑪律丹學說的法學家辯論會，在聖母院聖水缸前的醫學家大會，克洛德都輪番參加了。被稱為四大門類的四大食譜，所能製作並供給智慧的所有合法菜餚，他都吞下去了，並且尚未消除飢餓就感到饜足。於是，他更加深入挖掘，要往物質的而有限的知識下方探尋。也許他是拿自己的靈魂冒險，鑽進洞穴，坐到鍊金術士、星象家、方士們的那張神祕桌前，而在中世紀，那張桌子的一端坐著阿威羅伊⑧、紀堯姆．德．巴黎和尼古拉．弗拉梅爾，那張桌子在七枝燭臺的光照下，在東方一直延展到所羅門、畢達哥拉斯⑨和瑣羅亞斯德⑩。

①．保羅．狄阿克爾（Paul Diacre，七二〇—七九九）：拉丁文的歷史學家和詩人，著有《倫巴底歷史》。
②③．原文為拉丁文。
④．那條街是賭場和妓院的所在。
⑤⑥．原文為拉丁文。
⑦．奚拉里（Hilaire，約三一五—三六七）：基督教神父，曾任普瓦蒂埃（法國西部城市）主教，著有《三一論》，其神學在基督教西方教會很有影響。
⑧．阿威羅伊（Averroes，一一二六—一一九八）：最重要的伊斯蘭思想家之一，他將伊斯蘭的傳統學說和希臘哲學，特別是亞里斯多德的哲學，融合而成一家之言。
⑨．畢達哥拉斯（西元前五七〇—前四八〇）：希臘哲學家和數學家。
⑩．瑣羅亞斯德（Zoroaster，約西元前六二八—五五一）：波斯宗教改革家、先知，瑣羅亞斯德教（史稱祆教、拜火教）創始人。

無論真假，至少有人這樣推測。

主教代理常常前往無辜嬰兒公墓，誠然，他父母和一四六六年瘟疫的其他死難者都埋葬在那裡，但是，他對父母陵墓上的十字架，還不如對旁邊陵墓的奇特雕像那樣虔敬，建在近旁的是尼古拉．弗拉梅爾和克洛德．佩奈勒夫婦的陵墓。

人們也經常看見他走在倫巴底人街上，到作家街和馬里沃街轉角便溜進一幢小房。那是尼克拉．弗拉梅爾建造的房子，約莫一四一七年他在那裡壽終正寢，後來就一直空著，已經開始坍毀，單單各國方士和鍊金術士紛紛跑來在牆上刻名，就已經把牆壁損壞了。住在附近的幾個人甚至證實，曾有一回從氣窗口望見克洛德主教代理在兩個地窖裡挖地翻土，那地窖的拱壁上，滿是尼古拉．弗拉梅爾塗寫的詩句和象形文字，據說，弗拉梅爾就把點金石埋藏在地窖裡。兩百多年來，從馬吉斯特里到太平神父，所有鍊金術士都紛紛跑來，不斷折騰這塊土地，殘忍地翻過來倒過去，在他們的踐踏下，那座房子終於化做塵埃。

主教代理對聖母院富有象徵意義的大拱門，確實懷著特殊的愛戀，那是主教紀堯姆．德．巴黎寫在石頭魔法書的一頁。整座建築物都永恆地詠唱聖詩，而那位主教卻添設如此惡毒的扉頁，毫無疑問他被懲罰墮入地獄了。據說，主教代理克洛德還探究了聖克里斯托夫巨大雕像的奧祕，那尊高高的雕像，當時矗立在聖母院前庭廣場入口處，好像一團謎，百姓都稱為「灰先生」。

大概所有人都注意到，克洛德常常坐在前庭廣場的欄杆上，一連幾小時凝望大門廊的雕像，時而觀賞倒拿燈籠的輕佻少女，時而觀賞直舉燈籠的莊重處女。還有些時候，他計算在左門廊上烏鴉的視角，估測牠往教堂裡凝視的神祕點，尼古拉．弗拉梅爾如果沒把點金石放在地窖，那一定埋藏在烏鴉注視的地方。

順便補充一句，當時這座大教堂的命運實在奇特，同時得到兩個人的熱戀，這兩個截然相反的人，從兩種不同層次出發，都同樣極為虔誠地熱愛著聖母院。加西莫多是個半人半獸的怪物，具有野性，遇事憑藉本能，他愛大教堂的美麗、高大，愛她宏偉整體所展現的和諧。克洛德則是個滿腹經綸、想像力奔放的人，他愛大教堂的寓意、神話，愛她包藏的神理、門面上各種雕刻隱藏的象徵，如同羊皮書中後人寫下的文字下方隱藏的最初文本，總之，他愛她向人類智慧提出的永恆的謎。

主教代理有間極為隱祕的幽室，就設在俯瞰河灘廣場的鐘樓裡，緊挨著放有鐘的木籠，據說不經他允許，誰也不能進去，即使主教也不例外。那間幽室幾乎位在鐘樓頂端，比鄰鴉巢，當初是雨果．德．貝桑松[11]主教闢建的，他在那裡施展魔術，誰也不知道幽室裡隱藏著什麼。不過在夜裡，從河灘地常能望見鐘樓背面小窗洞透出紅光，時隱時現，反覆不斷，間隔的時間既短又均勻，非常古怪，似乎隨著急喘的氣息而明滅，與其說是燈光，不如說是火焰。在黑夜裡，那麼高的地方出現火光，勢必給人怪異的印象。附近老婦人就說：「看呀！那是主教代理在喘氣，上面一閃一閃的，就是地獄的鬼火。」

當然，這些算不上是巫術的鐵證。不過，總是冒煙的地方，難免不讓人猜測裡面有火，因此，主教代理也就贏得了昭著的惡名。老實說，無論埃及國術，還是巫術、魔法，即使再正當、清白，也有敵人和告密者。而最凶惡的敵人、最無情的告密者，莫過於聖母院宗教裁判所的那些先生了。不管是真心憎惡，還是賊喊捉賊的伎倆，反正教務會博學的腦袋都認定，主教代理那顆靈魂敢入地獄之門，出入於鬼洞魔窟，探索旁門左道的黑暗境域。那些民眾也不會看錯，但凡有點頭腦的人，都認為加西莫多是魔鬼，克洛德．弗羅洛是巫師。顯而易見，敲鐘人要為主教代理效勞一段時間，期限一到，就要討取報酬，取走他的靈魂。因此，儘管主教代理的生活極為清心寡欲，那些虔誠者卻覺得他一身邪氣，而凡是信徒，即使毫無世事經驗，也能嗅出他是個魔法師。

如果說他漸趨老態，學問中出現深淵，那麼深淵也在他的心靈形成了。至少，我們要是審視他的

⑪．雨果二世．德．貝桑松（Hugo Besancon），一三二六年至一三三二年在位。——作者原注

面孔，看見他的靈魂被烏雲纏繞，就有理由相信這一點。他寬闊的額頭禿了，腦袋總是低垂著，胸膛時時發出嘆息，這些究竟是何故呢？他兩道眉毛緊鎖，就像要鬥架的兩頭公牛，是什麼隱祕的念頭，又使他嘴唇泛起苦笑呢？他殘留的頭髮為什麼已經花白？他目光有時非常明亮，猶如火焰，那又是什麼火在內心燃燒呢？

這種心潮洶湧激蕩的種種徵象，在這篇故事開場的時候，尤其達到十分強烈的程度。不只一次，聖詩班孩童看見他一個人在教堂裡目光異常明亮，全都嚇得趕緊跑掉；不只一次，在唱詩堂做法事時，旁邊的神父聽見他在「全聲部」⑫素歌中，插進了無法理解的話語；還有，在河灘為教士們洗衣服的婦女，也不只一次驚駭地發現，主教代理的白法衣上有指爪掐痕。

然而，他的行為更加謹嚴，更加堪稱表率了。既由於身份，也由於性格，他一向不近女色，現在似乎更加憎惡女人。只要聽見絲綢衣裙的聲音，他就急忙拉下風帽，遮住眼睛。他潔身自好達到不近情理的程度，就連一四八一年十二月，公主博熱夫人來參觀聖母院修院，他也鄭重其事地禁止進入，提醒主教在一三三四年聖巴泰勒米節前夕頒佈的黑皮書有規定，任何婦人，「無論老幼貴賤」，均不得進入修院。對此，主教只好援引教皇特使奧多的諭令：某些貴婦人不在此例，「某些貴婦人，我們若是拒之門外，勢必引起公憤」⑬。然而，主教代理仍固執己見，說是教皇特使的諭令頒佈在先，是一二〇七年，比黑皮書早一百二十七年，因此，事實上已被黑皮書廢除。最後，他還是堅持不見公主。

此外，人們還注意到，近來他更加憎惡埃及和茨岡女人。他曾請求主教頒佈一項法令，禁止吉卜賽女人到聖母院前庭廣場敲手鼓跳舞。從那時起，他還查閱宗教裁判官的潮濕發黴的檔案，搜集男女巫師借助豬、羊之類的動物施展妖術，被判以火刑或絞刑的案例。

⑫⑬．原文為拉丁文。

六、不得民心

上文說過，聖母院周圍的士紳民眾，不大喜歡主教代理和敲鐘人。克洛德和加西莫多時常一起出門，主僕一前一後，穿過大教堂前面陰涼、狹窄而幽暗的街巷，一路上總聽到挖苦、嘲諷和謾咒之聲，除非克洛德．弗羅洛難得地抬起頭，露出冷峻又幾近威嚴的前額，嘲笑者才望而生畏，不敢放肆。

他們兩人在那一地帶，猶如雷尼耶[1]所說的詩人：

詩人後面跟隨者色色形形，
好似黃鶯亂叫尾隨貓頭鷹。

有時，一個頑皮鬼溜過去，用別針插進加西莫多的駝背，不惜拿自己的皮肉冒險，只為得到一點難以形容的樂趣。有時，一個美麗的女孩，活潑過頭，又特別放肆，故意擦過教士的黑道袍，朝他哼唱譏諷的

①．雷尼耶（Leiniye，一五七三—一六一三）：法國詩人。

歌曲：「回洞，回洞，魔鬼給生擒。」還有時候，一群粗野的老太婆，坐在大門前臺階的蔭涼中，看見主教代理和敲鐘人經過，就起鬨鼓噪，以咒罵向他們表示歡迎：「嘿！來了兩個人，一個人的靈魂，就像另一個人的體形！」再不然，就是一群學生和軍人，正在玩跳房子，一見他們就肅立，用傳統的拉丁文向他們致敬：「來呀，來呀！克洛德和克洛瘸！」

然而這類笑罵，神父和敲鐘人往往充耳不聞。因為加西莫多是個聾子，而克洛德又深陷沉思。

LIVRE CINQUIÈME.

第五卷

一、聖瑪律丹修道院院長①

堂·克洛德聲名遠揚，大約是在他不肯見德·博熱夫人那個時期，有人因而前來拜訪，此事令他久久難忘。

那是一天晚上，他做完晚課，剛回到聖母院修院的小房間。房中有幾個小玻璃瓶丟在角落裡，裝滿了相當可疑的粉末，酷似炸藥，除此之外沒有什麼怪異神祕的地方。當然，牆壁上還有一些文字，但那純粹是科學或宗教的警句，全部引自正經的作家。主教代理剛坐到堆滿手稿的書案前，藉著有三支蠟燭的銅燭臺燈光，手臂支著攤開的洪諾留·德·歐坦所著的《論宿命和自由決定》，這是他不久前拿進房中唯一的對開印刷品，他一邊翻閱一邊陷入沉思。恰好這時候，有人敲門。「誰呀？」這位學者高聲問道，聲調就像餓狗啃骨頭時被打擾了。對方在門外回答：「您的朋友，雅克·庫瓦提埃。」

主教代理過去開門。

來客果然是御醫，此人五旬左右，面孔冷峭，僅有狡獪的目光略為平衡了他的表情。還有一人陪他前來。兩人都穿著灰鼠皮內裡的青石色長袍，紮著腰帶，各戴一頂同樣質地和顏色的帽子，全身裹得嚴密，手縮進袖子，腳被袍子下襬蓋住，眼睛則掩在帽子下。

「上帝保佑，先生們！」主教代理說著，讓客人進入，「真沒想到，這個時間還會有人大駕光臨。」他說話很客氣，但是不安而審視的目光，卻看看御醫，又看看他的同伴。

「拜訪堂．克洛德．弗羅洛，德．蒂爾夏普這樣的大學者，永遠不算太晚。」庫瓦提埃博士答道，他那弗朗什孔泰地方口音，每句話都拖得很長，聽來極為莊嚴，猶如貴婦拖曳的長裙。

就這樣，御醫和主教代理寒暄起來。這也是當年習俗，學者相見交談，彼此總要先恭維一番，以極大的熱情表示學者相輕。而且，這種習俗延續至今，任何學者恭維另一位學者，嘴巴甜如蜂蜜，其實卻勝過裝滿苦汁的罈子。

克洛德．弗羅洛向雅克．庫瓦提埃道賀，主要說他醫道高明，職位令人豔羨，每回為國王治病，都能得到許多實質的收益，這是更高超的鍊金術，比尋找什麼點金石更可靠。

「確實如此！庫瓦提埃博士先生，聽說令侄當上主教，我萬分高興，那位尊貴的彼爾．韋爾賽大人，不是榮任亞眠的主教嗎？」

「是的，主教代理先生，這是大慈大悲的上帝恩典。」

「耶誕節那天，您率領審計院全體官員，真是派頭十足，對吧，院長先生？」

「是副院長，堂．克洛德。唉！只是如此而已。」

「您建在拱門聖安德列街的那座豪華宅第，現在怎麼樣啦？真堪比羅浮宮。我非常喜歡雕刻在大門上的杏樹，還有那俏皮的雙關語：『幸樹菩提安②。』」

「唉！克洛德先生，造價太高啦。房子漸漸接近完工，我也快要破產了。」

「哪裡！您不是還拿典獄和司法宮典吏的俸祿嗎？不是還有領地上那些房舍、貨攤、客棧、店

---

①．原文為拉丁文。

②．原文“A L'Abri-Cotier”將杏樹分讀，冠以「A」，諧音有「庫瓦提埃居」之意。此處為譯者變通。

鋪，每年都收租金嗎？您的收益，就像擠一個脹奶的乳頭。」

「今年，我那普瓦西領地就沒有什麼進帳。」

「可是，您在特里埃勒、聖雅各、拉伊河畔聖日爾曼各地徵收的通行稅，一向是很可觀的。」

「不過一百二十利弗爾，還不是巴黎幣。」

「您在王宮任參事之職，領取固定的俸祿。」

「這倒是事實，克洛德教友，不過，波利尼那塊該死的領地，傳聞倒不少，其實不管豐年歉年，我也得不到六十金埃居。」

堂・克洛德對雅克・庫瓦提埃大講奉承話，語氣卻隱含著奚落、刻薄和冷嘲熱諷的意味，他臉上的笑容既憂鬱又殘酷，表明這個出類拔萃而又不幸的人，一時為了尋開心，戲弄一下庸俗傢伙的富裕家當。可是，對方卻毫無覺察。

「憑我的靈魂起誓，」克洛德握著對方的手，終於說道，「看見您這麼健朗，我由衷高興。」

「謝謝，克洛德先生。」

「順便問一聲，」堂・克洛德提高音量：「召您醫病的國王怎麼樣了？」

「他給御醫的賞錢也不豐厚。」博士答道，同時朝旁邊的同伴瞥了一眼。

「您這樣認為嗎，庫瓦提埃夥計？」他的同伴說道。

陌生來客以驚訝和責備的口氣講這句話，把主教代理的注意力吸引過去，老實說，自從此人跨進房間的門檻，他一刻也沒有完全移開注意力。顯然他有種種理由，必須照顧路易十一這位炙手可熱的御醫的面子，才容忍雅克・庫瓦提埃醫師帶生客來。因此，聽到雅克・庫瓦提埃介紹同伴，克洛德的臉上絲毫沒有熱情的表示。

「對了，堂・克洛德，我給您帶來一位教友，他仰慕大名，定要前來拜訪。」

「先生也是學術界人士嗎？」主教代理問，他銳利目光凝視庫瓦提埃的同伴，看到陌生人雙眉下的目光也同樣逼人、多疑。

只能憑藉微弱燈光打量這個人，只見他是個老人，六旬上下，中等身材，體格相當衰弱，一副病態，相貌雖然頗有市民的特點，但是儀態中卻顯露出幾分威嚴。他的眉毛很高，深邃目光炯炯有神，猶如從獸穴裡射出的光芒，儘管帽緣拉低到鼻子，但仍能認出他天賦聰穎的寬闊額頭。

他自己回答了主教代理的問題。

「尊貴的大師，」他聲調莊重地說，「敝人得聞大名，特意前來請教。我不過是外地鄉紳，總要先脫掉鞋子，才敢踏進學者的門檻。我應該報上姓名。我叫屠狼肉夥計[③]。」

「一位紳士取這種名字，實在奇特！」主教代理心中暗道。然而，他感到對方的威嚴，大有來頭。他憑著高度智慧，本能地猜出屠狼肉夥計的皮帽下面，有一顆智慧不在他之下的腦袋。他端詳著這張嚴肅面孔，而自己陰沉的臉上，由於雅克·庫瓦提埃來訪而煥發的嘲諷笑容，也漸漸消失，就像天邊暮色隱入夜空。他恢復憂鬱神色，默默地再次坐到大型扶手椅上，臂肘支在書案的老地方，手托住額頭，沉吟片刻，這才示意客人坐下，對屠狼肉夥計說：

「先生不恥下問，但不知關於哪種學科？」

「長老，」屠狼肉夥計答道，「我患了病，病勢很重。聽說您是阿斯克勒庇俄斯[④]再世，因此特來請教醫學方面的問題。」

「醫學！」主教代理搖頭，然後若有所思，停了一下才又說，「屠狼肉夥計，既然您這樣稱呼，請您轉過頭去，您會看見我的答案就寫在牆上。」

③．路易十一愛稱近侍為「夥計」，也自稱「夥計」。
④．阿斯克勒庇俄斯（Asclepius）：希臘神話中的醫神。

屠狼肉夥計遵命轉身，果然看見腦袋上方的牆壁刻著一句話：

醫學乃夢幻之女

——楊布里科斯⑤

雅克．庫瓦提埃聽到同伴提的問題，本來就有氣，這時聽見克洛德的回答更惱火。他欠身對著屠狼肉夥計的耳朵，以不讓主教代理聽見的低聲說道：

「我有言在先，他是個瘋子。可是您執意要來看他。」

「難說，雅克醫師，很可能這個瘋子有他的道理。」夥計同樣低聲答道，同時苦笑了一下。

「悉聽尊便！」庫瓦提埃冷淡地說，隨即扭頭，對主教代理說：「您學問高深，不大把希波克拉底⑥放在眼裡，就跟猴子不把榛果放在眼裡一樣。醫學，只是一場夢幻！這麼說，您否認春藥對血液的作用，膏藥對皮肉的作用囉！您否認上帝特意為了名為『人』的永恆患者，開設了以花草和礦物為藥，商號為『世界』的這間永恆藥鋪！」

「我既不否認藥鋪，也不否認患者，」堂．克洛德冷冷回答，「我否定的是醫生。」

「這麼說，」庫瓦提埃口氣激烈起來，「痛風是體內的皰疹，敷上烤老鼠能治槍傷，適量輸些年輕血液能給老邁血管注入青春，這些都不是真的啦！二加二等於四，角弓反張之後則前弓反張⑦，這些都不是真的啦！」

主教代理仍不動聲色，回答：「有些事情，我自有看法。」

庫瓦提埃氣得滿臉漲紅。

「好啦，好啦，庫瓦提埃老兄，」屠狼肉夥計說，「我們別發火嘛。主教代理是我們的朋友呀。」

庫瓦提埃這才息怒，嘴裡咕噥：「不管怎麼說，他是個瘋子！」

「上帝戲人⑧，」屠狼肉夥計沉吟片刻，又說，「克洛德先生，您真讓我為難。本來，我有兩件事要向您討教，一是關於我的健康，二是關於我的本命星。」

「先生，」主教代理又說，「您若是抱著這個念頭，大可不必辛苦一趟，氣喘吁吁地登上我這樓梯。我不信醫學。我也不信星象學。」

「當真！」老夥計吃驚地說。

庫瓦提埃嘿嘿擠出幾聲笑，壓低嗓子對屠狼肉夥計說：「您看到了吧，他是個瘋子。他居然不信星象學！」

「怎麼能夠想像，」堂·克洛德接著說，「每道星光都是一根線，連在一個人的頭上呢！」

「您到底相信什麼？」屠狼肉夥計高聲問。

主教代理遲疑片刻，繼而陰沉的臉上微微一笑，似乎又否定自己的回答：「我信上帝。⑨」

「信我們的主。⑩」屠狼肉夥計畫個十字，補充說道。

「阿們。」庫瓦提埃也念了一聲。

「尊貴的大師，」屠狼肉夥計接著說，「您如此篤誠地信教，我由衷高興。不過，您的學問如此

---

⑤·楊布里科斯（Iamblichus，約二五〇—約三三〇）：希臘哲學家，新柏拉圖主義哲學學派的重要代表，他用巫術和魔法來取代純精神和靈智的神祕主義。

⑥·希波克拉底（Hippocrates，西元前四六〇—前三七七）：古希臘大醫學家。

⑦·常見於腦膜炎、破傷風等症狀，頭頸僵硬後仰，胸部前挺，下肢彎曲。

⑧·路易十一的口頭禪。

⑨·原文為拉丁文。

⑩·原文為拉丁文。

淵博，竟然達到不再相信科學的程度嗎？」

「不是，」主教代理說著，抓住屠狼肉夥計的手臂，黯淡眼眸重新燃起熱情光芒，「不是，我並不否認科學。我匍匐在地，指甲摳進土裡，穿越地穴的無數道岔，爬行不算太久就看見，在我前方遠處，在昏暗長廊的盡頭，有一點光亮，有一點火光，總之有一點什麼東西，毫無疑問，那是中央實驗室炫目的反光，即是有毅力的人和智者撞見上帝的場所。」

「直接說吧，」屠狼肉打斷他的話，「您到底認為什麼是真實而可靠的？」

「鍊金術。」

庫瓦提埃叫了起來：「天哪，堂．克洛德，鍊金術固然有其道理，但是您又何必詛咒醫學和星象學呢？」

「你們的人文學，虛無！你們的天文學，虛無！」主教代理誇張地說。

「好大的口氣，您就這樣無視了埃皮達魯斯[11]和迦勒底[12]。」醫師冷笑著反駁。

「請聽我說，雅克閣下。這是我的由衷之言。我不是御醫，陛下也沒有賞賜給我代達羅斯建造的花園，讓我在裡面觀測星座。您不要惱火，請聽我說。——您得出了什麼真理？我指的不是醫學，而是星象學，醫學太荒唐了。請您向我列舉，耕牛式書寫法[13]有什麼長處？茲魯夫數字和澤菲羅德數字，又算什麼新發明呢？」

「鎖骨有感應力，能通鬼神，這您要否認嗎？」庫瓦提埃又說。

「謬誤，雅克閣下！您開的處方，沒有一樣產生實際功效。反之，鍊金術卻有其發現。像這類成果，您還有異議嗎？地下的冰埋藏上千年，就變成了水晶。鉛是所有金屬的始祖（因為黃金是光，不是金屬）。只要經歷四個時期，每一時期兩百年，鉛就依次由鉛態化為雄黃態，由雄黃態化為錫態，再由錫化為白銀，這難道不是事實嗎？然而，相信什麼鎖骨，相信什麼命星和宿命線，其可笑的程度，不亞於大可汗的臣民相信黃鶯能變成鼴鼠，麥粒能變成鯉魚！」

「我研究過鍊金術，」庫瓦提埃提高嗓門，「可是我認為……」

主教代理卻更加激烈，不容他說下去：

「而我，也研究過醫學、星象和鍊金術。只有這裡才有真理，」說著，他從桌上拿起前面說過裝滿粉末的小瓶子，「這裡才有光明！希波克拉底，是夢幻；烏拉尼亞[14]，是夢幻；荷米斯[15]，是思想。黃金，就是太陽，造出黃金，就是上帝。這才是唯一的科學。我也潛心研究過醫學和星象學，告訴您吧，那是虛無、虛無！人體，一片黑暗；星宿，一片黑暗！」

說罷，他又坐回椅子上，神色激昂。屠狼肉夥計一言不發，始終觀察著他。庫瓦提埃則微微聳肩，擠出兩聲冷笑，反覆咕噥：「瘋子！」

「請問，」屠狼肉猛然問，「那美妙的目標，您達到了嗎？您造出金子了嗎？」

「我若是造出來，」主教代理彷彿邊說邊思考，一板一眼答道：「那麼，法蘭西國王就不叫路易，而叫克洛德了。」

屠狼肉夥計皺起眉頭。

「我這是說什麼呀？」堂・克洛德輕蔑微笑，又說，「如果我能重建東羅馬帝國，那麼法蘭西王位，對我又算什麼呢？」

---

⑪・埃皮達魯斯（Epidaurus）：古希臘城市名，曾有過燦爛的文化，有醫神阿斯克勒庇俄斯，西元前六世紀開始，各國患者就來朝聖。

⑫・迦勒底（Chaldea）：歷史名稱，位於西亞，今伊拉克南部，曾是文明古國，出現不少天文學家。

⑬・古代東方和希臘文的書寫方法，一行從左向右，下一行從右向左。兩種數字書寫法不得其詳。

⑭・烏拉尼亞（Urania）：繆斯之一，主管天文。

⑮・荷米斯（Hermes）：希臘神話中神的使者，掌管商業、交通、畜牧、競技、辯術，他多才多藝，首創字母、數位、天文學，被稱為巫術、鍊金術之祖。

「就算這樣吧！」屠狼肉夥計說。

「噢！可憐的瘋子！」庫瓦提埃咕噥。

主教代理接著說下去，現在似乎只順著自己的思路：「沒辦法，我還在爬行，地道裡的石子磨破了我的臉和雙膝。我只是隱約望見，並未盡情觀賞！我一字一字辨識，還不能流暢閱讀！」

「一旦您讀出來了，」屠狼肉夥計說，「就會造出金子來嗎？」

「毫無疑問。」主教代理說了一句。

「的確如此，聖母知道我太缺錢了，我真想看看您的書。請問，尊貴的大師，您這種科學，該不會敵視或討厭聖母吧？」

針對這個問題，堂．克洛德只是平靜而傲慢答了一句：「我究竟是誰的代理呢？」

「這話不錯，大師。好吧！那您願意教我嗎？讓我隨您一字一字地解讀。」

克洛德擺出莊嚴聖潔的神態，儼若一位撒母耳⑯，說道：

「老人家，這趟穿越種種神祕事物的旅程，所需歲月會遠遠超過您的有生之年。現在，您的頭髮已經花白啦！別人從洞穴出來時，必定白髮蒼蒼，可是進去的時候，必須滿頭青絲。單單這門科學，就足以使我們的臉龐凹陷憔悴，科學不需要老年人奉上滿布皺紋的面孔。不過，您的欲望如果真的無法遏制，到這年紀還非要學習、破譯先哲可畏的文字不可，那麼就來找我吧，我會竭盡綿薄之力。當然，您是位可憐老人，我不會讓您去探訪先賢希羅多德⑰說的金字塔墓室，或者登上巴比倫的磚塔，更不會讓您去印度，參觀埃格靈吉的白色大理石聖殿。我與您一樣，既沒有見到迦勒底人仿照希克拉神聖式樣的建築、已經拆毀的所羅門廟宇，也沒有見到以色列王陵破碎的石門。我們只限於看看手頭上的赫耳墨斯著述的殘篇。我來向您解釋聖克里斯托夫雕像、播種者的象徵，以及聖小教堂門上那兩個天使的寓意，其中一個天使把手伸進水罐裡，另一個把手舉到雲端……」

剛才，雅克．庫瓦提埃被克洛德的激烈反駁弄得啞口無言，他聽到這裡，又打起精神，打斷主教代理的話，那得意的口氣，就像學者糾正另一個學者：

「您錯了，吾友克洛德[18]！象徵不是數目。您把奧斐斯[19]錯當了赫耳墨斯。」

「是您錯了，」主教代理鄭重反駁，「代達羅斯是地基，奧斐斯是牆壁，而赫耳墨斯則是建築，是整體。」他又轉身對屠狼肉說：「隨時恭候您的光臨，我要給您看尼古拉．弗拉梅爾坩堝底殘留的金屑，並拿紀堯姆．德．巴黎的黃金給您比比看。我會告訴您『庇里斯特拉[20]』這個希臘詞的神祕含義。不過首先，我要逐個教您認讀大理石上的全部字母，閱讀花崗岩上的全部書頁。我們要從紀堯姆主教增設的大門廊、圓形聖約翰教堂的大門，走到聖小教堂，再走到馬里沃街，去尼古拉．弗拉梅爾的住宅，到無辜嬰兒公墓裡去認他的墳墓，到蒙莫朗西去看他的兩所濟貧院。我還要帶您去鐵匠街聖熱維醫院，教您認讀那大門廊四個大鐵架上鑄滿的象形文字。我們還要一起研讀聖科姆、阿爾當的聖熱納維耶芙、聖瑪律丹、屠宰場聖雅各等等教堂的正面建築……」

不管屠狼肉夥計的眼神多麼聰穎，他早就聽不懂堂．克洛德所說的話，於是出言打斷：「上帝戲人！您講的是些什麼書啊？」

「這裡就有一部。」主教代理說。

他推開密室的窗戶，用手一指宏偉的聖母院教堂，只見兩座鐘樓、石頭外牆和龐大後殿的黑色側

⑯．撒母耳（Samuel，約西元前十一世紀）：古代以色列的士師、先知和軍事領袖，又是能見異象的神人，事蹟見《舊約．撒母耳記》。

⑰．希羅多德（約西元前四八四—約前四三〇或前四二〇）：希臘歷史學家。

⑱．原文為拉丁文。

⑲．奧斐斯（Orpheus）：希臘神話人物，他的琴聲可使猛獸俯首，頑石點頭（主要見《金羊毛的故事》）。這裡實指希臘一種祕傳宗教，為奧斐斯教，強調因果報應和靈魂轉世。

⑳．原文為希臘文，意為「鴿子」，聖靈之象。

影，映在佈滿繁星的夜空，猶如雙首的斯芬克斯巨怪蹲在城市中心。

主教代理沉默無語，凝望高大的建造物，過了片刻，他嘆息一聲，右手指著桌上攤開的書，左手指著聖母院，憂鬱的目光從書本移向教堂，說道：「不幸啊！這個要扼殺那個。」

庫瓦提埃急忙走到那本書面前，不禁高聲說：

「唉！這上面有什麼那麼可怕？這不就是《聖保羅書信集注》㉑嘛，是安東尼．科桓格一四七四年在紐倫堡印行的，不算新書，只是格言大師皮耶．隆巴爾的舊作。就因為這是印刷品嗎？」

「您說對了。」克洛德答道，他似乎陷入沉思，佇立在原地，屈起的食指頂在紐倫堡著名印刷機印出的對開本上。繼而，他補充說了神祕莫解的話：

「不幸啊！小東西往往能戰勝龐然大物，一顆牙齒能啃掉大個頭。尼羅河中的小老鼠能咬死鱷魚，劍魚能戳死鯨魚，書能扼殺建築物。」

雅克醫師低聲向同伴重複他那不變的老話：「他是個瘋子。」

這回，他的同伴則答道：「我也這麼想。」

恰巧這時，修院熄燈鐘敲響了。到了這個時間，任何外人不得在修院逗留。兩位客人就此告辭。屠狼肉夥計道別時，對主教代理說：

「大師，我喜愛學者和俊才高人，我尤其敬重閣下。明天請到小塔宮來，您說要見杜爾聖瑪律丹修道院院長就行了。」

主教代理回到房中，不勝驚愕，他憶起杜爾的聖瑪律丹修道院文件彙編中的一段話，終於明白屠狼肉夥計是什麼人了：「聖瑪律丹修道院院長，即法蘭西國王，按照教會通例，為議事司鐸，享有與聖維南提烏斯同等的小俸祿，並掌管教堂金庫。㉒」

據說，從這個時期開始，路易十一每次回到巴黎，便經常召見主教代理談話，從而，堂．克洛德所受的恩寵超過了奧利維公鹿和雅克．庫瓦提埃，但是御醫也自有對付國王的辦法。

㉑．原文為拉丁文。

㉒．原文為拉丁文。

二、這個要扼殺那個

主教代理說：「這個要扼殺那個，書能扼殺建築物。」請讀者允許我們稍事停留，探究這玄妙的話裡可能隱藏什麼思想。

照我們看，這思想有兩面。首先，這是教士的想法，教士面對印刷術這新事物所產生的恐懼，這是聖殿的人面對古騰堡①光輝的印刷機所感到的恐怖眩暈。這是教壇和手稿，口述和手寫的話語，面對印出的話語所產生的恐慌，頗像麻雀看見天使萊吉翁展開六百萬隻翅膀而目瞪口呆。這是先知發出的驚呼，因為他聽到受到解放的人類在呼喊，預見智慧將剷除信念，輿論將取代信仰，塵世將動搖羅馬。這是哲學家的預言，因為他看見人的思想安上印刷的翅膀，將要逃離神權的樊籠。這也是守城士兵看清青銅撞錘時大喊「炮樓要塌了」的驚駭。這意味一種威力將取代另一種威力。這就是說，印刷機將扼殺教會。

不過，我們認為，在這基本的，無疑也是最單純的想法之下，另外還有一種新的想法，不易捕捉，但更容易引起爭論。這種想法出自哲學性觀點，而且不僅僅是教士，也是學者和藝術家的見解。這是預感到人的思想改變形式，隨之也要改變表達方式，每一代人的主導思想，不會再用原來的材料、方式書寫。石刻書儘管十分牢固和持久，也要讓位於更為牢固和持久的紙書。從這個角度看，主教代理的含混說法還有第二層意義，表明一種藝術將取代另一種藝術。這就是說，印刷術要扼殺建築藝術。

事實上，從人類初始直到西元十五世紀，包括十五世紀在內，建築藝術是人類的大型書籍，是人類各個發展階段的主要表達方式，既體現人的力量，也體現人的智慧。

原始人類日益感到記憶力不堪重負，記憶所積累的行囊越來越沉重、繁雜，單憑毫無依託、轉眼即逝的話語傳遞，就有可能在途中喪失一部分。於是，人就採用最為明顯、持久、自然的方式，把記憶載於地面上。每一代傳統，都凝結成為一座歷史豐碑。

最初的建築，僅僅是岩石居住區，正如摩西所說，「跟鐵還沒有關係」。建築藝術的開頭，也和任何書寫文字一樣，最先是字母。在地面上立起一塊石頭，這就是一個字母，每個字母即一個象形，負載著一群意念，猶如圓柱頂端安置的各種裝飾。全世界每處地面上的原始人類都同時這樣做。凱爾特人[②]架起的巨石群，在亞洲的西伯利亞、美洲的潘帕斯草原上都可以見到。

接著，人類開始造詞，用石頭疊上石頭，拼成花崗岩的音節，動詞則試著將各個音節連接起來。凱爾特人的石棚和大石垣、伊特魯里亞人[③]的墳墓、希伯來人的古塚，這些全是單詞。有一些是專有名詞，尤其是墳墓。也有些時候，石頭很多，場地寬敞，人們就寫出句子。卡納克[④]的巨大砌石，已

---

①．約翰．古騰堡（Johannes Gutenberg，一三九八—一四六八）：德國印刷工人，發明活版印刷術。

②．凱爾特人（Celt，又譯克爾特人）：是歐洲大陸阿爾卑斯山以北最早興起的史前民族，羅馬人稱他們為高盧人。他們架起的巨石遺跡，主要在法國布列塔尼、弗蘭德地區，愛爾蘭等。

③．伊特魯里亞人（Etruscan）：古義大利居民，西元前八世紀出現，古文明遺跡有著名的墓群，墓室一如生前的居室。

④．卡納克（Karnac）：埃及尼羅河東岸底比斯北半部遺址，屬於西元前三二〇〇年的格爾津時期。

經是完整的表達方式了。

最後人類寫出了書。傳統產生符號，又被符號所取代，猶如樹幹為枝葉所覆蓋。人類信仰的所有符號，又生長繁衍，交叉糾結，越來越錯綜複雜，早期建築再也容納不下，它們就向四處漫溢。那時的建築，還能勉強表達與本身同樣樸實無華、匍匐於地的原始傳統。符號迫切等待在建築中勃發，因此建築藝術和人類思想同步發展，變成千首千臂的巨人，將飄忽不定的所有象徵意念，用看得見的、觸摸得到的永恆形式固定下來。體現力量的代達羅斯進行測量，體現智慧的奧斐斯在歌唱，於是柱子為字母，拱廊為音節，金字塔為詞，全按照幾何律、詩律同時活動起來，聚攏組合，交織混雜，下降上升，在地面並列，重疊升空，遵循一個時代的主流思想，終至寫成一部部神奇書籍，亦即神奇的建築，諸如印度的埃格靈吉寶塔、埃及的蘭塞伊翁陵墓、所羅門神廟。

本源的思想，即智慧聖言，不僅寓於這些建築的內部，而且寓於其外形上。例如所羅門神廟，就不單是聖書的封面，還是聖書本身。從神廟同心圓牆的每一處，祭司們都能讀到展現在他們眼前的智慧聖言，他們就這樣讀遍它從一座聖殿到另一座聖殿的演變，直至在最新的聖櫃中掌握其精華，看到聖言最完整的形式，仍然體現在建築上，即拱形。由此可見，智慧聖言寓於建築物中，但其形象卻顯露在建築的外形上，如同木乃伊棺槨上繪有死者形貌。

建築物不僅是外形，而且選擇的地點，都能揭示出人類要表現的思想。依照所表達的象徵符號是明快還是晦暗，希臘人在山頂上建造賞心悅目的神廟，印度人則劈山開嶺，在地下鑿出由巨大花崗岩象群馱著形狀各異的佛塔。

因此，人類社會初始的六千年歷史中，從印度斯坦最古老的佛塔，直到科隆的大教堂，建築藝術始終是人類最偉大的著作。毫無疑問，不僅是一切宗教象徵，乃至人類的一切思想，在這部鴻篇巨作中都占有一席之地。

任何文明都始於神權而終於民主。自由取代一統的這條法則，就寫在建築藝術中。因為，我們必須強調這一點，不要以為建築的力量僅僅在於建廟宇、表述神話和宗教象徵，僅僅在於用象形文字將摩西十誡錄在石頭書頁上。如果真像他們所以為的，那麼任何人類社會到了一定的時候，神聖象徵將會把自由思想磨損殆盡，而人也將逃脫教士，各種哲學體系將如贅疣一般侵蝕宗教的面孔，建築藝術就難以展現人類精神的新面貌，一頁頁書頁儘管正面滿是字跡，背面卻一片空白，這樣的作品勢必缺頭少尾，這樣的書籍也勢必殘缺不全。其實不然。

試以中世紀為例，這個時期離我們較近，更容易看清楚。中世紀早期，神權政治正致力於組建歐洲，梵蒂岡正在將周圍整合，重新組合從卡皮托爾四周覆滅的古羅馬托生出的新羅馬的各種因素，而基督教文化則到過去文明廢墟中，搜尋構成社會的各個層次，並利用遺跡，重新建造以神職人員為棟梁的新階級世界。

在一片混亂中，我們先是隱隱聽到，繼而又漸漸看見，在基督教文化之風的吹拂下，借助蠻族⑤之手，從古希臘和古羅馬消亡的建築藝術瓦礫中，出現了神祕的羅曼建築藝術。這種建築藝術是埃及和印度神教營造術的姊妹，是純正天主教永恆不變的標誌，也是教皇一統天下永不更改的象形文字。

當時的所有思想，的確都記述在這種晦暗的羅曼風格中。處處能感到威權、一統、不可逾越、絕對性，以及格里高里七世；處處感覺到教士的存在，卻從來感覺不到人；處處感覺到階級之分，卻從來感覺不到人民的地位。然而，十字軍遠征開始了，這是大規模的民眾運動，而凡是大規模的民眾運動，無論其緣起和目的，在最後的衝擊中，自由精神總要脫穎而出。新事物也就隨之問世。於是，天下又進入了浪濤洶湧的時期，雅克團⑥、布拉格運動⑦、神聖聯盟⑧相繼發生。神權搖搖欲墜，一統漸漸瓦解。封建政權要求同神權平分秋色，接著民眾不可避免地登上舞臺，而且一如既往，要求占有

⑤．古代希臘和羅馬人稱其他所有民族為蠻族，這裡特指西歐和北歐的土著民族。

那份該得的權利，「因為我名為獅子」⑨。於是，領主權從宗教權下顯露，村社又從領主制下顯露。歐洲的面目改變了。

嘿！建築風貌也如同文明煥然一新，建築藝術也翻過一頁，而時代新精神發現它準備好，要按照口授譜寫新篇章。建築藝術從十字軍遠征中帶回尖拱藝術，如同各民族從十字軍遠征中帶回自由。於是，羅馬帝國漸漸解體，羅曼建築藝術也逐步消亡。象形文字拋棄了大教堂，趕去裝飾城堡，為封建制度助威。一向講究中規中矩的大教堂建築，從此也闖進市民、村社和自由中，開始脫離教士控制，落到藝術家手中。藝術家可以隨心所欲地建造大教堂了。

永別了，神祕、神話和戒律。現在盛行的是隨意性和奇思異想。教士只要有大教堂和神壇就別無他求了。四面牆壁交給了藝術家。建築藝術這部書不再為教士、宗教和羅馬所有，而屬於想像、詩歌和民眾了。正因為如此，這種只有三百年歷史的建築藝術，有了難以計數的飛速變化，而在六、七百年歷史的羅曼藝術長期停滯之後，這種變化令人驚嘆不已。這期間，建築藝術以巨人的步伐前進。從前由主教們包攬的事情，現在要發揮民眾的才能和獨創精神。每個種族路過時，都要在這本書上寫下一行字，從而劃掉大教堂扉頁上的古老羅曼象形文字。因此，在各個種族所安放的新象徵符號下面，老教條充其量也只能偶爾顯露出來。民眾為其掛上帷幔，很難再看出當初宗教骨架的痕跡。

那時的建築師，甚至對待教堂也膽大妄為，現今是無法想像的。例如，巴黎司法宮的壁爐廳裡，可以欣賞到雕刻在柱頭上含羞做愛的男女修士，還有，布林大教堂的門廊上則雕有赤裸諾亞的豔遇。再如，博什維爾修道院的盥洗室壁上，竟有一個長著驢耳朵的醉修士，舉著酒杯嘲笑全體教士。那個時代，在石頭上書寫並表達思想的特權，完全可以和今天的出版自由相比擬，那就是建築藝術的自由。

這種自由在建築上大有所為。有時是教堂的門廊、正面裝飾，有時甚至整座教堂所表達的象徵意義，都與宗教崇拜截然相反，甚或敵視教會。早在十三世紀，有紀堯姆・德・巴黎，還有十五世紀的尼古拉・弗拉梅爾，都曾寫下這類叛逆的篇章。屠宰場聖雅各教堂，就是一座完全唱反調的教堂。

當時的思想，只有以這種方式才能自由表達，因此，也就完全寫在叫做「建築物」的書籍上。捨此建築物的表達方式，那種思想若是膽敢以手稿形式表述，那必然要被劊子手押上廣場，當場焚毀。這樣一來，記載在教堂門廊上的思想，就要目睹書寫在書籍中的思想受刑。人類思想要面世，只有建築這一條途徑，因此思想也就從四面八方趨之若鶩。這就是為什麼無數大教堂遍佈歐洲，數量驚人，即使經過核實也難以置信。社會的全部物質力量、全部智慧力量，都彙聚到建築這一點。建築藝術就是以這種方式，藉口為上帝建造教堂，得以波瀾壯闊地發展。

在這種情況下，天生的詩才也要當建築師了。民間藏龍臥虎，但到處受封建制度壓制，如同壓在青銅盾牌的「龜殼」[10]下面，這種才幹，只能從建築尋求出路，只能通過這種藝術施展。他們的《伊利亞德》就採用大教堂的形式展現。其他所有藝術都歸順，以建築藝術為師，組成偉大作品的工匠隊伍。建築師、詩人、大師總攬一切，以雕像為這部作品鐫刻門面，為它製作絢麗的彩繪玻璃，以音樂敲響它的大鐘，彈奏它的管風琴。就連執意待在手稿中的詩歌，若想有所作為，也不得不以頌歌或散文形式進入建築的框架。歸根結柢，這也是埃斯庫羅斯的悲劇在希臘宗教節日中，《創世紀》在所羅門神廟中所扮演的角色。

因此，在古騰堡發明活版印刷術之前，建築藝術始終是主要的寫作方式，世界通用的書寫形式。

⑥・雅克團：一三五八年法國農民的起義運動。
⑦・布拉格運動：一四四〇年法國貴族反對查理七世王權的鬥爭。
⑧・神聖聯盟：法國天主教聯盟，在宗教戰爭中起過重要作用，在一五七六年之後，又成為反對亨利三世而爭奪王權的運動。
⑨・原文為拉丁文。意為獅子是百獸之王，故要占有最大的份額。
⑩・原文為拉丁文。

這部花崗岩書籍從東方開始撰寫，由古希臘和古羅馬繼續著述，而中世紀則寫完最後一頁。民眾建築藝術取代種姓建築藝術，我們上文在中世紀所觀察的這種現象，隨同人類所有相似的精神運動，還要在歷史其他偉大時代中再現。因此，這裡只是簡要地提出這條規律，若詳盡闡述得寫成幾卷的著作。

在遠古東方，原始時代的搖籃，繼印度建築藝術之後，出現了腓尼基建築藝術，它是阿拉伯建築藝術的體態豐盈的母親。在古代，先有埃及建築藝術，而伊特魯里亞風格和庫克羅普斯建築不過是變種，然後才出現希臘建築藝術，而添加迦太基式圓頂的羅馬風格，也不過是希臘風格的延續。在現代，繼羅曼建築藝術之後，則出現哥德建築藝術。這三個系列拆開來分析就能發現，這三位大姐，即印度建築藝術、埃及建築藝術、羅曼建築藝術，都有同樣的象徵，也就是神權、種姓階級、一統、教條、神話、上帝。反之，三位小妹，即腓尼基建築藝術、希臘建築藝術、哥德建築藝術，無論三者本質所固有的形式多麼不同，也都有同樣的寓意，這就是自由、公民、人。

在印度建築、埃及建築或羅曼式建築中，總能感覺到，而且只能感覺到祭司的存在，無論這位祭司是被稱為婆羅門[11]、麻葛[12]，還是教皇。民眾的建築藝術則不然，更加豐富多彩，而少了幾分神聖的意味。在腓尼基建築中感受到的是商人，在希臘建築中感受到的是共和社會，在哥德建築中感受到的則是市民。

神權建築的普遍特徵，就是一成不變，恐懼進步，固守傳統，把原始式樣神聖化，以難以理解的象徵符號壓扭曲了人和自然的所有形態。那是些晦澀的天書，只有得到祕授的教徒才能讀懂。而且，任何形式，乃至任何變態，一旦在建築上有了含義，也就神聖不可侵犯了。不必要求印度、埃及和羅曼的營造術改革其設計，改進其雕塑藝術，任何改進完善，對它們都是大不敬。在這類建築中，僵化的教條似乎擴及到石頭，好像再度石化了。

反之，人民建築技術的普遍特點，就是追求變異、進步、獨特、豐富和永恆。這類建築擺脫了宗教的桎梏，可以考慮自身的美感，可以不斷美化裝飾自身的雕像和花紋圖案。還有，這類建築屬於世俗社會，含有人性，不斷把人性摻進神聖象徵中，並且仍在這種象徵下求得發展。因此，這類建築儘管還是象徵性的，但是像大自然一樣容易理解了，任何靈魂，不論智慧的高低、想像力豐富與否，都能有所領悟。在神權建築和民眾建築之間，有神聖語言與通俗語言之別，有象形與藝術之別，有所羅門與菲迪亞斯[13]之別。

如果拋開無數例證和見解，概括上文扼要所述：直到十五世紀，建築藝術是人類活動的主要記載。在這段歷史中，世上出現稍微複雜的思想，無不化做建築物；民眾的任何創見、宗教的任何律法，無不有其豐碑；總之，人類的重大構想，無不刻寫在石頭上。為什麼會這樣呢？因為，任何思想，無論宗教還是哲學思想，都追求永世流傳。一種思想既已推動了一代人，還要推動往後的幾代，並要留下痕跡。若想不朽，手稿是多麼脆弱！而建築物就是一部書，要更加牢固持久，更能禁受時間的考驗！要毀掉記述下來的話語，只需一枝火把和野蠻人就夠了。要拆毀建築起來的話語，就要有一場社會、人間革命。羅馬競技場經歷蠻族浩劫卻倖免於難，金字塔也許經歷了世界大洪水卻能倖存。

進入十五世紀，一切都變了。

人類發現能讓思想永世流傳的新辦法，比起建築藝術，新辦法更為經久耐用，簡單易行。建築藝術被趕下寶座。奧斐斯的石頭字母，即將被古騰堡的鉛字取代。

書籍將扼殺建築！

發明印刷術是最重大的歷史事件，是一系列革命的起源，是人類表達方式的徹底更新，是人類思

⑪．婆羅門：古代印度的僧侶貴族。
⑫．麻葛（Magian）：原是古代波斯專管祭祀活動的氏族，即古波斯祭司。從西元一世紀起，這個詞表示術士和占星家。《聖經》漢譯本譯為「博士」。
⑬．菲迪亞斯（Phidias，西元前四九〇—前四三一）：希臘大雕塑家。

想脫掉一種外型而覆上另一種外型，是從亞當以來象徵智慧的那條蛇最終的蛻變。

以印刷形式表達的思想，比以往任何時期都更難磨滅，它可以飛翔，難以捕捉，無從摧毀。在建築藝術的時代，思想曾化為高山，威武地占領著一個時代和地盤。現在，思想化為無數鳥雀，四處飛散，同時占據空中和地面的所有點。

我們再說一遍，以這種方式表達的思想更難磨滅。這種思想從堅硬變為活潑，從持久變為永恆。一個龐然大物可以被剷平，然而，又怎能消滅無處不在的東西呢？再一場洪水又何妨，即使高山早已被滾滾波濤淹沒，鳥兒還會照樣飛翔，只要水面上漂浮一葉方舟，鳥兒就會落在上面，隨方舟漂流，一起觀察洪水退去。災難過後出現的新世界，剛一甦醒就會看見，被埋葬的舊世界思想在長空展翅翱翔。

只要看到這種表達方式不僅最易保存，而且最為簡單方便，最容易掌握使用；只要想一想這種方式既不必攜帶大件行李，也不必搬運沉重的用品；只要比較一下，被迫寓於建築物中的思想，要動用四、五種藝術、多少噸黃金，要動用一座高山的石料、一片森林的木材，也要動用大批工匠，而著書立說；則需要一些紙張、一點墨水和一枝鵝毛管筆就夠了。這樣一比較，人類智慧放棄建築藝術而採用印刷術，又何足為奇呢？如果挖一條水平面低於河床的溝渠，用以截斷河流，那麼河水必然改道。

由此可見，自從發明了印刷術，建築藝術是如何漸漸枯澀，衰敗，漸漸空乏了。我們又是多麼明顯地感到，水位日漸下降，生命汁液逐漸流走，時代和民眾的思想慢慢脫離建築藝術！當然，在十五世紀，這種冷卻現象還不易覺察，當時印刷機的功能還很薄弱，從強大的建築藝術中只能攝取一點過剩的生命力。可是，一進入十六世紀，建築藝術的病症一目了然，基本上它不再表現社會思想，而是可憐地變成古典藝術。建築，從高盧、歐洲、土著的風格，變成希臘和羅馬藝術，又從真實的現代藝術，變成偽古典藝術。人稱文藝復興者，就是這種衰敗的頹勢。不過這頹勢又極為壯美，因為哥德的古老靈魂，這西沉的太陽，在落到梅因茲[14]印刷機的高山背後，那夕照餘暉，在一段時間內，還繼續映照著拉丁式圓拱和柯林斯柱廊的混雜堆砌[15]。

這是黃昏的夕陽，我們卻當做震旦的旭日。

建築藝術一旦喪失盟主地位，不再是統領獨霸的藝術，而跟其他藝術平起平坐，它就再也沒有力量籠絡其他藝術。其他藝術掙脫建築師的枷鎖，紛紛解放，從此各奔前程。每種藝術都從分離中得到益處，孤立狀態能促使一切事物成長。雕刻發展成為雕塑藝術，彩繪發展成為繪畫，卡農[16]發展成為音樂。那情景就像亞歷山大[17]死後，它的帝國就分崩離析，各省自立為王國了。

從而就產生了拉斐爾、米開朗基羅、讓．古戎[18]、帕勒斯特利納[19]，他們全是光輝的十六世紀英才。

思想也和藝術同時從各方面解放。中世紀的異端教主已經重創天主教。到了十六世紀，宗教一統天下被打破了。在印刷術之前，宗教改革只能是教派分裂，有了印刷術便成為革命。如果沒有印刷機，異端邪說就孱弱無力了。命定也好，機緣也罷，總之古騰堡是馬丁．路德的先驅。

那時，中世紀的太陽完全沉落，哥德的靈魂也在藝術的天際永遠殞滅，建築藝術漸漸黯淡，失去光彩，逐漸隱沒。印刷書籍這種蛀蟲，不斷蛀蝕並要吃掉建築物。建築藝術蛻皮，落葉，日漸消瘦，變得平庸、貧乏，毫無價值，不再表達任何意念，甚至不再追憶從前時代的藝術。建築藝術被人類思

---

⑭．梅因茲（Mainz）：德國城市。

⑮．拉丁圓拱系羅馬風格，柯林斯柱式系希臘風格，雨果認為文藝復興時期的建築是混雜堆砌而成。

⑯．卡農：按照嚴格模仿的原則，用一個或更多的聲部相距一定的拍節模仿原有旋律的曲式或作曲技巧。歐洲初期音樂就是這種複調的宗教樂曲。

⑰．亞歷山大大帝（西元前三五六—前三二三年）：馬其頓王國國王。

⑱．讓．古戎（Jean-Goujon，約一五一〇—一五六八）：法國文藝復興時期的雕刻家。

⑲．帕勒斯特利納（Palestrina，一五二五—一五九四）：義大利著名作曲家。

想拋棄，因而也被其他藝術拋棄，從此冷落孤單，再也招募不來藝術家，只好使用工匠。普通玻璃代替了彩繪玻璃，石匠代替了雕塑家。永別了，一切元氣、特色、活力、智慧。建築藝術淪為作坊乞丐，十分淒慘，互相抄襲。

早在十六世紀，米開朗基羅就發現，建築藝術正在衰亡，他悲憤之餘，決心要實現最後構想。這位藝術巨匠將萬神祠堆砌到帕德嫩神廟上，造起羅馬聖彼得大教堂。這偉大作品冠絕古今，堪稱絕世之作，是建築藝術的最後一次獨創之作，也是在即將闔上的宏偉石頭史書上，這位藝術巨擘在末頁簽署的名字。米開朗基羅死了，可憐的建築藝術也過了大限，只是在苟延殘喘，形同怨鬼幽魂，又還能有什麼作為呢？無非抄襲聖彼得大教堂，模仿到滑稽的地步，簡直成了怪癖，怪到可悲的程度。於是，每個世紀都有自己的羅馬聖彼得大教堂，十七世紀有聖恩谷教堂，十八世紀有聖熱納維耶芙教堂。每個國家也都有自己的羅馬聖彼得大教堂，如倫敦，如彼得堡，而巴黎則有兩三座。這種毫無意義的遺囑，乃是偉大藝術臨終時幼稚的囈語。

我們若是拋開上文提到有特點的建築物，只觀察建築藝術從十六世紀到十八世紀的全貌，那就會發現同樣衰微破敗的現象。從法蘭索瓦二世⑳朝代起，建築物的藝術形式日漸消亡，讓幾何圖形取而代之，如同患者瘦骨嶙峋的身體。冷峻無情的幾何線條，代替了優美曼妙的藝術線條。建築物不復為建築，而成為多面體。當然，建築藝術還在處心積慮，力圖掩飾這種貧乏赤裸的狀態。例如，希臘式門楣裝飾便鑲進羅馬式門楣裝飾中，反之亦然。羅馬萬神祠和希臘帕德嫩神廟，不外乎是聖彼得大教堂的翻版。於是出現了亨利四世時代石砌邊角的紅磚樓房、王宮廣場、太子廣場。還出現路易十三時代的教堂，又笨重又低矮，上面架了圓屋頂，好似駝背。還出現馬薩林㉑時代的建築，那拙劣的仿義大利式的四大民族學院㉒。繼而，又出現路易十四時代的宮殿，形同兵營的朝臣廳室，看上去僵硬死板，令人生厭。最後，到了路易十五時期，就出現了菊苣和通心粉狀、各種瘤狀和菌狀的裝飾圖案，把衰朽的建築藝術打扮成老妖精。從弗朗索瓦二世到路易十五，建築藝術的病症以幾何級數加重。這種藝術只剩下皮包骨，已成了一副垂死的慘相。

與此同時，印刷術的情況又如何呢？脫離建築藝術的生命力，全部注入了印刷術。一方面，建築藝術逐步衰退敗落，另一方面，印刷術卻日益發展壯大。從前，人類思想把精力耗在建築上，此後便全部獻給書籍。因此，剛進入十六世紀，印刷術就已然羽毛豐滿，能與日趨衰落的建築藝術分庭抗禮，並置它於死地。到了十七世紀，印刷術戰果輝煌，地位相當穩固，聲望日隆，讓全世界歡慶偉大的文學世紀。印刷術在路易十四的宮廷裡長期養精蓄銳，到了十八世紀，便重操路德的舊兵刃，以伏爾泰武裝，氣勢磅　地大舉衝擊舊歐洲，而其時，它早已扼殺了建築藝術這個舊歐洲的表現方式。到了十八世紀末葉，它已經摧毀一切。等到十九世紀，它又要重新建設了。

不過，現在我們要問，三個世紀以來，這兩種藝術究竟哪一種真正代表人類思想？究竟哪一種表達了人類思想？不僅能表現人類思想對文學和學術的癖好，而且表現出人類思想的開闊和深沉呢？究竟哪一種既不停歇，又天衣無縫地始終附著前進中的人類這個千足怪物呢？是建築藝術，還是印刷術呢？

是印刷術。毫無疑問，建築藝術已經死了，永不復生，被印刷書籍所扼殺了，它不夠耐久，造價又過於昂貴，被扼殺不足為奇。每一座大教堂都花費數以十億計的成本。讓我們想像一下，需要多少資金，才能重新寫出建築藝術這部書，才能在大地上重新建起千萬座建築，回到建築物林立的時代，正如一位目擊者所說，那個時代，「世界彷彿抖動著身軀，卸掉敝衣舊裝，換上一套白色教堂裁製的新衣服」（格拉伯．拉杜普斯）㉓。

⑳．法蘭索瓦二世：法國國王，一五五九年至一五六〇年在位。
㉑．馬薩林（Mazarin，一六〇二—一六六一）：義大利人，紅衣主教，任路易十三的首相。
㉒．即巴黎大學。

書籍印得既快，費用又少，還能廣為流傳！整個人類思想順著這條斜坡流淌，又何足為奇呢？這並不表示今後在世界某處，就不會再出現一座秀美建築、一部傑作。在印刷術的統治之下，人們還能不時看到一根圓柱[24]，我想那是由整支軍隊的大炮熔鑄而成的，就像在建築藝術的統治之下出現的《伊利亞德》、《羅曼采羅》、《摩訶婆羅多》[25]和《尼伯龍根之歌》[26]，也是全民族搜集大量行吟詩，最後融合而成。二十世紀也可能會有一位天才建築師脫穎而出，正如十三世紀出了但丁。不過到了那時，建築藝術就不再是社會、集體的藝術，也不再是主宰的藝術。到了那時，人類的偉大的詩篇、建築、創作品，就不再是建造出來的，而是印刷出來的。

從此以後，建築藝術縱然東山再起，也不會獨步天下，它受制於文學的支配，就像當年它支配著文學一般。這兩種藝術的地位相互顛倒了。在建築藝術統治的年代，詩歌作品固屬鳳毛麟角，但也確實與建築物相像。在印度，毗耶娑[27]的著述卷帙浩繁，古怪離奇，與浮屠一樣難以參悟。在東方埃及，詩歌像建築物一樣，線條宏大而靜謐；古希臘的詩歌則和諧、安詳而平和；基督教歐洲的詩歌，表現出天主教的莊嚴、民眾的純真，表現出更新時代的欣欣向榮和豐富多彩。《聖經》猶如金字塔，《伊利亞德》好似帕德嫩神廟，荷馬類乎菲迪亞斯。十三世紀的但丁，就是最後一座羅曼教堂；十六世紀的莎士比亞，就是最後一座哥德大教堂。

上述必不完全，紕漏難免，總括來說，人類有兩大部書、兩部紀錄、兩份遺囑：建築藝術和印刷術，石聖經和紙聖經。這兩部聖經在多少世紀前曾都是展開的，誠然，我們今天拜讀時，不免要追懷那花崗岩文字一目了然的壯美，那些以圓柱、方柱、方尖塔為符號的字母多麼巨大，那些人造高山覆蓋世界，覆蓋了從金字塔到鐘樓、從古埃及國王古夫[28]直到斯特拉斯堡的以往歲月。應當重溫石頭書頁上記載的歷史，不斷翻閱和欣賞由建築藝術撰寫的這部著作，但是也不應否認印刷術應時造起的雄偉大廈。

這座大廈無比宏偉。有一位統計學家計算過，自古騰堡以來，印刷書籍如果一本本全部疊起來，就能從地球抵達月球。不過，我們要講的不是這種宏偉。然而，我們要是想像迄今為止印刷品的全貌，它難道不是一座巍峨的建築嗎？這座建築由全人類不懈地建造，使它碩大無朋的頭顱直入未來的雲天。也可以說，這是無數智慧構成的蟻巢，是所有金色蜜蜂以想像力攜來花蜜的蜂窩。這座大廈的樓層何止萬千！只見處處樓欄，通向裡面縱橫交錯的科學暗穴。大廈外面也由藝術之神裝飾，處處藤蔓花紋、彩色花窗、齒葉鑲邊，鬥妍爭奇，令人目不暇接。上面的每樣作品，不管多麼隨意、孤立，無不各得其所，各展其姿。它的整體呈現出和諧。從莎士比亞的大教堂直到拜倫的清真寺，無數小鐘樓都壅塞在充滿全人類思想的大都會中。大廈底層上，寫著建築藝術沒有記載的幾個古老篇章。大門廊左側是荷馬的古老白色大理石浮雕，右側各種文字的《聖經》則昂立著七顆頭。再往上一點，又有挺立起來的《羅曼采羅》七頭蛇，以及其他雜交怪物：《吠陀》和《尼伯龍根之歌》。況且，這座神奇的大廈還在持續興建。印刷機這臺巨型機器，不斷抽汲社會的智慧汁液，又不斷吐出新的建築材料。全人類都登上鷹架，每個人的才智都是工匠。最卑微的人也能堵個洞，或者放上一塊石頭。雷蒂夫．德．拉布列東㉙也推來一車灰泥。這棟建築天天都加高一層。除了每個作家的原創貢獻之外，還

㉓．原文有一段拉丁文，重複引號中的話。雨果引自法國歷史學家米什萊（Michelet）巨著《法蘭西歷史》（一八三三）。米什萊在書中引述十一世紀克呂尼修道院院士格拉伯．拉杜普斯的論題：「白色教堂反對黑色城堡。」

㉔．係指拿破崙決定鑄造的芳登銅柱。

㉕．《摩訶婆羅多》：它與《羅摩衍那》並稱印度兩大敘事詩。這部史詩分十八篇，將近十萬對對句，以西元前一四〇〇至西元前一〇〇〇年的史實為依據，為廣博仙人編集而成。

㉖．《尼伯龍根之歌》（Nibelungenlied）：日爾曼史詩，與英國的《貝武夫》、法國的《羅蘭之歌》並稱歐洲三大英雄史詩。

㉗．毗耶婆：印度傳說中的聖人，最偉大詩人，相傳《吠陀》是他編成的，故又稱「吠陀廣博」。

㉘．凱奧普斯（Cheops）：古埃及第四王朝的法老，建造一座大金字塔。

㉙．拉布列東（Retif dè le Bretonne 一七三四—一八〇六）：法國著名印刷工人，專寫巴黎隱祕習俗的作家。

有集體創作。十八世紀送上《百科全書》，大革命則提供《導報》。不用說，這座螺旋形建築，永無休止地擴建升高，當然也有語言的混亂、無窮的活力、不知疲倦的勞作。這是全人類通力合作，為智慧建造的避難所，使其免遭大洪水和蠻族的掃蕩之災。這是人類建造的第二座巴別塔。

LIVRE SIXIÈME.

第六卷

一、公正看看古代法官

西元一四八二年，貴族羅伯爾·戴圖維爾官運亨通，這位騎士是貝訥領主、瑪律什地區伊夫里和聖安德里兩地男爵、國王的參事和侍從官，實授巴黎總督之職。眾所周知，這是個好工作。約翰內斯·萊曼諾斯就說過：「這一官職還握有治安大權，並享有不少好處和特權。[1]」出現彗星[2]那年，一四六五年十一月七日，國王封給他這一官職，到一四八二年，任期差不多有十七個春秋了，實在令人驚嘆。他走馬上任那天，恰逢路易十一的私生女與波旁私生子喜結良緣。就在那一天，羅伯爾·戴圖維爾接替雅克·德·維利埃而任巴黎總督；約翰·都維接替埃利·德·托雷特而任司法院大法官；儒夫奈·德·於爾散接替皮耶·德·莫爾維利埃而任掌璽大臣；雷尼奧·德·道爾芒接替皮耶·皮伊而為宮廷供奉總管。然而，自從羅伯爾·戴圖維爾管轄巴黎以來，司法院大法官、掌璽大臣、宮廷供奉總管已經換了多少任！而聖旨則「詔其留任」，毫無疑問，他連連留任，緊抓這個位子，整個人都鑽進去，與官職合而為一，終於逃脫撤職的危險。須知路易十一生性猜疑，事必躬親，又愛吹毛求疵，喜怒無常，總是頻繁調任和撤換他的臣屬，以保持他當政的彈性。這位正直的騎士不僅保住官職，而且還為兒子求得蔭庇，繼承他的職位。兩年前，貴公子雅克·戴圖維爾候補騎士的名字，就同父親的名字並列在巴黎市府禮儀書之首。如此殊恩，確實罕見！說起來，羅伯爾·戴圖維爾倒也是個好軍人，效忠王室，曾經高舉槍旗③反對「公共福利聯盟」，在一四〇〇年代某年，王后進入巴黎之日，他曾送上用蜜餞做成的奇妙的鹿。此外，他與榮譽法庭首席官特里斯唐·賴米特過從甚密。如此一來，羅伯爾大人的日子過得十分開心。首先，他的俸祿豐厚，另外還有不少進帳，就像一串串葡萄掛在他的葡萄架上，諸如法院的民事和刑事訴訟費，小堡昂巴法庭民事和刑事公開審理費，這還不算芒特和科貝伊的小額過橋費、向巴黎的木柴和食鹽衡量官徵收的捐稅。他還有一項興趣，那就是騎馬巡街，走在身穿半紅半棕色長袍的行政官中間，展示和炫耀他軍人的英姿。那形象後來還雕在諾曼第的瓦爾蒙修院中他的墓石上，那頂壓花高頭盔也擺在蒙萊里，至今還供人瞻仰。再說，號令各小隊警官、大堡的看守兼巡夜、大堡的兩名審理員④、十六個居民區的十六名特派員、大堡的獄吏、四名有采邑的警官、一百二十名騎警、一百二十名治安軍警、巡防隊長及其巡防隊、巡防小隊、巡防前衛隊、巡防後衛隊，號令這麼多人，難道不算什麼嗎？掌握高級和初級審判權，有權判處鞭笞、絞刑、拖刑，此外，按特權書規定，在巴黎子爵采邑及其顯赫的七個貴族轄區，擁有初審權⑤，掌管這麼多大權，難道不算什麼嗎？像羅伯爾·戴圖維爾大人這樣，在大堡那腓力·奧古斯都式寬闊而低矮的尖拱廳裡，每天下令逮捕和

①．原文為拉丁文。
②．這也是一八三五年再次出現的那顆彗星，當年出現彗星時，波吉亞的叔父，教皇加里多下令公眾祈禱消災。——作者原注。波吉亞（Borgia）是義大利的世家，出了幾位紅衣主教和教皇。——譯者注
③．中世紀騎士長矛上的三角旗，標示封號。
④．這句用拉丁文重複一遍。
⑤．原文用拉丁文重複一遍。

審判，難道有人想像得出比這更開心的事情嗎？他命人把某個倒楣鬼送進「剝皮場街的小籠子裡過夜，就是那個由巴黎市政官和法官們改造的，只有十一尺長、七尺四寸寬、十一尺高的牢房裡」⑥，事後按照習慣，傍晚去王宮附近的伽利略街，在他從妻子昂勃魯瓦絲·德·洛雷夫人名下接過來的漂亮宅第過夜，以便消除判案的勞累，難道有人能想出比這更開心的事情嗎？

羅伯爾·戴圖維爾大人作為巴黎總督和子爵，不僅掌握本職審判權，而且還想方設法，積極插手朝廷重大案件的審理。凡是稍微高貴的重臣，無不先經過他，然後才交給劊子手。正是他前往聖安東莞大街的巴士底堡，親自把德·內穆爾先生押赴菜市場，親自把德·聖波耳先生押赴河灘廣場。在押往刑場的途中，聖波耳先生咆哮不已，總督大人看得心花怒放，因為他不喜歡這位陸軍統領。

如果要過上幸福而榮耀的生活，或是有朝一日能在那部有趣的巴黎總督列傳中占有顯著的一頁，這一切當然綽綽有餘。我們在那部列傳中可以看到，烏達爾·德·維爾納夫在屠宰場街擁有一幢房子，紀堯姆·德·昂加斯特買下了大小薩瓦宮，紀堯姆·蒂布斯特將他在克洛班街的房產，全部饋贈予聖熱納維耶芙修女們，于格·歐勃里奧住在豪豬公館，以及其他一些生活瑣事。

生活中有這麼多賞心樂事，盡可以慢慢享受，然而，一四八二年一月七日早晨，羅伯爾·戴圖維爾大人一覺醒來卻覺得心頭鬱悶，情緒十分惡劣。心情何以這樣壞呢？連他本人也說不清楚。是不是因為天空陰沉？是不是這條蒙萊里舊皮帶扣得太緊，把他發福的官體勒得難受呢？是不是因為他瞭望窗外，看見街上一大群四人並排的地痞走過，他們外套裡不穿襯衣，高筒帽子沒有蓋，身邊掛著褡褳和酒瓶，從窗下經過時一邊嘲笑他呢？還是因為隱約預感到，明年登基的查理八世⑦要把總督的俸祿削減三百七十利弗爾十六蘇八分呢？這些原因，讀者可以任意挑選。至於我們，倒覺得他心情惡劣，就只是因為他心情惡劣。

況且，這是節日的第二天，所有人都感到煩悶，而這位司法官大人尤其如此，因為他要負責清除巴黎每次過節所造成的「垃圾」（「垃圾」一詞，具有本義和引申意義）。再說，他還要去小堡出庭問案。我們早已注意到，法官通常設法在心緒不佳的日子開庭，以便以國王、法律和正義的名義，找個冤大頭發洩自己的惡氣。

不過，沒等他到場就開庭了。他分管民事、刑事和私事的副手們，根據慣例替他行事。從早晨八點鐘起，幾十名男女市民就來到小堡的昂巴公判庭，被驅趕到堅固的橡木柵欄和牆壁之間的陰暗角落，饒有興趣地旁聽總督大人的副手、大堡公判庭庭長弗洛里昂·巴勃迪安先生審案，看他顛三倒四，亂判民事和刑事案件，有如觀看一場豐富多彩、妙趣橫生的演出。

審判廳低矮狹小，拱頂圓形。上首擺一張雕有百合花的大桌，正中一張雕花橡木大椅現在空著，乃是總督大人的坐席。左側一張凳子，坐著弗洛里昂庭長。錄事坐在下面，正記錄供詞，對面是聽眾。門前和桌前站著法院的許多警衛，身穿綴有白十字的紫色粗布短軍服。市民廳的兩名警衛身穿半紅半藍的萬聖節禮服，守著桌案後面一道關閉的低矮小門。厚厚的牆壁只開了一扇尖拱小窗，射進一月份的慘澹光線，映現兩張醜陋面孔，一個是拱頂正中懸吊的猙獰石雕魔鬼，一個是廳堂深處坐在百合雕花桌側的法官。

請想像一下大堡庭長弗洛里昂·巴勃迪安那副尊容吧，他坐在總督辦公桌後面，雙肘支在兩疊案卷之間，一隻腳踏著棕色粗布長袍的下襬，紅通通、惡狠狠的臉縮進白色羔皮的領子裡，兩道眉毛垂在臉上，一對眼睛不時眨動，威嚴地垂墜著兩團在下巴下方貼在一起的肥胖腮幫子。

其實庭長大人失聰了。對於一位庭長，這當然是個小缺陷。別看他的耳朵不靈，弗洛里昂大人照樣判案，並總能恰如其分地做出終審判決，不得上訴。的確，當審判官的人，只要擺出聽案的樣子就夠了，這是公正判案唯一而且主要的條件，而庭長大人完全稱職，因為他的注意力絕不會受到任何聲

⑥·見一三八三年地籍冊。——作者原注

⑦·查理八世（一四七〇—一四九八）：法國國王，一四八三年至一四九八年在位。

音的干擾。

不料，今天在聽眾堆裡，有一個人無情地監視他的一舉一動，那正是我們的老朋友磨坊約翰·弗羅洛。昨天大出風頭的這個學子，在巴黎到處亂竄，除了在學校講桌對面，在任何地方都保證能碰見他。

「看呀！」他低聲對羅班·普斯潘說，他評論著眼前的各種場面，身邊同伴則嘿嘿冷笑：「看呀，約翰內頓·杜·比伊松來了，那可是新市場懶蟲美麗的女兒！……憑我的靈魂發誓，那老傢伙，肯定沒長眼睛，也沒長耳朵，還要懲罰她呢！戴兩串珠子，就罰她十五蘇四分巴黎幣，未免太重了。這條法律真嚴厲！[8]那個是誰？原來是鎧甲匠，羅班·歇夫·德·維爾！就因為被接納，成為那行的師傅！……這是他的入門費。……嘿！這幫流氓裡面，還有兩位紳士！艾格萊·德·蘇安、於坦·德·馬伊，耶穌的軀體！[9]是兩位候補騎士！要罰錢，就因為他們擲骰子啦！什麼時候能在這裡看到我們的校長向國王交納一百利弗爾罰款！巴勃迪安那傢伙，就像聾子似的敲桌子！……我願意當主教代理，跟我哥哥互換，如果那樣我就不能再賭博的話。不能再沒日沒夜地賭，在賭博中混日子，死在賭博場上，也不能再輸掉襯衣還賭上靈魂！……聖母啊！這麼多美女！一個接著一個，我的小妞！昂勃魯瓦絲·萊居埃爾！伊莎博·佩伊奈特！貝拉德·吉羅南！上帝呀，我全都認識！……罰款！罰款！這回叫你們嘗嘗戴鍍金腰帶的滋味[10]！誰叫你們愛炫耀！罰十個蘇！……哼！法官那老東西，看那德性，又聾又愚蠢！……哼！弗洛里昂那老笨蛋！哼！巴勃迪安那老蠢貨！看他上了餐桌啦！他吃打官司的人，吃訴訟費，他大吃大嚼，拚命往嘴裡塞食物，要撐破肚皮！罰款，侵吞無主的財物，收這個稅，要那個捐，這種報酬，那種賠償，這種利益，那種費用，拷問，坐牢，戴枷鎖，全要收錢，全是他的聖誕蛋糕、聖約翰節的小杏仁餅！看那頭豬！……嘿！好呀！又來了一個蕩婦！蒂博那女人，一點也沒錯！……只因為她從格拉蒂尼街走出來！……那小子是誰呀？吉夫魯瓦·馬博納，是弓箭隊憲警。他侮辱了聖父。罰錢，蒂博！罰錢，吉夫魯瓦！兩個人全罰！那老聾子！肯定把兩個案子弄混啦！我敢打賭，是罰那女人瀆神，罰那大兵賣淫啦！……注意，羅班．普斯潘！他們又要帶上什麼人來呀？這麼多警士！天神啊！所有鷹犬都傾巢出動！一定是獵到了大傢伙。是一頭野豬。……沒錯，羅班，真是野豬！……好大的個子呀！……大力士啊！那是我們昨天的大王，是我們的醜大王，是那個敲鐘人，是那獨眼，駝子，大鬼臉！那是加西莫多！……」

一點也沒錯。

正是加西莫多，只見他被五花大綁、捆得密實，還被人嚴加看守。一隊警士把他團團圍住，由巡防騎士親自押解。那騎士的軍裝上，前胸繡著法蘭西紋章，後背繡著巴黎城徽。再看加西莫多，除了畸形軀體之外，全身沒有一點可以解釋他們何以對他這樣劍拔弩張。他臉色陰沉，一聲不吭又動也不動，獨眼只是偶爾看看全身捆縛的繩索，隱含憤怒神色。

加西莫多環視周圍，不過眼睛黯淡無光。婦女們都不覺得他可怕，指指點點，拿他當笑話。

這時候，弗洛里昂庭長大人正仔細翻閱錄事呈上控告加西莫多的案件，半晌閱畢，似乎又思考片刻。他每次問案，總先採取這樣的謹慎步驟，弄清被告的姓名、身份和罪狀，事先做好準備，預料被告會如何狡辯，自己該如何反駁，不管審訊多麼迂迴曲折，他總能應付，鮮少暴露出自己失聰。對他來說，案卷就是替瞎子帶路的狗。縱然他這種殘疾偶爾讓他說話前言不搭後語，或者提出令人費解的問題，一些人覺得深奧，另一些人覺得愚蠢。無論哪種情況都無傷大雅，因為一位法官被人看做愚蠢還是深奧，這都無所謂，但是就怕讓人知道他是聾子。因此，他千方百計地掩飾，不讓任何人看出自己重聽，而且通常裝得很像，就連他本人都產生錯覺。這樣自欺欺人，實在比人們想像的要容易。凡

⑧．原文為拉丁文。
⑨．原文為拉丁文，是程度較輕的罵人用語。
⑩．當時法律規定，娼妓不准佩戴金銀飾物。

是駝背，走路總好昂首闊步；凡是結巴，總好高談闊論；凡是聾子，總好竊竊私語。至於弗洛里昂大人，他認為自己的耳朵，大不了有點不聽使喚而已。關於他的耳朵，這是在他審視良心、開誠布公之後，對公眾輿論唯一的讓步。

且說他弄清楚加西莫多的案情之後，就把腦袋向後一仰，瞇起眼，以便增添幾分威嚴和公正廉明，殊不知這樣一來，他既聾又瞎了。但是若缺乏這兩個條件，他就算不上十全十美的法官。他於是擺出這等威儀開始審訊：

「姓名？」

然而這時，出現超出「法律規定」的情況，就是一個聾子審問一個聾子。

加西莫多無從知曉他被問了什麼話，也就沒有回答，獨眼一直盯著法官。法官是個聾子，也無從知曉被告同樣是個聾子，還以為他像一般被告回答了問題，就繼續一板一眼、愚蠢而機械般地問供：

「好。年齡？」

這個問題，加西莫多照樣不回答。法官倒覺得滿意，又接著問：

「那麼，職業呢？」

被告仍舊一言不發。這時，旁聽的人都面面相覷，開始低聲議論。

「好啦。」庭長泰然自若，以為被告答覆了第三句問話，就接著說：「你出庭受審，罪狀如下：第一，深夜擾亂治安；第二，行為不端，對浪蕩女子欲行非禮，『侮辱一名娼妓』[11]；第三，圖謀不軌，反抗國王陛下的禁軍巡警。這些罪狀，你必須從實招來。錄事，被告剛才交代的，都記錄在案了嗎？」

這句話問得太不湊巧，從錄事到聽眾，全場哄堂大笑，笑得東倒西歪，無法遏制，而且感染了所有人，連兩個聾子都覺察到。加西莫多回過身去，鄙夷地聳了聳駝背。弗洛里昂大人跟他一樣驚訝，但是推測全場哄笑，是被告回答時出口不遜引起的，又見他聳肩，更覺得此事一目了然，於是怒斥：

「混帳，膽敢如此回答，就該處以絞刑！你明白你是在對什麼人說話嗎？」

他這樣怒吼，非但不能阻止全場哄笑，反而更讓大家覺得莫名其妙，一個個笑得更厲害，就連市民廳警衛們也都忍俊不禁，他們原本是清一色撲克牌的黑桃J痴呆形象。唯獨加西莫多仍然保持嚴肅，原因很簡單，他根本不明白周圍發生什麼事。法官越來越惱怒，認為有必要以同樣嚴厲的口氣，繼續發威審問，以此壓制被告，也平息聽眾，迫使他們恢復敬畏的態度。

「你這麼強詞奪理，膽敢藐視本庭長，看來是陰險刁悍的傢伙。本官掌管巴黎治安警察，負責調查各種犯罪案件、不軌行為，督導各行各業，查禁欺行霸市的壟斷，保養市內街道，制止盜賣家禽和野味，監督木柴，清除街道上的污泥和空氣中的傳染病菌，總而言之，為了公共福利事業不辭辛勞，既無供奉，也不指望任何額外報償！你知不知道，本官名叫弗洛里昂·巴勃迪安，是總督大人的助理，兼任員警督監、調查官、督導官和檢驗官，在法院、司法管區、財產抵押署和初審法庭等等，都享有同樣的權利……」

聾子對聾子說話，是沒有理由住口的。如果不是低矮的後門猛然打開，讓總督大人進入，天曉得弗洛里昂先生還要在雄辯的大海中奮力划槳蕩舟到什麼時候才肯上岸。

看到總督大人進來，弗洛里昂先生並沒有住口，而是半轉過身去，把剛才轟擊加西莫多的如雷咆哮，又突然移向總督大人，說道：

「卑職請大人裁決，嚴懲公然藐視本庭的這名被告！」

說罷，他氣喘吁吁坐下，連連擦汗，豆大汗珠從額頭滾下，像淚水打濕了攤在面前的羊皮紙。羅伯爾·戴圖維爾皺起眉頭，十分嚴厲地指加西莫多，以示警告。聾子這才注意，多少明白一點。

⑪·原文為拉丁文。

總督向被告厲聲問：

「混帳東西，你做了什麼壞事，被押到這裡來啦？」

可憐的傢伙以為總督問他姓名，便一反往常，打破沉默，以嘶啞的喉音答道：

「加西莫多。」

答非所問，又引起哄堂大笑。羅伯爾大人氣得滿臉漲紅，怒道：

「渾蛋，你連我也敢嘲笑嗎？」

「聖母院的敲鐘人。」加西莫多答道，他還以為法官要他說明職業。

「敲鐘的！」總督重複。上文說過，他早晨醒來心情就不好，聽到這樣奇怪的回答更是火上澆油，「敲鐘的！我要讓人拉你去遊街，用鞭子在你脊背上打鐘！聽見了嗎，渾蛋？」

「您想知道我的年齡吧，」加西莫多說，「到了聖瑪律丹節，我想就滿二十歲了。」

這也太放肆了，總督已忍無可忍。

「哼！可惡的東西，你敢藐視本堂！執刑警士，把這個傢伙拉到河灘恥辱柱上，給我狠狠地打，再綁在輪盤上轉一小時。上帝的腦袋，叫他嘗嘗我的厲害！我命令，派四名宣過誓的號手，到巴黎子爵采邑的七領地，曉諭本判決。」

錄事立即書寫判決書。

「上帝的肚子！看他判得真棒！」學子磨坊約翰．弗羅洛在角落喊。

總督轉過頭來，炯炯發光的眼睛再次盯住加西莫多，說道：

「我想，這傢伙說了『上帝的肚子！』錄事，再加收罵人罰款巴黎幣十二德尼埃，其中半數撥給聖厄斯塔什教堂。我特別信仰聖厄斯塔什。」

幾分鐘的時間，判決書就寫好了，判詞簡單明瞭。法院和巴黎子爵府的行文，還沒有經過蒂博．巴葉大法官和律師羅傑．巴爾姆的潤色加工，還沒有被十六世紀初這兩位法學大師所培植的詭辯和程序的大樹所遮掩，因而從頭至尾都明明白白，易懂易行，循此方向可直達目的地。每一條小徑都不彎曲，也沒有荊叢，一眼就能望見盡頭是車輪、絞架還是恥辱柱，至少明白走向何處。

錄事把判決書呈上，總督蓋上大印。然後，他便離席前往巡視各審判廳，決定要把他今天的心情帶到巴黎所有監獄。約翰．弗羅洛和羅班．普斯潘嘿嘿竊笑。加西莫多看著眼前發生的一切，表情又奇怪又無動於衷。

就在弗洛里昂．巴勃迪安庭長看了判決書，正要簽發時，錄事實在覺得那倒楣鬼被判得冤枉，想爭取為他減刑，便儘量湊近弗洛里昂的耳朵，指著加西莫多說：「那人是聾子。」

錄事倒希望，弗洛里昂庭長能夠同病相憐，萌生對犯人的同情。然而，我們已經看到，弗洛里昂大人根本不願意讓人知道自己失聰，再說，他的耳朵也實在太聾，一個字也沒聽見。不過，他還是擺出聽到的樣子，回答：「唔，唔！這就不同了。這情況我還不知道。既然如此，恥辱柱示眾就再加一小時。」

他修改之後，就簽發了判決書。

「判得好！」羅班．普斯潘說，他對加西莫多仍然耿耿於懷，「誰叫他粗暴地對待別人。」

二、老鼠洞

請讀者允許我們回到河灘廣場，昨天為了隨格蘭古瓦跟蹤愛絲美拉達，我們離開了那裡。

現在是上午十點鐘，一片節日後的景象。鋪石馬路上盡是垃圾，有緞帶彩條、破布片、折斷的羽飾、燈火的蠟燭油、公共食攤的殘渣。許多市民在街上散步，按今天的說法是「閒晃」，用腳翻煙火餘燼，在大柱廳前發呆，回想昨天漂亮的帷幔，而今天雖然只看到掛帷幔的釘子，也算感到未盡的餘興了。蘋果酒和啤酒販子滾著酒桶穿過人群，一些忙碌的人則匆匆來往。開店的站在店門口聊天，跟人打招呼。人人都在談論昨天的節日，談論外國使團、科坡諾勒、醜大王。大家爭先恐後，看誰說得最有趣，笑得最開心。這時候，來了四名騎警，分立在恥辱柱的四邊，吸引了廣場上大部分閒人圍觀。那些人無事可做正悶得發慌，巴不得懲罰什麼人添點熱鬧。

如果讀者觀賞完廣場各個角落上演的這齣喧鬧劇碼，轉移目光，看看堤岸西側那座半哥德式、半羅曼式的古老樓房羅朗塔，就會發現樓房正面一角有一大部精裝本祈禱書，放在遮雨的披簷下，隔著防盜柵欄，只能伸進手去翻閱。祈禱書旁有一扇狹小的尖拱窗戶，正對廣場，窗洞裝了兩道交叉的鐵條，裡面是一間斗室。斗室無門，窗洞是唯一開口，可以透進一點空氣和陽光，這是在古老樓房底層的厚厚牆壁上開鑿出來的。因為鄰近巴黎最擁擠、喧鬧的廣場，周圍人來人往，人聲鼎沸，讓這間斗室顯得幽深冷寂。

這間斗室，大約三百年前在巴黎就出名了。當年，羅朗德夫人為了悼念在十字軍遠征中陣亡的父親，在自家古老的羅朗塔樓厚壁中開出一室，她關在裡面，決心幽居一輩子，門也封死了，無論寒冬盛夏，窗洞始終敞著。整個府邸送給了窮人和上帝，她只留下這一間陋室。這位悲痛的大家閨秀把自己關在提前建造的墳墓裡，一直等了二十年才死去。她日夜為父親的亡靈祈禱，睡在炭堆上，連一塊可當枕頭的石頭都沒有，身穿黑色麻布，僅靠善心路人放在窗臺上的麵包和水賴以為生。就這樣，她施捨家產後，又接受別人的施捨。臨終時，即將移入另一座墳墓之際，她就把這座墳墓永遠留給痛苦的婦女——母親、寡婦或孤女。她們也願意把自己活埋在巨大痛苦中，或者嚴苛的苦修裡，終其一生為別人或自己祈禱。

當時的窮苦人用眼淚和祝福，為她舉行了隆重葬禮。但是他們非常遺憾，這樣一位虔誠女人，只因沒有靠山而未能列為聖徒。他們當中有些人頗為蔑視教會，認為既然她在羅馬教皇身邊沒有人脈，就乾脆為亡靈向上帝祈禱，不再理睬教皇。大多數人也只好把羅朗德奉為神聖，把她遺留下來的破衣爛衫當做聖物。巴黎城為了悼念她，特意設了這部公用祈禱書，固定放在小屋的窗洞旁，讓行人隨時停下腳步，哪怕只是祈禱一下，如果想到要施捨更好，這樣一來繼承羅朗德洞穴而隱修的那些可憐女人，就不至於完全被人遺忘而餓死。

這類墓穴，在中世紀的城市中並不少見。在最繁華的街道，最擁擠熱鬧的市場，就在馬路正中，在馬蹄之下，也可以說在車輪之下，時常能看到這種地洞、一口井、一間裝了鐵窗並封上門的斗室，裡面有個人日夜祈禱，甘願終生哀泣，誠心悔罪。這種可怕的幽室介於房舍與墳墓、城鎮與墓園之間。裡面的人則是斬斷塵緣、宛如亡者的活人，像盞在黑暗中即將耗乾的油燈，在地穴裡搖曳殘喘的生命火光，在石頭匣中呼吸、說話和終生祈禱，他們的臉永遠轉向另一個世界，雙眼已經映現冥界的另一顆太陽，靈魂囚禁在肉體中，而肉體囚禁在地牢裡。在肉體和岩石的雙重外殼裡受折磨的靈魂在呻吟，這一切，今天我們都會深長思之，而當時根本不為世人所理解。

那個時代的人，虔誠有餘而理性不足，也缺乏細膩情感，遇到宗教行為，總無法仔細分析瞭解，看待事物總是籠而統之，推崇並敬佩，必要時也神化犧牲精神，但是並不剖析其中痛苦，僅淡淡地表示同情，不時為痛苦的懺悔者送點食物，朝洞裡望望人是否還活著，卻不知道那人的姓名，也不大清楚那人奄奄一息的狀態持續了幾年。如果陌生人問起正在地穴裡腐爛的那具活骷髏是誰，住在附近的人也回答得乾脆，是男的，就說：「那是隱修士」，是女的，就說：「那是隱修女」。

當時就是這樣，只用肉眼觀察一切，既不幻想，也不誇張，更不用放大鏡。無論在物質還是精神方面，都還沒有發明出顯微鏡。

正如上文所述，這類幽居遁世的例子，在城市中心的確常見，人們也就見多不怪了。巴黎就有許多供人向上帝祈禱、潛心懺悔的幽室，裡面幾乎總有人。誠然，教士們也不願意讓那些地方空著，那就顯得教徒們缺乏熱情，因此，沒有懺悔者，就把痲風病人關進去充數。除了河灘廣場那間斗室之外，鷹山那裡、無辜嬰兒公墓各有一間，還有一間不清楚在哪裡，想必是在克利松府吧。還有許多地方都有設置，如今建築已不復存在，只能從傳說中找線索。大學城也不例外，在聖熱納維耶芙山上，中世紀時就曾出現一個約伯[1]式的人物，他在乾涸蓄水槽的糞堆上，唱懺悔七聖詩，唱完了從頭又唱，夜晚嗓門更高[2]，一唱就是三十年。直到今天，好古的人走進「自言井」街，彷彿還能聽見他的歌聲。

還是回到羅朗塔樓幽室，可以說到那裡苦修的人從未間斷。羅朗德夫人去世後，極少有空一兩年的時候。許多女人住進去，為親人、情夫，為自己的過錯哭泣，直到咽下最後一口氣。巴黎人最愛談論是非，什麼都要說三道四，連最不相干的事也不放過，堅持說那裡見不到寡婦。

根據當時習俗，牆上刻有一句拉丁文銘文，告訴識字的過路人，這間小屋的用途是什麼。在門楣上鐫刻一句格言來說明一座建築物的用處，這種習俗一直延續到十六世紀中葉。例如，在法國圖維爾領主府邸的監獄窗邊上方，現在還能看到「緘默與希望」③；在愛爾蘭福斯特居城堡大門的紋章下面，則寫著「堅固的盾，首領的後盾」④；在英格蘭考柏好客的伯爵府大門上，能看到「賓至如歸」⑤。可見，當時每間建築物都代表了某種思想。

羅朗塔樓小屋由於沒有門，只好在窗邊上方用粗大的羅曼字母刻了這句話：

你，祈禱吧⑥。

民眾看事僅憑良知，不會細膩入微，情願把拉丁文的「路易大王⑦」譯為「聖德尼門」，替這個幽暗而潮濕的黑洞取名「老鼠洞」。這種詮釋當然不如原文來得莊嚴，但是畢竟更加形象生動。

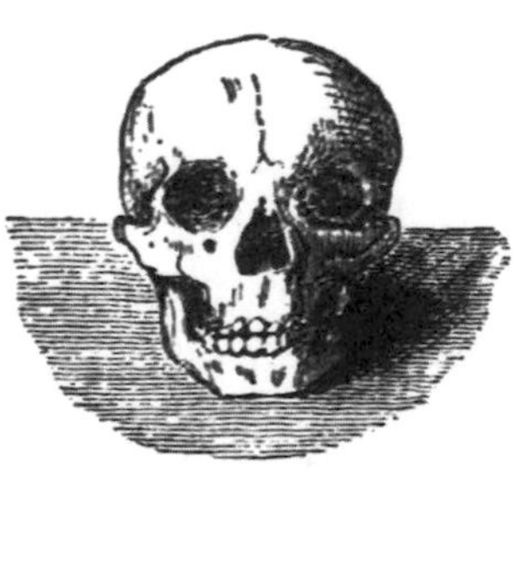

①．據《舊約全書．約伯記》：天降災難，約伯「坐在爐灰中，拿瓦片刮身體」，苦行懺悔。耶和華終於賜福給他。
②．這句話又用拉丁文重複一遍。
③．原文為拉丁文。
④．原文為拉丁文。
⑤．原文為拉丁文。
⑥．原文為拉丁文。
⑦．原文為拉丁文，「路易大王」即路易十四。巴黎北城門聖德尼門上鐫刻著「獻給路易大王」的題銘。

三、玉米餅的故事

這段故事發生的時候，羅朗塔樓的幽室裡有人居住，讀者若想知道是誰，請聽三位忠厚婦女的對話。就在我們注視老鼠洞期間，那三個女人正好沿著河邊，從大堡走向河灘廣場。

從穿戴來看，其中兩位是富裕市民。她們身穿細布白胸衣、紅藍條紋的羊毛粗布裙，腿上緊緊裹著繡花白線長襪，腳下穿著黑底方頭棕色皮鞋。尤其她們戴的尖頂高帽，鑲飾各種緞帶、花邊和金屬箔片，堪與俄羅斯帝國近衛榴彈兵的軍帽相媲美，如今香檳省的婦女還在戴這種帽子。整身打扮表明，她們屬於富商階層，介乎僕役口中的「婦人」和「夫人」之間。她們既不戴金戒指，也不掛金十字架，但顯而易見不是窮得戴不起，而是天真地害怕罰款。另一位的打扮與她們大致相仿，但是裝束和舉止中有種說不出來的氣質，讓人感覺她像是外省公證人的妻子。看她把腰帶紮得偏高，就知道她很久沒有來巴黎了。此外，她的胸衣帶褶紋，鞋上有緞帶結，裙子條紋不是豎的而是橫的，還有許多古怪之處，令趣味高雅的人嗤之以鼻。

前兩位的步伐也是巴黎婦女所特有，可以讓外省婦女見識巴黎的風度。那位外省女子拉著一個胖小子，胖小子手拿一張大餅。

很抱歉，我們還要說明一句，由於天氣寒冷，小男孩把舌頭當手絹來擦鼻涕。

這孩子讓母親拉著走，正如維吉爾說的，他的「腳步不穩」①，跌跌撞撞，惹得母親大叫大嚷。的確，孩子的眼睛只顧盯著大餅，根本不看路，然而，他只是溫情脈脈盯著，並不咬大餅，這其中必有重大緣故。顯然，這張餅能不能吃，只有媽媽說了算。這樣一來，胖小子成了坦塔羅斯②，這未免太殘忍。

這時候，這三位太太（「夫人」當時只能用於稱呼貴婦人）都在同時說話。

「我們快點走吧，瑪伊埃特太太，」三人中最年輕，也是最胖的一個，對外省女人說，「我真擔心趕不上了。我們在大堡不是聽說要即刻把他押到恥辱柱去嗎？」

「唉！烏達德．繆斯尼埃太太，您急什麼呀？」另一位巴黎女人接過話題：「他要被綁在恥辱柱上兩個鐘頭呢。我們趕得上的。親愛的瑪伊埃特，您見過在恥辱柱上受罰的人嗎？」

「見過，在蘭斯。」外省女人答道。

「唉！算了吧，你們蘭斯的恥辱柱算什麼？就是個破籠子，只能騙騙鄉下人，這也值得誇耀？」

「騙騙鄉下人！」瑪伊埃特說，「在布市上！在蘭斯！罪大惡極的人我們都見過，有的殺死親生父母！鄉下人！您也太小看我們啦，熱爾維絲！」

為了維護她家鄉恥辱柱的名譽，這個外省女人真的要發火了。

幸而烏達德．繆斯尼埃太太比較慎重，及時岔開話題。

「順便問一句，瑪伊埃特太太，您覺得弗蘭德使團怎麼樣？你們在蘭斯，也能見到這樣派頭的使臣嗎？」

---

①．原文為拉丁文。

②．坦塔羅斯（Tantalus）：希臘神話中的呂狄亞王，因觸怒天神宙斯，被罰永世受飢渴的煎熬。

「這我承認，」瑪伊埃特回答，「只有在巴黎，才能見到這樣的弗蘭德人。」

「使團裡那個大塊頭使臣是襪商，您看見了吧？」

「看見了，」瑪伊埃特答道，「他那樣子很像農神薩圖恩。」

「還有那個大胖子，那張臉像露出來的大肚皮，」熱爾維絲又說，「還有那個小矮子呢，那對小眼睛，周圍的紅眼皮毛茸茸的，彷彿修剪過，就像起絨刺果。」

「還是他們的馬威風，」烏達德說：「那身披掛，全是他們國家的時裝！」

「哦！親愛的，」外省女人瑪伊埃特打斷她的話，也擺出神氣活現的樣子，「十八年前，就是一四六一年，在蘭斯舉行加冕，你們若是看到王爺和國王侍從所騎的馬，又會怎麼說呢？各種各樣的鞍褥和馬鎧，有大馬士革粗布、金絲細絹的，帶黑貂皮鑲邊，有絲絨的，帶紫貂皮鑲邊，還有的全身披金掛銀，戴著金鈴銀鈴！這得花多少錢啊！騎在馬上的少年侍從，個個都那麼英俊！」

「不管怎麼說，」烏達德冷淡地反駁，「總之弗蘭德使團的馬匹非常漂亮，昨天，巴黎商會總監大人還在市政廳設晚宴招待他們，宴席上有糖裹杏仁、肉桂滋補酒、各種蜜餞，還有許多風味食品。」

「您亂說什麼呀，我的好鄰居！」熱爾維絲高聲說，「那些弗蘭德人是在紅衣主教府，在小波旁宮用晚宴的。」

「不對，是在市政廳！」

「哪是，是在小波旁宮！」

「在市政廳，千真萬確，」烏達德尖刻地說，「斯庫拉布林博士還用拉丁文高談闊論，他們聽了十分滿意。是我丈夫告訴我的，他是宣過誓的書商。」

「在小波旁宮，千真萬確，」熱爾維絲也同樣尖刻地反駁：「紅衣主教大人還派司庫教士送禮給他們：十二瓶半升裝的白色、淡紅色和深紅色肉桂滋補酒、二十四盒里昂蛋黃杏仁餅、二十四枝兩斤重的大蠟燭、六桶兩百升的上等博訥白葡萄酒和淡紅葡萄酒。這些都千真萬確，我是聽我男人講的，他是市民廳的警隊中隊長，今早他還比較弗蘭德使臣和教皇的使臣、特拉布宗王國③皇帝的使臣有什麼不同。那還是上一個朝代的事，特拉布宗王國使臣從美索不達米亞到巴黎來，耳朵上還戴大耳環呢！」

「一點沒錯，是在市政廳用的晚宴，席上那麼多酒肉果品，從沒見過。」烏達德不聽那一套，又駁斥。

「跟您說吧，是在小波旁宮，由市政警士勒·塞克侍候的，大概因為這一點，您就弄混了。」

「跟您說，是在市政廳！」

「是在小波旁宮，親愛的！當時還用魔幻玻璃照出寫在大門上的『希望』兩個字。」

「是在市政廳！是在市政廳！于宋·勒·瓦爾還演奏了笛子！」

「跟您說不對！」

「跟您說就是！」

「跟您說不對！」

胖大嫂烏達德還要爭下去，口角眼看就要發展為揪頭髮，幸好這時，瑪伊埃特突然叫道：

「看啊，那邊橋頭聚了一堆人，正圍著什麼東西看呢。」

「真的，」熱爾維絲說，「我聽見鼓聲了，想必是愛絲美拉達那小女孩跟小山羊耍把戲呢。快一點，瑪伊埃特！拉著孩子，加快腳步。您到巴黎來看新奇的事，昨天看見了弗蘭德人，今天應當看看那個埃及女孩。」

③·特拉布宗王國（Trabzon，一二〇二—一四六一）：位於土耳其的黑海濱，是拜占庭帝國的從屬國。

「埃及女郎！」瑪伊埃特一聽，猛然轉頭要往回走，並緊緊摟住兒子的手臂，「上帝保佑！她要拐我的孩子！快走啊，厄斯塔什！」

她沿著堤岸開始朝河灘廣場跑去，把那座橋遠遠拋在後面。這時，她拖著的孩子忽然跌倒，她這才停下腳步喘氣。烏達德和熱爾維絲從後面追上來。

「那個埃及女郎拐您的孩子！」熱爾維絲說，「您也真能胡思亂想。」

瑪伊埃特搖了搖頭，好像在想什麼。

「這事真怪，」烏達德指出，「麻袋女對埃及女人也有同樣看法。」

「麻袋女是什麼？」瑪伊埃特問。

「哦！就是古杜勒修女。」烏達德答道。

「古杜勒修女又是誰呀？」瑪伊埃特又問。

「您還說是蘭斯人，連這個都不知道！」烏達德回答，「那是老鼠洞的隱修女呀。」

「什麼！」瑪伊埃特驚問，「就是我們要送玉米餅給她的那個可憐女人？」

烏達德點點頭說：「正是。等一下到河灘廣場，您從小窗邊就會看見她了。對打手鼓、替人算命的流浪埃及人，她跟您有同樣看法。不知道怎麼回事，她特別恨茨岡人和埃及人。可是您呢，瑪伊埃特，為什麼一看見他們，就這樣沒命地逃跑？」

「噢！」瑪伊埃特雙手摟住兒子的圓腦袋，回答說，「我可不願意遭到帕蓋特．香花歌樂女那樣的不幸。」

「哦！這裡面肯定有故事，您講給我們聽吧，我的好瑪伊埃特。」熱爾維絲抓住她的手臂央求。

「沒問題啊，」瑪伊埃特答道，「不過，虧你們還是巴黎人呢，連這個都不知道！我這就講給你們聽，但是也沒有必要停下來。帕蓋特．香花歌樂女十八歲時是很美的女孩，那時我也一樣，說起來那是十八年前的事了。到現在都有三十六歲了，如果說她不像我這樣有男人，又有兒子，還是個皮膚紅潤的胖媽媽，那也只能怪她自己了。況且，她剛滿十四歲，人就毀啦！……她父親吉伯托在蘭斯，是船上的樂師。查理七世加冕時，乘船沿韋勒河順流而下，從錫勒里一直到穆宗，正是她父親為國王演出，當時甚至聖女貞德也在船上。老父去世時，帕蓋特還很小，只剩下幼女寡母。她舅舅馬蒂厄．普拉東先生住在帕蘭－加蘭街，是鐵鍋和黃銅製品匠師，去年剛死，可見她還是有錢人家女孩。可惜，她母親是個善良婦女，只教會帕蓋特針線刺繡，做點小東西。儘管如此，小女孩還是出落成大女孩，但也一直很窮。母女倆住在蘭斯沿河的磨難街。要注意，我想就是那地點不吉利，給帕蓋特帶來噩運。一四六一年路易十一加冕，願上帝保佑當今的陛下，那年，帕蓋特美極了，也快樂極了，走到哪裡，人家都叫她香花歌樂女。可憐的女孩！她的牙齒很美，又特別愛笑，總要露給人家看。然而，愛笑的女孩，到後來只有哭的份，美麗牙齒能毀了美麗眼睛。香花歌樂女就是這樣。她和母親艱難度日，自從樂師死後，母女倆的生活就一落千丈。做針線刺繡，每週賺不到六德尼埃，還不值兩枚鷹幣。單拿那次加冕來說，吉伯托老爹在慶典演奏一曲就賺十二蘇巴黎幣，那種日子要到哪裡去找啊？一年冬天，就是一四六一年那年，兩個女人家中連一根柴火也沒了，天氣冷得很，凍得香花歌樂女臉色格外紅潤，男人都叫她「雛菊」，有的還直呼她「菊妞」！她就是這樣毀了。……厄斯塔什，看你敢咬餅！……我們馬上就看出她毀了，那是個禮拜天，她到教堂去，胸前掛了金十字架。剛滿十四歲！竟有這種事！她的第一個情人是年輕的科蒙特伊子爵，他建有鐘樓的府邸距蘭斯三公里，接著是國王騎衛侍從亨利．德．特里昂庫大人。接下來就差勁了，是近衛軍小隊長希亞爾．德．博利翁。往後越來越差勁，有國王侍餐僕人蓋里．歐貝榮、太子殿下的理髮師馬塞．德．弗雷普，再就是大廚師泰夫南．勒穆瓦納。就這樣，歲數越來越大，地位也越來越低，低就了弦琴樂師紀堯姆．拉辛、燈籠匠蒂埃里．德．梅爾。可憐的香花歌樂女，就這樣成了萬人騎。她這塊金子最後也耗盡了。兩位太太，我還能對你們說什麼呢？就在一四六一年，國王加冕那年，正是她給乞丐王鋪床！就是那一年的事！」

瑪伊埃特長嘆一聲，擦掉眼裡滾動的一滴淚。

「這故事也沒什麼特別，」熱爾維絲說，「聽到現在也沒有埃及人和小孩。」

「別急呀！」瑪伊埃特接著說，「小孩嘛，這就要說到了。到這個月聖保羅節，就有十六年了，帕蓋特生下一個女孩。不幸的女人！簡直把她樂瘋了。她早就盼望有孩子。她母親是個善良的女人，對女兒的事向來睜隻眼閉隻眼，不幸也去世了。帕蓋特在世上，再也無人可以愛，再也無人愛她了。她失身五年來，從前的香花歌樂女，現在成了可憐東西！在世上舉目無親，生活孤苦伶仃，走在街上遭人唾罵，挨警官的棍棒，還受破衣爛衫孩童的欺侮。活到二十歲，對於風騷女人們來說，就已經成了老太婆，賣騷賺的錢還不如從前做針線多。多一條皺紋，就少一枚銀幣。冬天越來越難受，爐子沒柴燒，碗櫥裡也沒有什麼麵包吃。她已經無法工作，人一放蕩也就變得懶惰，人變得懶惰也就更加放蕩，因而她更加痛苦。至少，聖雷米的本堂神父是這樣講的，他解釋這類女人到了老年，為什麼比別的窮家婦女更受飢寒之苦。」

「這倒是，」熱爾維絲附和，「可是，埃及人呢？」

「等一下嘛，熱爾維絲！」烏達德說，她聽得仔細，不那麼著急，「開頭就全講完了，結尾還講什麼呀？請您接著說吧，瑪伊埃特。這個可憐的香花歌樂女！」

瑪伊埃特接著講：

「就這樣，她的生活十分悲慘，十分淒涼，終日流淚，臉頰都陷下去了。不過，她在恥辱中，在放蕩中，在遭人唾棄的境況裡，還是覺得如果世上有一樣東西或一個人，能愛她並值得她愛，那她就不會如此放蕩，也就不會感到恥辱和孤苦無依了。那只能是個孩子，只有孩子還很天真爛漫，才能做到這一點。她是在嘗試愛一個竊賊之後，才認識到這點的。那個竊賊是唯一還願意要她的人，然而不久她就發現，那人也看不起她。凡是這種放蕩女人，沒有情人或孩子，心靈就空虛，換句話說，她們就感到很不幸。找情人沒指望，她就轉而盼望有孩子，況且她一直很虔誠，就把這件事當做終生願望來祈求仁慈的上帝。仁慈的上帝自然可憐她，讓她生了個女孩。她簡直樂瘋了，眼淚嘩啦啦地流，又親又吻，那情形就別提了。她自己餵奶，把唯一的被子拆了做襁褓，自己卻不覺得餓，也感覺不到寒冷了。她又變美了，老妓女變成了年輕的媽媽，於是又風流起來，又有人來光顧，香花歌樂女又找到買主，用得來的骯髒錢買衣物給孩子：童帽、圍兜兜、花邊襯衣、綢緞小帽，就是沒有考慮再替自己買一床被子。……厄斯塔什先生，我跟您說過，別吃這張餅。……孩子的教名叫阿涅絲，也算本名，因為香花歌樂女早就沒有家姓了。毫無疑問，小阿涅絲身上的緞帶和繡花，比太子采邑公主的打扮還要華麗！別的不說，光是那雙繡花小鞋，恐怕連國王路易十一也沒有那樣的款式。那是母親親手縫製、刺繡做成的，她就像為聖母做衣裙那樣，使出全副心力，精工細作，加了各種各樣的裝飾。一雙粉紅色繡花鞋，真是世界上最俏麗的。鞋只有大拇指長，要不是看著孩子脫下鞋露出小腳，真難相信她能穿進去。那雙腳特別小，特別好看，粉紅粉紅的，比粉紅的緞鞋還鮮豔！等您有了孩子，烏達德，您就會知道那小手小腳比什麼都好看。」

「我巴不得有孩子。」烏達德嘆道，「可是也得等安德里．繆斯尼埃先生高興啊。」

「當然，」瑪伊埃特接著說：「帕蓋特的孩子也不光是腳好看。她剛滿四個月大時我見過，真是小愛神的化身！那眼睛比小嘴還大，油黑的頭髮非常纖細，已經打鬈，可愛極了。等長到十六歲，她肯定成為棕色皮膚的小美人！母親愛她日甚一日，簡直到了發狂的程度，又是愛撫，又是親吻，又是搔癢，替她梳洗，把她打扮成怪樣子，恨不得一口把她吞下去！帕蓋特真是樂昏了頭，為此感謝上帝。尤其孩子那雙美麗的粉紅色小腳令她無限驚奇，給她增添無窮樂趣！她的嘴唇總是貼在上面，也總是奇怪那雙腳為什麼那麼小。一下子穿鞋，一下子又脫下來讚美賞玩，覺得一天過得很快，還扶孩子在床上學步，看著又心疼，真是當成聖嬰的小腳，恨不得跪一輩子為孩子穿鞋脫鞋。」

「故事倒很好聽，」熱爾維絲咕噥，「可是講了半天，埃及人在哪裡呢？」

「這就來了。」瑪伊埃特答道：「有一天，蘭斯來了一群騎馬的人，樣子非常古怪。他們都是乞丐、流浪漢，由他們的公爵、伯爵率領，在全國到處遊蕩。他們皮膚黝黑，頭髮鬈曲，戴著銀耳環。女的比男的模樣還要醜，臉色還要黑，也從來不罩點什麼，身上穿著破爛不堪的短外衣，肩頭繫著粗麻布舊披肩，頭髮紮成馬尾。那些孩子在她們胯下打滾，能把猴子都嚇跑。他們是一群被逐出天主教社會的人，全是從下埃及經波蘭直接到蘭斯的。據說教皇為他們做了懺悔，要他們在世上連續漂泊七年，不准睡在床上，當做贖罪。因此，他們自稱悔罪者，身上散發一股臭味。看來他們從前是撒拉森人④，信奉天神朱庇特，並且根據教皇的一道諭旨，向所有紅衣大主教、主教，以及佩戴十字架和法冠的神父索取十利弗爾杜爾幣。他們以阿爾及爾國王和德意志皇帝的名義，到蘭斯來替人算命。你們完全明白，單憑這一點就不能讓他們進城。於是，他們一夥人決定在勃雷姆城門附近紮營，在一座有磨坊的山丘上，挨著廢棄的石灰礦坑搭起帳篷。蘭斯城裡的人都爭相去找他們。他們看手相，就能說出將來如何交上好運，甚至預言猶大將來能當上教皇。不過，也有可怕的流言，說他們拐小孩，偷錢包，還吃人肉。明智的人告誡糊塗人千萬別去那裡，可是，他們自己卻偷偷跑去。大家都像中了魔。的確，那些埃及人說的事情，連紅衣主教聽了也吃驚。母親還帶孩子去，讓埃及女人看手相，聽手相上用異教文和土耳其文寫的各種奇蹟，她們就特別得意。這個孩子將來能當皇帝，那個能當教皇，還有一個能當三軍統帥。可憐的香花歌樂女也好奇得要命，想知道小阿涅絲有沒有那麼一天，當上亞美尼亞女皇或者什麼的。她把女兒抱到埃及人那裡，埃及女人見了讚不絕口，又是愛撫，又是用黑嘴唇親孩子，看了小手更是驚嘆不已。唉！母親多高興啊！她們尤其讚美小腳好看，小鞋也好看。孩子還不滿一歲已經牙牙學語，她長得胖嘟嘟，圓滾滾的，總朝母親憨笑，各種戲耍的動作和嬌態，就像小天使一般可愛。她一看見埃及女人嚇得哇哇大哭，然而，母親聽了給阿涅絲算出的富貴命，就連連吻女兒，滿心高興地回家了。小阿涅絲會長成小美人，有高尚節操，能當上王后。香花歌樂女回到磨難街的閣樓，心想抱回去一個小王后，心中萬分自豪。她母女倆一向同睡一張床，次日，她趁女兒在床上睡覺，就輕輕掩上房門，跑到曬衣場街的女鄰居家，說將來有一天，她女兒小阿涅絲用餐時，會有英國國王和衣索比亞大公伺候，還講了許多出人意料的情況。回家上樓時，沒有聽到孩子的叫聲，她心想：還好！孩子還在睡。然而她出去時房門掩上，現在卻開著，可憐的母親，她慌忙進屋，跑到床前……孩子不見了，床上是空的，孩子的東西全都不翼而飛，僅剩一只美麗小鞋。她衝出房間，跑到樓下，腦袋使勁往牆上撞，連聲呼叫：『我的孩子呀！我的孩子在哪裡？是誰抱走了我的孩子？』街上沒有人影，她住的小樓也孤零零的，沒人能向她提供一點情報。她像瘋了一般，樣子很可怕，東奔西竄滿城轉了一整天，察看大街小巷，挨家挨戶都嗅一嗅，真像一隻野獸丟了孩子。她披頭散髮，流乾淚的眼睛直冒火，樣子真嚇人，逢人就攔住，喊道：『我那女兒！我那女兒！我那美麗的小女兒！誰把女兒還給我，我就給誰當牛做馬，給他的狗當奴婢，讓他剜我的心吃也行。』她碰見聖雷米的本堂神父，對他說：『神父先生，要我用手指頭耕地都成，可是得把孩子還給我！』聽了真揪心。有個鐵石心腸的人，就是律師逢斯·拉卡勃爾先生，我看見連他都流淚了。噢！可憐的母親！天黑了她才回家。在她出門尋找的時候，有個女鄰居看到有兩個埃及女人抱著包裹，偷偷上樓，關上房門之後又下來，急忙溜掉了。她們走後，就聽見帕蓋特的房間有小孩的哭聲。香花歌樂女轉悲為喜，格格笑起來，她就像長了翅膀飛上樓去，又像炮彈似的轟開房門，衝了進去……說起來真駭人聽聞！她看到的不是可愛的小阿涅絲，不是細皮嫩肉、紅潤鮮豔的孩子，仁慈上帝的恩賜，而是一個小怪物，獨眼瘸腿、身體畸形的醜八怪，嚎叫著在石板地上亂爬。她恐怖得捂上眼睛說：『噢！怎麼，巫婆把我女兒變成這個可怕的畜牲了？』人們急忙把那小怪物抱開，免得她受刺激發瘋。那個畸形兒約有四歲，不知是哪個埃及女人與魔鬼生的，也不知道說的是不是人話，只發出無法聽懂的聲音。香花歌樂女撲向那只小鞋，她的全部所愛只剩下這樣東西了。她匍匐在那裡過了許久，一聲不吭，也沒有氣息，就跟

④·撒拉森人（Saracens）：是中世紀歐洲人對北非、西班牙一帶的穆斯林的稱呼。其實，他們並不信奉朱庇特。

死人一樣。猛然，她渾身顫抖，發狂似的親吻這件聖物，同時放聲痛哭，一顆心彷彿破碎了。跟您說，我們也都哭了。她邊哭邊說：『噢！我的小女兒啊！我美麗的小女兒啊！你在哪裡呀？』這哭訴真能撕肝裂膽。現在想起來我都要流淚。喏，我們的孩子，是我們身上掉的肉。我可憐的厄斯塔什！你呀，長得多好看！你們不知道他有多乖！昨天他還對我說：『長大了我要當騎衛。』唔，我的厄斯塔什！你若是不見了，我怎麼辦！香花歌樂女猛然站起身，衝了出去，在蘭斯城中亂跑亂叫：『到埃及人營地去！到埃及人營地去！警官啊，燒死那些巫婆！』可是，埃及人已經走了，天又黑了，不可能去追趕他們。……第二天，在離蘭斯八公里遠的葛村和蒂洛瓦村之間的灌木叢中，發現篝火的灰燼、帕蓋特女兒的幾條緞帶、幾點血跡和幾個羊糞。剛剛過去的正是星期六夜晚，再也無可懷疑，埃及人在灌木叢中舉行了群魔舞會，他們按照伊斯蘭教徒的規矩，與魔鬼一起把孩子吃了。香花歌樂女聽說這些可怕的情況卻沒有哭泣，嘴唇動了動像要說話，可是又說不出來。第二天她的頭髮就花白了，第三天人也消失得無影無蹤。」

「不錯，這個故事真是淒慘，」烏達德說，「連勃艮第人聽了也會流淚。」

「怪不得您那麼害怕埃及人呢！」熱爾維絲也說。

「剛才您拉著厄斯塔什逃跑也是對的，」烏達德又說，「因為，這幫埃及人也是從波蘭來的。」

「不對，」熱爾維絲說，「聽說他們是從西班牙的加泰隆尼亞來的。」

「加泰隆尼亞？這倒有可能，」烏達德答道，「波洛涅、卡塔洛涅、瓦洛涅⑤，這三個省我總是搞混。有一點是確定的，他們都是埃及人。」

「而且，他們牙齒肯定很長，能吃小孩，」熱爾維絲也說，「那個愛撇嘴的愛絲美拉達也吃一點點，我絕不會感到驚奇。她那隻白色小山羊那麼能耍鬼把戲，恐怕有時也會貪嘴。」

瑪伊埃特默默走著，還沉浸在遐想中。在一定程度上，這種遐想就是講述一件慘事的延續，只有震顫一波一波直到觸及心弦時才會停止。這時，熱爾維絲忍不住又問：

「香花歌樂女的下落，就沒人知道了嗎？」

瑪伊埃特沒有回答。熱爾維絲搖晃她的手臂，同時呼喚她的名字，又重複問了一遍。

「香花歌樂女的下落嗎？」瑪伊埃特機械地重複問題，就像剛聽到，隨即又集中神思來理解，這才急忙回答：「唔！誰也不知道。」

她沉吟片刻，又說：

「有人說在天黑時，看見她從弗萊香博門出了蘭斯城，也有人說在天色剛亮時，看見她從巴塞老城門出了城。有個窮人在如今成了集市的莊稼地裡，發現她把金十字架掛在石頭十字架上。正是那件寶貝，在一四六一年把她給毀了，那是她第一個情郎，英俊的科蒙特伊子爵送給她的。帕蓋特日子再苦也一直捨不得賣掉，像命根子一樣珍藏。因此，我們那些女人一看見她把金十字架扔掉，就都認為她死了。然而，旺特小酒館的人倒見過她，光著一雙腳，沿著石子路往巴黎方向走去。不過，真若是那樣，就應該從維勒門出城，反正說法都不一樣。照我說，她的確是從維勒門出去的，但不僅離城，而且離開人世了。」

「這話我不明白。」熱爾維絲說。

「維勒，是一條河呀。」瑪伊埃特淒然一笑，答道。

「可憐的香花歌樂女，她淹死啦！」烏達德打了個寒噤，嘆道。

「淹死啦！」瑪伊埃特又說，「當年善良的吉伯托老爹乘船順流而下，唱著歌從坦葛橋下駛過，哪裡會想到他親愛的小帕蓋特日後也會從橋下經過，但是既不坐船也不唱歌呢？」

「那只小鞋呢？」熱爾維絲問。

⑤・三個地名按法語發音，故易混淆，又因不懂地理而說成三個省份，實為波蘭、加泰隆尼亞、瓦洛尼亞。

「跟母親一起消失了。」瑪伊埃特答道。
「可憐的小鞋！」烏達德嘆道。
胖女人烏達德易動感情，只顧著跟瑪伊埃特一起哀嘆。然而，熱爾維絲更為好奇，遇事總要追根究柢。
「那個怪物呢？」她突然問瑪伊埃特。
「什麼怪物？」瑪伊埃特反問。
「就是巫婆換走香花歌樂女的女兒，丟在她家的那個埃及小怪物呀！你們怎麼處置他啦？但願也把他淹死。」
「沒有。」瑪伊埃特回答。
「怎麼！那就是燒死啦？真的，這樣更好，巫婆的孽種！」
「既沒有淹死，也沒有燒死，熱爾維絲。紅衣大主教先生對那個埃及孩童產生興趣，為他驅邪、祝福，並仔細地把他身上的魔鬼趕走，然後把他送往巴黎，放到聖母院的棄嬰木榻上。」
「這些主教啊！」熱爾維絲咕噥：「他們仗著有學問，做什麼事都和別人不一樣。您說，烏達德，竟然把魔鬼當成棄兒！要知道，那小怪物肯定是魔鬼。對了，瑪伊埃特，送到巴黎來又怎麼樣了呢？想必哪個善心人也不願收養他吧？」
「不知道，」蘭斯女人答道，「正巧那時候，我丈夫買下貝律公證事務所，離城有八公里，我們也就顧不上那件事了。再說，貝律前面有塞爾奈兩座土丘遮擋，望不見蘭斯大教堂的鐘樓。」
這三位良家婦女邊走邊談，來到了河灘廣場。她們只顧談論這件事，從羅朗塔樓的公用經書前經過也沒停步，下意識一直朝恥辱柱走去。恥辱柱周圍人越聚越多，那裡的景象吸引了所有人目光，也很可能會使她們完全忘卻老鼠洞，以及她們原本打算去那裡要做的事。可是，瑪伊埃特拉著的六歲胖兒子，突然提醒她們此行的目的。

「媽媽，」厄斯塔什說，就好像他本能發現已經走過了老鼠洞：「現在我可以吃餅了吧？」

如果厄斯塔什再機靈一點，也就是說嘴別那麼饞，再耐心等一等，他就會等回到大學城，回到瓦朗斯夫人街安德里．繆斯尼埃的寓所，拉大老鼠洞和玉米餅的距離，最好是中間隔了塞納河的兩道河汊和老城的五座橋之後，才貿然提出這個膽怯的問題：「媽媽，現在我可以吃餅了吧？」

然而厄斯塔什提出這個冒失問題的時機不對，立即喚起瑪伊埃特的注意。

「哎呀！真的，」她叫起來，「我們把那位隱修女給忘啦！我要給她送餅去，告訴我老鼠洞在哪裡。」

「現在就去吧。」烏達德說，「這是行善。」

這絕非厄斯塔什的初衷。「唉，我的餅呀！」說著，他晃晃腦袋，左右耳朵輪流觸碰肩膀，這是他所能表示的最大不滿。

三個女人往回走，快到羅朗塔樓時，烏達德對兩個同伴說：

「我們三人不要同時往洞裡看，那樣會嚇著麻袋女。你們就假裝翻閱經書，我到窗口探看一下。麻袋女還算認識我。等我招呼，你們再過去。」

她獨自走到窗口，往裡面窺視，臉上立刻流露內心的悲憫，頓時改變了鮮豔的容顏和歡快的表情，彷彿從陽光下走到月光之下。只見她的眼睛濕潤，嘴唇顫動，好像要哭的樣子。過了一下，她將一根手指放到唇邊，示意要瑪伊埃特過去看看。

瑪伊埃特心情激動，踮著腳走過去，儼如走近臨終之人的病榻。

兩個女人斂聲屏息，一動不動，隔著窗往老鼠洞裡觀看，所見景象的確非常淒慘。

斗室非常狹小，寬度大於深度，屋頂呈尖拱狀，從裡面看，頗似主教巨大法冠的內側。在光禿禿的石板地一角，坐著一個女人，確切地說是蹲著，她的下巴搭在膝蓋上，手臂緊緊抱在胸前，整個人縮成一團，全身裹著皺巴巴的棕色麻布袋，長長的頭髮從額前披散下來，順著小腿一直垂到腳，第一眼望去，就像斗室黑牆襯托出的怪影、黑色的三角形，被窗洞透進的天光截成兩種色調，半身晦暗，半身明亮。這正是人們夢中所見，也是哥雅在那件傑作上所表現的半明半暗幽靈，慘白恐怖，動也不動，蹲在墳頭上，或者靠著地牢鐵窗。分不清是女人還是男人，是活物還是難以確定的形體。這一形象，是虛實交織、明暗相映的幻影。由於被垂到地面的長髮遮住，看不清那消瘦的側身。那件麻布長袍，也難以遮護在堅硬冰涼的石板地上抽動的赤腳。從那喪服裡露出的這一點點人的形體，令人不寒而慄。

這個形象彷彿牢牢固定在石板上，聞風不動，既無意念，也無氣息。時值一月份，室裡沒有爐火，像地牢般昏暗，斜斜的窗洞只吹進冷風，從來照不進陽光。而她只穿薄薄的麻布長袍，臥在花崗石板上，好像沒有痛苦，甚至沒有感覺，隨地牢化做石頭，隨冬季化做冰塊。第一眼望去，以為是幽靈，第二眼望去，則覺得是尊石像。

不過，她發青的嘴唇不時微微張開呼吸一下，而且微微顫動，但又那麼僵死而機械，有如隨風飄落的枯葉。

同樣，她黯淡眼睛射出一道目光，一道難以描摹的目光，既深邃陰森，又沉滯寧靜，死死盯住從窗外看不見的角落。這道目光將這顆受著煎熬的靈魂的萬般哀痛憂思，全維繫在一件神祕莫測的物品上。

因住處而被稱為「隱修女」，因衣著又被叫做「麻袋女」的，就是這樣的一個生靈。

熱爾維絲也已來到瑪伊埃特和烏達德身邊，三個女人從窗洞往裡窺視，她們的頭擋住能透進地牢的微弱光線，也沒有引起可憐女人的注意。烏達德低聲說：

「別打擾她，她凝神專注，正在祈禱呢。」

瑪伊埃特注視著這個憔悴枯槁、披頭散髮的女人，心中越來越焦慮悲憐，眼睛不禁漾出淚水，她喃喃說道：

「若真是她，那也太奇妙啦！」

她把頭探進鐵窗的欄杆，這才望見那不幸女人始終凝視的角落。

她再把頭縮回來時，已是淚流滿面了。

「你們怎麼稱呼這個女人？」她問烏達德。

烏達德答道：「我們叫她古杜勒修女。」

「要讓我說，」瑪伊埃特說，「我就叫她帕蓋特．香花歌樂女。」

說著，她把一根指頭放到嘴唇上，示意目瞪口呆的烏達德把頭探進窗洞裡，親眼看看。

烏達德探頭一看，只見隱修女陰沉凝視的角落，有一只綴著各種各樣金箔銀片的粉紅緞子小鞋。

接著，熱爾維絲也探頭張望。這三個女人注視著那不幸的母親，都不禁流下眼淚。

然而，無論她們的目光還是眼淚，都沒能分散隱修女的注意力。她雙手合攏，嘴唇木然不動，眼睛專注凝視，而在瞭解小鞋來歷的人看來，這一情景真令人心痛欲裂。

三個女人都一聲不吭，誰也不敢說話，連低聲說話也不敢。如此深沉的靜默、痛苦、遺忘，彷彿除了一樣東西之外，萬物都消失了，面對此情此景，她們恍如置身於復活節或耶誕節的主祭壇前，一個個沉默不語，全神貫注，隨時準備跪下祈禱。就好像這是受難主日，她們走進了一座教堂。

三人中熱爾維絲最好奇，因而也最不易動感情，這時她想讓隱修女開口說話：

「婆婆！古杜勒婆婆！」

她連叫三遍，一遍比一遍大聲。然而，隱修女仍舊不動，一聲也不吭，一眼也不看，甚至不嘆一口氣，沒有一點聲音。

烏達德也呼叫，但是聲音更為柔婉親暱：「婆婆！聖古杜勒婆婆！」

依然悄無聲息，依然聞風不動。

「真是個怪女人！」熱爾維絲喊道，「就是大炮轟炸，她也無動於衷！」

「也許她耳朵聾了吧。」烏達德嘆道。

「也許眼睛瞎了吧。」熱爾維絲也說。

「也許死了吧。」瑪伊埃特也說了一句。

這個死氣沉沉、渾然無覺的軀體，靈魂即使還沒離開，至少肯定隱藏在外部器官感知不到的幽深之處。

「只能把餅放在窗邊了，」烏達德說，「但會被孩子拿走，怎麼樣才能喚醒她呢？」

且說厄斯塔什，剛才他看見一條大狗拉一輛小車經過，注意力被吸引過去，這時忽然發現帶他來的三個大人正往窗口裡窺探，於是他也生了好奇之心，登上一塊路碑，踮起腳來，那張紅撲撲的胖臉蛋伸到窗口，叫道：

「媽媽，讓我也看看呀！」

聽到小孩清脆響亮的聲音，隱修女打了個寒噤，她猛然扭過頭來，就像裝了彈簧。她那兩隻骨瘦如柴的長手掠開額前頭髮，盯住孩子，眼神流露驚訝、痛苦而絕望的表情。不過，那目光一閃即逝。

「上帝啊！」她忽然大叫一聲，把頭埋進雙膝裡，那嘶啞的聲音彷彿衝破了胸膛，「至少，別讓我看見別人的孩子呀！」

「您好，太太。」孩子一本正經地說。

不過，經過這一震動，隱修女總算醒過來，她渾身顫抖，牙齒格格打顫，手臂緊緊夾住臀部，雙手抓住兩隻腳，彷彿要取暖似的，說道：「噢！好冷啊！」

「可憐的女人，」烏達德滿懷同情地問，「您要生點火嗎？」

那女人搖搖頭。

「好吧，」烏達德又說，同時遞進去一個小瓶，「這裡有肉桂滋補酒，喝一點吧，可以暖暖身子。」

那女人又搖搖頭，眼睛盯住烏達德，答道：「要水。」

「不行，婆婆。」烏達德還是堅持，「一月裡不能喝涼水。應該喝點甜酒，吃這個玉米發麵餅，這是我們特意為您做的。」

那女人推開瑪伊埃特遞進去的大餅，說道：「要黑麵包。」

「好吧，」熱爾維絲也生了憐憫之情，脫下身上的毛衣說：「這件衣服比您的暖和一些，您披上吧。」

那女人同樣拒絕了毛衣，回答：「要麻袋片。」

「您總該有看出來昨天過節了吧。」好心腸的烏達德說。

「看出來了，我這水罐兩天沒水了。」隱修女答道。

她沉默一陣子，又補充：「就因為過節，別人把我忘了。這也是應該的，我不關心人世，人世為何要關心我呢？炭火熄滅，灰也就冷了。」

接著，她的頭重新垂到膝蓋上，樣子就像話說多而太累。

心地單純又善良的烏達德，以為她是抱怨太冷，就天真地回答：「這麼說，您要生一點火嗎？」

「生火！」麻袋女聲調奇特，說道：「可憐的孩子在地下十五年了，您也能為她生點火嗎？」

她四肢微顫，說話聲音顫巍巍的，眼睛發亮，身子跪立起來。她突然伸出慘白枯瘦的手，指向以驚奇目光注視她的小男孩，喊道：「快把這孩子帶走！埃及女人要來啦！」

說罷，她的臉撲在地上，額頭撞地，發出撞擊石頭的聲響。三個女人以為她死了。可是過了一陣子，她又開始動，只見她用膝蓋和手肘著地，爬到放小鞋的角落。她們不忍再看下去，然而不看則可，卻還能聽見連連親吻，連連嘆息，雜以撕肝裂膽的呼叫，以及彷彿頭撞牆壁的悶響。繼而，有一聲撞擊特別猛烈，三個女人的身子都為之搖晃，接著就聽不見動靜了。

「她可能撞死了吧？」熱爾維絲說，壯起膽子把頭探進窗裡，叫道：「婆婆！古杜勒婆婆！」

「古杜勒婆婆！」烏達德也叫道。

「噢！上帝呀！她不動啦！」熱爾維絲又說，「她死了吧？古杜勒！古杜勒！」

瑪伊埃特一直哽咽得說不出話，這時盡力克制，說道：「等一等！」隨即俯身朝窗口叫：「帕蓋特！帕蓋特．香花歌樂女！」

瑪伊埃特突然喊名字，給室內古杜勒隱修女的震悚，不亞於一個孩子傻乎乎地去吹沒點好的鞭炮，卻沒料到鞭炮在眼前爆炸而受的驚嚇。

隱修女渾身一陣顫抖，赤腳站起來，跳到窗口，兩隻眼睛直冒火，嚇得三個女人和孩子連連後退，一直退到堤壩的欄杆前。

這時，窗邊出現隱修女那張淒慘面孔，她狂笑著喊道：「哈，哈！是埃及女人在叫我。」

恰好這時，恥辱柱那邊出現一幕場景吸引她狂亂的目光。她憎惡地皺起眉頭，兩條骷髏般的手臂伸出囚室，就像要斷氣的人扯著嗓子喊：

「又是你呀！埃及女人！是你在叫我呀，你這偷小孩的賊！哼！你真該死！該死！該死！該死！」

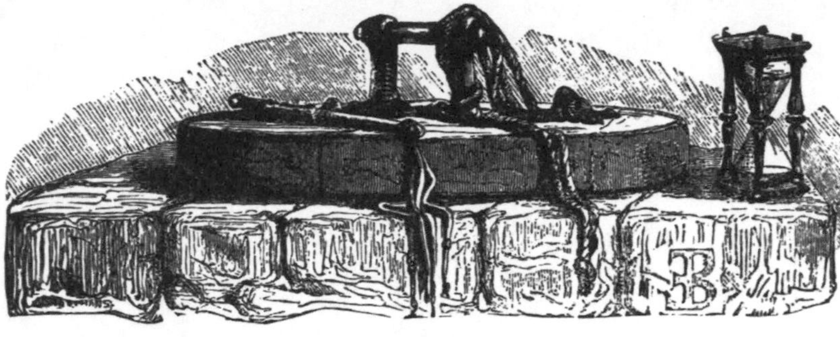

四、一滴淚報一滴水

隱修女這幾句話，可以說是兩幕同時展開的場景的交匯點。兩幕場景各有舞臺，一幕發生在我們剛看到的老鼠洞，另一幕發生在我們即將看到的恥辱柱的梯子上。第一幕的目擊者，只有讀者剛結識的三位女士；另一幕的觀眾，則是我們在上文看見聚在廣場，尤其聚在恥辱柱和絞刑架周圍的所有市民。

早晨九點鐘，四名警士就守護在恥辱柱四角，人們見此情景，知道肯定有一場好戲看，不是絞死人，至少也是抽鞭子、割耳朵，或類似的刑罰，因此他們紛紛跑來，很快就聚攏一大片人。四名警士見他們擠得太厲害，不得不用馬鞭和馬屁股，拿當時的話來說，多次「彈壓」一群眾。

這群人看慣了在公共場合行刑，也都耐心等待，並不特別急躁，他們無聊時就觀賞恥辱柱。其實，這種刑臺構造很簡單，一座石砌的方形平臺，是空心的，高十尺多，有一條很陡的石階通到臺上，當時叫做「梯子」，臺面裝設橡木板大輪盤。犯人跪在輪盤上，雙手反綁在木軸，而木軸則連著下面暗藏的絞盤，由絞盤帶動，大輪盤始終呈水平面旋轉，這樣就能讓廣場各角落的人看到罪犯的面孔。這就是所謂犯人

「旋轉示眾」。

顯而易見，河灘廣場的恥辱柱，遠遠不如菜市場的恥辱柱那麼百看不厭。這裡談不上建築藝術，也談不上規模宏大。沒有帶鐵十字架的頂蓋、八角燈、挺立到屋頂且展示花雕葉飾的細長圓柱、妖魔鬼怪守護的雨槽、精雕細鏤的框架，也沒有深深刻進石頭裡的精美雕塑。

這座刑臺只有四面粗糙的石牆、兩堵洞口的砂石護壁，以及旁邊光禿禿、枯瘦難看的石頭絞刑架。

哥德建築藝術愛好者觀賞這種東西當然不過癮。不過，中世紀那些看熱鬧的老實人，倒是對建築沒什麼興趣，不在乎恥辱柱建得美不美觀。

終於，犯人被拴在一輛車的後面押送來了。他被押上平臺，用繩索綁在大轉盤上，廣場各角落都看得見了，這時噓聲、歡笑和喝彩聲沖天而起。大家認出那正是加西莫多。

的確是他。這種轉變實在奇特，就在這同一座廣場上，昨天他還被擁戴為醜大王，接受萬民的歡呼致敬，身邊簇擁著埃及公爵、金錢王和伽利略皇帝，而今天卻被綁在恥辱柱上。甚至昨日為王、今為階下囚的加西莫多本人，也無法清楚地加以比較這兩種境況。但有一點是確定的，這群人裡少了一顆腦袋，這個場面只缺格蘭古瓦和他的哲學。

不久，國王陛下指派的傳諭官米歇爾．努瓦雷，喝令全場肅靜，高聲宣讀判決書。然後，他率領部下退到囚車後面。

加西莫多神態木然，連眉頭也不皺一下。他根本不可能反抗，因為，按照當年判罪的用語，他被「五花大綁，捆得牢固」，這就意味，皮索和鐵鍊恐怕都陷進肉裡去了。即使在我們今日文明、溫和而人道的社會中，坐牢和罰苦役的傳統仍尚未喪失，手銬腳鐐仍被保存了下來（甚至別提地牢和絞刑架）。

加西莫多任由別人又拉又推，綁上加綁，他卻不動聲色。從面容上只能隱約看出野人或傻子的驚愕，大家知道他是聾子，現在真可以說他還是個瞎子。

他被拖到轉盤上，讓他跪下他就跪在那裡。外衣襯衣都被扒掉，連腰帶也被解下，他都逆來順受。又用皮索加環扣，按新方式捆綁，他也任人擺佈，僅僅不時地呼呼喘息，就像一頭小牛的腦袋垂在屠夫的大車上搖來搖去。

「這個傻瓜。」磨坊約翰．弗羅洛對他朋友羅班．普斯潘說（兩名學生追隨罪犯，就好像是理所當然的事），「他一點也搞不清楚，如同扣在盒子裡的甲蟲！」

加西莫多的雞胸駝背、毛茸茸又長滿繭的雙肩全部亮了相，圍觀的人都哄然大笑。就在全場興高采烈時，一名身穿官吏制服的男子登上平臺，站到犯人身邊。他的大名隨即在人群中傳開，那正是小堡任命的執刑吏，彼艾拉．托特律先生。

他登上刑臺，先把黑色沙漏放到恥辱柱一角，只見上面瓶子裝滿的紅沙，呈細線狀漏到下面的容器裡。接著，他脫掉兩種顏色的制服，右手拎著皮鞭。細長的皮鞭繩又白又亮，編結成許多疙瘩，末端上還拴了不少鐵爪。他抬起左手，隨便挽起右邊的襯衣袖，一直挽到腋下。

這時候，約翰．弗羅洛那顆金色鬈髮的腦袋探出人群（當然這要撐著羅班．普斯潘的肩膀），喊道：「先生們，女士們，快看呀！這是我哥哥若薩主教代理先生的敲鐘人，加西莫多先生，他的身體是東方式的古怪建築，脊背像圓拱頂，雙腿像彎彎的柱子，他就要受懲罰挨鞭子啦！」

眾人又哈哈大笑，孩童和女人笑得最開心。

行刑吏跺了跺腳，轉盤開始旋轉。加西莫多全身綁縛，也隨之搖晃，畸形的臉上突然顯現驚愕神情，惹得圍觀的人笑得更加厲害。

加西莫多的駝背隨著轉盤送到彼艾拉先生眼前，他舉起右臂，那細長的鞭繩像盤曲的毒蛇，在空中發出嘶嘶的叫聲，又狠命地落到不幸人的肩上。

加西莫多渾身一震，這才驚醒，他開始明白了，於是身子在繩索裡扭動，臉上驚駭痛苦，肌肉猛烈抽搐，面孔都變形了。然而，他卻不發出哀嘆，只是頭朝後仰，左右晃動躲閃，猶如被牛虻螫疼的公牛。

皮鞭抽下來，接著第三下、第四下，一下一下抽個不停。輪盤不停旋轉，鞭子也像雨點似的落下。沒多久就出血了，只見駝子黝黑的肩膀上出現一道道細流，細長的皮鞭在空中盤旋嘶吼，將血滴抛到人群中間。

加西莫多又恢復木然狀態，至少表面上如此。起初，他暗暗使力，企圖掙斷繩索。只見他獨眼發亮，肌肉鼓起，四肢也收攏，而繩索鐵鍊則繃緊了。他使出了九牛二虎之力，進行異乎尋常而絕望的掙扎，不料司法部的繩索非同小可，極有韌勁，只是發出一陣聲響而已。加西莫多掙扎無效，便頹然作罷，驚愕神態又轉為淒苦難言、深深沮喪的表情。他那隻獨眼又閉上，腦袋垂到胸前，如同死了。

此後他再也不動彈了，任憑怎麼抽打也不動。鮮血不住流淌，鞭笞越來越瘋狂，執刑吏也越打越惱火，越打越起勁，而那可怕的皮鞭勝過毒蛇，猶如魔爪，嘶叫聲也越來越響亮，儘管如此，加西莫多仍然一動也不動。

從行刑一開始，身穿黑制服、騎著黑馬的小堡法警，就守候在「梯子」旁邊，他終於舉起烏木棒，指向沙漏。執刑吏住了手，輪盤也停止旋轉。加西莫多的獨眼則緩緩睜開。

鞭笞完畢。執刑吏的兩名隨從走上前，洗淨犯人臂膀上的血污，不知塗上什麼藥膏，立刻使傷口閉合，然後又給他套上修士袍式樣的套頭黃衫。這時候，彼艾拉．托特律則甩動染紅的鞭繩，將浸透的鮮血一滴滴抛到路面上。

然而，加西莫多並未就此了事，他還得在刑臺上跪一小時，這是在羅伯爾．戴圖維爾大人判決之後，弗洛里昂．巴勃迪安大人無比英明的加刑。這刑上加刑，使一句古老玩笑話大放異彩：「聾子即聾子」①，約翰．庫曼納這句話既符合生理學，又符合心理學。

於是，沙時計又倒轉過來，讓綁在輪盤上的駝子繼續示眾，一直達到刑罰規定的時間為止。

民眾，尤其中世紀的民眾，在社會裡就像家中的孩子一樣，還處於蒙昧無知、道德和智力低下的狀態，可以把他們的心智和孩子相提並論：這種年紀②，毫無憐憫。

我們已經指出，大家普遍憎恨加西莫多，也的確各有充分理由。圍觀的人中，無不有理由或自認為有理由怨恨聖母院這個壞駝子，看他被押上刑臺，無不拍手稱快。他受酷刑後那副慘狀，非但沒有博得眾人同情，反而增添了樂趣，使他們的憎恨更加殘忍。

因此，借用司法界今天還使用的行話來說：洩了「公憤」，便開始洩私恨了。在這裡也像在司法宮大堂一樣，表現最激動的是婦女。她們人人對他都懷恨在心，有的恨他狡猾，有的恨他醜陋。恨他醜陋的女人氣勢洶洶，尤為激烈。

「呸！反基督的妖孽！」一個女人喊。

「騎掃帚的惡魔！」另一個喊。

「真是衰鬼。」第三個喊，「今天若是昨天，就憑這副嘴臉，你一定能當上醜大王！」

「好極了，」一個老太婆接過話，「這是恥辱柱上的怪相。什麼時候再做絞刑架上的鬼臉呢？」

「什麼時候頂著你那口大鐘，埋到地下一百尺深呢，你這該死的敲鐘人？」

「那就是魔鬼敲祈禱鐘啦！」

「呸！聾子！獨眼龍！駝子！怪物！」

「這副嘴臉能把孕婦嚇流產，比什麼藥都靈驗！」

這時，兩名學生，即磨坊約翰和羅班．普斯潘，兩人大聲唱起古老民謠：

一條繩索

吊死大惡魔！

一堆劈柴

燒死醜八怪！

各種花樣的辱罵如傾盆大雨，噓聲、詛咒和嘲笑聲四起，不時還投來石塊。

加西莫多耳朵雖聾，但是獨眼卻看得清，眾人臉上的怒火不亞於言語中的憤怒。況且石塊砸過來，也說明了笑罵的原因。

起初，他還硬挺著。然而，剛才挺住行刑吏的皮鞭，現在飛來無數蚊蟲又叮又咬，他漸漸失去耐心，沉不住氣，如同阿斯圖里亞斯③的公牛，並不在乎鬥牛士的攻擊，而受到群犬的圍攻，投槍的刺激，就會暴跳如雷。

加西莫多開始以威脅的目光慢慢掃視眾人。然而他全身被縛，這種目光無力驅散叮咬他傷口的蚊蠅。於是，他在繩索中拚命掙扎，震得輪盤木板咯咯直響。眾人見他那副樣子，笑罵和噓聲更是變本加厲。

這不幸的人好似野獸，掙不斷套住脖子的繩索，只好老實不動彈了。不過，他的胸膛還時而鼓起發出憤怒嘆息，臉上毫無羞愧之色。他距離社會生活太遠，太接近自然狀態，不知何為羞恥，何況，身體畸形到了無以復加的程度，還能有恥辱的感受嗎？不過，在這張醜陋的臉上，憤怒、仇恨、絕望逐漸凝聚成烏雲，越來越陰暗，所負荷的雷電也越來越多，在這巨人的獨眼裡射出千萬道閃電。

這時候，一名教士騎騾子從人群中走過來，可憐的犯人遠遠望見騾子和教士，臉上的烏雲開了，神情也溫和下來，轉怒為喜，原本抽搐變形的面孔泛起微笑。這笑容非常奇異，充滿難以描摹的溫

---

①．原文為拉丁文，是文字遊戲，可直譯為「聾子是荒唐可笑的」。

②．法文中，中世紀的「世紀」和「年紀」是同一個詞。

③．阿斯圖里亞斯（Asturias）：西班牙地區名稱。

和、善良和深情，而且隨著教士越走越近，也變得越來越明顯清晰，煥發神采，彷彿受苦難的人恭迎救星。然而，騎騾子的教士走近恥辱柱，認出受刑者，他就把頭一低，突然轉頭往回走，雙腳催動騾子疾馳，就好像要擺脫令他難堪的要求，不願意接受處於受刑姿態的可憐傢伙的致敬，也不願意讓那傢伙認出來。

那個教士正是主教代理堂・克洛德・弗羅洛。

加西莫多的額頭上，烏雲再次聚集，更加陰暗了。那絲微笑一時還在雲層隱現，但已變為氣餒、極度悲傷的苦笑。

時間慢慢過去，他受刑至少有一個半小時，受盡了傷痛和嘲笑的折磨，差一點被人用石塊砸死。在極度絕望之下，他突然再次掙扎要掙斷繩索，連身下的輪盤木架都為之震顫，他還打破一直固執保持的沉默，叫了一聲：「喝水！」這嘶啞憤怒的吼聲壓過噓聲，但不像人的吶喊，更像動物咆哮。

這聲淒慘的呼叫，非但沒有引起同情，反而給「梯子」周圍的巴黎善良百姓增添笑料。應當指出，這些人作為群體而言，其殘忍和昏庸的程度，並不遜於可怕的丐幫。須知丐幫不過是民眾最底層，我們已經帶領讀者去見識過了。在這受刑罪犯周圍，只要有人喊叫，必定是嘲笑他口渴的聲音。固然，此刻他的臉漲得紫紅，汗流滿面，眼神狂亂，因激怒和煎熬而口吐白沫，舌頭也垂出一半，這種可笑的醜態難以引起同情，倒是更惹人討厭。還應當指出，刑臺那恥辱的階梯周圍，瀰漫對羞恥抱著極大偏見的氣氛，人群中別說是有哪個好心男人或女人想送杯水給受罪的不幸者喝，就是好心腸的撒瑪利亞人[4]也會望而卻步。

過了幾分鐘，加西莫多絕望的目光掃視人群，聲音更加淒慘地又喊：「喝水！」

全場又一陣哄笑。

「給你喝這個吧！」羅班・普斯潘叫喊，同時把一塊浸在陰溝裡的海綿朝他的臉拋去，「接住，可惡的聾子！算我送給你的。」

一個女人朝他腦袋扔去一塊石頭：「就要你知道，還敢不敢半夜敲你那鬼鐘吵醒我們啦！」

「喂，小子！」一個跛子吼道，還極力伸拐杖要打他，「你還敢在聖母院的鐘樓上，向我們施魔法嗎？」

「這一罐子給你喝！」一個男子也喊道，並朝他胸口摔去一個破罐子，「就是你這傢伙，從我老婆面前經過，就讓她生下雙頭嬰兒！」

「還有我家那隻貓，生下了六隻腳的小貓！」一個老太婆尖聲怪叫，朝他拋去一塊瓦片。

「喝水！」加西莫多喘息著，第三次喊道。

這時，他看見人群閃開一條路，一位穿戴奇特的少女走過來，她手中拿著巴斯克小鼓，身邊跟隨一隻金角山羊。

加西莫多的獨眼忽然一亮，那正是昨夜他企圖劫持的吉卜賽女孩，而他模模糊糊感到此刻的受刑，就是為了那暴力行為。其實大謬不然，他受懲罰，僅僅因為他不幸是個聾子，又不幸由聾子法官審判。他毫不懷疑女孩也是來報仇的，也像別人一樣要打他。

果然，女孩快步登上階梯。加西莫多又氣又惱，一時喘不過氣來，恨不得震坍刑臺，恨不得眼中射出雷電，不待埃及女郎登上平臺就令她粉身碎骨。

女孩走到徒然掙扎要逃避她的罪犯前，一言不發，從腰帶上解下水壺，輕輕送到那不幸者焦渴的唇邊。

只見他始終乾涸而焦炙的獨眼裡，一大滴淚珠滾動，並順著因痛苦絕望而久久抽搐的畸形臉龐，

④．撒瑪利亞人（Samaritan）：耶穌向門徒講道時，奉為救助同胞的好人典型。

緩緩地流下來。也許這是苦命人流下的第一滴眼淚。

此時，他忘記了喝水。埃及女孩不耐煩地撇了撇小嘴，又粲然一笑，將水壺按在加西莫多突出利齒的嘴唇上。他開始大口喝水，顯然渴到了極點。

不幸的人喝完水，又伸出烏黑的嘴唇，無疑想吻剛剛解救他的美麗小手。然而，女孩也許早就懷著戒心，還記著昨夜的暴力行為，她慌忙抽回手，就像小孩怕被動物咬。

於是，可憐的聾子凝視女孩，眼神充滿自責和難以言傳的傷感。

這個美麗鮮豔、純潔可愛，同時又十分嬌弱的女孩，就這樣跑來救助集苦難、畸形和惡毒於一身的怪物，這一場面發生在什麼地方都非常感人，而發生在示眾刑臺上，就尤為壯麗了。

圍觀的民眾也深為感動，紛紛鼓起掌來，高聲歡呼：「好哇！好哇！」

就在這個時刻，隱修女從地穴窗邊望見站在刑臺上的埃及女郎，立刻狠狠地詛咒她：「埃及女人，該死的東西！該死的！真該死！」

五、玉米餅故事的結局

愛絲美拉達臉色忽然白了，她踉蹌地走下恥辱柱刑臺。隱修女的聲音緊追不捨：「你下來吧！下來吧！埃及賊婆，到時候你還得上去！」

「麻袋女又發瘋啦！」人群中竊竊議論，但也只是說說而已。要知道，這類女人是令人畏懼的，因而具有神聖不可侵犯的色彩。況且，誰也不願意去碰日夜祈禱的人。

時間到了，該把加西莫多押回去。有人替他鬆綁，觀眾也就散去。

瑪伊埃特和兩個同伴一道返回，走到大橋附近猛然停下：

「對啦，厄斯塔什，你拿的那張餅呢？」

「媽媽，」孩子回答，「您跟洞裡那位夫人說話的時間，一條大狗咬我的餅，我也就跟著吃了。」

「什麼，先生，」母親又說，「您全吃啦？」

「媽媽，是狗吃的。我對牠說不准吃，可是牠不聽。那我也就跟著吃，就是這樣！」

「這孩子真要命！」母親笑著責備，「跟您說吧，烏達德，我們家在夏朗日的園子裡那一大棵樹的櫻桃，他一個人就能全吃光。因此，他爺爺說他將來能當統帥。……看您下次還敢不敢這樣，厄斯塔什先生。……走吧，小胖獅子！」

LIVRE SEPTIÈME.

第七卷

一、山羊洩密的危險

轉眼過去幾星期，到了三月上旬。

當時，婉曲修辭法的祖師爺杜巴爾塔①還沒有稱太陽為「萬燭大公」，但是太陽照樣又歡暢又燦爛。春日融融，溫馨而美麗，全巴黎人都來到廣場和散步場所，就跟星期天和節日一樣。在這種晴朗、溫馨而寧靜的日子，總有某一時刻特別適合觀賞聖母院大拱門，那就是太陽偏西，幾乎正面照射主教堂的時刻。陽光越來越呈水平，緩緩從廣場地面撤離，沿著聖母院正面的陡壁攀緣，照得無數浮雕明暗清晰，對比突出，而正中央的大玫瑰花窗被照得通紅，猶如被雷神爐火映紅的巨人獨眼。

現在正是這種時刻。

有一座哥德式的富家宅第，座落在廣場和前庭街的交叉口，正對著落日染紅的宏偉主教堂。在門廊上方的石砌陽臺上，幾個美麗女孩正說說笑笑，表現出嬌媚風騷的種種情態。只見長長輕紗，從她們鑲滿珍珠的尖帽頂一直垂到腳邊；繡花襯衣做工十分精美，遮住雙肩，卻按照風流時尚，半露出處女的美妙胸脯；小外套本來就非常講究，令人讚嘆，裙子則更為華麗珍貴；她們渾身上下盡是天鵝絨和綾羅綢緞，而那一雙雙手又白又嫩，表明她們一向遊手好閒。凡此種種，不難看出她們是大家閨秀，是巨額財產的繼承人。她們正是百合花·德·貢德洛里埃小姐及其女伴：黛安娜·德·克里斯特伊、阿姆洛特·德·蒙蜜雪兒、鴿子·德·加伊封丹和小女孩德·香舍佛里埃，全是名門閨秀，此刻聚在孀居的德·貢德洛里埃夫人府上，為的是四月份博熱大人偕夫人要來挑選女儐相，好派往皮喀第，從弗蘭德人手中迎來菊花公主瑪格麗特。方圓百餘公里的貴紳之家，無不要為自己的女兒爭取這份榮耀，不少人家親自把女兒帶來，或者派人送到巴黎。這幾個女孩子，是她們父母託付給可敬而又可靠的阿洛伊絲·德·貢德洛里埃夫人照顧的。這位夫人是禁衛軍弓箭隊將領的遺孀，帶著獨生女離開社交界，隱居在聖母院廣場街的自家宅第。

幾位女孩所在的陽臺連接客廳，客廳四面鑲著淺褐色弗蘭德皮革壁紙，上面印有金黃色漩渦葉飾圖案。屋頂平行的一道道橫梁上，雕刻著許多怪異形象，彩繪加描金十分悅目。櫃櫥鏤花刻紋，多處鑲嵌的琺瑯閃耀著光澤。華美的餐具櫃上擺著一個陶瓷野豬頭，櫃中兩格表明女主人是方旗騎士②的妻子或孀婦。

客廳一端是座高大壁爐，從上到下飾有紋章。壁爐旁擺一把紅色天鵝絨的華麗大椅，上面坐著德·貢德洛里埃夫人，從面容和衣著打扮上，都能看出她有五旬上下。一位青年侍立在她身邊，神態頗為傲慢，那樣子雖然有點輕狂，但仍不失一個英俊青年，能令所有女人一見傾心，而嚴肅男人見了則會聳肩搖頭。他身穿禁衛軍騎衛隊軍裝，非常華麗，酷似我們在第一卷欣賞的朱庇特戲服，因而可以讓讀者免受贅述之苦。

①·杜巴爾塔（du Bartas）：即紀堯姆·德·薩呂斯特（Guillaume de Salluste，一五四四—一五九〇），法國詩人，作品尤以宗教詩著稱。

②·方旗騎士：中世紀封建領主的等級，有權舉方旗召集附庸參戰。

③·烏特勒支（Utrecht）：荷蘭城市，以紡織業著稱。

幾位小姐，有的在屋裡，坐在鑲金邊的烏特勒支③絲絨方墊上；有的在陽臺，坐在有花卉人物雕刻的橡木凳子上。她們一起繡一大幅帷幔，各人拉一個角放在膝上，還有一大塊拖曳在鋪於地板的席子上。

她們低聲交談，不時竊笑，凡是女孩圈裡有一個男青年，她們總是如此。一個青年在場，就足以激發所有女性的虛榮心。可是這個青年，雖然身在一群競相吸引他注意的佳麗中間，卻似乎馳心旁騖，在用麂皮手套揩拭皮帶環扣。

老夫人不時低聲對他說兩句話，他則儘量恭敬回答，但是那種禮貌顯得笨拙而勉強。阿洛伊絲夫人低聲和隊長講話，從她的笑容和手勢，以及不時朝女兒百合花瞥上兩眼，不難看出，他們一定已談到訂婚，也就是這個青年和百合花即將成親之事。然而，從青年軍官冷淡而尷尬的表情，同樣不難看出，至少他的心中毫無愛意可言。他的神態表明出心裡的為難而厭倦，而我們今天防衛部隊的少尉們若有這種念頭，肯定會大言不慚地罵出來：「真是活受罪！」

可憐的母親，這位老夫人一心誇讚自己的寶貝女兒，卻看不出青年軍官缺乏熱情。她一再低聲要他注意，百合花穿針引線的指法無與倫比，多麼精熟靈巧。

「看呀，小侄兒，」她拉拉青年的衣袖，附著他的耳朵說，「看她那樣子！現在她又低下頭了。」

「哦，不錯。」年輕人答道，隨即又沉默了，態度冷淡又心不在焉。

過了一陣子，青年軍官又不得不俯下身，阿洛伊絲則對他說：

「看你這未婚妻，模樣多討喜，多可愛，到哪裡找？還有比她更白淨的皮膚，更美的金髮嗎？看她那雙手，不是十全十美嗎？還有脖頸，不是和天鵝一樣優美，儀態萬方嗎？有時候，我還真有點嫉妒你！你真狡猾，生為男子漢，真是天大的福氣！我的百合花是絕色美人，你迷戀上她了，對不對呀？」

「當然了。」青年軍官嘴上答應，心中卻想別的事。

「你倒是跟她說說話呀！」阿洛伊絲夫人忽然說，並推推他的肩膀：「去跟她說點什麼。你怎麼變得靦腆了？」

我們可以向讀者保證，靦腆既不是這位隊長的優點，也不是他的缺點。不過，他還是按照夫人的吩咐去做。

「可愛的表妹，」他走到百合花面前，說道，「您在這帷幔上，繡的是什麼圖案啊？」

「可愛的表哥，」百合花以怨憤的口氣回答，「我都對您說過三遍啦，這是海王洞府。」百合花顯然比她母親更清楚，隊長的態度冷淡又心不在焉。

隊長無可奈何，只得沒話找話，又問：「這海王洞府圖，是繡給誰的？」

「是繡給田園聖安東莞修道院的。」百合花又答道，眼皮也沒抬一抬。

隊長拉起帷幔一角。

「表妹，這個吹喇叭的胖憲兵，臉頰都鼓起來，他是誰？」

「他是海王子特里頓。」女孩回答。

百合花回話平淡枯燥，顯然還有點賭氣。年輕人當即明白他必須湊到她耳邊，對她說悄悄話，說點無聊的恭維話。於是，他俯下身去，可是，他發揮了全部想像力，所想出溫柔體貼的話無非是：

「您母親為什麼總穿這種繡紋章的衣裙，就像查理七世時代的奶奶們一樣呢？親愛的表妹，請您告訴她，這種衣服現在已經不流行了。還有，衣裙繡著鉸鏈和月桂枝的紋章[4]，讓她就像會移動的壁爐架。真的，現在沒有人會把自己家的家徽坐在屁股下面了，我向您發誓！」

---

④．紋章往往像圖謎，不知來源者十分費解。這裡所說的紋章上的鉸鏈和月桂合為姓氏，前半是 Gonde 的音譯，後半是 laurier 的意譯，本書中將此姓氏譯為「貢德洛里埃」。Gond 一詞為姓名，要追溯到六世紀 Burgondes（勃艮第人一支）入侵之時。

百合花抬起美麗的眼睛，充滿責備地望著他，低聲說：「您向我發誓，只是為這個嗎？」

這時候，阿洛伊絲老夫人看見他倆交頭接耳，心中樂不可支，她邊擺弄祈禱書邊說：「這愛情圖景多動人啊！」

年輕軍官越來越尷尬，又回到帷幔話題，高聲讚道：「這真是好手工啊！」

另一位身穿低開領藍衣裙、皮膚白皙的金髮美人，鴿子．德．加伊封丹，這時接過話，怯生生對百合花說了一句話，心中卻盼望英俊隊長回答：「親愛的貢德洛里埃，您見過羅什—居戎府上的帷幔嗎？」

「是不是羅浮宮洗衣婦花園裡的那棟宅第？」黛安娜．德．克里斯特伊笑著問，她的牙齒很美，因此笑口常開。

「那裡有巴黎古城牆粗壯的古箭樓。」阿姆洛特．德．蒙蜜雪兒也嘆道。黛安娜愛笑，而這位滿頭褐色鬈髮、肌膚鮮豔的美人喜歡嘆氣，也不知道為什麼。

「我親愛的鴿子，」阿洛伊絲當面說，「您是指當年查理六世時，德．巴克維爾先生的那座府邸嘆吧？那裡的豎紋帷幔，確實非常精美。」

「查理六世！國王查理六世！」年輕軍官撚撚鬍子咕噥，「上帝啊！這樣的老古董，老夫人都還記得！」

德．貢德洛里埃夫人繼續說：

「那帷幔，的確非常漂亮。那做工極受讚賞，非常獨特！」

這時候，七歲的小女孩貝朗熱珥．德．香舍佛里埃，從陽臺的梅花格欄杆朝廣場張望，忽然叫起來：

「哈！看呀，百合花教母，那個美麗的女孩敲著手鼓在跳舞，圍了一大圈民眾！」

果真，巴斯克手鼓響亮的聲音傳來。

「是個波希米亞的吉卜賽女孩吧。」百合花滿不在乎扭頭望望廣場。

「我們去看看！去看看！」幾位活潑的女伴喊道，紛紛跑到陽臺。百合花也跟了過去，但是腳步緩慢，心裡還在想著未婚夫為何如此冷淡。這個未婚夫倒是鬆了一口氣，慶幸有熱鬧可看，打斷了一場尷尬的談話，他又回到客廳另一端，像下了崗的士兵喜形於色。照理來說，陪伴美麗的百合花這樣的崗位，本應是一件好工作，從前他也是這樣認為。然而，年輕軍官漸漸心生厭膩，想想婚期迫近，他的態度也就日趨冷淡了。

況且，他這個人沒有定性，而且趣味相當低下，這一點還需要明說嗎？他出身的門第雖然十分高貴，但是金玉其外，敗絮其中，他染上了兵痞的惡習。他最愛出入小酒館，其後果不言自明。只有講講粗話，以軍人的方式調情，尋花問柳，做這類不費力的事，他才如魚得水。誠然，他也受過家庭教育，學到舉止禮儀，可是，他年紀輕輕就開始過軍旅生活，跑遍全國各地，他身上的貴紳光澤被騎衛軍裝磨損，日漸消退。儘管他身上還多少剩點人情世故，每隔三、五天還會來看看百合花，可是他每次來訪，都感到雙重難堪。一則，他到處拈花惹草，浪擲情愛，留給未婚妻的感情就所剩無幾了；二則，他那張嘴講慣了髒話，一來到這群莊重、規範而又文雅的美貌女子中間，他就提心吊膽，為自己的嘴套上馬銜，生怕冒出髒話。想一想，萬一說溜嘴，那場面多精彩！

不僅如此，在衣著、容貌和儀表方面，他還自視甚高。這類事情，誰要怎麼想就怎麼想。我在此僅僅敘述故事。

且說他倚著壁爐的雕刻框架，默默佇立半晌，不知心中想什麼還是讀者可以自行想像，百合花卻突然回頭問他話。歸根結柢，可憐的女孩跟他賭氣，畢竟情非所願。

「表哥，您不是對我們說過，兩個月前您巡夜，從十幾個強盜手中救出一個吉卜賽女孩嗎？」

「我想是吧，表妹。」軍官答道。

「那麼，」百合花又說，「也許就是在廣場上跳舞的那個吉卜賽女孩。您過來看是不是還認得，浮比斯表哥。」

青年軍官看出女孩特意叫他的名字邀請他，隱含言歸於好的意思。浮比斯．德．夏多佩隊長（從這一章開始讀者所見的正是他）這才緩步走到陽臺。

「喏，」百合花說，溫存地將手搭在他手臂上，「您看看，那群人圈子裡跳舞的小傢伙，是不是那個吉卜賽女孩？」

浮比斯瞭望，答道：「是她，看那隻山羊，我就知道是她。」

「嘿！那隻小山羊真好看！」阿姆洛特拍手稱讚。

「牠的角是真金的嗎？」貝朗熱珥問。

阿洛伊絲夫人沒有離座，也插話：「那個女孩，是不是去年從吉巴爾門進城的那一群吉卜賽人？」

「母親大人，」百合花柔聲說，「那座城門，如今改稱地獄門了。」

德．貢德洛里埃小姐知道母親這種老說法，青年軍官會覺得刺耳。果然，他開始訕笑，口中念道：「吉巴爾門！吉巴爾門！那是給國王查理六世通行的！」

「教母，」貝朗熱珥高聲說，她總是東張西望，又突然抬頭朝聖母院鐘樓頂望去，「那上面有個穿黑衣服的人，他是誰呀？」

幾位女孩都舉目望去。在北鐘樓頂，的確有個人倚著欄杆，面對河灘廣場。那是一名教士。他的服裝，以及雙手托住的臉，都能看得清清楚楚。他紋風不動，似一尊雕像，眼睛俯視，死死盯住廣場。

那動也不動的姿態，就像一隻老鷹盯著剛發現的一窩麻雀。

「那是若薩的主教代理先生。」百合花說。

「您眼力真好，這麼遠都能認出來！」加伊封丹小姐說。

「看他那樣子，死盯著跳舞的女孩！」黛安娜．德．克里斯特伊也說。
「那埃及女孩可得當心呀！」百合花說，「他不喜歡埃及。」
「他那樣望著小女孩，真不像話，」阿姆洛特．德．蒙蜜雪兒補充，「人家的舞跳得多好啊！」
「浮比斯表哥，」百合花忽然說，「您既然認識那個吉卜賽女孩，那就叫她上來吧，讓我們開開心。」
「好啊，好啊！」幾位女孩都拍手喊道。
「真有點胡鬧。」浮比斯說，「恐怕她早把我忘記了，我連她的名字也不知道。不過，幾位小姐既然這樣希望，我就試試吧。」他說著，從陽臺欄杆探身叫道：「小女孩！」
跳舞的女孩這時恰巧沒有敲手鼓，她轉身朝發出叫聲的地方望去，發現浮比斯，明亮的眼睛立刻看直了，舞蹈也戛然停止。
「小女孩！」隊長又喊了一聲，同時擺動一根手指叫她過來。
那女孩又看了看他，臉忽然紅了，面頰好像燃起一團火，她把手鼓往腋下一夾，穿過驚愕的觀眾，走向浮比斯叫她的那幢樓房正門，只見她眼神恍惚，腳步緩慢而又踉蹌，像被蛇誘惑的小鳥。
沒多久，客廳門簾掀起，吉卜賽女郎出現在門口。她氣喘吁吁，滿臉羞紅，愣在那裡，不敢再邁進一步。
貝朗熱珥拍起小手。可是，跳舞的女孩停在門口，還是動也不動。這幾位女孩一看見她，心裡都產生異樣的感覺。本來她們都不約而同，隱約渴望取悅這位英俊軍官。他光彩奪目的軍裝成為她們賣弄風情的焦點，自從他到場，她們之間就暗暗展開競爭，儘管她們連在內心都不肯承認，但在言談舉止中還是無時無刻不暴露出來。不過，她們幾個姿色大致相當，以相等的武器進行搏鬥，因而每個人都有獲勝的希望。不料吉卜賽女孩一來，卻突然打破了這種均勢。
她的確美得出奇，人世罕見，剛出現在門口，她散發的光芒就照亮了客廳。在這間由帷幔和細木鑲壁圍成，幽暗擁擠的客廳裡，她顯得更加美麗、光彩照人，遠非她在廣場上時所能比擬，就好比一支火炬，從陽光下猛然移到黑暗之處。幾位貴族小姐情不自禁目眩神迷，每人都感到自己的美貌多少相形見絀。

因此，恕我冒昧，她們的戰線立時改變了，而且無須交換一句話就都能心領神會。女人憑直覺，比男人憑智慧能更快互相理解呼應。她們都感到來了一個敵手，因而聯合起來。只需一滴葡萄酒就能染紅一杯水。若要讓一群美貌女子染上不快的情緒，只需突然出現一個更美的女子——尤其只有一位男士在場的時候。

因此，吉卜賽女郎受到冰冷的待遇。她們從頭到腳打量她一番，然後相互看了一眼就心照不宣，大局已定了。這時候，吉卜賽女孩還等著別人向她有所表示。她心情十分激動，眼皮也不敢抬一抬。

青年軍官首先打破沉默，以他肆無忌憚又自命不凡的口氣說：「老實說，真是一個美妙的人！您覺得怎麼樣，親愛的表妹？」

換一個細心的人讚揚，至少會壓低聲音。顯然這句品評，無助於消除幾位警覺觀察吉卜賽女孩的女性的嫉妒。

百合花以輕蔑的口氣，矯揉造作地回答：「還說得過去。」

其他幾位小姐則交頭接耳。

阿洛伊絲夫人出於護女之心，嫉妒的情緒也不亞於其他人。她終於開口，對跳舞的女孩說：「過來，小女孩。」

「過來，小女孩。」夫人身後的貝朗熱珥用輕視的口氣重複。她剛有人家腰那麼高卻學大人的話，裝腔作勢，樣子很滑稽。

吉卜賽女孩朝貴婦人走去。

「漂亮的小女孩。」浮比斯也走上前幾步，誇張地說，「不知道我有沒有這份無上榮幸，能被您認出來……」

女孩抬頭朝他粲然一笑，眼神裡含著無限柔情，打斷他的話：「哦，對！」

「她的記性真好。」百合花評論一句。

「唔，提起這事，」浮比斯又說，「那天晚上，您逃得真快呀。怎麼了，我讓您害怕嗎？」

「哦，不！」吉卜賽女郎答道。

先是一聲「哦，對」，又是一聲「哦，不」，語氣意味深長，不免傷害了百合花。

「我的小美人，」這位隊長一跟街頭女孩說話，舌頭就特別靈敏，他繼續說，「您逃跑不要緊，卻給我留下一個討厭的怪物，又是駝背，又是獨眼，我想是主教的敲鐘人。據說，他是主教代理的私生子，而且生下來就是個魔鬼。他的名字很有意思，叫什麼『四季齋期』⑤、『聖枝主日』⑥、『封齋前的禮拜二』，不知道還有什麼！反正是要敲鐘的節日名稱！他居然劫持您，就好像您天生是給教堂那些執事預備的！這簡直太離譜了。那隻貓頭鷹，要搶您幹什麼呢？唉，您說說看！」

「我也不知道。」女孩回答。

「竟敢如此放肆！一個敲鐘的傢伙掠奪一位女孩，模仿子爵的行為！一個下賤的人，竟然偷獵貴族的禁臠！真是不可置信。偷雞不成蝕把米，他付出很大的代價。彼艾拉．托特律先生心狠手辣，非常厲害，從來不輕饒無賴。您若是想要聽，我可以告訴您，那個敲鐘人的狗皮，不被他一下子就剝下來才怪。」

「可憐的人！」吉卜賽女郎嘆道，她聽了這番話，又想起了恥辱柱受刑的場面。

年輕軍官哈哈大笑：「牛的犄角！這種憐憫心，給的真不是地方，就像一根羽毛插在豬屁股上！

---

⑤．四季齋期（Quatre-Temps, Ember Days）：天主教會規定每季度的三天齋日。

⑥．聖枝主日（paques-Fleuries, palm Sunday）：復活節前的星期天。

我倒願意像教皇那樣挺著肚子，只要……」

他猛然住口：「對不起，女士們！恐怕我要順口說出蠢話了。」

「呸，先生。」加伊封丹小姐來了一句。

「對什麼人說什麼話，他講的是這個賤女孩的語言！」百合花低聲說，心中越來越氣惱。這位隊長欣賞吉卜賽女孩，尤其還孤芳自賞，以大兵那種粗野天真的方式，圍著人家轉，大獻殷勤，反覆說：「憑我的靈魂起誓，真是個漂亮女孩！」百合花見他這副樣子，嫉妒的情緒有增無減。

「穿戴可相當粗俗。」黛安娜．德．克里斯特伊笑著說，露出美麗的牙齒。

這看法好似一道光線，啟迪了其他幾個女孩，使她們看到吉卜賽女郎的弱點。既然攻不動她的美貌，那就撲向她的服飾。

「說得沒錯，小女孩。」蒙蜜雪兒小姐說，「你怎麼養成這種習慣，不戴披巾也不穿胸衣，就滿街亂跑呢？」

「這裙子也短得讓人看不下去。」加伊封丹小姐也補充。

「親愛的，」百合花語氣尖刻，接話說，「您紮著鍍金腰帶，若是讓警官撞見，非被抓去不可。」

「小女孩，小女孩，」克里斯特伊殘忍地冷笑，「你若是體面一點，穿上帶袖子的衣服，手臂就不會曬成這樣了。」

這場好戲，值得給比浮比斯更聰明的人欣賞。這幾位美麗女孩惱羞成怒，像蛇似的吐著毒信，圍著街頭舞女輪番攻擊，糾纏不休。她們既殘忍無情，又溫文爾雅，施展吹毛求疵的本領，從她這身綴滿金屬飾片、寒磣又輕佻的服裝上找話題，狡黠地大做文章，又是嘲笑、譏諷，沒完沒了地羞辱人。冷嘲熱諷的話語、居高臨下的慈悲、惡毒凶狠的目光，一起朝吉卜賽女孩襲來。這個場面，真像古羅馬貴族少婦拿美麗女奴取樂，用金針深深刺進女奴的胸脯。又好似一群鼻孔張開、眼睛冒火的雄健獵犬，圍著主人用目光禁止牠們撕咬的獵物。

在這些大家閨秀眼中，一個街頭的窮舞女又算得了什麼呢？她們似乎根本不考慮有她在場，當著她的面就對她評頭品足，高聲講給她本人聽，就好像在談論什麼骯髒下流而又漂亮的東西。

對於這些譏刺，吉卜賽女孩並非滿不在乎，她不時因受辱而羞紅，眼睛裡或面頰燃起怒火，嘴唇顫動，彷彿要講出一句輕慢的話，或者撇撇小嘴，做出讀者熟悉的藐視的樣子。不過，她始終佇立不動，一聲不吭，注視著浮比斯，眼含著隱忍、憂傷而溫柔神色，同時也飽含幸福和深情，就好像她怕被趕走，只好竭力克制自己。

浮比斯倒是嬉皮笑臉地站到吉卜賽女孩身邊，態度又憐憫又放肆，將金馬刺碰得直響，反覆說：「讓她們說吧，小女孩。您的穿戴有點奇特，有點野蠻，可是，對您這位可愛女孩，又有什麼妨礙呢？」

「上帝啊！」金髮的加伊封丹小姐挺起天鵝般的脖頸，帶著酸溜溜的微笑高聲說，「看來，禁衛軍弓箭手先生們，碰到埃及女孩的美麗眼睛就很容易激動啊！」

「有何不可呢？」浮比斯回敬。

隊長順口回答，就像隨意拋去的石子，沒人注意落到哪裡。鴿子格格笑起來，於是，黛安娜、阿姆洛特、百合花，也都跟著大笑，百合花還笑出了眼淚。

吉卜賽女孩本來目光低垂，看著地面，她聽到鴿子·德·加伊封丹的話，就抬起頭來，重又凝視浮比斯，眼睛閃耀欣喜和自豪的神采。此時此刻，她的確光豔照人。

老夫人目睹這種場面，覺得受了冒犯，卻又不明白是怎麼回事。

「聖母啊！」她突然叫起來，「是什麼東西在我腿中間亂動？哎呀！討厭的畜牲！」

原來是小山羊來找主人，衝了過來，犄角一下子掛著老夫人坐下時堆在地上的裙襬。牠分散了大家的注意力。吉卜賽女孩一語不發地把小山羊解救出來。

「嘿！這隻小山羊，腳也是金子的！」貝朗熱珥嚷著，高興得跳起來。
吉卜賽女孩半跪下來，用臉頰親著小山羊的頭，就好像請牠原諒剛才丟下牠。
這時，黛安娜湊到鴿子的耳畔。
「天啊！我怎麼沒有想到呢？她就是帶山羊的那個吉卜賽女孩啊！聽說她是女巫，她這山羊能搞許多神奇的把戲。」
「那好啊，」鴿子說：「那就讓山羊變變法術，給我們開開心。」
黛安娜和鴿子都催促吉卜賽女孩：「小女孩，快點讓你的山羊變個法術！」
「我不懂你們要說什麼。」舞女答道。
「法術，就是魔法，說穿了，就是巫術啊。」
「我不明白。」吉卜賽女孩開始撫摸小山羊，重複叫道：「佳利！佳利！」
這時，百合花發現山羊脖子上掛著一個繡花皮荷包，便問吉卜賽女孩：「這是什麼？」
吉卜賽女孩抬起大眼睛，莊重地回答：「這是我的祕密。」
「我倒要瞭解你這是什麼祕密。」百合花心中暗想。
這時，老夫人面帶慍色站起來說：「哼！吉卜賽小女孩，既然你還有山羊都不能給我跳個舞，那還待在這裡幹什麼呢？」
吉卜賽女孩沒有應聲，緩步朝門口走去。但是離門口越近，她的腳步越慢，彷彿被不可抗拒的磁石吸引住。她猛然回頭，噙著淚水的眼睛望著浮比斯，停下了腳步。
「真正的上帝啊！」隊長高聲說，「不能說走就走啊！回來吧，給我們跳個舞。順便問一下，我的小小美人，您叫什麼名字？」
「愛絲美拉達。」女孩答道，眼睛還一直盯著他。
聽到這麼古怪的名字，幾位小姐又是一陣狂笑。

「哎呀！」黛安娜說，「一位小姐，取這樣可怕的名字！」

「這回你們該明白了吧，」阿姆洛特也說，「她就是女巫。」

「親愛的，」阿洛伊絲夫人提高嗓門，莊嚴地說，「您父母給您取的這個名字，總歸不是從洗禮聖水盤裡釣上來的吧。」

這時候，小貝朗熱珥趁大家不注意，用一塊小杏仁餅，把山羊引到客廳角落去，兩個很快就成了好朋友。小女孩好奇，把山羊脖子上掛的荷包解下來，再打開，將包裡的東西全部倒在席子上。原來是一組字母，分別刻在一個個黃楊木的小木塊上。木塊剛掉在地上，小女孩就驚奇地看見山羊用金腳拉出幾個，輕輕推著排列起來，也許這就是牠的其中一種法術。沒多久，幾個字母就構成一個詞，而山羊毫不猶豫，就好像牠會寫字似的。貝朗熱珥佩服極了，拍起小手，突然喊道：「百合花教母，快來看呀，山羊好厲害！」

百合花跑過去一看，渾身不寒而慄。字母在地板上排列成這個詞：

PHOEBUS（浮比斯）

「這是山羊寫的嗎？」百合花問，說話的聲調都變了。

「是呀，教母。」貝朗熱珥回答。

不容懷疑，小女孩根本不會寫字。

「這就是她的祕密！」百合花心想。

聽到孩子的喊聲，母親、幾位小姐、吉卜賽女孩、軍官，所有人都跑了過去。

吉卜賽女孩看見小山羊做了蠢事，她的臉一陣紅一陣白，好像犯了罪一樣，在軍官面前發抖。而軍官又得意又驚奇，笑呵呵地看著她。

「浮比斯！」幾位小姐十分驚訝，小聲議論，「這是隊長的名字呀！」

「您的記憶力實在驚人！」百合花對嚇呆的吉卜賽女孩說。接著，她抽泣起來，兩隻美麗的手捂住臉，痛苦地哽咽著說：「噢！她是女巫！」然而，內心深處有個更悽楚的聲音對她說：「她是情敵！」

百合花當場暈倒在地。

「孩子呀！孩子呀！」母親驚慌失措，拚命呼喚，「滾蛋，你這地獄冒出來的吉卜賽女人！」眨眼間，愛絲美拉達拾起闖禍的字母，招呼佳利，從一扇門出去。同時，百合花則被人從另一扇門抬走。

浮比斯隊長獨自一人在兩扇門之間猶豫片刻，最後還是決定去追吉卜賽女孩。

二、教士和哲學家本是兩路人

如上文所述，幾位女孩望見聖母院北鐘樓頂上，有個教士俯瞰廣場，死盯著跳舞的吉卜賽女孩，那正是主教代理克洛德．弗羅洛。

想必讀者沒有忘記，在這座鐘樓裡，主教代理保留了一間密室。（順便補充，今天還能看到的小屋，不知道是不是那一間，可以從鐘樓基座的平臺上，通過一扇一人高的小方窗看見那裡。那是一間陋室，裡面空空如也，破爛不堪，牆壁塗抹粗灰泥，掛著幾幅發黃的拙劣版畫，畫面是幾座主教堂的正面建築。據我推想，那個幽洞裡有蝙蝠和蜘蛛同居競爭，因而蒼蠅遭受了雙重殲滅戰。）

每天日落前一小時，主教代理就登上鐘樓，關在這間斗室裡，有時就在裡面過夜。且說這一天，他來到幽室低矮的小門前，從行走坐臥不離身的腰包裡，掏出一把極複雜的小鑰匙，插進鎖孔正要開門，忽然聽見手鼓和響板的聲音，從教堂前廣場傳過來。我們說過，那間小屋只有一扇窗，還是朝著教堂後面。克洛德．弗羅洛急忙拔出鑰匙，過了一陣子，他就登上鐘樓頂，正是幾位小姐望見的那副陰沉凝眸的樣子。

他佇立在那裡，一動不動，神態嚴峻，眼睛只盯住一個目標，心裡只有一個念頭。整個巴黎在他的腳下，只見建築物尖塔林立，天邊丘巒環抱，橋下河流曲折蜿蜒，街道上人流滾滾，半空中煙雲霧靄，而屋頂則櫛比鱗次，從四面八方進逼聖母院。然而，全城中主教代理只凝視地面的一點，那就是聖母院廣場。於熙攘人群中，他只看見一個身影，那就是吉卜賽女郎。

很難說那是什麼性質的目光，何以像噴射的火焰。那目光凝注固定，但又紊亂浮動。他全身深深地靜止，只是偶爾機械地顫動一下，猶如風中的大樹。他的雙肘比他所倚靠的石造欄杆更加僵硬。他抽搐的臉所泛起的笑意凝結僵化，看到這整個姿態，真可以說克洛德．弗羅洛從上到下，只剩下兩隻眼睛還活著。

吉卜賽女孩舞姿翩翩，用指尖頂著旋轉的手鼓，一邊拋向空中，一邊跳著普羅旺斯薩拉邦德舞。她身輕如燕，又靈活又歡快，全然不覺沉重落到她頭上的可怕目光。

她周圍聚集了許多觀眾。一個身穿紅黃兩色衣衫的男子不時起來走動，然後又退下去，坐到離跳舞女孩幾步遠的一張椅子上，將小山羊腦袋摟在雙膝上。顯而易見，他是吉卜賽女孩的夥伴。但是，克洛德．弗羅洛居高臨下，看不清他的臉。

主教代理發現那個陌生男人之後，注意力似乎分散在跳舞女孩和那男子兩人身上，神色也越來越陰沉。他猛然直起身，從頭到腳一陣戰慄，忿恨地自言自語：「那個人是誰？我看她總是單獨一人啊！」

於是，克洛德．弗羅洛又衝到盤旋的拱頂之下，順著螺旋梯下樓，經過半開的鐘樓小門時，看到一個令他吃驚的情況：加西莫多趴在類似大百葉窗的青石板披簷開口處，也注視著廣場，正全神貫注，沒有發覺養父從身邊經過。他帶有野性的獨眼神情奇特，是陶醉而溫柔的目光。

「真是怪事！」克洛德自言自語，「他這副樣子，難道也在看吉卜賽女孩嗎？」主教代理腳步未停，繼續下樓，沒多久，他就從鐘樓底下的側門出去，心事重重地走到廣場。

「吉卜賽女孩到哪裡去啦？」他擠到人群中，問這些被手鼓聲招來的觀眾。

「不知道，」旁邊的人回答，「她剛剛走掉。對面那座房子有人叫她，我想，她去那裡跳凡丹戈舞[①]了吧。」

剛才吉卜賽女孩舞姿翩翩，遮住了地毯上的藤蔓圖案，現在她不見了，同一條地毯上換成那身穿紅黃兩色衣衫的男人。他為了賺幾個小錢也在繞著地毯走，只見他雙手撐在後腰，頭朝後仰，脖子繃緊，臉漲得通紅，用牙齒咬住一把椅子，而椅子上綁著一隻嚇得喵喵叫的貓，是女鄰居借給他的。這個賣藝的人頂著椅子和貓構成的金字塔，額頭上豆大的汗珠直往下淌，他走到主教代理面前時，主教代理不禁驚叫：「聖母啊！皮耶．格蘭古瓦先生在幹什麼呀？」

聽到主教代理這聲斥喝，可憐的傢伙十分震驚，頭上的金字塔立刻失去平衡，椅子和貓全掉下來，砸到觀眾的頭上，激起了一片笑罵和噓聲。

此人正是皮耶．格蘭古瓦，如果他不按照主教代理的示意，趁亂跟隨主教代理躲進教堂，那麼借他貓的女鄰居以及周圍臉被砸傷或抓傷的人，很可能不會輕饒他。

這時，大教堂裡已經漆黑一片，空無一人了。大殿四周迴廊籠罩在黑暗中，拱頂昏暗，兩廂小禮拜堂點了燈，如同閃爍的星星。唯獨教堂正門上的玫瑰花窗映著夕陽，在幽暗中像一堆寶石般五光十色，將它們耀眼的投影反射到大殿另一端。

他們兩人進了教堂，又走了幾步，堂．克洛德就往柱子一靠，眼睛盯住格蘭古瓦。這倒不是格蘭古瓦害怕的目光，照理來說，他穿著這身小丑衣衫，被一位嚴肅而博學的人撞見，的確感到無地自容。然而，教士的目光毫無譏諷和嘲笑的意味，而是一副嚴肅、沉靜而洞察秋毫的神色。主教代理首先打破相對無言的局面。

①．凡丹戈舞（Fandango）：一種伴以響板的三拍子的西班牙民間舞蹈。

「過來，皮耶先生。您得向我解釋一些事情。先問問您，差不多有兩個月不見您的蹤影，今天卻在街頭相遇，真不敢相信我的眼睛！您穿著這樣奇特的服裝，半紅半黃，就像科德貝克那裡的蘋果，這究竟是怎麼回事？」

「先生，」格蘭古瓦一副可憐相，說道：「這身打扮確實很古怪，您看我，一定覺得比一隻貓頂個葫蘆還丟人現眼。我自己也感到這樣太差勁，存心招惹警官先生們舉起棍棒，敲打這件衣衫裡畢達哥拉斯派哲學家的肩胛骨！然而，尊貴的師傅，有什麼辦法呢？只怪我那件舊外套，剛一入冬，它就卑鄙地拋棄我，藉口爛成破布片，回到收破爛的大筐裡休息了。怎麼辦呢？文明還沒有像從前第歐根尼[2]所提倡的，發展到人可以裸體上街的程度。何況現在寒風呼號，總不能選擇在這一月裡，讓人類走出新的一步。碰巧這件衣衫出現在我的面前，我就穿上了，扔掉身上那件破舊黑袍。我這樣的隱士穿著那件黑袍，身體也太不隱蔽了[3]。因此我就像聖熱內斯特[4]那樣，穿上小丑服了。有什麼辦法呢？這是權宜之計，就連阿波羅，不是也為阿德墨托斯[5]養過豬嘛。」

「您現在做的可真是個好職業！」主教代理又說了一句。

「師傅，我承認最好讀讀哲學，寫寫詩，吹吹鍊金爐火，或者接受天火，幹什麼都勝過把貓捧上天。因此剛才您叫我的時候，我就是被插上烤肉轉叉的驢子那副蠢相。可是我有什麼辦法呢？人天天都得生活呀！最美的亞歷山大體詩句[6]，在嘴裡嚼起來到底不如布里地區的一塊乳酪！我為弗蘭德的公主瑪格麗特創作膾炙人口的婚禮讚歌，這您是知道的，然而，這座城市當局分文不給，藉口說寫得不精彩，就好像索福克勒斯的一部悲劇，他們能給上四枚銀幣似的！就這樣，我要餓死了，幸而我發現，我這下巴還算結實，於是就對下巴說：『你就耍耍把戲吧，自己養活自己。[7]』一大幫乞丐成了我的好朋友，他們教我許多賣錢的把戲。現在每天晚上，我能拿白天額頭流汗換來的麵包給我的牙齒嚼了。話又說回來，我得承認[8]，對我的智慧來說，這畢竟是大材小用，而人生下來，不是為了打手鼓和咬椅子過一輩子。不過，尊貴的師傅，過一輩子談何容易，還得混口飯吃啊！」

堂・克洛德默默地聽他講，突然，那深陷的眼睛露出機鋒，十分銳利，格蘭古瓦當即感到，那目光簡直探入他的靈魂深處。

「很好，皮耶先生，不過，您現在和那個跳舞的埃及女孩相伴，這又是怎麼回事呢？」

「向您發誓！」格蘭古瓦答道：「她是我妻子，我是她丈夫呀。」

教士陰森的眼睛冒出火光。

「渾蛋！你做出這種事來？」他惡狠狠抓住格蘭古瓦的手臂，吼道：「你是自認被上帝拋棄了嗎？居然去碰那種女人？」

「憑我上天堂的福分起誓，大人，」格蘭古瓦渾身發抖，答道，「我從來沒有碰她，如果，如果您擔心的就是這件事的話。」

「那你怎麼又說什麼丈夫妻子？」教士又問。

於是，格蘭古瓦趕緊說出他的這段經歷，儘量簡潔地敘述他在奇蹟宮的遭遇，以及摔罐成親的事，這些情況讀者已經知道了。顯然這場婚姻有名無實，每天夜晚都像第一天那樣，吉卜賽女孩賴掉新婚之夜。

「這真是一個苦果，」最後他說，「不過，只怪我命不好，娶了聖處女。」

---

②・第歐根尼（Diogenes，西元前四一三—前三二七）：古希臘著名的犬儒派哲學家，主張人應擯棄欲望，包括衣飾用品。
③・原文有文字遊戲的意味。
④・聖熱內斯特（Saint Genest）：古羅馬的聖徒，為傳播基督教而殉道，臨刑時被迫穿上小丑服裝。
⑤・阿德墨托斯（Admetos）：希臘神話傳說中的弗賴（Pherae）國王，曾收留過被山林女神追逐的阿波羅，讓他放豬。
⑥・亞歷山大體（Alexandrine）：莊嚴詩體，每行詩為十二音節。
⑦・原文為拉丁文。
⑧・原文為拉丁文。

「您這話是什麼意思？」主教代理問，他聽了這番敘述，情緒逐漸平靜下來。

「很難解釋清楚，」詩人回答：「這是迷信吧。那裡一個人稱埃及公爵的老傢伙告訴我，我的妻子是個棄兒，或是走失的孩子，反正差不多。她的脖子上戴了一個護身符，據說能保佑她日後找到父母，可是，如果那女孩失去貞操，護身符就不靈了。因此，我們兩個人都守身如玉。」

「這樣說來，」克洛德又說，他的臉色越來越舒展開朗了，「皮耶先生，您認為那個女人沒有親近過任何男子？」

「堂．克洛德，您要一個男人如何對付迷信呢？這件事深深刻在她的頭腦裡。我認為她生活在極容易到手的吉卜賽女人之間，還像修女堅守貞節，真是天下少見！不過，她倒有三樣東西可以用來保護自己：一是她的庇護人埃及公爵，也許打算將來把她賣給不中用的神父；二是她的整個部落，人人都特別敬重她，把她視為聖母；三是一把小匕首，那個潑辣的女孩不顧總督大人的三令五申總藏在身上，只要有人想摟她的腰，小匕首就立刻鑽出來。總之，她是隻黃蜂，很不好惹！」

主教代理一再盤問格蘭古瓦。

按照格蘭古瓦的判斷，愛絲美拉達是個善良可愛的女孩，模樣很美，只是有個愛撇嘴的習慣。她既天真又熱情，對什麼事都熱心，什麼又都不懂，甚至還不知道男女有什麼差別，即使在夢中也不知道。她天生特別喜歡跳舞、熱鬧、到處跑，是蜜蜂式的女人，腳上生了無形的翅膀，一生總是飛來飛去。這種性情，是她在一直流浪的生活中養成的。

格蘭古瓦還瞭解到，她很小的時候就走遍西班牙和加泰隆尼亞，乃至西西里島。格蘭古瓦還認為她所在的那群茨岡人車隊，曾帶她去過阿爾及爾王國。那王國位於阿哈伊亞，而阿哈伊亞則一邊毗鄰希臘和蕞爾小國阿爾巴尼亞，另一邊瀕臨西西里海，因此能通往君士坦丁堡⑨。格蘭古瓦說，吉卜賽人是阿爾及爾國王的臣民，因為他是白摩爾人整個民族的首領。有一點是肯定的，愛絲美拉達很小的時候，是經由匈牙利來到法國的。這個小女孩從她經過的地方，學會了支離破碎的奇特方言土語和一些外族的歌曲和意念，因而，她的語言是個大雜燴，好比半是巴黎式、半是非洲式的服裝。再說，她常去的那些街道的居民都很喜歡她，喜歡她喜氣洋洋和可愛的樣子、天真活潑的性情、舞蹈和歌聲。

她認為全城只有兩個人恨她，一提起來她就心驚膽顫。一個是羅朗塔樓的麻袋女，就是那個可惡的隱修女，不知為什麼那樣憎恨埃及女人，可憐的跳舞女孩每次從她的窗邊經過，都要挨她的咒罵；另一個是教士，只要相遇，總向她投去惡毒的目光和話語，令她不勝恐懼。主教代理聽了後面這一點，非常局促不安，但是格蘭古瓦沒注意到。這位詩人太不細心，不過兩個月，那天夜晚碰見埃及女孩的奇特情景，以及主教代理在其中所發揮的作用，他都忘得一乾二淨。幸好跳舞女孩沒什麼可擔心的，她不給人算命，可免遭被人控告興妖作怪，而埃及女人經常因為這種事吃官司。再者，格蘭古瓦雖然算不上她丈夫，總可以充當兄長。

歸根結柢，這位哲學家十分忍耐，能接受這種柏拉圖式婚姻。反正有個棲身之處，有充飢的麵包。每天早晨，他從丐幫巢穴出發，經常是和這個埃及女孩同行，在街頭幫她收收鷹幣和小銀幣。每天傍晚，和她回到同一住所，由著她進小屋裡鎖上房門，他本人也能睡個安穩覺。他說，這種日子，總之還是相當甜美，適合幻想。況且，憑良心說，這位哲學家並不十分肯定自己迷戀著吉卜賽女孩，他幾乎也同樣愛那隻小山羊。那可愛的動物，又溫柔，又聰明，又伶俐，是隻通人性的山羊。

這種訓練有素的動物在中世紀很常見，牠們令人讚嘆不已，也能把馴獸人引到火刑的柴堆上。那隻金蹄山羊的巫術妖法，其實完全是無害的小聰明。格蘭古瓦向主教代理解釋，那類小把戲看來雖然十分吸引人，在大多數情況下，其實只需以不同的方式把手鼓遞過去，就能讓山羊敲出規定的鼓點。這是吉卜賽女孩訓練出來的，她那樣心靈手巧的人也確實少見，只花了兩個月就教會山羊用活字塊拼

---

⑨·這一段地理完全是混亂的。阿哈伊亞位於希臘。

成「浮比斯」。

「浮比斯！」教士說，「為什麼拼浮比斯呢？」

「我也不知道。」格蘭古瓦回答，「也許她相信這是具有神祕魔力的咒語吧。她以為周圍無人的時候，就常常小聲念這個詞。」

「您就這麼肯定，」克洛德以犀利的目光注視他，又問，「這不是人名，僅是一句咒語嗎？」

「誰的名字？」詩人反問。

「我怎麼知道？」教士回答。

「師傅，我當然這樣認為。那些吉卜賽人都有點信拜火教，崇拜太陽，所以就默念浮比斯⑩。」

「我看未必如此，皮耶先生。」

「反正這與我無關，隨她怎麼念她的浮比斯吧。有一點是肯定的，就是佳利愛我，幾乎像愛她一樣了。」

「佳利是什麼？」

「是那隻小山羊。」

主教代理以手托腮，似乎沉思了片刻。繼而，他猛然轉身，又問格蘭古瓦：「你能向我發誓沒有碰過她嗎？」

「碰過誰呀？小山羊嗎？」格蘭古瓦問。

「不是，我指的是那個女人。」

「是指我的妻子啊！我向您發誓我沒有碰過。」

「你經常單獨跟她在一起嗎？」

「對，每天晚上，待上一小時。」

「哼！哼！孤男寡女在一起，可想而知，他們是不會念主禱文的。」⑪

「我以靈魂發誓，即使我念『主禱文』、『聖母頌』，即使我念『信仰上帝我們萬能的父』⑫，她也不會注意我，就像母雞不會注意教堂。」

「拿你母親的肚子發誓，」主教代理惡狠狠地又說，「你一根手指頭也沒有碰過那女人。」

「我還可以拿我父親的頭發誓，因為，這兩樣有不少關係。不過，我尊貴的師傅，請允許我也提一個問題。」

「說吧，先生。」

「這與您又有什麼關係呢？」

這麼一問，主教代理蒼白的面孔忽然紅了，像個大閨女似的，他半晌沒應聲，然後十分尷尬地說：

「請聽我說，皮耶．格蘭古瓦先生，據我觀察，您還沒有被判處下地獄。我關心是為您好。您只要稍微一碰那個魔鬼般的埃及女人，就會變成撒旦的奴僕。要知道，總是肉體毀掉靈魂。您若是親近那個女人，必將大禍臨頭！事情就是這樣。」

「我倒試過一次，」格蘭古瓦搔著耳朵說，「那是在新婚之夜，不料我被蜇了一下。」

「您怎麼這麼無恥呢，皮耶先生？」教士的臉色又陰

⑩．浮比斯（Phoebus）：希臘神話中的太陽神，又譯為菲比斯。
⑪．原文為拉丁文。
⑫．三個雙引號內之原文為拉丁文。

沉下來。

「還有一回，」詩人笑嘻嘻地繼續說，「在睡覺之前，我從她房門鎖孔往裡看，看見她只穿著內衣，光著腳，踩得帆布床軋軋響，真是秀色可餐的絕色美人！」

「見鬼去吧！」教士大喝一聲，眼睛露出凶光，猛力一推驚愕的格蘭古瓦的肩膀，隨即大步走進拱頂最幽暗的大殿。

三、鐘

從恥辱柱受刑那天的早晨起，聖母院周圍居民發覺，加西莫多對鐘樂演奏的熱情大大減退。以前動輒鐘聲齊鳴，有從初課延至終課的長鳴鐘，有大彌撒的大鳴鐘，還有婚禮或洗禮的小鳴鐘，各種音絲聲線在空中交織而成色彩斑斕的繡錦。這座古老教堂顫動、鳴響，始終洋溢著鐘聲的常樂，令人時時感到這裡有個喧鬧而任性的精靈，通過這一張張大銅口歌唱。然而現在，這個精靈彷彿消逝了，大教堂顯得死氣沉沉，甘願保持緘默。無論節日還是葬禮，鐘僅僅是敲響而已，聲音乾枯而無華采，只是勉強應付禮儀的需要。一座教堂總有兩套音響，管風琴奏於內，鐘聲鳴於外，而現在只剩下管風琴的聲音，就好像鐘樓沒有樂師。

其實，加西莫多始終都在。他發生了什麼變化呢？莫非在刑臺上受辱蒙羞，創巨痛深，還耿耿於懷嗎？莫不是執刑吏的鞭笞，還一聲聲在他的心靈中不斷迴響，而遭此酷刑所產生的巨痛深悲，使他萬念俱滅，連對鐘的熱情也熄滅了呢？抑或在聖母院敲鐘人的心中，大鐘瑪麗有了情敵，她和十四個姊妹遭到冷落，是因為他有更美更可愛的目標了呢？

在一四八二這個喜慶之年，三月二十五日星期二恰是天使報喜節①。這一日天清氣朗，加西莫多也感到對鐘姊妹恢復了些愛心，於是，他登上北鐘樓。同時，教堂執事打開所有的門。當年聖母院的門都是硬木製作，包著皮革，四周用金頭鐵釘鉚住，門框盡是巧奪天工的雕刻。

加西莫多走進高大的鐘籠，注視那六口鐘好一陣子，憂傷地搖搖頭，彷彿哀嘆他心中有什麼異物將她們和他隔開了。然而，他一旦推動六口鐘，一旦感到這串鐘在他手中搖晃起來，看見（因為他聽不見）八度音活躍，順著音階忽上忽下，猶如小鳥在枝間跳躍，而音樂之魔一旦搖起金光閃閃的串鈴，發出顫音和琶音，迷住這可憐的聾子，他就重新快活起來，忘掉一切，又心花怒放，笑逐顏開。

他躥來躥去，連連拍手，從一根鐘繩跳到另一根鐘繩，用喊聲和手勢鼓舞這六名歌手，如同一位樂隊指揮激勵著天才音樂家的演奏。

「好哇，」他說：「好哇，加布里埃珥！將你的聲響全部傾瀉到廣場上。今天過節呀！……還有你，蒂博，別偷懶呀，你慢下來了。加油，加油啊！你這懶蟲，生鏽了嗎？……這才像樣！快呀！快呀！不要讓人看見銅舌！讓他們跟我一樣，耳朵全都震聾了。對啦，蒂博，好好做！……紀堯姆！紀堯姆！你是最胖的。巴斯基耶是最小的，可是唱得最歡樂。我們打賭，凡是聽得見的人，肯定都覺得她比你響亮。……很好！很好！我的加布里埃珥，大點聲！再大點聲！……喂！你們這兩隻麻雀，在上面幹什麼呢？我怎麼看不見你們的一點響聲呢？……你們的銅口怎麼回事，這是唱歌，怎麼像打哈欠呢？你得賣力呀！今天是報喜節。外面的太陽多好，也應當奏好鐘樂。……可憐的紀堯姆，我的胖子，你都累得喘不過氣來啦！」

加西莫多催促他的鐘，只見這六口鐘競相歡跳，搖擺著亮晶晶的臀部，就像被車夫吆喝驅趕的幾頭喧鬧的西班牙騾子。

他偶爾垂下目光，從鐘樓陡壁一半高度的青石板披簷縫間俯瞰，忽見一個穿戴奇特的女孩停在廣場，往地上鋪了地毯，一隻小山羊立刻跳上去，而看熱鬧的人也圍成一圈。他看到這一場景，思路頓時改變，對音樂的熱情驟然凝結，如同融化的松脂一見冷風便凝固。他住了手，轉身不再理睬鳴鐘，卻蹲到青石板披簷後面，凝望那跳舞女孩，沉思的目光充滿柔情蜜意。已經有過一次，這種目光令主教代理深為詫異。這時候，幾口鐘被丟到一邊，都突然一起停止鳴響。鐘樂愛好者正在貨幣兌換所橋上聆聽，不禁非常失望，離去時的愣然神情，正像是一條被肉骨頭引來的狗，卻又被投以一塊石頭。

①・這一天，天使向瑪利亞報喜，說她有了身孕。後來，瑪利亞生下了耶穌。

四、命運

且說就在這個三月的某一天，想必就是二十九日星期六，聖歐斯塔什節吧，我們的青年朋友、大學生磨坊約翰・弗羅洛早晨起來，要穿衣服時，發覺放錢包的褲子裡沒有發出金屬聲響。他從腰袋裡掏出錢袋，嘆道：

「可憐的錢袋！怎麼一塊錢也沒有啦！骰子、啤酒和維納斯多麼殘忍，把你的五臟六腑都掏空啦！看你這皺巴巴的樣子，真像潑婦的乳房！西塞羅和塞內加兩位老先生，我看你們寫的硬皮書被扔了滿地，請問我學問再大有什麼用呢？我身上連一小枚黑鷹銅幣都沒有，不能碰碰擲骰子的運氣，就算我勝過錢幣總監，勝過貨幣兌換所橋上的猶太人，知道一枚王冠金埃居價值合三十五枚面值為二十五蘇八德尼埃巴黎幣的安贊，一枚新月銀埃居合三十六枚面值二十六蘇六德尼埃杜爾幣的安贊，又有什麼用呢？唉！西塞羅執政官！這種災難，不是使用婉曲修辭法，加幾個『同樣』如何如何，『其實』①如何如何，就能擺脫得了的！」

他傷心地穿好衣服，在繫短皮靴鞋帶時，萌生了一個念頭，但立刻排除了，不料它驅而復來，弄得他把背心都穿反了，表明他內心掙扎得很劇烈。終於，他把帽子往地上一摔，喊道：

「豁出去啦！管它會怎麼樣呢。我這就去找我哥哥。我會遭一頓訓斥，但也能弄到一枚銀幣呀。」

於是，他匆忙地穿上毛皮鑲邊的外套，拾起帽子戴上，義無反顧地出去了。

他沿著豎琴街走向老城，經過小號角街時，聞到不斷轉動的烤肉叉傳來香味，嗅覺器官癢癢的，不禁以愛戀的目光看看那家大燒烤店。正是那家燒烤店，有一天方濟各會修士卡拉塔吉隆見了，曾發出感嘆：「這燒烤店令人驚愕，真是名不虛傳！②」可惜約翰沒有錢吃飯，只好長嘆一聲，鑽進小堡的門拱，穿過拱衛老城大門呈雙梅花形的幾座大塔樓。

他從佩里奈．勒克萊克的可恥雕像前經過，甚至沒時間按照習慣扔石子。那傢伙在查理六世朝代把巴黎城獻給英國人，因為這種罪惡，他的雕像腦袋被石塊砸爛，渾身被泥巴塗髒，在豎琴街和比西街口贖罪已有三百多年，如同永遠釘在恥辱柱上。

過了小橋，又大步穿過聖熱納維耶芙新街，磨坊約翰便到了聖母院門前，他忽然又猶豫起來，繞著勒格里先生的雕像走了片刻，惴惴不安地叨念：「挨罵確實無疑，銀幣可沒有把握！」

他攔住一名從修院出來的執事，問道：「若薩的主教代理先生在哪裡？」

「我想，他是在鐘樓上的那間密室吧。」執事回答，「不過，我勸您不要去打擾他，除非您是教皇或者國王那種人派來的。」

約翰拍起手來，說道：「見鬼！這真是大好機會，去看看那間有名的巫術小屋。」

有了這種想法，他把心一橫，步伐堅定地鑽進一道小黑門，開始攀登通向鐘樓頂層的聖吉勒旋

①．「同樣」、「其實」，原文為拉丁文。

②．原文為義大利文。

梯，邊走邊說：

「我就要看見啦！憑聖母的大烏鴉發誓！我那尊貴老哥的密室，像家醜一樣隱藏，裡面一定有花樣！據說，他在那裡點起地獄的爐灶，用旺火煮鍊金石。上帝啊！在我看來，鍊金石不過是普通石頭。世界上最大的鍊金石，我也不稀罕，我寧願在他的爐灶上找到復活節的豬油荷包蛋！」

登上小圓柱走廊，他喘息片刻，罵了幾百萬車鬼話，恨透走不完的樓梯，這才鑽進如今已謝絕參觀的北鐘樓那扇小門，繼續往上攀登，過了鐘籠沒多久，便看見側面壁龕有個小過道，連著一扇低矮的尖拱小門。從小門對面樓梯圓壁上開出的槍眼張望，就能看見那把大鎖和牢固的鐵護板門。如今誰若是好奇，想見識那道小門，就會從發黑的牆壁上辨認出白色的刻字：「我愛柯拉莉。一八二九。于仁題。」「題」這個字也是原本就有的。

「唔！」學生約翰自言自語，「肯定是在這裡了。」

鑰匙就插在鎖眼裡，門虛掩著。他輕輕推開一條縫，探進頭去。

讀者大概翻閱過繪畫版的莎士比亞、林布蘭的精彩作品。在許多美妙的版畫中，尤其有一幅銅版畫，據猜測是表現浮士德，任何人欣賞時都會感到目眩神搖。畫面是幽暗斗室，正中擺一張大桌，桌上堆滿各種醜陋可怕的物品，有人的頭骨、地球儀、蒸餾器、圓規、象形文字羊皮書等等。浮士德博士身穿肥大的黑袍，皮帽子一直扣到眉毛上，坐在大桌前，只能看見他的半身。他從巨大的椅子上欠起身，兩個拳頭撐著桌面，驚奇而又恐懼地凝視由魔幻字母排成的大光圈，那光圈映在對面牆壁上，猶如進入那間暗室的太陽幽靈。這玄妙的太陽似乎在眼中顫動，以它神祕的光輝，照得斗室一片灰白色。這情景既美又可怕。

約翰微微推開門，試著探進頭去，所見的情景頗像浮士德的斗室。同樣是幽暗小屋，幾乎沒有光線。也有一把大椅子、一張大桌，也有圓規、蒸餾器，動物骨架吊在天棚上，一個地球儀滾在地下，馬頭瓶和裡面金葉顫動的大口瓶混雜，人的頭骨放在塗滿圖形和文字的犢皮紙上，巨卷手稿完全攤開，毫不憐惜羊皮紙折了角。總而言之，全是科學的垃圾，這一大堆破爛上，又到處是灰塵和蜘蛛網。但是沒有畫面上的那種文字的光環，也沒有像老鷹凝望太陽那樣，對著烈焰幻景靜觀的博士。

當然，密室也不是空無一人。高背扶手椅上坐著一個男子，身子俯向桌案，背對著門口。約翰只能看見他的雙肩和後腦勺，但是不難辨認。大自然永遠剃度了這顆頭顱，就好像要以這外貌象徵，標示主教代理不可抗拒的宗教使命。

因此，約翰認出他哥哥，但是他開門極輕，絲毫未驚動堂·克洛德，這個好奇學子便趁機從容觀察小屋。他第一眼沒有看到，椅子左側的窗戶下面還有一個大爐灶。天光要從窗洞射進來，必然通過一面圓圓的蜘蛛網。那蜘蛛網宛如精美的花櫺圓窗，巧妙鑲嵌在尖拱窗洞裡。那位昆蟲建築師端坐在網中央，聞風不動，好似輪輻形抽紗的軸心。大爐灶上亂七八糟堆放各種罎罎罐罐、粗陶瓶、玻璃曲頸瓶、裝炭的長頸瓶。約翰邊看邊嘆息，這裡連一口小炒勺都沒有，心中暗道：「這套炊事用具，還未動用過呢！」

再說，爐中也沒有火，看那樣子，恐怕很久沒有生火了。在這堆鍊金器皿中，約翰還發現一個玻璃面罩，顯然是主教代理煉製危險物質時護臉用的，但現在卻丟在角落，落滿灰塵，彷彿被遺忘。旁邊還有一個風箱，蓋板上有黃銅絲嵌字銘文：「有口氣就有希望」③。

還有一些銘文箴言，按照鍊金術士的習慣，大部分刻寫在牆壁上。有的用墨水書寫，有的用金屬尖器刻出，有哥德文、希伯來文、希臘文，還有羅馬文，交錯混雜，彼此遮蓋，新文抹掉舊文，全都扭結糾纏在一起，如同荊叢的亂枝，又如混戰中的刀槍劍戟。這的確是一個大雜燴，有形形色色的哲學、幻想，也有各種各樣的人類智慧。時而能看到一行文字格外顯眼，猶如槍林中的一面戰旗，一般

③．原文為拉丁文。

總是拉丁文或希臘文的簡短格言，那是中世紀人擅長表述的：「從何處？從何時？——人對人是惡魔。——星辰、城堡、名稱、神意。——大著作，大禍害。——敢於求知。——靈感隨願生」[4]等等。有時孤立一個詞，表面上毫無意義，如「特定食譜」[5]，也許是辛酸地影射修道院的飲食制度。有時則是教規的一句格言，用嚴格的六韻步詩句表達：「稱天主為上帝，稱地主為凡人。[6]」也有希伯來文巫術書的片言隻語，約翰連希臘文都馬馬虎虎，對希伯來文更一竅不通。而且，這些引文又任意標注星號、人和獸的形象、三角符號，彼此交錯，更顯得混亂不堪，滿室塗滿字跡的牆壁，真像猴子用飽蘸墨汁的筆亂塗的紙。

此外，整個小屋是一片被人拋置的破敗景象，從物件器皿骯髒殘破的狀況，可以想見主人必有其他心事，好久無暇顧及自己的工作了。

這時候，密室主人正埋頭閱讀一大部有古怪插圖的手稿，他顯得意亂心煩，似乎有什麼念頭不斷打擾他的思考。至少約翰是這麼判斷的，因為聽到他在思考中不時叫喊，就像說夢話一般：

「不錯，摩奴[7]講過，瑣羅亞斯德也是這樣教導的：日生於火，月生於日。火是萬物之靈。火的基本粒子形成無數射流，不斷向世界擴散。射流相交於天空便生光，相交於大地便生金。——光和金為同物，均為火的具象。——是為同質，只有可見與可觸之分，流態與固態之別，猶如水氣之於冰，不過如此。——這絕非夢想——這是大自然的普遍規律。——然而，如何探究科學，才能瞭解這條普遍規律的奧祕呢？什麼！照在我手上的光，就是金子！同樣這種粒子，按照某種規律流散，現在的問題是，要按照另一種規律把粒子凝聚起來！怎麼辦呢？有人設想將陽光埋藏起來。——阿威羅伊……對，正是阿威羅伊……阿威羅伊收集一束陽光，埋在哥多華[8]大清真寺古蘭聖殿左側第一根柱子下面。然而，只有八千年之後打開地穴，才能知道實驗是否成功。」

「見鬼！」約翰自言自語，「要等這麼久才能得到一埃居！」

「……還有人認為，」主教代理繼續神遊夢囈，「最好用天狼星的光線做實驗。然而，很難取到天狼星的純光，因為別的星光同時射來，摻雜進去了。弗拉梅爾則認為，使用地上的火更為簡便。……弗拉梅爾！這名字真是天定，弗拉馬⑨！對，就是火呀，原來如此。……鑽石寓於煤，黃金寓於火。……可是，怎麼提取出來呢？馬吉斯特里斷言，某些女人的名字，具有十分甜美和神祕的魅力，鍊金時只要誦念就行了……看看摩奴是怎麼說的：『婦女受尊重的地方，神明就歡喜；婦女受蔑視的地方，祈禱上帝也徒勞無益。女人的口始終是潔淨的，那是長流水，那是太陽光。……女人的名字必然是悅耳、溫馨、虛幻的，結尾聲調拖長，如同祝福詞。』……不錯，先賢說得對，譬如：瑪利亞、索菲亞、愛絲美拉達……該死！老是冒出這個念頭！」

他猛地闔上書。

他伸手摸摸額頭，彷彿要趕走糾纏不休的念頭。繼而，他從桌上拿起一根釘子和一把鐵錘，只見鐵錘柄上的有著古怪的文字，就像畫符咒。

「這段日子，」他苦笑著說：「我的試驗屢屢失敗，就是因為這個念頭總來煩擾，像烙鐵一樣烙印在我的腦海。我甚至沒能發現卡西奧多羅斯⑩的祕密：他點燃的那盞燈，既沒有油也沒有燈撚。而事情又是多麼簡單啊！」

「屁話！」約翰咕噥一句。

---

④：這幾段引文，除了「大著作，大禍害」為希臘文之外，其餘原文均為拉丁文。
⑤：原文為希臘文。
⑥：原文為拉丁文。
⑦：摩奴（Manu）：印度傳說中的十四位立法者之一。
⑧：哥多華（Cordova）：西班牙南方城市。
⑨：拉丁文「火焰」一詞，與「弗拉梅爾」發音相近。
⑩：卡西奧多羅斯（Cassiodorus，西元約四八五－五八五）：拉丁文作家。

「……看來，」教士繼續自言自語，「只要產生一點點邪念，一個人就會變得軟弱而痴迷啦！唉！克洛德·佩奈勒那個女人肯定要笑我了。當年她再怎麼勾引，尼古拉·弗拉梅爾一刻也沒有分心，總是繼續他的偉大事業！怎麼！我手中拿的可是澤希耶雷的魔錘呀！那個可怕的猶太教法師在他的密室裡，無論與他詛咒的仇人遙隔萬里，他只要用這把錘子敲這顆鐵釘，就能把仇人打入地下，永遠埋葬。就連法蘭西國王，有天晚上無意中撞了一下那位法師的大門，走在巴黎街道上時竟也突然陷下去，地面埋到了他的膝蓋。這件事情距今還不過三百年。喏！這錘子和釘子我都有了，然而在我手中，還不如鐵匠手中的一把刃具厲害。……其實，關鍵在於找到澤希耶雷敲釘子時所念的咒語。」

「廢話！」約翰心中暗道。

「唉，總得試試吧，」主教代理緊接著又說：「如果成功，釘子頭就能冒藍火花。……艾芒－黑膽！艾芒－黑膽！……唉，不對。……西佳尼！西佳尼！讓這釘子為浮比斯打開墳墓！……該死！又來啦，永遠離不開這個念頭！」

他氣惱地扔掉錘子，頹然坐到桌前的大椅子上，隱沒在高大的靠背後面，有好幾分鐘，約翰只看見他握緊的拳頭放在一本書上。繼而，堂·克洛德猛地站起來，拿起一個圓規，默默在牆上刻出希臘詞的大寫字母：

ΑΝΑΓΚΗ（命運）

「我哥哥大概是瘋了，」約翰自言自語，「命運這個詞，寫拉丁文不是更簡單嗎？不是人人都非得懂希臘文不可[11]。」

主教代理又坐回椅子，雙手捧住腦袋，如同身體沈重又發燒的病人。

這位學子觀察他哥哥，心中十分驚訝。他這個人一向胸懷坦蕩，在世間只遵循有益的自然法則，有什麼激情都隨意宣洩，心潮的湖泊始終乾涸，因為每天早晨都廣泛開闢排洩感情的新溝渠，他哪裡知道人的情濤欲海，如果堵塞出口，就會洶湧澎湃，匯積暴漲，就會漫溢氾濫，沖毀心田，始發為內心的飲泣、無聲的痙攣，終至沖垮堤壩，恣意橫流。約翰始終被克洛德·弗羅洛的外表所迷惑，看他那嚴峻冷峭、冷若冰霜的面孔，那道貌岸然、不近人情的神態，這個天性快活的學子絕未想到，埃特納火山積雪皚皚的額頭下面，卻有沸騰、激蕩而深沉的熔漿。

我們不知道約翰是否茅塞頓開，意識到這些，但是他儘管沒有頭腦，這次還是明白他看到了不應該看的情況，他無意中撞見他哥哥處於最隱祕狀態的靈魂，而這絕不能讓克洛德發覺。他見主教代理又恢復一開始靜止不動的姿態，就輕輕地縮回腦袋，在門外踏了幾步，故意弄出聲響，彷彿一個人以腳步聲通報自己的到來。

「請進！」主教代理在斗室裡高聲說，「我恭候您呢，還特意把鑰匙留在門上了。進來吧，雅克先生！」

這位學子大搖大擺走進去。此時此地，主教代理見是這位來客，不免十分尷尬，渾身在椅子上顫抖了一下，說道：「怎麼是您，約翰？」

「反正名字的開頭字母都是J。」這位學子答道，他紅潤的臉上一副快活而放肆的神情。

堂·克洛德卻又板起面孔。「您到這裡來幹什麼？」

「我的哥哥，」約翰回答，他竭力裝出一副穩重恭順、可憐兮兮的樣子，雙手以天真的態度擺弄帽子，「我是來請您給我……」

「什麼？」

⑪·這兩處「命運」，前者原文為希臘文，後者原文為拉丁文。

「一點我急需的教誨，」約翰壓低音量說道，「和一點我更急需的錢。」這後半句話他並沒有發表。

「先生，我對您很不滿意。」主教代理冷冷地說。

「唉！」這位學子嘆了口氣。

堂．克洛德把椅子轉了小半圈，凝視約翰，說道：「見到您很高興。」

這是可怕的開場白，約翰準備要被痛斥一頓。

「約翰，天天有人來向我告您的狀。那次鬥毆是怎麼回事？您使用棍棒，把子爵阿貝爾．德．拉蒙尚打得鼻青臉腫……」

「哦！」約翰回答，「有什麼大不了的！那個青年侍從壞透了，騎馬兜風，濺了我們學生一身泥！」

「還有，」主教代理又說，「您那件馬伊埃．法爾法的袍子扯破了，又是怎麼回事呢？訴狀上說：『袍子被撕破』[12]。」

「唉，算啦！什麼袍子，不過是在蒙泰居城製作的一件破斗篷！」

「訴狀上寫的是『袍子』，而不是『斗篷』[13]。您懂不懂拉丁文？」

約翰閉口不答。

「是啊，」教士搖搖頭，接著說，「這就是當今的人學習語言的水準。拉丁語勉強聽得懂，古敘利亞語沒人知道，覺得希臘語十分可惡，就連最博學的人都跳過希臘詞不念，也不認為是自己沒有學識，還說什麼，這是希臘文，不認識[14]。」

這位學子毅然抬起眼睛：「兄長先生，可否允許我以純正的法語，向您解釋刻寫在牆壁上的那個詞呢？」

「什麼詞？」

「命運⑮。」

主教代理蠟黃的臉上泛起淡淡紅暈，彷彿火山蘊藏的洶湧熔岩所冒出來的青煙。不過，這位學子沒注意。

「那麼，約翰，」兄長結結巴巴，勉強應付說，「這個詞是什麼意思呢？」

「命運。」

堂·克洛德的臉色忽然又白了，而約翰則滿不在乎地繼續說：

「還有下面那個詞，是同一隻手刻的，意思是淫穢⑯。您看，我還懂希臘文吧。」

主教代理默不作聲，這一堂希臘文課令他深思。小約翰是慣壞了的孩子，善於察言觀色，他覺得時機有利，可以提一提要求了。於是，他聲音極其溫柔，開口說：

「親愛的哥哥，您為何這麼恨我，對我瞪眼？其實，我不過是打著玩，掄起兩個拳頭，搧幾個耳光，不知打了什麼傢伙，誰家小崽子⑰。您看，親愛的克洛德哥哥，我也會說拉丁話。」

然而，這種虛情假意的好話，在嚴厲的大哥身上沒發生應有的作用。刻爾伯洛斯⑱不咬蜜糕。主教代理鐵板的面孔不見舒展。

「有話直說好不好？」他冷淡地說。

---

⑫·原文為拉丁文。
⑬·原文為拉丁文。
⑭·原文為拉丁文。
⑮·原文為希臘文。
⑯·原文為希臘文。
⑰·原文為拉丁文。
⑱·刻爾伯洛斯（Cerberus）：希臘神話中的蛇頸三頭惡犬，看守地獄大門，陰魂通行要投以蜜糕。

「哦，直說！沒錯！」約翰果敢回答：「我需要錢。」

這話還有臉說出來，主教代理聽了，頓時換成嚴父訓誡的表情：

「約翰先生，您也知道，我們家蒂爾夏普領地，進帳並不多，年貢和二十一棟房子的租金，總共不過三十九利弗爾十一蘇六德尼埃巴黎幣。比派克萊兄弟那時候是多了一半，但還是不多。」

「我需要錢。」約翰堅忍不拔，重複說道。

「您也知道，教會法庭做出決定，我們的二十一棟房子歸附主教采邑，要想贖回來，就必須付給主教大人兩枚價值六利弗爾巴黎幣的鍍金的銀馬克。就這兩馬克，我還湊不到，這您是知道的。」

「我知道我缺錢。」約翰第三次說道。

「要錢幹什麼？」

這樣一問，約翰眼中倒閃現希望之光，他又裝出親暱的樣子：

「這麼說吧，親愛的哥哥克洛德，我向您伸手，絕不是想胡鬧，既不想帶您的錢去小酒館裡充大爺，也不是想穿上錦緞華服，帶著僕人⑲在巴黎街頭出風頭。不是這樣，哥哥，而是要做善事。」

「什麼善事？」克洛德頗感意外。

「我的兩個朋友，要給聖母升天會一位窮寡婦的嬰兒買襁褓布。這是慈善行為，要花三枚弗洛林銀幣，我也想湊一份。」

「您的兩個朋友叫什麼名字？」

「皮耶屠夫和巴普蒂斯特賭徒。」

「哼！」主教代理說，「這樣的名字去做善事，就像在神壇架大炮。」

毫無疑問，這兩個朋友的名字選得太糟，但約翰意識到時為時已晚。

「再說，」精明的克洛德接著說，「什麼襁褓布值三枚弗洛林銀幣？要給什麼聖母升天會修女的嬰兒？從什麼時候起，聖母升天會的寡婦生起孩子來啦？」

約翰索性丟掉顧慮，說道：「那好，不錯！我要錢，就是打算今天晚上去愛情谷，看看伊莎博・蒂埃里！」

「你這淫蕩的東西！」教士喊道。

「淫穢[20]。」約翰說道。

約翰搬出牆上的這個希臘詞，也許是開開玩笑，但是對教士卻發生了奇效。他咬住嘴唇，怒色化入面紅耳赤中。

「給我滾出去吧，」他對約翰說，「我有客人要來。」

這名學子還要爭取：「克洛德哥哥，至少給我一個巴黎小錢吃飯呀。」

「格拉田教會的課程，您學得怎麼樣？」堂・克洛德問道。

「我的筆記本丟了。」

「拉丁人文學，學得如何？」

「我那本賀拉斯的書被偷了。」

「那麼亞里斯多德的學說呢？」

「說真的！哥哥，哪個神父不是說，任何時代的異端邪說，都能從亞里斯多德形上學雜論中找到根據嗎？滾他的亞里斯多德吧！我可不能讓他的形上學毀掉我的宗教信仰！」

「年輕人，」主教代理又說，「上次王駕入城，有個叫菲利浦・科明的貴族侍從，鞍褥上繡著他的格言，我勸您仔細思考：『不勞者不得食』[21]。」

⑲・「帶著僕人」又用拉丁文重複一遍。
⑳・原文為希臘文。
㉑・原文為拉丁文。此語受聖保羅啟發而來。

這名學子一時語塞，搔搔耳朵，眼睛注視地面，面有慍色。繼而，他突然轉向克洛德，就跟白鶺鴒一樣敏捷。

「這麼說，親愛的哥哥，我要一個巴黎蘇買麵包吃，您都不肯給？」

「不勞者不得食。」主教代理毫不動心，還是這句回答。

約翰雙手捂住臉，就像女人哭泣似的，淒慘地喊：「嗅托托托托套伊㉒！」

「這是什麼意思，先生？」克洛德問，他聽到這種怪語深感意外。

「哼！這還用問！」學子說道，他抬起放肆的眼睛看著克洛德，不過，眼睛剛才用拳頭揉過，就像流了淚而發紅，「這是希臘文呀！是埃斯庫羅寫詩用的抑揚格，能充分表達痛苦。」

說罷，他哈哈大笑，樣子特別滑稽，又笑得特別厲害，也把主教代理給逗笑了。其實，克洛德只能怪他自己，誰叫他把這孩子嬌慣壞了呢？

約翰見哥哥有了笑容，膽子更大了，他又說：「唔！我親愛的哥哥克洛德，看看我這雙靴子，都破了，鞋底伸出舌頭，世上還有比我這更破爛的靴子嗎？」

主教代理頓時又恢復嚴厲的面孔，說道：「我會派人給您送去一雙新靴子。可是錢一個也不給。」

「就給一個小銅幣也行，哥哥，」約翰繼續哀求，「我一定把格拉田教令背個滾瓜爛熟，我一定好好信奉上帝，我一定在科學和品德方面當個真正的畢達哥拉斯！只要一個銅幣，發發善心吧！難道要讓飢餓張開大嘴把我吃掉嗎？這張大嘴，就在我眼前，比韃靼人的嘴，或比修士的鼻子還要黑，還要臭，還要深。」

堂·克洛德搖了搖滿是皺紋的腦袋，還是那句話：「不勞者……」

約翰不待他說完，就叫起來：「算啦，見鬼去吧！快樂萬歲！我要去泡酒館，我要去打架鬥毆，我要打破瓶瓶罐罐，我要去泡小妞！」

說著，他把帽子往牆上一扔，彈著手指就像打響板似的。

主教代理臉色陰沉地看著他：「約翰，您根本沒有靈魂。」

「果真如此，拿伊比鳩魯的話來說，我缺少一樣由沒有名稱的東西構成的東西。」

「約翰，您應當認真考慮改過自新。」

「說到這個，」學子又喊，他看看哥哥，又看看爐灶上的蒸餾瓶，「這裡又是如何？思想也好，瓶子也好，全都離奇古怪！」

「約翰，您正在從陡坡上往下滑，您要滑到哪裡去？」

「滑到酒館去。」約翰答道。

「酒館通向恥辱柱。」

「那不過掛著一盞普通的燈籠，也許正是因為那盞燈讓第歐根尼找到了他要找的人。」

「恥辱柱通向絞刑架。」

「絞刑架是一架天平，一端是一個人，另一端是整個大地。做人是件美事。」

「絞刑架通向地獄。」

「地獄不過是一片烈火。」

「約翰呀，約翰，不會有好下場。」

「反正開頭很自在。」

這時，樓梯傳來腳步聲響。

「別出聲！」主教代理將一根手指放在唇邊，說道，「雅克先生來啦！聽著，約翰，」他壓低聲

㉒．約翰亂說的一句話。

音補充說，「您在這裡聽到和看到的，絕不要講出去。快躲進這個爐灶，不要出聲。」約翰鑽進爐灶下面。他在裡面忽然靈機一動，有了個妙主意。

「好吧，克洛德哥哥，給我一枚銀幣，我就不出聲。」

「住口！我答應。」

「現在就得給。」

「拿著。」主教代理說著，氣憤地把錢包扔給他。

約翰重又鑽進爐灶下，這時房門就打開了。

五、兩個黑衣人

來客身穿黑袍，神情憂鬱。可想而知，我們的朋友約翰在那角落，儘量擺好姿勢，以便能隨意觀察和傾聽整個情景。他第一眼就注意到，來者無論衣著還是面容，都顯出極度憂傷，不過臉上倒有幾分溫和之色，但那是貓和法官的溫和，一種虛情假意。此人年近六旬，頭髮已經花白，滿臉皺紋，不時眨眨眼睛，眉毛白了，嘴唇垂下來，兩隻手很肥大。約翰端詳一遍，心想不過如此，一定是醫生或者司法官，而且此人鼻子離嘴很遠，表明是個蠢貨。

於是，他在洞裡又蜷縮起來，心中不免惱火，自己處於這個受罪的姿勢，不知要跟這種蠢人耗多久。

主教代理甚至沒有起身迎客，只是打個手勢，讓客人坐到靠門口的凳子上，又沉默片刻，彷彿繼續先前的思考，然後，他才以禮賢下士的口氣說：「您好，雅克先生。」

「您好，大師。」黑衣人答禮。

一個叫對方「雅克先生」，另一個則稱對方「大師」，這兩種稱呼方式的差別，如同大人之於庶民，主人之於僕役。顯然，這是導師和弟子之間的稱謂。

主教代理又沉默片刻，才又開口問道：「怎麼樣，您成功了嗎？」

雅克先生剛才不敢打擾他的清靜，見他發問，這才苦笑一下，答道：「唉！師傅，我一直鼓風，燒出來的灰多得很，但是連金子的一點閃光也沒見到。」

堂·克洛德不耐煩地擺擺手，說道：「我講的不是這件事，雅克·夏莫呂先生，而是您那個魔法師的案件。您叫他馬克·瑟南，是審計院的膳食總管，對不對？他承認自己會巫術了嗎？審訊成功了嗎？」

「唉，沒有呀！」雅克回答，依然帶著苦笑，「我們一無所獲。那個人簡直是一塊頑石，到頭來他什麼也不會招認，恐怕只好把他押上豬市場煮死了。為了逼他招供，我們什麼刑都用了，他整個人都散了骨頭。我們還要用盡一切辦法，正如滑稽老人普勞圖斯[①]所說：

面對刺棒、烙鐵、腳鐐和鎖鏈，
面對監牢、枷鎖、繩索和皮鞭。[②]

「沒一點作用。這傢伙真厲害。我白折騰了一頓。」

「您在他的家中，也沒有搜出什麼東西嗎？」

「當然有，」雅克先生說著，摸索自己的腰包，「搜出這卷羊皮書。上面有些詞我們看不懂。刑事律師菲利浦·婁利埃先生還懂一點希伯來文呢，他是在布魯塞爾城康特斯坦街猶太人一案中學的。」

雅克先生邊說邊展開羊皮書卷。

「給我。」主教代理說道。他看了看文卷，又驚嘆：「純粹是巫術呀，雅克先生！『艾芒—黑膽！』這是吸血鬼到群魔會時的叫聲。『通過他身，隨同他身，在於他身』[③]，這是敕令，要把地獄的魔鬼再鎖起來。『哈克斯，帕克斯，摩克斯！』④這是醫術咒語，是治療狂犬咬傷的符咒。雅克先生！您是教會法庭的檢察官，這卷羊皮書真是罪孽。」

「我們還要重審那傢伙。還有這個……」雅克先生又摸摸腰包，補充說，「也是在馬克・瑟南家中搜出來的。」

他拿出來的一個小罐，和堂・克洛德爐灶上的瓶瓶罐罐同屬一類。主教代理說：「哦！鍊金術士的坩堝。」

「不瞞您說，」雅克笨拙地笑了笑，訥訥說道，「我在爐灶上試過，跟我的坩堝沒兩樣，都沒有成功。」

主教代理仔細察看這個罐子：「他的坩堝上刻的是什麼？『奧什！奧什！』這是驅趕跳蚤的咒語！這個馬克・瑟南，簡直愚昧無知！現在我明白了，您用這東西是鍊不出黃金的！只配夏天放在您的屋裡！」

「既然我們弄錯了，」檢察官又說，「我上來之前又仔細看了大拱門，尊貴的閣下，您能肯定進入這門科學的途徑，就刻在主宮醫院旁邊的這扇大門上嗎？而聖母腳下的七個裸體雕像中，腳跟有翅膀的那個，就是墨丘利嗎？」

「沒錯，」教士答道，「這是奧古斯都・尼孚的書中記載的。這個義大利博士身邊有個大鬍子魔鬼，把什麼都教給他了。對了，我們還得下樓去，我對著圖像再向您講解。」

①・普勞圖斯（Plautus，西元前二五四—前一八四）：古羅馬喜劇詩人。
②・原文為拉丁文。見普勞圖斯《驢子的喜劇》。
③・原文為拉丁文。出自《彌撒常典》。「他身」指基督。
④・魔咒的音譯。

「謝謝，我的老師，」夏莫呂一躬到地，說道，「唔！我倒忘記啦！您想讓我什麼時候派人抓那個小女巫呢？」

「什麼女巫？」

「就是那個吉卜賽女孩，您知道的，她總是違反教會法庭的禁令，天天到聖母院廣場上跳舞。她那隻魔鬼附身的小山羊，長著魔鬼的兩隻角，能識字寫字，還會算術，勝過皮卡特。單憑這一點，就該把所有吉卜賽女人絞死。一切準備就緒，哼，這案子一下就能審完！憑良心說，那個跳舞女孩，還真是個小美人！一對黑眼睛無與倫比，猶如兩顆埃及寶石。我們什麼時候動手？」

主教代理的臉色極度蒼白。

「以後再說吧。」他含糊不清地說，接著又努力故作鎮定地補充：「還是管好您的馬克．瑟南吧。」

「您就放心吧，」夏莫呂微笑，「我一回去，就命人把他綁到皮床上。不過，這傢伙是魔鬼托生的，就連彼艾拉．托特律都打累了，他的手比我的還粗大呢。正如普勞圖斯那位老兄說的：

「你被捆住，裸體倒掛金鐘，

也有一百斤重[5]。」

「上刑枷審問！這是最好的辦法。要他的狗命。」

堂．克洛德神色黯然，彷彿在愁思苦想。他轉身對夏莫呂說：「彼艾拉先生……雅克先生……我的意思是，還是管您的馬克．瑟南吧！」

「是啊，是啊，堂．克洛德。那可憐的傢伙，又該吃盡苦頭啦！要去參加群魔會，真是異想天開！審計院的膳食總管，總該知道查理曼的法令啊！『不是吸血鬼，就是女巫！』[6]……至於那個小女孩，他們叫她愛絲美拉達……我就聽候您的吩咐。……哦！等一下經過大拱門時，還要請您解釋，一進門那幅平塗畫的園丁代表什麼。是不是『播種者』？……咦，大師，您在想什麼？」

堂．克洛德陷入沉思，不再聽他說話。夏莫呂順著對方的目光望去，只見他死死盯住窗洞裡的大蜘蛛網。恰好這時，一隻昏頭昏腦的蒼蠅尋覓三月的陽光，一頭撞上蜘蛛網就被黏住了。蛛網一振動，那大蜘蛛猛地衝出網中央，一下子撲向蒼蠅，用兩隻前足將其折彎，可怕的長喙尋找著牠的頭。

「可憐的蒼蠅！」教會法庭檢察官說了一句，舉手要去解救蒼蠅。這時候，主教代理彷彿驚醒，一把抓住他的手臂。

「雅克先生，」他喊道，「聽憑命運的安排吧。」

檢察官十分驚駭，轉過身來，覺得手臂被一把鐵鉗夾住。主教代理則兩眼冒火，直愣愣的，依然盯著蒼蠅和蜘蛛那殘忍的組合。

「噢，對啦！」主教代理繼續說，那聲音彷彿發自肺腑，「這是一切的象徵。這隻蒼蠅剛剛誕生，牠飛舞盤旋，多麼快活，牠在尋求春天、新鮮空氣和自由的空間。噢，對啦，牠卻撞上那致命的玫瑰花窗，蜘蛛衝了出來，可怕的蜘蛛！噢！可憐的跳舞生靈！可憐的薄命蒼蠅！雅克先生，隨牠去吧，命該如此！唉！克洛德，你就是蜘蛛。克洛德，你也是蒼蠅！你飛向科學，飛向光明，飛向太陽，一心渴望到達自由的空間，到達永恆真理的陽光下。然而，盲目的蒼蠅，發昏的博士，你只顧衝向炫目的窗邊，衝向那開向另一個世界，開向光明、智慧和科學世界的窗邊，卻沒有看見在你和光明之間，命運織了一張纖細的蜘蛛網，可憐的瘋子啊，你奮不顧身地撲上去，結果碰得頭破血流，翅膀折斷，在命運的鐵鉗裡拚命掙扎！……雅克先生！雅克先生！別碰那隻蜘蛛！」

---

⑤．原文為拉丁文，引自普勞圖斯的喜劇《蠢貨》。

⑥．原文為拉丁文。

夏莫呂莫名其妙，愕然看著他，只好說：「我向您保證，絕不碰牠。不過，師傅，您還是高抬貴手，放開我的手臂吧，您這隻手跟鉗子一樣。」

主教代理根本沒聽見，他的眼睛沒有離開窗邊，又說：「噢！昏昧啊！你這小蒼蠅的翅膀，即使能掙破這可怕的蛛網，你以為就能抵達光明嗎？唉！後面那道玻璃，那透明的障礙，那道隔開一切哲學和真理、比銅牆鐵壁還堅固的水晶牆，你又怎麼能夠穿越呢？科學的虛幻啊！多少賢哲從遠處飛來，撞破頭顱！多少學說體系，紛亂喧擾，撞擊這永恆的玻璃窗！」

他戛然住口。順著這最後的想法，他不知不覺又回到科學，情緒也似乎平靜下來。雅克．夏莫呂向他提出一個問題，終於使他完全恢復現實感：「哦，對了，先生，您什麼時候來幫我鍊金？我一直無法成功。」

主教代理苦笑一下，搖搖頭說：

「雅克先生，讀讀米歇爾．普塞呂斯的作品——《關於魔鬼的力量和行為的對話》⑦。我們現在的所為，並不是完全無罪的。」

「聲音輕一點，先生！我也意識到了。」夏莫呂說，「不過，一個人僅僅在教會法庭當檢察官，年俸才有三十杜爾銀幣，搞點鍊金術總還可以吧。可是，我們說話得小聲一點。」

這時，爐灶下面發出啃齧咀嚼食物的聲響，引起夏莫呂緊張不安。

「這是什麼聲音？」

原來，約翰．弗羅洛蜷縮在那裡，很不舒服，也很無聊，偶然有所發現，撿了一小塊乾硬麵包和一小角發黴乳酪，他也不在意，大嚼起來，充做午餐。他實在餓得慌，吃東西也就發出很大聲響，每嚼一口都有聲有色，不免引起檢察官的警覺和驚慌。主教代理苦笑一下，搖搖頭說：

「那是我的一隻貓，」主教代理急忙回答，「在下面開葷吃老鼠呢。」

夏莫呂聽他這樣解釋，也就滿意了。

「這倒是，大師，」他恭敬地笑了笑，答道，「歷來大哲學家，無不有自己寵愛的動物。您也知道塞爾維烏斯[8]的這句話：『守護神無處不在』[9]。」

堂．克洛德怕約翰再搞出花樣，趕緊提醒他的得意門生，藉口還要一起研究大門廊的雕像，於是，兩人走出小屋，而學子約翰則長長嘆出一口氣，他真擔心膝蓋要把他下巴硌出印痕。

⑦．原文為拉丁文。該書於一八二八年出版。
⑧．塞爾維烏斯．圖利烏斯（Servius Tullius，西元前五七八—前五三四）：羅馬第六代國王。
⑨．原文為拉丁文。

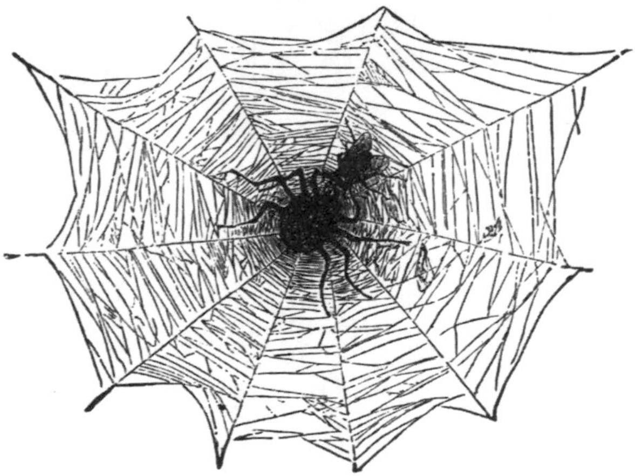

六、戶外大罵七聲的效果

「主啊，我們讚美你！」[①]約翰從灶洞裡爬出來，喊道，「兩隻喋喋不休的貓頭鷹終於走了。奧什！奧什！哈克斯！帕克斯！摩克斯！跳蚤！狂犬！魔鬼！這種談話聽了真膩！弄得我的腦袋嗡嗡響，就跟鐘樓似的。還得吃發黴乳酪！快！趕緊下樓去，帶著大哥的錢包，把裡面的錢幣全部換酒喝！」

他以溫柔和讚美的目光，朝寶貝錢包裡看了一眼，整理一下衣服，擦擦皮靴，撣撣沾滿爐灰的可憐衣袖，又吹起口哨，原地跳起轉了一圈，看看屋裡是否還有什麼好拿的，在爐灶上撿了幾個彩色玻璃護身符，準備當做珠寶送給伊莎博·蒂埃里，最後終於推門出去。他哥哥出於最後一次寬容，沒有鎖上房門，而他最後再搞一下惡作劇，讓房門照樣敞開。他像一隻小鳥，蹦蹦跳跳衝下螺旋樓梯。

約翰摸黑下樓，在旋梯中間碰到個什麼東西，咕噥著要他讓路。他猜想肯定是加西莫多，覺得這事非常滑稽，一路捧腹大笑，到了樓下，走上廣場，他還大笑不止。

他回到街道上便連連跺腳，說道：

「巴黎可親可敬的街道啊！那樓梯真要命，就是登慣雅各天梯[②]的天使，也會累得喘不過氣！我犯了什麼病，跑到這個戳破天空的石頭鑽上，僅僅為了吃點長毛的乳酪，從窗洞裡望望巴黎的鐘樓！」

他走了幾步，又看見那兩隻貓頭鷹，即堂·克洛德和雅克·夏莫呂先生，正觀賞大門上的雕像。他躡手躡腳湊上前去，聽見主教代理低聲對夏莫呂說：

「這是遵照紀堯姆·德·巴黎的吩咐，在這塊邊緣泛金黃色的青金石上雕刻約伯像。有約伯雕像的這塊點金石，也必須歷經考驗和磨難，方能變得完美無瑕。正如雷蒙·呂勒所說：『以特定的形式保存，靈魂方能得救』[③]。」

「和我沒關係，」約翰自言自語：「反正我有錢包。」

這時，他忽然聽見洪亮的聲音，在他身後發出連珠炮似的咒罵：「上帝的血！上帝的肚子！上帝的嘴巴！上帝的肉體！魔王的肚臍！教皇的名字！犄角和天雷！」

「以我的靈魂起誓，」約翰喊道，「沒別人，那肯定是我的朋友浮比斯隊長！」

浮比斯這個名字傳到主教代理的耳畔，那時，他正向檢察官解釋：那條龍尾巴隱沒在水中，而水中冒起青煙，出現一個國王的腦袋。堂·克洛德聽到這個名字，不禁渾身一抖，同時話語中斷，令夏莫呂深為詫異。他回頭一望，只見弟弟約翰站在貢德洛里埃府門口，正與一位身材魁偉的軍官說話。

那正是浮比斯·德·夏多佩先生。他靠在未婚妻住宅的山牆角，像異教徒那樣發出一連串詛咒。

「老實說，浮比斯隊長，」約翰拉住他的手，說道，「您罵得真帶勁，真精彩。」

「犄角和天雷！」隊長回答。

①·原文為拉丁文。
②·據《舊約·創世紀》記載，雅各夢見天梯，有上帝使者上下。
③·原文為拉丁文。

「您自己才長犄角，挨天雷呢！」學生約翰反駁，「喂，文雅的隊長，您這樣妙語連珠，究竟怎麼啦？」

「對不起，好朋友約翰，」浮比斯搖晃約翰的手，喊道，「駿馬奔跑起來，不能猛然停住。而我剛才的咒罵就是狂奔的馬。我剛剛離開那群假正經的女人，我每次離開，罵人的話總是衝到喉頭，我要是不痛快吐出來，就會憋死，肚子和天雷！」

「去喝兩杯好嗎？」學生問道。

聽到這樣的提議，隊長才平靜下來：「好啊，可是我身上沒錢。」

「我有哇。」

「哦！真的嗎？」

約翰顯得既莊嚴又隨便，把錢包亮給隊長看。這時候，主教代理丟下不勝驚愕的夏莫呂，朝這邊走過來，在離幾步遠的地方站住，仔細觀察，而他們兩人只顧欣賞錢包，並沒有注意他。

浮比斯喊道：「約翰，錢包在您的口袋，就是月亮在水桶裡，看得見，卻撈不著，不過是影子罷了。我們打賭，裡面裝的一定是石頭！」

約翰冷靜地回答：「看吧，我袋裡裝的盡是這樣的石頭！」

他不再多說什麼，乾脆把錢幣全部倒在旁邊的界石上，那神態真像一個羅馬人在拯救祖國。

「真上帝啊！」浮比斯咕噥，「全是銀盾、大銀幣、小銀幣、半杜爾銀幣、巴黎德尼埃、真正的鷹錢！真令人看花眼！」

約翰依然那副神氣十足、滿不在乎的樣子。有幾枚鷹錢滾落到泥中，隊長正在興頭上，彎腰就要去撿，卻被約翰一把拉住：「別管啦，浮比斯．德．夏多佩隊長！」

浮比斯數了錢，轉過身去，鄭重其事地對約翰說：「您知道嗎，約翰，總共二十三巴黎蘇！昨天晚上，您到割脖子街搶了什麼人？」

約翰將那頭金鬈髮往後一仰，眯起眼睛，傲然說：「我有個當主教代理的傻瓜哥哥嘛！」

「上帝的犄角！」浮比斯喊，「這人真夠意思！」

「去喝酒吧。」約翰說。

「去哪裡？」浮比斯問，「去『夏娃蘋果』酒館嗎？」

「不，隊長，還是去『老科學』酒館吧。『老科學』是個諧音謎語，就是『老太婆咳血④』。我喜歡這個。」

「滾它的謎語吧，約翰！『夏娃蘋果』那裡的酒好。再說，酒館旁有向陽的葡萄架，我在那裡喝酒特別開心。」

「那好！就去品嘗夏娃和她的蘋果。」約翰挽著浮比斯的手臂，「對啦，親愛的隊長，剛才您講割脖子街，這種講法太不文雅。現在，人不能那麼野蠻，應當說割喉街。」

這對朋友動身前往夏娃蘋果酒館，不用說，他們是收起了錢才走的，而主教代理則尾隨其後。主教代理臉色陰沉，失魂落魄地跟在後面。自從他同格蘭古瓦那場談話之後，浮比斯這個該死的名字總是縈繞心頭，難道就是這個人嗎？他還無法肯定，但不管怎麼說，這個人也叫浮比斯。單單聽到這個名字，主教代理就像著了魔，他躡手躡腳緊跟著兩個無憂無慮的夥伴，既全神貫注又憂心忡忡，竊聽他們談話，觀察他們一舉一動。其實，傾聽他們全部談話也易如反掌，他們扯著大嗓門，讓行人多少聽見他們的隱私也滿不在乎。他們一路談論著決鬥、女孩、喝酒和胡鬧。

走到一條街的轉角，從附近十字街頭傳來巴斯克手鼓的聲音。堂．克洛德聽見軍官對學生說：

「天雷！快點走。」

④．按法文直譯應為：「老太婆鋸壺把」。

「做什麼呀，浮比斯？」
「我怕那個吉卜賽女孩看見我。」
「哪個吉卜賽女孩？」
「有隻山羊的那個小女孩。」
「愛絲美拉達嗎？」
「正是她，約翰。她那鬼名字，我總記不住。快點走，她看見了會認出我來的。這可是在街上，我可不想和那女孩拉拉扯扯的。」
「您認識她，浮比斯？」
說到這裡，主教代理看見浮比斯嘿嘿笑著，對著約翰的耳朵輕聲說了幾句話。接著，浮比斯又放聲大笑，得意地搖晃腦袋。
「當真？」約翰問。
「以我的靈魂起誓！」浮比斯回答。
「今天晚上？」
「今天晚上。」
「您有把握她會來？」
「喂，約翰，你大概是瘋啦？這種事還能懷疑嗎？」
「浮比斯隊長，您交上桃花運啦！」
這番談話，主教代理全聽到了。他的牙齒格格打顫，顯見全身一陣顫抖。他停下腳步，像醉漢一般，在一塊界石上靠了片刻，繼而，他繼續跟蹤，去追那兩個快活的傢伙。
等他追上來，他們兩個已經改變話題，只聽他們倆扯著嗓門高唱古老的歌謠：

小方塊街傻小孩，
就像牛犢吊起來。

七、狂教士

「夏娃蘋果」酒館相當有名，座落在大學城，位於小圓盾街和善會會長街交叉口。樓下餐廳很寬敞，但是非常低矮，一根塗成黃色的粗木柱，支撐著穹隆屋頂中央的落拱點。各處都擺著餐桌，牆上掛著亮晶晶的錫酒壺，狂飲酒徒和放蕩女人終日滿座。臨街有一排玻璃窗，大門旁是葡萄架。門楣上有一塊鐵皮板，安在鐵軸上，隨風轉動而嗶嗶作響。鐵皮板上畫著一個蘋果和一個女人，已被雨水淋鏽，這種臨街的風信雞就算招牌了。

夜幕降臨，十字街頭已經黑了。酒館燭火通明，遠遠望去，就像黑暗中的鐵匠爐。碰杯和大吃大嚼的聲響，謾罵和爭吵的喧鬧，從玻璃窗的破洞逸出，在外面就聽得見。隔著因熱氣而附了一層水氣的臨街玻璃窗，只見上百張模糊的面孔蠕動，不時發出一陣笑聲。路人行色匆匆，從鬧哄哄的窗前經過，卻無暇瞥上一眼。只有穿著破衣爛衫的小男孩，偶爾來到窗前，踮起腳攀著窗臺，朝酒館叫喊：「酒鬼，酒鬼，酒鬼，去見鬼！」這是當年嘲笑醉漢的老調。

然而，有一個人卻在吵鬧的酒館門前逗留，他走來走去，時時窺探，不肯離去，就像哨兵不肯離開崗亭。他裹著一件斗篷，連鼻子都遮住了，那是他在夏娃蘋果酒館附近的舊衣店剛買的，無疑是為了遮擋三月夜晚的寒風，也許還要遮掩自己的服裝。他不時停下腳步，站在有鉛網的發黑玻璃窗前傾聽探看，跺著腳取暖。

酒館的門終於打開了，這似乎正是他期待的。兩位喝酒的顧客走出來，從門裡射出的燭光，一時映紅了他們快活的面孔。披斗篷的人便溜到街對面，躲進一座門道裡監視。

「犄角和天雷！」其中一位顧客喊，「要打七點鐘了，到我赴約的時間了。」

「跟您說呀，」他的夥伴接過話，但舌頭卻不俐落了，「我並不住在惡語街，住在惡語街的人可惡①。我住在鬆軟麵包約翰街，就在鬆軟麵包約翰街②。……您如果把話說反了，您頭上的角會比獨角獸角還尖。……誰都知道，騎過一回熊的人，就什麼也不怕了。嘿，真的，您這鼻子歪向糖果一邊，就跟醫院中的聖雅各雕像一樣。」

「約翰，我的好朋友，您喝醉了。」另一位說。

「隨您怎麼說，浮比斯，」約翰身子搖搖晃晃地回答，「柏拉圖的側影像隻獵犬，這可是千真萬確的。」

毫無疑問，讀者已經認出我們的兩位老朋友，隊長和大學生。躲在暗角裡窺視他們的那個人，看來也認出他們了，因為他緩步跟上去，尾隨在走得歪七扭八的學生身後。隊長是好酒量，一點也沒有醉，但也不得不隨著大學生的步伐。裹斗篷的人傾耳細聽，聽見了他們倆所有有趣的對話。

「酒神的信徒！您能不能走直線，學士先生？您知道，我該與您分手了。現在是七點鐘，我要去見一個女人。」

「走吧，不要管我！我看見星星和火花。您就跟唐瑪律丹城堡一樣讓人笑破肚皮。」

①．「住在惡語街的人可惡」，原文為拉丁文。
②．「就在鬆軟麵包約翰街」，原文為拉丁文。

「憑我他媽的瘤子起誓，約翰，您這樣胡說八道，簡直太過分啦！對啦，約翰，您沒有剩下錢嗎？」

「校長先生，沒錯，那是『小屠宰場』③。」

「約翰啊，我的朋友約翰！要知道，我約了那個小妞在聖米歇爾橋頭見面，只能帶她到老娼婦法路代爾那裡。那個長白鬍子的老傢伙在橋頭開客棧，要付房錢，不准賒欠。約翰，幫個忙吧！教士錢包裡的錢，難道全喝光了，一個銅幣也沒剩下嗎？」

「過了一段快活的時光，比餐桌上什麼佐料都有味。」

「肚子和腸子！別說廢話啦！魔鬼約翰，告訴我，您身上是不是還有零錢？上帝的嘴，拿出來，不然我就搜身啦，哪怕您像約伯那樣患了痲風病，像凱撒那樣生了疥瘡！」

「先生，加利亞什街一頭連玻璃廠街，另一頭連紡織廠街。」

「是啊，我的好朋友約翰，我可憐的夥伴，加利亞什街，好，很好。可是，看在老天的份上，快醒醒吧。我只要一個巴黎蘇，好赴七點鐘的約會。」

「周圍都靜一靜，聽我唱一段小調：

有朝一日鼠吃貓，
阿拉斯地歸王朝；
聖約翰日一到來，
汪洋大海結冰塊；
阿拉斯人走冰上，
離開家鄉去他鄉。④」

「好啦，你這反基督的學生，怎不讓你媽的腸子勒死你！」浮比斯吼道，狠命推了一把，將醉醺醺的學生推到牆邊，軟軟地癱在腓力・奧古斯都的鋪石路面上。酒肉朋友之間向來都有同情心，浮比斯也不例外，還殘存一點，於是他用腳踢著約翰翻滾，好讓他的頭枕著東西。也是蒼天有眼，巴黎的各個角落，都為窮人預備了這種枕頭，也就是富人輕蔑稱呼的「垃圾堆」。隊長把約翰的腦袋安置在白菜根堆成的斜坡上，這位學子立刻以優美的低音打起鼾來。不過，隊長心中的怨恨並沒有完全消除。「魔鬼的車子若是經過這裡把你撿去了，那就活該啦！」他對沉睡中的可憐神學生說了一句，便揚長而去。

穿斗篷的人一直跟蹤在後，他在酣臥的學生面前站了片刻，似乎猶豫不決，又長嘆一聲，便追隨隊長而去。

如果讀者願意，我們也要丟下約翰，追隨他們而去，就讓約翰露宿街頭，由星光看護吧。

浮比斯隊長走進拱廊聖安德列街時，發覺有人跟蹤，他偶爾回頭望望，只見後面有一個黑影貼著牆邊行走。他站住，那影子跟著站住。他繼續朝前走，那影子也跟著走。遇到這事，他並不怎麼擔心。「哼！管他呢！」他自言自語，「我身上一點錢也沒有。」

走到奧頓學院門前，他停下來。他就是在這所學校開始他所謂的啟蒙教育，而學童的頑劣習慣猶存，每回經過這座大樓，他都要侮辱一下大門右側皮耶・貝特朗紅衣主教的雕像，正如在賀拉斯諷刺詩《從前我是無花果樹幹》[5]中，普里阿普斯所痛苦抱怨的那種侮辱。每回他都力道十足，幾乎把「奧頓主教」[6]的銘文給抹掉了。這一回又像以往那樣，他在雕像前站定，而街上空無一人。他漫不

③・原文為拉丁文。
④・歌中所唱史實為：法國國王路易十一於一四七六年圍困阿拉斯城，於次年攻陷，將全城居民遷走。
⑤・原文為拉丁文。

經心地綁軍短褲連上衣的帶子，隨意張望，只見那影子走過來，腳步極慢，他能從容看清那影子頭戴帽子，身上裹著斗篷。影子走到他面前停住，佇立不動，堪比貝特朗紅衣主教雕像，不過，那兩隻眼睛卻盯住浮比斯，放射出夜晚貓瞳孔所特有的朦朧光芒。

這位隊長素性勇敢，長劍在手，何慮一個小毛賊。然而，這是一尊行走的雕像，是個化石人，他不禁毛骨悚然。世上流傳各種故事，有幽靈在巴黎夜晚街頭遊蕩，這時，此類故事模糊在他的腦海中浮現。他愣了幾分鐘，終於強顏笑了笑，打破沉默：

「先生，如果您像我所猜想的是個強盜，您來劫我就等於鷺鷥去啄核桃。親愛的，我是破落人家的子弟。您還是另尋財寶吧！這所學校的小教堂裡，有鑲銀的木雕十字架。」

那影子從斗篷裡伸出手，一把抓住浮比斯的手臂，如同鷹爪一般有力，同時也開口講話：「浮比斯．德．夏多佩隊長！」

「見鬼！您知道我的名字！」浮比斯驚道。

「不但知道您的名字，還知道今晚您有約會。」裹斗篷的人又說道，好似從墳墓裡發出的聲音。

「是啊。」浮比斯驚愕地答道。

「七點鐘。」

「還差一刻鐘。」

「在法路代爾老太婆那裡。」

「沒錯。」

「那個在聖米歇爾橋頭開的客棧。」

「照《天主經》上說，就是聖米歇爾大天使。」

「淫徒！」幽靈咕噥道，「去會一個女人？」

「我承認。⑦」

「她的名字叫……」

「愛絲美拉達。」浮比斯輕快答道。漸漸地，他那無憂無慮的樣子又完全恢復了。

聽到這個名字，那影子的利爪便瘋狂搖晃浮比斯的手臂。

「浮比斯・德・夏多佩隊長，你說謊！」

隊長氣得滿臉漲紅，他猛烈往後一蹦，掙脫抓住他手臂的鐵鉗，傲慢地握住劍柄，而裹斗篷的人神色黯然，面對這種憤怒還是巋然不動。誰目睹此刻的情景，都會不寒而慄。這就像唐璜和石像的搏鬥。

「基督和撒旦！」隊長喊道，「一個夏多佩家族的人的耳朵，很少聽到這種話的攻擊！你敢再講一遍！」

「你說謊！」那影子冷冷說道。

隊長牙咬得咯咯直響。什麼幽靈、鬼魂、迷信，此刻他全部置之度外，眼裡只有一個人和給他的侮辱。

「哼！好極啦！」他怒不可遏，說話都結巴了。人憤怒時也像恐懼一樣渾身顫抖，他拔出劍來，又結結巴巴地說：「來呀！快動手！上啊！拿劍！拿劍！血染街道！」

然而，那影子還是聞風不動，他見對手拉開架勢，準備衝刺，就說道：「浮比斯隊長，您忘記約會了。」那激動的聲調透出苦澀。

浮比斯這種人，怒火就像奶油湯，只要一滴冷水點下去就能止沸。僅僅這麼一句話，他就放下手中寒光閃閃的利劍。

---

⑥・原文為拉丁文。「奧頓」（Autun）意為高盧人的首都。

⑦・原文為拉丁文。

「隊長，」那人又說，「明天，後天，一個月，十年之後，再讓我碰見，我就割斷您的喉嚨。不過現在，您還是先去赴約吧。」

「不錯，」浮比斯說，好像要給自己找臺階下，「一次約會，兩件妙事，既有劍又有女孩，兩樣可以兼得，我何樂而不為呢！」

說著，他又把劍插回鞘中。

「去赴您的約會吧。」陌生人又說道。

「先生，」浮比斯頗為尷尬地回答，「承蒙厚意，不勝感謝。的確，明天搏鬥也不晚，彼此把亞當老爹給我們的皮囊砍幾道裂口，戳上幾個窟窿。感謝您容我再快活一刻鐘。我原本想把您撂倒在血泊裡，再及時趕去會我那美人，況且，定了約會，讓女人稍微等一等，也顯得挺有派頭。不過，我覺得您這人挺夠意思，把決鬥推遲到明天，恐怕更穩當。我還是先去赴約會。您也知道，定在七點鐘。」說到這裡，浮比斯搔搔耳朵，又說道：「糟糕！上帝的犄角！這事倒忘啦！我身上一個銅幣也沒有，拿什麼付那破屋子的房錢。那老傢伙要先付錢，她是信不過我的。」

「拿去付房錢吧。」

浮比斯感到那陌生人冰涼的手往他手中塞了一大枚錢幣。他不由自主地接過錢，並握住那隻手，高聲說：

「上帝啊！您真是上帝的好孩子！」

「有個條件，」那人說，「得向我證明是我錯了，您講的是真話。你把我藏在角落裡，讓我親眼看看是否真是您說的那個女人。」

「唔！」浮比斯回答，「我無所謂。我們要開的是聖瑪特房間，旁邊有個狗窩，您躲在裡面隨便看。」

「好，走吧。」那影子說道。

「為您效勞，」隊長說，「我不知道您是否就是魔鬼先生。不過今天晚上，我們還是做好朋友吧。明天，錢債和劍債，我全部還清。」

兩人重又上路，走得很快。幾分鐘後聽見嘩嘩的河水聲，他們明白走上了聖米歇爾橋，當年橋上有不少小屋。

「我先把您帶進去，」浮比斯對同來的人說，「然後我再去接我那小美人，她會在小堡附近等我。」

那人也不應聲。兩人並肩走了一段路，他一句話也未講。浮比斯走到一扇低矮的門前，用力撞擊。門縫裡透出燈光。

「誰呀？」一個沒有牙齒的聲音問道。

「上帝的身子！上帝的腦袋！上帝的肚子！」隊長回答。

門立刻打開了，來客面前出現一個老太婆和一盞老油燈，兩者都瑟瑟發抖。老太婆佝僂著腰，腦袋直搖晃，一對小眼睛深陷下去，身上破衣爛衫，頭上裹一塊破布。整個人佈滿皺紋，雙手、面頰、脖頸，無不皺皺巴巴，嘴唇緊貼著牙齦，嘴巴周圍長了一撮撮白毛，就像貓的鬍鬚。

房屋也跟她一樣殘破不堪。牆壁塗了白堊灰泥，棚頂橫梁檁條都黑壓壓的，壁爐破爛塌毀，各個角落都掛著蜘蛛網，在缺腿的一圈桌凳中間，一個骯髒的小孩在灰土中玩耍。屋子裡端有一座樓梯，說白了就是一架木梯，通向頂樓的洞口。

走進這個巢穴，浮比斯那個神祕的同夥拉起斗篷，幾乎遮到眼睛。隊長則像撒拉森人那樣邊說邊罵，並且像傑出詩人雷尼埃所說，趕緊「亮出如燦爛陽光的埃居」，喊道：「要聖瑪特房間。」

老太婆立刻將他當貴賓對待，隨手將錢幣塞進抽屜裡。等她一回身，那個長頭髮破衣服，在灰土中玩耍的小男孩，一溜煙地竄到抽屜面前，取出錢幣，換上他從柴火上扯下的一片枯葉。

老太婆稱兩人為紳士大人，招呼他們跟隨她登上梯子。到了樓上，她把油燈放在一口木箱上。浮比斯作為這裡的常客，逕自走過去打開了通向小黑屋的一扇門，對同伴說：「進裡面去吧，親愛的。」裹斗篷的人也不答，遵照吩咐走進去。他聽見浮比斯插上門閂，過了一陣子就跟老太婆下去了。燈光也隨之消失。

八、臨河窗戶的用處

克洛德·弗羅洛（我們推想讀者比浮比斯聰明，自會看出這次奇遇中的幽靈，無非就是主教代理），被隊長反鎖在小黑屋裡，摸索了半晌。這種角落，往往是建築設計中屋頂和山牆交匯所留下的空間。浮比斯說得好，這個「狗窩」縱剖面呈三角形，既沒有窗戶也沒有通氣孔，屋頂傾斜下來，人進去都直不起腰來。克洛德只好蹲在灰塵裡，把腳下厚厚的灰泥硬塊踏碎。他的頭滾燙，於是伸手摸索周圍，從地上摸到一塊碎玻璃，拾起來貼到額頭上，感覺到清涼才舒服了一些。

主教代理晦暗的心靈，此刻在考慮什麼呢？只有他本人和上帝知曉。

在他的思慮中，愛絲美拉達、浮比斯、雅克·夏莫呂、他十分喜愛又被拋之於泥中的兄弟、他這身主教代理教袍，也許還有他在法路代爾老太婆這裡若被發現就會損失的名譽，這些形象，這些奇遇，我無法一一說明。但是我可以肯定地說，這些念頭在他的腦海裡攪成一團。

等了有一刻鐘，他覺得自己老了一百歲。忽然，他聽見木樓梯板吱咯作響。有人上來了。通口蓋板重又掀開，燈光也重又出現。他這扇蟲蛀的門有一道很寬的縫隙，他把臉貼上去，就能看見隔壁房間的全部情況。從洞口第一個鑽出來的人是貓臉老太婆，她手裡端著油燈，隨後是撚著小鬍子的浮比斯，而上來的第三個人，正是愛絲美拉達那美麗曼妙的腰身。教士看著她鑽出來，猶如光豔照人的天仙。他渾身顫抖起來，眼前升起一片雲霧，脈搏劇烈地跳動。他再也看不見，再也聽不見什麼了。

等他恢復神志的時候，屋裡只剩下浮比斯和愛絲美拉達兩個人了。他倆並排坐在大木箱上，旁邊放著油燈。主教代理藉著燈光，覺得這兩張青春面孔格外醒目，也看到擺在頂樓小屋另一端的簡陋床鋪。

床鋪旁邊有一扇窗戶，玻璃早已像被暴雨打爛的蜘蛛網。透過破損的鉛絲窗網，能望見一角天空，以及臥在薄雲鴨絨褥上的月亮。

那女孩滿面羞紅，呼吸急促，不知所措。她長長的睫毛低垂，把羞紅的臉罩在朦朧之中。她不敢抬眼看那滿面春風的軍官，只是下意識地用手指在坐板上胡亂畫著線條，眼睛則盯著手指，那笨拙的動作卻顯得十分可愛。別人看不見她的腳，那隻小山羊趴在上面。

隊長打扮得格外帥氣，衣領和袖口鑲綴著一束束金穗，這是當時最時髦的穿戴。

堂·克洛德的太陽穴血液沸騰，嗡嗡直響，勉強才能聽見他們的談話。

（情話纏綿，其實相當無聊，總是沒完沒了地重複「我愛你」。這個樂句如不配上「裝飾音」，在不相干的人聽來就平淡無奇了。不過，克洛德在此傾聽，卻不是毫不相干的人。）

「噢！」女孩仍未抬眼，說道，「您不要看不起我，浮比斯大人。我覺得我這樣做很不好。」

「看不起您，美麗的女孩！」軍官回答，他擺出一副風流倜儻、善體下情的樣子，「看不起您，上帝的腦袋！為什麼呢？」

「就因為我跟著您來了。」

「說到這一點嘛，我的小美人，我們的看法可不一樣。我不應當看不起您，而是應當恨您。」

女孩驚慌地看他，問道：「恨我！我做了什麼事啦？」

「讓我這麼央求您。」

「唉！……」女孩嘆道，「這是因為若是我違背了我的誓言……我就找不到自己的父母了……護身符就不靈驗了……可是，這又有什麼關係呢？現在我還需要父母親嗎？」

女孩說著，凝視隊長，她那對黑色大眼睛，閃著喜悅和柔情的淚光。

「鬼才明白您是什麼意思呢！」浮比斯高聲說。

愛絲美拉達沉默片刻，繼而，她的眼裡漾出一滴淚水，嘴唇發出一聲嘆息，這才說道：「唔！大人，我愛您。」

女孩全身散發著濃郁的純潔的芬芳、貞烈的魅力，就連浮比斯在她身邊也有所拘束。然而，這句話卻給他壯了膽。「您愛我！」他狂喜地說，張開雙臂就摟住吉卜賽女孩的腰。他等的就是這個機會。

教士見他這樣，用指尖試了試藏在胸前的匕首尖。

「浮比斯，」吉卜賽女孩輕輕拉開隊長緊緊抓著她腰帶的手，繼續說，「您心地善良，為人慷慨，相貌又英俊。您救了我的命，而我不過是流落到波希米亞的可憐孩子。很早我就夢見一位軍官搭救我。其實我夢見的是您，我的浮比斯，在認識您之前。我夢中的那位軍官像您一樣，穿一身漂亮軍服，佩戴長劍，威風凜凜。您叫浮比斯，這個名字很美，我喜愛您的名字，喜愛您的長劍。把您的劍拔出來，讓我看看，浮比斯。」

「真是個孩子！」隊長說道，笑著拔出長劍。

吉卜賽女孩看看劍柄、劍鋒，又極為好奇地細看劍柄上的姓名圖案，吻了吻劍，說道：「你是一把勇士的劍。我愛我的隊長。」

浮比斯趁機吻了一下低垂的美麗脖頸。女孩抬起頭，臉忽然紅了，宛如熟透的櫻桃。教士在黑暗角落咬牙切齒。

「浮比斯，」吉卜賽女孩又說：「請您聽我說，您走幾步好嗎，讓我看看您魁梧的身材，聽聽您的馬刺響。您多英俊啊！」

隊長順著她的意思，洋洋得意地站起來，微笑著說：「您可真是個孩子！……哦，對了，您沒有看見我閱兵時穿的盔甲吧？」

「唉！沒見過。」女孩回答。

「那才漂亮呢！」

浮比斯回身又挨著她坐下，這回靠得更近了。

「聽我說，親愛的……」

吉卜賽女孩用美麗的小手拍拍他的嘴，她這種孩子氣顯得十分嬌憨可愛，十分討喜：「不，不，我不要聽。您愛我嗎？您要告訴我是不是愛我。」

「是不是愛你，我生命的天使！」隊長半跪下，高聲說，「我的肉體、我的血液、我的靈魂，全部屬於你。我愛你，除了你我不曾愛過別人。」

這番話，他在類似場合不知重複過多少遍，已經背得滾瓜爛熟，這回一口氣講出來，半個字也不差。吉卜賽女孩聽到這樣激情的表白，抬起洋溢著天使般幸福的目光，望著代替天空的骯髒天花板，喃喃說道：「噢！真希望能在這一刻死去！」

浮比斯卻認為「這一刻」是個好機會，又搶著吻了一下，使主教代理在角落又如經受酷刑。

「死！」多情的隊長高聲說，「您說的這是什麼話呀，美麗的天使？這種時候正應該活著，否則，朱庇特就只是個頑童啦！如此一件美事剛剛開始就死去！公牛角，開什麼玩笑！……不能這樣。……聽我說，親愛的西米拉珥……愛絲美拉達……對不起，沒辦法，您這撒拉森的名字太奇特了，我總是叫不出來，就像一片棘荊，突然把我擋住。」

「上帝呀，」可憐的女孩說，「我還以為這名字獨特又好聽呢！既然您不喜歡，那我就叫戈通吧。」

「唉！不要為這點小事傷心嘛，親愛的！這個名字慢慢習慣就好。我一旦記在心裡，隨口就能叫出來。……聽我說，我親愛的西米拉珥，我崇拜您到了狂熱的程度。我這麼愛您，簡直太神奇了。我知道有一個小女孩會因此氣得發瘋……」

女孩嫉妒了，打斷他的話：「誰呀？」

「這與我們有什麼關係？」浮比斯說，「您愛我嗎？」

「唔！……」女孩咕噥一聲。

「好哇！這就夠了。您會看到，我也愛您。我若不能使您成為天下最幸福的人，那就讓大魔鬼尼普頓將我叉死。我們找個地方，建一個美麗的小屋。我還讓您在窗邊觀賞我的弓箭手，他們全騎著馬，根本不把米尼翁隊長的人放在眼裡。他們手執長矛和火槍。我還要帶您去呂利穀倉，參加巴黎人的盛大集會。熱鬧極了。有八萬人全副武裝，三萬人穿戴盔甲，白鞍白馬，六十七面各行各業的旗幟。有大理院、審計院、修會會長金庫、鑄幣間接稅商會等等的旗幟，總之，那是魔鬼的大隊人馬！我還帶您到行宮去看獅子，那種猛獸，凡是女人都喜愛。」

有好一陣，女孩沉浸在美好幻想中，聽著他的聲音，卻毫不在乎他說了什麼。

「嘿！您會多麼幸福啊！」隊長繼續說，並動手輕輕解女孩的腰帶。

「您這是幹什麼？」女孩急忙說道。這一「動手腳」，就把她從夢幻中拉出來了。

「沒什麼，」浮比斯答道，「我只想說，日後你跟我一起生活的時候，就應當把街頭賣藝的這身荒唐打扮全部換掉。」

「我跟你一起生活的時候，我的浮比斯！」女孩溫柔地說。

她又靜下來，陷入沉思。

隊長見她這樣溫柔，膽子大起來，乾脆摟住她的腰，也不見她抗拒，於是，他就動手解可憐孩子的胸衣帶子，弄出聲響，並用力扯下領巾。

那邊教士呼呼喘氣，他看見吉卜賽女孩美麗的肩膀從薄紗中袒露出來，微褐色，渾圓的肩頭，宛如天邊霧靄中升起的月亮。

女孩似乎毫無覺察，聽任浮比斯擺佈。色膽如天的隊長眼裡閃閃發光。

忽然，她轉向隊長，無限深情地說：「浮比斯，教教我你的宗教吧。」

「我的宗教！」隊長哈哈大笑，高聲說，「就我，還教教你我的宗教！犄角和天雷！你要瞭解我的宗教幹什麼呀？」

「為了我們結婚。」女孩答道。

隊長臉上換了表情，顯得又驚訝，又鄙夷，既滿不在乎，又充滿淫欲，他說：「哼！還要結婚？」

吉卜賽女孩的臉頓時失去血色，腦袋憂傷地垂到胸前。

「我心愛的美人，」浮比斯溫柔地說，「哪裡來的這些傻念頭？結婚，算什麼大事！不到教士的店鋪裡吐點拉丁語，難道就不算相愛了嗎？」

他拿出最甜美的聲調這樣說著，又湊過來，緊緊挨著吉卜賽女孩的身子。他的雙手又回到老位置上，愛撫地摟住女孩極為纖細曼妙的腰身，眼中欲火越燃越熾烈，種種跡象表明，浮比斯先生顯然到了神魂顛倒的時刻，而天神朱庇特每逢這種時候，就做出許多蠢事，弄得好心的荷馬不得不呼來雲彩替他遮羞。

然而，堂．克洛德卻看得一清二楚。房門是用破桶板做的，全都腐爛了，中間裂開大縫，正好讓他那猛禽的目光通過。這位肩膀寬寬的、皮膚發黑的神父，在此之前一直囚在修道院，過著禁欲的生活，現在眼見情欲淫樂之夜的場面，不由得渾身顫抖，血液沸騰。美麗的女孩神情慌亂，就要委身給這個火熱的青年，這給他的感覺，就像脈管裡流動著熔化的鉛水。他內心異常衝動。他的目光又嫉妒又淫蕩，深入到一顆顆被解下的別針裡。此刻若有誰看見這個不幸的人把臉貼在房門的朽木條上，一定會以為是一隻猛虎在籠子裡注視著豺狼吞噬羚羊。他的眼眸閃閃發光，彷彿燭光從門縫射出去。

浮比斯手疾眼快，突然把吉卜賽女孩的胸褡扯下來。可憐的女孩臉色蒼白，原本沉溺於幻想，這下猛然驚醒，拼力掙脫軍官的摟抱，看了看裸露出來的胸脯和肩膀，於是又羞又愧，滿臉緋紅，慌忙交叉雙臂遮掩酥胸，一句話也講不出來。她雙眼低垂，這樣靜默佇立，如果不是面頰似火燃燒，那她真像一尊廉恥女神像。

隊長扯掉她的胸褡，她脖頸上掛著的神祕護身符也就暴露出來。「這是什麼？」他問，同時藉機又靠近被他嚇跑的美麗女孩。

「別碰！」女孩急忙答道，「這是我的保護神，能保佑我找到親人，如果我沒有給他們丟臉的話。噢！隊長先生，放開我吧！我母親！我那可憐的母親！母親啊！你在哪裡？快來救救我吧！求求您了，浮比斯先生！把胸褡還給我吧！」

浮比斯往後退，冷淡地說：「哼！小姐，我完全明白，您並不愛我！」

「說我不愛你！」可憐的孩子難過地高聲說，與此同時，她拉隊長並排坐下，摟住他的脖子，「說我不愛你，我的浮比斯！你真壞，說這種話，是要撕裂我的心嗎？唔！好吧！占有我，占有我的一切吧！隨你拿我怎麼樣都行！我是你的人了。護身符又算什麼！我的母親又算什麼！你既然愛我，就是我母親！浮比斯，親愛的浮比斯，你看見我了嗎？是我呀，看看我！是你不嫌棄的小女孩，她來了，來找你了。我的靈魂、我的生命、我的身子、我這個人，全部都屬於你，我的隊長。好吧，不結婚就不結婚，省得惹你心煩。其實，我算什麼呢？一個流浪街頭的窮苦女孩，而你呢，我的浮比斯，你是貴族紳士。我想得真美，一個跳舞女孩，想嫁給一名軍官！我真的發瘋了。好吧，浮比斯，不結婚，我只做你的情婦，供你消遣，供你玩樂，我是一個屬於你的女孩，只要你高興就行。我生來就是這個命，受侮辱，受歧視，受人踐踏，可是，這又算什麼！我得到了你的愛。我將是最自豪、最快活的女子。等我老了或者醜了，浮比斯，等我不配再愛您了，大人，請允許我伺候您！別人的女人給您繡綬帶，而我，能做您的奴僕，幫您穿戴。讓我替您擦馬刺，刷軍裝，擦淨馬靴。我的浮比斯，您會憐憫我的，對不對？不過現在，佔有我吧！喏，浮比斯，這一切都屬於你，只要您愛我就好！我們埃及女人，只求這個，只要空氣和愛情！」

愛絲美拉達說著，伸出雙臂摟住軍官的脖子，她含淚粲然一笑，以懇求的目光，從上到下端詳他。她那嬌嫩柔美的胸脯，摩擦著粗布軍服和粗糙的刺繡，半裸的美麗身軀在他的膝上扭動。隊長心醉神迷，火熱的嘴唇貼在這非洲女孩秀色可餐的肩上。女孩失神的目光望著天花板，身子朝後仰，顫抖著接受這個親吻。

突然，她看見浮比斯頭上出現一個腦袋，那張面孔鐵青、抽搐，露出惡魔的目光。在那張臉旁邊舉著一隻手，握著匕首。那正是教士的臉和手。他已破門而出。浮比斯沒有看見他。女孩被可怕的魔影嚇得全身凍結，動彈不得，一句話也講不出來，如同窩裡的鴿子，一抬頭正好看見瞪著圓眼凝視的老鷹。

她想喊也喊不出聲來，只見匕首朝浮比斯刺下去，重又舉起來時冒著血氣。「該死！」隊長叫了一聲，便倒下了。

女孩也昏了過去。

就在她闔上眼睛，迷離恍惚之中，彷彿感覺到嘴唇被火燙了一下，那是比劊子手的烙鐵還要灼熱的一個吻。

她恢復知覺的時候，發現自己被巡夜的軍警圍住，滿身鮮血的隊長被抬走，那教士不見了，而屋子另一端臨河的窗戶敞開，他們拾起一件斗篷，以為是隊長的，只聽見周圍的人說：「她是個女巫，刺殺了隊長。」

LIVRE HUITIÈME.

第八卷

一、銀幣變成枯葉

格蘭古瓦和奇蹟宮所有人都焦慮不安，整整過了一個月，也沒有愛絲美拉達的下落，不知她出了什麼事，也不知小山羊怎麼樣了。埃及公爵及丐幫朋友十分傷心，格蘭古瓦更是痛苦。這埃及女孩一夜之間失蹤，從此毫無音信。眾人到處尋找也毫無結果。有幾個愛戲弄人的傢伙對格蘭古瓦說，那天晚上在聖米歇爾橋附近，她跟一個軍官跑了，被他們撞見。然而，這位丈夫遵循了吉卜賽人習俗，是一個絕不輕信他人的哲學家，況且他比誰都清楚，他的妻子是多麼珍惜處女貞操。他早就明白埃及女人的貞潔與護身符結合起來，能產生何等堅不可摧的廉恥心。他甚至用數學精確計算，這種貞操對異性的抵抗力。因此，這方面他完全放心。

格蘭古瓦無法理解她為什麼失蹤了。他憂心忡忡，如果可能的話身體還會消瘦幾分。他把一切都置於腦後，連文學和他的偉大著作《論常規和非常規修辭》也都淡忘了。這本巨著，他打算自己一有錢就拿去印行。他見識過於格·聖維克多《論學》[1]的凡德蘭·德·斯皮爾著名版本，從那之後就崇拜起印刷術了。

有一天，他愁眉苦臉地經過刑事法庭的門前，看見司法宮的一道門前聚了許多人。

「這裡出了什麼事？」他問從裡面出來的青年。

「我也不知道，先生，」年輕人回答，「據說要審判一個女人，她殺了一名警官。由於案件牽涉巫術，主教和宗教法庭都參與判案。我哥哥是若薩主教代理，他把精力全放在這上面了。我要跟他說說話，可是人太多，擠不上去，真氣人，我還等著要錢花呢。」

「唉，先生，」格蘭古瓦說，「我倒是願意借給您一些。不過我這褲袋裡面有窟窿，那可不是裝銀幣磨破的。」

他沒敢告訴這個青年，自己認識他哥哥。那次在教堂發生口角之後，他再也沒去找主教代理，這樣的失禮讓他感到尷尬。

那學生逕自走了。格蘭古瓦則尾隨眾人，登上通往法庭的樓梯。他認為法官一般都蠢得可笑，列席一場刑事審判，比看什麼熱鬧都更能消愁解悶。他鑽進人群，人群擁擠地默默前進。司法宮有一條昏暗的長廊，彷彿是這座古老建築物的腸道，眾人在曲折長廊走走停停，十分無聊，走了許久才抵達一扇矮門。格蘭古瓦個子高，能從攢動的人頭上面望去，察看矮門內的法庭。

法庭很寬敞，因昏暗而顯得更大，時已薄暮，慘澹天光從尖拱窗戶射進來，照不到拱頂就消失了。穹隆是巨大的木架結構，上面雕刻的無數形象，在黑暗中似乎蠢蠢欲動。幾張桌案已經點上蠟燭，照著錄事們伏案翻閱案卷的腦袋。法庭前半部分擠滿了聽眾，左右兩側的桌案，已有穿法袍的人落座。法庭最前端的講壇上，坐著不少審判官，後幾排則隱沒在黑暗中。那一張張鐵板面孔猙獰可怕。四周牆壁到處是百合花圖案。審判官頭上有一大幅耶穌像還依稀可見。行刑道具林立，鋒尖映著

①．原文為拉丁文。

燭光，像一朵朵火焰。

「先生，」格蘭古瓦問身邊的人，「先生，怎麼那麼多人坐在那裡？就像開主教會議似的。」

「先生，」那人答道，「那些人，右邊的是大法庭評議官，左邊的是審案評議官。穿黑袍的是宗教裁判官，穿紅袍的是朝廷法官。」

「坐在他們上方、滿頭大汗的那個胖子，他又是什麼人呢？」格蘭古瓦又問。

「是庭長先生。」

「他身後那群綿羊呢？」格蘭古瓦繼續問。前文說過，他不喜歡司法宮，也許他的劇作演出失敗之後，他對司法宮始終懷恨在心吧。

「那是御前審案官先生們。」

「在大胖子前面的那頭野豬呢？」

「那是大法庭的錄事先生。」

「他右邊的那條鱷魚呢？」

「那是大律師菲利浦．婁利埃先生。」

「左邊那隻胖胖的黑貓呢？」

「那是教會法庭檢察官雅克．夏莫呂先生，以及教會法庭的先生們。」

「哦，那麼，先生，」格蘭古瓦說，「這些傢伙都跑到這裡來幹什麼呢？」

「他們要審判。」

「審判誰？沒看見被告人呀。」

「審判一名女犯，先生。您看不見她，她正背對著我們，而且被人群遮住。喏，看那群持戟的警衛，她就在那裡。」

「那女人是誰？」格蘭古瓦問，「您知道她的名字嗎？」

「不知道，先生。我也剛到一陣子，看到教會法庭的人同堂問案，只是猜測這是件巫術案。」

「好哇！」我們的哲學家說，「我們要看到這些穿法袍的傢伙吃人肉了。這種場景已經老套了。」

「先生，」旁邊那人指出，「您不覺得雅克・夏莫呂先生樣子很和藹嗎？」

「哼！」格蘭古瓦回答，「我才不信那種尖鼻子、薄嘴唇的人和藹呢！」

說到這裡，旁邊的人讓兩個閒扯的人肅靜，現在正聽一個人的重要證詞。

「各位大人，」法庭中央一個老太婆說道，她的面孔幾乎都縮在衣服裡，整個人像能行走的一堆破衣服，「各位大人，這事是千真萬確的，就跟我是法路代爾老太婆一樣千真萬確。老太婆我在聖米歇爾橋頭安家已有四十年，總是按時交房租、捐稅和年貢。我的家門正對著河上游的染坊。別看我現在成了可憐的老太婆，從前可是個美麗女孩呢，各位大人！近幾天有人對我說：『法路代爾婆婆，晚上別紡線到太晚，魔鬼喜歡用它的角替老太婆梳理紡錘。去年在聖殿那一帶的幽靈，現在肯定到老城來遊蕩了。法路代爾婆婆，當心那幽靈來敲你家門！』……一天晚上，我正在紡線，忽聽有人敲門。我問是誰。來者邊說邊罵，我打開門，兩個人走進來。一個穿黑袍，一個是英俊的軍官。穿黑袍的人只露出兩隻跟火炭一樣的眼睛，全身都被斗篷和帽子遮住了。他們對我說：「要聖瑪特房間。」那是我樓上那間屋子，各位大人，是我最乾淨的房間。他們給了我一埃居銀幣，我就塞進抽屜，心想明天正好去涼亭肉鋪買些牛羊下水湯。……我們上樓，到了樓上的房間，我才一轉身，那穿黑袍的人就不見了，真叫我有點驚訝。那名軍官儀表堂堂，像個貴族老爺。他跟著我下樓，然後就出門去了。紡四分之一支線後，他又回來，還帶了一個美麗女孩，長得像玩偶娃娃似的，要是再打扮一下，就會像太陽一樣光輝燦爛。那女孩帶了一隻山羊，一隻大山羊，白色還是黑色，我記不清了。我一看這情況，心裡就開始評估，女孩與我無關，可是大山羊！……我不喜歡這類畜牲，又長鬍子又長角，樣子有點像人，而且還帶妖氣。不過我什麼話也沒講，我拿了銀幣嘛，公平交易，對不對，法官先生？我帶女孩和隊長到樓上房間，然後就離開，讓他們單獨在一起，當然還有山羊。我回到樓下，又開始紡線。要向各位說明，我那房子有兩層，背靠著河，跟橋上其他房屋一樣，樓上樓下的窗戶都是臨水的。……我正紡著線，也不知道怎麼回事，可能是山羊引起，我總想著那個幽靈，還覺得那美麗的女孩打扮得也挺古怪。突然，我聽見樓上一聲叫喊，又咕咚一聲，有什麼東西落到地上，接著窗戶打開，我趕緊跑到窗邊，跟樓上的窗戶上下正對，就看見一堆黑壓壓的東西，從我眼前掉進河水裡。那是個幽靈，穿著教士服裝。當時月光很明亮，我看得清清楚楚，那幽靈朝老城游去。我嚇得渾身顫抖，趕緊叫巡邏隊來。那些巡警先生們一進屋，還沒弄清是什麼事就先把我揍一頓，大概是在取樂。我向他們說明情況，我們上樓去，一上去看見了什麼呀？我那可憐的房間全是血，隊長直挺挺地倒在地上，脖子上插著一把匕首，女孩在裝死，山羊也被嚇到了。『好傢伙，』我說：『我得花半個月的時間才能把地板刷乾淨，還得一點點地摳，真要命！』隊長被抬走了，可憐的年輕人！女孩的衣服全被扒開了。……等一等，還有最糟糕的事：第二天，我要拿那枚銀幣去買下水湯，掏出來一看卻變成枯葉子了。」

老太婆住了口。聽眾之間響起一陣驚駭的私議聲。

「那個鬼魂、那隻山羊，全都有巫術的味道。」格蘭古瓦旁邊的人說道。

「還有那片枯葉子呢！」另一個人接上說。

「毫無疑問，」第三個人說，「那是個巫婆，跟幽靈串通一氣，專門搶劫軍官。」

格蘭古瓦自己也差不多覺得，整個這件事很可怕，也像是真的。

「法路代爾老太婆，」庭長先生威嚴地說，「您有別的情況要對本庭說嗎？」

「沒有了，大人。」老太婆回答，「倒是有一個，起訴書中把我的房子說成是七扭八歪、臭氣沖天的破屋，寫得太差了。橋上的房屋都不大氣派，那是因為人太多。可是，連賣肉的都不嫌棄，他們都是有錢人，娶了非常乾淨的漂亮女人。」

格蘭古瓦看著像鱷魚的那位法官站起來，朗聲喊道：

「肅靜！我請各位大人不要忽略在被告身上搜出的匕首。法路代爾老太婆，魔鬼給您的銀幣變成的枯葉，您帶來了嗎？」

「帶來了，大人，」她回答，「我找到了。就是這一片。」

一名執達吏將枯葉轉呈給鱷魚。鱷魚表情嚴肅地點了點頭，又傳遞給庭長。庭長接過去，又傳給宗教法庭檢察官。就這樣，那片枯葉周遊了大廳。

「這是一片白樺樹葉，」雅克．夏莫呂先生說，「是妖術的又一證據。」

一位評議官發言：「證人，有兩個男子一起去您家中。穿黑袍的人，您先是看見他消失了，後來又看見他穿著教士服裝，跳進塞納河游走，另外一個是軍官。究竟是哪個給了您銀幣？」

老太婆想了一下，答道：「是軍官。」聽眾又是一陣議論。

「唔！」格蘭古瓦想道，「原來是這樣，我又半信半疑了。」

這時，大律師菲利浦．婁利埃先生再次發言：

「我請各位注意，被害軍官在床前筆錄的證詞中表示，當黑衣人上前搭話時，他隱約想到很可能是幽靈，還說那鬼魂極力慫恿他去與被告幽會。又據軍官的證詞，他身上沒有錢，付給法路代爾的那枚埃居銀幣，是那個鬼魂給他的。因此，那銀幣是一枚冥錢。」

這一決定性的發言，似乎驅散了格蘭古瓦和其他聽眾的疑慮。

「各位都有本案的資料，」大律師坐下來補充，「可以查閱一下浮比斯．德．夏多佩的證詞。」

一聽這個名字，被告站起來，她的頭也就從聽眾的遮擋中露出來。格蘭古瓦一見，大驚失色，他認出那是愛絲美拉達。

愛絲美拉達臉色慘白。當初，她那秀美的髮辮多麼光潤，綴滿金箔，而現在卻蓬亂地披散。她的嘴唇發青，兩眼塌陷，容貌真嚇人。唉！落到這一步！

「浮比斯！」她不安地叫，「他在哪裡？大人們啊！求求你們啦！在處死我之前，告訴我他是不是還活著！」

「住口，你這女人！」庭長喝道，「這不關我們的事！」

「噢！可憐我吧！告訴我，他是不是還活著！」她又叫道，同時合攏消瘦的纖手。鎖鏈順著她衣裙垂下，金屬撞擊聲清晰可聞。

「好吧！」大律師冷淡地說，「他快要死了。……這回您滿意了吧？」

不幸的女孩又重重坐到小凳上，說不出話來，流不出眼淚，慘白的面孔如同蠟像。

庭長俯身，對腳邊的人說：「執達吏，帶第二名被告！」

執達吏頭戴金黃帽子，身穿黑袍，脖頸搭著一條鐵鍊，手中拿著笞杖。他應命而去。

眾人都扭頭注視一道小門。小門開了，格蘭古瓦的心狂跳起來，被帶進來的竟然是金角金蹄的美麗小山羊。那秀雅的動物在門口停留片刻，伸著脖子，彷彿立在山岩上，舉目眺望遼闊的天際。忽然，牠發現吉卜賽女孩，立刻縱身一躍，越過一名錄事的桌子和腦袋，兩跳就躥上女主人的膝頭，姿勢優美地跪在她的腳下，乞求一句話或一陣愛撫。然而，被告還是一動不動，連對可憐的佳利都不看一眼。

「哦，對……就是這個可惡的畜牲。」法路代爾老太婆說，「她們兩個，我認得清清楚楚！」

雅克．夏莫呂說道：「各位先生如果允許，我們就開始審訊山羊。」

不錯，山羊正是第二名被告。審訊一隻動物的巫術案，在當時是極為尋常的。市政廳一四六六年檔案中就有不少這類案例，其中一件特別有趣，詳細記載了審理吉萊－蘇拉爾及其豬一案的費用，那兩名被告「以瀆神罪在科貝伊處決」。費用全部列出：放置母豬的挖坑費、從莫桑港運來的五百捆柴火、三品脫葡萄酒和麵包，即臨刑前犯人和劊子手同吃的最後一餐，直到每天計為八德尼埃的十一天母豬餵養看管費。審訊有時甚至超出動物的範疇。查理曼和忠厚路易②就曾下過詔書，要嚴懲膽敢出現在空中的火焰鬼魂。

這時，教會法庭檢察官喊：「如果這隻山羊附體的魔鬼抗拒驅魔，堅持興妖作怪，以此恐嚇法庭，那麼我們要告誡牠，我們將不得不對牠處以絞刑或火刑。」

格蘭古瓦不禁出了一身冷汗。夏莫呂從桌上拿起吉卜賽女孩的手鼓，以特別的姿勢伸向山羊，問道：「幾點鐘啦？」

山羊以明慧的目光注視他，用金蹄敲了七下。當時正好七點鐘。聽眾驚駭，一陣騷動。

格蘭古瓦按捺不住，喊道：「牠這是害了自己。你們都知道，牠並不懂自己在做什麼事！」

「後面的市民肅靜！」執達吏尖聲喝道。

雅克．夏莫呂憑藉手鼓，以同樣的手法，誘導山羊做了好幾個把戲，例如指出今天是幾號、現在是幾月份等等，讀者在前文都見識過了。在街頭時，佳利這些無害的小把戲，同樣的這群觀眾們恐怕不只一次為之喝彩，而在司法宮的穹隆之下，他們卻隨著審訊而產生幻視，全都驚恐萬分。毫無疑問，山羊是魔鬼。

更糟糕的是，檢察官把佳利脖子上的小皮袋裡的字母塊倒在地上，牠又立刻用蹄子從散亂字母中拼出「浮比斯」這個要命的名字。鐵證如山，正是這種巫術害死隊長。於是，在所有人眼中，吉卜賽女郎成了十足可怕的妖女，而曾幾何時，這個女孩的曼妙舞姿，不知多少回使行人目眩神迷。

不過，她已半死不活，無論佳利的出色表演、檢察官的恫嚇，還是聽眾低聲的咒罵，一概引不起她的注意。

為了把她喚醒，一名警衛不得不大力地搖她，庭長也不得不提高嗓門嚴肅地宣佈：

②．即路易一世（七七八—八四〇），法蘭克人的國王，八一四年至八四〇年在位。

「你這女孩，出身流浪種族，慣於興妖作怪。你與另一案犯妖羊合謀，並串通魔鬼的力量，於三月二十九日夜間，借助於蠱術和妖法，謀害並刺殺禁衛軍弓箭隊隊長浮比斯·德·夏多佩。你還拒不招供嗎？」

「太可怕了！」女孩用雙手捂住臉，喊道，「我的浮比斯！噢！這真是地獄！」

「你還拒不招認嗎？」庭長又冷酷地問。

「要我招認！」她的聲調很可怕，而且站起身，兩眼炯炯發光。

庭長繼續逼問：「那麼，你又如何解釋控告你的這些事實呢？」

「我已經說過，我不知道。那是個教士做的。我不認識的一個教士。一直追逐我的惡魔教士！」

「這就對了，」法官當面說，「正是幽靈。」

「噢！大人們！可憐可憐我吧！我只是一個可憐的女孩……」

「……埃及女孩。」法官說道。

雅克·夏莫呂口氣溫和地發言：「被告冥頑不化，令人痛心，因此，我請求動刑審問。」

不幸的女孩嚇得渾身發抖，不過，她還是聽從持戟警衛的命令，站起身來，以相當堅定的步伐，跟在夏莫呂和教會法庭的教士們後面，由兩排持戟警衛押送，走向一道便門。那便門忽然打開，等她進去後又闔上。傷心的格蘭古瓦見這情景，覺得那是一張駭人大口，一下把她吞噬了。

女孩身影剛剛消失，就聽見「咩咩」一陣哀叫，那是小山羊在哭泣。

現在休庭。一位評議官提出，各位法官都已疲倦，而要等很久，刑供才可能有結果。庭長回答：「身為司法官，就應當恪盡職守。」

「該死的賤女人真可惡，」一位年邁的法官抱怨，「偏偏在人家該吃晚飯的時候去受刑訊！」

二、銀幣變成枯葉續篇

愛絲美拉達始終由一隊送葬似的警士押送，走在白天還需照明的黑暗走廊，上上下下經過幾道臺階，終於被司法宮的警官推進陰森恐怖的房間。房間呈圓形，是一座大塔樓的底層。這類大塔樓，刺破新巴黎用以覆蓋舊巴黎的現代建築層，如今還高高屹立。這間地下室沒有窗戶，只有這道矮門一個入口，由一扇巨大的鐵門封閉。不過，室內並不缺少光亮，厚厚的牆壁裡砌了一座爐子，爐火燃得正旺，照得全室紅通通，襯得角落一枝蠟燭反而黯淡無光。用來遮擋爐口的鐵網這時已經拉上去，從黑色牆壁的火紅爐口，只能看見鐵條的下端，就像一排間隙很寬的黑色利齒，顯得整個爐膛好似傳說中火龍的巨口。藉著爐火的亮光，這名女犯看見房間四周擺了許多駭人器具，不知道是做什麼用的。房間中央有一張皮墊床，幾乎貼著地面。上空一條帶環扣的皮帶垂吊下來，上端繫在拱頂塌鼻子石雕怪物咬著的銅環上。鐵鉗、烙鐵、寬大的犁鏵，亂七八糟塞滿爐膛，已經燒得通紅。爐火放射血紅的光，照亮全室雜物，令人毛骨悚然。

這個野蠻的場所，就是所謂的「刑訊室」。

凶神惡煞的行刑吏彼艾拉．托特律，懶洋洋地坐在皮墊床上。他的行刑者是兩個方臉侏儒，都紮著皮圍裙，穿著粗布褲子，正在翻動爐火上那些鐵器。

可憐的女孩鼓起勇氣也是枉然，她一走進屋就魂不附體了。

司法宮的警官排在一側，宗教法庭的教士們排在另一側，一名錄事則到角落去，那裡有桌子和筆墨紙張。雅克．夏莫呂先生微笑著走到埃及女孩面前，和顏悅色地說：「親愛的孩子，你堅持否認嗎？」

「嗯。」她回答的聲音極其微弱。

「既然如此，」夏莫呂又說，「我們只好狠下心來，對你更加嚴厲地審問了。我們本來不願這麼做的。請坐到這張床上來。彼艾拉先生，給這位小姐讓座，請把門關上。」

彼艾拉氣哼哼地站起來，咕噥：「關上門的話，這爐火就會熄滅。」

「好吧，親愛的，那就敞著門吧。」夏莫呂又說。

這時候，愛絲美拉達仍然站著不動。有多少不幸者，在這張皮床上慘遭酷刑。她看著這張床驚恐萬狀，骨髓都凍結了，呆立在原地，一副惶恐驚懼的樣子。夏莫呂一揮手，兩名行刑者就上前抓住她，把她按在床上。這兩個人並沒有把她弄疼，可是他們的手一碰到她，而她的身子一接觸皮床，她立刻感到全身血液倒流，湧進心房。她倉皇四顧，恍若看見奇形怪狀的刑具都蠢蠢而動，從四面八方向她逼來，順著她的身體爬行，又啃又咬。這些刑具在她見過的所有器具中，可以說是鳥雀蟲豸中的蝙蝠、蜈蚣和蜘蛛。

「醫師在哪裡？」夏莫呂問道。

「在這裡。」一個聲音回答，是她原先沒有注意到的穿黑袍的人。

她不寒而慄。

「小姐，」宗教法庭檢察官又以安慰的聲調問，「第三次問您，您還矢口否認您犯罪的事實嗎？」

這回她只能點點頭，已經發不出聲來了。

「您還要堅持嗎？」雅克．夏莫呂說：「好吧，我十分遺憾，不得不履行我的職責了。」

「檢察官先生，」彼艾拉突然問，「我們從哪一樣開始？」

夏莫呂猶豫半晌，蹙眉斜眼，彷彿詩人在推敲韻腳一般，終於說：「先上腳枷吧。」

不幸的女孩深深感到自己被世人和神拋棄了，腦袋垂在胸前，如同一件沒有力量的物體。

行刑吏和醫生一起走到她面前。與此同時，那兩名行刑者也開始翻動駭人的武器庫。

聽到那些可怕的鐵器叮噹作響，可憐的少女渾身顫抖，就像一隻通了電的死青蛙。「噢！我的浮比斯！」她喃喃自語，聲音細微得無人聽見。她隨即又緘默而靜止不動，像大理石雕像。除了法官之外，任何人見此情景，都會痛斷肝腸。這就像是犯了罪的可憐靈魂，到了地獄的猩紅色入口，要受撒旦的拷問。這個可憐的軀體，落入一堆可怕的大鋸、轉輪、拷問架中間，要受劊子手和刑具的殘忍魔掌擺佈，竟然是這個溫柔、潔白而柔弱的女孩。多麼可憐的穀粒，要由人間司法放進酷刑的巨磨中碾成粉！

這時候，彼艾拉．托特律的行刑者伸出結滿老繭的手，粗暴地扒下女孩的長襪，使她那美麗雙腿和纖足裸露，曾有多少回在巴黎街頭，她那雙腿和纖足以其曼妙秀麗而令行人讚嘆不已。

「真可惜！」行刑吏端詳如此光潤纖美的肢體，低聲咕噥。

此刻主教代理若是在場，一定會想起他所說的蜘蛛和蒼蠅的那個比喻。

不幸的女孩透過面前瀰漫的迷霧，眼看刑枷逼近，眼看自己的腳被鐵板夾住，消失在恐怖的刑具中。她一陣恐懼，又有了力量，於是狂叫：「卸下來吧！饒命啊！」

她披頭散髮，想要立起身子，跳下床，撲到檢察官的腳下，然而雙腿卻被沉重的橡木和鐵板刑枷緊緊夾住，她頹然癱在腳枷上，比翅膀灌了鉛的蜜蜂還要疲竭無力。

夏莫呂一擺手，行刑者又把她拉到皮床上，兩隻粗大的手用棚頂吊下來的皮帶繫住她纖細的腰身。

「最後再問一次，您招認所犯的罪行嗎？」夏莫呂問，而且始終和顏悅色。

「我是無辜的。」

「既然這樣，小姐，您又如何解釋對您的指控罪證呢？」

「唉，大人！我也不知道。」

「您否認嗎？」

「全部否認！」

「動手吧！」夏莫呂吩咐彼艾拉。

彼艾拉轉動起重杆，腳枷就越上越緊，可憐的女孩連聲慘叫。這是人類任何語言都拼寫不出來的。

「住手！」夏莫呂對彼艾拉說，隨即又問埃及女孩，「您招不招？」

「全招！」可憐的女孩喊道，「我招！我招！饒命啊！」

她面對刑訊，沒有正確地估量自己的力量。可憐的孩子，有生以來，日子過得多麼快活甜美，這次剛一嘗到受刑的疼痛滋味，她就被擊垮了。

「出於人道，我必須告訴您，」檢察官指出，「一招供，您就只好等死了。」

「死了才好。」女孩說，仰身倒在皮床上，已經奄奄一息，任憑皮帶吊著腰身，軀體折成兩段。

「站起來，我的小美人，稍微堅持一下！」彼艾拉先生將她扶起來，說道，「看您這樣子，真像勃艮第公爵脖子上掛的金綿羊。」

雅克・夏莫呂高聲說：

「錄事，記錄下來。吉卜賽女孩，您經常跟惡鬼、假面鬼和吸血鬼一起，參加地獄的宴會和群魔會，並且興妖作怪，您招認嗎？回答。」

「是。」她回答的聲音低得就像喘氣。

「您承認見過只有巫師才能看到的、別西卜為召集群魔而顯示在雲端的那隻山羊？」

「是。」

「您承認崇拜過聖殿騎士的可憎偶像博佛邁的腦袋？」

「是。」

「您承認經常與魔鬼打交道，而魔鬼化身為與本案有關的一隻家養的山羊？」

「是。」

「最後，您也供認不諱，在三月二十九日夜晚，您借助於惡魔和通常稱為幽靈的那個鬼魂，謀害並刺殺了名叫浮比斯·德·夏多佩的隊長嗎？」

女孩抬起一雙大眼睛，直瞪瞪地注視司法官，既不掙扎，也不顫抖，只是機械地回答：「是。」顯然，她的意志完全崩潰了。

「記錄下來，錄事。」夏莫呂說。回頭又對行刑者們說：「將犯人放下來，押回法庭去。」等人給犯人脫掉「刑靴」，檢察官看了看她那雙疼得麻木的腳，說道：「好啦！沒有傷得太嚴重。您叫喊得挺及時，美人，您以後還能跳舞！」

他又轉向他那些宗教法庭的助手：「案件終於水落石出！令人快慰啊，先生們！這位小姐可以作證，我們剛才已經從輕用刑，做到仁至義盡。」

三、銀幣變成枯葉終篇

被告臉色蒼白，一瘸一拐回到審判大廳，迎接她的是一片欣慰的私語。聽眾的情緒從等得不耐煩轉為滿意，如同看戲的人終於盼到最後一段幕間休息結束，布幕再次拉開，演出接近尾聲了。法官則是期待很快能回去用晚餐。小山羊也高興得咩咩直叫，想奔向女主人，但是卻被拴在凳子上。

天色完全黑了。法庭沒有增添蠟燭的數量，燭光極其微弱，甚至照不到牆壁。黑暗給所有物品蒙上一層迷霧，連法官無精打采的面孔也若隱若現。只見長長大廳的另一端，在他們對面由黑暗背景襯出隱約的白點。那就是被告。

她已拖著腳步回到位置上。夏莫呂也已端然落座，剛坐定又站起來，並不過分流露得意之色，宣佈：「被告已經供認不諱。」

「吉卜賽女孩，」庭長說，「您承認興妖作怪，賣淫，並殺害浮比斯·德·夏多佩的全部罪行了嗎？」

女孩一陣揪心，只聽見她在黑暗中啜泣，聲音微弱地回答：「你們要我承認什麼都行，但是快點殺死我吧！」

「宗教法庭檢察官先生，」庭長又說，「本庭準備聽取您的公訴狀。」

夏莫呂打開嚇人的大本子，以控訴的誇張聲調，並伴以頻頻的手勢，宣讀一大篇拉丁文演說詞，其中立案的證據全以西塞羅式的迂迴句法羅列出來，並穿插引述他最喜愛的滑稽作家普勞圖斯的名言。非常遺憾，我們不能讓讀者欣賞到這篇奇文。演說家一開頭就念得有聲有色，可是引言部分還未念完，他的額頭上就冒出汗來，眼睛也突出眼眶。他正念到一半，突然頓住，那平常相當溫和，甚至相當痴傻的眼睛，這時射出凶光。

「先生們，」他高聲說，這回講的倒是法語，因為這些話並不在大本子上：「在這個案件中，撒旦十分囂張，他就在這裡旁聽，以怪相嘲笑法庭的尊嚴。看啊！」

他說著，用手直指小山羊。小山羊見夏莫呂手在比畫，還以為要牠照做，於是牠後腿坐實，舞動前腿，搖擺長鬍子的腦袋，極力模仿宗教法庭檢察官的激情表演。想必大家記得，這是牠的一樣拿手好戲。然而，這個插曲，這個最後的證據，產生了極大效果。有人上前將山羊的四蹄捆起來，檢察官又滔滔不絕宣讀下去。

公訴狀十分冗長，但結尾部分令人叫絕。下面是最後一句話，請讀者憑藉想像，加上夏莫呂先生的嘶啞嗓音和氣喘吁吁的手勢：

「各位大人，妖術一目了然，罪行昭然若揭，犯罪意圖也已成立，因此，我們以矗立在純淨的老城島上的、擁有初高級一切司法權的巴黎聖母院這一聖殿名義，根據本訴狀的內容，宣佈以下幾點要求：第一，判以一定數量的罰款；第二，令其在巴黎聖母院大門前悔罪；第三，判處該女巫及其山羊死刑，或在俗稱河灘的廣場，或者到塞納河上這座島之外，在靠近御花園尖角的地方執刑。①」

①．原文為拉丁文。

檢察官戴上帽子，重新坐下。

「唉！這拉丁文真拙劣[2]！」格蘭古瓦傷心嘆道。

另一個身穿黑袍的人，從被告旁邊站起來。他是被告的辯護律師。法官們餓得慌，開始低聲抱怨。

「律師，請簡短些。」庭長說。

「庭長先生，」律師答道，「既然被告招認犯了罪，我就只向各位法官講一句話。撒利克法典[3]有這樣一條：『一個女巫如果吃掉一個男人，並且供認不諱，她就要付八百德尼埃罰款，等於兩百金蘇。』請法庭判我的當事人付這筆罰金。」

「該條款已經廢除。」國王特別律師反駁。

「不對[4]。」辯護律師回敬。

「表決吧！」一名評議官發言，「罪行確鑿，時間也晚了。」

於是當庭付於表決。法官都急著要走，就以帽子表示贊成還是反對。庭長低聲向法官們提出事關人命的表決問題，昏暗中隱約看見他們一個接一個摘下帽子。可憐的被告好像在注視他們，可是渾濁的眼睛什麼也看不見了。

接著，錄事開始登錄，然後將一長卷羊皮書呈給庭長。

這時，不幸的女孩聽見人們一陣忙亂，矛戈碰擊的聲響，一個冷酷的聲音說道：

「吉卜賽女孩，由國王陛下指定的日子正午，您只能穿內衣，赤雙腳，脖子套繩索，乘大車到聖母院大門前，手執兩斤重的大蠟燭進去悔罪，然後押往河灘廣場，在本城絞刑架上處以絞刑，您這隻山羊也同樣吊死。此外，您供認犯了興妖作怪、賣淫、殺害浮比斯·德·夏多佩先生等罪行，還必須向教會法庭交納三枚金獅幣贖罪。願上帝接收您的靈魂！」

「噢！這真是一場夢！」愛絲美拉達自言自語，她感到粗暴的手將她拖走。

---

②·原文為拉丁文。

③·撒利克法典（Salic law）：五〇八年克洛維一世時公佈。其中一條規定女子無土地繼承權。

④·原文為拉丁文。

四、拋卻一切希望①

中世紀建築物凡屬完整的，建築的體積大多是地上和地下各占一半。只有像聖母院那樣建立在地樁上的建築物例外，其餘宮殿、堡壘、教堂，無不有雙重地基。譬如大教堂的地下還有一座大教堂，非常低矮、幽暗、神祕，而上面的大殿則是燈火通明，日夜迴盪著管風琴和鳴鐘的樂音，有的教堂地下是一座墓穴。宮殿和堡壘的底層，往往是地牢，也有的是墓穴，或者兩者兼備。這類巨大而堅固的建築，我們在別處解釋過其構成和「增殖」的方式，它們不僅有地基，而且可以說是有根鬚，四處往地下延伸，構成廳室、走廊、樓梯，一如地上的建築。因此，教堂、宮殿、堡壘，都有半截埋在土中。一座建築物的地下室又是一座建築物，那是走下去而不是登上去。地下各層之於地上各層，恰如岸邊的樹林和山巒投向鏡湖的倒影。

聖安東莞堡壘②、巴黎司法宮、羅浮宮，這些建築的地下部分是監牢。這些監牢又一層層深入地下，越來越狹窄，也越來越黑暗，區段越深就越陰森恐怖。但丁描述地獄，最好的樣板莫過於此。地牢排列成漏斗狀，底部通常是一間密牢，那是但丁安置撒旦，社會安置死囚的地方。一個不幸的人一旦囚禁在那裡，就永遠告別了天日、空氣、生活，就「拋卻一切希望」[3]，走出去不是上絞刑架，就是上火刑柴堆。有的就死在裡面腐爛掉，人間司法稱之為「遺忘」。死囚感到頭上壓著一堆石頭和一群獄卒，把他和人類隔開，而整個牢獄，整個龐大的堡壘，無非是一把結構複雜的大鎖，把他鎖在人世之外。

被判絞刑的愛絲美拉達，就是被囚禁在這個由聖路易挖掘的地牢。小塔的密牢，頭上壓著龐大的司法宮建築，無疑是怕她越獄。殊不知可憐的蒼蠅，連一塊最小的石頭也搬不動！毫無疑問，要摧毀如此柔弱的生命，何須大動干戈，這樣施刑和折磨！

她在地牢裡面，被黑暗吞沒，被深深埋葬，牢牢禁錮。誰若是見過她在陽光下歡笑跳舞，再見她落到這種境地，一定會不寒而慄。這裡像黑夜、像死亡一般寒冷，頭髮再也沒有清風拂弄，耳畔再也沒有人聲，眼前再也沒有一縷天光，身子被鎖鏈折成兩段，蜷縮在一個水罐和一塊麵包旁邊，身下的一點草浸在牢房滲出的水所積成的水窪裡。她動也不動，幾乎沒有氣息，甚而感覺不到痛苦。浮比斯、太陽、中午、天空、巴黎街道、博得掌聲的舞蹈、與那軍官的情話，繼而是那教士、老太婆、匕首、鮮血、酷刑、絞刑架，這一切還在她腦海中浮現，時而好似金光燦爛的歡歌幻景，時而又像奇特怪誕的噩夢。然而這一切，完全成了消失在黑暗中的朦朧掙扎，或者高高在地面上演奏的遙遠音樂，而在這苦命女孩所跌入的深淵裡，再也聽不見了。

她被囚禁在此之後，始終處於非醒非眠的狀態。她在這種悲慘境地，在密牢裡，再也分不清甦醒和睡眠，現實和夢幻，白天和夜晚。這一切都虛無縹緲，在她頭腦裡混淆，都破碎了，飄浮著，向四處擴散。她再也不能感知、辨識、思考了，頂多似夢非夢，精神恍惚。一個活人，從未這樣深深陷入

①．原文為義大利文。是但丁的《神曲》中，刻在地獄之門上的銘文。
②．即巴士底獄堡。
③．原文為義大利文。

空幻中。

久而久之，她肢體麻木，冰冷，僵硬了，有兩三回頭頂某處蓋板掀開而發出聲響，她也沒有注意。蓋板掀開，也透不進一點光亮，只有一隻手扔下一塊黑麵包給她。獄卒定時來察看，這是她與人類僅餘的一點聯繫。

只有一樣東西還能機械地充斥她的耳朵：頭上的拱頂因潮濕，從發黴的石縫中滲出水氣，凝聚成水珠，按固定的間歇滴落。她痴呆呆的，傾聽水滴落入她身邊水窪所發出的聲響。

水滴落入水窪中，這是她周圍唯一的活動、唯一標明時間的時鐘，也是地面上一切聲響中唯一抵達她耳際的聲音。

其實，她還不時感到有什麼冰涼的東西，從這黑色的髒水窪中出來，爬到她腳上和手臂上，嚇得她渾身顫抖。

到這裡有多久了，她自己也不清楚，只記得在什麼地方有人宣判什麼人死刑，然後她就被拖到這裡，等到清醒才發現周圍是黑夜，一片死寂，寒氣襲人。她爬行察看一下，只覺鐵環嵌入踝骨，鐵鍊叮噹作響。她辨認出四周是牆壁，身下是潮濕的石板地，鋪了一堆草。然而既沒有燈，也沒有通氣孔。於是，她坐到草堆上，有時換姿勢，就坐到地牢石階最後一級上。有一陣子，她在黑暗中試圖計數滴水的分秒，但是病弱的頭腦支持不住，很快就中斷這種可悲的努力，又陷入呆痴愚鈍的狀態。

有一天早上，或者一天夜晚（因為在這墓穴裡，半夜和中午是同一顏色），她終於聽見頭頂有響動，比往常聲音大，不像獄卒送麵包和水罐時那樣。她抬頭一望，只見一道發紅的光，從地牢穹隆那道門，或者那塊蓋板的縫隙中射進來。與此同時，沉重的鐵件發出叫聲，生鏽的鉸鏈也呻吟著，蓋板翻轉掀開，於是，她看見一盞燈、一隻手，以及兩個男人的下半身，不過活門太低，她還看不見頭，而且雙眼被強烈燈光刺痛，只好閉上。

她重新睜開眼時，活門已經關上，提燈放在一級臺階上，一個男人獨自站在她面前，身上的黑袍遮到腳面，頭上黑風帽遮住他的臉。這人無論面孔還是雙手，什麼部位也看不見，簡直就是長長的裹屍布立在那裡，裡面彷彿有東西在蠕動。她對著這幽靈似的東西，注視了幾分鐘，雙方誰也不講話，像對峙的兩尊石像。地穴裡彷彿只有兩樣東西是活的：因潮氣而劈啪作響的燈撚和拱頂落下的水滴。單調的滴答聲，切斷不規則的劈劈啪啪聲，也攪動映在油污水窪裡的燈光，形成一個個同心圓光波。

終於，女囚打破沉默：「您是誰？」

「教士。」

這個詞、這種語調、這種嗓音，令她不寒而慄。

教士以低沉的聲音，一字字地問：「您準備好了嗎？」

「準備什麼？」

「去死。」

「噢！」女囚說，「就快了嗎？」

「明天。」

她的頭，才剛高興得抬起來，一下子又垂到胸前，喃喃說道：「還有這麼長的時間！今天就行刑，對他們又有什麼影響呢？」

「這麼說，您很痛苦嗎？」教士沉吟一下，又問道。

「我很冷。」女囚回答。

她雙手握住腳，同時牙齒打顫，這是不幸的人感到寒冷時的習慣動作，我們已經在羅朗塔樓看過隱修女也是這樣。

教士風帽下的眼睛似乎環視整個地牢。

「沒有燈！沒有火！泡在水中！真慘！」

「是啊，」她無法相像自己竟然能如此的不幸：「白天是屬於所有人的，為什麼只給我黑夜？」

教士又沉默片刻，才問：「您知道自己為什麼在這裡來嗎？」

「我想我原本是知道的。」她說著，用瘦削的手指按按眉頭，彷彿要幫助回憶，「可是現在我不清楚了。」

突然，她像孩子似的哭起來：「我要出去，先生。我又冷又害怕，還有蟲子在我身上爬。」

「好吧，跟我來。」

教士說著，抓住她的手臂。不幸的女孩本已凍徹五臟六腑，然而這隻手還是讓她感覺到冰冷。

「哦！」她咕噥，「這是死神冰冷的手。您究竟是誰？」

教士掀起風帽。女孩一看，原來是久久追逐她的那張陰險面孔，是她在法路代爾看見在心愛的浮比斯頭上出現的那個魔鬼，是她昏過去之前最後一次看見在匕首旁的那雙賊眼。

這個魔影一直是她命中的災星，把她推向一個又一個災難，直到慘遭酷刑，這次出現卻把她從麻木狀態中拉出來。遮掩她記憶的重重布幕彷彿被撕開了，她遭遇的所有悲慘細節，從黑夜中法路代爾房裡的場景，直到小塔法庭她的死刑宣判，都一起浮現在她的腦海，不像先前那樣朦朧模糊，而是清楚真切，一目了然、活生生的，慘不忍睹。這些記憶，由於極度痛苦，她已有五分淡漠，幾近遺忘了，可是眼前這個陰沉面孔，又把種種記憶喚醒，如同隱形墨水寫的白紙一靠近火，字跡就清晰顯現。她心上的一道道創傷，彷彿再次裂開、流血。

「啊！」她叫了一聲，雙手立刻捂上眼睛，身子一陣痙攣似的顫抖：「又是那個教士啊！」

然後，她沮喪地垂下雙臂，坐著不起來，腦袋垂著，默默無言，眼睛凝視地面，渾身還一直發抖。

教士則凝視女孩，那是一副老鷹的目光。老鷹在高空久久盤旋，圍繞著躲在麥地的可憐雲雀，而且不聲不響，漸漸縮小飛旋的軌跡，然後疾如閃電，突然猛撲下去，一爪抓住惴惴抽動的獵物。

女孩低低的聲音說：「快結束吧！快結束吧！給我最後一擊！」她驚恐地把頭縮進肩膀，猶如羔羊等著屠夫大錘的打擊。
「我就這麼令妳憎惡嗎？」教士終於說。
女孩不應聲。
「妳憎惡我嗎？」他又重複問。
女孩的嘴唇抽動，彷彿泛起微笑。
「是啊，」她說：「這是劊子手在嘲弄死囚。有好幾個月了，他一直追逐我，威脅、恐嚇我。上帝呀，要是沒有他，我該有多麼幸福啊！是他把我拋進這個深淵！天哪！是他殺了……是他殺的！他殺了我的浮比斯！」
說到這裡，她失聲痛哭，抬眼望著教士：「噢！壞蛋！你是誰？我怎麼得罪你了？你這麼恨我？唉！你恨我什麼呢？」
「我愛妳！」教士喊道。
女孩停止哭泣，痴痴的目光注視著教士。教士則跪下來，熊熊烈焰般的目光緊盯著她。
「明白了嗎？我愛妳！」教士又喊道。
「這是什麼愛呀！」不幸的女孩渾身顫抖地說著。
教士說：「是一個下地獄的人的愛！」
兩人都受激情的重壓，沉默好幾分鐘，他是喪失理智，而她則陷於呆痴。
「聽我說，」教士又恢復異常的平靜，終於開口：「妳會瞭解全部情況。我要告訴妳的事，就連在黑漆漆的夜晚，上帝看不見我們的時候，我悄悄捫心自問，也還是不敢向自己承認的。聽我說。女孩，我遇到妳之前，生活是幸福的……」
「我也是呀！」女孩有氣無力嘆道。
「不要打斷我的話。是的，我的生活很幸福，至少我這麼認為。我純潔無瑕，心靈清澈明淨。沒有人比我更加自豪，容光煥發地高揚起頭。教士們來向我請教貞潔操守的問題，博士們來向我請教經學。沒錯，那時對我來說，學問就是一切。學問如同姊妹，我有個姊妹就知足了。如果不是年齡增長，我也不會產生別的念頭。不只一次，我看到女人經過，肉體就衝動起來。這種性欲的力量、男性熱血的力量，我以為在狂熱的少年時期就終生被扼殺了，可是它還不時騷動抽搐，搖動把我這可憐的人鎖在聖壇冰冷石頭上的誓願鐵鍊。然而，在修院的齋戒、祈禱、學習和苦修，又使靈魂主宰了肉體。後來，我就躲避女人。況且，我一打開書卷，沐浴在科學光輝中，頭腦中的各種欲念也就煙消雲散。閱讀沒多久，我就感到塵世種種煩憂都煙消雲散，我在永恆真理的靜謐光輝照耀下，內心又恢復平靜和安詳。魔鬼派那些在教堂、街道、草地上紛紛掠過我眼前，卻難入我夢境的朦朧女人身影要襲擊我，我總能輕易戰勝他們。唉！如果說我沒有保住勝利，那麼也全怪上帝，是上帝不給人抗衡魔鬼的力量。聽我說，後來有一天……」

教士說到此處，忽然停下來，女囚聽見他胸中發出幾聲嘆息，猶如臨終訣別的殘喘。

他接著說道：

「後來有一天，我正靠在密室的窗臺上……當時我在看什麼書？噢！整個過程在我的頭腦裡已亂成一團。反正我在看書。窗戶對著廣場。我聽見手鼓和音樂聲打擾了我的沉思，心中惱怒，便朝廣場望去。我所望到的情景，別人也看到了，然而那不是人間應有的。當時正當中午，陽光燦爛，就在那裡，在廣場中間，一個人在跳舞。那人美極了，上帝見了也會認為她勝過聖母，如果他降世的時候她已然在人間，那麼他寧願投胎到她身上，選擇她做母親④！她那雙黑眼珠晶瑩閃亮，黑色秀髮有幾束映著陽光，就像縷縷金絲。她的雙足歡舞飛旋，如同疾速轉動的輪輻，全然不辨蹤影。頭上烏黑的髮辮，綴滿金屬飾片，在陽光下閃閃發亮，額頭好似戴著星冠。她的藍色衣裙也播撒了金箔銀片，宛如仲夏夜空星斗燦爛。那兩條柔軟的棕色手臂，就像兩條彩帶，忽而纏住腰身，忽而伸展鬆開。她那體態婀娜多姿，美豔驚人。啊！那光豔明媚的形象，即使在陽光照耀下也如發光體般光彩奪目！……

唉！女孩啊，那人就是妳！……我又驚又喜，心醉神迷，忘情地注視你。我全神貫注地凝望，猛然驚恐得戰慄起來，我感到命運抓住了我。」

教士過分激動，又停了一下，才繼續訴說：

「眼看就要墜落深淵，我就想抓住什麼東西，以免再往下墜落。我想起撒旦對我設過的各種圈套。眼前這個女子美貌絕世，只有可能來自天堂或地獄，絕非用一點泥土做成的、被一顆女人靈魂的搖曳微光照耀的普通女孩，而是一個天使！然而是黑暗天使、火焰天使，而不是光明天使。我正想到這一點，忽然看見你身旁的山羊，那群魔會上的畜牲正朝我發笑。在中午的陽光下，牠的角像兩束火焰。於是我看出這是魔鬼的陷阱，也更加堅信你來自地獄，是要來毀掉我。我深信不疑。」

教士講到這裡，直視女囚，冷冷地補充：

「現在我還相信這一點。然而，魔法漸漸發揮作用，妳的舞姿在我的頭腦裡迴旋，我感到神祕的蠱術控制了我，靈魂中本應覺醒的成分，全都沉睡了，如同躺在雪地上將要死去的人，我愉悅地迎接這陣瞌睡襲來。突然，妳又唱起歌。我已束手無策，又能怎麼辦呢？妳的歌聲比你的舞蹈還要迷人。我想逃避，卻又做不到，雙腳就像生了根，死死定在原地，感覺到石板地升起來，一直到達我的膝蓋。我只能聽到底。我的腿腳結了冰，腦袋裡沸騰嗡鳴。也許你終於可憐我，停止唱歌，人也消失了。漸漸地，那令人目眩的幻象，在我眼前消隱，那令人心醉的音樂迴響，也在我耳畔止息。於是，我癱倒在窗戶下，比傾倒的雕像還要僵硬，還要虛弱。晚禱的鐘聲把我驚醒。我站起來逃走，然而，唉！我心中倒下的東西再也立不起來，出現的東西再也躲不開。」

他又停了一下，繼續說：

④．聖母瑪利亞從聖靈懷孕，降世的上帝即為耶穌，而上帝又說耶穌是他的愛子。這便是三位一體。

「沒錯，從那一天起，我就變成一個我不認識的人。我打算用一切方法治療：修院、聖壇、工作、讀書。都是痴心妄想！噢！一個人用充滿情欲的頭狠命撞去時，科學所發出的聲音是多麼空洞啊！從那以後，我在我和書籍之間總看到什麼，女孩，妳知道嗎？總看到妳，妳的影子，那天在我眼前顯現的光輝燦爛形象。不過，這個形象變了顏色，顯得晦暗、慘澹而黝黑，猶如冒失鬼注視太陽之後，久久留在視覺上的黑斑。

「我再也擺脫不掉妳，總是聽見妳的歌聲在我頭腦裡迴盪，總是看見妳的雙腳在我的祈禱書上飛舞，總是在夜間夢裡，感覺到妳的形體從我的肉體上滑過，因此，我渴望再次見到妳，觸摸你，瞭解妳是誰，看一看再見到妳時，是不是符合妳給我留下的理想形象，也許現實會粉碎我的夢幻。總之，這種印象變得讓我難以忍受，我希望以新的印象抹掉原本的印象。我到處尋找，終於又見到妳。不幸啊！我見到妳兩次，就想千次萬次看見妳，時時刻刻看見妳。從這地獄的斜坡滑下去，又怎麼能煞住車呢？可見，我已經不能自主了。魔鬼用線的一頭拴住我的翅膀，另一頭繫在妳的腳上。我變得像妳一樣到處遊蕩。我在別人家大門守候妳，在街角探察妳，在我的鐘樓上窺視妳。每天晚上，我反躬自省，發現自己更加迷戀，更加沮喪，更加著魔，更加墮落啦！

「我知道妳是什麼人，妳是埃及女孩，吉卜賽女孩、茨岡女孩、流浪女孩，妳怎麼可能不會巫術呢？聽我說，我希望通過審訊擺脫魔法。阿斯蒂的布魯諾⑤燒死迷惑他的女巫，自己也就痊癒了。這種療法我知道，也想試一試。首先，我設法禁止妳踏進聖母院廣場，以為妳不要再來我就會忘記妳。然而妳卻不理，又來了。接著，我又打算把妳劫走，那晚我動手了，我們有兩個人，已經抓住妳，不料那個可惡的軍官突然出現救了妳。從此開始了妳的不幸，還有我的和他的不幸。總之，我束手無策，也不知會落到什麼地步，只好向宗教法庭告發妳，以為我也能像阿斯蒂的布魯諾那樣痊癒，並且隱約以為，一場官司就能把妳交到我手中，妳一入大牢我就能抓住妳、得到妳，一到獄中妳就休想逃出我的手心。妳控制我的時間夠久了，也該輪到我占有妳了。人一旦作惡，就必須做到底，只有瘋子才會中途罷手！罪惡的極端就是狂喜。一個教士和一個女巫，在地牢的草堆上結合銷魂！

「因此，我告發了妳。正是在那段時間，每次相遇，我都令妳驚慌不安。我策劃對付妳的陰謀，在妳頭頂呼喚來的烏雲風暴，頻頻發出威脅和閃電。不過我還猶豫不決。我的計畫有可怕的成分，令我畏懼不前。

「也許我可以放棄這種圖謀，也許我的惡念本可以在頭腦中枯死而結不出果實。我原以為要繼續還是中斷這場訴訟，始終取決於我。然而，任何邪念都是執拗頑固的，非要變成事實不可。正是在我自認為無比強大的領域，命運卻比我更強大。唉！唉！是命運抓住了妳，把妳推進我暗自建造的可怕機器中！聽我說，我就快要講完了。

「有一天，又是陽光燦爛的日子，我看見面前走過一個人，他念著妳的名字，邊說邊哈哈大笑，眼睛色瞇瞇的。該死的傢伙！我就跟隨他。後來的情況妳都知道。」

他住了口。女孩只擠出了一句話：「我的浮比斯啊！」

「別講這個名字！」教士狠狠抓住她的手臂，說道，「不要講這個名字！噢！我們多麼不幸，正是這個名字毀了我們！說得更準確些，是無法解釋的命運毀了我們所有人！……妳受盡折磨，對不對？妳覺得寒冷，眼前一片漆黑，身子被牢房重重包圍，不過，妳的心中也許還有一線光明，哪怕是妳對那個玩弄妳感情的空虛男人所產生的幼稚愛情！然而，地牢卻在我心中，我心中只有寒冬、冰雪、絕望。我的靈魂裡是一片黑夜。我忍受了多大的痛苦妳知道嗎？審訊妳的時候我在場，就坐在教會法官的席位上。不錯，那些教士風帽中，有一頂遮住了罪人的痛苦痙攣。把妳帶上法庭時，我就在那裡，審問妳的時候，我就在那裡。那是狼窩呀！是我犯下的罪過，我看見在妳的額頭緩緩豎起來的

⑤．即聖布魯諾（Saint Bruno，一〇三〇—一一〇一）。此處為關於他的一個傳說。

是我的絞刑架。每次作證，提出每一個證據，每次辯護，我全都在場，可以數出妳在痛苦路上的每一步。我同樣在場，看見那個凶惡的野獸……噢！我沒有預料到會動刑！聽我說，我跟隨妳進了刑訊室，看見行刑吏無恥的手扒下妳的衣服，觸摸妳半裸的身體。我看見妳的腳，這雙腳我願用一個帝國換取一吻，然後死而無憾，我願撞碎頭顱，死在這腳下而感到無限歡欣，然而我卻看見上了刑枷，上了能把人的肢體變成一團血肉的刑枷。噢！可憐的人啊！我目睹這種場面時，修士袍裡藏著匕首，用來一下下割我的胸膛。我聽見妳那聲慘叫，就用匕首刺進我的肉，聽見妳第二聲慘叫，匕首就刺進我的心！看看吧，我想傷口還在流血。」

他解開修士袍。果然，他的胸膛像被虎爪抓破，肋上有一道相當大的傷口，尚未完全癒合。

女囚恐懼得往後退。

「噢！」教士說，「女孩，可憐可憐我吧！妳以為自己不幸，唉！唉！妳卻不知道什麼是不幸。噢！愛一位女子！又身為教士！被她憎恨！以心靈的全部狂熱去愛她，為了換取她的一絲微笑，情願獻出鮮血和生命，情願犧牲名譽和靈魂，情願捨棄今生和來世，捨棄永世和永生！只恨自己不是國王、天才、皇帝、大天使、神靈，好作為她腳下高貴的奴隸。在睡夢中，在思念裡，日日夜夜摟抱著她。卻看見她愛上一身軍裝！而自己能奉獻給她的，卻是她所畏懼厭惡的一件骯髒教士袍！心懷嫉妒和惱怒，眼睜睜看著她將愛情和美貌的珍寶，虛擲給一個自吹自擂的蠢貨！看著光豔灼人的腰身、秀色可餐的胸脯，看著這肉體在另一個人的吻下悸動而羞紅！天啊！愛她的雙腳、她的手臂、她的肩膀，想她那藍色脈絡、棕色肌膚，乃至通宵不眠，在斗室的地上打滾呻吟。那些朝思暮想的所有愛撫溫存，卻導致她遭受酷刑！只成功讓她睡在皮革刑床上！噢！那真是地獄之火燒紅的烙鐵啊！噢！比較起來，在夾板中被鋸斷身體的人，被四馬分屍的人，該有多幸運啊！妳可知道在漫漫長夜受盡折磨的滋味：血脈奔騰，心腸破碎，腦袋炸開，用牙齒咬雙手，就像窮凶極惡的行刑者不停地上刑，在燒紅的烤架上，在情思、嫉妒和絕望的念頭上備受煎熬！女孩，開恩吧！讓人喘息片刻！給這炭火蓋上點灰！我懇求妳，替我擦一擦從額頭流下的大滴汗珠吧！孩子！妳就一隻手折磨我，一隻手撫慰我吧！可憐可憐我吧，女孩！可憐可憐我吧！」

教士倒在石板地的水窪中，腦袋往石頭臺階上撞得咚咚響。女孩聽他講，眼睛注視他。等到他精疲力竭，氣喘吁吁地住了口，她仍然低聲重複：

「噢！我的浮比斯！」

教士跪著爬到她面前，高聲說：

「我哀求妳了，妳還有心肝的話，就不要拒絕我！噢！我愛妳！我是個可憐人！妳提起這個名字的時候，不幸的女孩，就彷彿用牙齒咬我心臟！開恩吧！如果妳來自地獄，那我就隨妳去。為此我什麼都做了。妳要去的地獄，就是我的天堂，妳的目光比上帝更迷人！喂，說呀！妳就不想要我嗎？一個女人如果拒絕這樣的愛，那麼高山也會搖晃。啊！妳若是願意的話！嘿！我們會多麼幸福啊！我們一起逃走，我設法幫妳逃出去，我們到別的地方去，找陽光最燦爛、樹木最茂盛、天空最晴朗的地方。我們將彼此相愛，靈魂彼此傾注，將永無休止地渴求我們自身，一起不斷地痛飲這杯永不枯竭的愛情甘露！」

女孩爆出一陣響亮的狂笑，打斷他的話：「您看哪，神父！您的指甲都沾到血啦！」

教士呆若木雞，直愣愣地看著手，過了半晌才又說道，但口氣異常溫和：

「哦，是啊，妳就侮辱我吧，嘲笑我吧，叫我無地自容吧！可是走吧，快起來。我們要快一點。我得告訴妳，日子定在明天。河灘廣場的絞刑架，知道吧？一直豎在那裡。可怕極啦！看著妳坐車押赴刑場！噢！發發慈悲吧！我從未感到像現在這樣愛妳。喂！和我一起逃走吧！等我幫助妳逃離之後，妳會慢慢愛上我的。妳要恨我多久都可以。快逃吧！明天！就是明天！妳就要上絞刑架！就要受刑！噢！逃走吧！不要折磨我啦！」

他神態失常，抓住女孩的手臂要拖她走。

女孩直瞪著他：「我的浮比斯怎麼了？」

「哼！」教士放開她的手臂，說道，「您真是無情無義！」

「浮比斯怎麼了？」她還是冷冷地重複問。

「他死了！」教士喊道。

「死了！」她始終一動也不動，冷冰冰地說：「那你勸我活下去幹什麼？」

教士並沒有聽她說，彷彿在自言自語：「唔！是的，他肯定是死了。匕首刺得很深，我想是傷到了心臟。哼！整支匕首我全刺進去啦！」

女孩像發狂的猛虎，撲上去，以超自然的力量，一下將他推倒在石階上，喊道：

「滾開，魔鬼！滾開，殺人兇手！讓我去死！讓他和我的血，永遠染在你的額頭上！做你的人？教士，休想！休想！什麼也不能把我們綁在一起，就是地獄也不行！滾，該死的東西！休想！」

教士絆在石階上，他默默從袍襟的纏裹中拔出雙腳，提起燈籠，開始緩慢登上階梯，到了入口打開蓋板，隨即出去了。

忽然，女孩又看見他探進頭來，臉上一副猙獰的樣子，聲音嘶啞，氣急敗壞地喊：「告訴妳，他死了！」

女孩撲倒在地上。地牢裡再也聽不見別的聲響，黑暗中唯有使水窪顫動的滴水在嘆息。

五、母親

我不相信世上還有什麼歡欣的事，能超越一位母親看著自己孩子的小鞋醒來時的思緒。如果這是節日禮拜天和洗禮時穿的鞋，是連鞋底都繡了花的鞋，是孩子穿上還未曾走過一步的鞋，那就更是如此了。這種鞋真是小巧玲瓏，簡直不可能穿來走路，母親見了就好像看到自己的孩子。她朝鞋子笑，吻鞋子，還對鞋子說話。她心想當真會有這麼小的腳嗎？而且，即使孩子不在面前，只要看見美麗的花鞋，眼前就能浮現嬌弱的小孩。她恍若看見孩子，接著真的看到了，整個人活潑又歡快，兩隻手那麼纖巧，腦袋圓圓的，嘴唇那麼純潔，眼白發藍的眼睛那麼平靜。如果是冬天，孩子就在屋裡，在地毯上爬行，只想要爬上小凳子，而母親則提心吊膽，生怕孩子靠近火爐。如果是夏天，孩子就在庭院裡，在花園裡匍匐，拔下路石縫裡的小草，天真地看著大狗、大馬，一點也不害怕。有時孩子玩貝殼，玩花朵，把沙子弄到花壇裡，把泥土弄到石徑上，惹起園丁的責怪。周圍一切和孩子一樣，都在歡笑，都閃閃發光，都在玩耍，甚至清風和陽光，也爭相在那柔軟的鬈髮中嬉戲。鞋子向母親顯示這一切，像火熔化蠟一樣也熔化了她的心。

然而，孩子失蹤之後，小鞋喚起的歡樂，迷人而溫存的種種情景，又都化為撕肝裂膽的回憶。現在，這只漂亮的繡花鞋完全成為刑具，永遠碾磨著母親的心。還是同一根心弦，最幽深最敏感的心弦在顫動，但不是天使在撫弄，而是惡魔又掐又擰。

五月的一天早晨，太陽升上蔚藍的天空，加羅法洛[1]繪製《十字架解下耶穌圖》，就愛選擇這樣的天空作背景。羅朗塔樓的隱修女聽見河灘廣場車馬和鐵器的聲響，並沒有完全醒來，她用頭髮纏住耳朵當耳塞，又跪下來瞻仰她已經崇拜了十五年的那個沒有生命的物件。上文說過，這只小鞋是她的整個宇宙，她的思想禁錮在裡面，至死方得離開。正是為了這粉紅緞子繡花鞋，她向蒼天發出多少辛酸詛咒、多少感人的哀怨，作了多少祈禱，灑多少眼淚，只有羅朗塔樓這陰森的地穴知道。就算是為了更可愛更美妙的東西，也從來沒有人這樣悲痛欲絕。

這天早晨，她的痛苦發為悲鳴，似乎比以往更加淒厲，從外面都能聽見她令人心碎的單調悲號：

「我的女兒啊！我的女兒！我可憐的心肝寶貝啊！我再也見不到妳了，一切都完啦！我總覺得這是昨天才發生的事！我的上帝，我的上帝，這麼快就把她取走，當初還不如不給我。難道您不知道嗎？孩子是我們身上掉下來的肉，做母親的喪失孩子就不信上帝啦！噢！我真作孽，那天真不該出門！主啊！主啊！您就這樣把她奪走，是從來沒有看一看我與她在一起的情景，沒有看一看我是怎樣滿心歡喜地用火熱的身子給她焐暖，她吃奶時怎樣朝我笑，我又是怎樣搔她的小腳掌，那小腳從我胸口一直蹬上我的嘴唇！噢！我的上帝，您若是看一看那情景，就會憐憫我的歡樂，就不會剝奪唯一存在我心中的愛！主啊，難道我是個無可救藥的人，您不看一看我就懲罰我嗎？唉！唉！鞋子在這裡，可是小腳在哪裡？身子在哪裡？孩子在哪裡？我的女兒啊！他們把你怎麼啦！主啊，把她還給我吧。我的上帝，我祈求您十五年，膝蓋都磨破了，難道這還不夠嗎？主啊，把她還給我吧，哪怕是一天，一小時，一分鐘，只要一分鐘！然後把我永生永世拋給惡魔也行！噢！我若是知道您的袍襟在哪裡拖曳，雙手就會緊緊抓住，非求您把孩子還給我才放開！主啊，她這只美麗小鞋，難道您一點也不憐憫嗎？您能懲罰一個可憐的母親，這樣折磨她十五年嗎？慈悲的聖母！天上大慈大悲的聖母啊！我的小耶穌被人搶走，被人偷走，在荒樹叢被人吃掉了，喝了她的血，啃了她的骨頭！慈悲的聖母啊，可憐可憐我吧！我的女兒！我要我的女兒！她就算在天堂，和我又有什麼關係？我只要孩子，不要您的天使！我是一頭母獅子，要我的小獅！主啊，您若是扣住我的孩子，我就在地上打滾，用腦袋撞碎石頭，我就算下地獄，也要詛咒您！主啊，您看到了，我的兩條手臂都咬爛了，難道慈悲的上帝沒有憐憫心嗎？噢！只要有我女兒，只要她像太陽一樣溫暖我，那只給我鹽和黑麵包就行啦！唉！我主上帝啊，我不過是作了孽的賤女人，但是我女兒使我變得虔誠了。那時由於愛她，我心裡充滿宗教的感情，我通過她的笑容，就像通過天開的縫望見了您。噢！給我一次機會，把這只鞋穿到她那粉紅色的美麗小腳上，再給一次機會，一次就好，慈悲的聖母啊，我就願意讚美著您並死去！唉！十五年啦！現在她一定長大啦！不幸的孩子呀！這是真的，我再也見不到她了，就算在天堂見面也休想！因為，我上不了天堂。噢！多悲慘啊！全都結束了，只剩下她這隻鞋！」

不幸的女人撲向這只鞋，撲向她多年來的安慰和絕望，就像第一天般哭得肝腸寸斷。母親失去孩子，到什麼時候都像當天那樣。這種痛苦不會衰老。喪服儘管磨破，變得灰白，而心依然漆黑一片。

這時，孩子清新而歡快的聲音傳到小屋。每回看見或聽到兒童經過這裡，這可憐的母親就慌忙躲到這墓穴最陰暗的角落，腦袋彷彿要嵌進石頭裡，以免聽見他們的聲音。這回卻相反，她彷彿驚醒，猛然直起身子，貪婪地傾聽。其中一個男孩剛說了一句：「今天要絞死一個埃及女人。」

正如我們在上文看到的，蛛網一抖動，蜘蛛就撲向蒼蠅一樣，她一下跳起來，衝到窗口。讀者知道，窗洞正對著河灘廣場，她一看，在長年豎立的絞刑架那裡，果然放了梯子，劊子手正忙著調整被雨淋鏽的鎖鏈，周圍聚攏一些人。

①．加羅法洛（Garofalo，一四八一—一五五九）：義大利畫家。

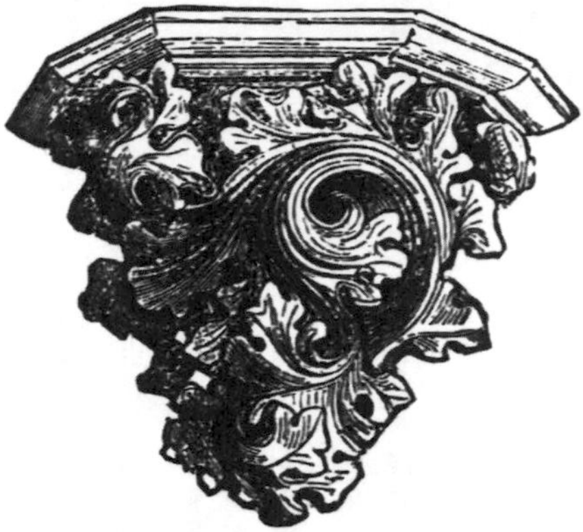

那群又說又笑的孩子已經走遠。麻袋女左右張望，想找行人打聽。她瞥見有個教士佯裝看公共祈禱書，其實心思遠遠不在「鐵柵裡的經書」，而在絞刑架，因為他那陰沉而凶狠的目光不時朝絞刑架投去。麻袋女認出那正是若薩的主教代理，一位聖潔的人。

「神父先生，」她問，「那裡要絞死什麼人啊？」

教士看了看她，沒有搭理。她又問了一遍，教士這才說：「不清楚。」

「剛才幾個孩子說，要吊死一個埃及女人。」隱修女又說道。

「我想是吧。」教士回答。

帕蓋特．香花歌樂女一聽，發出一陣狂笑。

「婆婆，」主教代理問，「這麼說，您憎恨埃及女人嗎？」

「問我恨不恨她們？」隱修女喊道，「她們是惡鬼，是拐小孩的竊賊！她們吃掉了我的小女兒，我的孩子，唯一的孩子！我的心肝沒了，被她們吃掉啦！」

她面色恐怖，而教士則冷眼看著她。

「特別有一個我最恨，總是詛咒她。」她又說，「她很年輕，年齡跟我女兒相當，如果我女兒沒有被她媽吃掉的話。那條小毒蛇每次經過這裡，都攪得我的血液沸騰起來！」

「好吧！婆婆，您盡情開心吧。」教士說，那冷冰冰的樣子好似墓前的雕像，「正是她，您會親眼看著她被絞死。」

教士說罷，腦袋垂到胸前，緩步走開了。

隱修女高興得扭動手臂，喊道：「我早就對她說過，總有一天她要上絞架！謝謝，神父！」

繼而，她在窗洞鐵欄裡大步走來走去，只見她披頭散髮，兩眼冒火，肩膀時時撞在牆上，如同關在籠子裡餓了很久，並感到餵食時刻臨近的一匹惡狼。

六、三顆不同的心

浮比斯其實沒有死，這種人，命特別大。王國大律師菲利浦・婁利埃先生對可憐的愛絲美拉達說「他快死了」，不是口誤就是戲言。而主教代理對女囚重複說「他死了」，也根本不瞭解情況，僅是這樣認為、指望、切盼，從而也就毫不懷疑了。他難以容忍把情敵的好消息告訴自己所愛的女人，換作別人，也都會像他這麼做。

當然，並不是說浮比斯傷勢不重，但是程度卻不像主教代理所渲染的那樣。巡防士兵立刻把浮比斯抬到外科醫生診所，醫生擔心他活不過一個禮拜，並用拉丁話把這情況告訴他。然而，青春活力又占上風。往往有這種事情：不管醫生如何預測病情和診斷，自然造化卻愛跟醫道開開玩笑，讓患者起死回生。浮比斯還躺在簡陋病榻上，就接受了菲利浦・婁利埃和教會法庭調查官的初步審問，他煩得要命，因此一感到好一些，便留下金馬刺充做醫療費，在一天早晨溜之大吉。不過，這並沒有給這件案子的預審造成絲毫麻煩。刑事案件的案情清楚準確與否，當時的司法機構並不在意，只要把被告送上絞刑架就算完事大吉。再說，法官們已有足夠證據判處愛絲美拉達。他們相信浮比斯死了，一切便成定局。

至於浮比斯，也沒有逃到天涯海角，他只是跑到法蘭西島地區，回到布里尾村的軍營，距巴黎城只有幾驛站的路程。

話又說回來，要親自出庭作證，對他來說絕非快慰的事。他模糊感到，一旦上法庭肯定出醜。的確，他自己還糊里糊塗，不知如何看待整件案子。凡是純粹的武夫都迷信而不信教，浮比斯也不例外，他回想這段豔遇，總有些懷疑那隻小山羊、他與愛絲美拉達的奇特相遇，以及她向他流露愛慕時同樣奇特的方式，也對她埃及女孩的身份，以及那個幽靈感到懷疑。從這段經歷中，他隱約看出巫術的成分遠遠超過愛的成分，她大概是女巫，也可能是魔鬼。總之這是一場滑稽劇，或者按當時的說法，是一場無聊的聖蹟劇，而他扮演了非常愚蠢的角色，一個挨打受戲弄的角色。他所感到的羞愧，我們的拉封丹有過絕妙的刻畫：

恥如狐狸反被母雞逮住。

他由衷希望這個案子不要鬧得滿城風雨，而他不出庭，名字就可能不會被人提及，至少不會傳到大堡法庭之外。這一點，他的打算並沒錯，當時還沒有《法庭公報》，而且，巴黎的法庭多如牛毛，幾乎每週都要煮死一個偽幣鑄造者，吊死一個巫婆，或者燒死一名異教徒，在每個十字街頭，都可以看到封建專制的老太婆泰美斯[①]挽起袖子，光著手臂，在絞刑架、梯子和恥辱刑臺上忙得不亦樂乎，這種場面大家都司空見慣，誰也不大留意了。當時上流社會人士看到經過街頭押赴刑場的人，也不大清楚叫什麼名字，只有那些尋常百姓才肯享用這種粗劣菜餚。行刑處決是巴黎市井的日常景象，如同

①・泰美斯（Themis）：希臘神話中掌管法律和正義的女神。

天天見到的烤肉店烤爐、屠戶的屠宰場。劊子手無非是比較內行的屠夫罷了。

於是，浮比斯很快就放下心來，不去想魔女愛絲美拉達，或者他所說的西米拉珥，不去想是吉卜賽女孩還是幽靈（對他無所謂）刺他那一刀，也不去想審案結果。他這方面心事一渙然冰釋，便又想起百合花的容顏。浮比斯隊長的心就像當時的物理學，最害怕真空。

況且，布里尾村的日子過得十分無聊，這裡盡是馬蹄鐵匠和粗手大腳的牧牛女，簡陋的木棚茅舍，在大路兩側連成長帶，綿延兩公里，像名副其實的一條尾巴。

百合花小姐，在他的情欲中只居倒數第二位，她不過是個漂亮女孩，有一筆誘人嫁妝。且說事過兩個多月，創傷已經痊癒，推想吉卜賽女孩一案已該了結，被人遺忘，於是在一天上午，這位情郎騎馬匆匆趕到貢德洛里埃府門前。

他沒有留意聖母院大門前廣場上聚集了許多人，他想起這是五月份，大概在舉行宗教遊行儀式，慶祝聖靈降臨節或別的節日。他把馬拴在門廊鐵環上，興沖沖地上樓找美麗的未婚妻。

府上只有她們母女兩人。

百合花的心頭，總壓著女巫及山羊和該死的拼字場景，總壓著浮比斯久不來訪的惱恨。然而，女孩一看到隊長走進來，見他滿面春風，軍服簇新，綬帶閃閃發亮，一副熱情洋溢的神態，她立刻滿心歡喜，俏臉緋紅。這位大家閨秀也從未如此嬌媚可愛，光彩奪目的金髮辮格外妖嬈迷人，雪白肌膚配上一身天藍色衣裙十分和諧，這是閨友鴿子教她的風流打扮，而那雙美目水汪汪，滿含綿綿情思，更加顯得楚楚動人。

浮比斯在布里尾村所領略的美色，只有那些村婦，這回一見百合花，立刻心蕩神迷。因此，我們的軍官顯得十分殷勤，兩人當即和好。貢德洛里埃夫人坐在安樂椅上，始終是那副慈母神態，沒有精神責備他。至於百合花的嗔怪，都化做呢喃絮語了。

女孩坐在窗邊附近，仍在繡她那幅海王洞府圖。隊長站在她身後，倚著她的椅子靠背。

女孩低聲撒嬌生氣：「好狠心，兩個多月沒有音信，您怎麼啦？」

這麼一問，浮比斯頗為尷尬，他回答：「我向您發誓，您這麼美，能讓一位紅衣主教想入非非。」

女孩忍不住笑了。

「好啦，好啦，先生，別說我怎麼美了，先回答我的話吧。美倒是真的！」

「唉！親愛的表妹，我是被召回去駐防了。」

「請問，在哪裡？為什麼不前來與我告別呢？」

「在布里尾村。」

浮比斯暗自慶幸，回答第一個問題就能避開第二個問題。

「可是那很近呀，先生。您怎麼連一次也不來看我呢？」

這一下真把浮比斯給問住了。

「這是……因為……勤務……還有，可愛的表妹，我病倒了。」

「病倒啦！」女孩嚇壞了。

「是啊……受了傷。」

「受傷！」

可憐的孩子驚慌失措了。

「唉！別擔心，沒事！」浮比斯滿不在乎地說，「爭吵起來，動了劍，這與您有什麼關係呢？」

「與我有什麼關係？」百合花高聲說，同時抬起淚汪汪的美麗眼睛，「噢！您沒有說出真心話吧。動了劍？我想要知道全部的情況。」

「是這樣，親愛的小美人，我和馬埃·費迪吵了一架，您知道嗎？他是拉伊河畔聖日爾曼的副隊長，我們交了手，彼此都戳破幾塊皮。不過如此。」

隊長隨口亂說，他卻完全清楚維護榮譽的行為，總能抬高男人在女人心目中的地位。果然，百合花注視他，又是擔心，又是欣喜，又是讚賞，心情十分激動。不過，她還是不能完全放心。

「但願您完全治好了，我的浮比斯！」女孩說，「我不認識那個馬埃・費迪，但肯定他是個惡棍。你們是怎麼吵起來的？」

浮比斯的想像力一向貧乏，這下難以自圓其說，不知如何下臺。

「嗯！我怎麼知道呢？……雞毛蒜皮的事，是因為一匹馬，一句話吧？美麗的表妹！」他提高嗓門以便改變話題，「廣場上出什麼事啦，怎麼鬧哄哄的？」

他走到窗前：「啊！上帝啊，親愛的表妹，廣場上這麼多人啊！」

「我也不知道。」百合花說，「今天上午，好像有個女巫到教堂門前請罪，要被絞死。」

隊長深信愛絲美拉達一案早已了結，因此聽了百合花的話並不在意。不過，他還是提了一兩個問題。

「女巫叫什麼名字？」

「不知道。」女孩回答。

「她做了什麼呢？」

女孩這回又聳聳雪白的肩膀：「我也不知道。」

「哼！耶穌上帝呀！」母親說，「現在巫師、巫婆真多，燒死他們時，恐怕連名字都不知道了。就跟打聽每一朵雲彩的名字那樣難。慈悲的上帝掌握著花名簿。」可敬的老夫人說到這裡，起身走到窗邊，又說：「主啊！您說對了，浮比斯，真有一大片民眾。哦，上帝保佑，連房頂上都有人。您知道嗎，浮比斯？這讓我想起我年輕那時候。查理七世國王入城那次，也有這麼多人。記不清是哪年了。我向你們提起那情景，你們會覺得是老年的事情，不是嗎？可對我來說，卻是年輕的事情。……啊！那時候，人比現在多得多，連聖安東莞城門的突堞上都站滿了。國王和王后一前一後，同乘一匹馬，兩位陛下後面是所有朝廷貴婦，也都分別坐在官大人的馬後面。我還記得，當時大家大笑不止，因為並排走來了一高一矮的兩個人，阿瑪尼翁．德．加朗德矮得出奇，馬特弗龍卻是個身材魁梧的騎士，他殺死了成堆的英國人。那時景象非常壯觀。法蘭西所有侍從貴族都在隊伍裡，插著小紅旗，紅光耀眼。也有打三角旗、戰旗的。說不清還有什麼。卡朗爵士打的是三角旗。若望．德．夏多莫朗是戰旗，古西爵士也是戰旗，但比誰的旗幟都華麗，僅僅比波旁公爵的遜色……唉！想起當年的盛況，如今再也見不到了，真叫人傷心啊！」

這對情侶並不聽敬愛的老人家嘮叨。浮比斯又回到原位，臂肘拄著未婚妻的椅子靠背。這個位置妙不可言，他那色瞇瞇的目光，可以從百合花頸飾的開口處深入下去。而她胸衣也撐開得恰到好處，能讓他看到不少奇妙景色，同時還能讓他想像出許多未見的景物。因此，浮比斯觀賞著這綢緞似的肌膚，不禁心旌動搖，暗自思忖：「除了這潔白的小美人，還有什麼東西好去愛？」

兩人都沉默不語，女孩不時抬起頭來，欣喜而溫柔的目光望望他。兩人的秀髮，在春天的陽光裡交織起來。

「浮比斯，」百合花忽然輕聲說，「再過三個月，我們就要結婚了，您要向我發誓，除了我，您從來沒有愛過別的女人。」

「我向您發誓，美麗的天使！」浮比斯回答，為使百合花信服，他不僅聲調十分誠懇，而且眼神也充滿情欲，使百合花完全相信了。此時此刻，恐怕連他自己也深信不疑。

這時候，老夫人看到未婚夫婦如此和諧，心中喜不自勝，就離開客廳去料理家務事。浮比斯見她離去，房中別無他人，膽子就大起來，這位風流隊長立刻想入非非。百合花愛他，又是他的未婚妻，這時他們單獨在一起，不免喚醒他對百合花的舊情，雖說不似當初那麼新鮮，但還保持全部欲望。吃些尚未成熟的麥子，畢竟不算什麼大罪過。筆者也不知道他的頭腦裡是否閃過這些念頭，但可以肯定的是，百合花看到他的眼神，忽然驚慌起來。她看看四周，母親不見了。

「上帝呀！」她面紅耳赤，不安地說，「我好熱啊！」

「不錯，想必快到中午了。」浮比斯應聲，「陽光太強了，還是把窗簾放下來吧。」

「不要，不要，」可憐的小女孩喊道，「恰好相反，我需要新鮮空氣。」

如同牝鹿嗅到獵犬的氣息，她站起身跑到窗邊，拉開落地窗，衝到陽臺上。

浮比斯頗為氣惱，也只好跟了過去。

讀者知道，陽臺正對聖母院前庭廣場，此刻廣場上陰森恐怖的奇特景象，讓天性膽小的百合花陷入另一種恐懼。

人流如潮，從各條通道湧入廣場。要不是軍警和手執火銃的火器營組成一道厚厚護牆，前庭周圍齊肘高的矮牆根本擋不住，人群早就衝進去了。幸虧刀槍劍戟林立，前庭才空無一人，入口由一隊佩戴主教紋章的戟士把守。主教堂幾扇寬闊的大門緊閉，而廣場四周民宅的無數窗戶，甚至山牆上的小窗也都敞開，兩者形成鮮明對照。那些窗口探出成千上萬的腦袋，一顆顆疊起來，猶如炮兵倉庫裡的一堆堆炮彈。

這片人海的浮面灰暗，顯得骯髒而混濁。人們等待要看的場景，顯然有特殊力量，能提取並喚起民眾中最齷齪的東西。醜惡可憎，莫過於這片紛紛如蟻的黃帽子髒頭髮中所發出的喧囂。人群裡笑聲壓過喊叫，女人多於男人。

在一片喧鬧聲中，不時有尖銳的高音突起。

……

「喂！馬伊埃．巴里弗爾！是在這裡吊死她嗎？」

「笨蛋！到這裡來是請罪，只穿著襯衣呀！好上帝要用拉丁話唾她一臉！每次都是正午在這裡舉行。你要看絞刑，就到河灘廣場上去吧。」

「這裡看完了再去。」

……

「您說呢，布康勃里太太？她真的會拒絕懺悔嗎？」

「很可能，貝歇尼太太。」

「就是嘛，那個異教徒！」

……

「先生，這是慣例，歹徒判決之後，司法官要交付行刑，是在俗的就交給巴黎總督，是教士就交給主教法庭。」

「謝謝您，先生。」

……

「噢！上帝啊！」百合花說，「可憐的人！」

有了這種想法，她掃視人群的目光就充滿痛苦的神色了。隊長一心放在她身上，不大理睬那些衣衫襤褸的觀眾，這時他正滿懷情愛，從背後撫摸她的腰身。女孩回過頭來，笑著央求：

「行行好吧，放開我，浮比斯！我母親要是進來，會看見您這隻手的！」

這時，聖母院的大鐘緩緩敲響正午十二點。人群中響起一陣滿意的嗡嗡聲。第十二響的餘音尚未止息，所有腦袋就像風吹波浪一樣動盪起來，一陣巨大的喧譁從廣場、窗口和屋頂升起來：「她來啦！」

百合花雙手捂住眼睛不敢看。

「親愛的，您想回屋嗎？」浮比斯問。

「不。」女孩回答，她因害怕而閉上眼睛，又因好奇而睜開。

一匹諾曼第高頭大馬拉著一輛刑車，由身穿繡有白色十字的紫色軍服的騎警押解，從公牛聖彼得教堂街駛入廣場。軍警們揮鞭驅趕民眾為刑車開道，幾位司法官員和警衛騎馬與刑車並行，從他們的黑色服裝和在馬上笨拙樣子就能認出。趾高氣揚走在隊首的，正是雅克．夏莫呂先生。

死囚車上坐著一個女孩，手臂綁在背後，身邊沒有教士。她只穿著襯衣，長長的黑髮披散在半裸露的胸前和肩上，按當時的習俗，到了絞刑架下才剪短頭髮。

透過比烏鴉羽毛還油黑發亮的波浪型秀髮，可以看見盤結的灰色粗繩磨著可憐女孩的柔弱鎖骨，纏繞她可愛的脖頸，彷彿鮮花上爬著一條蚯蚓。繩索下方吊著一件發亮的東西，那是鑲綴著綠玻璃的護身符，還讓她戴著，顯然是不忍再拒絕將死之人的要求了。從窗邊觀看的人，能望見囚車裡她赤裸的雙腳，而她竭力要把腿掩在身下，大概是出於女性的最後本能吧。她腳邊有一隻小山羊，也是五花大綁。那女刑犯用牙齒咬住沒有扣好的襯衣，就好像身處絕境，在眾目睽睽之下，她這樣赤身露體當然羞愧難當。唉！女孩的羞恥心，哪能禁受這種折磨！

「耶穌啊！」百合花激動地對隊長說，「看呀！表哥！正是帶山羊的那個吉卜賽壞女人！」她說著，轉向浮比斯，只見他臉色煞白，眼睛死死盯住刑車。

「哪個帶山羊的吉卜賽女人？」他結結巴巴地說。

「怎麼！您不記得了嗎？……」百合花又問。

浮比斯打斷她的話：「我不明白您要說什麼。」

他舉步要回屋。然而，先前百合花被這個埃及女孩引起的強烈嫉妒心，此刻又復蘇了。她滿腹狐疑，審視他一眼，這時又隱約想起來，曾聽人說過有個隊長捲進這個女巫案子。

「您這是怎麼啦？」她對浮比斯說，「就好像看見那個女人就心慌意亂了。」

浮比斯擠出兩聲笑來：「我嘛，沒這回事！嘿，這還用問！」

「那就待這裡吧。」她不容置辯地又說，「我們就一直看到結束！」

倒楣的隊長只好留下來。不過，他稍感放心的是，女犯的眼睛一直盯著囚車的車板。千真萬確，正是愛絲美拉達。即使到了這恥辱和不幸的絕境，她仍然那麼美麗，一對黑色大眼睛因面頰消瘦而顯得更大，面容蒼白，但是純潔而崇高。她還是原先的模樣，正如馬薩喬②所畫的聖母酷似拉斐爾所畫的聖母，只是有幾分虛弱、單薄、清瘦。

此外，她已深深陷入錯愕沉痛中，除了羞恥心之外，一切都任其自然，可以說全身無處不在搖晃。的確，她的軀體猶如死物或壞了的物品，隨著囚車的顛簸而跳動。她的目光無神而散亂，可以看到眼眶裡還噙著一顆淚珠，但是滯留不動，彷彿凍結。

這時候，森嚴恐怖的騎隊穿過人群，真是歡聲四起，怪態百出。不過，我們還應尊重史實，要指出看到她如此美麗，又如此頹喪，許多人都深感痛惜，就連鐵石心腸的人也動了惻隱之心。

囚車駛入前庭空地，在聖母院的中央正門前停下。

押解隊分列兩側，排成作戰隊形。民眾肅靜下來，在這一片莊嚴而不安的肅靜氣氛中，教堂大門的兩個門扇彷彿自動開啟，鉸鏈發出短笛般的刺耳聲響。這樣，在陽光燦爛的廣場中間，教堂就像洞口大開的洞穴，一眼能望到最深處，只見大殿披著黑紗，一片昏暗，只有遠遠的主祭壇上微微閃爍著幾枝蠟燭。在最裡端半圓室的陰影中，一個巨型銀十字架隱約可見，由黑色帷幕襯著從穹頂垂至地面。大殿空無一人。不過，還能隱約望見幾個神父的腦袋，在唱詩室的坐席之間晃動，而教堂大門一打開，就從裡面傳出莊嚴、洪亮而單調的歌聲，猶如喪歌哀樂，斷片陣陣擲到女犯的頭上：

> 我並不畏懼成千上萬的人包圍我。主啊，起來吧，救救我吧，上帝啊！③
>
> 救救我吧，上帝啊，因為水已經進入我的靈魂深處。④

②．馬薩喬（Masaccio，一四○一—一四二八）：義大利著名畫家。

③．原文為拉丁文，引自《聖經．詩篇》。

④．原文為拉丁文，引自《聖經．詩篇》。

我深深陷入泥潭，孤立無援。⑤

與此同時，另一個獨唱的聲音，在主祭壇的臺階上唱著憂鬱的獻祭曲：

誰聽我的話，並相信派我來的主，誰就能夠永生，不受審判，而是從死走向生。⑥

幾位隱沒在黑暗中的老者，從遠處為這美麗生靈唱歌，而這個生靈雖然還充滿青春活力，受融融春光的輕撫，沐浴在燦爛的陽光裡，他們為她唱的卻是悼亡彌撒曲。

民眾肅靜地聆聽。

不幸的女孩早已魂不附體，她的視覺和思想，彷彿都迷失在幽暗的教堂中。她那灰白的嘴唇在顫動，好像在祈禱。劊子手的助手上前扶她下車時，聽見她低聲念著：「浮比斯。」

她和山羊都鬆了綁，一起下車，小山羊感到自由，高興得咩咩直叫。她光著腳在堅硬的石路面上，一直走到教堂門前的臺階下，而套在脖子上的繩索拖在身後，像緊緊追趕的一條大蛇。

這時，教堂的歌聲中止。一個大的金十字架和一列蠟燭，開始在昏暗中移動，只聽見身穿彩服的教堂侍衛矛戈的撞擊聲。過了一陣子，一長列身穿祭披的神父和身穿法袍的祭司，唱著讚美詩，一個個神態莊嚴，朝女犯走來，在她和觀眾眼前展開佇列。但是，女犯的目光卻停留在緊隨十字架走在隊首的教士身上。

「噢！」她打個冷顫，低聲說，「又是他！那個教士！」

沒錯，正是主教代理。他的左邊是副領唱，右邊是手執指揮棒的領唱，他仰著頭，兩眼瞪得圓圓的，邊走邊朗聲高唱：

我從地獄深處呼叫，而你聽見我的聲音。⑦
你將我投入海底深淵，我周圍波濤滾滾。⑧

他身披繡有黑十字的銀色厚重的祭披，走到高大的尖拱門廊，出現在陽光下，臉色極為蒼白。觀眾見了都覺得，他是跪在唱詩室墓石上的一尊大理石主教雕像，現在起身來到墓門口，迎接這個將死的女人。

女犯，臉色也同樣蒼白，同樣像一尊雕像，手裡被塞進一根點燃的黃色大蠟燭，也幾乎毫無感覺，根本沒有聽書記官尖聲宣讀的索命悔罪書，當別人吩咐她回答「阿們」，她就回答「阿們」。等她看見那個教士揮退看守，獨自朝她走來，她才恢復一點意識，有了一點活力。

這時，她感到血液在頭腦裡沸騰起來，殘存的憤慨情緒，在這顆已經麻木冰冷的靈魂中復燃。

主教代理緩步走近。即使身陷絕境，愛絲美拉達還是發現，他的目光閃爍著淫欲、嫉妒和渴念的神色，飽覽她這幾乎赤裸的身體。只聽他高聲說：「女孩，您請求上帝寬恕您的過錯和罪孽嗎？」接著，他湊到女孩耳邊（觀眾還以為他在接受女犯的臨終懺悔），又說：「妳要我嗎？我還可以救妳！」

女孩凝視他，答道：「滾開，惡魔！不然我就揭發你！」

教士猙獰地一笑，說道：「別人不會相信妳的。妳只能罪上加罪，多了一樁誹謗罪。快回答我！

---

⑤．原文為拉丁文，引自《聖經．詩篇》。
⑥．原文為拉丁文，引自《約翰福音》第七章。
⑦．原文為拉丁文，引自《聖經．詩篇》。
⑧．原文為拉丁文，引自《聖經．詩篇》。

妳要我嗎？」

「你把我的浮比斯怎麼樣啦？」

「他死了。」教士回答。

恰巧這時，無恥的教士無意識地抬起頭，一眼望見廣場另一端貢德洛里哀府的陽臺，浮比斯隊長就站在百合花身邊。他身子一搖晃，站立不穩，用手揉揉眼睛，凝眸再看，不禁低聲詛咒一句，同時整個面孔都劇烈地抽搐。

「那好！你就去死吧！」他咕噥，「誰也得不到你。」

於是，他抬手放到女孩頭頂，提高嗓門，以哭喪的聲調說：「現在妳走吧，曖昧的靈魂，願上帝憐憫妳！[9]」

這是這類淒慘儀式結束時常用的可怕慣用語，也是教士給劊子手的信號。

民眾紛紛跪下。

「主啊，寬恕我們吧[10]。」侍立在尖拱門廊下的眾教士齊誦。

「主啊，憐憫我們吧[11]。」民眾附和，同時一陣嗡鳴在人們頭頂奔騰，如同大海的澎湃洶湧。

「阿們。」主教代理說了一句。

他轉過身去，不再理女犯，腦袋重又垂到胸前，雙手交叉起來，回到教士的行列。過了一陣子，就看見他連同十字架、蠟燭和祭披，都進入主教堂，在霧濛濛的拱頂之下消隱。而在合唱中，他唱出這絕望詩句的洪亮嗓音，也漸漸止息：

你的所有深渦、所有波濤，已經沒了我的頭頂！[12]

與此同時，教堂侍衛的矛戈斷斷續續的撞擊聲，也在大殿柱子之間逐漸沉寂，彷彿鐘錘敲響女犯的喪鐘。

就在這段時間，聖母院的幾扇大門始終敞著，只見教堂裡面空蕩蕩的，既無燭光也無人聲，一片服喪的愁慘氣氛。

女犯待在原地不動，聽候處置。就在這一幕過程中，夏莫呂先生潛心觀賞大拱門廊的浮雕，那些雕像表示的說法不一，有人認為是亞伯拉罕的獻祭，也有人認為是鍊金操作場面：天使代表太陽，柴堆代表火，亞伯拉罕代表術士。一名執棒警官只好去叫他。

好不容易才把他從潛心觀賞中喚醒。他終於轉過身來，揮了揮手，於是，劊子手的助手，兩個黃衣人走過去，要重新捆上埃及女孩的雙手。

不幸的女孩又要登上死囚車，駛向生命最後一站，也許她還有點痛惜留戀生活，不覺抬起乾澀發紅的眼睛，望望天空、太陽，望望把藍天切成四邊形和三角形的白雲，然後目光移下來，再看看大地、人群、房舍……就在黃衣人捆她手臂的時候，突然她狂叫一聲，那是一聲歡叫。就在廣場的一角，在那邊的陽臺上，她望見了他，望見了她的朋友，她的主宰，浮比斯，她生命中的另一個奇蹟！法官說謊！教士說謊！那正是浮比斯，她堅信他就在那邊，還活著，還那麼帥氣，身穿鮮豔的軍服，軍帽上插著羽翎，腰間帶著佩劍！

「浮比斯！」她喊道，「我的浮比斯！」

愛情和狂喜讓她的手臂不禁顫抖，想要伸出去，卻被捆得死死的。

⑨．原文為拉丁文。
⑩．原文為拉丁文，是彌撒禱文中的起句。
⑪．原文為拉丁文，是彌撒禱文中的起句。
⑫．原文為拉丁文。

這時，她望見隊長皺起眉頭，而伏在他肩頭的美麗女孩凝視著他，眼含慍怒，輕蔑地撇著嘴，繼而，浮比斯說了幾句悄悄話，兩人就急忙進屋，將陽臺的落地窗關上。

「浮比斯！」愛絲美拉達還是狂呼亂叫，「難道你也相信？」

一個令人髮指的念頭，這時突然出現了，她想起來，自己被判處死刑的罪名，就是殺害了浮比斯・德・夏多佩。

時至今日，她什麼都忍受了。然而，這最後一擊太慘重了，她昏倒在地上。

「快點，」夏莫呂吩咐，「把她抬上車，趕緊了結吧！」

且說在尖拱門道上面一層的列王雕像廊上，有一個怪人在觀望，把整個場面都看在眼裡，但是誰也沒有注意到。他毫無表情，脖子伸得很長，五官形狀怪異，要不是身穿半紅半紫的彩服，還真讓人以為是一個石頭怪物，而六百年來，大教堂長長的雨水槽一直是透過這種怪物的嘴排出雨水。從午時起聖母院門前所發生的情況，這位旁觀者都一一看在眼裡。早在最初沒人想到注意他時，他就將一條打了結的粗繩放下去，垂到臺階上，另一頭牢牢繫在走廊柱子上。然後，他靜靜觀望，偶爾看見一隻烏鶇飛過還吹吹口哨。

正當劊子手的助手要執行夏莫呂的冷酷命令時，突然他一個箭步跨出走廊欄杆，抓住繩索，手腳和膝蓋並用，像一滴雨水溜下玻璃窗。他從教堂正面滑下去，又像從屋頂跳下的貓一樣迅疾，衝向兩名行刑者，掄起兩隻大拳頭將兩人打倒，一手托起埃及女孩，如同孩子抓起布娃娃似的，又縱身一跳進了教堂，將女孩舉過頭頂，以雷鳴般的聲音高呼：「聖殿避難！」

這一舉動突如其來，兔起鶻落，如果在夜晚，那就是完全發生在電光一閃的瞬間。

「避難！避難！」民眾也隨之高呼，同時千萬雙手熱烈鼓掌，使得加西莫多的獨眼射出快樂自豪的光芒。

這樣一震動，女犯倒甦醒過來，她睜開眼，一看見加西莫多，急忙又閉上，就好像畏懼她的救命恩人。

夏莫呂，以及劊子手和全體押解人員，一個個都呆若木雞。的確，一進入聖母院的牆垣之內，女犯就享有不可侵犯的權利了。大教堂是一個避難所，世俗的任何司法權都不能越雷池一步。

加西莫多在正中大門口站住，兩隻腳彷彿生了根，像粗重的羅曼石柱立在地面上。他那頭蓬亂的大腦袋縮進肩膀裡，像沒有頸項而只有鬣毛的雄獅。女孩氣喘心跳，舉在他那佈滿老繭的手上，宛如一幅白布。他也像舉著一朵花似的格外小心，生怕碰壞或者弄枯萎了。他那樣子就像發覺這是精美寶貴的物品，他的手不配觸摸。有時，他顯得連碰也不敢碰，甚至都不敢朝她吹口氣。可是過了一陣子，他又把她緊緊摟在凸凹不平的胸前，視為他的財富、寶貝，儼如他是這孩子的母親。他那地鬼一般的獨眼俯視女孩，向她傾注無限柔情、沉痛和憐憫，繼而又猛然抬起來，放射出灼灼光芒。

婦女們又是大笑，又是流眼淚，群眾都熱情地跺腳。因為此刻，加西莫多確實展現了美好的一面。他確實是美好的，這個孤兒、棄嬰、遭唾棄者，此刻感到自己又威嚴又強大，直視斥逐他、卻又被他強而有力干預的這個社會，直視被他奪走戰利品的人間司法，直視這些只好空咂嘴的虎豹豺狼，這些鷹犬、法官和劊子手，直視他這個殘疾人以上帝力量摧毀王國的威力。

再說，這麼畸形的人來保護這麼不幸的人，加西莫多搭救被判處死刑的女孩，這事本身就感人肺腑。受自然虐待和受社會虐待的兩個極端不幸，如今相互接觸，相濡以沫了。

加西莫多勝利示威了幾分鐘，又托著女孩突然衝進教堂。民眾總是熱愛英勇行為，還想盡情歡呼，可惜他這麼快就跑掉了。他們還凝望昏暗的大殿搜尋他，忽然又見他出現在法蘭西列王廊的一端。他雙臂托著戰利品，發瘋一般沿著走廊奔跑，一邊高喊：「避難！」群眾再次爆發雷鳴般的掌聲。他跑過走廊，又鑽進教堂。過了一陣子，他又出現在屋頂的平臺上，托著埃及女孩，一直發瘋地奔跑，不斷高喊：「避難！」群眾再次鼓掌。

最後，在大鐘的鐘樓頂上，他又第三次出現，彷彿要從那高處，向全城炫耀他所搭救的女孩，連續三遍狂呼：「避難！避難！避難！」他那如雷的聲音響徹雲霄，別人難得聽見，而他本人則從來聽不見。

「好啊！好啊！」群眾也跟著喝彩。

這聲勢浩大的歡呼傳至對岸，驚動了河灘廣場上的群眾，也驚動了眼睛盯著絞刑架一直等待的隱修女。

LIVRE NEUVIÈME.

第九卷

一、熱昏

克洛德．弗羅洛用以捆住埃及女孩和他自己的命運之結，就這樣被他的養子猛然斬斷，而這突變發生的時候，不幸的主教代理並不在聖母院。當時他一回到聖器室，就急忙脫掉法衣、祭披和襟帶，全部丟給莫名其妙的教堂執事，隨即從修院的暗門溜出去，吩咐灘地的船夫載他到塞納河左岸去，上了岸，他就一頭栽進大學城高低起伏的街道中，也不知道去哪裡，每走一步都碰見成群結夥的男男女女，歡天喜地趕往聖米歇爾橋，希望還能趕上女巫的絞刑。

主教代理臉色蒼白，神態失常，那昏頭昏腦、驚慌失措的神態，勝過一群孩子在大白天放出來又追捕的夜鳥。他弄不清自己身在何處，在想什麼，是否是在做夢。他時而走，時而跑，慌不擇路，見到街道就鑽，總是隱隱覺得可怕的河灘廣場在他後面緊緊追趕。

他沿著聖熱納維耶芙山，終於從聖維克多門出了城。回頭望去，只要還能看見大學城塔樓聳立的城垣，以及零落的房舍，他就繼續逃跑，直到一塊高地將可恨的巴黎完全遮住，他才以為跑出數百公里，來到鄉間、荒野，於是停下腳步，覺得好像又能夠呼吸了。

這時，種種可怕的念頭同時湧入他的腦海。他重新洞燭自己的靈魂，頓時不寒而慄。他想到那毀滅他又被他毀滅的不幸女孩。不安的目光回顧所走過的路，他們兩個人是在劫難逃，兩段曲折多舛的命運之途到了交叉點，便無情地碰撞而粉碎。他想到終生侍奉上帝的誓言是多麼荒唐，想到守身修德、求知信教是多麼虛空，想到上帝又是多麼無用。他狂喜地沉溺於邪惡思想中，陷得越深，就越感覺到撒旦在他身上爆發出一陣陣狂笑。

他這樣深掘自己的靈魂，看到自然天性為情欲準備了多麼廣闊的天地，於是他就更加辛酸地發出冷笑。他把全部仇恨、邪惡，都從內心深處倒騰出來，並以醫生診視病人的冷靜目光，看出這種仇恨和邪惡，無非是破損的愛，而愛，人的一切美德源泉，流入教士的心中，卻轉化為可憎的東西。像他這樣的人成為了教士，也就變成了惡魔。想到這裡，他又狂笑起來。突然，他又面失血色，因為他見到了註定失意的情欲最恐怖的一面。這種腐蝕心靈的愛，轉為絕情仇恨的愛，結果只是把一個生命送上絞刑架，把另一個引入地獄，她成了絞刑架的冤魂，而他成了煉獄的惡鬼。

繼而，想到浮比斯還活著，他又嘿嘿地冷笑。畢竟，隊長沒有死去，還活得輕鬆自在，身上的軍裝比以往更神氣，還帶著新情婦觀看舊情人的絞刑。在他詛咒的對象之中，他唯獨不恨埃及女孩，卻唯獨埃及女孩未能倖免，轉念至此，他的笑聲更加淒厲。

這時候，他從隊長又想到民眾，立時萌生前所未聞的嫉恨，心想所有那些平民百姓，也都看見他所愛的女人只穿襯衣、幾乎赤身裸體的樣子，一想到這種情景他就痛心疾首。哪怕是在黑暗中，他隱約見到這個女人的形體就會感到無限幸福，而今她卻穿著本該出現在淫樂之夜的衣衫，暴露在光天化日之下，在正午時分被萬人觀賞。他越想越氣惱，悲悼愛情的神祕全遭玷污毀辱，全被暴露而永遠凋零了。想到有多少淫邪的雙眼，從那沒有扣上的襯衣裡得到滿足。這麼美麗的女孩，這麼貞潔的百合花，這麼一杯嬌羞的美酒，他是顫抖著才敢沾一沾唇，而今卻變成公共食盆，就連巴黎的市井無賴、盜賊乞丐、廝徒僕役，都前來享用這荒淫、污穢、墮落的樂趣，一想到這裡他便痛哭失聲。

他竭力想像，假如她不是吉卜賽女孩，假如他也不是教士，假如沒有浮比斯那個人，假如她能愛他，那麼他在人間能獲得什麼樣的幸福。他想像自己也能過上靜謐的愛情生活，如同此刻世間隨處可見的情侶——他們在橘樹下，小溪邊，對著落日餘暉、燦爛星空，講著綿綿情話。假如天從人願，他和她本來也可以成為如此幸福的一對。想著想著，他的一顆心在柔情和絕望中酥軟融化了。

噢！是她！又是她！這個纏人的念頭，總是揮之不去，不斷折磨他，不斷齧噬他的頭腦，撕裂他的五臟六腑。但他不懊惱也不痛悔，這些事他可以再做一次。寧可看她落入劊子手的掌心，也不願看她投入隊長的懷抱。然而他痛不欲生，甚至揪下頭髮看看是不是變白了。

有一陣子他想到，他早上看見的那條猙獰的鎖鏈，也許此刻正在收緊活結，緊緊勒住她異常纖弱、美麗的脖頸。此念一生，他的每個毛孔頓時沁出冷汗。

還有一陣子，他像著魔一般，自娛自樂，忽然想起他第一次見到的愛絲美拉達，她打扮得那麼漂亮，歡樂活潑、無憂無慮地翩翩起舞，就像長了翅膀；接著又想像最後一次見到愛絲美拉達，她只穿著襯衣，光著腳，脖子套著繩索，緩步登上絞刑架絆腳的階梯。這兩幅景象在眼前栩栩如生，他不禁發出一聲淒厲的號叫。

這場痛不欲生的風暴，震撼、摧折、掃蕩他心靈中的一切，乃至連根拔除，與此同時，他望向四周的自然景物，只見腳邊有幾隻雞在草叢中啄食，金龜子亮晶晶的翅膀迎著陽光飛舞，頭上幾朵灰斑白雲在碧空中逃逸，遠處聖維克多修道院的灰石板方塔矗立，尖頂刺破丘岡的曲線，而科坡岡上的磨坊主則吹著口哨，看著風磨旋轉的翅翼。周圍的萬物都生機勃勃，組織有序且恬靜安適，呈現出千姿百態，他看著反而揪心，趕緊逃跑。

他就這樣在田野奔跑了一天，一直跑到黃昏，想逃避大自然、生活，逃避他自己、世人、上帝。有時，他撲倒在地，用指甲摳麥苗，有時在荒村的街上停下來，腦海裡的思慮令他痛苦得難以忍受，他雙手緊緊抱住腦袋，恨不得將其拔下，擲到石路上摔個粉碎。

太陽西沉時，他再次內省，發現自己近乎瘋癲了。自從他喪失拯救埃及女孩的希望和意念之後，這場風暴就一直在內心持續，沒有給他的意識留下一點健全思想或一個立得起來的念頭。他的理智幾乎完全摧毀，在他的頭腦裡僵臥，心中只有兩個清晰的形象——愛絲美拉達和絞刑架，其餘便漆黑一團。這兩個形象組合起來，構成一幅可怕的畫面，吸引住他僅存的思想和注意力，越是注視越以奇幻的速度擴大膨脹。一個益發顯得楚楚動人，光豔奪目而又秀色可餐，而另一個則益發顯得猙獰恐怖。最終呈現在他眼前的，是愛絲美拉達皎若一顆明星，而絞刑架則枯若一條巨大的斷臂。

值得注意的是，在這悲痛欲絕的過程中，他卻一刻也沒有認真想尋短見。這卑劣的傢伙生性如此，他貪生怕死，也許是真的見到了死後的地獄。

這時天色暗下來。他身上尚存的朦朧意識，開始告訴他該回去。他以為遠離了巴黎，可是辨別一下方向就發現，他到處走了一天也沒有離開大學城的牆垣。右側的地平線上，矗立著聖緒爾皮斯修道院的尖塔，以及牧場聖日爾曼修道院的三個高高尖頂。於是他朝這個方向走去，不久到了聖日爾曼修道院有壕溝的圍牆，聽見城牆上武裝侍衛高喊口令的聲音，他趕緊避開，走進一條小路，從修道院的磨坊和麻風病院中間穿過去，走了一陣子，便到了神學生草坪邊緣。這片草地因日夜喧譁而大有名氣，可以說是牧場聖日爾曼可憐修士們的「九頭蛇怪」，「說它是牧場聖日爾曼修士們的九頭蛇怪，就因為神學生總是頻頻挑起爭論」。[1]主教代理怕見到任何人的面孔，他避開大學城和聖日爾曼鎮，想儘量晚一點進入城內大街。就這樣，他取道神學生草坪和新醫院之間僻靜無人的小路，終於走到塞納河邊。堂·克洛德找到一名船夫，付了幾枚巴黎德尼埃，吩咐渡船溯流而上，把他送到老城的岬角。下船的地方是荒涼的沙嘴，與牛渡島平行，狹長部分越過對岸的御花園，而上文讀者見到格蘭古瓦正是在那裡冥思苦索。

①．原文為拉丁文。

小船單調的搖盪和流水潺潺的聲響，多少麻痺了不幸的克洛德。小船划走之後，他還呆立在灘頭，愣愣地望著前方，所見的景物無不動盪膨脹，彷彿鬼域幻象。這種情況並不罕見，過度痛苦所引起的疲憊狀態，對我們的神智就會產生這種作用。

現在正是薄暮時分，太陽西沉，落到奈斯勒高塔後面。天空白茫茫，河水白茫茫。他所凝望的塞納河左岸，巨大的陰影投進這兩片白之間，越往遠方延伸越細窄，最後像一枝黑箭射入天邊霧靄中。岸上房舍相連，只見朦朧一片，又有天光水色的襯托，更顯得黝黑。有的人家已經點了燈，閃亮的窗戶好似一個個爐口。左岸房舍的倒影有如一座巨型的黑色尖塔，孤零零夾在蒼茫的天水之間，給了堂·克洛德一種奇特的印象，好比一個人躺在斯特拉斯堡大教堂的鐘樓腳下，仰望頭上巨大尖頂直插暮天。只不過在這裡，克洛德站立著，而那高塔卻酣然橫臥。但是河水映現天空，他腳下的深淵就更深不可測，而這巨大的岬角彷彿衝入虛空，其挺拔之勢，比得上任何大教堂的尖頂。兩者印象是一樣的，左岸房舍連成的倒影，看起來彷彿就是斯特拉斯堡大教堂的鐘樓。只是這座鐘樓高達八公里，其建築無比巨大，難以測量，真是聞所未聞，見所未見，堪比巴別通天塔。左岸樓房的煙囪、牆垣的雉堞、房頂所切削的山牆、聖奧古斯丁修道院的箭頂、奈斯勒高塔，所有的這些突角化作這巨塔的側影的許多缺口，猶如繁複而神奇的精雕巧飾，給幻視增添不少奇異色彩。克洛德正處於著魔生幻的狀態，他真的以為自己親眼看見了地獄的鐘樓。這高峻恐怖的塔樓上上下下閃動著無數燈火，看上去就像地獄那巨大煉爐的一個個爐口，從裡面傳出鬧聲和喧擾，如聞地獄中的慘叫和喘息。於是他害怕了，雙手捂住耳朵不想再聽，轉過身去不想再看，大步離開，逃避這駭人的幻景。

然而，幻景就在他心中。

他回到街上，看著店鋪門前燈光中來來往往的行人，總覺得是幽魂來來往往，始終不離他的左右。奇特的嘈雜聲始終在耳中鳴響。光怪陸離的幻覺也擾亂他的神智。他既看不見房屋、街道、車輛，也看不見男女行人，眼前一片模糊，景物都相互嵌接、融合起來，難以辨認了。小桶廠街轉角有一家雜貨鋪，按照古老的習俗，門前的披簷周邊鑲有白鐵環，吊著一圈木製蠟燭，在風中相互撞擊，如響板一般啪啪響。克洛德彷彿聽見鷹山上那一串串骷髏，在黑暗中相互撞擊。

「噢！」他喃喃自語，「晚風吹著他們的屍骨相互碰撞，鐵鍊和骨頭的聲響混雜！也許她就在那裡，在那中間！」

他暈頭轉向，不知去哪裡，走了一陣子，發現來到聖米歇爾橋上，只見一棟房子的底層窗邊透出燈光，便走上前去。隔著破裂的窗玻璃，他看見裡面是一間骯髒屋子，心中不覺浮起影影綽綽的記憶。屋裡燈光微弱，有個臉色紅潤的金髮青年正哈哈大笑，摟著一個打扮俗氣的女孩。燈旁有個老太婆，一邊紡線一邊顫巍巍地哼唱。那青年時笑時停，老太婆的歌聲也就斷斷續續傳到教士耳畔。這支歌謠有些晦澀，也令人毛骨悚然：

河灘狂叫，河灘喧鬧吧！
紡車快轉，紡車快紡呀！
紡出繩索給那劊子手，
他吹哨在監獄院裡走。
河灘狂叫，河灘喧鬧吧！

又粗又出色的大麻繩！
從伊西到旺佛全播種，
不種小麥全部種大麻。
白給小偷小偷也不拿，
又粗又出色的大麻繩。

河灘狂叫，河灘喧鬧吧！
要看爛眼睛的絞刑架，
吊死那賣淫的小娼婦，
家家窗邊都是大眼珠。
河灘狂叫，河灘喧鬧吧！

這時，那青年又笑起來，撫摸著女孩。那老太婆就是法路代爾；那女孩則是個妓女；而那青年，正是他弟弟約翰。

主教代理繼續窺視。這個場景或是其他景象，對他已毫無差別。

他看見約翰走到房間那頭，推開窗戶，望了一眼遠處萬家燈火的河濱大街，又聽見他邊關窗戶邊說：「他媽的！天都黑啦，嘿！市民點上燈，上帝撒了滿天星！」

說罷他回到淫蕩女人身邊，從桌上拿起一個酒瓶敲破，喊道：

「呵！牛犄角，空啦！但我也沒錢啦！伊莎博，親愛的，要我喜歡朱庇特，除非他把你這對雪白的乳房，變成兩個黑酒瓶，讓我白天黑夜都能喝裡面的博納葡萄酒！」

這句玩笑開得很妙，把那妓女逗笑了，約翰走了出來。

堂．克洛德急忙撲倒在地，差一點被他兄弟撞上認出來。幸好街上昏暗，這名學生又醉了。不過，他還是看了看趴在街道爛泥裡的主教代理，說道：

「呵！呵！這傢伙，快活了一天，跑這裡來睡覺啦！」

他用腳踢了踢堂．克洛德，堂．克洛德則屏住呼吸。

「爛醉如泥了。」約翰說，「嘿，灌飽啦，真是一隻從酒桶裡掉出來的水蛭。」他彎腰看了看又說：「還是個禿驢，一個老傢伙！『走運的老傢伙！』②」

繼而，堂．克洛德聽見他走開，邊走邊說：

「反正是同一件事，理智也是個好東西，而我那哥哥主教代理真走運，又理智又有錢。」

主教代理聽他走遠，才爬起來，黑暗中望見矗立在民居之上的聖母院巨大鐘樓，他就一口氣跑回去。

他跑得氣喘吁吁，到了前庭廣場，不禁畏懼退縮了，不敢抬頭看這陰森的建築物。

「噢！」他咕噥，「就在這裡，今天，就是今天上午，難道真的發生了這種事！」

終於，他鼓起勇氣看看教堂，只見門面黑黝黝的，背後是燦爛星空，一彎新月已經飛升，此刻停在古鐘樓頂上，宛如一隻發光的大鳥，棲息在從側面看呈黑色梅花形的欄杆邊緣。

教堂後面修院的門關閉了。不過，主教代理總是隨身攜帶他那工作室所在鐘樓的鑰匙。他打開門，走進教堂。

教堂像洞穴一樣，漆黑死寂。各處從上面垂下的大塊大塊暗影，他看出是上午為悔罪儀式張掛的帷幔，到現在還沒有撤下。那個銀製大十字架，在黝黑深處閃現點點光斑，看似這墓穴中夜空上的銀河。唱詩室那幾扇長窗從黑色帷幕上面露出的尖拱，透進一縷月光，彩繪玻璃顯得紫不紫，白不白，藍不藍，這種難以確定的夜間色調，只有在死人臉上才能見到。主教代理望著唱詩室四周窗戶的灰白色尖拱，真以為看到被打入地獄的主教們的法冠。他閉上眼睛，等到睜開的時候，又覺得一圈慘白的面孔在注視他。

於是，他穿過教堂逃跑，而教堂也似乎震動、搖晃起來，開始活躍，有了生命，每一根粗柱變成

②．原文為拉丁文。

巨足，扁平的右腳拍擊著地面，宏偉的主教堂完全成了一頭巨象，呼呼地喘息著一邊前進，柱子成為象腿，兩座鐘樓成為象牙，而巨幅黑幕就是身上的披掛。

他熱昏或者譫妄，就這樣達到了極致，在這不幸的人眼裡，周圍的世界已迎來末日，是一幅看得見、摸得著、令人恐懼的《啟示錄》[3]中的景象。

有一瞬間他忽然感到輕鬆了一些，便朝側廂走去，瞥見一排柱子後面有一點紅光，急忙跑過去，彷彿跑向指引方位的星星。其實，那不過是一盞小燈，日夜照著鐵欄裡的聖母院公用祈禱書。他迫不及待撲上前去，抓住聖書，渴望從中得到安慰或鼓舞。祈禱書翻開的頁面，恰巧是約伯這一段，他凝眸念道：「一個幽靈從我面前經過，我聽見細微的氣息，不禁毛髮倒豎。」

讀到這樣慘厲的語句，他所產生的感覺，就好比盲人拾了木棍，又被棍上的刺給刺痛一樣。他雙腿一軟，癱倒在地，想起了白天處死的那個女孩。他覺得腦子裡冒出股股濃煙，就好像他的頭顱變成煉獄的煙囪。

他癱在地上許久，似乎什麼也不想，完全受魔掌的控制了。他終於恢復一點氣力，考慮還是應當躲進鐘樓，待在忠於他的加西莫多身邊。他爬起來，但仍然心驚膽顫，於是拿了祈禱書旁的小燈作照明。這當然是一種瀆神的行為，可是他再也顧不上這點小事了。

他慢騰騰地登上鐘樓的樓梯，心裡充滿無名的恐懼，而在這樣的深夜，他這盞燈的神祕亮光，在高高的鐘樓從一個槍孔升到另一個槍孔，恐怕也要把這種無名的恐懼，傳給廣場上寥寥幾個行人。

忽然，一股清涼之感撲面而來，他這才發現快到頂層通道的門口了。平臺上空氣清冷，幾大片白雲在天空運行，相互傾軋而擠碎稜角，猶如冬天河流開化解凍的情景。一彎新月擱淺在雲灘中間，彷彿天上一艘渡船夾在空中這些浮冰裡。

他走到連接兩座鐘樓的一排小圓柱欄杆前，移下目光遠眺片刻，透過煙靄薄霧的輕紗，只見巴黎一片寂靜的屋頂，尖峭細小，難以計數，好似夏夜風平浪靜的粼粼海波。

月色淒迷，給天地蒙上一層青灰的色調。

這時，響起細弱嘶啞的鐘聲。已是午夜十二點。教士卻想到正午十二點。十二下鐘聲逝而復來。

「噢！」他喃喃自語，「現在，她一定全身冰冷啦！」

忽來一陣清風，將他的燈颳滅。幾乎與此同時，他看見鐘樓的另一角出現一個影子，一身縞素，一個人形，一個女子的形體。他不寒而慄。只見那女子身邊，跟著一隻小山羊，咩咩的叫聲與最後的鐘聲齊鳴。

他硬著頭皮看去。那正是她。

她臉色蒼白，神情憂鬱。頭髮還像上午那樣披散在肩頭。不過，脖頸上去掉了繩索，雙手也不再受到捆綁了。她自由了，她死了。

她一身全白衣裙，頭上裹著白紗巾。

她仰望天空，朝他緩緩走來。他感到身體化為石頭，沉重得無法逃遁。她前進一步，他就後退一步，也只能如此。他一步步退進拱頂黑暗的樓道裡，想到她可能也要進來，嚇得渾身都僵冷了。她若真的進來的話，他非嚇死不可。

③．《啟示錄》：《聖經．新約》中的一卷，記述預示世界末日種種怪異現象。

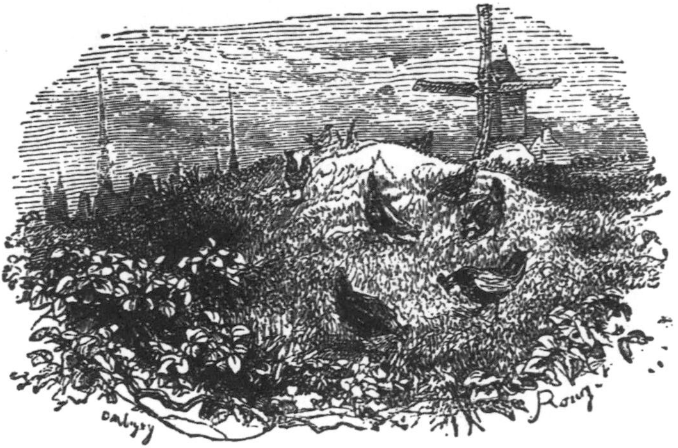

她果然走到樓道門口，但就此止步，朝黑漆漆的門裡凝視片刻，似乎沒有看見教士，然後就離開了。看樣子，她比生前高一些。他透過白衣裙看見了月亮，還聽見她的喘息聲。

她走過去之後，他就開始下樓，但是動作緩慢，和剛才見到的幽靈一樣。他覺得自己也是個幽靈，眼睛直直的，毛髮倒豎，手裡還擎著熄滅的小燈，一邊走下螺旋樓梯，一邊清楚聽見耳朵裡有個聲音嘲笑般地重複著：

「……一個幽靈從我面前經過，我聽見細微的氣息，不禁毛髮倒豎。」

二、駝背獨眼又跛腳

中世紀的法國，任何城市直到路易十二世時期，都有避難所。刑法和野蠻審判如滔滔洪水淹沒城市，而避難所就成為從人間司法的水面突起的孤島。任何罪犯一踏上去就得救了。在一個郊區，避難所的數量和刑場一樣多。濫施豁免和濫施刑罰並肩而立，兩種壞事企圖彼此矯正。國王宮苑、王公府邸，尤其是教堂，都有權提供避難。有時為了增加人口，整座城市暫時闢為避難所。例如一四六七年，路易十一就曾把巴黎當做避難城。

罪犯一踏入避難所，就變得神聖且不可侵犯了。不過，他也得當心，不得貿然離開避難所。走出這聖殿一步，就要重入法網。刑輪、絞架、吊刑杆，部署在避難所周圍嚴陣以待，日夜窺伺著獵物，如同鯊魚圍著船隻游動。可以看到有些被判決的犯人待在修院裡，站在一座宮殿樓梯上、修道院的田地裡、教堂的拱門下，熬白了頭髮。由此可見，避難所與監獄毫無二致。有時，司法院也做出重大決定，無視避難權，將罪犯捉拿歸案，交由劊子手處決。但是，這種情況是罕見的。各地司法院也畏懼主教。兩種長袍一旦發生衝突，法袍是鬥不過教袍的。然而也有例外，例如巴黎的劊子手小約翰被殺一案，再如謀害約翰·瓦勒萊的兇手埃默里・盧梭被殺一案，司法機構就跳過了教會，立刻執行司法院所做出的判決。除非司法院做出決定，否則誰持械闖入避難之所，誰就倒楣！法蘭西元帥羅伯爾・德・克萊蒙，以及香檳地區統領約翰・德・夏隆兩人究竟是怎麼斃命的，大家也都知道，而事由不過是一個貨幣兌換商的夥計，名叫佩蘭・馬克的小無賴殺了人，但是，元帥和統領破門而入，闖進聖梅里教堂，這就罪該萬死了。

提起避難所，當時人人敬畏，據傳連動物都受益。艾莫宛[1]講過一個故事，法蘭克王達戈貝爾特[2]追捕一頭鹿，鹿就躲到聖德尼墳墓的旁邊，一群獵犬戛然止步，狂吠不已。

教堂裡通常有一間小房，專門接待請求避難的人。一四〇七年，尼古拉・弗拉梅爾就雇工匠，在屠宰場聖雅各教堂拱頂上造了這樣一間房，花費四利弗爾六蘇十六德尼埃巴黎幣。

在巴黎聖母院，這間小屋就建在外壁拱架下的底座之上，面對修士院，而今，正是鐘樓門房的妻子闢為花園的地方。這座花園比起古巴比倫的空中花園，就如同拿萵苣去比棕櫚樹，拿門房的妻子去比賽密拉米斯[3]。

話說加西莫多以勝利姿態在鐘樓上和走廊跑了一陣之後，才把愛絲美拉達安放在這間小屋裡。他還在奔跑時，女孩完全無法恢復神智，總是處於半昏半醒的狀態，感知不到什麼，只覺得被什麼東西托舉著離開地面，身體升上天空，飄浮、飛旋著。耳邊不時響起加西莫多響亮的笑聲和歡叫，她微微睜開眼睛，隱約看見巴黎那連綿成一片的鋪瓦和石板屋頂，彷彿紅藍兩色的鑲嵌圖案，前頭則是加西莫多那張快活而可怕的面孔。於是，她又闔上眼睛，以為自己已在昏迷中被處決，而主宰她命運的厲鬼又把她抓走了。她不敢看他，只好聽天由命。

然而，等到披頭散髮，跑得氣喘吁吁的敲鐘人將她放在避難室裡，等她感到他粗大的手輕輕替她解開死死勒住雙臂的繩索，她就猛然一震，清醒過來，如同黑夜裡航船觸到岸邊，旅客都驚醒一樣。神智一恢復，心中的念頭又一一浮現。她發覺身在聖母院中，想起自己是被人從劊子手的掌中救出來的，浮比斯還活著，可是浮比斯不愛她了。這兩個念頭同時出現在可憐女犯的腦海中，後一念頭極為痛苦，壓倒了前一個念頭，於是她轉過身來，看著站在她面前那令她畏懼的加西莫多，問道：「您為什麼救我呢？」

加西莫多焦急地注視她，好像要極力猜想她說的是什麼。她又重問一遍。於是，他無限哀傷地瞥了她一眼，隨即跑開了，丟下詫異的她。

過了一陣子，他回來了，把拿來的包裹扔到她腳下。這是幾位行善女人給她的衣服，放在教堂門口。女孩低頭看看，這才發現自己幾乎赤身露體，立刻滿面羞紅，人又復活了。

對這種羞恥心，加西莫多似乎有所感，他用大手掌遮住眼睛，再次走開，但是這回腳步卻很緩慢。

女孩急忙穿上衣服。這是一身白色長袍和一副白色面紗，是主宮醫院見習護士的服裝。

她剛穿好衣服，就看見加西莫多又回來了，一隻手臂提著籃子，另一隻手臂夾著被褥。籃子裡裝著一瓶水、一塊麵包和別種食物。他將籃子往地上一擱，說了一聲：「吃吧。」他把被褥鋪在石板地上，又說了一聲：「睡吧。」

敲鐘人取來的是他自己的飯食、他自己的鋪蓋。

埃及女孩抬頭看看他，要表示感謝但又說不出話來。這可憐的魔鬼實在太嚇人了。她嚇得一陣戰慄，頭又垂下了。

於是，加西莫多對她說：

「我令您害怕。我樣子很醜，對不對？您就一眼也別看我，只聽我說話就行了。白天，您就待在

①．艾莫宛．德．弗勒里（Aymoire）：九世紀的修士。

②．達戈貝爾特（Dagobert）：七世紀的法蘭克王。

③．賽密拉米斯（Semiramis）：希臘神話傳說中巴比倫的創建者，敘利亞美麗賢明的女王。

這裡，晚上，整個教堂您可以隨意走走。不過，不管白天還是黑夜，您都不要走出教堂。您出去就完了。他們會殺掉您，那我也不活了。」

女孩聽了很感動，抬起頭來要回答，卻不見他的人影了。剩下她一人獨自琢磨這個模樣像魔鬼的人所講的奇異的話，覺得他的聲音雖然嘶啞，但語調卻很溫柔，心中不免暗暗驚奇。

她接著觀察這間小屋。房間大約六尺見方，小窗戶和一扇門對著微微傾斜的青石板屋頂。好幾條雨水槽上有怪獸雕像，在四周伸長脖子，似乎從窗洞窺視她。她的視線沿著屋頂邊緣望去，只見無數煙囪的頂端，此刻全城裊裊炊煙，盡收眼底。這個可憐的埃及女孩，這個棄兒，這個被判死刑的女犯，沒有祖國、家園的可憐人，看到這種景象，心裡多麼悲傷啊。

她念及自己孤苦伶仃，十分傷心的時候，忽然感覺到一個長鬍子、毛茸茸的頭靠在她的手和膝蓋上。她渾身一抖（現在什麼都令她害怕），低頭一看，原來是可憐的小山羊。機靈的佳利，趁加西莫多打散夏莫呂的押解隊時也隨著主人逃離，已經在她的腳邊磨蹭了快要一小時，卻未能博得女孩的一眼。

埃及女孩連連親吻小山羊，說道：

「唔！佳利，我怎麼把你給忘啦！你倒是總惦念著我！哦！你呀，可不是個忘恩負義的傢伙！」她這樣說著，就彷彿有一隻無形的手搬開重壓，鬱積心頭已久的淚水得以傾瀉，她失聲痛哭了。眼淚滾滾流淌，而痛苦中最揪心、最苦澀的感覺，也隨之流走了。

到了晚上，她覺得夜色極美，月光極為柔和，於是在教堂樓頂的迴廊漫步。居高臨下地眺望，大地顯得很恬靜，她的心情也稍感輕鬆了。

三、失聰

次日早晨醒來，她才發覺自己不知不覺睡著了。這事真不尋常，她感到驚訝，因為自己已經失眠很長一段時間了。一束快活的陽光從窗洞射進來，照在她的臉上。她看見陽光的同時，還看見窗邊有個嚇人的東西，正是加西莫多那張醜臉。她不由自主地又閉上眼睛，可是徒然，透過粉紅色的眼瞼，她總覺得仍舊看到那張鬼臉：獨眼，又豁牙露齒。但她還是閉著眼睛，這時卻聽見一個粗嗓門十分溫柔地說：

「別怕！我是您的朋友。我是來看著您睡覺的，這也不妨礙您，對不對？您閉著眼睛的時候我在這裡，這對您又有什麼妨礙呢？現在我就走開。喏，我躲到牆後頭去，您可以睜開眼睛了。」

這幾句話很是哀傷，而說話的聲調更為哀傷。埃及女孩受了感動，睜開眼睛一看，他確實不在窗口了。她走到窗口，只見可憐的駝子蜷縮在牆角，一副痛苦而隱忍的神態。她極力克制自己厭惡的情緒，口氣溫和地說：「過來。」加西莫多見她嘴唇微動，還以為是在趕他走，於是站起來，一瘸一拐慢慢走開，垂著腦袋，飽含極痛深悲的眼睛，甚至不敢抬起來望一望女孩。埃及女孩又叫了一聲：「過來呀！」他卻越走越遠了。女孩只好衝出小屋，追上前去，抓住他的手臂。加西莫多感覺到她的觸摸，不禁渾身顫抖起來。他抬起哀求的目光，看出她是要把他拉回身邊，臉上這才煥發出喜悅和柔情的神色。女孩要他進屋，他卻堅持待在門口。「不行，不行，」他說，「貓頭鷹不能進雲雀的窩。」

於是，女孩落落大方地蜷坐在鋪墊上，而小山羊則躺在她腳邊。好一陣時間，兩人相對無言，彼此靜靜地端詳，他的眼中是花容月貌，而她眼中則是陋形鬼面。女孩在加西莫多身上，隨時都能發現新的畸形，她的目光從他那向外翻的膝蓋移到駝背，又從駝背移到那隻獨眼，簡直不可置信世上怎麼能長出這樣奇形怪狀的人。然而，他的形貌又充溢著無限憂傷和溫柔，她也就開始不介意了。

加西莫多首先打破沉默：「您剛才是叫我回來吧？」

女孩點點頭，說了聲：「是的。」

他明白了點頭的意思。「唉！」他又說，但是吞吞吐吐，「我……我是個聾子。」

「可憐的人！」吉卜賽女孩高聲嘆道，臉上的表情流露出善意和憐憫。

加西莫多沉痛地微微一笑，說道：

「您原本覺得就差這一點，我身上就什麼殘缺都有了，對不對？不錯，我還是個聾子。我生來就是這個樣子。悲慘極了，不是嗎？而您卻這麼美麗！」

這聲調表明，這個苦命的人對自身的不幸有深切體悟，女孩聽了，一句話也說不出來，何況說了他也聽不見。他又說下去：

「我從來沒有像此刻一樣體會到自己是如此的醜陋。拿自己與您比較，我就特別可憐自己，我真是個可憐又不幸的怪物！您一定覺得我像隻野獸……您是一束陽光、一滴朝露、一曲鳥兒的歌！……可是我呢，是一堆可怕的東西，不是人，也不是獸，比路上石子更堅硬，更受人踐踏，更不成形狀！」

說著，他哈哈大笑，而這笑聲比什麼都更撕肝裂膽。他接著說：

「不錯，我還是個聾子。不過，您可以用手勢動作和我說話。我有個主人，他就是以這種方式與我交談。再說，看您嘴唇的動作、眼神，我就能很快明白您的意思。」

「那好吧！」女孩含笑說道，「告訴我，您為什麼要救我？」

女孩說話的時候，他聚精會神地注視她。

「明白了。」他回答說，「您問我為什麼要救您。您忘記了，一天夜裡，有個壞蛋想綁架您，而第二天，您卻登上那卑鄙的恥辱柱幫助那個壞蛋。您施捨的一點點水、一點點憐憫，這份恩情我一輩子也報答不完。您忘了那個壞蛋，可是他還記得。」

女孩聽他這麼講，深受感動。敲鐘人的眼中滾動著一大滴淚，但是沒有淌下來。看來事關榮譽，他必須把淚水吞下去。

等到這滴淚不會滾落了，他才放下心，又說：

「聽我說，我們這裡的鐘樓很高，一個人若是掉下去，不等著地就沒命了。您希望我跳下去時，不用說話，使個眼色就行了。」

說罷他站起身。

真是個怪人，儘管吉卜賽女孩自己遭遇了極大的不幸，內心依然對他產生了幾分同情，因此示意他別走。

「不行，不行，」他說，「我不應該待在這裡太久。您看著我就讓我渾身不自在。您是出於憐憫，才沒有別過臉去。我去找個能看見您，又不讓您看見我的地方待著。那樣會好些。」

他從口袋裡掏出金屬哨子，說道：「拿著。您需要我、想叫我來、覺得看見我不會太厭惡的時候，就吹這個哨子。我聽得見哨子聲。」

他把哨子放在地下，隨即跑開了。

四、陶土瓶和水晶瓶

日子一天天過去。

愛絲美拉達女孩的心情又平靜了下來。人心不可能長期處於極度痛苦或極度高興這種極端情緒中。吉卜賽女孩這次飛來橫禍，大難不死，如今只感到詫異。

有了安全感，希望也隨之復萌。她離開了社會，離開了生活，但是隱約感到，也許還有機會返回。她恍若已亡人，手中還握著自己墳墓的鑰匙。

她感覺那些長時間困擾著她的魔影已逐漸遠離而去。所有魑魅魍魎，諸如彼艾拉．托特律、雅克．夏莫呂，包括那個鬼教士，都從她腦海裡斂影匿形了。

再說，浮比斯還活著，這一點確切無疑，她親眼見到了。浮比斯的生命便是一切。遭遇一連串的磨難和震撼，使她的心靈完全傾毀了，但她發現有一樣東西仍然屹立著，那便是感情，是她對那位軍官的愛。是的，愛情猶如樹木，能夠自生自長，深深扎根於我們全身，在一顆心的廢墟上依然枝繁葉茂。

難以理解的是，愛情越是盲目就越是執著，到了毫無道理可言的時候，反而更信守不渝。

不用說，愛絲美拉達一想到軍官就不免心酸。想想也實在可怕，連他也誤解了，相信這個能為他萬死不辭的女子會刺殺他。但是歸根結柢，還是不能過分責怪他，她本人不是也承認了自己的「罪過」嗎？她這樣的一個弱女子，不是向嚴刑逼迫屈服了嗎？這全怪她自己。寧可腳趾甲全被拔掉，她也不應當鬆口。不過，只要能再見浮比斯一面，哪怕只有一分鐘，能講上一句話，看上一眼，就可以釋疑，讓他回心轉意。這一點她毫不懷疑。還有許多怪事讓她百思不得其解，例如臨刑悔罪那天，浮比斯正巧也在場，而與他在一起的那個女孩又是誰？那自然是他妹妹了。這種解釋不近情理但合她心意，因為，她需要相信浮比斯始終愛她，只愛她一人。他不是對她發過誓嗎？她如此天真無邪，還需要什麼別的保證呢？況且，從表面看來，這件事只能怪她自己，他又何罪之有？因此，她依然期待著、盼望著。

更何況，聖母院這座宏偉的大教堂既拯救了她，又將她千包萬裹地保護起來，它本身就是天大的撫慰。這座建築物形態莊嚴，女孩周圍的物品無不具有宗教神采，巨石的每個毛孔似乎都逸出虔誠而靜穆的思索，凡此種種，都在不知不覺中對她起了作用。這座建築內的聲音極為祥和且莊嚴，也安撫了她這個罹病的靈魂。舉行祭事的修士們單調的唱詩聲，善男信女的應和，時而細微難辨，時而響若滾雷，彩繪玻璃窗震顫合鳴，管風琴好似上百支小號齊奏，而三座鐘樓猶如大窩蜂群，這個大型樂隊音域寬廣，從合奏到一座鐘樓獨鳴，音樂起伏跌宕，平復著她的記憶、想像和痛苦。尤其是鐘聲，對她安撫的效果更為明顯。這些巨型樂器彷彿向她發射滾滾的巨大磁波。

因此，每天旭日東昇，她的心情都更為平和、呼吸更為舒緩，蒼白的面頰也恢復了紅潤。內心的創傷逐漸癒合，她又容光煥發，嬌豔如初了，只是較為深沉而平靜一些。原先的性情也恢復了，如撇嘴的嬌態、對小山羊的寵愛、對唱歌的興趣、少女的嬌羞，甚至還恢復幾分快活的情緒。每天早晨穿衣服，她會躲到小屋的角落裡，生怕讓附近閣樓的人從窗洞看見。

埃及女孩在思念浮比斯之餘，有時也想到加西莫多。現在，她與世人、活人的唯一聯繫、關係、往來，就是加西莫多了。可憐的女孩，她甚至比加西莫多還要與世隔絕！她一點也不瞭解這個不期而遇的古怪朋友。她常常責備自己的感激之情還不能達到視而不見其醜的程度。可憐的敲鐘人長得太可怕了，她怎麼也看不慣。

加西莫多給她的哨子還丟在地上，儘管如此，頭幾天他還會不請自來，不時露露面。當他送飯食籃和水罐來時，女孩竭力掩飾厭惡情緒，不扭過頭去，但是稍有流露，他總能立即覺察，隨即傷心地離開。

有一次他來了，正巧看見埃及女孩在撫摸小山羊，他面對小山羊和女孩這可愛的一對，若有所思地站了片刻，最後搖了搖他笨重的畸形腦袋，說道：

「我的不幸，在於還是太像人了。我真希望能成為一頭牲畜，就像這隻小山羊。」

女孩抬起頭，驚奇地看他一眼。

他向這道目光答道：「唔！我非常清楚你在想什麼。」說罷他就走開了。

另一次，他來到小屋的門口（他從不進去）。愛絲美拉達正在唱一支西班牙古老歌謠，歌詞她不懂，但是從小就聽吉卜賽女人唱這首歌哄她睡覺，因此記得很熟。女孩唱到一半，看見那張醜臉突然出現，臉上不由得流露驚恐神色，歌聲也隨即停止。可憐的敲鐘人跪倒在門口，那雙畸形大手合十，痛苦地哀求：「噢！求求您，唱下去吧，不要趕我走。」女孩不忍傷他的心，便渾身顫抖著繼續唱歌。恐懼的情緒逐漸消除，她整個身心都沉醉在這支歌憂傷而悠長的曲調中。加西莫多始終跪在那裡，雙手合十彷彿在祈禱，全神貫注，幾乎停止了呼吸，眼睛盯著吉卜賽女孩明亮的眼眸，就好像在聽她的眼睛唱歌。

還有一次，加西莫多來到她面前，神態又尷尬又膽怯，吃力地說：「請聽我說，我有話要對您講。」女孩示意她正聽著。然而，他卻嘆了口氣，微微張開嘴唇，眼看要講了，可是又看了看埃及女孩，搖了搖頭，用手捂住額頭，慢慢地走開，弄得女孩莫名其妙。

牆上有不少古怪猙獰的雕像，有一個他特別喜愛，似乎經常與之交換友愛的目光。有一回，埃及女孩聽他對那雕像說：「噢！我怎麼不跟你一樣，也是石雕的呢！」

有一天早晨，愛絲美拉達走得比平常更遠，來到了教堂屋頂的邊緣，目光越過聖約翰圓教堂的尖頂俯視廣場。加西莫多就在她後面，他選中這個地方待著，就是要儘量避開女孩的視線，免得惹人討厭。吉卜賽女孩渾身猛然一抖，眼裡漾出一滴淚水，同時又閃現一道欣喜的光芒。她跪在屋頂邊緣，焦慮不安地朝廣場伸出雙臂，喊道：「浮比斯！來呀！來呀！看在老天的分上，聽我說句話，只說一句話！浮比斯！浮比斯！」她的聲音、神情、姿勢，整個人都表露撕肝裂膽的痛苦，如同沉船落難的人，望見天邊陽光裡駛過一艘輕快的船而發出的呼救。

加西莫多探身俯視廣場，發現她這樣多情而慘切哀求的對象是個青年男子，是一名騎衛隊長、英俊的騎士，只見他全身披掛，佩劍盔甲閃閃發光，他騎著馬在廣場兜頭急轉，舉起羽冠，向陽臺上一位笑吟吟的小姐致敬。不過，那軍官沒有聽到不幸女孩的呼喊。他的距離太遠了。

然而，可憐的聾子卻聽見了，他從胸中發出一聲長嘆，轉過身去，心中漲滿他吞下的淚水，兩隻緊握的拳頭猛捶自己腦袋，手抽回來一看，每隻都揪下一綹棕髮。

埃及女孩根本沒有注意到他。他咬牙切齒咕噥：「該死！人就應當長成那樣！只要外表漂亮就行啦！」

這時候，女孩仍然跪在那裡，萬分激動地招手呼喚：

「嘿！他下馬啦！……他要走進那座樓房了！……浮比斯！……他聽不見！……浮比斯！……那女人真壞，偏要和我同時跟他講話！……浮比斯！浮比斯！」

聾子注視著她。他聽不見聲音，但是明白那比劃的手勢。可憐的敲鐘人淚水盈眶，但絕不流下來。忽然，他輕拉女孩的衣袖。女孩轉過身。這時，加西莫多情緒已經平靜了，對她說：「您想要我去把他叫來嗎？」

女孩高興得喊道：

「哦！好啊！去吧！跑過去！快一點！叫那個隊長！就是那個隊長！把他帶來！我會喜歡你的！」

說著，她摟住加西莫多的雙膝。加西莫多沉痛地搖了搖頭，聲音微弱地說：「我去把他給您叫來。」他扭頭便走，大步下樓去，而啜泣哽窒在喉。

他趕到廣場已不見隊長人影，只有那匹駿馬拴在貢德洛里埃府門前。隊長進屋去了。

他舉目朝教堂屋頂望去。愛絲美拉達仍在原地，仍是原來的姿勢。他傷心地朝女孩搖搖頭，然後靠到貢德洛里埃府門前一塊角石上，決意等候隊長出來。

這天是個喜慶日子，貢德洛里埃府舉行婚前宴會，招待賓客。加西莫多看見許多人進去，卻不見一個人出來。他不時望望聖母院房頂。埃及女孩與他一樣靜止不動地等待。一名馬夫走出來，解下轡繩，牽馬到府內馬廄。

一整天就這樣過去。加西莫多倚著角石，愛絲美拉達跪在房頂，而浮比斯當然跪在百合花的腳下。

夜幕終於降臨。這是一個沒有月光的夜晚，一個漆黑的夜晚。加西莫多極目凝望也是枉然，在暮色中，不久愛絲美拉達就只剩下一個白點，繼而一無所見，全部消失，一片漆黑了。

加西莫多看見貢德洛里埃府裡點了燈，樓房正面上下窗邊全亮了，還看見廣場周圍其他人家的窗戶也陸續點燃燈火，後來又陸續熄滅，因為他在那裡守了一整夜。軍官還沒有出來。最後的行人也已回家，其他人家都熄燈之後，加西莫多仍然獨自守候，待在黑暗中。當年，聖母院前庭廣場還未安路燈。

甚至過了午夜，貢德洛里埃府中仍然燈火通明。加西莫多守在原地不動，注意觀察，看見五彩繽紛的窗戶上映出舞姿婆娑的人影。他若是沒有失聰，隨著巴黎沉睡而喧聲止息，就能聽見貢德洛里埃府中漸漸清晰的歡聲笑語、音樂喜慶的喧聲。

將近凌晨一點鐘，賓客們開始散去。加西莫多裹著夜色的黑衣，注視他們一個個從火炬照耀的門廊裡走出來。隊長不在其中。

加西莫多憂心忡忡，不時望望天空，就像個心煩意亂的人。大塊烏雲垂懸，殘破龜裂而又滯重，彷彿星空天幕垂掛的一張張羅紗吊床，又如蒼穹編織下來的一面面蜘蛛網。

就在這時，他忽然看見陽臺落地窗神祕地打開，而陽臺就在他頭頂，那石雕欄杆襯著星空，輪廓十分清晰。狹長的玻璃門一開，走出一男一女，又悄無聲息地關上。加西莫多好不容易才辨認出，男的就是英俊隊長，女的就是上午在陽臺迎候軍官的小姐。廣場上一片漆黑，而玻璃門關上之後，裡面的深紅色雙幅窗簾又落下，燈光幾乎照不到陽臺上。

聾子聽不見他們的半句談話，但能看出他們沉醉在情意纏綿的幽會中。女孩似乎容忍軍官摟著她的腰，但是婉拒他的吻。

這一場戲不是做給別人看的，因此格外美妙動人。加西莫多從下面窺視，他觀賞著這般幸福、美好的場景，心中實在不是滋味。這個可憐的傢伙儘管脊梁骨歪七扭八，但與別人一樣會激動戰慄。他想到上天對他太薄，讓他終生看著女人、愛情、淫樂從他眼前溜過，只能眼睜睜看著別人美滿幸福。不過，眼前這一景象最令他痛心、憎惡和憤慨的，還是想到埃及女孩若是看見會多麼傷心。固然，黑夜沉沉，愛絲美拉達即使原地不動（這是他深信不疑的），也畢竟相距太遠，就連他本人也只能勉強分辨陽臺上這對情侶。他這樣一想，心情也就平和一點了。

這時候，這對情侶的交談越發動情。小姐彷彿在懇求軍官不要提出進一步的要求。不過，整個過程，加西莫多也只能看清女孩合起美麗的纖手，舉目望著星空，眼含淚光和笑意，而隊長火辣辣的眼睛則俯視著女孩。

就在女孩半推半就的時候，幸而陽臺的門忽然又打開了，出來一位老婦人，弄得美麗的女孩十分羞愧，而軍官則頗為氣惱。於是，三人回屋去了。

過了一陣子，門廊下傳出馬蹄聲，那名披掛華麗的軍官披著夜行斗篷，從加西莫多面前飛馳而過。

等他到街口轉了彎，敲鐘人便追上去，那動作跟猴子一樣敏捷，邊追邊喊：「喂！隊長！」

隊長勒馬停住。

「你這惡棍，要幹什麼？」他喝道，同時審視從黑暗中一瘸一拐跑來的醜八怪。

加西莫多跑到面前，大膽地抓住馬轡繩，說道：「請跟我走，隊長，有個人要與您談談。」

「見鬼的角！」浮比斯咕噥，「來了個惡鳥，好像在哪裡見過。……喂！夥計，你放開馬轡繩好嗎？」

「隊長，」聾子回答，「您不問問我是誰嗎？」

「我叫你放開我的馬。」浮比斯不耐煩，又喝道，「這個怪傢伙，吊在我的戰馬上幹什麼？你要把我的馬當成絞刑架嗎？」

加西莫多非但沒有放開轡繩，還要拉馬往回走。他不明白隊長為什麼拒絕，就趕緊說：

「來吧，隊長，是個女人在等您。」他又勉強補充一句，「是個愛您的女人。」

「少見的無賴！」隊長說，「難道我還必須一個一個去見那些愛我的女人，或者自稱愛我的女人嗎？……萬一碰到像你這樣的一副貓頭鷹嘴臉呢？……回去告訴派你來的那個女人，就說我要結婚了，叫她見鬼去吧！」

「請聽我說，」加西莫多喊道，以為一句話就能打消他的顧慮，「走吧，大人！是您認識的那個埃及女孩！」

這句話對浮比斯確實產生了很大效果，但是還不像聾子所期待的那樣。想必讀者還記得，那天這位風流軍官與百合花回屋之後沒多久，加西莫多就從夏莫呂手中將女犯救走。後來，他每次到貢德洛里埃府上做客，總是刻意避免提到那個女人，況且她給他留下的記憶也是沉痛的。至於百合花，她則認為告訴他埃及女孩還活著是不明智的。就這樣，浮比斯以為「西米拉珥」已經死了，死了有一兩個月。再說這陣子，隊長也想到這樣黑漆漆的夜晚，牽線的人又異常醜陋，說話的聲音像從墳墓裡發出來的，已經過了午夜時分，街上空無一人，就像碰見幽靈的那夜，就連他的馬看著加西莫多，鼻子也發出吐氣聲。

「埃及女孩！」他差一點嚇掉了魂，喊道，「怎麼，你是從陰間來的嗎？」說著，他的手握住劍柄。

「快一點，快一點，」聾子要拉他的馬，「走這邊！」

浮比斯抬起大馬靴，朝他胸口猛踹一腳。

加西莫多眼露凶光，作勢要撲向隊長，但還是忍住了，對他說：「嘿！有人愛您，您真幸運！」他說「有人」二字加重了語氣，隨即放開了轠繩：「走您的吧！」

浮比斯一策馬，叫罵著揚長而去。加西莫多目送他隱沒在街道的夜霧中。

「哼！」可憐的聾子咕噥，「這樣的美事竟然拒絕！」

他回到聖母院，點亮燈，登上鐘樓。果然不出所料，吉卜賽女孩仍然待在原地。遠遠望見他，女孩就跑過去。

「就你一個人！」女孩喊道，同時痛苦地合攏美麗的雙手。

「我沒有找到他。」加西莫多冷冷地說。

「那你應該等通宵的！」女孩又生氣地說。

他看到女孩惱怒的樣子，明白是在責備他。

「下一次，我好好等他就是了。」他垂下腦袋說道。

「滾開！」女孩對他說。

他走開了，顯然女孩對他不滿意，但是他寧可被她錯怪，也不願意惹她傷心。全部的痛苦，都由他一人忍受。

從這一天起，他再也不到小屋來了，埃及女孩再也見不到他的面，僅僅有幾回望見他在一座鐘樓頂上，神態憂鬱地注視著她。不過，那敲鐘人一發覺被她看見，就立刻消失了。

其實可憐的駝子主動回避，愛絲美拉達並不怎麼難過，內心裡還有幾分感激。而加西莫多也並不抱有什麼幻想。

愛絲美拉達看不見他了，但是感到身邊總有個守護天使。在她睡覺的時候，有一隻無形的手替她更換食物。

一天早晨，她發現窗邊放了鳥籠。小屋上方有個特別嚇人的雕像，她曾多次在加西莫多面前提到。一天早晨（須知這類事情總是在夜晚發生的），她發現那雕像不見了，是被敲掉了。攀登到雕像那裡，無疑是冒著生命危險。

有幾回在夜裡，她聽見有人躲在鐘樓披簷下面唱歌，那是一首憂傷而古怪的歌曲，彷彿是在為她催眠。歌詞沒有韻律，好像是聾子隨口編出來的。

不要看面孔，
女孩，要看心。
英俊少年的心往往長成畸形。
有些人的心中留不住愛情。

女孩啊，松柏不好看，

不像楊柳那麼嬌豔，
但是冬天松柏葉常青。

唉！說這些有什麼用？
不好看的人不該出生。
從來美人只能愛英俊，
陽春四月不理一月份。

人美就算最完美，
人美就能無不為，
只有美才不枉人間走一回。

烏鴉就只能在白天飛，
貓頭鷹只能在夜間飛，
天鵝白天黑夜都能飛。

一天早晨醒來，她看見窗臺上放了兩瓶花。一個是水晶瓶，非常好看，晶瑩耀眼，然而滿是裂紋，滿滿的水全漏掉了，裡面插的鮮花也已枯萎；另一個是陶土瓶，又粗糙又普通，但是灌的水全存住了，插的花仍然那麼鮮豔。

不知道有意還是無意，愛絲美拉達拿起那束枯萎的花，一整天都抱在胸前。

那一天，她沒有聽到鐘樓上的歌聲。

但是，她並不怎麼介意。她打發日子的方式就是和小山羊玩、窺視貢德洛里埃府大門、低聲念著浮比斯、撕麵包渣餵燕子。

她再也沒有見到加西莫多，也聽不見他的聲音了。可憐的敲鐘人彷彿從教堂裡消失了。然而一天夜晚，她沒有睡著，還在思念著英俊的隊長，忽然聽見小屋門口有人嘆息。她嚇得趕緊起來查看，藉著月光，只見門外橫臥著一團難看的東西。那是加西莫多睡在石地上。

五、紅門鑰匙

這段期間，市民議論紛紛著埃及女孩是如何奇蹟般地被人救走，主教代理也有所聞。他得知這件事後，心中是說不出的滋味。他原以為愛絲美拉達已死，他的痛苦到了極限，也就死心了。人心（堂·克洛德思考過這個問題）能夠承受的悲痛是有限的。海綿吸飽水之後，任憑大海從上面流過去，也不能再吸收一滴淚。

愛絲美拉達女孩既然已死，海綿也就吸飽了水，因此對堂·克洛德來說，塵緣已成定局。然而現在得知她還活在世上，而且浮比斯也是，讓他感受到種種折磨、打擊、抉擇取捨、世俗生活，全都重新開始。可是，克洛德對這一切已經厭倦。

他得知消息後就躲進修院的密室，閉門不出，既不出席教士會議也不主持例行聖事，拒見任何人，連主教也不例外，就這樣一連幾週與世隔絕。大家都以為他病倒了。

他確實病了。

他把自己關在密室裡幹什麼呢？這個不幸的人在和什麼念頭搏鬥呢？是與他那可怕的情欲進行最後一搏嗎？還是在制定害死她並毀掉自己的最終方案呢？

約翰，他那寶貝弟弟，那個被慣壞了的孩子，有一回來敲門，又是咒罵又是哀求，報了十幾遍名字，然而克洛德就是不開門。

他的臉貼在窗戶玻璃上，整天就這樣待著。窗戶正對著修院，他能望見愛絲美拉達的小屋，看見她經常和小山羊相伴，有時還和加西莫多在一起。他注意到那個醜陋的聾子對埃及女孩關懷備至，態度殷勤又順從。他的記性很好，而記憶又專門折磨嫉妒者。他記得一天傍晚，敲鐘人注視跳舞女孩時那特別的眼神。他不免思忖，加西莫多究竟是出於什麼動機而救她。吉卜賽女孩和那聾子接觸的許多片刻，他都遠遠觀賞，並帶著強烈的情欲加以評斷，覺得那些默劇充滿脈脈溫情。於是，他隱約感到心中萌生嫉妒，不禁臉紅，又羞愧又惱恨。他萬萬沒有想到，自己嫉妒隊長倒還罷了，居然為了這個傢伙！轉念至此，他真是心亂如麻。

夜晚更是憂煎難熬。幽靈和墳墓冷冰冰的幻象曾經天天襲擾他，自從得知埃及女孩還活著後，它們便漸漸消解，然而肉欲又來引誘他了。他感到那褐色肌膚的女孩近在咫尺，就更加輾轉難寐，身子在床上痙攣扭動。

每個夜晚，他在半夢半醒間想像著愛絲美拉達最令他血液沸騰的各種姿態。他看到她雙目緊閉，橫躺在被刺殺的隊長身上，袒露的美麗胸脯沾滿了浮比斯的鮮血。就在那幸福的一刻，他吻了那不幸女孩的蒼白嘴唇，而她雖已嚇成半死，還是能感受到那一吻灼熱燙人。他還看到行刑者野蠻地扯下她的鞋襪，在她裸露的小腳、圓潤秀美的小腿和柔軟雪白的膝蓋放上刑枷，並擰緊鐵螺絲。他重又看到托特律那殘酷刑具的外面，僅僅露出她那象牙一般的膝蓋。最後，他想像著那女孩只穿著襯衣，脖頸上套著繩索，袒露雙肩、光著腳，幾乎赤身裸體，正如最後一天他所見到的形象。這一系列銷魂的形象極富刺激性，他握緊拳頭，脊梁骨一陣陣酥麻。

一天夜裡，他又再次想入非非，處男和教士的血液在血管裡沸騰，欲火尤為猛烈難持，他咬住枕頭，又跳下床，在襯衣上加罩衫，手提著燈衝出房間，兩眼冒火，一副慌忙無措的樣子。

他知道修院通往教堂那道紅門的鑰匙在哪裡，而我們也知道，他總是隨身帶著鐘樓樓梯的鑰匙。

六、紅門鑰匙續篇

這天夜裡，愛絲美拉達正在小屋裡熟睡，完全忘卻了憂痛，心裡充滿希望和甜蜜的思念。她已經入睡許久，並像往常一樣夢見浮比斯，卻忽然聽見周圍似乎有動靜。她就像鳥兒一樣，睡眠一向淺而警覺，稍有響動就會醒來。睜開眼睛。夜色漆黑，但她還是看見窗邊有一張面孔在窺視她，燈光照出了那張臉。那人影發現愛絲美拉達有所覺察，便一口氣把燈吹滅。然而，女孩還是認出他來，嚇得趕緊閉上眼睛，咕噥道：「噢！又是那個教士！」聲音極其微弱。

她的不幸遭遇，像閃電一般出現。她渾身僵冷，頹然倒在床墊上。

過了一陣子，她感到有什麼東西撫摸她的全身，不禁猛然一顫，頓時完全清醒，憤怒地翻身坐起來。

原來那教士溜到她身邊，正在摟抱她。

她想大喊，卻又喊不出聲音。

「滾開，魔鬼！滾開，殺人兇手！」她又氣憤又恐懼，聲音微弱且顫抖。

「行行好！可憐我吧！」教士咕噥著，連連吻她的肩膀。

她一把抓住那禿頭上殘餘的頭髮，奮力推開他，彷彿他的吻是蛇咬。

「同情我吧！」不幸的傢伙反覆說著，「妳能了解我對妳的愛嗎？是火焰，是熔化的鉛，是剜著我心的千把尖刀啊！」

他以過人的力量抓住她的手臂。女孩氣急敗壞地朝他喊道：「放開我，不然我啐你的臉！」

教士放開手，說道：「妳就侮辱我吧！打我吧！對我發狠吧！隨妳怎麼做都行！可是行行好，愛我吧！」

於是，女孩像大發脾氣的孩子，狠狠地捶他，美麗的雙手用力去抓他的臉，連聲喊道：「滾開，惡魔！」

「愛我吧！愛我吧！行行好！」可憐的教士喊道，同時倒在她身上，以愛撫親吻回敬她一下下的捶打。

女孩忽然感覺到自己的力量敵不過他。

「這事必須了結！」教士咬牙切齒地說。

女孩被教士緊緊抱住，精疲力竭，只能任他擺佈。她感覺到一隻淫蕩的手在她身上亂摸，於是使出全身的力氣高喊：「救命啊！快來救我！有吸血鬼！吸血鬼呀！」

誰也沒來救她，只有佳利驚醒，驚恐地咩咩叫。

「住口！」教士氣喘吁吁地說。

埃及女孩在地上掙扎，手忽然觸到一個冰涼的金屬物體，正是加西莫多留給她的口哨，她在扭動中懷著希望抓住哨子，送到嘴邊，使盡剩餘的氣力吹響。哨子發出清亮、尖厲的聲音。

「怎麼回事？」教士問道。

幾乎在同時，他感覺一隻有力的手臂將他拎起來。小屋很黑，看不清是誰抓住他，但能聽到憤怒咬牙的聲響，不過黑暗中還有點零散的微光，他得以看見頭上有一把寬刃刀閃閃發亮。

看那身形，教士覺得像加西莫多，而且猜想只有可能是他。他想起剛才進屋時，絆到一個橫放在門口的包裹。然而，闖進來的人一言不發，他也就無從判斷了。於是，他撲向舉刀的手臂，喊了一聲：「加西莫多！」情急之間，他竟然忘了加西莫多是個聾子。

眨眼間，教士就被摜到地上，感到一隻鉛塊一般的膝蓋頂住他的胸口，從膝蓋稜角的觸感，他確認了那是加西莫多。可是怎麼辦呢？有什麼辦法讓加西莫多也認出他來呢？黑夜裡，聾子又變成了瞎子。

這回他窮途末路了。吉卜賽女孩像發怒的母老虎，絕不會發善心上前救他。眼看那把刀要朝他的頭砍下來，情況萬分危急。忽然，他的對手似乎猶豫了，嗓音低沉地說：「血不能濺到她身上！」

果然是加西莫多的聲音。

這時，教士感到那大手抓住他的腳，將他拖到門外。要他死在外面。這時，月亮剛升起沒多久，真算他僥倖。

他們一出房門，淡淡的月光便落到教士的臉上。加西莫多面對面一看，渾身立刻抖起來，放開教士，連連後退。

吉卜賽女孩也來到門口，她十分驚訝，發現兩人突然交換了角色。現在是教士氣勢洶洶，加西莫多哀告求饒了。

教士火冒三丈，又揮拳又頓足，大肆責罵聾子，粗暴地揮手叫他滾蛋。

聾子垂下頭，然後走過去，跪到吉卜賽女孩的門口。

「大人，」他說，聲音既嚴肅又隱忍，「您要怎麼做都行，不過先得殺了我。」

說著，他雙手捧刀要給教士。教士氣沖沖撲上去，不料女孩更加眼疾手快，一把從加西莫多手裡奪過刀，發出狂笑，對教士說：「過來呀！」

她高高舉起那把利刃。教士心裡盤算，此時要是貿然過去，她肯定會一刀砍過來。

「你不敢過來了吧，膽小鬼！」她對教士喊，接著又冷酷無情地補充一句，「哼！我知道浮比斯沒有死！」她深知這麼做形同用上千根燒紅的鐵條刺穿教士的心。

教士一腳踢倒加西莫多，氣急敗壞地衝進拱頂之下的樓梯。

等他離開後，加西莫多拾起救了埃及女孩的哨子，遞給她並說：「已經生鏽了。」隨即離她而去。

女孩遭此暴行，驚魂難定，精疲力竭地倒在床上，失聲痛哭。她的前景又變得凶險了。

至於那教士，他摸黑回到自己的房間。

全完了。堂．克洛德嫉妒加西莫多！

他若有所思，反覆念著這句警告的話語：「誰也別想得到她！」

LIVRE DIXIÈME.

第十卷

一、格蘭古瓦連生妙計

且說皮耶·格蘭古瓦，他目睹了整起事件如何頓起波瀾，並斷定之後必有繩索、絞架和其他刑罰等待著這齣鬧劇的主角們，也就不想再多涉入。他一直留在丐幫，認為乞丐們是在巴黎最好相處的夥伴，而乞丐們則持續關注埃及女孩的命運。這也是理所當然，因為乞丐們都和她一樣，遲早要去見夏莫呂和托特律，不像他這樣跨著神馬珀伽索斯[①]，遨遊想像的王國。從他們的談話中，他得知與自己摔罐成親的妻子進入聖母院避難，因而更加心安理得了。可是，他並沒有打算前去探望，只有偶爾想起小山羊而已。再說，白天他要耍把戲混口飯吃，夜晚則絞盡腦汁草擬控告巴黎主教的訴狀，因為主教的磨坊曾濺了他一身水，至今他還耿耿於懷。同時，他還潛心評注努瓦永和圖爾奈的主教博多里·勒魯日[②]的名著《論石雕》[③]，由此對建築藝術又產生了濃厚興趣，這項新的興趣取代了他曾一度熱衷的鍊金術。其實這是必然的結果，因為鍊金術和建築藝術密切相關。格蘭古瓦只是從喜愛其中的一種思想，轉而喜愛這種思想的形式。

有一天，他走到聖日爾曼·歐塞魯瓦王家教堂附近，停在人稱「主教講壇」的建築轉角。這座建築正對著「國王講壇」，裡面有秀美的十四世紀小禮拜堂，其唱詩圓室正好臨街。他虔誠地觀賞圓室外部的雕刻，一時陶醉，獨享著專一而無上的樂趣。此時他就像一名藝術家，在世界上無處不見藝術，並從藝術中看世界。突然，他感到一隻手鄭重地放到他肩頭，扭頭一看，原來是他的老朋友、過去的老師，主教代理先生。

格蘭古瓦不禁愣住了。許久沒有見面，而堂・克洛德這種人既莊嚴又熱情，這一位懷疑派哲人見到他總會亂了方寸。

主教代理半晌不做聲，格蘭古瓦正好可以從容地端詳他，發現他容貌大變，臉色像冬日早晨一樣蒼白，兩眼凹陷，頭髮幾乎全白了。教士終於打破沉默，聲調平靜卻冰冷地問：「近來無恙吧，皮耶先生？」

「我的身體嗎？」格蘭古瓦回答，「嘿嘿！可以說勉勉強強吧，不過，大致來說還可以。我什麼都不貪求。您也知道吧，老師？據希波克拉底說，身體健康的祕訣，就是『飲食、睡眠和行樂都要節制』④。」

「這麼說，您沒有煩惱是吧，皮耶先生？」主教代理又問，眼睛盯著格蘭古瓦。

「的確沒有。」

「您最近在做什麼呢？」

「您這不是看到了嗎，老師，我在觀察這些石雕、浮雕的刻法。」

---

①・珀伽索斯（Pegasus）：希臘神話傳說中生有雙翼的神馬，升天成為宙斯的坐騎。牠的蹄子踏過的地方常有泉水湧出，詩人可以從中獲得靈感。

②・博多里・勒魯日（Baudry le Rouge）：應為康伯雷主教，生活在九世紀。

③・原文為拉丁文。

④・原文為拉丁文。

教士僅翹起一邊嘴角微微一笑，明顯是苦笑。他說：「您看著開心嗎？」

「就像上了天堂！」格蘭古瓦高聲說。他探身細觀那些雕刻，那神采奕奕的樣子，真像在解說生命現象，又接著說：「就拿淺浮雕的這種變形來說吧，您不覺得刻工十分靈巧、精美而細膩嗎？再看這小圓柱，在哪個斗拱上，您能找到刀法如此柔和圓熟的葉飾圖案呢？這是約翰·馬伊萬的三個圓浮雕，還算不上這位偉大天才的傑作。儘管如此，人物臉部天真和善的表情、舉止神態和衣飾，甚至所有缺陷都透出難以解釋的悅目感，讓這些小雕像顯得十分明快傳神，也許有點過分了。您不覺得這非常有趣嗎？」

「這還用問！」教士回答。

「您如果進小教堂去看看，那更是開眼界！」詩人興致大發，說起話來，「到處都是雕刻，像捲心菜一樣叢集！半圓拱後殿更是聖潔肅穆，非常奇特，我在別處從未見過。」

堂·克洛德打斷他的話：「這麼說，您過得很幸福？」

格蘭古瓦十分激動地回答：

「老實說，是很幸福！我先是愛女人，後來愛動物，現在則是愛石頭。比起動物和女人，石頭同樣好玩，還不那麼負情棄義。」

教士一隻手捂住額頭，這是他的習慣動作：「沒錯！」

「喏！」格蘭古瓦又說，「樂在其中嘛！」他挽上任他拉扯的教士的手臂，帶他走進「主教講壇」的樓梯角樓，說道：「這裡有樓梯！我每次見到就感到愉快，這個梯級結構是全巴黎最樸實、最罕見的，每一級下面都抹成圓角，階面寬一尺左右，體現出美感和簡樸，相互銜接、鑲嵌、貫連、糾結、交織，彼此咬合，真是牢固又好看！」

「您沒有其他渴望了嗎？」

「沒有了。」

「也沒有什麼缺憾嗎？」

「既無缺憾也無渴求。我的生活已安排妥當。」

「人的安排，總會被突如其來的事打亂。」克洛德說道。

「我信奉庇羅⑤哲學，」格蘭古瓦回答，「凡事都要保持平衡。」

「您是怎麼維持生計的？」

「有時給人作點詩，編點劇。不過，進帳最多的，老師，還是您所知道的把戲——用牙齒叼著疊椅子。」

「一位哲學家做這種事，未免太粗鄙了。」

「這還是平衡問題。」格蘭古瓦說，「人一旦擁有了自己的思想，在任何事物中都能發現這種思想。」

「這我知道。」主教代理回答。

教士沉吟一下，又說：「其實，您相當窮困潦倒吧？」

「窮困不假，潦倒未必。」

這時傳來一陣馬蹄聲，這兩個談話的人抬頭一看，只見街頭跑過一隊人馬。那是禁衛軍騎衛，由一位軍官率領，他們一個個高舉長矛，全隊光彩奪目，踏過石路的嗒嗒聲在長街迴盪。

「您兩眼直盯著那個軍官！」格蘭古瓦對主教代理說。

「我好像認識他。」

「他叫什麼名字？」

⑤．庇羅（約西元前三六五—前二七五年）：又稱艾理斯的庇羅（Pyrrho of Elis），古希臘懷疑論哲學家。

「我想，他叫浮比斯．德．夏多佩吧。」克洛德答道。「浮比斯！好怪的名字！我知道一個浮比斯，就是德．福瓦克斯伯爵。記得我認識一位女孩，她總是以浮比斯發誓。」

「跟我來，」教士說，「我有件事要告訴您。」

這支馬隊走過之後，主教代理冷冰冰的神態中就透出一點激動。他說罷舉步先行，格蘭古瓦也就跟上去。格蘭古瓦對他一向惟命是從，換了誰一接觸有如此巨大影響的人，都會這樣順從。兩人走到相當僻靜的聖貝爾納會修士街，堂．克洛德便停下了。

「您要與我談什麼事啊，老師？」格蘭古瓦問道。

「難道您不覺得，剛才經過的那些騎兵穿得比你我都神氣嗎？」主教代理一副沉思的樣子答道。

格蘭古瓦搖了搖頭：「算了吧！我還是喜歡這半紅半黃的罩衫，不喜歡他們滿身的鋼鐵鱗片。真滑稽，走起路來叮噹亂響，就像破銅爛鐵碼頭街發生地震一樣！」

「這麼說，格蘭古瓦，您從來不羨慕那些身穿戰袍威風凜凜的年輕人嗎？」

「羨慕什麼呀，主教代理先生？羨慕他們的力氣、盔甲，還是他們的紀律呢？還不如穿破衣爛衫研究哲學來得自由自在呢。我寧可做蒼蠅腦袋，也不願做獅子尾巴。」

「真怪，」教士若有所思地說，「但是漂亮的軍裝終歸漂亮。」

格蘭古瓦見他正在想事情，便逕自跑到一旁觀賞旁邊宅第的門廊，回來時連連拍手，說道：

「主教代理先生，如果您可以在漂亮的軍裝上少花點心思，那請您去看看這座大門。我一直認為奧勃里先生府邸的大門是天下最氣派的。」

「皮耶．格蘭古瓦，」主教代理問，「您是怎麼對待那個跳舞的埃及女孩的？」

「是說愛絲美拉達嗎？您這個話題轉得也太突然了。」

「她不是您的妻子嗎？」

「是啊，是摔瓦罐結成的姻緣，要做四年的夫妻。哦，對了，」格蘭古瓦半開玩笑似的看著主教代理，又問一句，「您怎麼還一直惦念她呢？」

「您就不惦念嗎？」

「不大惦念了。我的事太多！……上帝啊，那隻小山羊多漂亮啊！」

「那個吉卜賽女孩，不是救過您一命嗎？」

「確實如此。」

「那麼，她怎麼樣了？您又為她做了什麼呢？」

「不清楚，想必她給人絞死了吧。」

「您真的這樣認為？」

「說不定。看見他們要絞死人，我就趕緊離開現場。」

「您只知道這些？」

「等一等。聽說她躲進聖母院，那裡很安全，得知這件事後我非常高興，但是還沒有打聽到小山羊是否跟她一起逃脫了，我只知道這些。」

「讓我再告訴您一些事吧。」堂·克洛德高聲說，本來他的嗓門一直壓得很低，說話緩慢，幾乎聽不見，現在突然吼聲如雷，「她的確躲進聖母院避難了。但是再過三天，法庭還是要把她抓出來，押到河灘廣場去絞死。大法院已經做出決定。」

「那可就糟啦！」格蘭古瓦說。

眨眼之間，教士又變得冷淡而平靜了。

「真是見鬼，」詩人又說，「是哪個傢伙提出把她逮捕歸案的動議呢？就不能讓司法院安靜一會兒嗎？一個可憐的女孩躲到聖母院屋簷下、待在燕子窩旁，又會造成什麼妨礙呢？」

「世上就是有這樣的撒旦。」主教代理回答。

「情況簡直糟透了。」格蘭古瓦指出。

主教沉吟一下，又說：「總之，她救過您一命吧？」

「在我的好朋友丐幫的地盤上。我差點就要被吊死了。如果真的被吊死，他們現在肯定會後悔的。」

「您完全不打算救她嗎？」

「我巴不得能救她，堂．克洛德。可是，萬一把我也牽扯進去呢？」

「那有什麼關係！」

「哼！有什麼關係？您真是個好人，我的老師！我有兩部巨著，才剛剛動筆。」

教士拍了拍額頭，儘管他故作鎮靜，仍然不時做出猛烈的舉動，洩露他內心的煩亂。

「該怎麼救她呢？」

格蘭古瓦對他說：「老師，我要用土耳其的一句話回答您：『上帝就是我們的希望。』」

「怎麼救她呢？」克洛德沉思著重複。

格蘭古瓦也拍拍額頭。「請聽我說，老師。我有想像力，可以給您出些計謀。對了，懇請國王恩赦怎麼樣？」

「懇請路易十一赦免嗎？」

「有何不可呢？」

「無異於與虎謀皮！」

格蘭古瓦又考慮別的辦法。「哦！有啦！我可以請產婆幫忙，就說女孩懷孕了，您說怎麼樣？」

教士一聽，凹陷的眼睛射出凶光。

「懷孕？混帳！你是不是知道什麼？」

見那副兇樣，格蘭古瓦嚇了一跳，趕緊解釋：

「唉！不是我做的！我們的婚姻是一樁名副其實的『門外婚』[⑥]，我始終在門外。可是這麼做或許能爭取緩刑。」

「荒謬！無恥！住口！」

「您不該發火。」格蘭古瓦咕噥，「爭取緩刑不會損害任何人，還能讓產婆賺上四十德尼埃巴黎幣，她們都是窮苦的女人。」

教士不理會他，自言自語道：

「無論如何都要讓她離開那裡！再過三天，司法院就要執行判決。即使沒有這個判決，還有加西莫多！女人的喜好實在反常！」他提高嗓門說：「皮耶先生，我認真考慮過了，只有一個辦法能救她。」

「什麼辦法？我是束手無策了。」

「聽我說，皮耶先生，不要忘記您的性命是她救的。我把想法坦率地告訴您吧。大教堂有人看守，只允許被看到走進去的人走出來。因此，您可以進去。進了教堂後，我帶您去找她。您和她換裝，她穿您的外套，您穿她的裙子。」

「您的想法到現在還成，」哲學家指出，「然後呢？」

「然後？然後，她穿您的衣服出來，您穿她的衣裙留在裡面。您也許會被絞死，但是她就得救了。」

格蘭古瓦一本正經地搔搔耳朵，說道：「好吧！這主意，我自己是絕對想不出來的！」

聽了堂·克洛德這個出乎意料的建議，詩人那張開朗快活的臉驟然烏雲密佈，就像義大利燦爛的

---

⑥·原文為拉丁文。意指外嫁的婚姻，而格蘭古瓦借用，指自己在「婚姻門外」。

風光，忽然狂風大作，颳得烏雲和太陽相撞。

「喂，格蘭古瓦！您說這辦法怎麼樣？」

「老師，我認為不是我也許會被絞死，我是絕對肯定會被絞死的。」

「這與我們就無關了。」

「真要命！」

「她救了您一命，這筆債您得償還。」

「還有好多債我都沒償還呢！」

「皮耶先生，非如此不可。」

主教代理說得斬釘截鐵。

「您聽我說，堂．克洛德，」詩人大驚失色，回答說，「您堅持這種想法，恐怕不太正確。我不明白自己為什麼要代替別人上絞刑架。」

「生活有什麼值得您如此留戀？」

「哦！多著呢！」

「有什麼？」

「有什麼？有空氣呀、天空呀、清晨呀、黃昏呀、月光呀、我那些乞丐朋友，還有，和女孩們打情罵俏、研究巴黎的美麗建築，還有三大部書要寫，其中一部是抨擊主教及他的磨坊水車的，還有什麼呢？安那克薩哥拉⑦說，他生在世上就是為了欣賞太陽。再說，我十分幸運，每天都與我本人這個天才朝夕相處，確實非常愉快。」

「真是木頭腦袋！」主教代理咕噥，「喂！你說，生活這麼美好，是誰為你保留下來的呀？多虧了誰，你才能呼吸這空氣、欣賞這天空，能亂說八道、想入非非，還能讓你這雲雀般的腦袋愉悅地裝滿異想天開的胡說八道呢？沒有她，你現在會在哪裡？你多虧了她才能活下來，現在卻想讓她死嗎？

這個女子，多麼美麗、溫柔、可愛，是人世不可缺少的光明，比上帝還要神聖，難道你要坐視她死去嗎？看看你，一半聰慧一半瘋癲，只是一塊粗坯，根本派不上用場，只是一株自以為在行走、自以為在思考的植物，其實卻只是苟且偷生，竊取她的性命，猶如中午點燃的一根蠟燭，活著也沒用！好啦，格蘭古瓦，發發善心吧！你也該有點慷慨的精神。她已經為你示範了。」

教士言辭激烈。格蘭古瓦洗耳恭聽，臉上的表情先是遲疑，接著漸漸動容，最後淒然地做出一副古怪的表情，好似肚子疼的初生嬰兒。

「您的話真感人。」他抹了一把眼淚，說道，「好吧！我再考慮考慮。您的主意真是別出心裁。歸根究柢，」他沉吟了一下，又說，「誰知道呢？也許他們不會絞死我。訂了婚不見得就會結婚嘛。我穿上裙子，戴上女帽，打扮古怪地待在那小屋裡，他們發現我的樣子，也許會哈哈大笑。……再說，如果他們真要絞死我，那我就認啦！被繩索勒死，跟別種死法一樣，但更確切地說，它又跟別種死法不同。這樣死法配得上終生搖擺不定的智者，這樣死法不倫不類，恰好符合真正的懷疑論者精神，這種死法具有庇羅主義和猶豫的色彩，上不著天、下不著地，永遠垂懸在天地之間。這是哲學家的死法，也許正是我命中註定。走完一生的路，死也非常壯麗。」

教士打斷他的話：「就這麼說定啦？」

「說到底，死又算什麼呢？」格蘭古瓦仍興奮地繼續說，「不過是一個難過的時刻、一道關卡、從微乎其微到虛幻空無的過渡。有人問邁加洛波利斯的塞西達斯[⑧]是否願意死，他回答『為什麼不願意呢？死了之後就能見到那些偉人，哲學家中的畢達哥拉斯、歷史學家中的赫卡泰奧斯[⑨]、詩人中的

⑦·安那克薩哥拉（Anaxagoras）：西元前五世紀的希臘哲學家。
⑧·塞西達斯（Cercidas）：西元前三世紀希臘犬儒學派哲學家。
⑨·赫卡泰奧斯（西元前五四〇—前四八〇）：希臘歷史學家和地理學家。

荷馬、音樂家中的奧林帕斯[10]。』」

主教代理把手遞給他，說道：「那就一言為定？您明天過來吧。」

這一舉動把格蘭古瓦拉回現實。

「哎！這可不行！」他如夢方醒，說道，「讓人絞死！那太荒唐了，我可不做。」

「那就再見啦！」主教代理接著又咕噥一句，「我會再找您的！」

「我才不要這個魔鬼一樣的人再來找我。」格蘭古瓦心中暗想。他趕緊去追堂・克洛德。「等一下，主教代理先生，老朋友間別賭氣呀！您關心那個女孩，我是說，關心我老婆，這很好。您為了把她救出聖母院想出了一個妙計，但是這主意對我格蘭古瓦來說卻糟透了。……我若是別有良策就好啦！……告訴您，就在此刻，我正好靈機一動……我想到的妙計既能讓她脫險，又不必給我的脖子套上繩索，您說怎麼樣？難道這樣還不夠嗎？非得把我送上絞刑架您才滿意嗎？」

教士急得直揪道袍的鈕扣，喊道：「信口開河！你有什麼辦法呀？」

「不錯，」格蘭古瓦自言自語，同時用食指抵著鼻子思考著，「有啦！那些乞丐們都是好漢……埃及部落也喜歡她……只要一句話，他們都會挺身而出的……這事易如反掌……來個突然襲擊……趁著混亂，不必費力就能把她搶出來……就定於明天傍晚……他們肯定求之不得呢！」

「什麼辦法！說呀！」教士邊說邊抓住他搖晃。

格蘭古瓦威嚴地轉過身來，對他說：「放開我！您沒看見我在思考嗎？」他又考慮了一下，這才鼓掌為自己的主意叫好：「妙極啦！馬到成功！」

「什麼辦法！」克洛德又惱火地說。

格蘭古瓦卻得意洋洋。

「來這邊，讓我悄悄告訴您。將計就計，這妙計非同凡響，能替我們大家排憂解難。上帝呀！您得承認，我可不是個笨蛋。」

他停了一下，又問：「哦，對啦！小山羊和那女孩在一起嗎？」

「在一起。乾脆讓魔鬼把你抓去好了！」

「他們本來也要絞死小山羊，對不對？」

「這與我有什麼關係？」

「不錯，他們也打算絞死小山羊。上個月，他們就吊死一頭母豬。劊子手就愛這麼做，這樣他就能吃肉。竟然要吊死我那美麗的佳利！可憐的小羔羊！」

「真該死！」堂．克洛德喊，「你就是劊子手。混帳東西，你到底想出什麼搭救的辦法了？難道要我用產鉗才能把你的主意拉出來嗎？」

「妙極啦，老師！是這樣的。」

格蘭古瓦俯過身去，壓低嗓門，對著主教代理的耳朵說明，同時用不安的目光回顧整條街。其實，街上一個行人也沒有。等他講完後，堂．克洛德握了握他的手，冷淡地說：「好吧，明天見。」

「明天見。」格蘭古瓦也說。他與主教代理分別後，又自言自語道：「這事真值得自豪啊，皮耶．格蘭古瓦先生。我可不信邪，小人物不見得就會被大事業嚇住。就像比同⑪雙肩扛著大公牛、鶺鴒、黃鶯和燕子，照樣能飛過海洋。」

⑩．奧林帕斯（Olympus）：古希臘音樂家。

⑪．克琉比斯和比同（Kleobis and Biton）：是希臘傳說中阿戈斯城的兩兄弟，體力過人，在一次為天后赫拉舉行的慶典中，他們代替牛駕車，把母親拉到神殿，得到赫拉的獎賞。

二、你去當乞丐吧

主教代理回到修院，看見他弟弟磨坊約翰站在他的修室門口等候，因為等得不耐煩，於是用木炭在牆上畫了哥哥的側面像，還畫了一個異乎尋常的大鼻子。

堂．克洛德另有心事，並沒有正眼看他弟弟。這個浪蕩子的快活臉蛋，曾經多少回一掃教士的愁容，現在卻無力驅散這腐朽惡臭、蕭索僵死的靈魂上越發濃厚的迷霧。

「哥哥，」約翰怯生生地說，「我來看您了。」

主教代理連眼皮也不抬一抬，問了一聲：「那又怎麼樣呢？」

「哥哥，」這個假惺惺的小鬼頭又說，「您對我這麼好，苦口婆心地勸導我，因此我總是要來見您的。」

「來了又怎麼樣？」

「唉！哥哥，您對我講的話真是合情合理，您說：『約翰啊！約翰！教師停止授課，學生停止服從①。可是你呀，約翰，你要明智，約翰，你要博學，約翰，沒有正當理由，未經老師准假，不要擅自離校。約翰啊，也不要打皮喀第人②，不要像目不識丁的笨驢那樣③，腐爛在學校的草鋪上。約翰啊，要接受老師的任何責罰。約翰啊，每天晚上都要去小教堂唱一首聖歌，並向光榮的聖母瑪利亞祈禱。唉！這些都是一字千金的忠告啊！」

「那又怎麼樣？」

「哥哥，站在您面前的，是一個罪人、罪犯、惡棍、放蕩鬼，一個大壞蛋！親愛的哥哥，約翰把您的忠告當成糞草，用腳踐踏。但是，我也受到了嚴厲的懲罰，仁慈的上帝無比公正。我一有錢就胡鬧，大吃大喝，尋歡作樂。唉！這種放蕩生活，從正面看十分迷人，從後面看卻又醜惡又討厭！現在，我手頭一個銅幣也沒了，就連桌布、襯衣和毛巾都賣光了，快活的日子一去不復返！悅目的蠟燭熄滅了，只剩下可惡的油脂燭芯，直往我鼻孔裡灌煙。那些妓女都嘲笑我。我只能喝涼水充飢，每天被悔恨和債主糾纏。」

「還有呢？」

「唉！最親愛的哥哥，我很想改過自新，過正經的生活。我滿懷悔罪的心情來見您。我是來懺悔的，現在我後悔了，而且捶胸頓足。您希望我有朝一日拿到學士文憑，到托爾希學校去當助理學監，完全是有道理的。現在我認為這正是我的光輝燦爛的天職。可是，我沒有墨水了，得要買墨水；沒有鵝毛筆了，也要買鵝毛筆；沒有紙了、沒有書了、全都得再買。這些急用，就需要幾個小錢。因此我心懷悔恨地來見您。」

「你說完了嗎？」

「說完了，」學生回答，「我需要一點小錢。」

「沒有！」

①．原文為拉丁文。語出杜．勃勒伊的談話，關於反對政府干涉大學的一次罷課。
②．原文用拉丁文重複一遍。
③．原文用拉丁文重複一遍。

於是，學生立刻鄭重而堅決地說：「那好吧，哥哥，非常遺憾地告訴您，別人向我提出極好的建議。您不肯給我錢嗎？不給？……既然如此，那我就去當乞丐。」

他說出這樣大逆不道的話，就擺出埃阿斯④一般的神情，等待雷霆劈頭擊來。

然而，主教代理卻冷淡地說：「你就去當乞丐吧。」

約翰向他深鞠一躬，吹著口哨下樓去了。他走到庭院，經過他哥哥的窗下時，忽聽窗戶打開，抬頭一看，只見窗邊探出了主教代理那張嚴肅的面孔。

「見鬼去吧！」堂．克洛德喊道，「這是我最後一次給你錢。」

教士說著，把錢袋扔下去，正巧掉在約翰的額頭上，砸出一個大包。約翰拾起錢袋，又惱火又高興地走了，就像一條狗被扔來的骨頭砸到似的。

④．埃阿斯（Ajax）：希臘傳說中特洛伊戰爭裡的希臘英雄，曾與奧德修斯爭奪戰死的阿基里斯的武器。

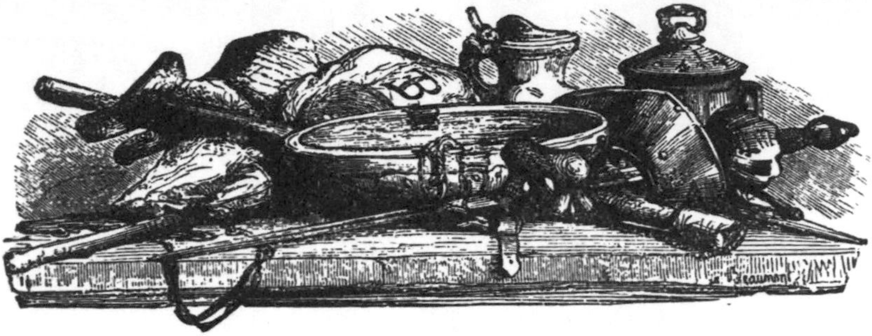

三、快樂萬歲

讀者大概沒有忘記，奇蹟宮有一部分靠著巴黎舊城牆，而城牆的箭樓當時大多已開始坍塌，其中有一座被丐幫闢為娛樂場，底層大廳充做酒館，上面幾層也各有妙用。這座箭樓是丐幫最活躍的地盤，因此也是最醜惡的據點，好似無比巨大的蜂巢，日夜發出嗡嗡聲。到了深夜，丐幫裡大多數人都已入睡，廣場上各個土灰色屋子牆上的窗戶裡燈火都已熄滅，那無數間小屋裡，竊賊、娼妓，拐來的孩子和私生子都不再擾攘，但是箭樓裡還有喧鬧聲，通氣孔、窗邊和牆壁裂縫，也就是這座建築的所有毛孔都透出猩紅燈光，人們總能以此認出那尋歡作樂的場所。

酒館的地點正是地下室，要通過低矮小門，走下與古典亞歷山大詩體一樣陡直的樓梯才能到達。門上招牌也絕妙無比，胡亂塗畫幾枚新錢幣和幾隻被殺死的雞，下方寫了諧音雙關語：「來光顧醉死的人」①。

某天夜晚，巴黎大小鐘樓都敲響了宵禁的鐘聲，此時城防巡邏隊若是走進可怕的奇蹟宮，就會發現丐幫酒館比往常更加喧鬧，酒喝得更凶，咒罵也更加新奇。外面的空地上，許多人成幫結夥，都在低聲交談，彷彿在策劃重大行動，各處都有怪傢伙蹲在鋪石地上，錚錚磨著凶刃。

不過在酒館裡的乞丐們又喝酒又賭牌，將今晚的計畫拋到腦後，因而很難從他們談論中聽出什麼端倪。只見他們比往常更快活，而且每個人兩腿間都有一件閃亮的武器，諸如砍柴刀、板斧、古代長劍，或者火銃的槍托。

這個圓形大廳非常寬敞，但是桌子擺得很擁擠、喝酒的人又多，男人、女人、板凳、啤酒罐、喝酒的、睡覺的、打牌的、身體健壯的、缺手少腿的，都好似被胡亂堆在酒館裡，就像是以一種獨特的秩序與和諧排列的一大堆牡蠣殼。桌上點著幾枝蠟燭，然而酒館裡的真正照明還是爐火，其作用相當於歌劇院裡的大吊燈，因為地下室太過潮濕，所以常年燃燒著爐火，夏天也不例外。這座壁爐特別大，爐臺有雕刻圖案，上面雜亂放著沉重的鐵柴架和幾件炊具，爐膛裡燒著木柴和泥炭，火勢熊熊。如果在夜晚的鄉村街道上，這種爐火映在對面牆壁上，通紅的火光就像煉鐵爐口的魔影。一條大狗煞有其事地蹲坐在爐灰裡，直盯著炭火上正在翻動的一根烤肉叉。

這場面雖然混亂不堪，但是多看上兩眼，就能從人群中分辨出三個主要集團，每個集團分別圍著一個中心人物，都是讀者所熟識的。其中一位衣著古怪、全身鑲滿具有東方色彩的假金箔，他就是埃及和波希米亞大公馬提亞斯·韓加迪·斯皮卡利。他坐在桌上蹺著二郎腿，一根指頭指向空中，正在高聲傳授他所精通的黑白魔法，也就是巫術和魔幻術。周圍的人一個個聽得目瞪口呆。

另一圈人的中心，正是我們的老友，連牙齒也全副武裝的金錢大王克洛班·特魯伊傅。他神態嚴肅，低聲發號施令，分配著搶奪來的武器。他面前有個被劈開的大酒桶，傾瀉出斧頭、戰劍、鐵盔、鎖子甲、大砍刀、長矛頭、箭頭、利箭和旋轉箭，就像從豐年大角[2]中傾倒而出的蘋果和葡萄。大家人手一件武器，你拿頭盔，他拿長劍，還有人拿十字柄短刀。孩子們也都穿起武裝，就連截掉下肢的

①．此句諧音，按不同的停頓讀法，意為「新錢幣，死了的雞」。
②．做成巨型牛角狀的豐年象徵物。

殘疾人也披上盔甲，像隻大甲蟲一般從喝酒的人腿間爬過去。

第三群人數最多，不只最吵鬧，氣氛也最活躍，坐滿了桌子和凳子，圈子中有個人全身披掛重甲，扯著尖嗓門一邊演說一邊咒罵。此人嚴密披掛，從頭盔到馬刺，一件不少，腰帶上插滿短刀和匕首，右側佩帶長劍，左側掛著生鏽弓箭，整個人幾乎被遮蔽，只露出厚顏無恥地向上翹的紅鼻子、一綹金色鬈髮、鮮紅嘴唇和無所畏懼的眼睛。他的面前放著大酒壺，右邊自然少不了袒胸露懷的胖妓女。他周圍的一張張嘴無不在歡笑、咒罵、喝酒。

此外，三五成堆的還有二十來個小集團。男女侍者頭頂著酒罐來回奔走。還有蹲著賭博的人，打彈子、下棋、擲骰子、玩搶帽徽遊戲，以及熱鬧的投圈比賽。這邊的牆角有人在爭吵，那邊的牆角有人在接吻，整個場面籠罩在通紅火光中，四面牆壁舞動著無數巨大的怪影。見到這一切就能對這酒館有一個整體印象。至於喧鬧聲，彷彿置身於正在狂敲的大鐘裡。

烤肉流出的油滴像雨點落到承接盤裡，那持續不斷的劈啪聲，填滿大廳相互呼應的無數談話的空隙。

在酒館的深處，有一位哲學家坐在壁爐後側的凳子上，雙腳插在爐灰裡，眼睛盯著爐火，在一片喧囂聲中沉思默想，他就是皮耶．格蘭古瓦。

「喂，快一點！趕緊拿起武器！過一個鐘頭就要進軍啦！」克洛班．特魯伊傅對他的黑幫分子說。

一個女孩在哼唱：

晚安，我的父母親！
最後走的人要熄燈。

兩個打牌的人吵起來。

「梅花J！」臉漲得最紅的那個人伸出拳頭，喊道，「我要在你臉上打出梅花印來，你就可以到國王陛下的牌局裡代替梅花J啦！」

「哎喲！這裡擠得像石頭城的聖徒像一樣！③」有人喊道，濃重的鼻音透露了他是諾曼第人。

「孩子們，」埃及大公勒著假嗓對聽眾說，「法蘭西的女巫們去參加群魔會，既不騎掃把，也沒有別的坐騎，也不使用油脂，只需念幾句咒語就行了。而義大利的女巫，門口總有一隻山羊守候，她們出門時必須從煙囪爬出去。」

那個全副武裝、怪模怪樣的青年叫嚷起來，聲音壓過全場的喧鬧：「真棒呀！棒極啦！今天是我第一次拿起武器！乞丐！基督的肚子，我成了乞丐啦！給我倒酒喝！……朋友們，我叫磨坊約翰．弗羅洛，是個紳士。照我看，就算上帝是個員警，也會變成強盜。弟兄們，我們就要出征去耀武揚威啦！我們個個都是勇士。去圍攻大教堂，打破一道道門，救出美麗的女孩，保護她免遭法官、教士的毒手，搗毀修院，把主教燒死在主教府裡，這些事對我們來說是馬到成功，比鎮長喝一勺湯還簡單。我們為正義而戰，我們要把聖母院洗劫一空，還要吊死加西莫多。小姐們，你們認識加西莫多嗎？在聖靈降臨節，你們可曾見過他氣喘吁吁地吊在大鐘上？聖父的犄角！太美啦！就像騎在獸嘴上的魔鬼。……朋友們，請聽我說，我打心眼裡就是個乞丐，在靈魂深處就是個黑幫分子，天生就是個竊賊。從前我很有錢，不過財產全被我吃光了。家母想要我當軍官，家父想要我當副祭司，姑媽想要我當審判評議官，祖母想要我當大法官，姑奶想要我當短袍財政官。但是我卻成了乞丐。我把此事告訴父親，他當面臭罵我，告訴母親，老太太她哭天喊地，就跟柴架上這段木柴一樣。快樂萬歲！我是名副

③．諾曼第的一句俗語。

其實的比塞特人！我親愛的老闆娘，再上點酒來！我還付得起錢。我不想再喝敘雷訥酒了，燒我的喉嚨。他媽的，乾脆喝他一籃子！」

那名學生見周圍聽眾又是哄堂大笑，又是鼓掌叫好，人越聚越多，他又喊道：

「嘿！多好聽的吵鬧聲！『憤怒的人民，不可扼制的瘋狂！』④」接著他唱起來，聲調如同神父誦晚禱經，眼睛像沉醉般瞇著：「『是什麼聖歌，什麼樂器，什麼歌曲，在這裡高唱而無休無止！迴盪著甜如蜜的頌歌樂器、天使最和諧的旋律、聖歌中最美妙的雅歌！』⑤……」

他忽又改口叫道：「見鬼，老闆娘，給我上晚餐哪！」

這時候，鬧聲稍微平靜，埃及大公的尖嗓門又響起，他正在教導那些吉卜賽人：

「……黃鼠狼名叫阿訣君，狐狸名叫藍腳或者獵手，狼叫做灰腳或金腳，熊叫做老人或大人爺。……戴上地鬼的帽子能隱身，還能看見看不到的東西。……要施洗的癩蛤蟆，必須套上藍色或者黑色絲絨，脖子掛上鈴鐺，腳也掛上鈴鐺。教父提牠的腦袋，教母拎牠的屁股。……魔鬼西德拉加素姆施的魔法，能讓大女孩跳裸體舞。」

「憑彌撒起誓！」約翰插話，「我願意成為魔鬼西德拉加素姆。」

這時候，酒館另一端，乞丐們小聲議論，還在繼續武裝自己。

「可憐的愛絲美拉達！」一名吉卜賽人嘆道，「她是我們的小妹。一定要把她救出來。」

「那麼，她還在聖母院嗎？」一個猶太臉型賣假貨的人問。

「那當然！」

「好吧！夥計們，」賣假貨的人喊道，「到聖母院去！尤其是那裡的聖費瑞奧和聖費律雄小教堂裡，有兩座金雕像，一座是聖巴普蒂斯特，另一座是聖安東尼，共重十七金馬克⑥十五艾斯特蘭，下面鍍金的銀座重十七金馬克五盎司。我很清楚。我是個金銀匠。」

這時候，有人送晚餐來給約翰。他靠到身邊一個女人的胸脯上，喊道：

「我以聖伍・德・呂克，也就是人們稱為聖戈格呂的名義發誓，我簡直快活極了！對面有個傻瓜瞪著眼睛看我，光溜溜的臉蛋像個大公。左邊這個傢伙牙齒真長，連下巴都被遮住了。還有，我就像吉耶統帥圍攻蓬圖瓦茲城那樣，右邊身子靠在女人的乳房上。……穆罕默德的肚子！夥計呀！看你這樣子，分明是個小販，竟然坐到我身邊！我是貴族，朋友，商人怎能跟貴族平起平坐，你一邊待著去吧！……赫─啦─嘿！你們這幫傢伙，別打架呀！怎麼，吃小鳥的巴普蒂斯特，你的鼻子這麼漂亮，竟要去碰碰那個傻子的拳頭！蠢貨！並不是什麼人都能長個鼻子⑦。……你真聖潔啊，咬耳朵的雅克琳！只可惜你沒頭髮了。……喂，本人名叫約翰・弗羅洛，我哥哥是主教代理，讓魔鬼把他抓走吧！我跟你們講的全是實話。我為了當乞丐，心甘情願放棄哥哥要在天堂裡分給我的半幢房子。『教堂廣場的半幢房子』⑧，我引述他所說的話。我在蒂爾夏普街有一處采邑，所有女人都愛我，千真萬確，就像聖艾洛瓦是出色的金銀匠一樣，就像巴黎這座大都市的五大行業是鞣革、製革、製作綬帶、錢袋和苦工一樣，也像聖洛朗是在蛋殼火堆上燒死的一樣。夥計們，我向你們發誓：

我若真的說了謊，
一年都不灌蜜酒！

④・原文為拉丁文。
⑤・原文為拉丁文。
⑥・金馬克：貴重金屬的重量單位，一馬克等於八盎司。
⑦・原文為拉丁文。
⑧・原文為拉丁文。教堂前廣場 parvis 一詞在拉丁文源於天堂 paradis。

我的小美人，月亮出來了，看看窗外吧，風在捲起那些雲彩！就像我擺弄你的胸衣。……女孩們，幫孩子們擤擤鼻涕，替蠟燭剪剪燭花[9]。基督和穆罕默德！妳給我吃的這是什麼呀，朱庇特！嘿！老太婆！在你家這些娼婦們的腦袋瓜上摸不著頭髮，在你煎的蛋裡卻能找到！老太婆！我還是喜愛光禿的煎蛋。讓魔鬼砸扁你的鼻子！這客棧是閻王開的店，娼婦們都用叉子梳頭髮！」

說罷，他將盤子擲到石地上摔得粉碎，接著又扯開嗓門唱起歌來：

我以上帝血，
發誓最明確！
無法又無天，
無家又無業，
王不管，
天不憐！

這段時間，克洛班·特魯伊傅已經分發完武器，他見格蘭古瓦兩腳搭在柴架上一副沉思的樣子，便走到他身邊。

「皮耶，朋友，」金錢王問，「你在想什麼鬼事？」

格蘭古瓦轉過身，憂鬱地對他微微一笑：

「我喜愛火，親愛的大人，這倒不是因為火能暖腳、能煮湯，這些原因微不足道，而是因為能它迸出火花。有時，我會連續幾個小時一直觀察火花，在綴滿火星、黑漆漆的爐膛中，可以發現成千上萬的事物。每個火星就是一個世界。」

「被雷劈了我也聽不懂你在說什麼！」丐幫幫主說，「你知道現在是什麼時間嗎？」

「不知道。」格蘭古瓦回答。

於是，克洛班又走到埃及公爵面前，說道：

「馬提亞斯夥計，這個時間點可不好。聽說國王路易十一在巴黎。」

「那更得動手，把我們小妹從他的魔爪下救出來。」老吉卜賽人回答。

「你這話有大丈夫氣概，馬提亞斯。」金錢王說道，「當然，我們的行動要迅速。無須擔心教堂裡會有人抵抗。那些神父都膽小如鼠，我們又人多勢眾。等明天，司法院派人去抓她時一定會撲空！教皇的腸子！我絕不允許他們把那個美麗的女孩吊死！」

說罷，克洛班就走出酒館。

這時候，約翰沙啞的嗓門還在大喊大叫：

「我要喝，還要吃，喝醉了，我是朱庇特！喂，屠夫皮耶，你要是繼續這麼望著我，我就用指頭給你撣掉鼻子上的灰！」

格蘭古瓦也從沉思中醒來，掃視周圍喧鬧混亂的場面，低聲咕噥：

「酒為奢侈品，酒後無德[10]。唉！我不喝酒真有道理，聖伯諾瓦說得好：『賢者嗜酒也會叛教！』[11]」

這時，克洛班從外面回來，以雷鳴般的聲音喊道：「半夜十二點！」

這句話如同向停歇的部隊發出「上馬」的號令，丐幫男女老少都從酒館蜂擁而出，兵刃鐵器相互撞擊發出一片喧響。

⑨．原文「撣」和「剪」是同一個動詞。

⑩．原文為拉丁文。

⑪．原文為拉丁文。

月亮已經隱沒。奇蹟宮也完全籠罩在黑暗中，沒有一點燈火，但是絕非空無一人，還能隱約看出一大群男女竊竊私語的聲響，各種武器在幽暗中閃閃發亮。克洛班登上一塊大石頭，喊道：

「集合，丐幫！集合，埃及部落！集合，伽利略人！」

昏黑中一陣騷動，大批人馬漸漸排成縱隊。過了幾分鐘，金錢王又朗聲喊道：

「現在，我們要悄悄穿過巴黎街道！口令是『火焰劍閒逛』！到達聖母院才能點亮火把！出發！」

黑壓壓的行列像一尾龍，靜靜穿越菜市場縱橫交錯的曲折街巷，十分鐘之後便逼近貨幣兌換所橋，嚇得巡邏騎隊倉皇逃竄。

四、壞事的朋友

這天夜晚，加西莫多沒有睡覺。他最後一次巡視完整座教堂後關上門，沒有發現主教代理與自己擦肩而過。堂‧克洛德看著加西莫多仔細關上兩扇大鐵門，插門上鎖。見那大門堅如壁壘，他不禁流露出惱怒的神色，此刻他憂心忡忡的樣子更甚於往常。自從夜闖愛絲美拉達的臥室而觸了霉頭之後，他就成日虐待加西莫多，不只訓斥，有時甚至拳打腳踢。然而，敲鐘人的忠心從未動搖，總是逆來順受，任憑主教代理打罵威脅也沒有一句抱怨或呻吟。只有在堂‧克洛德走上鐘樓時，他才會惴惴不安地緊盯著對方，而主教代理倒也知趣，不再去驚擾埃及女孩。

且說這天夜晚，加西莫多看了一眼雅克琳、瑪麗、蒂博等遭他遺棄的可憐的鐘，接著徑直登上北面鐘樓的房頂，將不透風的提燈放在鉛皮屋簷上，開始眺望巴黎。我們剛才說過，此時夜色幽暗。當年巴黎街頭還沒有照明，望下去是漆黑一片，其中有幾處被塞納河泛白的灣道切斷。加西莫多望見遠處僅有一扇窗發出亮光，那座建築座落在聖安東莞門方向，模糊暗影矗立在民宅房頂之上。那裡也有人徹夜不眠。

敲鐘人那隻獨眼的目光，在夜霧迷濛的天邊浮蕩，他的內心有種難以言表的不安。他已經有好幾天像這樣守夜了。白天，他發現有人持續在教堂周圍晃蕩，那些人似乎心懷叵測，緊盯著吉卜賽女孩的避難所。他猜想他們可能在策劃什麼陰謀，要殘害避難中的不幸女孩。他想像群眾像恨他一樣恨著女孩，可能很快就要發生什麼事，因此在鐘樓頂守望。如同拉伯雷所說：「在夢境中作夢」，那獨眼時而望向女孩的小屋，時而望向巴黎街道，就像一條守門的忠犬般保持警戒，不放過一點可疑情況。

加西莫多那隻獨眼得天獨厚，目力極其敏銳，幾乎可以彌補他所缺少的其他各部位的功能。當他仔細觀察全城時，忽然發覺老皮貨坊那邊堤岸的暗影中好像有動靜，岸邊欄杆映在白色水面上的黑影線條，不像別處那樣平直而靜止，彷彿正在波動的河流波紋，又像一大群人行進時攢動的腦袋。

加西莫多感到奇怪，便加倍注意，發現那片模糊的東西似乎正朝老城方向移動，可是不見一點亮光，只見暗影在碼頭邊移動，接著好像進入了城島，最後完全靜止，堤岸水影的線條也恢復平直了。

加西莫多正百思不得其解，忽然又發現那移動的暗影重新出現在聖母院對面往城島延伸的前庭街。儘管夜色很濃，他還是看出了隊伍從那條街走出，沒多久就在廣場上擴散開來，黑暗中難以辨認，只能猜到是一大片人群。

這種景象確實恐怖。奇異的隊伍利用沉沉夜色極力隱蔽蹤跡，同時也極力保持安靜，不過還是有些許響動傳出，那便是他們的腳步聲。然而這點響聲還未傳到聾子加西莫多的耳畔就消失了。這一大片黑影近在咫尺，但見他們蠕動行走，卻看不清是什麼東西，又聽不見一點聲音，彷彿一大群悄然無聲、觸不可及的死人隱沒在煙霧中，又像重重迷霧般的人影朝他逼近，幽冥中鬼影不斷蠕動。

於是，他心中萌生出種種憂慮，頭腦又浮現有人企圖危害埃及女孩的念頭。他隱約預感到將要面臨凶險，在這危急時刻，他開始獨自計畫。誰也想不到他先天殘疾的頭腦，思考時竟能如此周全而敏捷。要不要叫醒埃及女孩？該叫她逃走嗎？從哪裡逃出去？街道全被包圍得水泄不通，教堂後頭則是河流。沒有船！無路可逃！……唯一的辦法，就是死守聖母院大門，至少抵抗到救兵馳援，如果真的有救兵的話，但是不能驚擾愛絲美拉達的睡夢。如果難免一死，什麼時候叫醒不幸的女孩都不晚。既已下此決心，他更加沉著鎮定地觀察「敵情」。

前庭廣場上的人群似乎正在增加。不過，加西莫多猜測他們發出的聲響極小，因為廣場周圍的住戶沒有人打開窗戶觀望。忽見一道閃光，轉眼間，七、八支火把點燃，開始在人群頭上移動，一簇簇火焰在黑暗中搖晃。加西莫多這才看清楚廣場上可怕的景象，男男女女形成黑壓壓一片，全都穿著破衣爛衫，手執長鐮、矛戈、大刀、鐵鏟，數不清的兵器尖端閃閃發亮。到處有人豎起鐵叉，如同那一張張醜惡面孔上長出的犄角。他隱約從那群人中認出幾張嘴臉，幾個月前正是這些人擁戴他為醜大王。有個人一手舉著火把，另一隻手拿著短兵器，登上界石，好像在演說。同時，這支奇特軍隊改變隊形，彷彿在教堂周圍佈置兵力。加西莫多拎起提燈，走下樓來到兩座鐘樓之間的平臺上以便就近觀察，同時考慮防衛的辦法。

克洛班．特魯伊傅到達聖母院高大的正門前，命令他的部隊排成戰鬥隊形。儘管預期自己不會遇到任何抵抗，這位謹慎的統帥還是要求隊伍維持陣容，才能在必要時對付巡邏騎隊或巡防隊的突襲。如此，他的隊伍所排成的陣勢，從遠方高處看去，就像埃克諾馬戰役①中的羅馬軍隊三角陣、亞歷山大的豬頭陣，或者古斯塔夫—阿道夫②著名的楔形陣。三角形的底邊緊靠著廣場的底邊，正好堵住前庭街，一邊對著主宮醫院，另一邊則對著公牛聖彼得教堂街。克洛班．特魯伊傅位於三角的尖端，左右簇擁著的是埃及大公、我們的朋友約翰，以及丐幫勇士們。

丐幫此刻企圖攻打聖母院的這種舉動，在中世紀並不罕見。當年還沒有我們今天所謂的「警

①．埃克諾馬是西西里島北部山峰。西元前三世紀至前二世紀，羅馬和迦太基發生戰爭，亦稱布匿戰爭。前後三次戰爭歷時一個世紀。埃克諾馬戰役是第一次戰爭的重大戰役。

②．即古斯塔夫二世（一五九四—一六三二），瑞典國王（一六一一年至一六三二年在位）。

察」，在人口密集的城市，尤其各國首都，統一的中央政權還不存在。由封建制度所建立的這類大型市鎮結構奇特，一座城市由上千個領主采邑組成，也因此被分割成形狀各異、大小不一的獨立區域，從而有上千套治安組織，彼此矛盾，如此也就等於沒有警察了。

以巴黎為例，全城有一百四十一名領主自稱有權收取年貢，此外還有二十五名自稱擁有司法權和徵收年貢的權利，其中大至掌管一百零五條街道的巴黎主教，小到只有四條街道的田園聖母院院長。所有擁有司法大權的封建主，只有在名義上承認國王的君主權。他們各設關卡，各行其是。路易十一這個不知疲倦的工匠，已經開始大規模拆毀封建大廈，後來黎塞留和路易十四為了王朝而繼承遺志，最後米拉波③為了人民而完成大業。路易十一力圖打破覆蓋巴黎的這張封建割據之網，發布了兩三道嚴厲諭旨，意圖建立全城統一的警察制度。例如一四六五年，他明令一到夜晚，居民就要點起蠟燭照亮窗戶，並且把狗關起來，違者處以絞刑。同年又下令夜晚用鐵鍊封鎖街道，並禁止晚上攜帶匕首或攻擊性武器上街。然而實行不久，市鎮立法的這些嘗試全都廢止了。晚風吹滅民宅窗邊的蠟燭，家犬在外遊蕩，市民們都聽之任之，而鐵鍊只在戒嚴時才拉起。至於攜帶武器的禁令所引起的變化，也只是把「割嘴街」改名為「割喉街」，這就算是明顯的進步了。

封建裁判的古老構架仍然屹立，各個司法裁判區和采邑在城中錯綜複雜，相互妨礙、相互干擾、相互糾纏。巡防隊、巡防分隊、巡防檢查隊名目繁多卻形同虛設，強盜持械攔路搶劫、打家劫舍，乃至聚眾鬧事，可以說橫行無阻。因此，在治安普遍混亂的情況下，即使在住戶最稠密的街區，像這種聚眾攻打宮殿、府邸或民宅的事件，絕不是海外奇談。大多數情況下，只要不搶到自己家裡來，左鄰右舍並不過問，只是關上窗板、堵住門戶，對外頭的火槍聲充耳不聞，巡防隊也不來干預，放任一場衝突自行了結。到了第二天，巴黎城裡便會有人奔相走告：「昨天夜晚，艾蒂安・巴爾拜特家被搶了。」「克萊蒙元帥被人綁架了。」等等。

像是羅浮宮、王宮、巴士底堡、小塔宮等皇家宅邸，乃至小波旁宮、桑斯公館、昂古萊姆公館等一般領主府邸的牆垣上都設有雉堞，大門上也都設有突堞砲眼。教堂則因它的神聖而得以保全，不過也有教堂設立防備，但是聖母院不在此列。例如牧場聖日爾曼教堂，就像一座男爵府邸，圍牆築有雉堞，用來鑄火炮的銅比鑄鐘用的還多。直到一六一〇年都還能見到那座堡壘，如今只剩下光禿禿的教堂了。

言歸正傳，回到聖母院。

我們應當讚揚丐幫的紀律，他們悄然無聲且極其準確地執行著克洛班的號令。第一個陣勢佈置完畢，這位卓越的幫主便登上前庭廣場欄杆，面對聖母院揮舞火把。火焰在風中閃爍不定，時而被自己的濃煙所籠罩，被映照成淡紅色的教堂正面也時隱時現。他又提高嘶啞的嗓門，喊道：

「你聽著，路易·德·博蒙，巴黎主教，司法院諮議官，我克洛班·特魯伊傅，金錢王、丐幫幫主、黑幫龍頭、狂人的主教，我告訴你，我們的小妹被冠以妖術的罪名錯誤地定罪了，她逃進你的教堂，你應當准許避難，並給予保護。然而，你竟然同意讓司法院把她抓回去，如果沒有上帝和丐幫，她明天就要在河灘廣場被絞死！因此，我們來這裡見你，主教。如果你的教堂是神聖的，那麼我們的小妹也是神聖的；若我們的小妹不神聖，你的教堂也不神聖。如果你想保全教堂的話，我們勒令你把那女孩交還給我們。不然我們就要把她搶走，還要洗劫你的教堂，那樣更好。我在這裡豎起戰旗向你宣戰，但願上帝保佑你，巴黎主教！」

他莊嚴又粗獷地發表了這場演說，只可惜加西莫多一句也聽不見。一名乞丐呈上戰旗，克洛班接過來，鄭重地將它插進鋪石路的石縫中。戰旗是一把鐵叉，尖端插著血淋淋的一大塊肉。

豎起戰旗之後，金錢王轉過身掃視他的人馬。這群凶猛的人眼睛發出閃閃凶光，不亞於長矛槍

③·米拉波（一七四九—一七九一）：法國著名演說家，在一七八九年三級會議上主張君主立憲，開創革命時期。

頭。他沉默片刻，又喊道：

「衝啊，孩子們！撬鎖高手，放手去做吧！」

三十幾個人應聲出列，他們個個身強力壯，虎背熊腰，肩扛大錘、鐵鉗和撬槓，似乎是一群鎖匠。他們衝向教堂的正中大門，登上臺階，轉眼間來到尖拱門道，只見他們隨即蹲下，用鐵鉗和撬槓撬門。一群乞丐也跟了上去，有的幫忙、有的圍觀，十一級臺階都站滿了人。

然而，大門堅不可摧。一個人喊道：「見鬼！怎麼這麼堅硬又牢固？」另一個人說：「這大門老了，骨頭也更硬了。」

「加油啊，夥計們！」克洛班叫道，「我敢用我的頭賭一隻拖鞋，就算你們撬開大門，奪回女孩，洗劫主祭壇，教堂裡的執事一個也不會驚醒。看啊！大鎖開始鬆動了。」

話說到一半，忽聞身後一聲巨響，他猛地轉身，只見一根粗大的梁木從天而降，落在臺階上，一下子砸扁了十幾個弟兄，又隨著隆隆的聲響彈起並滾進人群，撞斷了一些乞丐的腿。他們惶恐驚叫、四下逃散，眨眼間前庭圍牆裡的人全逃走了。那些撬鎖老手雖有拱頂的保護，卻也都丟下大門，紛紛撤離。就連克洛班本人也避開了教堂一段距離。

「差點要我的命！」約翰喊道，「我都感覺到腦後刮起了一陣風！宰牛的屠夫皮耶被擊死了。」

這根巨梁掉在人群之間，引起了難以描述的驚嚇與惶恐。他們目瞪口呆，直直地仰望天空，這段木頭帶來的衝擊甚至超越了禁衛軍的兩萬名弓箭手。

「撒旦！」埃及公爵咕噥，「看樣子有妖術呀！」

「是月亮把這段木柴扔到我們頭上的。」紅髮安德里說。

「這麼說，月亮是聖母的朋友囉！」弗朗索也來一句。

「一千個教皇！」克洛班喊，「你們這些大笨蛋！」可是他自己也解釋不了為什麼一根大梁從天而降。

由於火把的光亮照不到聖母院頂部，看不清那裡的情況。沉重的粗梁木橫臥在廣場中央，只聽見一開始受傷的幾個可憐傢伙還在慘叫。他們撞在石階稜角上，開膛破肚。

金錢王驚魂稍定，終於找到一個解釋，夥伴們聽了也覺得有道理。他說：

「該死！難道教士們要頑抗？那就把他們塞進麻袋裡！塞進麻袋裡！」

「塞進麻袋裡！」眾人跟著怒吼。於是瞄準教堂門面，弓弩、火銃齊發。

這一陣轟鳴驚醒了附近民宅安歇的居民。只見好幾扇窗戶推開，探出戴著睡帽的頭和拿著蠟燭的手。「朝窗口射擊！」克洛班喊。那些窗戶立時關閉，可憐的市民才朝火光和混亂的場面瞥了一眼，就嚇出一身冷汗，趕緊回到妻子身邊，心想是不是群魔會移到聖母院前庭廣場來舉行，或者是勃艮第人又打來了，像一四四六年那樣。於是，做丈夫的想到將要遭受掠奪，做妻子的想到將要遭到姦污，大家都心驚肉跳。

「塞進麻袋裡！」黑幫分子重複叫嚷，但是卻不敢靠近。他們看看教堂，又看看這根梁木。雖然梁木靜止不動，建築物也闃無一人，但是卻有什麼令乞丐們膽顫心寒。

「動手吧，撬鎖行家們！」特魯伊傅喊，「一定要攻破大門！」

誰也不肯向前邁一步。

「鬍子和肚子！」特魯伊傅說，「你們這幫人，連一根椽木都怕！」

一個老鎖匠對他說：「統帥，我們擔心的不是木條，而是大門全用鐵條焊了起來，鉗子根本撬不動。」

「那得用什麼來攻破呢？」特魯伊傅問。

「要用攻城錘。」

金錢王勇敢地跑到粗大梁木前，一腳踏上去，喊道：

「這就是了啊！這可是教士們送給你們的。」他朝著教堂滑稽地鞠躬，又說了一句，「謝謝你們，教士！」

這一勇敢舉動效果極佳，祛除了梁木的魔力。丐幫再次振奮士氣。頃刻之間，兩百條健壯的手臂將沉重的大梁像托一根羽毛一般托起，迅猛地衝向幾經嘗試卻仍未被鬆動的大門。乞丐手中為數不多的火把照得廣場上昏光暗影，一群人抬著長長的梁木衝向教堂的情景，就像一隻千足巨怪低頭猛攻一個石頭巨人。

半金屬的大門受到梁木衝擊，像巨大的鼓發出咚咚聲，卻沒有破裂，但整個教堂都被撼動，只聽建築內部幽深的地穴鳴響迴盪。同時，一陣大石頭塊像雨點一般，從教堂正面樓上朝進攻者的頭砸下來。

「見鬼！」約翰喊，「鐘樓搖晃得這麼厲害，連石欄杆都倒下來砸在我們頭上啦？」

不過，金錢王身先士卒，大家都同仇敵愾，肯定是主教在頑抗，因此誰也不顧石如雨下，左右都有人腦袋開花，還是更加勇猛地撞擊大門。

值得注意的是，石頭雖說一塊一塊落下來，卻又持續不斷，丐幫男子總是感覺同時挨兩下，一下砸在腿上，一下砸在腦袋上。倖免的人極少，地上已經死傷一片，傷者流著血，在進攻者的踐踏下氣息奄奄。丐幫男子們氣勢極盛、前仆後繼，長長的梁木繼續撞擊大門，像鐘舌撞擊大鐘一般富有節奏。石塊如雨落，大門似雷鳴。

不用說，這出乎意料並激怒丐幫的抵抗，正是來自加西莫多。

不幸的是，偶然的時機幫了勇敢聾子的大忙。

他跑下樓，來到鐘樓之間的平臺時，頭腦還一片混亂。他發瘋似的沿著柱廊來回狂奔一陣，居高窺視，看到密密麻麻的乞丐準備攻擊教堂，只好祈求神鬼拯救埃及女孩。他一度想登上南鐘樓敲響警鐘，可是轉念一想，這樣還沒等大鐘瑪麗搖晃起來發出長鳴，即使教堂有十道大門豈不也早被攻破了？與此同時，撬鎖高手們正持械衝向大門。怎麼辦？

他猛然想起，泥瓦匠在這裡工作了一整天，他們正在修繕南鐘樓的牆壁、屋架和房頂。他心頭忽然一亮：牆壁是石頭砌的，房頂鋪的是鉛皮，而屋梁又是林立的高大木材，因此被稱為「森林」。

加西莫多跑向南鐘樓，看到下面的房間果然堆滿了材料：一堆堆的石料、一捆捆的鉛皮、一簇簇的板條和鋸好的粗大木條，還有一堆堆的砂石。這個武器庫一應俱全。

情況危急。下面的大門口，鐵鉗大錘正全力進攻。加西莫多天生體力過人，此時他的力氣又因面臨危險而增長十倍。他抬起一根最長最重的梁木，從窗洞伸出去，再到鐘樓外把它拉出來，拖到平臺周圍石欄杆的一角，往下一推。這根粗大的木頭從一百六十尺高墜落下去，擦過牆壁、撞壞了一些雕塑、在空中旋轉了幾圈，宛如被風推動的磨，最後撞擊地面，引起一陣驚叫。這黑色巨木在石地上彈跳，就像一條蟒蛇。

加西莫多看著梁木落下，砸得丐幫四處逃散，好似被孩童一口氣吹散的灰塵。他們都恐慌萬狀，瞪著迷信的雙眼看著這根從天而降的大棒，接著用一陣弓箭霰彈射向大門道的聖徒雕像。加西莫多則趁此機會，不聲不響地運送「武器彈藥」，在投下梁木的欄杆旁邊，堆積起砂石、大石頭、石料，甚至搬來一袋袋瓦匠工具。

如此，丐幫一開始撞擊大門，石塊就像冰雹一樣降落，彷彿教堂在他們頭上忽然坍毀。任誰見了此刻的加西莫多都會大吃一驚。他不僅在平臺的欄杆上疊起投擲物，還運來一大堆石頭。一旦欄杆邊的石頭用完，就到大堆上來取。他就是這樣俯身、起身；再俯身、再起身，動作快得令人難以置信。他那魔鬼似的大腦袋探出欄杆，於是一塊大石頭砸下去，接著又一塊……他不時盯著一塊大石頭墜下，一旦砸死人了，就發出一聲「哼」。

然而，丐幫好漢並不氣餒。一百多人運足力氣，傳送到沉重的椽木上，抬著它一次又一次猛衝，撞得厚實的大門一陣陣搖動，門板斷裂、門上雕紋四飛五散。每次震動，鉸鏈就在樞軸上跳動，木板損壞，鐵筋之間的木屑紛紛脫落。加西莫多算是運氣好，因為大門的材料主要是鐵而非木料。

儘管如此，他也感到大門搖搖欲墜。雖然聽不見，但每一下撞擊卻同時在教堂內部和他的胸膛裡震盪。從上面望見乞丐們怒氣沖天、信心百倍地向黝黑的教堂門面揮動拳頭，他不禁萬分焦急，擔心埃及女孩和他自己，甚至羨慕起從頭頂飛逃的貓頭鷹的翅膀。

如雨的石塊不足以擊退進攻者。

加西莫多正無計可生，忽然看見他朝丐幫投擲石塊的欄杆下，延伸出兩個長長的排水石槽，槽口正對著下方大門，另一端則連接著平臺石板。他靈機一動，趕緊跑到他作為敲鐘人的住處，抱來一捆柴火、幾捆板條和鉛皮，這是他還沒有動用的彈藥。他在兩個石槽之間堆好武器之後，用燈籠點燃。

此時石塊不再落下，丐幫好漢們也不再仰望天空。他們像一群想衝進野豬巢穴的兇猛獵犬，擁擠地聚集在大門口。大門雖然受到撞擊而變形，但仍然屹立在那裡。他們興奮得發抖，準備給予最後一擊，將大門開膛破肚。大家爭著擠到前面，等大門一被撞開，就搶先衝進這座富甲天下的大教堂；衝進積財聚寶達三百年之久的巨大寶庫。他們樂不可支、大吼大叫，貪婪地議論精美的銀十字架、華麗的織錦教袍、鑲銀鍍金的陵墓、唱詩室金碧輝煌的裝飾，還議論令人目眩的節慶、歷年燭火通明的耶誕節、陽光燦爛的復活節，所有這些隆重慶典上所展示的聖骨盒、燭臺、聖物盒、聖體龕、聖物櫃，為祭壇增添一層金銀和鑽石浮雕。當然，在大發橫財的時刻，無論假裝殘疾或是病弱的人、流氓或是小偷，想的都是如何洗劫聖母院，而不是如何搭救埃及女孩。照我們看，如果強盜也得為搶劫而找藉口，那麼對他們來說營救愛絲美拉達不過是個藉口。

他們聚攏在攻城槌周圍屏住呼吸，準備全力以赴，給大門決定性的一擊，卻忽然聽他們之中有人慘叫，叫聲比粗大梁木砸下時更為淒厲恐怖。還活著而沒有喊叫的人急忙四下張望，只見兩道熔化的鉛水從教堂上瀉入密集的人群中。人海的波濤滾滾後退，沸騰的金屬熔液所濺落之處，在人群中間沖出兩個冒煙的黑洞，好似沸水澆在雪地上。這兩道駭人的鉛水柱濺出飛點，散落到進攻者的身上，像燙紅的鑽頭一般穿進他們的頭顱。這真是一把雷霆萬鈞之火，射出無數小顆粒，把這些倒楣鬼燒得遍體鱗傷。

慘叫聲撕肝裂膽。無論膽大還是膽小的乞丐們都把梁木扔在屍體上紛紛逃竄。前庭廣場再次變得空蕩蕩的。

人們舉目望去，只見教堂上方一片奇異的景象：中央花櫺圓窗上方兩座鐘樓之間最高層的柱廊上，烈焰熊熊，捲起火星的漩渦。火焰飛騰狂舞，不時被風颳走一段，化為濃煙。烈焰下，黝黑的梅花形石欄杆躥出火苗，更下方被雕刻成妖怪巨嘴形狀的兩個石槽不斷噴射火雨，由黑漆漆的教堂大門襯著銀白色的熔鉛流。兩股熔鉛流越接近地面，就越往四處擴散，猶如水從花灑的無數細孔噴出來。在火焰上方，兩座巨大鐘樓都顯示兩張面孔，對比十分強烈而鮮明，一張漆黑、一張通紅，那巨大的陰影一直投上天空，因而鐘樓顯得更加嵯峨突兀。無數魔鬼怪龍的雕刻，全呈現猙獰面孔。火光閃爍變幻，看上去就像魔舞龍飛。吞嬰蛇妖似在獰笑，滴水嘴獸似在尖叫，蠑螈似在噴火，塔拉斯克巨龍似在濃煙裡打噴嚏。火光沖天、人聲鼎沸，那些怪龍妖獸都從石頭的沉睡中驚醒，其中一個還來回走動，只見它不時在大火烈焰中閃過，彷彿蝙蝠閃過燭火。

這座怪異的燈塔，無疑會驚醒遠方比塞特山丘的樵夫。他若看見聖母院鐘樓的巨影在那片灌木林上搖晃，免不了要心驚膽顫。

丐幫也在一片恐怖中不敢做聲，寂靜中只聽見被關在修院中教士們驚叫，比失火馬廄中的馬匹還要驚慌。還能聽見附近住戶偷偷打開窗戶後旋即關上的聲響、民宅和主宮醫院內的喧擾、火焰中呼嘯的風、垂死者的殘喘，以及熔鉛柱不斷傾瀉到石路面上的劈啪聲。

這時，丐幫裡有權勢的人物都退到貢德洛里埃府門廊下，商議如何應付此局面。埃及公爵坐在界石上，懷著迷信和恐懼的心情，仰望兩百尺高空紅光閃爍的火焰幻景。克洛班·特魯伊傅狠狠咬著自己的大拳頭，嘴裡咕噥：「衝不進去！」

「這古老的教堂有點邪氣！」老吉卜賽人馬提亞斯·韓加迪·斯皮卡利也咕噥道。

「用教皇的鬍子打賭，」一個當過兵而頭髮花白的人戲謔地說，「教堂的流水槽比勒克圖爾城牆突堞還厲害，能朝人噴射熔化的鉛水彈。」

「那個魔鬼在烈火前跑來跑去，你們看到了吧？」埃及公爵高聲說。

「他媽的，」克洛班說，「就是那個該死的敲鐘人，就是那個加西莫多！」

那老吉卜賽人搖了搖頭：

「跟你說吧，那是大侯爵，城堡惡魔斯伯納克的幽魂。他的形體就像全副武裝的士兵，長了一顆獅子的頭。有時，他騎著一匹面目猙獰的大馬。他能把人變成石頭，用來建造城樓。他統率著五十個軍團。肯定是他，我認出來了。有時他打扮成土耳其人的樣子，穿著華麗的金袍。」

「貝勒維尼到哪裡去啦？」克洛班問。

「死了。」一名乞丐答道。

紅頭髮安德里傻笑著說：「聖母可給主宮醫院找事做了。」

「難道就這樣束手無策，攻不破這道大門嗎？」金錢王連連頓足喊道。

埃及公爵愁眉苦臉，指了指那兩股沸騰的鉛流，看上去就像兩根長長的磷光紡紗杆，不斷擦著大教堂漆黑的大門。

「我倒是見過這種能自衛的教堂，」他嘆道，「四十年前，君士坦丁堡聖索菲亞教堂就曾連續搖晃了它那幾個圓頂腦袋三次，將穆罕默德的新月旗甩到地上。那座教堂的建築師，巴黎的紀堯姆，就是個魔法師。」

「難道我們就要這樣灰頭土臉地走掉，就像主人在旅途中遭劫的僕役一樣嗎？」克洛班說，「難道要把我們的小妹丟在那裡，讓那些披著人皮的狼明天將她抓去絞死？」

「聖器室裡還有幾車黃金呢！」一名乞丐補充，可惜我們不知道他的名字。

「用穆罕默德的鬍子發誓！」特魯伊傅喊道。

「再試一次。」那名乞丐說。

馬提亞斯・韓加迪搖了搖頭，說道：「從大門沒辦法進去，得找出這個老妖婆鎧甲的弱點：一個破洞、一道暗門，或者一條接縫……」

「誰去？」克洛班問，「我自己去繞一繞吧。對了，那個學生約翰，全身披掛破銅爛鐵的小傢伙，他到哪裡去了？」

「可能死了吧，聽不見他的笑聲了。」有人回答。

金錢王皺起眉頭：

「可惜！他那破銅爛鐵的盔甲裡，有一顆勇敢的心。——皮耶・格蘭古瓦老弟，你說呢？」

「克洛班統帥，」紅頭髮安德里說，「我們剛走到貨幣兌換所橋，他就溜走了。」

克洛班頓足喊：「該死！是他慫恿我們的，事情只做了一半，他卻把我們甩啦！愛說大話的膽小鬼，拿拖鞋當頭盔的傢伙！」

「克洛班統帥，」紅頭髮安德里望著前庭街，又說，「那個學生來了。」

「讚美閻王吧！」克洛班說，「可是，他身後拖了什麼鬼東西？」

果然是小約翰，他披著一身流浪武士的沉重披掛，頑強拖著一架長梯，還得儘量跑得快一點，累得上氣不接下氣，堪比一隻螞蟻拖著一根比牠身長多二十倍的草莖。

「勝利！讚美上帝吧！④」大學生喊道，「這是聖朗德里碼頭裝卸工的梯子。」

克洛班迎上去，問道：「孩子！這梯子，上帝的犄角！你弄來幹什麼呀？」

「弄到手啦。」約翰氣喘吁吁地回答，「我知道放在哪裡。……就放在總監府的倉庫裡……我在

④・原文為拉丁文。

那裡有個熟識的女孩，她覺得我跟丘比特一樣英俊。……我就利用她弄到梯子。穆罕默德復活！那可憐小妞來幫我開門時只穿著內衣。」

「是嗎，」克洛班說，「可是，你弄來這梯子幹什麼呀？」

約翰用一副狡獪、無所不能的神情注視著克洛班，同時響板似的彈了彈手指。此刻他確實顯得崇高而豪邁，頭戴一頂十五世紀的超重型頭盔，光是那怪異的頭盔頂飾就足以嚇退敵人。頂飾有十個鐵喙豎立，因此約翰完全可以和荷馬筆下的涅斯托爾[5]戰艦比個高下，贏得「十個撞角」[6]的可怕稱號。

「我弄來幹什麼，威嚴的金錢王？您沒看見那三座大門上方，有一排傻瓜模樣的雕像嗎？」

「看見了又怎麼樣？」

「那就是法蘭西列王雕像廊。」

「那跟我有什麼關係？」克洛班說。

「別急呀！列王廊那頭有一道門，只用門閂插著。有這架梯子，我就能爬上去，進入教堂。」

「孩子，讓我先上去。」

「不行，夥計，梯子是我的。來吧，您第二個上。」

「讓魔王掐死你！」暴躁的克洛班說，「我不願意跟在任何人的屁股後面。」

「那好，克洛班，自己去找梯子吧！」

約翰在廣場上拖著梯子邊跑邊嚷：「年輕人們，跟我來！」

轉眼間，梯子就對著側面一扇大門豎起來，架到一樓長廊的欄杆上。丐幫眾人歡呼雀躍，簇擁著梯子，都要爭先爬上去。然而，約翰掌握了優先權，率先踏上了梯子。要爬上去還真有很長的一段距離。如今，法蘭西列王廊距地面大約六十尺，而當年聖母院門前有十一級臺階，更增加了高度。約翰一隻手抓住梯子，一隻手拿弓弩，又礙於笨重的盔甲，因此爬得很慢。他爬到梯子中間，憂傷地朝地面掃了一眼，看見遍佈臺階的可憐丐幫分子屍體，嘆道：「唉！屍體堆積如山，真勝過《伊利亞德》

第五章中的場面！」說罷，他繼續攀登。丐幫的人緊隨其後，梯子的每一級上都有一個人。幽暗中，這一長列甲胄的背影起伏上升，看上去就像一條鐵甲蟒蛇朝教堂昂首直立。約翰在前頭吹著口哨，給人的印象就更加逼真了。

這名學生終於攀到柱廊的陽臺，相當敏捷地跨上去，贏得丐幫眾人的喝彩。就這樣占領了這座堡壘令他不禁歡呼一聲，卻又突然住嘴，驚訝得呆立著。原來，他發現加西莫多躲在一尊國王雕像後面，那隻獨眼在黑暗中閃閃發亮。

不待第二個進攻者踏上陽臺，那可怕的駝子一下躥到梯子面前，兩隻有力的大手抓住梯子頂端，一語不發地將它從牆上推開。被壓彎的長梯晃了幾下，從上到下的乞丐們一陣驚叫。他再以過人的力量猛然一推，將這一大串人摔向廣場。有那麼一瞬間，就連視死如歸的人也要心驚肉跳。梯子向後折去，到垂直點停留了一剎那，似倒非倒。接著，它突然畫了一個半徑八十尺的巨大弧線，滿載著強盜摔在廣場的鋪石路面上，比斷了鐵索的吊橋坍倒的速度還快。只聽一片詛咒與叫罵聲，繼而完全沉寂了。有幾個不幸摔傷的人，從死人堆裡爬出來。

圍攻者起初勝利的歡呼，又轉變為沉痛和憤怒的吼叫。加西莫多卻雙肘拄著欄杆，漠然地俯視著地面，彷彿一個披頭散髮的老國王佇立在窗邊。

約翰．弗羅洛則處境堪虞。夥伴們都在八十尺高的牆下，他孤身一人在柱廊上面對著可怕的敲鐘人。他趁加西莫多擺弄梯子的時候溜向暗門，不料門卻鎖住了。原來聾子來到柱廊時隨手將暗門鎖上了。約翰無奈，只好躲到一尊國王雕像的後面不敢呼氣，眼睛直盯著可怕的駝子，那驚恐萬狀的樣子，好似一個想要追求野獸園看守者的老婆的人，一天晚上赴幽會卻翻錯了牆，猛然發現自己正面對

⑤．涅斯托爾（Nestor）：希臘傳說中的皮羅斯王，是特洛伊戰爭中的名將。

⑥．原文為希臘文。

一隻大白熊。

起初，聾子並沒有注意到他。但是後來當他回頭並突然直起身子，便瞥見了那個學生。

約翰做好準備等待他撲向自己。然而聾子卻呆立不動，只是轉過身來注視著他。

「哼！哼！」約翰說，「你這隻憂傷的獨眼，為什麼這樣盯著我？」

古怪的青年這麼說著的同時卻暗中搭弓拉箭。

「加西莫多！」他叫道，「我給你改一個綽號，以後你就叫瞎子吧！」

咻的一聲，鐵頭銅翼箭射出去，正中了駝子的左臂。但是他卻顯得滿不在乎，就像法拉蒙德王雕像被劃了一下。加西莫多抓住箭桿，一口氣把箭拔出來，從容地放到粗大的膝蓋上折成兩段，隨手丟在地上。約翰來不及重新搭箭，加西莫多就喘著粗氣，如同蚱蜢一躍撲到大學生身上，將他的甲冑頂到牆上瞬間擠扁。

這時，在火把閃忽不定的忽明忽暗中，那駭人的場面隱約可見。

約翰自知命在旦夕，便不再掙扎了。加西莫多伸出左手一把抓住他的雙臂，再伸出右手，開始剝下他全身的披掛。只見那聾子一臉凶惡，不發一語地一一地取下大學生的劍、匕首、頭盔、鎧甲和護臂，如同猴子剝核桃，將那些鐵甲銅殼一件件扔在腳下。

大學生眼睜睜看著自己被人卸除武裝，扒掉全身的披掛，弱小又赤裸地落到這個惡魔手中。跟這聾子說話也沒用，他乾脆硬充好漢，朝著對方嬉笑，拿出十六歲少年大無畏的冒失，唱起當時流行的民歌：

康布雷城堡呀，
全身呀好披掛，
馬拉番來搶呀……

不待他唱完，只見加西莫多站上柱廊欄杆，一隻手抓住約翰的雙腳，凌空甩了兩圈，再像投石子一般將他拋出去。只聽見啪嚓一聲，像是骨盒撞到牆上後碎裂的聲響，又見有什麼東西墜落，才剛落下三分之一的高度，就掛在建築物的突角上。那是一具屍體，腦漿迸裂、腰身折斷。

丐幫之間發出一陣恐怖的驚叫。

「報仇啊！」克洛班喊道。

「塞進麻袋裡！」眾人呼應，「衝啊！衝啊！」

於是，各種語言、方言、口音的怒吼，匯成一片吶喊。可憐學生的慘死使這群人義憤填膺、熱血沸騰。在一座教堂前被一個駝子阻擋如此之久，使他們惱羞成怒，情急智生，他們找來一架架梯子；點燃一支支火把，不出幾分鐘，就像螞蟻一般從四面八方爬上柱廊，向聖母院發起猛攻。加西莫多驚恐地看著這個可怕的陣勢。人人奮勇當先，沒有梯子的就用打結的繩索；沒有繩索的，就抓著浮雕向上攀登。他們扯著前面的人的破衣爛衫往上爬，猙獰面孔如洶湧海潮，勢不可當。那一張張凶惡的嘴臉因憤怒而漲紅，污濁的額頭大汗淋漓，每雙眼睛都目光炯炯。所有怪異身軀、奇醜面孔同時朝加西莫多圍攻。那情景有如其他教堂派來了蛇髮女妖戈爾貢、犬怪、山妖、魔鬼，出動他們最為怪異的雕像來攻打聖母院。在這座教堂正面的石雕鬼怪上面，又爬滿一層活怪物。

這時候，無數火把在廣場上點燃，多如繁星。整個騷亂的場面原本一直隱沒在黑暗中，現在突然被照得通明透亮。前庭廣場朗若白晝，火光沖天。教堂樓頂平臺上的柴堆仍在燃燒，照亮遠方的城區。兩座鐘樓的巨大投影在巴黎的屋頂延展遠伸，為這片光亮打開一道寬而幽暗的缺口。滿城彷彿都被驚動了，遠處的警鐘正在哀鳴。乞丐們吼叫、喘息著，還不斷咒罵，繼續往上攀登。面對這麼多敵人，加西莫多束手無策，同時為埃及女孩提心吊膽。眼見一張張狂怒的臉越來越逼近柱廊，他絕望地扭動著雙臂，只能祈求上天顯靈了。

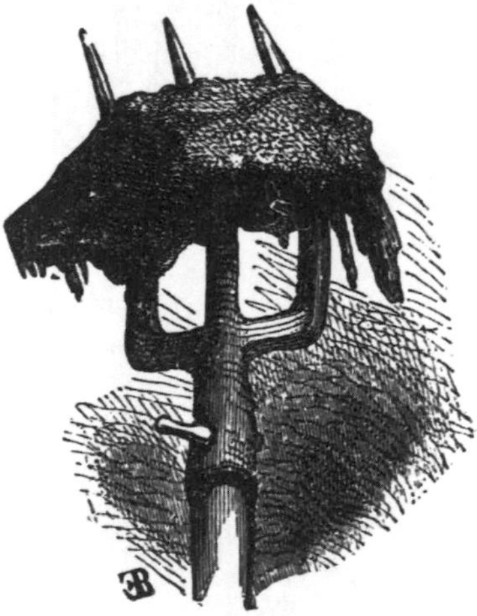

五、法王路易的祈禱室

讀者或許沒有忘記，加西莫多站在鐘樓頂眺望巴黎，在發現丐幫的夜行隊伍之前，看到全城只有一處燈光。那是在聖安東莞門旁，一座高大黝黑的建築物頂層閃亮的一扇玻璃窗。那座建築物就是巴士底堡；那顆閃亮的星，就是路易十一的燭光。

法王路易十一來到巴黎已有兩天了，他準備後天就離開，回到他的蒙蒂茲城堡。他難得光臨心愛的巴黎城，而且每回逗留的時間都很短，因為他總覺得這周圍設置的機關、絞架和蘇格蘭衛隊數量都不足以讓他安心。

這天他來到巴士底堡下榻。他不太喜歡羅浮宮裡的寢宮，那個方形房間太大，長寬都將近十米；壁爐也太大，上面雕刻著十二頭巨獸和十三位大先知；床鋪也太大，十一尺寬，十二尺長。周圍物品全都如此巨大，反倒讓他茫然失措。這位國王有著市民的習氣，他更喜歡巴士底堡裡的小房間和單人床。況且，巴士底堡要比羅浮宮堅固。

在這座著名的國家監獄中，國王專用的這個小房間其實還是很大的，它占據了主樓裡小塔樓的最頂層。房間呈圓形，四面牆壁都鑲了發亮的麥秸席子。天花板橫梁上裝飾著錫製描金百合花，中間的橫梁全是彩繪的。護壁板很華美，有白錫玫瑰花圖案，底色則是雄黃和上等靛青調成的悅目鮮綠色。

全室只有一扇窗戶，是尖拱長窗，裝有黃銅絲網和鐵欄杆，再加上繪有國王和王后紋章的華麗彩色玻璃（每一片價值二十二蘇），因此室內光線就更暗了。

全室只有一個入口，是一扇現代式樣的門，扁圓拱頂，內側掛著門簾，外面是愛爾蘭式的木門廊：細木結構，做工十分精巧，一百五十年前在許多老式房舍中還能看到這樣的結構。索瓦爾哀嘆：「這種結構既不美觀，又妨礙走路，儘管如此，我們的先人卻不願拆除，無論如何也要保留它。」

房間裡沒有一般住宅的傢俱陳設，沒有板凳、擱腳凳、折疊凳，箱子形狀的矮凳，也沒有四蘇一張凳腿交叉的漂亮凳子，只有一把折疊扶手椅，漆成紅底玫瑰花圖案，朱紅色羊皮墊面，鉚上許多鍍金鉚釘，鑲綴著長長的絲綢流蘇，顯得十分華麗。這孤零零的一張椅子，表明了房間裡只有一個人有權坐下。椅子旁靠窗的地方，擺了鋪著百鳥織錦布的書案，上面放著有墨漬的墨水瓶、幾卷羊皮紙、幾枝鵝毛管筆和一只鏤花高腳銀盃。再過去一點有一個炭盆、一張由金頭釘固定猩紅絲絨墊的祈禱凳。最裡面擺一張普通床鋪，掛著紅黃兩色的幔帳，幔帳胡亂墜下流蘇，既沒有繡花邊，也沒有金屬飾片。正是這張床，因為路易十一在上面度過安眠和不眠之夜而著名，兩百年前還能在一位樞密官的府上瞻仰它。在《居魯士》①中扮演道德的化身「阿麗吉狄雅」這個角色而出名的皮盧老夫人就曾見過。

所謂法王路易的祈禱室，就是這個樣子。

我們帶讀者進來的時候，這間屋很暗。宵禁的鐘聲敲過一個小時，已是深夜了。桌上只點著一根蠟燭，搖曳的燭光照見在房間分散幾處的五個人。

燭光照見的第一個人，是衣著華麗的貴族，穿著緊身褲配銀白條的猩紅半長上衣，外罩黑花紋金黃毛料短袖外套。這身華服在燭火映照下，每一條皺褶彷彿都凝著火焰。此人胸前繡有色彩鮮豔的紋章：人字形條紋尖頂有一隻奔鹿，盾牌右側是橄欖枝，左側是鹿角。他的腰帶上佩一把華麗短刀，鍍金刀柄鏤刻成雞冠狀，柄頭為伯爵冠冕圖樣。他一副惡人相，神態趾高氣揚。觀其面孔，第一眼看得出他盛氣凌人，第二眼便看得出他陰險狡詐。

他光著腦袋，手拿一卷長文書，站在扶手椅背後。椅子上坐著一個衣冠不整的人，坐姿也太不雅觀，弓著腰身、蹺起二郎腿，一隻手臂搭在桌子上。不妨想像一下，在這樣華麗的皮椅子上，卻垂著兩隻彎曲的膝蓋、兩條瘦腿只穿一條寒酸的黑羊毛緊身褲，上身則裹著毛皮大衣，上面的毛幾乎被磨光了。頭上那頂油膩的舊帽子更糟，是用最粗劣的黑毛布做成的，周圍綴了一圈小鉛人，而骯髒的帽襯包得嚴密，不讓一根頭髮露出來。從坐著的這個人身上只能看到這一些。他的頭垂在胸口，臉龐被陰影覆蓋，看不清相貌，只見露在光亮中的鼻尖，顯然鼻子很大。看他那隻滿是皺紋枯瘦的手，猜得出是個老年人。他就是路易十一。

在他們身後隔了一段距離，有兩個男子在低聲交談，兩人都是一身弗蘭德式打扮。他們的半截身子沒有被陰影遮住，因此看過格蘭古瓦聖跡劇演出的人，就能認出這是弗蘭德使團的兩名主要成員：根特城養老金領取者，精明的紀堯姆．里默，以及受眾人喜愛的襪商雅克．科坡諾勒。我們還記得這兩個人都參與了路易十一的政治密謀。

最後還有一個人離得最遠，站在靠近門口處的黑暗中，像石雕般動也不動。那是個四肢短粗的壯漢，身穿軍服外罩一件繡有紋章的外套。他長著四方大臉，嘴大得出奇，額頭扁平，兩隻眼突出，貼著頭皮的頭髮從兩側垂下去，像帽耳一樣遮住耳朵。那模樣既像惡犬，又像猛虎。

除了國王，其他人都脫掉帽子。

站在國王身後的那位貴族先生正在報告一篇流水帳，國王似乎聽得很仔細。而那兩個弗蘭德人則

①．這齣戲表現波斯帝國的奠基人、居魯士大帝二世（西元前五五〇—前五三〇年）的一生。

在竊竊私語。

「上帝的十字架！」科坡諾勒咕噥，「我都站累了，這裡就沒有椅子嗎？」

里默搖搖頭，同時小心地笑了笑。

「上帝的十字架！」科坡諾勒又說，他這樣被迫壓低嗓門實在難受，「我恨不得盤起腿來席地而坐，就像我在店裡賣襪子那樣。」

「這可不妥，雅克先生！」

「哎呀！紀堯姆先生！難道在這裡只能兩腿站著嗎？」

「兩腿跪著也行。」里默說。

這時，國王提高了嗓門。他們隨即住口。

「僕役的制服要用五十蘇，王室的教士做道袍要用十二利弗爾！要這麼多！這是把金子成噸往外倒呀！你瘋了嗎，奧利維？」

老人說著，抬起頭來，只見他戴的聖米歇爾騎士團項鍊上金貝殼閃閃發亮。燭光迎面照著他那削瘦而陰沉的臉龐。他一把奪過帳本。

「你想讓我們破產！」他那無神的眼睛掃了一下帳本，喊道，「這都是什麼呀？兩名懺悔師，每人每月十利弗爾，還有一名小教堂執事，要一百蘇！一名跟班，一年九十利弗爾！四名大廚師，每人每年一百二十利弗爾！還有燒烤師一名，湯羹師一名，臘腸師一名，烹調師一名，餐具師一名，助手兩名，每人每月六利弗爾！兩名助廚，要八利弗爾！一名馬夫和兩名助手，每月二十四利弗爾！還有搬運夫一名，糕點師一名，麵包師一名，車夫兩名，每人每年六十利弗爾！還有馬蹄鐵匠一名，一百二十利弗爾！財務總管一千兩百利弗爾，審計五百利弗爾！……真不知道還有什麼？簡直是揮霍！這樣的開銷能把羅浮宮的所有金條都付之一炬！長此以往，我們連餐具也要賣掉了！到了明年，如果上帝和聖母還讓我們活在世上的話[②]（說到這裡他舉了舉帽子），我們就得用錫杯喝藥茶啦！」

說罷，他朝桌上閃閃發光的銀盃瞥了一眼，咳嗽一聲，又繼續說：

「奧利維先生，統治大片國土的君主，如國王和皇帝，絕不能讓家室滋長淫逸奢華之風，因為上行下效，這把火勢必會從宮廷向各地蔓延。……因此，奧利維先生，要牢記這一點。我們的開銷逐年增加，這種狀況令人討厭！該死，怎麼會變成這樣，直到一四七九年，支出還不超過三萬六千利弗爾；八〇年達到四萬三千六百一十九利弗爾……數字都在我腦子裡；八一年竟高達六萬六千六百八十利弗爾；今年呢，我敢打賭，肯定能突破八萬利弗爾！四年就翻了一倍！真是駭人聽聞！」

他稍作喘息，又氣憤地說：

「我看周圍的人都被我的錢養肥了，只有我一個人瘦了！你們天天從我的每個毛孔吮吸我的銀元！」

眾人斂聲屏息。這種怒氣只要發洩出來就結束了。國王繼續說：

「法蘭西全體貴族用拉丁文寫的那份奏摺就提出，我們必須審查所謂的朝廷巨大負擔！確為負擔！國家承受不了的負擔！哼！先生們，你們說既沒有司肉官，也沒有司酒官，那我們還算什麼國王！該死！我們就要讓你們看一看，我們究竟算不算國王！」

他說到這裡，意識到自己的威勢君權，不禁微微一笑，臉上的慍色也就和緩一些。他轉身對弗蘭德人說：

「您看見了吧，紀堯姆先生？麵包司官、司酒官、司寢官、大總管，都比不上一個最下等的僕役。……科坡諾勒先生，請記住這一點，他們毫無用處。他們在國王身邊純粹是擺設，我看就像王宮大鐘盤周圍的四福音聖徒。不久前，那四位聖徒剛由菲利浦·勃里耶修飾一新，鍍上一層金。然而他

②．第二年，即一四八三年，路易十一便死了。

們並不會指示時間，他們對時針根本毫無用處。」

國王沉吟了一下，搖了搖蒼老的腦袋，又補充說：

「哦！哦！以聖母的名義發誓，我可不是菲利浦．勃里耶，我絕不給那些大管家重新鍍金。我倒是贊同英王愛德華的看法：『拯救百姓，殺掉貴族！』……念下去吧，奧利維。」

被他點名的人又捧起帳本，繼續高聲念道：

「……支付印章費十二利弗爾巴黎幣，經手人巴黎市政廳掌印官亞當．特農，因原印章日久破損，不敷使用，故需翻鑄為新。

「支付給紀堯姆．弗賴爾四利弗爾四蘇巴黎幣，是為他今年一月、二月、三月餵養小塔行宮兩鴿籠中鴿子的酬金和獎賞，以及購買七塞斯提③的大麥費用。

「為一罪犯懺悔事由，支付某方濟各會派修士四蘇巴黎幣。」

國王默默聽著，不時咳嗽兩聲，於是他端過銀盃喝一口，隨即露出一臉痛苦的表情。

「今年在巴黎各大街路口，吹喇叭曉諭法令共五十六次，費用尚待結算。在巴黎及外地挖掘尋找傳聞中埋藏的財寶，但一無所獲，花費四十五利弗爾巴黎幣。」

「為了挖出一文小錢，埋進去一枚金幣！」國王說道。

「……為小塔宮中鐵籠子安裝六塊白玻璃，十三蘇。……奉聖旨，為迎接鬼怪節，製作鑲飾玫瑰花邊的四塊盾形王徽，六利弗爾。……為陛下的舊上衣換兩隻新袖子，二十蘇。……為陛下購置皮鞋油一盒，十五德尼埃。……為王家飼養的黑豬新建豬欄一座，三十利弗爾巴黎幣。……為豢養獅子，在聖彼得教堂附近建造隔間，安裝地板和蓋板，二十二利弗爾。」

「這些動物可真奢華啊。」路易十一說，「沒關係！這是國王的排場嘛。有一頭棕色大獅子，溫文爾雅，深得我的喜愛。……您去看過嗎，紀堯姆先生？……帝王就應當豢養這種珍奇動物。我們身為國王，就應當以雄獅為家犬，以猛虎為家貓。雄大宜乎王尊。在供奉朱庇特的異教時代④，百姓向教堂祭獻一百頭牛、一百頭羊，皇帝則賞賜一百頭獅子、一百隻鷹。這未免張狂，但是很有氣魄。法蘭西歷代君王寶座周圍，都有猛獸的吼叫。不過，後人會給我公正的評價，說我在這方面不如他們靡費，沒有養那麼多獅、熊、象和豹。……好啦，念下去吧，奧利維！這些話，只是想說給我們的弗蘭德朋友聽。」

紀堯姆．里默深鞠一躬，而科坡諾勒則板著面孔，那樣子就像國王所說的一隻熊。國王倒沒有留意，他的嘴唇又接觸銀盃，喝了一口藥茶，隨即又吐出來，說道：「噗！這藥茶真難喝！」

奧利維先生繼續念流水帳：「一名攔路搶劫犯在屠宰房監獄已關押六個月，聽候發落，伙食費六利弗爾四蘇。」

「怎麼回事？」國王打斷他的話，「還養一個應當絞死的人！該死！這種伙食費，我一塊錢也不給。……奧利維，這件事你和戴圖維爾先生安排，今天晚上就辦好，讓那傢伙跟絞刑架結婚，去做風流鬼吧。……往下念。」

奧利維用大拇指劃掉「攔路搶劫犯」一項，跳了過去。

「奉巴黎總督大人之命，並由他親自審定，支付給巴黎法院劊子手大頭目亨利埃．庫贊六十蘇巴黎幣，為購置一把大砍刀，供處決因犯罪而由法庭判處死刑者之用，大砍刀備有刀鞘及其他附屬物件，亦為修復處決路易．德．盧森堡時損及舊砍刀的費用，以備今後再用……」

國王打斷他的話：

「可以了，我樂意支付這筆費用。對於這類開銷，我看都不用看一眼，掏出錢後從來不後悔！……念下去。」

---

③．塞斯提（sextiers）：穀物計量單位，約等於六十公斤。

④．指基督教創建之前的古羅馬時代。

「為了製造一個新的大囚籠……」

「嘿！」國王兩手抓住椅子扶手，說道，「我就知道這趟巴士底堡不會白來。……等一等，奧利維先生。我要親眼看看囚籠。我一邊看，你就一邊向我報帳吧。……弗蘭德先生們，去看看吧。很有意思。」

說著，國王站起身，扶著報帳人的手臂，示意站在門口那個啞巴似的人在前方帶路，又示意兩名弗蘭德客人跟隨在後，接著走出房間。

國王的隊伍到了門外，又增添了執械並身披重甲的侍衛，以及舉著火炬的削瘦少年侍從。他們在主塔裡走了一陣子，通過嵌入厚牆的樓梯和走道。巴士底堡衛隊長在前頭開路，打開一道道小門。年邁多病的國王佝僂著身子，邊走邊咳嗽。

每來到一道小門，除了被歲月壓彎了腰的老人之外，其他人都不得不低頭通過。

「哼！」老人牙掉光了，說話同時從牙齦漏風，「我們都快要進入墓門了。過矮門，不得不低頭。」

最後一道門上加了幾道複雜的鎖，花了一刻鐘才打開。他們走進去，只見這間有著尖拱頂的大廳寬敞高大，正中央有一個立方體形狀的龐然大物，藉著火炬亮光可以看出是磚泥鐵木結構，外實中空。這就是有名的囚籠，人稱「國王的小女兒」，專門用來監禁國家要犯。囚籠側壁開了兩三扇小窗，但是密實地安裝了粗鐵條，連玻璃都被遮住了。門是一大塊石板，類似墓門。這種門向來都只進不出，但與墳墓不同的是在那裡面的並非死者，而是個活人。

國王圍著這座小型建築緩步走著，仔細察看。奧利維則跟在後面，朗聲念流水帳：

「為新造一個巨大木籠，長九尺，寬八尺，上下間距七尺，用粗梁木、框架和承梁，並以肋條加固，以粗鐵條螺釘鉚合。這個籠子置放在聖安東莞門巴士底堡的塔樓大廳裡，奉國王陛下旨意，將原關在破舊籠內的一名囚犯遷移進去。新造囚籠用料九十六根，橫梁和五十二根立梁，以及十根各長六尺的桁木。十九名木工在巴士底庭院內砍削、修整並安裝上述木料，共計花費二十天……」

「相當出色的橡樹心木。」國王說著，用拳頭敲敲木架結構。

「……這個囚籠還用了兩百二十根八、九尺長的鐵條，其餘為中等長度，有圓形鐵箍片、帶孔鐵板和墊板，鐵料共重三千七百三十五斤，此外還有用於固定囚籠的八根粗鐵鉤，以及扣釘和鉚釘，共重兩百八十一斤，而置放囚籠的房間門窗上安裝的鐵柵和其他鐵件，尚未計算在內……」

「要遏制輕舉妄動的念頭，需用這麼多鐵啊！」國王嘆道。

「……花費合計三百一十七利弗爾五蘇七德尼埃。」

「該死！」國王叫起來。

這句咒罵是路易十一的口頭禪。話一出口，籠中人似乎醒來了，只聽見鐵鍊磨擦底板發出的聲響，以及有如從墳墓裡傳出的微弱人聲：「陛下！陛下！開恩啊！」但是卻看不見說話的人。

「三百一十七利弗爾五蘇七德尼埃！」路易十一重複。

籠子裡傳出的哀鳴，在場的人聽了無不心驚膽寒，連奧利維先生也不例外。唯獨國王像是沒有聽見一樣。他命令奧利維先生接著報帳，而自己則面不改色地繼續察看囚籠。

「……此外，為給窗戶打洞安裝鐵柵，為置放囚籠的房間鋪設地板，因原地板難以承受囚籠的重量，支付一名泥瓦匠工錢二十七利弗爾十四蘇巴黎幣……」

籠子裡的人又呻吟起來：

「開恩啊！陛下！我向您發誓，背叛您的不是我，而是昂熱城的紅衣主教先生。」

「那個泥瓦匠真貪心！」國王說，「繼續念，奧利維。」

奧利維遵命繼續念：

「……為安裝窗戶、床鋪、馬桶及其他設備，支付一名木工二十二利弗爾二蘇巴黎幣……」

籠子裡的聲音繼續哀告：

「唉！陛下，您怎麼不聽我說呢？我向您保證，寫密函給德．圭耶訥大人的不是我，而是巴呂紅衣主教⑤先生！」

「木匠要價太高了。」國王指出，「就這些了？」

「不，陛下。……為安裝上述房間的玻璃，支付一名玻璃工四十八蘇八德尼埃巴黎幣。」

「開恩吧，陛下！我的財產全部給了審判我的法官們，這樣難道還不夠嗎？餐具給了托爾西先生，藏書給了道里奧勒先生，壁毯給了魯西隆地區長官，難道還不夠嗎？我沒有罪呀！我在籠子裡被關了十四年，求生不得，欲死不能！饒命吧，陛下！您到天堂會有好報的。」

「奧利維先生，」國王問，「總共多少？」

「三百六十七利弗爾八蘇三德尼埃巴黎幣。」

「聖母啊！」國王喊道，「這籠子也太奢華啦！」

他一把奪過奧利維手中的帳本，開始扳著指頭自己計算，看看帳本，又看看籠子。這時候，可以聽見囚徒的悲咽。在幽暗中，這種啜泣格外淒厲，大家面面相覷，臉色都白了。

「十四年啦，陛下！已經十四年啦！從一四六九年四月至今。看在上帝聖潔的母親的分上，陛下，請聽我說！您一直享受著溫暖的陽光，而我身心交瘁。難道我再也見不到天日了嗎？開開恩吧，陛下！發發慈悲吧！寬恕是君王的美德，能使你怒消氣順。難道陛下認為為人君主者只要對冒犯天顏的人都嚴懲不貸，臨終時就能完全地心安理得嗎？何況，陛下，我絕對沒有背叛您，是昂熱的紅衣主教做的。我腳上拖著沉重的鐵鍊，鐵鍊頭上還拴個大鐵球，重得違背常理！唉！陛下！可憐可憐我吧！」

「奧利維，」國王搖搖頭，說道，「一桶灰泥實際只值十二蘇，他們卻算我二十蘇。這筆帳你再重算。」

他轉身背對囚籠，準備走出大廳。火光和人聲漸漸離去，可憐的囚徒明白國王走了，他還在絕望地呼號：「陛下！陛下！」

門再次關閉。他再也看不見也聽不到什麼了。唯有獄卒嘶啞的歌聲傳到他耳畔：

巴呂呀巴呂，
再也望不到
他的主教區。
凡爾登主教，
大勢也已去，
兩人全完蛋。

國王默不作聲地上樓返回祈禱室。隨扈們緊隨其後，他們都被囚犯最後的幾聲哀號嚇得心驚肉跳。突然國王轉過身，問巴士底典獄長：「哦，對了，剛才那籠子裡是不是有人啊？」

「確實有人，陛下！」典獄長回答，這一問使他不禁十分詫異。

「是什麼人？」

「凡爾登的主教。」

其實國王比誰都清楚，而這只是他的癖好。

「哦！」他裝出一無所知、初次想到這件事的樣子：「紅衣主教拉巴呂先生的朋友，紀堯姆·德·阿朗吉爾。多麼出色的一位主教啊！」

⑤·讓·巴呂（Jean Balue，一四二一—一四九一）：昂熱的紅衣主教，因與勃艮第公爵莽夫查理串通反對路易十一而被囚禁十一年（一四六九—一四八〇），但並未關進牢中。

過了一陣子，那小屋的門又打開了，讀者在開頭見到的那五個人走進去，門隨即關上。他們各就各位，恢復原本的姿態，繼續低聲交談。

在國王離開時，幾封緊急公文被送到他的桌上。他一件一件親自拆封並立刻過目，示意奧利維先生拿起鵝毛筆，也不講來函內容，就開始低聲口授覆信。看來奧利維是御前文牘大臣，他跪在桌前記錄，姿勢相當不舒服。

紀堯姆．里默在一旁觀察。

國王聲音很低，兩個弗蘭德客人根本聽不清口授內容，只能聽到隻言片語，且不易理解，例如：

「……富饒地區的支柱是商業，而貧瘠地區的支柱是手工製造業……讓那些英國大人們看看我們的四尊大炮：倫敦號、布拉班特號、布雷斯地區布爾格號、聖奧邁爾號。……有了大炮，現代戰爭才趨向合理。……致我們的朋友勃雷絮爾先生……軍隊沒有貢賦無法維持……」

有一回他提高了嗓門：

「該死！西西里國王竟然效仿法國國王用黃色火漆來封信！就連我的表兄弟勃艮第公爵當年都不用紅底直紋的紋章。特權不容絲毫侵犯，如此世家王室才能確保其威嚴。把這一點記下來，奧利維夥計。」

還有一回，他也提高了嗓門：

「噢！噢！重大消息！我們這位皇帝老兄[6]向我們要求什麼呀？」他一邊瀏覽信件，一邊發出感嘆：「當然囉！德意志十分強大，簡直令人難以置信。……不過，我們不會忘記這句古老的諺語：『最美的伯爵領地是弗蘭德，最美的公國是米蘭，最美的王國是法蘭西。』對不對呀，弗蘭德的兩位先生們？」

這回，科坡諾勒也跟紀堯姆．里默一起鞠躬。這位襪商的愛國心受到了逢迎。

路易十一拿起最後一封信，不禁皺起眉頭，喊道：

「怎麼回事？請願，控告我們在皮喀第的駐軍！奧利維，火速給魯奧統領去信。……就說軍紀鬆弛了。禁衛軍、被放逐的貴族、自由弓箭手、瑞士雇傭兵全都為所欲為、殘害百姓。士兵到農戶掠奪還不夠，竟然還用棍棒鞭子逼迫平民進城買美酒、魚肉和其他美食。……現在，國王已經得知情況。……我們決定保護百姓不受騷擾和掠奪。憑聖母的名義，這就是我們的意志！……此外，我們也不能容忍樂師、理髮師、軍人僕役效仿王侯，穿什麼天鵝絨和綢緞做的衣服，戴什麼金戒指。這種浮華虛榮受到上帝的憎惡。就連我們這些貴紳，也只穿每巴黎碼⑦十六蘇的毛料做的衣服。……讓那些隨軍僕役先生們降格吧……就這樣傳旨詔示，給我們的朋友德·魯奧先生。……就這樣。」

他高聲口授這封信，斷斷續續但是口氣堅決。才剛說完，忽然見房門打開，一個人慌慌張張地走進來便喊道：「陛下！陛下！巴黎民眾發生暴亂！」

路易十一嚴肅的面孔抽動一下，然而，動搖的神情一閃而逝，他立刻恢復常態，口氣嚴厲而鎮定地說：

「雅克夥計，就這麼闖進來，你也太魯莽啦！」

「陛下！陛下！造反啦！」雅克夥計氣喘吁吁地又說道。

這時國王已經站起身，他狠狠地抓住雅克夥計的手臂，忍住怒火，瞥了弗蘭德人一眼，對著他的耳朵私語：「住口，要說也得小聲一點！」

來人這才聽明白了，於是他驚魂未定地再次低聲講述了一遍，國王則鎮定自若聽著。紀堯姆·里默那邊叫科坡諾勒注意來人的相貌和服飾，看他那毛皮風帽、短斗篷，以及黑色天鵝絨袍子，頗像審

⑥．指馬克西米利安一世（Maximilian，一四五九—一五一九），奧地利大公（一四八六），德意志皇帝（一四九三）。他本欲把女兒弗蘭德的瑪格麗特嫁給路易十一的兒子查理。但是，查理卻娶了布列塔尼的安娜。

⑦．法國古長度單位，過去等於一．一八公尺，後來改為一．二公尺。

計院院長。

來人剛講了幾句，路易十一就哈哈大笑，高聲說：

「真的嗎！說得大聲點，庫瓦提埃夥計！為什麼要說得這麼小聲呢？聖母在上，我們沒有什麼要瞞著弗蘭德的朋友們的。」

「可是，陛下……」

「大聲講啊！」

庫瓦提埃夥計一時瞠目結舌。

「看來，」國王又說道，「你倒是講啊，先生！看來，我們的巴黎城裡有民眾鬧事啦？」

「是的，陛下。」

「你是說，他們反對司法宮的大法官？」

「看來是的。」雅克夥計結結巴巴地回答，他被國王頭腦裡突然的轉變嚇得莫名其妙，一時反應不過來。

路易十一又問：「巡邏隊是在什麼地方遇上暴民的？」

「從丐幫老巢出發到貨幣兌換所橋的途中。我奉旨前來的路上正巧遇見那群人，還聽到他們高呼：『打倒大法官！』」

「他們對大法官有何不滿？」

「哦！因為大法官是他們的領主。」雅克夥計答道。

「真的嗎？」

「是的，陛下。那些人是奇蹟宮的乞丐。他們都是大法官的子民，對領主早有不滿，不承認他有審判權和道路管理權。」

「是嘛！」國王說。他掩飾不住喜悅，臉上泛起滿意的微笑。

「他們向司法院呈送的每份請願書上，」雅克夥計又說道，「都聲稱他們只有兩個主人。一個是陛下，一個是上帝。我想他們的上帝就是魔鬼。」

「嘿！嘿！」國王說道。他連連搓手、暗自竊笑，臉上洋溢著欣喜。儘管他不時刻意收斂笑容，但還是掩飾不住得意。大家都茫然不解，連奧利維先生也莫名其妙。國王沉吟片刻，顯然非常滿意。

「他們人多勢眾嗎？」他突然問。

「當然了，陛下。」雅克夥計回答。

「有多少人？」

「少說有六千人。」

國王不禁說了聲「好！」隨即又問，「他們持有武器嗎？」

「拿著長鐮、矛戈、火銃、鐵鎬。還拿著各種各樣的凶器。」

國王聽他這樣列舉，似乎毫無不安。雅克夥計認為有必要補充：

「如果陛下不火速派人援救，大法官就性命難保。」

「要派人的，」國王佯裝一本正經地說，「可以。我們一定要派人。大法官先生是我們的朋友。六千人！全是亡命之徒。真是膽大包天，實在可恨。然而，今夜我們人手不多。……明天上午也還來得及。」

雅克夥計叫起來：「馬上派人吧，陛下！到了明天上午，大法官不知會被洗劫多少回。領地會遭到蹂躪、大法官也早被吊死了。看在上帝分上，陛下！馬上救援，不要等到明天上午了。」

國王逼視他，說道：「我說了，明天上午。」

他的目光表明著不容分說。

路易十一沉吟了一下，又提高嗓門：

「我說雅克夥計，情況你大概知道吧？當初……」他改口說，「現在，大法官封建裁判管轄區有多大？」

「陛下，大法官的管轄範圍從軋光廠街一直到草市街，其中包括聖米歇爾廣場以及田園聖母院（聽到這裡，路易十一掀了掀帽緣）附近俗稱隔牆的地方，那裡有十三座府邸，還有奇蹟宮，以及被稱做城郊的痲風病院，一直到聖雅各門的道路。在這些地方他既是路政官，又是高級、中級和初級裁判官，全權領主。」

「好傢伙！」國王用右手搔著左耳，說道，「把我的城市占去好大一片！唔！原來大法官先生在這一大片領地上稱王啊！」

「原來，」這一回他沒有改口，若有所思了一會兒，接著彷彿自言自語般說：「好極了，大法官先生！原來你咬著我們好大一塊巴黎！」

突然，他暴跳如雷：「該死！他們是什麼人，竟然在我們這裡自稱路政官、司法官，自稱領主和主人？竟然在我們這裡隨處徵收路費，在我們百姓居住的每個路口派駐劊子手，施行司法裁判權？以至於法國人看見有多少絞架就以為有多少國王，如同古希臘人發現多少泉水就以為有多少神，又像波斯人望見多少星辰就以為有多少神！天曉得，這種狀況太混亂不堪，實在令我討厭！在巴黎，除了國王還有一個路政官，除了我們的司法院還有一個司法機構，在這個王國除了我們還有別的皇帝？我倒要問一問，難道這是上帝的意願嗎？憑我的靈魂發誓，早晚有一天，法蘭西就只有一個國王、一個領主、一個法官、一個劊子手，就像天堂只有一個上帝那樣！」

說到這裡，他再次掀起帽緣，像夢囈一般接著說，神態和聲調如同一名獵人吆喝獵犬衝上去：「好哇！我的百姓！做得好！推翻這些冒牌的領主！放手做吧！衝啊！衝啊！搶他們，吊死他們，消滅他們！……哼！領主們，你們想稱王嗎？上啊！我的百姓，上啊！」

他突然停止，咬了咬嘴唇，彷彿要抓住半失控的思路。他用銳利的目光逐一審視周圍五個人，雙手猛地拿下帽子，盯著它說：「哼！你若是知道我頭腦裡在想什麼，我就把你燒掉！」

然後，他又環視周圍，那小心翼翼、不安的目光恰似悄悄溜回洞穴的狐狸：

「不管怎麼說，大法官先生有難，我們還是得救他。只可惜此刻我們的兵力太少，只能等到明天。到時候整頓老城秩序，捕獲的亂民全部絞死。」

「哎呀，陛下！」庫瓦提埃夥計說，「剛才慌張中我忘了一件事。那夥人之中有兩個脫隊的，被巡邏隊逮捕了。陛下若想見一見他們，他們已經被押來了。」

「想不想見他們？」國王喊，「怎麼！該死！這種事你都忘啦！去，快點，奧利維！去把他們帶來！」

奧利維先生奉命走出門，沒多久就帶回了由禁衛軍弓箭手押解的兩名犯人。第一個有張痴呆大臉、一副醉醺醺又不知所措的神態。他一身破衣爛衫，走路時膝蓋彎曲又拖著腳步。後面一個人臉色蒼白但是笑容可掬，是讀者早就認識的人。

國王端詳這兩個人半晌，然後突然問第一個人：

「你叫什麼名字？」

「吉夫羅瓦・潘司布林德。」

「職業？」

「乞丐。」

「你為什麼要參加這個萬惡的暴動？」

那名乞丐痴呆地注視國王，搖動著兩隻手臂。他那顆愚鈍的腦袋中智力就像被燭罩壓住的燭火，沒有活動的餘地。

「不知道。」他回答，「別人去我就去了。」

「你們不是要明目張膽地襲擊和掠奪你們的領主司法院大法官嗎？」

「我只知道大家要到什麼人家去拿點什麼東西。就是這麼回事。」

一名士兵將一把鐮刀呈給國王過目，說是從這乞丐手中繳獲的。
「這件兵器你認得嗎？」國王問。
「認得，是我的鐮刀，我是種葡萄的。」
「你承認這個人是你的同夥嗎？」路易十一指著另一名犯人又問道。
「不是，我根本不認得他。」
「好了。」國王用手指了指站在門口聞風不動又一語不發的人，我們已經請讀者注意過這個角色：
「特里斯唐夥計，這個人交給你處理了。」
隱修士特里斯唐躬了躬身。接著，他又低聲命令兩名士兵將可憐的乞丐帶走。
這時，國王走到全身流著冷汗的第二名犯人面前，問道：「姓名？」
「陛下，我叫皮耶．格蘭古瓦。」
「職業？」
「哲學家，陛下。」
「你這傢伙真怪，竟敢去攻打我們的朋友大法官先生。這次暴亂，你有什麼要說的？」
「陛下，我沒有參加。」
「哦，是嗎？下流東西，你不是跟那些壞蛋在一起時被巡邏隊抓住的嗎？」
「不是，陛下，您誤會了。這也許是我命中注定。我的職業是跟悲劇打交道。陛下，我懇求您聽我說。我是個詩人。從事我們這行的人性情憂鬱，喜歡夜裡在街頭閒晃。今晚我經過那裡純粹是偶然，卻被誤抓了。我跟民眾暴動毫無關係。陛下明鑑，剛才那個乞丐也說他不認識我。我懇請陛下……」
「住口！」國王喝了一口藥茶，說道，「你把我們的腦袋吵得要炸啦。」

隱修士特里斯唐走上前，指著格蘭古瓦：「陛下，這一個也要吊死嗎？」

這是他講的第一句話。

「唔！」國王漫不經心回答，「我覺得沒有什麼不妥。」

「我覺得大大不妥！」格蘭古瓦說道。

此刻，我們這位哲學家的臉色比橄欖還綠。他一見國王那副冰冷又不耐煩的神態便知道自己的性命已無指望，只能說些感人的話來動之以情。於是他撲在路易十一的腳下，捶胸頓首絕望地號叫：

「陛下！請聽我陳述下情！我不過是一根草芥，不值得您大發雷霆！上帝的雷電絕不會擊打一棵萵苣。陛下，您是萬民敬畏的強大君王，請憐憫可憐的老實人吧！我這樣的人要去煽動暴亂，比讓冰塊迸出火星還難。無限仁慈的陛下，寬厚乃是獅子和君王的美德。唉！嚴酷只會令人生畏，凜冽北風不能使行人脫掉大衣，而陽光逐漸溫暖身心，行人才願意只穿襯衫。陛下啊，您就是太陽。我的君主、至高無上的主人，我不是丐幫分子，不是盜賊或歹徒。叛亂分子和強盜不能成為阿波羅的隨從。那些烏合之眾製造出的動亂喧囂，我是絕不會投入的。我是陛下的忠臣順民。如同丈夫因惟恐妻子失節而產生忌妒、兒子因惟恐失去父愛而懷有怨恨，一名優良的子民為了維護君王的榮耀也應當這樣，為維護王室竭盡熱忱；為大業盡犬馬之勞，支配他的任何其他熱情純粹只是瘋狂。陛下，這些就是我立身的座右銘。因此，不要看我衣衫磨破了，就斷定我是亂黨和強盜。如蒙寬恕，我就日夜為陛下祈求上帝，磨破雙膝也在所不惜。唉！我的確不是非常富有，甚至可以說是頗為清貧，但是並未因此成為惡人。貧窮不是我的過錯。眾所周知，萬貫家財不是從學問中產生的，學富五車的人不見得都能在冬天燒得起一爐柴火。擁有狡詐詭計的人獨吞了所有收穫，只留下麥稈給其他科學行業。我可以列舉四十多句精彩的諺語來形容哲學家穿的大衣是如何滿是破洞。噢！陛下，寬宏大量是照亮偉大心靈的唯一光芒。寬宏大量高舉火炬，走在前頭引領所有美德。沒有它，其他美德只能在黑暗中盲目地摸索上帝。慈悲和寬宏是同一件事，君王的慈悲能贏得萬民愛戴，從而獲取最強大的護衛隊。萬民瞻仰陛下而目眩。在大地上多留一個可憐人，對陛下又有什麼妨礙呢？一個老實而可憐的哲學家在災難般的黑暗中匍匐，空錢包拍打著空肚皮，讓他留在大地上又何妨呢？再說，陛下，我是文人，而偉大的君王把保護文學當作王冠上的一顆明珠。大力士海克力斯並不鄙視馭者的頭銜⑧。馬提亞斯．科溫⑨就厚待數學天才約翰．德．蒙魯瓦雅爾。因此，提倡文學卻又絞死文人，這是極壞的做法。亞歷山大若是絞死亞里斯多德，那會是多大的污點啊！那種舉動不會往他榮譽的臉上貼金，反而會是一顆毀損形象的毒瘤。陛下，我曾創作一部非常應時的婚禮讚歌獻給弗蘭德公主和極其尊貴的太子殿下。這怎麼會是引發叛亂的人所做的事呢？陛下明鑑，我不是拙劣的作家，學生時期就成績優異，天生能言善辯。陛下，赦免我吧，您高抬貴手就是為聖母結下善緣。我向您發誓，一想到會被吊死我就嚇得魂飛魄散！」

悲痛欲絕的格蘭古瓦一邊說，一邊吻國王的拖鞋。紀堯姆．里默悄聲對科坡諾勒說：

「他真能隨機應變，竟然匍匐在地上！國王都像克里特島上的天神朱庇特，耳朵長在腳上。」

襪商並不理睬克里特島上的天神朱庇特，粗魯地笑了笑，眼睛盯著格蘭古瓦說道：

「唔！的確如此！我好像聽見大臣于果奈在向我求饒。」

格蘭古瓦說得氣喘吁吁才終於住口。他戰戰兢兢地抬頭仰望國王。此刻，國王正用指甲刮去褲子上膝蓋處的髒點，接著又喝了一口銀盃中的藥茶，但是始終一言不發地以沉默折磨著格蘭古瓦。終於，國王看了他一眼，說道：

「這小子可真能叫喊！」隨即又轉身對隱修士特里斯唐說，「算啦！放了他吧。」

格蘭古瓦又驚又喜，一屁股坐到地上。

「放了他！」特里斯唐咕噥，「陛下要不要把他塞進籠子裡關一關？」

「夥計，」路易十一答道，「你以為花了三百六十七利弗爾八蘇三德尼埃造的籠子，是用來關長著這種羽毛的鳥嗎？立刻放掉這個淫棍（這個詞是路易十一的口頭禪，和『該死』一樣，是他歡悅的底蘊），給我用拳頭把他打出去！」

「唔！」格蘭古瓦叫起來，「偉大的國王！」

他惟恐國王收回成命，急忙衝向門口。特里斯唐不甘願地替他開了門。幾名大兵也一起走出來，揮拳驅趕他。格蘭古瓦不愧是個名副其實的斯多葛派哲學家，將這一切都隱忍了下來。

國王聽說發生了反對大法官的暴動後，他的好心情從各方面都顯而易見。他那異於往常的寬容絕非一個無足掛齒的跡象。隱修士特里斯唐站在角落鐵青著臉，如同一條大狗看見一根骨頭而沒能咬到它。

這時，國王手指在椅子扶手上敲出《奧德邁橋進行曲》的節拍。他是一位深藏不露的君王，然而他掩飾痛苦的本領遠遠勝過掩飾喜悅，只要聽到好消息就喜形於色，有時甚至得意忘形。例如，當他一得知莽夫查理的死訊後便立刻向杜爾的聖馬丁教堂捐贈了銀製欄杆。在他登基的時候，竟然忘記傳旨為父王舉行葬禮。

「唉，陛下！」雅克．庫瓦提埃突然高聲說，「您召我來，不知尊體因何有恙？」

「噢！」國王答道，「夥計呀，我實在疼痛難忍，耳中嗚響，胸膛裡像有燒紅的鐵耙刮來刮去。」

庫瓦提埃拉起國王的一隻手，擺出行家的模樣為他把脈。

「看啊，科坡諾勒，」里默低聲說，「在他一左一右地庫瓦提埃和特里斯唐，這兩人就是他的所有朝廷班底。為他自己預備一名醫生，給其他人準備一名劊子手。」

庫瓦提埃把著脈，神色驚惶。路易十一不安地看著他。庫瓦提埃的臉色逐漸轉為陰沉。除了國王

---

⑧．指阿波羅曾當繆斯的馭者。

⑨．馬提亞斯一世（Matthias，一四四〇—一四九〇）：匈牙利國王，一四五八年至一四九〇年在位。

的病體，這個可憐人沒有其他謀生之計了。因此他總是用盡全力表現。
「唉！唉！」他終於說，「情況確實嚴重。」
「是嗎？」國王不安地問。
「脈息急促、虛浮、有雜音，而且不規則。」
「該死！」
「不出三天，就有性命之憂。」
「聖母啊！」國王驚道，「有什麼妙方，夥計？」
「我正在思考，陛下。」
他請路易十一伸出舌頭，邊看邊搖頭，露出了痛苦的表情，裝神弄鬼之際忽然說道：
「對了，陛下，我必須稟告一件事：主教收益權有個空缺，而我有個侄子……」
「我把我的收益權賜給你侄子，雅克夥計。」國王回答，「但是你得快點替我去掉胸中的那把火。」
「陛下既然如此慷慨，」御醫又說，「想必也會願意資助我建造在聖安德列街的宅院。」
「哼！」國王未置可否。
「我的財力窘迫，」御醫接著說，「那宅院若是沒加上屋頂就太遺憾了。房子本身倒不足惜，它原本是很樸實的平民住宅，可惜的是約翰．傅博為了美化護牆板而畫的那些畫。畫面上有個在空中飛翔的黛安娜極為出色，溫柔又秀雅。那曼妙姿態有種純真風韻，髮髻梳成新月型，肌膚雪白瑩淨，任誰多看一眼都會心蕩神迷。還有刻瑞斯[10]，也是一位絕色女神。她坐在幾捆麥子上，頭上戴綴有鮮花的麥穗花環。她的明眸無比多情，雙腿無比圓潤、神態無比高貴、衣裙無比飄逸，那是由畫筆所繪出最絕妙無雙的美人。」
「劊子手！」路易十一咕噥，「你究竟想說什麼？」

「我需要建一個屋頂，陛下。雖說是區區小事，但我已經沒有錢了。」

「你那屋頂要多少錢？」

「哦……屋頂有鍍金的銅像裝飾，不超過兩千利弗爾。」

「啊！兇手！」國王嚷起來，「他從我嘴裡拔的不是一顆牙而是顆鑽石！」

「我能蓋屋頂嗎？」庫瓦提埃問。

「好吧！見鬼去！快一點治好我的病。」

雅克．庫瓦提埃深鞠一躬，說道：

「陛下，一劑發散藥就能保您無事。只要在腰部敷上由蠟膏、紅玄武土、蛋清、植物油和醋調成的大膏藥。藥茶您還得繼續喝，保證藥到病除。」

燃燒的蠟燭不會只引來一隻飛蛾。奧利維先生看到國王如此慷慨，認為有機可趁，便趕緊湊上前說道：

「陛下……」

「又有什麼事？」路易十一問。

「陛下，想必您知道西蒙．拉丹去世了吧？」

「那又怎麼樣？」

「他原是御前諮議官，掌管財政司法。」

「那又怎麼樣呢？」

「陛下，這個職務空缺了。」

⑩．刻瑞斯（Ceres）：希臘神話中的穀物女神。

奧利維先生說著，一改那張自命不凡的面孔，從盛氣凌人變為卑微順從的樣子。朝臣的臉上只會有這一種改變。國王直視他冷淡地說：「我知道了。」

接著，他又說道：

「奧利維先生，布西科統領說過：『賞賜皆來自國王，打魚只能到大海。』看來你是同意布西科先生的見解了。現在你聽仔細。我們的記性很好，一四六八年我們讓你當上內侍；六九年派你去掌管聖克盧橋頭堡，俸祿為一百杜爾利弗爾（你卻想要巴黎幣）；七三年十一月，我們在熱爾日頒詔封你為萬森樹林總管，取代候補騎士吉貝爾．阿克勒；七五年讓你取代雅克．勒梅爾掌管聖克盧魯弗雷森林；七八年我們又以綠色火漆雙封的憑券賜你們夫婦兩人在聖日爾曼學校附近市場，讓你們享受十利弗爾巴黎幣的年利；七九年任命你為色納爾森林總管，取代可憐的約翰．戴茲，爾後又任命你為洛什城堡隊長，接著是聖岡坦長官，然後是墨朗橋隊長，從那時起你就自稱起伯爵。理髮匠凡是在節日幫人刮臉要遭罰款五蘇，而你留下三蘇後剩下的才交給我們。你本來複姓『壞蛋』，我們特許你改姓。其實，你的姓氏和你太相配了。七四年，我們力排貴族眾議，准許你採用五顏六色的紋章，看你趾高氣揚的樣子就像一隻孔雀。該死！這些還沒有把你填飽嗎？你捕到的魚不是又多又大嗎？難道不怕再多撈一條鮭魚，船就會翻？傲慢虛榮會毀了你，夥計。緊隨虛榮而來的永遠是敗落和羞辱。你還是閉上嘴好好思考一下吧。」

這番話聲色俱厲，奧利維先生聽了十分氣惱，臉上又恢復放肆的表情，近乎高聲地咕噥：

「好吧，顯然今天國王是真的病了，什麼都答應醫生。」

聽了這般放肆無禮的發言，路易十一非但不惱火，反而和顏悅色地說：

「哦，還忘了一件事，我曾經派你出使根特城，常駐瑪麗皇后[11]的朝廷。沒錯，」國王轉身，又對兩位弗蘭德客人說：「這位先生還當過大使呢。」隨即又對奧利維說：「哎！老夥計，我們不要鬧翻嘛！都是老朋友了。時間晚了。既然我們的公事已經辦完，你替我刮刮臉吧。」

讀者無須等到現在就能認出，這個「奧利維先生」不是別人，正是那位可怕的費加洛[12]，天命極為巧妙地將他安排在路易十一漫長而血腥的喜劇中。我們無意在此詳述這個古怪的角色。這位御前理髮師有三種稱呼。在王宮裡，人們彬彬有禮地稱他為公鹿奧利維，民眾則叫他魔鬼奧利維。然而他真正的姓名是壞蛋奧利維。

壞蛋奧利維站在那裡一動也不動地跟國王賭氣，同時睥睨著庫瓦提埃，從牙縫裡咕噥：「是啊，是啊！醫生！」

「嗯！是啊，醫生，」路易十一的心情好得出奇，接著說，「醫生還是比你厲害。這道理很簡單。他掌握我們的全身，而你只掌管我們的下巴。好啦，可憐的理髮師，以後還會有機會的。如果我也像希爾佩里克王[13]那樣養成了用手捋長鬍子的習慣，那你該怎麼辦？你還能保有這個職位嗎？……好了，老夥計，做你的工作吧，替我刮刮鬍子。去拿你的工具吧。」

奧利維見國王執意開玩笑，根本無法將他惹火，只好奉命咕噥著出去了。

國王站起身走到窗邊，興奮異常地推開窗戶，拍手叫道：

「哈！真的呀！老城上空一片紅光。是大法官的府邸在燃燒，只可能是這種情況。我的好百姓啊！你們終於幫我剷除了領主割據！」

接著他轉向弗蘭德來的客人，又說：「先生們，過來看看。那難道不是一片熊熊大火嗎？」

兩位根特人湊上前來。

「是一片大火。」紀堯姆．里默說道。

---

⑪．即勃艮第的瑪麗（一四五七—一四八二），莽夫查理的獨生女，一四七七年嫁給奧地利皇帝馬克西米利安一世。

⑫．法國劇作家博馬舍（Beaumarchais）《塞維利亞的理髮師》、《費加洛婚禮》中的主角。

⑬．希爾佩里克（Chilperic，五三九—五八四）：墨洛溫王朝的國王。

「呵！」科坡諾勒也說道，他的雙眼突然閃亮，「看到這大火，我就想起焚燒領主漢貝庫爾府的情景。那邊一定正在發生大規模暴動。」

「您這麼認為嗎，科坡諾勒先生？」路易十一的眼神幾乎和襪商一樣興奮，「情況恐怕勢不可當吧，不是嗎？」

「上帝的十字架！陛下！禁衛軍若是撞上也會丟盔卸甲！」

「哼！如果是我，那可就不一樣了，」國王又說，「如果我願意出兵……」

襪商大膽地回答：「如果這場暴動像我推測的那樣，陛下呀，您的意願也無濟於事！」

「夥計，」路易十一說，「只要派出兩隊禁衛軍再放一陣蛇形炮轟炸，就能把那群賤民嚇跑了。」

襪商不顧紀堯姆．里默頻頻示意，似乎決意要與國王爭辯到底：

「陛下，瑞士雇傭兵也都是賤民。勃艮第公爵是一位大貴族，根本不把那幫烏合之眾放在眼裡。陛下，在格朗松戰役中，公爵高呼：『炮手們！向那些賤民開炮！』還以聖喬治的名義發誓。然而，大法官夏納什塔爾高舉著大棒，率領民眾衝向公爵。明盔亮甲的勃艮第軍隊一碰上皮膚像水牛一樣厚的農民，就像玻璃撞上一塊石頭一樣碰得粉碎。多少騎士死在那群百姓的手下。勃艮第最大的領主吉戎堡先生與他那匹灰色駿馬的屍首也被人發現並排倒在沼澤中的一小片草地上。」

「朋友，」國王卻說，「您講的是戰役，而這裡的是一場暴動。只要我皺皺眉頭，就能一舉將他們打垮。」

對方卻不以為然地反駁道：「是有可能，陛下。如果是這種情況，那就表明屬於人民的時刻還沒到來。」

紀堯姆．里默不得不插話了：「科坡諾勒先生，您是在與一位強大的君王談話。」

「這我知道。」襪商嚴肅地回答。

「讓他講吧，我的朋友里默先生。」國王說，「我喜歡這樣開誠佈公。先父路易七世常說『真話生病了』，我倒認為真話早已死光了，而且死的時候連個懺悔師都沒有找到。現在，科坡諾勒先生改變了我的看法。」

說著，他親暱地把手搭在科坡諾勒的肩上：「雅克先生，剛才您說……」

「陛下，我說也許您想的沒錯。因為在貴國，屬於人民的時刻還沒到來。」

路易十一敏銳的目光注視他，問道：「那個時刻什麼時候會到來呢，先生？」

「那時您將會聽到它的鐘聲。」

「請問是哪一座鐘？」

科坡諾勒始終保持鎮靜而粗豪的態度，將國王拉到窗口，說道：

「聽我說，陛下！這裡有座主塔、一座鐘樓、許多大炮，還有市民和士兵。等到警鐘敲響，炮聲轟鳴，主塔轟然傾倒，市民和士兵叫喊著相互廝殺，那時鐘聲就響起了。」

路易臉色陰沉下來，陷入無言的沉思半晌。他接著像撫摸駿馬一般拍拍主塔厚實的牆壁，說：

「哎！不會的！我出色的巴士底堡，你不會這麼容易就倒塌吧？」

他又猛一轉身，對那個大膽的弗蘭德人說：

「您見過叛亂嗎，雅克先生？」

「我製造過叛亂。」襪商答道。

「您是怎麼製造叛亂的？」國王又問道。

「哦！倒也不難，」科坡諾勒回答，「辦法也多得很。首先，城裡的人民必須懷有不滿。這種情況並不少見。再來就要看居民的性情。根特居民就喜歡造反，他們向來不喜歡君王，只喜歡王子。喏！設想一下，有天早晨店鋪裡有個人來對我說：『科坡諾勒老伯，有這樣的一件事、還有那樣的一件事……弗蘭德公主要保自己的寵臣、大法官決定鯊魚皮革稅要加一倍，諸如此類的事情，什麼都可以。於是，我撂下買賣，走出店鋪來到大街上振臂高呼：『造反去！』街上總會有破酒桶，我登上去，將壓抑在心裡的話高聲講出來。只要是民眾的一分子，心裡總會有壓抑著想講的話，陛下。這樣一來人們就會逐漸聚集、喧嚷呼噪，再敲響警鐘，搶來士兵的武器武裝民眾，市場上的商販也紛紛加入。於是浩浩蕩蕩地衝啊！只要領地上還有領主，市鎮上還有市民，農村裡還有農夫，這種情況就必定會發生。」

「你們那次是造誰的反呢？」國王問，「是造了大法官的反，還是領主呢？」

「要看情況。有時是大法官，有時是大公。」

路易十一回到座位上去，含笑說：「唔！這裡嘛，他們只不過是反對大法官！」

這時，奧利維公鹿回來了，身後跟隨兩名端著國王洗漱用品的少年侍從。不過令路易十一驚訝的是，後頭還跟著神色惶恐的巴黎總督和巡防騎士。滿腹怨氣的理髮師也顯得張惶失措，不過他的內心卻有點幸災樂禍。他首先開口稟報：

「陛下，請恕我帶來凶信。」

國王急忙轉身，結果椅子的腳劃破了地上的席子：「什麼凶信？」

「陛下，」奧利維公鹿一臉凶相，無疑是在要給人一記沉重的打擊，他說：「民眾暴動並不是因為大法官。」

「那是衝著誰來的？」

「是您，陛下。」

老國王一躍而起，身子挺直得像個年輕人似的：

「你說清楚，奧利維！你說清楚！老夥計，小心你的腦袋，我憑聖洛的十字架⑭發誓，這種時候你若是謊報軍情，就算砍斷盧森堡先生脖子的那把劍有點缺口，也能把你的腦袋給鋸下來！」

這個誓言駭人聽聞，路易十一一生也只有憑聖洛的十字架發誓過兩次。

奧利維剛開口回答：「陛下……」

「跪下！」國王就厲聲打斷他，喝道，「特里斯唐，給我盯著這傢伙！」

奧利維雙膝跪下，冷靜地說：

「陛下，有個女巫被陛下的司法院判處死刑。她逃進聖母院。民眾想用武力把她搶走。總督大人和巡城騎士先生從暴亂現場過來，如果我說的是謊話，他們可以當場揭穿。民眾圍攻的是聖母院！」

國王氣得臉色發白，渾身顫抖。他低聲說：

「好啊！聖母院！他們居然到大教堂去攻打聖母，我慈善的主神！……起來，奧利維。你說得沒錯，我將西蒙．拉丹的職位賞賜給你。你說對了……他們確實是向我進攻。女巫受教堂的庇護，而教堂受我的庇護。哼！我還以為他們是造大法官的反！竟敢反對我！」

一怒之下他突然變得青春煥發，開始大步地踱來踱去。現在他笑不出來了，一臉殺氣的樣子就像從狐狸變成了豺狼。他幾乎窒息地說不出話來，嘴唇顫動，皮包骨的手緊緊握拳。他猛然抬起頭，深陷的眼睛彷彿冒著火，說話就像喇叭一樣洪亮：

「下手吧，特里斯唐！幹掉那群渾蛋！去吧，特里斯唐，我的朋友！殺吧！殺吧！」

發洩完怒火之後，他又回到座位，用冷靜且克制的口吻說道：

「就在這裡，特里斯唐！……在這座巴士底堡，我們有吉夫子爵的五十名槍騎兵和三百匹馬，你全帶去。還有夏多佩先生的禁衛軍弓箭隊你也帶去。你是巡檢統帥，帶著這些手下人馬，還有在聖波耳宮太子新衛隊的四十名弓箭手，火速前往聖母院。……哼！巴黎平民百姓先生們，竟敢踐踏法蘭西的王冠，踐踏聖母院的聖地，踐踏這個國家的安定！……斬盡殺絕，特里斯唐！把他們斬盡殺絕！一

⑭．聖洛（Saint-Lo）是法國海峽省首府，有著名的聖洛聖母大教堂，建於十五世紀或十六世紀，第二次世界大戰毀於炮火。

個活口也不准留，除非他們是要被送往鷹山絞架。」
特里斯唐躬身答道：「遵命，陛下！」
他停了一下，又問：「那個女巫要如何處置呢？」
對於這個問題，國王想了想說道：
「唔！女巫啊！……戴圖維爾先生，民眾搶奪她要幹什麼？」
「陛下，」巴黎總督答道，「既然民眾要把她從聖母院避難所裡抓出來，大概是看到她逍遙法外而心生不滿，想要絞死她。」
國王似乎在凝神沉思，繼而對隱修士特里斯唐說：「好吧！夥計，殺光民眾，絞死女巫。」
「正是這樣。」里默悄聲對科坡諾勒說，「懲罰表示意願的民眾，然後再實現他們的願望。」
「我知道了，陛下。」特里斯唐答道，「如果女巫還在聖母院裡，要無視避難權直接逮捕她嗎？」
「該死，避難權！」國王搔著耳朵說，「必須要把那個女人絞死。」
說到這裡，他似乎靈機一動，急忙跪在坐椅前面，摘下帽子並放到椅子上，虔敬注視帽子上綴的一個銅製護身符，同時合攏手掌祈禱：
「噢！巴黎的聖母啊，我仁慈的主，寬恕我吧。這件事我只做這一次。我必須懲罰那個罪惡的女人。聖母啊，我仁慈的主，我向您擔保，那個女巫不配受到您熱情的保護。聖母，您也知道，許多十分虔誠的君王為了上帝榮光和國家利益，都曾侵犯過教堂的特權。英國主教聖于格就曾允許國王愛德華進入教堂逮捕一個魔法師。先師聖路易⑮也曾為了同樣的目的攻打聖保羅教堂。耶路撒冷的王子阿爾封斯先生還曾侵犯過聖墓教堂。因此，請寬恕我這一回吧，巴黎的聖母。下不為例。為此，我會給您塑一尊金身，就像去年我捐給艾庫伊聖母院的那尊美麗銀像。就這麼說定了。」
他畫了個十字，站起身來，又戴上帽子，對特里斯唐說：

「火速出發，老夥計。把夏多佩先生帶去。你去敲響警鐘。你去鎮壓民眾。你去絞死女巫。就這麼辦。我要你親自處理，並回來向我稟報。……過來吧，奧利維，今夜我不睡了，替我刮鬍子吧。」

隱修士特里斯唐鞠了個躬後離開了。國王又揮了揮手讓里默和科坡諾勒退下，說：

「願上帝保佑你們，我的好朋友，兩位弗蘭德先生。去歇息一下吧。夜深了，恐怕不久後就要天亮了。」

兩人告退，由巴士底隊長帶他們回到臥室。科坡諾勒對紀堯姆．里默說：

「哼！我看膩了這個老是咳嗽的國王！我見過喝得醉醺醺的查理．德．勃艮第，他就算喝醉了也沒有生病的路易十一這般凶狠。」

「雅克先生，」里默答道，「因為國王們喝的酒都不如藥茶的勁道強。」

⑮．聖路易：即路易九世。

六、火焰劍閒逛

格蘭古瓦出了巴士底堡後就像脫韁的馬，飛速跑向聖安東莞街，到了博多耶門，又直奔豎在廣場中央的石頭十字架。彷彿在黑暗中，他也能一眼認出坐在十字架底座的臺階上那個一身黑袍和黑風帽的人的面孔。

「是您嗎，老師？」格蘭古瓦問。

黑衣人站起來，抱怨：「要命，真是受難！您讓我等得心急如焚，格蘭古瓦。在聖熱維鐘樓上的人剛剛報過凌晨一點半了。」

「哎！」格蘭古瓦辯解，「這不能怪我，全怪巡邏隊和國王。我剛剛才脫險！還差點被絞死。這是我命中註定。」

「你什麼都差一點。」對方說，「好啦，快點吧。弄來口令了嗎？」

「老師，您想想，我見到國王了，剛從他那裡過來。他穿著綿絨布短褲。真是一次奇遇！」

「喂！這麼多廢話！你那奇遇跟我有什麼關係？丐幫的口令弄來了嗎？」

「放心吧，弄來了。是『火焰劍閒逛』。」

「很好。如果弄不到口令我們就無法進入教堂了。每條街道都被丐幫的人封鎖了。幸好他們似乎遭到了抵抗。也許我們還能及時趕到。」

「是的，老師。可是，我們如何進入聖母院呢？」

「我有鐘樓的鑰匙。」

「我們要怎麼出來？」

「修院後面有一扇小側門，外面就是河灘地，再過去就是塞納河。我帶了小側門的鑰匙。今天上午，我在河邊拴了一條船。」

「真危險，我差點給絞死！」格蘭古瓦又說道。

「快一點！走吧！」對方催促。

於是，兩人大步朝老城走去。

七、夏多佩馳援

想必讀者還記得，我們離開加西莫多時，他正處於危急關頭。這個善良的聾子四面受敵，即使沒有完全喪失勇氣，但至少完全喪失了解救埃及女孩的希望，當然他無意顧慮自身安危。他沿著柱廊一陣狂奔。聖母院眼看就要被攻陷。突然，急促的馬蹄聲響徹鄰街，只見火把好似長龍，密密麻麻的騎兵隊伍執槍策馬像颶風一般襲來，呼喊聲立即充斥廣場：「法蘭西！法蘭西！亂民格殺勿論！夏多佩來增援！騎衛隊！騎衛隊！」

丐幫人等驚慌失措，趕忙轉身禦敵。

加西莫多的耳朵聽不見，但是眼睛看到出鞘的馬劍、高舉的火把長矛，以及騎兵隊伍，並認出帶隊的正是夏多佩隊長。他還看到丐幫一片混亂，大多驚恐萬狀，連最勇敢的也慌了手腳。這真是意想不到的救援，他頓時力量倍增，把跨進柱廊的進攻者一個個扔了出去。

來者確是禁衛軍。

丐幫們也勇猛異常地拚死抵抗，然而，側面受公牛聖彼得教堂街方向的夾擊，尾部則受前庭街之敵，他們被迫退守在聖母院門前。就是這樣，他們仍繼續攻打加西莫多守衛的大教堂，既是圍攻者，又反被包圍，處境十分奇特。後來一六四〇年著名的都靈之戰又出現過這種情景：亨利．德．阿庫爾伯爵圍攻薩瓦的多瑪斯親王，又被勒迦奈侯爵的人馬包圍，正如他在書信中寫道：「圍攻都靈又反被包圍。①」

這是一場惡戰。正如馬太神父說的，狗牙咬住狼肉。禁衛騎兵手下無情，逢人便殺，躲過劍鋒的又做刀下鬼，而浮比斯．德．夏多佩在他們之中尤為勇敢善戰。武器簡陋的丐幫眾人怒氣沖天，連牙齒都用上了。男女老少有的躥上馬背、有的抱住馬脖子不放，像貓一樣用牙亂咬，四隻爪子亂抓。還有人掄起火把往弓箭手的臉上亂戳。也有人手執長鐵鉤去勾騎兵的脖頸，將他們拉下馬。被拉下馬的無不碎屍萬段。

有一位壯漢非常顯眼，他手握閃亮的寬葉大鐮刀，一直在割馬腿，模樣凶悍無比。他一邊用鼻音哼著歌曲，一邊不停來回揮動大鐮。每掃一下就在周圍留下一大圈斷肢。他就這樣殺進騎衛隊的重圍，從容不迫地緩緩推進，搖晃著腦袋、均勻地喘氣，就像在麥田裡收割的農夫。他就是克洛班．特魯伊傅。然而一聲火銃將他擊倒了。

這陣子，廣場周圍住戶的窗戶又打開了，他們聽見禁衛軍的喊殺聲也紛紛助威，從各層樓窗口射擊，槍彈像雨點般落到丐幫好漢的頭上。只見前庭廣場硝煙滾滾，彈痕劃出一道道火光，煙霧中依稀能看見聖母院的門面和殘破的主宮醫院。主宮醫院的天窗打開了，有幾個臉色蒼白的瘦弱患者憑窗張望。

丐幫終於潰敗了。他們缺乏得力武器，又戰得精疲力竭，突遭襲擊而陷於慌亂，又受到從住戶窗口射來的子彈，和禁衛軍重創而死傷慘重，終於支撐不住了。他們衝出包圍向四下逃散，在前庭廣場

①．原文為拉丁文。

上留下一堆堆屍體。

加西莫多一刻也沒有停止戰鬥。他看到丐幫潰敗逃逸，便雙膝跪下，手臂伸向天空。接著，他欣喜若狂地像鳥兒般飛速跑向那間他頑強地守衛著不讓人進犯的木屋。現在他只有一個念頭，就是跪在他再次搭救的女孩面前。

他衝進小屋一看，卻發現裡面卻空無一人。

LIVRE ONZIÈME.

第十一卷

一、小鞋

丐幫們圍攻大教堂的時候，愛絲美拉達正在睡覺。

然而時過不久，周圍的喧囂聲越來越大，先醒來的小山羊也驚慌地咩咩叫，終於把她吵醒。她坐起來側耳一聽，又朝外望。聽到喧鬧聲又看見火光，嚇得她急忙衝出小屋到外面看個究竟。只見廣場上鬼影幢幢，夜襲引起一片混亂，猙獰恐怖的人影搖晃，宛如一大群青蛙在黑暗中跳躍。人吼馬嘶匯成一片鬼哭狼嚎，幾支火把在這片暗影中移動交叉，好似沼澤霧氣中亂竄的鬼火。這個場面在她眼中就像妖魔與教堂的石雕怪物之間展開的一場神祕惡戰。愛絲美拉達從小耳濡目染了吉卜賽部落的迷信觀念。因此她的第一個念頭便以為自己撞見了在夜間興妖作怪的精靈，嚇得魂飛魄散，趕緊跑回小屋，蜷縮在簡陋床鋪上，祈求至少能有個不那麼可怕的噩夢。

不過，最初的恐懼情緒逐漸消失，她聽見越來越喧響的喊殺聲，也注意到一些現實的跡象，意識到來圍攻她的是人而不是幽靈。於是，她的惶恐雖然沒有加劇，但是改變了性質。她想到可能是民眾發起暴動要把她從避難所裡抓走。本來她還抱有將來能再見浮比斯的希望，現在想到自己要再次喪失性命，喪失希望和浮比斯；想到自己如此柔弱無能，無依無靠，孤苦伶仃，沒有任何逃跑的可能。這千萬種思緒襲上心頭令她氣餒絕望，雙手舉過頭，頭頂著床鋪，戰戰兢兢地跪在那裡。雖然她是埃及女孩，是崇拜偶像的異教徒，現在卻哭著祈求基督教的仁慈上帝保佑，祈求向她提供避難所的聖母保佑。一個人即使毫無宗教信仰，一生也總有幾回要臨時抱佛腳。

她就這樣跪著許久，事實上除了發抖也顧不上祈禱。感受到眾怒的氣焰逼近，她不由得全身血液凝固。既不清楚暴動的原因，更不知道其中的策劃，不知道他們在做什麼、目的是什麼，只是預感到後果不堪設想。

在惴惴不安中，她忽然聽見身旁有腳步聲。扭頭一看，只見小屋外走進來兩個男人，其中一個手提燈籠。她有氣無力地驚叫一聲。

「不要怕，是我。」說話的聲音聽起來並不陌生。

「您是誰？」女孩問。

「皮耶·格蘭古瓦。」

聽到這個名字，她放了心，抬頭一認，果然是詩人。然而，他身邊有個穿黑袍的人，從頭到腳都被遮蔽了，嚇得她說不出話來。

「哎！」格蘭古瓦以責備的口氣說，「佳利比您還先認出我來了。」

的確，小山羊無須等格蘭古瓦自報姓名，一見他進來就迎上去親暱地蹭他的膝蓋，因為正遇上小山羊換毛的時期，讓他身上沾了不少白毛。格蘭古瓦也親暱地撫摸牠。

「和您一起來的是誰？」埃及女孩低聲問。

「放心吧，是我的朋友。」格蘭古瓦答道。

哲學家把燈籠擱在石板地上，蹲下來緊緊摟住佳利，興奮地喊：

「嘿！多麼討人喜歡的動物啊！這麼乾淨小巧，還這麼聰明機靈又能識字，比得上語言學家！

喂，我的佳利，你沒有忘記那些奇妙把戲吧？雅克．夏莫呂先生是什麼樣子？……」

那黑衣人不讓格蘭古瓦說下去，走上前粗暴地推了他的肩膀。格蘭古瓦起身：

「確實，我倒忘了我們得快點。……不過，老師，也不能因為這樣就對人這麼不客氣呀。……我親愛的美麗小女孩，您有生命危險，佳利也有生命危險。有人要把你們絞死。我們是你們的朋友，是來救你們的，快跟我們走吧。」

「真的嗎？」女孩驚慌失措地高聲問道。

「對，千真萬確！快走吧！」

「我願意跟你們走。」女孩結結巴巴地說，「可是您這位朋友怎麼不說話呢？」

「哦！」格蘭古瓦答道，「這怪他父母性情古怪，他天生就沉默寡言。」

女孩只好接受這個解釋。格蘭古瓦拉住她的手，他的同伴則拾起燈籠走在前頭。女孩已經嚇昏了頭，任憑他們把自己拉著走。小山羊蹦蹦跳跳跟在後面，又見到格蘭古瓦簡直讓牠高興極了，不停往他的胯下鑽，犄角絆得他跌跌撞撞。

「生活就是這樣，」哲學家險些絆倒，說道：「絆得我們跌跤的，往往是最好的朋友！」

他們快速走下鐘樓，穿越教堂，從小紅門進入修士庭院。教堂大殿內一片漆黑，空無一人，卻迴盪著廝殺的喧囂聲，形成恐怖而鮮明的對照。修士庭院也空蕩蕩的，修士都逃往主教府邸去集體祈禱了，只剩下幾名失魂落魄僕役躲在黑暗的角落。他們三人和小山羊穿過庭院，來到通河灘地的小側門。黑衣人掏出鑰匙把門打開。讀者知道，這片河灘地像舌頭一樣呈長條狀，位於教堂後面，內側是老城圍牆，外側便是城島東端，屬於巴黎聖母院。他們發現這裡寂靜無人，喧囂傳到這裡聲勢大減，丐幫進攻的吶喊在他們聽來已然模糊不清，不再震天動地。

灘頭孤獨地長著一棵大樹，枝葉在順水吹來的清風中沙沙作響。然而，他們還沒有脫離險境。離此處最近的建築物仍是主教府邸和聖母院。主教府內顯然一片混亂，那黑壓壓的龐然大物劃出一道道光亮，從一扇窗口跑向另一扇窗口，就像剛燃過的紙張，在殘餘的一堆黑色灰燼中還有明亮的火星劃出無數奇妙光痕。旁邊是聖母院的巨大鐘樓，從背面望去，它們矗立在長形大殿上面，前庭廣場上的火光襯出黑色剪影，猶如巨人火爐前的兩副大柴架。

環視周圍，整個巴黎明暗交織，光影搖曳。林布蘭的繪畫，有些就採用了這樣的背景。

提燈籠的人徑直走向灘頭岬角。只見水邊有一排釘了木條的爛木樁，低低掛著細瘦的葡萄藤，枝條像叉開的手指四處伸展。在這排木樁外面的陰影中隱藏著一艘小船。黑衣人招招手讓格蘭古瓦和女孩上船，小山羊也跟了上去，他自己則最後跳上船，隨即砍斷纜繩，用長篙把船撐離岸邊，再抓起雙槳坐到船頭，全力向河中划去。這裡水流湍急，他費了好大力氣才讓船離開岬角。

格蘭古瓦上了船，第一件事就是把小山羊抱在膝上，坐到船尾。女孩也過來緊緊靠著詩人坐下。她一見那陌生人就產生無名的恐懼。

我們的哲學家一感到小船划動就拍起手來，對著佳利的額頭吻了一下，說道：「哈！我們四個，這下得救了。」

接著，他又擺出一副深沉的思想家神態，補充說：「凡是成大事者，或是鴻運高照，或是計謀神妙。」

小船緩緩向右岸划去。女孩帶著恐懼打量那個陌生人。那人已將提燈的亮光嚴密遮蓋，黑暗中，只能隱約看見他在船頭，好似一個幽靈，風帽始終壓得很低，就像戴著面具。他每划一下槳，寬大的黑袖子就隨著手臂飄起來，像蝙蝠的兩隻翅膀。他沒有講一句話，也沒發出一點聲息。船上僅有搖槳的聲音和行舟蕩起無數波紋的聲響。

「憑我的靈魂發誓！」格蘭古瓦突然喊道，「我們多麼輕鬆快活，好比貓頭鷹！但是我們卻像畢達哥拉斯學派的哲學家或魚一樣默不作聲。該死！朋友們，我真希望有誰跟我說說話。人聲到了人耳就是音樂。這話不是出自於我，而是亞歷山大城的狄迪莫斯①，可謂至理名言啊！……當然，亞歷山大城的狄迪莫斯不是尋常的哲學家。說句話吧，美麗的小女孩，求求您了，跟我說句話。……對了，您不是愛撇嘴嗎？現在還經常這樣做嗎？親愛的，任何避難所都逃不了司法院的管轄，而您在聖母院的小屋有極大危險，您知道嗎？唉！小蜂鳥在鱷魚口中做窩呀……老師，月亮又出來了。……但願沒有人看見我們！……我們救出了小姐，是一件值得稱頌的行為。然而，他們一抓住我們就會以國王的名義把我們絞死。唉！人的行為總有兩個把柄：一件事讓我蒙受恥辱而你卻被加冕。誰崇拜凱撒就是在譴責喀提林[2]。對不對呀，老師？您說這個哲理如何？我的哲學全憑本能和天性，『如同蜜蜂懂得幾何學』[3]。……算了！沒人搭腔！你們兩個，情緒就這麼沮喪嗎？我只好自言自語了，這就是我們在悲劇中所說的『獨白』。……該死！……告訴你們，剛才我見到了國王路易十一，這句咒罵還是從他那裡學來的。……因此我也說：該死！老城裡還是那麼喊殺震天。……那個老國王非常殘暴，全身裹著毛皮大衣，卻一直欠著我創作婚禮讚歌的酬勞，今晚還差點叫人把我絞死，這樣欠債也就能賴掉了。……可見他對有才幹的人非常吝嗇。他真該仔細讀讀科隆的薩維亞努斯[4]那四卷書《駁吝嗇》[5]。千真萬確！這個國王對待文人太刻薄，殘暴野蠻透頂，像一塊海綿似的把人民的血汗錢全吸進去。他的吝嗇就如脾臟，它自己肥大了起來，把身體所有其他的器官消耗得瘦了。因此，艱難時勢引起的怨聲就轉變為對君王的抱怨。在這位溫和而虔誠的君主統治下，刑架上吊滿被絞死的人，斷頭臺血腥腐臭，牢房也快要像肚子一樣撐破了。這個國王一隻手抓錢，一隻手抓人。他是鹽稅大人和絞架大人的總代理。大人物紛紛失去榮華富貴，小百姓不斷遭受新的迫害。我實在不喜歡這個貪得無厭的君主。您說呢，老師？」

黑衣人並不搭理，任由喋喋不休的詩人絮叨。他繼續與湍急的逆流搏鬥，這股急流隔開城島的尖端和如今稱作聖路易島的聖母院島尾端。

「對了，老師。」格蘭古瓦忽然又說，「我們到達前庭廣場，從狂怒的丐幫隊伍穿越時，大人是否有注意到那個可憐的小傢伙，被您那聾子摔在列王廊欄杆上撞得腦漿迸裂？我眼力不好，沒有認出他來。您可知道那是誰嗎？」

那陌生人沒有應聲，但戛然停止划槳，雙臂像折斷般掉下，頭也垂到胸前。愛絲美拉達聽見他抽搐般的哀嘆不禁打了個寒顫，她曾聽過這樣的嘆息聲。

無人划船，小船一時順水漂流。過了片刻，那黑衣人重新打起精神，抓住雙槳，奮力溯流划進。他繞過聖母院島的岬角，划向草料碼頭。

「嘿！」格蘭古瓦說，「那邊就是巴爾博府邸了。……喏，老師，看那片漆黑的屋頂，角度多麼奇異，像一片低沉骯髒的烏雲，斑駁又混亂，月亮也像是從被擠破的蛋殼裡流出來的蛋黃。……那座府邸很漂亮，裡面小教堂的拱頂精雕細刻，裝飾得富麗堂皇。您可以看到上面的鐘樓亭亭玉立。還有一座賞心悅目的花園，裡面有一個池塘、一座鳥棚、一條回音廊、一個木槌球場、一座迷宮、一所獸園，以及許多深合維納斯之意的曲徑幽蹊。園中還有一棵荒唐樹，人稱「淫蕩樹」，只因它向一位著名的公主和一位風流倜儻的法蘭西統帥提供了尋歡場所。……唉！我們這些可憐的哲學家，和一位統帥相比，無異於用一畦白菜蘿蔔田去和羅浮宮花園比較。可是說到底，這又有什麼關係呢？大人物也與我們一樣，一生好壞參半、苦樂相隨，好比作詩，揚抑抑格總伴隨抑揚揚格。……老師，我一定要告訴您巴爾博府的傳說，結局是個悲劇。那是在一三一九年，腓力五世統治時期，他是歷代法蘭西國

---

①．狄迪莫斯（Didymus，約三一三—約三九八）：基督教東方教會神學家。自幼失明，但奮發學習，終於成為博學的苦行者，曾受聘到亞歷山大城傳授基本教義。

②．喀提林（Catiline，約西元前一〇八—前六二年）：羅馬共和末期貴族，任過行政長官。因競選執政官失敗，曾多次策動暴亂，反對西塞羅。凱撒曾參與其謀，但及早脫身。

③．原文為拉丁文。

④．薩維亞努斯（Salvianus，約三九〇—約四八四）：基督教歷史學家。

⑤．原文為拉丁文。

王中在位時間最長的。那個傳說的寓意便是肉體的欲望是有害而邪惡的。鄰人的老婆長得再怎麼美麗，讓我們動心，也不能色瞇瞇地盯著人家。通姦是極為放蕩的念頭。通姦是對他人情欲的好奇心。……哎呀！那邊的喊殺聲更吵鬧啦！」

果然，聖母院周圍的喧囂有增無減。他們側耳細聽，可以清晰地聽見勝利的歡呼聲。大教堂上下突然無數火把齊明，照亮軍卒的盔甲，鐘樓、柱廊、扶壁拱架，到處閃閃發亮。這些數量龐大的火把似乎在尋找什麼。不久，遠處的喊叫聲就清楚傳到潛逃者們的耳畔：「埃及女孩！女巫！處死埃及女孩！」

不幸的女孩垂下頭，將臉埋進手中。那陌生人開始拚命划向岸邊。而我們的哲學家這時卻在心中盤算。他感到吉卜賽女郎靠得越來越緊，似乎把他當成唯一的避難所，他反倒悄悄避開，只是緊緊摟住小山羊。

毫無疑問，格蘭古瓦憂心如焚，左右為難。他想到「按照現行法律」，小山羊若是被抓走定然會被處以絞刑。失去可憐的佳利實在太遺憾了。不過，有兩名逃犯拖累著他未免太多了，況且他那位同伴只顧著救出埃及女孩。他的思想展開激烈鬥爭，如同《伊利亞德》中的朱庇特，反覆在埃及女孩和小山羊間搖擺不定。他淚眼汪汪，看看小山羊又看看埃及女孩，喃喃說道：「我可沒能力同時救你們兩個呀。」

小船震動一下，看來靠岸了。老城那邊的殺聲甚囂塵上。陌生人起身走到埃及女孩面前，要挽上她的手臂扶她下船。女孩卻一把將他推開，轉身緊緊抓住格蘭古瓦的衣袖。而格蘭古瓦又一心顧著小山羊，幾乎也將她推開。於是女孩只好獨自跳下船，此刻她心慌意亂，不知所措、不知道該去哪裡，眼睛注視著流水，站在那裡呆立半晌。等回神後才發現，碼頭上只剩她和那個陌生人。看來格蘭古瓦已經趁下船之際帶小山羊溜進水上穀倉街那密集的房舍中了。

可憐的女孩一看眼前只剩這個人便不寒而慄。她想說話、喊叫、呼喚格蘭古瓦，可是舌頭卻不聽使喚，發不出一點聲音。猛然間，她感到陌生人將手放到她手上，只覺得冰涼而有力，不由得牙齒上下打顫，臉色比照著她的月光還要蒼白。那人一言不發地拉住她的手，大步朝河灘廣場走去。在這一時刻，她隱約感覺到命運是一股不可抗拒的力量，再也無力抵抗，任憑那人拉著她。她一路小跑才跟得上他的步伐，雖然這處碼頭是上坡路，她卻覺得自己恍若順坡滑下。

她四面張望，不見一個行人。堤岸空蕩蕩的，周圍也寂靜無聲，感覺不到有人活動。只有一水之隔的老城火光沖天，喧囂叫嚷傳來，其中夾雜著她的名字和要殺死她的呼喊。除了老城，巴黎其他街區就像大片黑影在她周圍鋪展。

陌生人仍然一聲不吭地拉著她前進，腳步倉促。路上經過的任何地點女孩一個也認不出來。情急之下，當走到一扇亮著燈的窗前時，她突然猛力大喊一聲：「救命啊！」

窗戶打開了，裡面的居民穿著睡衣舉著燈出現在窗邊，呆呆地朝大街望了一眼，咕噥了兩句，又把窗戶關上了。女孩聽不見他講什麼。最後一點希望的亮光也熄滅了。

黑衣人仍一言不發，牢牢抓住她越走越快。她也不再掙扎了，有氣無力地跟著走。

鋪石路面凹凸不平，她跑得上氣不接下氣，但還是不時鼓起勇氣問道：「您是誰？您是誰？」而對方就是不理睬她。

他們沿著碼頭大街走去，來到一片相當大的廣場。這時正好有微弱的月光。能看出此處是河灘廣場，只見中央豎著一個黑色的十字架，那正是絞刑架。女孩認出這些景物，明白自己來到了什麼地方。

那人停下腳步，轉身面向她，一把掀起風帽。

「噢！」女孩驚訝得呆住了，結結巴巴地說，「我就知道又是他！」

果然是那個教士。他就像他自己的陰魂。恐怕是因為月光的效果，在這種清輝下所見的景物全都像是幽靈一般。

「妳聽我說。」他終於開口。女孩已經許久沒有聽到這陰森恐怖的聲音，一聽到便不寒而慄。他接著說下去，話語急促而又斷斷續續，表明他內心的異常激動：「妳聽我說。我們來到這裡。我有話要對你說。這裡是河灘。也是我們的終點。命運將我們交給彼此，因此我將決定妳的生死，而妳會決定我靈魂的去處。這是一片廣場，而現在是伸手不見五指的黑夜。因此，妳聽我說……首先，不要向我提起妳那個浮比斯。（他邊說邊拖著她來回走動，彷彿一刻也不能待在原地。）不要提起他，明白嗎？妳若是講出那個名字，我不知道會做出什麼事，但肯定會非常可怕。」

說罷，他就像一個物體重新找回重心，恢復靜止不動的狀態。儘管如此，他的話語還是透露了內心的激動，聲音也越來越低沉。

「不要這樣轉過頭。聽我說，這是很嚴肅的事情。首先，事情是這樣的……我向妳發誓，這絕不能開玩笑。……剛才我說到哪裡？提示我一下吧！哦！……司法院做出判決，要把妳送上絞刑架。我從他們的手中把妳救了出來，但是他們還在追捕妳。看看吧！」

他伸臂指向老城。看樣子搜索果然還在繼續著。喧聲越來越近。河灘對面總監府的塔樓中人聲嘈雜，火光通明，軍卒舉著火把在對岸奔跑，連聲喊叫：「埃及女孩！埃及女孩在哪裡？絞死她！絞死她！」

「妳看，他們在追捕妳，我沒有說謊。我愛妳。……不要開口，如果妳只想說妳恨我，那還是不說為妙。我已經下了決心再也不要聽這種話了。……我剛剛救了妳。……先讓我把話說完。……我可以保護妳安然無恙，而且全都準備就緒，就看妳的意願了。只要妳的一句話，我就能辦到。」

他猛然打住：「不對，我要講的不是這些。」

他始終沒有鬆手，拖著她跑起來，徑直奔向絞刑架，指著絞刑架冷淡地對她說：

「妳在它和我之間做出選擇吧。」

女孩從他手中掙脫，跪到絞刑架下，抱住陰森森的石臺。接著，她把美麗的臉半轉過來，看著教士，那姿態真像十字架下的聖母。教士則佇立不動，手指始終指著絞刑架，那姿勢如同一尊雕像。

埃及女孩終於對他說：「它還不像你這麼可惡。」

教士聽了，緩緩放下手臂，眼睛盯著鋪石路面，神情萬分沮喪。他喃喃說：

「這些石頭若是會說話，是的，它們一定會說這個男人是多麼不幸。」

他接著說下去。女孩跪在絞刑架下，披散的長髮蓋住半截身子，任憑他繼續說話。現在，他的聲調變得哀怨而柔和，與他盛氣凌人的面容形成痛苦的對照。

「我愛您。唉！這可是千真萬確的。我的心靈被烈火燒灼，卻絲毫沒有流露出來！唉！女孩啊，日日夜夜，真的，我的心日日夜夜都在燃燒，難道這一點也不值得憐憫嗎？告訴您，這是日思夜想的愛情，是痛苦的折磨。……噢！我可憐的小女孩，我太痛苦啦！……我敢肯定，這愛值得您的同情。您看，我對您講話口氣多麼溫和，真希望您不再如此討厭我。……歸根結柢，一個男人愛上一個女人，這不能怪他！……噢！上帝啊！……怎麼！您永遠也不會原諒我嗎？要永遠恨我嗎？難道就這樣結束了？正是這種念頭使我變得邪惡。您看，連我都討厭自己！……您連看都不看我一眼！我站在這裡與您講話，為我們兩人面臨的大限而戰戰兢兢，而您大概正在想別的事情！……千萬不要向我提起那個軍官！……就算是我匍匐在您的腳下，親吻……當然不是吻您的腳，您是不會允許的。而是吻您腳下的土地。就算是我像孩子一樣痛哭流涕，從我胸膛裡掏出……不是掏出話語，而是掏出心肝五臟，以便表明我愛您，就算我做出這一切，也都無濟於事！……然而，您的心靈裡只有溫柔和寬厚，您洋溢著最美好的溫情，是甜蜜、善良、仁慈和柔美的化身。唉！您只對我一人冷酷無情！噢！竟是這種命運！」

他雙手捂住臉。這是女孩第一次聽見他的飲泣。他就這樣站著，哭得全身顫動，比跪下來還要顯得淒慘而懇切。他就這樣哭了半晌。

「算了！」他流了一陣眼淚之後，又說，「我想不出還要說什麼了。本來我想了許多應當對您說的話語。而現在，我卻只顧著顫抖，在關鍵時刻怯懦了。我感到有種至高無上的力量在控制我們，而我卻結結巴巴。啊！如果您還不可憐我、不可憐您自己，我就會摔倒在這地上！不要把我們兩個人都毀掉。您若是瞭解我多麼愛您！了解我的心是怎麼樣的！唉！我逃避了所有真理，讓自己深陷絕望！我是個博士，卻踐踏了科學；身為貴族，卻折辱自己的姓氏；身為教士，卻拿彌撒書當做淫慾的枕頭，卻要往上帝的臉上吐口水！這一切全是為了您，女巫！都是為了走下您的地獄。而您卻不要我這個罪人！噢！讓我全都告訴你吧！還有，還有更可怕的，噢！更可怕的！……」

他講最後的這幾句話時，已然完全失態。他沉默片刻，又彷彿自言自語般大聲說道：

「該隱[6]，你對你的弟弟做了什麼？」

他又沉吟一下，才接著說下去：

「主啊，我是怎樣對待他的？我收養了他，將他扶養大，供他吃喝，喜歡他，溺愛他，結果卻把他殺害了！是的，主啊，剛才就當著我的面，他被人抓起來，在您教堂的石頭上摔得腦漿迸裂，這都怪我，怪這個女人，怪她……」

他的眼神慌亂起來，聲音越發低沉，機械般地重複了數遍，間隔很長，宛如鐘聲悠長的餘韻：

「怪她……怪她……」接著只見他嘴唇顫動，卻聽不見一點聲音了。突然，他像物品傾落一般癱倒在地上，頭埋在雙膝之間，一動也不動。

女孩想把壓在他身下的腳抽出來，然而稍微的一動讓他回過神來。他緩緩舉起手撫摸自己凹陷的臉頰，驚愕地看著濡濕的手指，半晌後才喃喃說：

「怎麼？我流淚了？」

他又猛地轉向埃及女孩，無比焦慮地說：

「唉！妳看著我痛哭流淚竟然無動於衷！孩子，妳知道這淚水就是火山的熔漿嗎？妳憎恨的人怎麼做也無法打動妳，難道真的是這樣嗎？妳看著我死去還會發笑。噢！而我卻不忍見到妳死！說句話吧！只要說一句寬恕的話！不必說妳愛我，只要說妳願意就夠了，那麼我就會救妳。要不然……噢！時間一點一點地過去，求求妳，我以一切神聖的事物求妳，不要等我重新變成岩石，就像要索妳命的絞刑架！妳想，我掌握著我們兩個人的命運，而我又喪心病狂，這很可怕，只要我一鬆手，我們就全掉下去了。我們的腳下是無底深淵啊！不幸的女孩，我會追隨妳墮落，永生永世！說一句仁慈的話吧！說句話！哪怕只講一個字！」

女孩張口準備回答。他立刻跪倒在她面前，聆聽即將從她口中吐出的話語。也許是一句動聽的話。

女孩對他說：「你是殺人兇手！」

教士狂暴地一把摟住她，開始獰笑，說道：

「嗯，不錯！殺人兇手！我會得到妳的。既然妳不讓我做妳的奴隸，那麼就是要我做主人。我會得到妳！我有一個巢穴，我會把妳拖到那裡去。妳得跟我走，妳必須跟我走，不然我就把妳送回去！小美人，要不去死，要不跟著我！委身給教士！委身給叛教者！委身給殺人兇手！就在今夜，妳聽見了嗎？來吧！快活快活！來吧！吻我，瘋女人！不是墳墓就是我的床！」

他的眼睛閃著淫慾和憤怒的神色，淫邪的嘴唇燙紅了女孩的脖頸。女孩在他的懷中拚命掙扎，而他滿嘴白沫，吻遍她的全身。

「別咬我，魔鬼！」女孩連聲大喊，「啊！邪惡的教士！放開我！我要一把一把將你這骯髒花白的頭髮扯下來，扔到你臉上！」

教士的臉一陣紅一陣白，他終於放開女孩，臉色陰沉地看著她。女孩以為自己獲勝了，接著說：

⑥．該隱：亞當和夏娃的長子，因嫉妒而殺死自己的弟弟亞伯，事見《舊約．創世紀》第四章。

「告訴你，我只屬於我的浮比斯，我愛的是浮比斯，浮比斯才英俊呢！你這個教士，又老又醜！滾開！」

教士大吼一聲，就像個不幸的人遭受了炮烙之刑。他咬牙切齒地說：「那妳就死吧！」女孩見他目露凶光，想要逃跑，卻被他一把抓住。教士搖晃她，將她摔在地上，接著抓住她美麗的雙手，拖著她快步朝羅朗塔樓的轉角走去。

到了那裡，他又轉身問她：「最後一次，妳願不願意跟著我？」

女孩用力回答：「不願意！」

於是教士高聲喊道：「古杜勒！古杜勒！埃及女孩就在這裡！妳報仇吧！」

女孩忽然感到手臂被人抓住。回頭一看，只見一隻枯瘦的手臂從牆上的窗洞伸出，像鐵鉗般緊緊抓住她。

「抓緊啦！」教士說，「她就是那個逃跑的埃及女孩。不要放開她！我去叫巡警。你會親眼看著她被絞死。」

「哈！哈！哈！」一陣從喉頭發出的笑聲從牆裡回答著這段血腥的話。埃及女孩看見教士朝聖母院橋跑去，那邊傳來陣陣馬蹄聲。

埃及女孩認出了凶惡的隱修女，不由得驚恐萬狀，用力地想掙脫。她扭動身子，絕望地垂死掙扎，可是對方的力量大得出奇，緊緊抓住她不放。那瘦骨嶙峋的手指狠狠掐進她的肉裡，逐漸收緊，就像鉚在她的手臂上似的。甚至可以說，這不只是一條鐵鍊、一道枷鎖、一個鐵環，還是從牆裡伸出的一把有生命和思想的鉗子。

女孩精疲力竭，頹然倚在牆上。此時，死亡的恐懼充滿她的腦袋。她想到生命的美好，想到青春、藍天、自然美景，想到愛情、浮比斯，想到正在逝去的一切和逐漸逼近的一切，想到告發她的教士、正要趕來的劊子手，以及在眼前的絞刑架。於是，恐慌的情緒從心頭升起，擴散到每根毛髮。她又聽見隱修女獰笑著低聲對她說：「哈！哈！哈！妳就要被絞死啦！」

女孩氣息奄奄，扭頭看向窗洞，只見鐵柵欄裡的麻袋女一臉凶惡。

「我做了什麼得罪您了？」她有氣無力地問。

隱修女並不答話，只是用惱恨又嘲笑的聲音哼哼唱唱：「埃及女孩！埃及女孩！埃及女孩！」

不幸的愛絲美拉達又垂下腦袋，長髮披散下來遮住了臉。她明白自己打交道的對象並不是活人。

隱修女忽然叫嚷起來，彷彿埃及女孩的提問此刻才抵達她的大腦：

「妳怎麼得罪我？還問我！哼！埃及女人，怎麼得罪我？……好吧，妳聽著……當初我有個孩子，明白嗎？當初我有個孩子！告訴妳，一個孩子！一個非常漂亮的小女孩！……我的阿涅絲！」她在黑暗中似乎吻著什麼東西，失神地接著說：「哼！埃及女孩，妳明白嗎？有人把我的孩子搶走了，把她偷走了，把她吃掉啦！就是妳幹的好事！」

女孩像隻羔羊般回答：「唉，那時我也許還沒有出生呢！」

「哼！不對！」隱修女又說，「妳肯定出生了，妳正是那時出生的孩子。如果她活到現在，也和妳是同樣年齡！沒錯！……我來到這裡十五年了，痛苦了十五年，祈禱了十五年，這十五年來，我每天用頭撞這四面牆壁。……告訴妳，我的孩子是埃及女人偷走的，明白嗎？她們吃了我的孩子！……妳有沒有心肝？想想一個嬰兒是怎麼玩耍、吃奶、睡覺，簡直天真可愛極啦！……噢！這樣的孩子卻被人偷走，被人殺害了！仁慈的上帝全都看見了！……今天該輪到我了，我要吃掉埃及孩子。……哼！要不是有鐵欄杆擋著，我真想咬妳幾口！我的頭太大，鑽不出去！……可憐的小傢伙，在睡著的時候被搶走了！如果她們抱走她時弄醒了她，她怎麼哭叫也沒用，我不在她身邊呀！……哼！埃及女人，你們吃了我的孩子！來看看你們孩子的下場吧！」

說罷，她哈哈大笑，或者說是狠狠咬牙，這兩種表情在她狂怒的臉上十分相似。這時天色開始泛亮，灰濛濛的曙光隱約地照亮這一幕，廣場上的絞刑架越來越清晰。可憐的女犯彷彿聽到聖母院橋那頭的馬蹄聲越來越近了。

「太太，」女孩雙手合十跪下，她披頭散髮，驚恐萬狀，看樣子完全昏頭了：「太太！高抬貴手吧。他們來了。我沒有做過一點對不起您的事情。難道您想要看著我就這樣被殘忍地處死嗎？我相信您是有惻隱之心的。這麼死去太可怕了。放我走吧！放開我！行行好啊！我不願意就這麼死掉！」

「把孩子還給我！」隱修女喊道。

「饒命吧！饒命吧！」

「還我孩子！」

「看在上天的分上，放了我吧！」

「還我孩子！」

女孩全身癱軟，再次倒在牆上，眼神發直，就像即將入殮的人一樣。她畏縮地說：

「唉！您在找您的孩子，而我在找我的父母。」

「把我的小阿涅絲還給我！」古杜勒照樣說，「妳不知道她在哪裡？那妳就等死吧！……我告訴妳。從前我是個妓女，有過一個孩子，被人偷走了。……是埃及女人幹的。妳明白了吧？妳必須死。日後妳的埃及媽媽來找尋妳，我會對她說：『母親，看看這個絞刑架吧！』……不想死，就把孩子還給我。……妳知道我的小女兒在哪裡吧？喏，我讓妳看看，這就是她的小鞋，我只有這一件東西能當作紀念了。妳知道另一隻在哪裡嗎？妳若是知道就告訴我，就算它在天邊，我也要跪著爬去將它帶回來！」

她一邊說著，一邊從窗邊探出另一條手臂，讓埃及女孩看那隻繡花小鞋。這時天已大亮，可以清楚看見小鞋的形狀和顏色。

「讓我仔細看看這隻鞋。」埃及女孩顫抖著說，「上帝呀！上帝呀！」

與此同時，她用沒有被抓住的那隻手，急忙打開掛在脖子上綴著綠玻璃珠的小香囊。

「打開吧！打開吧！」古杜勒吼道，「去掏妳那魔鬼的護身符！」

突然，她閉上嘴，渾身顫抖起來，從肺腑深處發出一聲喊叫：「我的女兒！」

原來，埃及女孩掏出一隻和剛才那隻完全相同的小鞋。小鞋上貼著一塊羊皮紙，上面寫著讖語：

另外一隻找回來，
母親把你摟在懷。

隱修女的動作比閃電更加迅疾，立即比對了兩隻鞋。看見羊皮紙上的字跡，她瞬間笑逐顏開，臉上煥發天堂的喜悅，叫道：

「我的女兒！我的女兒！」

「我的母親！」埃及女孩應道。

這情景我們就不再細述。

牆壁和鐵窗欄將母女兩人隔開。隱修女怨道：

「啊！牆壁！啊！看得到她卻不能擁抱她！妳的手，把手伸過來！」

女孩把手臂伸進窗洞，隱修女撲上去，嘴唇緊緊貼在這隻手上，沉醉在這個吻中許久沒有止息，啜泣使她的背不時起伏。她在黑暗中默不作聲，然而淚水卻如夜雨滂沱。可憐的母親，累積了十五年的苦楚所濾出的淚水，一滴滴流淌進她心中那口又黑又深的井裡，而現在傾瀉而出，全倒在這隻寶貝的小手上。

她猛然直起身，撥開額前的灰白長髮，一言不發，用雙手狠搖鐵窗欄，比母獅還要凶猛。鐵條聞風不動，於是她從屋子的角落搬來她當作枕頭的大石塊，使勁朝鐵窗欄砸去，只見無數火花迸出，一根鐵條應聲斷裂。再砸第二下，老舊的十字鐵柵欄就全崩塌了。接著她用雙手將鐵條完全折斷，再將殘餘的生鏽鐵條掰開。有時候女人的雙手也能有過人的力量。

不到一分鐘，通道就打開了，她攔腰抱住女兒，將她拉進小屋，嘴裡一邊咕噥：「來吧！讓我把妳拉出深淵！」

她把女兒拉進小屋，輕輕放到地上，然後又抱起她摟在懷裡，彷彿她還是她的小阿涅絲。她在小屋裡走來走去，如醉如痴，又叫又唱，簡直樂壞了，邊吻女兒邊和她說話，忽而哈哈大笑，忽而號啕大哭，這一切都同時迸發出來。

「我的女兒！我的女兒！」她說，「我有女兒啦！她就在這裡，仁慈的上帝把女兒還給我了。喂！大家都來看啊！有人看到我找回女兒了嗎？我主耶穌啊，她多美呀！我仁慈的上帝，您讓我等了十五年，就是要等她出落成漂亮女孩再還給我。……原來，埃及女人並沒有把她吃掉啊！這話是誰講的？我的小女兒！我的小女兒！親親我！那些善良的埃及女人！我喜歡埃及女人。……真的是妳呀，怪不得妳每回經過這裡，我的心就怦怦跳，還以為是因為仇恨。原諒我吧！親愛的阿涅絲。當時妳覺得我很凶狠，對不對？我愛妳。……妳脖子上的小痣還在嗎？我看看。還在呢。嘿！妳的模樣多美！這雙大眼睛是我給妳的呀，小姐。親親我吧。我愛妳。別的女人有孩子，我才不在乎呢，現在我對她們嗤之以鼻。她們來看看就知道了。這是我的女兒。看她的脖子、眼睛、頭髮、這雙手。哪裡能找到這麼漂亮的女孩！嗯！我敢保證，她肯定有許多追求者。我哭了十五年，容貌已經凋殘了，現在又在她身上重現。親親我呀！」

她又說了許多瘋瘋癲癲的話，聲調優美極了，還撥弄著可憐女孩的衣服，讓女孩臉都紅了，又用手摩挲她光潤油亮的髮絲，又連連吻她的腳、膝蓋、額頭和眼睛，無處不讓她著迷。女孩由著她撫摸，只是不時無限溫情地低聲叫喚：「母親！母親！」

「妳看，我的孩子，」隱修女說一句吻一下，「妳看，我會多麼愛妳。我們離開這裡，一起去過美好的日子。我在我們的家鄉蘭斯繼承了一點財產。妳知道蘭斯嗎？哦！不，妳不會知道，那時妳還太小！妳也不知道，妳生下來四個月的時候有多漂亮！有好奇的人專程從遙遠的埃佩爾奈來看妳的小腳！我們會有土地，有一間房子。我會讓妳睡在我的床上。上帝呀！誰想得到呢？我找回女兒啦！」

「母親啊！」女孩激動萬分，好不容易恢復了說話的力氣：「有個埃及女人早就跟我說過了。有一個心腸非常好的埃及女人，是去年死去的，她一直像奶媽一樣照顧我。就是她把這個小香囊掛在我脖子上，還常常對我說：『孩子，好好保存這件寶貝，它非常珍貴，日後能讓妳找回母親。這樣就像把母親掛在脖子上。』那個埃及女人說得多準！」

麻袋女又把女兒緊緊摟在懷裡。

「來，讓我親妳！妳說得真感人。等回到家鄉，我們就把這雙小鞋送給教堂的聖嬰穿。我們這一切都要感謝聖母。上帝呀！妳的聲音多甜美！妳剛才跟我說話時就像音樂一樣！啊！我主上帝啊！我終於找回孩子了！誰能相信天下有這種事？人確實不會隨便就死掉啊！我竟然沒有高興得死去！」

接著，她又拍起手來，又笑又叫：

「我們要過上幸福的日子啦！」

這時，兵器撞擊聲和騎兵的馬蹄聲響恰好傳進小屋。騎兵隊似乎從聖母院橋逐漸逼近。埃及女孩驚慌起來，立刻投進麻袋女的懷抱。

「救救我！救救我吧！媽媽！他們來啦！」

隱修女面失血色。

「天啊！妳說什麼？我倒忘啦！有人在追捕妳！妳做了什麼事啦？」

「我也不知道，但是我被判處死刑。」不幸的孩子答道。

「死刑！」古杜勒說道，她像遭雷擊，身子搖晃起來。「死刑！」她直直地瞪著女兒，緩緩重複。

「是的，媽媽。」女孩驚恐萬狀，又說，「他們要殺我。他們跑來抓我了。那個絞刑架在等著我！救救我！救救我吧！他們來了！救救我呀！」

隱修女彷彿化為石像，半晌沒有動彈。接著她懷疑地搖了搖頭，接著放聲大笑，再次恢復那猙獰的面孔：

「哈！哈！不！妳在說夢話。哦，是啊！我失去了她，轉眼就是十五年。現在我找到了她，卻只待一分鐘！他們又要把她從我身邊奪走！看她現在長得這麼美，長得這麼高，看她跟我說話，這麼愛我，而正是此刻，他們卻要來吃了她，當著我這做母親的面把她吃掉！噢，不行！這種事情是不可能的。仁慈的上帝絕不允許這樣。」

這時，馬隊似乎停了下來，只聽見遠處有人說：「走這邊，特里斯唐先生！教士說我們到老鼠洞就能找到她。」於是，達達的馬蹄聲再次響起。

隱修女站起來，絕望地喊：

「快逃命！快逃啊，我的孩子！我全想起來了。妳說得對。他們要殺妳！太殘暴了！傷天害理啊！妳快逃吧！」

她從窗口探出頭去，立刻又縮回來。

「待在這裡吧。」她急促而又淒然地低聲說，同時緊緊抓住半死的埃及女孩的手：「待在這裡吧！別出聲！到處都是士兵。你不能出去，天全亮了。」

她的眼睛乾澀，彷彿在燃燒著。她沉默半晌，只是在小屋裡大步走來走去，時而停下來，扯下一縷自己斑白頭髮，用牙齒咬斷。

忽然她說：「他們到附近了。我去對付他們。妳躲在這個角落，他們看不見妳。我就對他們說妳跑掉了，我把妳放了，就這樣！」

她將懷中的女兒放在從外面看不見的角落，讓女兒蹲下，仔細地把她藏好，不讓她的手腳越出陰影，又把她烏黑的頭髮披散開來蓋住白色的衣裙，再把水罐和石塊放到她面前，以為屋裡唯一的這兩樣東西能把她遮住。隱修女這樣安頓好之後，稍微安下心來，便跪下祈禱。天才剛亮，老鼠洞裡有幾處還很暗。

就在此時，小屋附近傳來那教士惡毒的叫聲：「在這邊，浮比斯・德・夏多佩隊長！」

一聽到這個名字、這個聲音，蜷縮在角落的愛絲美拉達動了一下。

「別動！」古杜勒說。

話音剛落，人馬和刀劍聲響成一片，在小屋前停止。母親急忙站起來，用身子堵住窗口。她看見大群人馬在河灘上列隊，步行和騎馬的都有。領隊的軍官跳下馬朝她走來。

「老太婆！」那個面目猙獰的男子喊道：「我們正在搜捕一名女巫，要把她絞死。聽說她在你這裡。」

可憐的母親極力裝出滿不在乎的樣子回答：「您說什麼呀？我不太明白。」

那男子又說：「上帝的腦袋！那個驚慌失措的主教代理剛才胡亂說了什麼？他在哪裡？」

「大人，他不見了。」一名士兵回答。

「喂，瘋老太婆，」帶隊軍官又說，「別對我撒謊。剛才有個女巫被交給妳看管。妳把她弄去哪裡了？」

隱修女擔心引起懷疑，決定不該一口否認，便以直率而粗魯的口吻回答：「剛才的確有人把一個高個子女孩塞給我。如果您指的是她，那我就告訴您，她咬了我，疼得我只好鬆手。就是這樣，別打擾我。」

那個軍官的表情頗為失望。

「你休想騙我，老妖精。」他又說：「我是隱修士特里斯唐，是國王的夥伴。隱修士特里斯唐，聽見了嗎？」他環視河灘廣場，又補充：「這個名字在這裡響亮得很。」

「就算您是隱修士撒旦我也不怕。我沒有什麼可以告訴您的了。」古杜勒重新找回希望，便回敬一句。

「上帝的腦袋！」特里斯唐罵道，「真是個老潑婦！唔！那女巫逃掉了？往哪邊逃了？」

古杜勒以滿不在乎的口氣回答：「大概是往羊街那邊跑了。」

特里斯唐扭過頭去，指揮隊伍準備離開。隱修女鬆了一口氣。

「大人，」一名弓箭手突然說，「您問問這個老妖婆，她窗欄的鐵條怎麼折斷了。」

這樣一問，可憐的母親心裡又慌了起來，不過依然保持鎮靜，結結巴巴地說：「鐵條一直就是這樣子。」

「不對！」那弓箭手又說，「昨天還好好的。那是個黑色十字架，看起來非常神聖。」

特里斯唐瞟了隱修女一眼。

「這老太婆看起來有些慌張！」

這個不幸的女人意識到事情的成敗全看她能否保持鎮靜。於是她即便心如死灰，卻還是故作訕笑。母親們都有這種力量。

「唉！」她說：「那個人喝醉了。這是一輛拉石頭的大車屁股撞的，把欄杆撞斷了。這都一年多了。當時我還罵了一頓那個趕車的！」

「的確有這回事，當時我在場。」另一名弓箭手說。

到處都能遇見這種人，他們什麼事都親眼見過。有了弓箭手這個意想不到的證人，隱修女又振作精神。剛才那段盤問，真讓她像踏著刀刃走過一道深淵。

然而，她註定要這樣在希望和驚慌交錯之間提心吊膽。

「如果是大車撞的，」第一個弓箭手又說，「那麼撞斷的鐵條應該往內彎才對，怎麼會向外彎呢？」

「嘿！嘿！」特里斯唐對這名士兵說，「你真能幹，憑你腦袋夠資格當小堡的預審法官了。老太婆，快回答他的話！」

「上帝呀！」她給逼得走投無路，眼淚都急出來了，喊道，「大人，我向您發誓，鐵條就是大車撞斷的。您也聽見那人說他親眼看到了。再說，這跟那個埃及女孩有什麼關係？」

「哼！」特里斯唐咕噥。

「見鬼！這斷裂的痕跡還是新的！」那個得到長官誇獎的士兵又得意地指出。

特里斯唐點了點頭。隱修女嚇得臉色發白。

「妳說，大車撞了有多長時間啦？」

「一個月，也許半個月吧，大人，我記不清了。」

「剛才她說一年多了。」那士兵又指出。

「這點很可疑！」憲警總監說道。

「大人啊，」隱修女叫道，她的身子始終貼在窗邊，生怕他們起疑心要探頭看看室內：「大人，我向您發誓，鐵條就是被大車撞斷的。我以天堂聖天使的名義向您發誓，如果不是大車撞的，我就是背棄上帝，情願永世下地獄！」

「妳真有心，竟然發這麼重的誓！」特里斯唐說著，向她投以審判的目光。

可憐的女人感到越來越沒有信心了，她已經到了笨嘴拙舌的地步，她明白自己沒有講出該講的話，不禁心驚膽顫。

這時，另一名士兵跑回來報告：「大人，這老妖婆說謊。那個女巫沒有逃到羊街。那條街整夜都有鐵鍊封鎖。守衛人員沒看見有人經過。」

特里斯唐的臉色越來越陰沉可怕，他質問隱修女：「這回妳有什麼好說的？」

又出現了意外狀況，不過她還是極力克服：「大人，不知道我怎麼會弄錯了。我想她恐怕是過河去了。」

「那是相反的方向。」總監說，「老城那裡正在搜捕她，她還要回到老城去顯然是不可能的。你說謊，老傢伙！」

「再說，河的兩岸都沒有船。」第一個士兵幫腔道。

「她可能是游過去的。」隱修女步步為營地反駁道。

「女人還能游泳？」那名士兵又說。

「上帝的腦袋！老傢伙！妳說謊！妳說謊！」特里斯唐氣憤地吼，「我真想把那個女巫放一邊，先把妳抓起來。審問妳一刻鐘也許就能從妳嘴裡掏出實話了。好了！跟我們走一趟。」

這話正中她的下懷，她立刻抓住機會：「悉聽尊便，大人。帶我走吧，帶我走吧！審問我，好哇！快點！快點帶我走！馬上就走！」她嘴上這麼說，心裡卻想：「這下我的女兒就能逃走了。」

「該死！」總監說，「真邪門，竟然想嘗嘗酷刑的滋味！她大概是瘋了。我真不明白。」

一名頭髮灰白的巡防老兵出列稟告：「她確是個瘋子，大人！就算她放掉那埃及女人也不能怪她，因為她不喜歡埃及女人。我做巡防十五年，每天晚上都聽見她惡言惡語，不停地咒罵吉卜賽女人。我猜我們要搜捕的那個帶著小山羊的跳舞小女孩，正是她最恨的一個。」

古杜勒硬著頭皮說：「最恨的一個。」

巡警們眾口同聲地向總監證實老警員的話。隱修士特里斯唐眼看從隱修女口中什麼話也套不出來，心裡十分惱火，只好轉身朝坐騎緩緩走去。而隱修女的雙眼緊盯著他，心裡有一種難以名狀的惶恐不安。

「算了！」他咬牙切齒地說，「上路！繼續搜索！不絞死那埃及女孩，我不睡覺！」

不過，他猶豫了一下，沒有上馬。他那副疑慮重重的樣子，環視廣場，就像一隻獵犬，感到獵物就躲在附近，因而遲遲不肯離去。這可苦了古杜勒。女兒生死未卜讓她的心懸在半空。終於，特里斯唐搖搖頭，翻身上馬。古杜勒一顆倒懸的心總算放了下來。從他們到來之後她就不敢看向女兒，現在才瞥了她一眼，悄聲說：「得救啦！」

可憐的孩子一直躲在角落，不敢動彈也不敢出氣，覺得死神就站在她面前。古杜勒和特里斯唐的舌劍唇槍都一句不漏地傳進她耳裡。母親每次感到心驚膽跳時她也能感覺到。她彷彿被一根細絲懸吊在深淵上，聽得見細絲將斷裂的聲響，好幾次眼看就要斷了，現在她才終於能長呼一口氣，感到雙腿安穩地踏著地面。就在這時，她聽見一個聲音對總監說：

「牛的犄角！總監先生，絞死女巫可不是我這個軍人的工作。暴民已經掃蕩完畢，您幹您的差使，我回我的隊伍，這樣兩相方便您說不好嗎？他們也不能沒有隊長啊。」

那正是浮比斯·德·夏多佩的聲音。埃及女孩一聽，內心頓起波瀾。她的朋友、保護者、她的依靠、她的避難所、她的浮比斯，就在這裡啊！她站起身，不待她母親阻攔就衝到窗口喊道：

「浮比斯！救救我，我的浮比斯！」

浮比斯不在那裡了，他策馬飛馳，已經轉過刀剪街。然而，特里斯唐卻沒有走。

隱修女大吼一聲，撲到女兒身上猛力將她拉回來，指甲都嵌進她脖子的肉裡了。做母親的有時堪比母老虎，著急起來就顧不了這些。可惜為時已晚，特里斯唐看見了。

「哈哈！」他一聲大笑，露出了整口牙齒，豺狼般的面孔顫動：「一個老鼠洞裡有兩隻老鼠！」

「我早就料到了。」那個士兵說。

特里斯唐拍拍他的肩膀：「你真是一隻好貓！」他又叫了一聲：「喂，亨利埃·庫贊在哪裡？」

一個男子應聲出列，從衣著和儀態來看不像士兵。只見他穿半身灰色、半身褐色衣服，袖子是皮革的，腦袋理成平頭，一隻大手拎著一捆繩索。此人總是隨侍特里斯唐左右，而特里斯唐則隨時追隨路易十一左右。

「朋友，」隱修士特里斯唐說，「想必這就是我們要找的女巫。把她絞死。你的梯子帶了嗎？」

「在大柱樓棚倉裡有一架。」那男子回答，他指著絞刑石架又說：「就在那裡處置她嗎？」

「對。」
「好！那就省事啦！」那男子說罷狂笑一聲，比總監的面孔還更猙獰。
「快！完事再笑吧！」特里斯唐吩咐。
特里斯唐既然已看到她的女兒，隱修女的希望就完全喪失了。她再也沒有講一句話，將半死的埃及女孩扔到原本的角落，自己回到窗邊，雙手像兩隻利爪般放在窗臺邊，目光又恢復原來凶猛而瘋狂的神色，擺出無畏的姿態注視所有士兵。亨利埃·庫贊走近小屋，一看到對方衝著他擺出那副異常凶惡的面孔，嚇得連連後退。
「大人，」他回到總監面前，問道，「究竟要抓哪一個？」
「那個小孩。」
「那就好。那個老的看起來不好惹。」
「真可憐啊，帶著山羊跳舞的小女孩！」那個老巡警嘆道。
亨利埃·庫贊又走到窗口。母親怒目而視，逼得他垂下目光。他怯聲說道：「夫人……」
隱修女的聲音惱怒而低沉，打斷他的話：
「你想幹什麼？」
「不是找您。」他說，「是找另一個。」
「什麼另一個？」
「那個小的。」
她搖著頭喊道：「沒人！沒有別人了！沒人！」
「還有一個人！您心裡也清楚，」劊子手又說，「讓我抓走那個小的。我並不想傷害您。」
隱修女怪笑一聲，說道：「哼！你並不想傷害我！」
「把那個人交給我吧！夫人，這是總監先生的命令。」

她發瘋一般反覆說：「沒別人了！」

「我跟您說還有一個人！」劊子手反駁，「裡面有兩個人，我們都看見了。」

「那你再來看看，把頭伸進來呀！」隱修女冷笑道。

劊子手審視了老太婆的指甲，不敢輕舉妄動。

「快點！」特里斯唐吼道。他部署隊伍包圍老鼠洞，自己則在絞刑架旁立馬等待。

亨利埃狼狽地回到總監面前，把絞索擱在地上，雙手尷尬地擺弄著帽子。他問：「大人，該從哪裡進去？」

「從門。」

「沒有門。」

「從窗戶。」

「窗戶太窄了。」

「那就把窗戶開大一點，」特里斯唐氣沖沖地說，「你不是有鐵鎬嗎？」

母親一直守在洞穴裡對他們瞋目而視。她再也不抱任何幻想，也不知道自己還能幹什麼，但是她不想讓人抓走她的女兒。

亨利埃．庫贊前往大柱樓的棚倉裡去取工具箱，還拿了一架折疊梯子，立刻支在絞架下。總監手下的五、六個人拿起尖鎬和撬槓，跟著特里斯唐走向窗邊。

「老太婆，」總監厲聲說，「乖乖地把女孩交出來。」

隱修女彷彿沒聽明白，愣愣地看著他。

「上帝的腦袋！」特里斯唐又喊，「國王下令要絞死這個女巫，你為什麼要阻攔？」

可憐的女人又像往常那樣獰笑起來。

「為什麼要阻攔？她是我的女兒。」她說這句話的聲調，連亨利埃．庫贊聽了都毛骨悚然。

「實在遺憾。」總監又說，「但是這是國王的旨意。」

她可怕的笑聲變本加厲，喊道：「這和我有什麼關係？我跟你說，她是我的女兒！」

「鑿穿牆壁！」特里斯唐吩咐。

只要拆掉窗臺砌石，就能在牆上鑿開相當大的洞口。母親聽到鎬頭和撬槓開始砸毀她的堡壘，便大吼一聲，接著在小屋裡飛快地兜圈，就像關在籠子裡的野獸所養成的習慣。她不再說話，只是兩眼冒著怒火。軍警見了都膽顫心驚。

突然，她抓起石塊朝鑿牆的人砸去，但是因為雙手顫抖沒有扔準，石塊沒擊中任何人，一直滾到特里斯唐的腳下，恨得她咬牙切齒。

這時太陽雖然還沒有升起，但是天色已經亮了。大柱樓老朽的煙囪染上了紅豔豔的朝霞。這個清晨時刻，大都市中最早打開的幾扇窗戶愉快地俯視其他屋頂。幾個鄉鎮居民、水果商販騎著毛驢奔向菜市場，經過河灘走到包圍著的老鼠洞的軍警面前時，紛紛驚訝地止步片刻，看了一眼又揚長而去。

隱修女已經回到女兒身旁坐下，用身體擋住女兒。她兩眼發直，聽著不敢動彈的可憐孩子低聲呼喚：「浮比斯！浮比斯！」拆牆的人顯然有所進展，母親也機械地往後退，把靠牆的女兒摟得越來越緊。她始終目不轉睛地警戒著，忽然發現砌石鬆動了，又聽見特里斯唐督促士兵的叫聲。於是她從頹喪中振作起來，開始大吼大叫，聲音有時像鋸子一般撕裂耳膜，有時又結結巴巴，彷彿所有詛咒一起湧到嘴邊同時迸發：

「噢！噢！噢！真是駭人聽聞！你們都是強盜！你們真的要搶走我的女兒？告訴你們，這是我的女兒！噢！你們這幫卑鄙的傢伙！噢！劊子手的幫兇！可惡的殺人兇手！救命啊！救命！失火了！難道他們要這樣明目張膽地搶走我的女兒嗎？這還有天理嗎？」

她滿嘴冒著白沫，目露凶光，毛髮倒豎，猶如豹子一般撐著四爪，又朝特里斯唐說：

「過來吧，來抓我的女兒試試！難道你還不明白這個女人告訴你這是她的女兒？你知道有孩子是怎麼一回事嗎？喂！你這隻豺狼，難道你從來沒跟你的母狼同睡過，從來沒有狼崽子嗎？如果有的話，你的崽子嗥叫時你一點也不動容嗎？」

「石頭支撐不住了，把它撬下來。」特里斯唐吩咐。

撬槓撬起一大塊沉重的基石。上文說過，這是母親的最後堡壘。因此她撲上去，想從裡面拉回石塊，她的指甲刮過石頭，然而石頭太大，又有六個大漢從外面猛撬，便漸漸脫離她的手，順著撬槓滑落到地上。

母親看見入口被打通了，就橫躺在那裡，用身子堵住缺口，雙臂亂揮，腦袋撞著石板地，聲嘶力竭地喊叫：「救命啊！失火啦！失火啦！」但聲音嘶啞得幾乎聽不見。

「現在去抓那個女孩！」特里斯唐無動於衷地吩咐道。

母親凶狠地怒瞪著軍警，嚇得他們不敢進入。

「喂，亨利埃·庫贊，你上！」總監又說道。

誰也不挪動一步。

總監罵道：「基督的腦袋！這就是我手下的軍人？居然害怕一個女人！」

「大人，」亨利埃說，「您說這東西叫女人？」

「她有獅子的鬃毛！」另一個人也幫腔。

「上啊！」總監再次吩咐，「洞口這麼寬，三個人並排進去，就像攻打蓬圖瓦茲那樣。他媽的，快點了結！誰退縮，我就把他劈成兩段！」

士兵們在總監和母親之間進退兩難，猶豫片刻，終於橫下心來，朝老鼠洞挺進。

隱修女見此情景，突然雙膝跪地立起身子，兩隻瘦骨嶙峋的手將長髮從面前撥開，接著雙手垂落在大腿上，大滴大滴的眼淚奪眶而出，順著面頰的深紋滾落，猶如激流沖刷著河床。同時她開始說話，聲音極其懇切、溫柔、順從，如此哀婉，就連特里斯唐身邊那些連人肉都敢吃的老士兵們，也擦起眼淚。

「各位大人！各位警官先生，請聽我說一句話！這件事我一定要告訴你們。這是我的女兒，你們明白嗎？是我失蹤的寶貝女兒！你們聽著，這說來話長。我知道許多巡警先生們非常了解我，從前我生活放蕩，孩子們見到我就朝我扔石頭，可是巡警先生們一直對我很好。你們懂嗎？你們一旦瞭解情況，就會把孩子留下的！我是一個可憐的妓女。是吉卜賽女人把我的孩子偷走的。我把她的一隻小鞋保存了十五年。看，就是這隻。當時她的腳只有這麼大。那是在蘭斯。磨難街的香花歌樂女。也許你們都聽說過我。那時你們正年輕，真是一段好時光，過了不少快活的日子。各位大人，你們會可憐我對不對？埃及女人把我女兒偷走，藏了十五年。我還以為她死了。好朋友們，你們想一想，我原本以為她死了。我在這裡度過十五年，就在這個洞穴裡，冬天也不生火。真是折磨。可憐的寶貝小鞋！我整天呼號，仁慈的上帝終於聽見，在昨天夜裡把女兒還給我。這是仁慈的上帝顯靈。她並沒有死。我深信你們不會把她從我身邊抓走的。你們要怎麼處置我都沒關係，但是她只是個十六歲的孩子！再給她一些時間見見陽光吧！……她招惹你們了嗎？根本沒有。我也一樣。你們不知道，我在這世上只有她了，我已經老了，這是聖母賜給我的恩寵！再說，你們大家都這麼善良！你們原先不知道那是我女兒，但是現在知道了。噢！我愛她！總監大人，我寧願自己的胸口被捅出一個大洞，也不願意讓她的手指擦破一點。您一看就是個好心腸的大人！我向您說明了事情真相對吧？唔！您也是有母親的人啊，大人！您是統帥，請把我孩子留下吧！您看，我跪著求您，就像向耶穌祈求一樣！我對人一無所求，我是蘭斯人，大人們，我有一小塊田產，是我叔父馬伊埃．普拉東留給我的。我不是乞丐。我不要任何東西，只要我的孩子！噢！我主仁慈的上帝，把女兒還給我是有理由的！而國王！您說是國王！殺死我的小女兒，也不能給他增添多少樂趣！何況，國王也是仁慈的！這是我的女兒，是我生的女兒！不是國王的！她也不是您的！我會離開，我們會離開這裡！我們就是兩個路過的女人，一對母女，放她們走吧！請放我們走！我們是蘭斯人。噢！警官先生們，你們都是好人，我愛你們每個人。

你們不會把我親愛的女兒抓走，不可能那麼做！根本不可能，對不對？我的孩子！我的孩子啊！」

她的手勢、聲調、說話時吞下的淚水、合十擰緊的雙手，那令人心酸的苦笑、含淚的目光、哀吟悲嘆、語無倫次的陳訴，以及揪心的慘叫，這一切我們就不再描述了。等隱修女住了口，隱修士特里斯唐皺了皺眉頭，掩飾他猛虎般的眼中滾動的淚珠。然而他還是克制住了一時的心軟，口氣乾脆地說：「這是國王的旨意。」

接著他俯身在亨利埃．庫贊的耳旁低聲吩咐：「快點了結！」也許這位凶神惡煞的總監也感到自己將要於心不忍。

劊子手和巡警衝進小屋。母親毫不反抗，只是爬向女兒，不顧安危地撲到女兒身上。埃及女孩眼看士兵逼近，想到自己死到臨頭便感到一陣恐懼，又呼喊起來：「媽媽！媽媽！他們來啦！保護我呀！」那淒慘的聲調難以描摹。

「好的，我的心肝，我來保護妳！」母親回答著，但聲息微弱。她緊緊摟著女兒，吻遍女兒的全身。母女兩人都倒在地上，此情此景實在令人憐憫。

亨利埃．庫贊把手臂插到女孩美麗的肩下，把她攔腰抱起。女孩一碰到這隻手便「啊！」的一聲暈過去了。劊子手也情不自禁，眼淚一滴一滴地滴落在她身上。他想把女孩抱走，於是極力掰開母親的手，然而母親的雙手緊緊環繞著女兒的腰肢，死命扣住，根本無法掙脫。亨利埃．庫贊只好硬是把女孩拖出小屋，母親則緊掛在女兒身上。母親也同樣緊閉雙目。

這時太陽升起，廣場上已經聚集了不少人。他們從遠處觀望著兩人從石路面上被拖往絞刑臺。閒雜人等不准靠近圍觀，這是總監行刑時的習慣。

住戶的窗邊一個人也沒有，只看見遠處俯臨河灘廣場的聖母院兩座鐘樓的頂層窗口，有兩個人似乎朝這邊張望，黑色身影鮮明地印在早晨的晴空上。

亨利埃．庫贊拖著母女兩人來到行刑架下方停下，把繩索套在女孩動人的脖頸上，但是心中不勝憐憫，連氣都要喘不過來。不幸的女孩碰到恐怖的繩索，抬起雙眼，看見頭頂石頭絞架伸出瘦骨嶙峋的臂膀，不禁渾身顫抖，淒厲地高喊：「不！不！我不要！」

母親一直把頭埋在女兒的衣衫裡，只見她渾身發抖，還能聽見她拚命親吻女兒的聲音。劊子手趁機猛地扯下她緊緊環繞女犯的雙臂。也許是因為精疲力竭或痛不欲生，她沒有任何反應。於是，劊子手將女孩搭在肩頭，但見他那大腦袋旁，少女秀美的身體優雅地折成兩段。

這時，匍匐在地上的母親忽然兩眼圓睜，從地上一躍而起。她沒有號叫，但是面色恐怖，像猛獸撲向獵物般撲了過去，咬住劊子手的一隻手。這舉動疾如閃電，劊子手痛得直吼。巡警跑上前，好不容易把劊子手血淋淋的手從老太婆的牙齒中抽出來。她始終緘默不語。士兵猛力推開她，只見她的頭重重撞在石路面上。被人扶起時，卻又頹然倒下。原來她已經斷氣了。

劊子手始終沒有放下女孩，他繼續登上梯子。

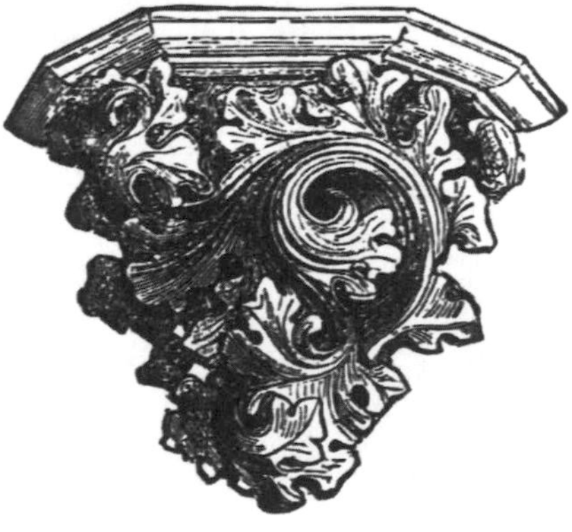

二、白衣美人①

加西莫多發現小屋空蕩蕩的，埃及女孩已不在裡面，就在他全力保護她的時候，她卻被人劫走了。他驚慌又痛心，雙手抓住頭髮，同時連連跺腳。接著他在教堂四處奔跑，尋找他的吉卜賽女孩。每到一處牆角就用他那怪聲呼喚，把頭上棕紅頭髮揪下來撒得滿地都是。就在此時，禁衛軍也攻進了聖母院，正在搜捕埃及女孩。加西莫多主動幫助他們，這個可憐的聾子並不知道他們的險惡之心，還以為遊民乞丐才是埃及女孩的敵人。他親自帶領隱修士特里斯唐搜查所有可能的藏身之處，打開每道密門、每處祭壇的夾層和聖器室。如果不幸的女孩還在教堂，那麼將她交出去的肯定會是加西莫多。

特里斯唐向來不肯輕易罷手，但也因一無所獲而敗興而歸，加西莫多則獨自一人繼續尋找。他跑遍整個教堂幾十遍、上百遍，上下左右無一處遺漏，跑上跑下地奔走呼號，東嗅嗅、西看看，無孔不入，腦袋見

①．原文為義大利文。引自但丁《煉獄篇》第十二章，「白衣美人」是屈辱的天使。

洞就鑽，將火把伸到所有拱頂下面，絕望瘋狂到了極點。就連一隻公獸失去牠的母獸，也不會如此咆哮悲號、張惶失措。最後他終於確信她不在教堂裡了、被人從他手中奪走了，一切已經無可挽回。

他緩步登上鐘樓的樓梯。他搭救女孩的那天，是如此欣喜若狂又得意忘形地攀登這道樓梯。也是同樣的地點，這次他經過時卻垂頭喪氣，既不出聲，也不流淚，連氣息都幾乎沒了。教堂空蕩蕩的，再次沉入寂靜。禁衛軍都已撤離，前往老城追捕女巫去了。偌大的聖母院剛才還遭受猛攻，殺聲震天，現在卻只剩下加西莫多一人。

他又走向埃及女孩在他的守衛下住過幾週的小屋。來到附近時，他幻想也許能看見她就在屋裡。他拐過面對著側廊屋頂的柱廊轉角，看見那間小屋和它的小窗及小門依然蜷縮在巨大的扶壁下，宛如粗樹枝下的小鳥窩。這個可憐人的心臟幾乎要停止跳動，倚靠著柱子才不至於摔倒。他想像著埃及女孩也許已經回來了，無疑是善良的天使送她回來的，這間小屋如此寧靜、安全、可愛，她怎麼會不在裡面？想到這裡，他再也不敢前進一步，只怕自己的美夢幻滅。「是啊，」他心中暗道，「她大概正在睡覺，或者正在祈禱。不要驚擾她。」

他終於鼓起勇氣，踮起腳朝前走去，看了看，又走了進去。空的！小屋始終空無一人。可憐的聾子緩慢地在屋裡兜圈，掀起床鋪，彷彿女孩可能會藏在床墊和石板地之間。他搖了搖頭，站在原地呆若木雞。突然，他怒不可遏地一腳踩熄火把，然後一聲不吭，沒有嘆息，猛衝過去一頭撞在牆上，昏倒在石板地上。

甦醒後，他撲倒在床上滾動，又狂熱地吻起女孩睡過而尚有餘溫的地方，在那裡動也不動地躺了幾分鐘，彷彿咽了氣。接著他又翻身起來，只見他大汗淋漓，氣喘吁吁，像發了瘋似的用腦袋一下又一下地撞牆，如敲鐘一樣帶有節奏，情景十分嚇人，好像在表明著非要撞個頭破血流不可的決心。直到精疲力竭後，他再次倒在地上。接著，他爬出小屋，蜷縮在房門對面，一副驚駭的神態。他不再動彈，就這樣待了一個多小時，雙眼盯著空蕩蕩的小屋，憂傷沉思的模樣勝過一位坐在空搖籃和嬰孩棺木之間的母親。他一語不發，只有每隔一段時間，才因啜泣而全身猛然抖動。然而，這啜泣沒有淚水，好似夏天裡沒有雷聲的閃電。

他苦思著，究竟是什麼人猝然劫走了埃及女孩。就在此時，他想起了主教代理，想起只有堂·克洛德握有一把能通往小屋樓梯的鑰匙，還想起堂·克洛德有兩回夜襲女孩，第一回加西莫多也成為幫兇，第二回他則挺身阻止。於是，許多細節又在腦海中浮現，他很快地排除疑慮，認定正是主教代理劫走了埃及女孩。然而，他對這名教士的無比感激、忠誠及依戀在他心中深深扎根，即便在此時此刻，依然抵抗著嫉妒和失望的利爪進襲。

加西莫多認為這是主教代理做的。如果是別人，他必定要食肉寢皮方解心頭之恨。然而，偏偏是克洛德·弗羅洛，可憐聾子的憤恨於是轉化為加劇的痛苦。

他的思緒就這樣定格在教士身上，不覺曙光照亮了扶壁拱架。他望見聖母院頂層半圓殿周圍欄杆的轉角處，有個人影在走動。那人朝他的方向走來。他認出正是主教代理。克洛德莊重地緩步走來，但是並不朝前看。他走向北鐘樓，臉朝向塞納河右岸，還高高揚起頭，彷彿極力使視線越過屋頂張望什麼。貓頭鷹總會擺出這種姿態：牠飛向某處時眼睛卻盯著另一處。教士就是這樣從加西莫多上方走過卻沒有看見他。

他的一現身突如其來，聾子驚得目瞪口呆，看著他鑽進北鐘樓的樓梯門裡。讀者知道，登上北鐘樓可以望見市政廳。加西莫多站起來，跟蹤主教代理。

加西莫多隨後登上鐘樓，只想弄清楚教士上鐘樓幹什麼。再說，可憐的敲鐘人根本不知道自己想幹什麼、想說什麼、有什麼打算。他只是滿腔怒火和滿腹疑懼，主教代理和埃及女孩在他心中相互碰撞。

到了鐘樓頂，他不先走上平臺，而是停在幽暗的樓梯口仔細觀察教士的位置。教士背對著他。樓頂平臺四周圍著鏤空雕欄。教士的胸膛貼在朝向聖母橋方向的欄杆上，俯視著新城街區。

加西莫多躡手躡腳走到他身後，想看他正在望著什麼。教士全神貫注地盯著別處，全然沒有聽見聾子走到自己身邊。

巴黎的景觀，尤其是在夏日清朗的晨曦中，從聖母院鐘樓頂眺望，更是美不勝收。這天大約是七月份的某一天。天空晴朗澄淨，寥寥幾顆殘星漸漸消隱，但有一顆格外閃亮，恰巧在最明亮的東方閃耀。太陽就要升起。巴黎開始蠢動。東邊成千上萬的房舍沐浴在潔白純淨的晨光中，形狀各異的輪廓格外醒目。聖母院鐘樓的巨大陰影，踏著一家家的屋頂，從大都市的一端延展到另一端。有些街區開始出現人聲和響動。這裡一聲鐘鳴，那裡一聲錘擊，還有一處傳來軋軋車行的錯雜聲響。連成一片的屋頂上已經裊裊升起幾縷炊煙，猶如大片硫磺礦層的縫隙中冒出的煙。塞納河水流經各個橋拱和沙洲岬角，水面皺起銀紋細浪，波光粼粼。極目眺望周圍城牆，只見薄薄的霧氣環繞，透過霧氣隱約可以看見一望無際的平原，以及起伏優美的丘巒。睡意惺忪的城市上空飄蕩著各式各樣的聲音。晨風從丘巒的霧靄撕下一團團白絮，將它們拋上天空，朝東方驅趕。

幾位老婦人拿著牛奶罐來到前庭廣場，見到聖母院中央大門殘破的奇異景象、凝固在砂石縫裡的鉛流，驚訝地指指點點。這是夜晚那場騷動留下的痕跡。加西莫多在兩座鐘樓之間點燃的柴堆早已熄滅。特里斯唐已經命人把廣場打掃乾淨，將屍體投進塞納河中。像路易十一這樣的國王，在每場屠殺之後，總不忘立即將現場沖洗乾淨。

在鐘樓頂欄杆外面，就在教士駐足之處的下方，探出一個造型奇異的石頭雨槽，這在哥德式建築物上十分常見。石槽的裂縫中長出兩棵黃紫羅蘭，盛開的花朵在曉風中搖晃著，似兩個人互相鞠躬，又似在嬉戲。從鐘樓上方的高空傳來鳥雀鳴囀。

然而教士對這一切視而不見、充耳不聞。他這一類的人不知何為清晨、鳥雀和鮮花。即便周圍天地遼闊，景物繁多，而他的目光只凝結在一個地點。

加西莫多心急如焚，想問他對埃及女孩做了什麼。然而此刻，主教代理似乎脫離了塵世。顯然他正在經歷生命遭激烈沖盪的時刻，即使天崩地裂，他也不會察覺。他雙眼死死盯著一處，斂聲屏息，身子動也不動，而這種沉默靜止的狀態卻帶有恐怖的氛圍，就連桀驁不馴的敲鐘人見了也心驚膽顫，不敢貿然打擾，只能順著他的視線望去，而這也不失為一種詢問的方式。於是，不幸聾子的目光落在河灘廣場上。

他看到了教士凝望的目標。一道梯子已經架起在常年豎立的絞刑架旁。廣場上聚集了許多人，但是更多的是士兵。石路面上，一個男子拖著一個白色物體，後面還連著一個黑色物體，走到絞刑架下後便止步。

那裡正在發生的事情，加西莫多無法看清楚。倒不是他那隻獨眼望不見那麼遠的地方，而是因為一大群士兵擋住了他的視線。況且太陽剛好在這時升起，天空中霞光萬道，巴黎城中所有高聳的建築，尖頂、煙囪、山牆尖角彷彿同時燃燒了起來。

那名男子開始登上梯子。加西莫多這才終於看清楚了，他的肩上扛著一個女子，是個穿著白衣裙的女孩，脖子上套著一根繩索。加西莫多認出來了。

那正是她。

男子登上梯子頂端，調整了一下繩結。這時，教士雙膝跪到欄杆上，以便看得更清楚。

突然，男子一腳踹開梯子。已經窒息數秒的加西莫多看見那不幸的女孩吊在絞索上，在離地四米的高空擺盪，而那男子則踏著她的肩膀蹲在上面。絞索轉了幾轉，加西莫多看見劇烈的痙攣傳遍埃及女孩的全身。至於教士，他正伸了長脖子，眼珠子瞪得都要冒出來了，觀賞著那可怕的組合：劊子手和女孩，蜘蛛和蒼蠅。

就在這最慘不忍睹的一刻，教士蒼白的臉上乍現魔鬼的笑，一個人只有在失去人性時才有可能發出這種笑。加西莫多雖然聽不見，卻看到了。敲鐘人在主教代理身後倒退幾步，突然猛撲上去，兩隻大掌狠命向他的後背一推，將他推下他正在俯瞰的深淵。

堂．克洛德叫了一聲：「該死！」隨即摔了下去。

他墜落時，正好被下方的石槽托了一下，趕緊用雙手死命抓住石塊，正要張口再喊一聲，忽然看見加西莫多可怕的面孔從他頭頂上的欄杆邊緣探出，那是復仇的面孔。於是他噤聲了。

他的腳下就是深淵。往下墜落兩百多尺就是鋪石路面。主教代理處境凶險，但是他一言不發，也不呻吟，只是使出渾身解數，扭動著軀體想要爬上去。然而花崗石槽沒有可以攀附之處，他的雙腳在黝黑的石牆上不斷打滑。曾經登上聖母院鐘樓的人都知道，頂層欄杆下面有一塊突出的巨石。可憐的主教代理，就是在這向內凹的斜面上垂死掙扎。他要攀登的不是一面垂直的陡壁，而是向內傾斜的牆壁。

只要加西莫多一伸手，就能把教士拉出深淵。可是他看也不看教士一眼。他注視著河灘廣場、絞刑架、埃及女孩。聾子倚著剛才主教代理所在的欄杆，目不轉睛地盯著他此刻在這世上的唯一目標。那靜止不動、啞然無聲的姿態，就像一個遭了雷擊的人。有生以來，他的獨眼只流過一滴淚，現在淚水卻成串地流淌。

這時候，主教代理氣喘吁吁，禿頭上大汗淋漓，摳在石頭上的指甲出了血，蹭著牆的膝蓋也皮開肉綻。每當他掙扎一下，都聽見掛在水槽上的教袍撕裂的聲響。更不幸的是，這個石槽末端連接的一根鉛管，因為承受不住他體重而向下彎曲。主教代理也感到這根鉛管慢慢下沉，這個倒楣的傢伙心想，一旦自己的雙手力竭而鬆開，或是教袍撕裂，又或是鉛管摧折，他就會墜地。想到此處，驚恐侵襲他的五臟六腑。下方十幾尺處有個由石雕排列而成的小平臺。有幾回在絕望之餘，他神智不清地看著那窄窄的小平臺，心中祈求上蒼能讓自己在這兩尺見方的平臺上了此一生，哪怕要在上面待上一百年。還有一回，他看了看腳下的廣場，看了看那深淵，趕緊閉上雙眼抬起頭，嚇得毛髮倒豎。

兩個人都沉默不語，這畫面令人毛骨悚然。主教代理在加西莫多腳下幾尺之處垂死掙扎，而加西莫多則涕淚漣漣地凝望著河灘廣場。

主教代理每掙扎一下，都只是讓唯一的支撐點在搖撼下更加脆弱。見到此景，他決定不再動彈。於是他抱著水槽懸在半空，屏住氣息不敢動彈，只有肚子不時痙攣一下，就像人在睡夢中感到自己墜落時的反應。他瞪大雙眼，目光帶有病態和驚恐。然而，即使一動也不動，他的力氣還是漸漸耗盡了。他的手指逐漸滑下水槽，感到雙臂越來越乏力，軀體越來越沉重，支撐他的鉛管也越來越彎向深淵。腳下的景象觸目驚心，他看見圓殿聖約翰教堂的屋頂小得像一張對折的紙牌。他逐一審視鐘樓上冷漠的石雕，它們全都和他一樣懸在深淵的半空，但無一為自身驚懼，也無一為他憐憫。他的周圍全是石頭，眼前是張開血盆大口的石頭怪物；下面的深淵底部則是鋪石廣場；而頭頂上是啜泣的加西莫多。

前庭廣場上聚集了許多好奇的路人，他們悠閒地猜想著是哪個瘋子想出了這種別出心裁的尋樂方式。他們說話的聲音傳上來，微弱但清晰，教士聽見他們說：「哎呀，他會摔得粉身碎骨！」

加西莫多還在哭泣。

主教代理又氣惱又恐懼，終於明白大勢已去。不過，他還竭盡餘力扳住水槽向上挺起身子，雙膝同時用力頂向牆壁，兩手摳進一道石縫，總算向上爬了大約一尺。然而這一震動讓支撐他的鉛管猛然朝下彎去，同時教袍被撕開了，他頓時感覺身子完全失去支撐，只剩僵硬無力的雙手還能抓著點什麼，這倒楣的傢伙閉上雙眼，鬆開水槽，摔了下去。

加西莫多看著他墜落。

從這樣的高度摔下，很難直線墜落。主教代理先是頭朝下，兩手伸直，接著在半空打轉了幾圈，被風吹向一座樓房的屋頂，不幸的人摔在上面撞斷了幾根骨頭，不過還沒有死。敲鐘人看見他試圖用指甲抓住山牆脊，然而牆面太陡，而他也精疲力竭。他有如一片脫落的瓦片，又從屋頂急速滑下，摔到鋪石路面上彈跳了幾下，隨即不再動彈了。

加西莫多再次舉目看向埃及女孩。遠遠望去，只見她的身子吊在絞架上，在白色衣裙之下做出臨終的震顫。接著他低頭看向主教代理，只見他橫屍在鐘樓腳下，已經血肉模糊。這時，他從凹陷的胸膛深處發出一聲哀號：「噢！我所愛過的一切啊！」

三、浮比斯成親

當天晚上，主教的司法官從前庭廣場抬走主教代理血肉模糊的屍體時，加西莫多早已從聖母院裡失去了蹤影。

關於這段怪事的傳聞四處傳播。無人懷疑，加西莫多就是魔鬼，克洛德·弗羅洛則是個巫師，兩人曾經簽訂契約，而現已來到履約的日子，魔鬼要把巫師帶走。有人推測，加西莫多在取走克洛德的靈魂時，需要先砸爛他的軀體，如同猴子吃核桃仁時砸開核桃殼一樣。

因為如此，主教代理未能被葬在聖地。

第二年，即一四八三年八月，路易十一去世。

至於皮耶·格蘭古瓦，他成功救出小山羊，在悲劇創作上也碩果累累。看來，在他嘗試了星象學、哲學、建築學和鍊金術等各種荒唐的行業後，又重操舊業，回到了悲劇創作上，也就是所有荒唐的行業中最為荒唐的一種。這就是他所謂「得到了悲劇性的結局」。關於他在戲劇創作方面的成就，在一四八三年朝廷的流水帳就有這樣的紀錄：「付給約翰·瑪律尚和皮耶·格蘭古瓦一百利弗爾，兩人是木匠兼劇作家，為迎接教皇特使先生蒞臨巴黎，製作和創作聖跡劇，並設計角色和服裝，該劇在大堡演出。」

浮比斯・德・夏多佩也獲得了一個悲劇性結局：他結婚了。

四、加西莫多成親

上文已經描述過，自埃及女孩和主教代理死去的那天起，加西莫多就從聖母院失蹤了。確實再也沒有人見過他，沒有人知道他的下落。

愛絲美拉達受刑的那天夜晚，劊子手助理按照習俗，將她的屍體從絞刑架上取下，運送到了鷹山的萬人窟裡。

正如索瓦爾所說，鷹山是「王國中最古老又最壯觀的絞刑臺」。在聖殿和聖瑪律丹市郊之間，出巴黎城垣約三百多米，離庫爾提有幾箭之地有一個小土丘，雖然坡度徐緩而不太顯眼，但有著一定高度，方圓幾里之外都能看見。山丘頂上有一個造型奇特的建築物，類似於凱爾特人的環狀列石，那也是用以人祭天的場所。

不妨想像一下，一個高十五尺，寬三十尺，長四十尺的平行六面體建築物，座落在石灰石的圓丘頂上。有一扇門、一排外露的欄杆，以及一座平臺。平臺上立著十六根粗大的石柱，高三十尺，環繞著平臺排列成柱廊，上面架著粗大的橫梁，而橫梁上間隔著垂下鐵鍊，上面吊著骷髏。土丘旁的平地上還豎著一個石頭十字架，以及兩座略小的絞刑架，彷彿是從樹幹生長出來的枝杈。在這些景物的上空，始終有一群烏鴉盤旋。這裡便是鷹山。

巨型絞刑架建於一三二八年，到了十五世紀末，已經嚴重剝蝕。橫梁蛀跡斑斑，鐵鍊生了鏽，柱子上也長滿青苔。砌石的底座接縫都已裂開，足跡罕至的平臺則長滿了荒草。這座建築的輪廓在天空的襯托下顯得格外猙獰恐怖。如果在夜晚，氣氛就更為駭人了，朦朧的月光照著白骨，又或者寒風吹得鐵鍊和骷髏碰撞作響，昏暗中彷彿無處不在蠢蠢而動。這座高聳的絞刑架，就足以給周圍添上陰森恐怖的氛圍。

這座可怕建築的砌石底座下方是空心的，建造了一個寬敞的地窖，出入口是一道破舊的鐵柵門，從鷹山鐵鍊上掉下來的殘骸，以及常年由巴黎城其他絞架處死的不幸的屍體，全都被扔這裡。在這坐萬人坑裡，多少屍骨殘骸和形形色色的罪惡一起腐爛。多少偉大的人、多少無辜百姓都相繼貢獻遺骨於此，從第一個在鷹山受刑的義士昂格朗・德・馬里尼[1]，一直到最後一位義士科利尼[2]海軍統帥，皆是正直的人。

至於加西莫多的神祕失蹤，以下是我們僅有的發現。

在這篇故事尾聲的事件發生後過了約一年半

至兩年，有人來到鷹山地窖中尋找奧利維公爵的遺體。兩天前他被處以絞刑，但查理八世恩准他移葬聖洛朗墓地，與善輩為伍。他們在慘不忍睹的殘骸枯骨中找尋，發現兩具骷髏，一具以奇特的姿勢摟抱著另一具。其中一具骷髏是女性，上面還有白布衣裙的碎片，脖子上掛一串念珠樹果實項鍊，下端繫著一個敞開著、鑲綴有綠玻璃的絲綢小香囊，裡面空無一物。這些遺物毫無價值，想必連劊子手都不屑一顧。另一具緊緊摟抱著這具骸骨的則是男性，只見那具骷髏脊椎歪斜，顱骨縮進肩胛骨之間，一條腿短、一條腿長，不過他的脊梁骨沒有斷裂的痕跡，顯然此人並不是被絞死的。當人們試圖把他與他懷中的骷髏分開時，他的遺骸也就瞬間化做塵埃了。

①．昂格朗．德．馬里尼（Enguerrand de Marigny，一二六〇—一三一五）：法國政治家，任法王腓力四世的財政大臣。他在腓力四世死後被處絞刑。

②．科利尼（Coligny，一五一九—一五七二）：即加斯帕爾．德．科利尼，曾任皮喀第總督並建有戰功，後來主張宗教改革，加入胡格諾教派，在聖巴泰勒米節的大屠殺中遇害，遺移屍鷹山再處絞刑。

附錄　雨果生平和創作年表

一八〇二年　二月二十六日，維克多・雨果生於法國東部的貝桑松（Besancon）。其父萊奧波爾德・雨果（Joseph Leopold Sigisbert Hugo）生於一七七三年十一月，後來成為積極的共和主義者，並署名為「布魯都斯・雨果」，加入拿破崙部隊，軍職不斷升遷。其母蘇菲・特勒比謝（Sophie Trébuchet）生於一七七二年六月。兩人於一七九六年在巴黎結婚，並於一七九八年十一月生下一子阿貝爾（Abel），即維克多的長兄，又於一八〇〇年九月在南錫生下一子，取名歐仁（Eugène），是維克多的二哥。維克多・雨果後來聽父親說母親是在隨軍時，於孚日山脈最高峰懷上他的。

一八〇三年　維克多的父母彼此發現對方各有新歡。十一月，雨果夫人攜三個孩子回到巴黎。維克多・雨果未來的夫人阿黛爾・福謝（Adèle Foucher）生於巴黎。

一八〇四年　十二月二日，拿破崙加冕稱帝。

一八〇六年　四月十日，朱麗埃爾—約瑟芬・戈萬出生，她後來改名茱麗葉・德魯埃（Juliette Drouet），成為著名演員，並成為維克多・雨果的終身情婦。

一八〇七年　維克多入學念書。十二月，雨果夫人攜三個孩子離開巴黎，前往義大利去找丈夫。

一八〇八年　一月，雨果夫婦很快又決定友好分居，雨果夫人帶孩子前往拿坡里，十二月又帶孩子回到巴黎。雨果上校則奉命前往西班牙，於七月離開義大利，效力於被皇帝封為「西班牙王兼印度王」的約瑟夫・波拿巴（Joseph Bonaparte）。

一八〇九年　雨果夫人遷入新居，情人拉奧里將軍因政治事件受牽連而藏匿其家，指導他的七歲教子維克多讀羅馬歷史學家塔西佗的著作。同時，維克多也到聖雅各街的小學讀書。這段時間，阿黛爾・福謝常來做客，同維克多一起玩耍而成青梅竹馬。

一八一〇年　萊奧波爾德・雨果升為將軍，並被封為伯爵，任三省的行政長官。拉奧里將軍被捕。

一八一一年　三月，雨果夫人帶孩子去馬德里找她丈夫。雨果將軍仍和自稱凱塞琳・德・雨果伯爵夫人的情婦一起生活，她只好提出離婚起訴。

一八一二年　約瑟夫・波拿巴對雨果將軍的家事做出仲裁，讓雨果夫人帶歐仁與維克多回巴黎。拿破崙遠征俄國已成敗局。維克多經常去附近的出租書店，無書不讀。他的初作大約寫於這個時期。十月，拉奧里將軍參與反對拿破崙的政變，被軍事法庭判處死刑。

一八一三―一八一四年　雨果將軍回到法國，並讓長子阿貝爾回到母親身邊。他就任蒂永維爾要塞司令，在反法聯軍入侵時英勇保衛要塞，得知皇帝退位才投降。波旁王朝復辟後，因雨果夫人在那次反拿破崙的政變中起了作用，她的三個孩子成為「百合花騎士團」騎士。

一八一五年　雨果夫婦終於離婚。歐仁和維克多被判給雨果將軍，兄弟兩人在寄宿學校積極投入詩歌創作，維克多寫成了《法蘭西詩選》。三月一日―六月十八日，拿破崙百日政變，最後遭遇滑鐵盧戰役失敗。雨果將軍仍效忠拿破崙，因而被撤職，僅領半餉，移居布洛瓦。

一八一六年　維克多又開始寫《雜詩集》，完成五幕詩體歌劇《伊爾坦梅娜》。他在自己的詩歌練習本上寫下這一誓言：「我要不成為夏多布里昂，要不什麼也不是。」十月，歐仁和維克多進入路易大帝中學，修習哲學與初等數學。

一八一七年　開始創作第三組詩《習作集》，開篇一首名為《修學樂》，參加法蘭西學院的詩歌比賽，得鼓勵獎，這更加激勵他的作家生涯。

一八一八年　維克多因參加詩歌比賽而認識法蘭西學院院士，有「伏爾泰的繼承人」之稱的弗朗索瓦・德・納夏多，幫助他整理勒薩日的名著《吉爾・布拉斯》。歐仁以《悼安吉里安公爵》一詩摘下百花詩賽的桂冠。

一八一九年　維克多僅用兩週寫出第一本小說《布格—雅加爾》（Bug-Jargal）。他與阿黛爾向彼此表白愛意。他寫於二月的《頌亨利四世雕像的重建》一詩，參加百花詩賽奪下金百合獎；另一首詩《凡爾登的貞女》又獲取金雞花冠獎。九月，他的《旺岱之命運》與政治諷刺詩《電報機》，以單行本形式出版。十二月，雨果兄弟創辦《文學保守者》雜誌。

一八二〇年　維克多上詩感動路易十八，國王賞賜給這位保王派青年詩人五百法郎獎金。當時的文壇泰斗，官方作家夏多布里昂先後三次約見他。五月，維克多・雨果的頌歌《穆瓦茲在尼羅河上》獲土魯茲科學院百花詩賽大獎。阿黛爾・福謝的父母拜訪雨果的母親，因拉奧里審訊案導致兩家有隙，雨果母親反對維克多與阿黛爾的婚姻。

一八二一年　三月，維克多拜訪天主教自由派思想家著名作家拉梅內（Lamennais，一七八二——一八五四）。《文學保守者》停刊，併入《文學與藝術年鑑》。五月，維克多動筆寫《冰島的凶漢》。拿破崙在聖海倫島逝世。六月二十七日，維克多喪母，萬分悲痛。

一八二二年　維克多與亞歷山大・蘇默合寫劇本《阿米・羅伯薩》，他於二月寫出前三場。三月，接到父親同意他與阿黛爾結婚的信件。六月，《頌歌與雜詩詩集》（Odes et poésies diverses）出版，又從官方得到每年一千法郎的津貼。十月十二日，維克多・雨果與阿黛爾・福謝結婚。

一八二三年　二月，《冰島的凶漢》（Han d'Islande）出版，維克多・雨果又從波旁王朝獲得一筆兩千法郎的年金。七月十六日，維克多・雨果有了第一個孩子，但很快夭折。

一八二四年　三月，《頌詩集》（Nouvelles Odes）出版。八月二十八日，雨果的長女萊奧波狄娜（Léopoldine）出生。九月十六日，路易十八去世，其弟繼承王位，稱查理十世。

一八二五年　四月，雨果夫婦帶女兒前往布洛瓦見雨果將軍。維克多．雨果獲榮譽團勳位章。五—六月，查理十世加冕大典，雨果歌功頌德的詩作《加冕大典》受官方讚賞，其父又被任命為禁衛軍少將。國王命人給雨果的《頌詩集》出版豪華版本，還贈給詩人一套高級瓷餐具。八月，寫出《阿爾卑斯山遊記》。

一八二六年　八月，動筆創作歷史劇《克倫威爾》（Cromwell）。十一月三日，次子查理（Charles）出生。詩集《歌吟集》（Odes et Ballades）出版。

一八二七年　著名文學批評家聖伯夫在《環球週刊》一月兩期上發表長篇文章，熱評雨果的《歌吟集》，遂成為與雨果夫婦交往密切的朋友。二月，雨果在《辯論報》上發表《芳登廣場銅柱頌》，歌頌了波旁復辟王朝的死敵拿破崙，是他脫離保王派政治立場的標誌，受到自由派青年的熱烈歡呼。九月，劇本《阿米．羅伯薩》在奧德翁劇院排練，由浪漫派繪畫大師德拉克洛瓦設計服裝。十二月，劇本《克倫威爾》發表，而《克倫威爾序言》則成為浪漫主義文學的宣言。

一八二八年　一月二十九日，雨果將軍突然中風，在巴黎逝世。二月，《阿米．羅伯薩》演出失敗，雨果認為是「古典派搞的鬼」。雨果的住處成為一代文人精英聚會的場所，常客有聖伯夫、繆塞、梅里美、貢斯當、司湯達、德拉克洛瓦等。十月，寫出小說《死囚末日記》（Le Dernier jour d'un condamné）。十月二十八日，第三個孩子弗朗索瓦—維克多（François-Victor）出生。

一八二九年　一月，詩集《東方集》（Les Orientales）出版。二月，《死囚末日記》出版。七月，寫成劇本《瑪麗蓉．德．洛爾墨》，在有巴爾札克、大仲馬、維尼、繆塞、聖伯夫、梅里美等人的聚會上朗誦，大獲成功，多家劇院爭奪演出權，不料卻遭當局禁演。十月，著名的浪漫劇《愛那尼》（Hernani）準備在法蘭西喜劇院演出，由著名演員瑪律斯小姐主演。寫出迎接一八三〇年革命的詩作：《致年輕的法蘭西》。

一八三〇年　二月二十五日，《愛那尼》首演，劇場變成文藝領域新舊兩派較量的戰場。由青年詩人戈蒂埃、奈瓦爾組織的啦啦隊，都身穿奇裝異服，十分引人注目。該劇連續演出四十五場，史稱「《愛那尼》之戰」，浪漫戲劇終獲勝利。七月二十七日，七月革命爆發，查理十世下臺。八月六—七日，路易・腓力登基成為法國國王，開始七月王朝統治時期。九月十九日，小女兒阿黛爾受洗禮，由聖伯夫當教父。十一月，聖伯夫向雨果承認對雨果夫人的愛情，使雨果陷入友情與夫妻感情的糾葛中。

一八三一年　三月，長篇小說《巴黎聖母院》出版。八月，《瑪麗蓉・德・洛爾墨》（Marion Delorme）終於得以公演。十二月，詩集《秋葉集》（Les Feuilles d'automne）出版。

一八三二年　六—十一月，雨果寫出劇本《國王取樂》（Le roi s'amuse），在法蘭西劇院公演，旋即又遭禁演。雨果提出訴訟，譴責七月王朝剝奪了革命賦予公民的自由權。

一八三三年　一月，雨果與女演員茱麗葉相識，被其美貌與氣質打動，兩人一見傾心。茱麗葉小雨果四歲，淪落風塵，生一女兒，並沒有喪失一顆誠摯之心。二月，雨果邀請茱麗葉扮演重要角色，《呂克蕾絲・博爾吉亞》（Lucrèce Borgia）首演大獲成功。雨果也向茱麗葉表白愛情。在這個劇本出書的序言中，雨果說：「今後，作者要同時進行政治鬥爭與文學創作了」，顯然是預告他要走的道路。十一月，《瑪麗・都鐸》（Marie Tudor）首演不成功。

一八三四年　三月，《文學與哲學雜論》兩卷本出版。七月，《窮漢克洛德》（Claude Gueux，又譯《縲紲盟心》）在雜誌上發表，提出社會犯罪的根源在於窮困。聖伯夫發表自傳體小說《情欲》，講述他與雨果夫人的私情。

一八三五年　二月，寫出劇本《安日洛》（Angelo）。四月，《安日洛》首演成功。七月，攜茱麗葉遊覽許多地方，既鞏固了兩人的愛情，又激發了詩情。此後，雨果靠一枝筆，要支撐兩個家庭的生活。十月，《暮歌集》（Les Chants du crépuscule）出版，其中十餘首詩歌獻給茱麗葉，只有壓卷一篇詩歌獻給妻子阿黛爾。聖伯夫出於嫉妒，對這組出色的詩進行含沙射影的攻擊，促使雨果與他絕交。雨果夫人也日久生厭，將聖伯夫排除於她的生活之外，滿足於名義上的雨果夫人。

一八三六年　二月與十二月，雨果兩次競選法蘭西學院院士失敗。七月，埃米爾．吉拉爾丹創辦《新聞報》，雨果成為該報重要撰稿人。十一月，由《巴黎聖母院》改編的歌劇《愛絲美拉達》在巴黎歌劇院上演，未獲成功。

一八三七年　二月二十日，二哥歐仁．雨果長期患精神病，不治而終，留下在西班牙的爵銜「雨果子爵」，由維克多．雨果繼承，詩人從此向貴族院邁近一步。雨果夫人寫信也必簽署子爵夫人。六月，《心聲集》（Les Voix intérieures）詩集出版。雨果同七月王朝開明派代表奧爾良公爵家庭走近。七月，獲榮譽勳位團的四級榮譽勳章。

一八三八年　二—三月，雨果起訴法蘭西劇院違約，沒有繼續演出《愛那尼》等劇。勝訴之後，他還向奧爾良公爵抱怨他的戲劇缺少演出場地。於是，親王特許創建文藝復興大劇院，由雨果和大仲馬共同操辦。兩位作家又彌合了一度疏遠的關係。七—八月，雨果特為新劇院落成典禮創作《呂意．布拉斯》（Ruy Blas）。十一月，《呂意．布拉斯》上演，觀眾反響不大。出版家德洛伊與雨果簽訂合約，以二十五萬法郎買斷他全部作品的十一年出版權。

一八三九年　七月十二日，上書國王，請求赦免「五月起義」領導人巴貝斯的死刑，獲得批准。八—十月，雨果與茱麗葉赴阿爾薩斯、萊茵河畔、瑞士和普羅旺斯各地旅行。兩人鞏固了準夫妻的關係，雨果保證永不拋棄茱麗葉及其私生女克雷爾，茱麗葉也許諾永遠放棄演員生涯。

一八四〇年　二月，雨果競選法蘭西學院院士第三次受挫。五月，《光影集》（Les Rayons et les ombres）出版。八月至十一月，雨果與茱麗葉重遊萊茵河流域。十一—十二月，拿破崙遺骸運回法國，安葬在巴黎榮軍院。雨果發表《皇帝榮歸》一詩，廣受好評，後插進巨型史詩《歷代傳奇》。

一八四一年　一月七日，雨果終於入選法蘭西學院。六月，他在接納新院士的典禮上的演說，明顯帶有政治色彩，表達了政治意圖與抱負。當時不只一人諷刺他「志在貴族院與大臣職位」。

一八四二年　一月，《萊茵河遊記》（Le Rhin）一書出版。春季，在一次聚會上，雨果認識一個平庸畫家的妻子萊奧妮・比阿爾（Léonie d'Aunet）。此後，雨果的情詩就獻給萊奧妮・比阿爾了。六月至十月，雨果當選法蘭西學院執行主席，在奧爾良公爵遇車禍身亡的弔唁中，他代表法蘭西學院致悼詞，從此與國王路易・腓力有了私交。寫出劇本《城堡裡的爵爺們》。

一八四三年　二月十五日，愛女萊奧波狄娜與查理・瓦克里結婚。七月至九月，雨果與茱麗葉以及女兒遊玩庇里牛斯山區和西班牙，歷時兩個月。他將這次旅行與一八三九年旅行的見聞與書信匯成一集，題為《阿爾卑斯山與庇里牛斯遊記》，但遲至一八九〇年才出版。九月四日，萊奧波狄娜與丈夫游泳雙雙溺死。雨果從報上得知噩耗，真如遭五雷轟頂。後來，他寫了不少感人至深的悼亡詩，收入《靜觀集》（Les Contemplations）中。

一八四四年　一月—一八四五年二月，雨果不計前嫌，支持聖伯夫競選法蘭西學院院士，他在主持接納典禮上顯得十分寬厚，在演說中讚揚了聖伯夫。七月，萊奧妮・比阿爾與雨果私通，被丈夫捉了姦。國王親自干預，向比阿爾訂購若干幅畫，換取他撤銷起訴。十一月，雨果著手寫一部題為《苦難》的長篇小說，後來充實擴大，寫成十卷的長篇小說巨著，並改名為《悲慘世界》。

一八四六年　雨果在貴族院會議上，經常演說發表政見。六月，茱麗葉的女兒克雷爾因病去世，雨果視養女如己出，十分傷心，也寫了數首悼亡詩，一併收入《靜觀集》中。

一八四七年　雨果繼續他的奇特生活，一方面發表自由派改革的政見，另一方面與王室成員擴大交往。他頻繁出入社交界，但還是堅持文學創作，個人生活也更趨放蕩，以獵豔為樂。

一八四八年　二月二十二—二十四日，巴黎爆發革命，路易．腓力退位，傳位給孫子巴黎伯爵。雨果上街多次演講，力保七月王朝。但是巴黎群眾選擇了共和國。以詩人拉馬丁為首的共和國臨時政府成立，即法蘭西第二共和國。六月，革命後的政權開始鎮壓群眾。雨果一改保王的態度，表示主張共和，主張民主、自由、平等，但是反對過左與暴力。他當選為制憲議會議員。九月二十四日，路易．波拿巴終於結束流亡生活，從英國回到巴黎，準備奪取政權，並多次同雨果晤面。雨果轉而支持路易．波拿巴。十二月，路易．波拿巴當選為共和國總統。雨果對他抱有極大的期待。

一八四九年　雨果在立憲議會上多次發表演講，主張調查勞動階級的生活狀況，解決貧困問題。八月二十一—二十四日，雨果主持在巴黎召開的和平會議，歐洲各主要國家都派代表參加。十月，新內閣組成，雨果入閣的願望落空，他對路易．波拿巴開明治國的期待破滅。

一八五〇年　雨果在議會多次發表長篇演說，反對當局旨在利用教會壟斷公共教育的教育法，反對終身流放法，反對限制性選舉，捍衛新聞言論自由，得到左派支持，但受到秩序黨議員的攻擊。八月二十一日，在巴爾札克的葬禮上，雨果發表一篇情真意切的悼詞。

一八五一年　二月，雨果與社會主義左派活動家布朗基探訪貧民區。路易．波拿巴修憲稱帝的逆流早已湧動，並開始行使政治迫害，指控雨果的兒子查理在《時事報》發表反對死刑的文章，判處查理．雨果六個月監禁。七月十七日，雨果在議會發表長達三個小時的演說，反對修改憲法及君主制，輕蔑地稱路易．波拿巴為「小拿破崙」。這篇演說是雨果公開向路易．波拿巴宣戰。八月，雨果另一個孩子弗朗索瓦．雨果也因發表文章而受指控，判處九個月監禁，並罰款兩千法郎。十二月一日夜—十二月二日，路易．波拿巴發動政變，並血腥鎮壓築起街壘起義的民眾。雨果和左派議員也投入戰鬥，他起草了號召起義的告人民書，參加抵抗委員會，還起草了告軍隊書，準備在巴黎郊區發動大規模起義。他目睹一男孩被軍警槍擊，悲憤地寫下一首詩，成為不久出版的《懲罰集》（Les Châtiments）中的名篇。軍警已開始追捕雨果，他先是由茱麗葉安排藏身之處，後又由親戚幫助，化名化裝用假護照，於十二月十一日夜，乘火車逃往布魯塞爾。

一八五二年　一月九日，路易．波拿巴簽署法令，將雨果驅逐出法國。雨果在比利時很快成為流亡者的中心人物。他派雨果夫人回巴黎變賣家產，將三十萬法郎的法國債券兌換成比利時銀行股票，準備長期鬥爭。茱麗葉在身邊為他抄寫《一樁罪行的始末》。七月，雨果寫出更為辛辣的政論作品《小拿破崙》（Napoléon le Petit），八月在倫敦出版。八月，雨果一行人由倫敦轉到英屬澤西島，準備久居。澤西島離法國海岸僅十餘公里，島民講法語，風景優美，被雨果稱為「一個迷人的流放地」。十二月二日，路易．波拿巴稱帝，號稱拿破崙三世，是為法蘭西第二帝國。雨果不斷揭露政變罪行，抒發悲憤心情，共寫出一千六百餘行詩，準備結集出版。而《小拿破崙》在法國廣為流傳，在全世界印行達百萬冊。

一八五三年　八月，雨果的《講演集》在布魯塞爾出版。十一月，《懲罰集》出版兩種版本，一為刪節本，署明由「布魯塞爾亨利．薩繆爾書店出版」；而另一全本僅標出「出版於日內瓦與紐約」。

一八五四年　雨果與流亡者委員會五個成員聯名發表《告同胞書》，發起募捐，救濟流亡者。他本人也慷慨解囊。七月，寫出哲理詩《過去與未來》，收入史詩《歷代傳奇》（La Légende des siècles）中。雨果全家都投入創作：長子查理寫劇本與小說，次子弗朗索瓦著手翻譯莎士比亞全集，雨果夫人開始撰寫《雨果夫人見證錄》，茱麗葉則始終辛勤地為雨果抄稿。

一八五五年　五月，《靜觀集》基本上完稿，約有一萬行之多，他向出版商稱：「它將是我的巨型金字塔。」十月，因抗議英國女王訪問巴黎一事，雨果與數十名抗議者被逐出澤西島。雨果舉家遷往西北方向三十餘公里處的蓋納西島。

一八五六年　四月，寫出《人的精神》與《聲音》兩首詩，將成為長詩《上帝》的第一部分。雨果用《靜觀集》的稿費，總共兩萬四千法郎，買下新居，即著名的「上城別館」。他在舒適的新居繼續創作巨型史詩《歷代傳奇》。尤其積累了新的資料，又經歷了幾年的風風雨雨，雨果開始全方位地重新構思和創作《悲慘世界》。

一八五七年　雨果加速完成《小型史詩》，即後來出版的《歷代傳奇》。九月，雨果草就一篇作品《蠢驢》。十二月，寫完長詩《革命》，後來納入《靈臺集》（Les Quatres vents de l'esprit），為史詩卷。

一八五八年　一月，完成政論作品《至高的憐憫》。五月，《蠢驢》定稿。雨果夫人及女兒受不了蓋納西島的流亡生活，回巴黎居住數月。

一八五九年　三月，完成《林神》一詩，作為中心詩篇收入《歷代傳奇》。四月，寫出《歷代傳奇》的詩體序言：《本書所依據的視野》。八月十六日，拿破崙三世簽署對流亡者的大赦令。雨果在一份拒絕的聲明中說：「法蘭西恢復自由之日，才是我返回祖國之時。」九月二十六日，《歷代傳奇》同時在比利時和巴黎出版第一系列。十月，完成《街道與園林之歌》詩稿，交給茱麗葉謄寫。十一月，繼續創作長詩《撒旦的結局》。十二月二日，發表《告美利堅合眾國書》，呼籲美國當局不要判處廢奴主義運動領袖約翰·布朗死刑。

一八六〇年　動手整理中輟的書稿，繼續寫《悲慘世界》。九月，英法聯軍直逼北京，法軍將圓明園掠奪一空，英軍又付之一炬。

一八六一年　五月，參加滑鐵盧戰役原址考察，為《悲慘世界》滑鐵盧一卷做準備。六月，在布魯塞爾出席查理·雨果的劇本《我愛你》的首演式。十月，雨果同出版商阿爾貝·拉克洛瓦簽訂出版合約，後者享有獨家出版《悲慘世界》十二年的權利，為此付出巨額稿費三十萬法郎。十一月二十五日，雨果寫信，強烈抗議並憤怒譴責英法聯軍毀滅圓明園的強盜行徑。

一八六二年　四—六月，相繼出版《悲慘世界》共五部，獲得出乎意料的成功。七—九月，攜茱麗葉去布魯塞爾，然後又由查理與保爾·莫里斯陪同遊覽德國與萊茵河流域。

一八六三年　一月，查理·雨果根據《悲慘世界》改編的劇本，在布魯塞爾演出。六月，《雨果夫人見證錄》出版。女兒阿黛爾追隨意中人潘松中尉，離家出走，經倫敦前往美洲，在潘松和別人結婚之後，仍執意留在美洲。十二月，雨果寫完《莎士比亞論》。

一八六四年　四月，《莎士比亞論》出版，雨果又為兒子弗朗索瓦—維克多所譯的《莎士比亞全集》寫一篇序言。六月，動筆寫作《海上勞工》（Les Travailleurs de la Mer）。八—十月，雨果又去歐洲大陸旅行，到布魯塞爾、盧森堡，遊歷萊茵河流域。

一八六五年　六月，寫完劇本《祖母》，後定名為《總督夫人》。七月，與出版商拉克洛瓦簽訂《海上勞工》與《街道與園林之歌》（Les Chansons des rues et des bois）的出版合約。十月，《街道與園林之歌》出版。

一八六六年　三月，寫完劇本《一千法郎的獎金》。《海上勞工》出版。五月，動筆創作喜劇《干預》。六－十月，在布魯塞爾逗留，開始寫長篇小說《笑面人》（L'Homme qui rit）。

一八六七年　四月，完成劇本《他們要進食嗎》，將其收入《自由體戲劇集》出版。五月，雨果的《巴黎指南》（Paris : Préface de Paris Guide）出版，巴黎萬國博覽會大獲成功。十一月，完成《蓋納西的聲音》一詩，歌頌義大利民族英雄加里波第。

一八六八年　五月，《愛那尼》在布魯塞爾演出。八月，寫完《笑面人》。八月二十七日，雨果夫人因突發腦溢血去世。雨果護送靈柩直至法國邊境。雨果接待詩人魏爾倫來訪，魏爾倫的《感傷詩集》於一八六六年十一月出版，標誌著象徵派詩歌的問世。

一八六九年　一月，完成詩劇《瑪麗卡利達》，同另一詩劇《埃斯嘉》一併收入《靈臺集》中的《戲劇卷》。寫《寶劍》一劇，將收入《自由體戲劇集》。一月十九日－五月八日，《笑面人》前四卷出版。五－六月，創作詩劇《多爾克瑪達》（Torquemada）。九月，雨果前往洛桑主持和平大會。

一八七〇年　二月，雨果的浪漫劇《呂克蕾絲．博爾吉亞》在巴黎重新演出。四月，查理．雨果又發表反政府的文章《可恥的宣判》，第三次被判監禁與罰款。七月十九日，普法戰爭爆發，法軍大敗。九月一日、二日，法軍慘敗於色當，拿破崙三世被俘。四日，巴黎爆發革命，帝國政府倒臺，恢復共和制。五日，雨果抵達巴黎北站，受到盛大歡迎。

一八七一年　一月，法國政府向普魯士乞和。二月，在國民議會選舉中，雨果當選為巴黎代表，得票數僅次於左派政治活動家路易．布朗。二月二十六日，法國政府與普魯士首相俾斯麥簽訂喪權辱國的和約草案。三月一日，雨果發表演說反對和約草案，但是國民議會卻以多數票通過和約草案。三月十三日，查理突然中風猝死。三月二十八日，巴黎公社宣告成立。四月二日，撤退到凡爾賽的法國政府，舉兵進攻巴黎，遭到公社革命群眾的英勇抵抗。四月十五日，雨果寫了一首詩，題為《一個呼聲》，反對法蘭西內戰，刊登在《召喚》雜誌上。巴黎公社則發表《告法國人民書》。公社社員遭到政府軍血腥鎮壓。五月二十七日，法國政府軍攻占公社的最後一個據點拉雪茲神父公墓。雨果在《比利時獨立報》上發表公開信，表示自己的寓所開放收留逃出來的公社戰士。為此，比利時國王下令驅逐雨果。六月一日，雨果舉家遷往盧森堡。十月，雨果返回巴黎，見到政府總理梯也爾，要求赦免被判處流放的公社活動家羅什福爾。

一八七二年　雨果繼續為被判死刑的一些公社戰士減刑而奔走。二月，出走多年的女兒阿黛爾從拉丁美洲回巴黎，但已患精神病，住進了療養院。《言行錄》（Actes et paroles，一八七〇－一八七二）、《凶年記》（L'Année terrible）出版。四月，茱麗葉因患關節炎，不能再為雨果抄稿，便叫來一位好友的私生女布朗什．朗萬，當時她二十二歲，成為雨果傾情的最後一個女人。六月十一日，《呂意．布拉斯》演出一百場，雨果設宴答謝奧德翁劇院演職人員。為了專心創作《九三年》（Quatrevingt-treize），雨果又去蓋納西島。

一八七三年　二月，法蘭西劇院重新公演《瑪麗蓉．德．洛爾墨》。六月，雨果寫完《九三年》。九月，巴黎聖馬丁門劇院重新公演《瑪麗．都鐸》。十二月二十六日，兒子弗朗索瓦－維克多去世。雨果共有五個子女，白髮人送走四個黑髮人，僅剩下在精神病院的小阿黛爾。

一八七四年　二月十九日，《九三年》出版。十月，雨果出版一本小冊子《我的兒子們》（Mes Fils）。

一八七五年　四月，雨果去澤西島與蓋納西島，到銀行取出他於一八七〇年八月存放的手稿。五月與八月，《言行錄－流放前》、《言行錄－流放中》出版。

一八七六年　一月三日，雨果被選為議會的上議員。三月，雨果向上議院提出大赦公社戰士的法案。

一八七七年　八月，雨果擔任議會休會期間激進左派所組成的共和聯盟的主席。

一八七七年　二月，《歷代傳奇》新系列出版。五月，出版詩集《做祖父的藝術》。十二月，《愛那尼》再度公演。

一八七八年　雨果的政論作品《教皇》（Le Pape）一書出版。六月十七日，雨果參加國際文學大會並發表演說。

一八七九年　十月十三日，根據《巴黎聖母院》改編的話劇演出百場，雨果出席慶祝會。《至高的憐憫》（La Pitié suprême）一書出版。

一八八〇年　二月二十六日，《愛那尼》演出五十週年，雨果出席慶祝會。四月，《宗教種種與宗教》（Religions et religion）出版。十月，《蠢驢》（L'Âne）出版。十二月，雨果誕生地貝桑松城的甘當街改名為維克多．雨果街，並為雨果故居掛牌。

一八八一年　二月二十七日，雨果八十壽辰，社會各界舉行集會遊行，各地送來的花環與花束在雨果寓所前堆積成山，參加祝賀的人多達六十萬，這一天巴黎所有中小學取消一切懲罰。三月四日，雨果出席參議院辯論會，他就座時，全場自發起立鼓掌。議長還宣佈：「天才已經就座，剛才參院鼓掌致意，現在辯論開始。」五月，新詩集《靈臺集》出版，主要是一八四三—一八七五年間一些舊作。七月，巴黎市政府決定，將雨果所居住的街道改為「維克多．雨果林蔭路」。八月三十一日，雨果在遺囑中規定，他的所有手稿贈給法蘭西國家圖書館。

一八八二年　五月，自由詩體劇本《多爾克瑪達》出版。六月二十一日，茱麗葉為女兒掃墓，事後給雨果寫了一封情真意篤的便箋，是她寫給雨果的第一千封情書。十一月二十二日，《國王取樂》首演五十週年慶祝會，這齣浪漫劇重又排練演出，共和國總統出席觀看。

一八八三年　茱麗葉患了胃癌，健康狀況急劇惡化，她給雨果寫了最後一封信，是她給雨果的「第一千零一封情書」。二月，為紀念他與茱麗葉五十年的結合，雨果送給她一張照片，題詞為「最美滿的婚姻」。五月十一日，茱麗葉逝世。雨果因年邁體衰，不能送葬，由奧古斯特·克利代致悼詞：「她分擔過他所禁受的磨難，也有權分享他的光榮。」六月九日，《歷代傳奇》第三系列出版。後來三個系列按時序重新編排，是為定本。八月，雨果去瑞士日內瓦萊芒湖畔小住。一名文學青年見到他景仰的大師，他就是後來的名作家羅曼·羅蘭。

一八八五年

五月十四日，雨果病倒，他在昏迷中道出最後一句詩：「白晝與黑夜正進行一場搏鬥。」五月二十二日，雨果與世長辭，全國舉哀。六月一日，為雨果舉行國葬，遺體安放在先賢祠。